Du même auteur, chez le même éditeur :

Cycle *Shannara :*
1. *L'Epée de Shannara* (2002)
2. *Les Pierres elfiques de Shannara* (2003)
3. *L'Enchantement de Shannara (2003)*

www.bragelonne.fr

Terry Brooks

L'Enchantement de Shannara

Shannara - livre troisième

Traduit de l'américain par Rosalie Guillaume

Bragelonne

Collection dirigée par Stéphane Marsan et Alain Névant

Titre original : *The Wishsong of Shannara*

Illustration de couverture :
© Philippe Munch

ISBN : 2-914370-63-6

Bragelonne
35, rue de la Bienfaisance - 75008 Paris - France

E-mail : info@bragelonne.fr
Site Internet : http://www.bragelonne.fr

À Lester Del Rey,
l'Expert.

TERRES DU NORD
ROYAUME DU CRANE
DESERT DE KIERLAK
MONTAGNE DU CRANE
MONTS DU FIL DU COUTEAU
RIVIERE LETHE
MARECAGE DE MALG
MONTS CHARNAL
PLAINES DE STRELEHEIM
COL DE JANNISSON
VALLEE DE RHENN
TERRES DE L'OUEST
PARANOR
FORTERESSE DES DRUIDES
PLAINES DE RABB
RIVIERE RABB
TERRES DE L'EST
ANAR SUPERIEUR
LA SALLE DES ROIS
LES DENTS DU DRAGON
R. MERMIDON
COL DE KENNON
VALLEE DE SCHISTE
MONTS WOLFSKTAAG
KERN
STORLAND
CALLAHORN
VARFLEET
MONTS DE RUNNE
COL DE JADE
TYRSIS
COL DU NOEUD COULANT
FORETS DE L'ANAR
LAC ARC-EN-CIEL
RIVIERE ARGENTEE
CULHAVEN
TERRES DU SUD
MARAIS DES BRUMES
FORET DE DULN
R. RAPPAHALLADRAN
LEAH
BASSES-TERRES DE CLETE
BASSES-TERRES DE TERTREBATAILLE
LES CHENES NOIRS
VALOMBRE
ANAR INFERIEUR

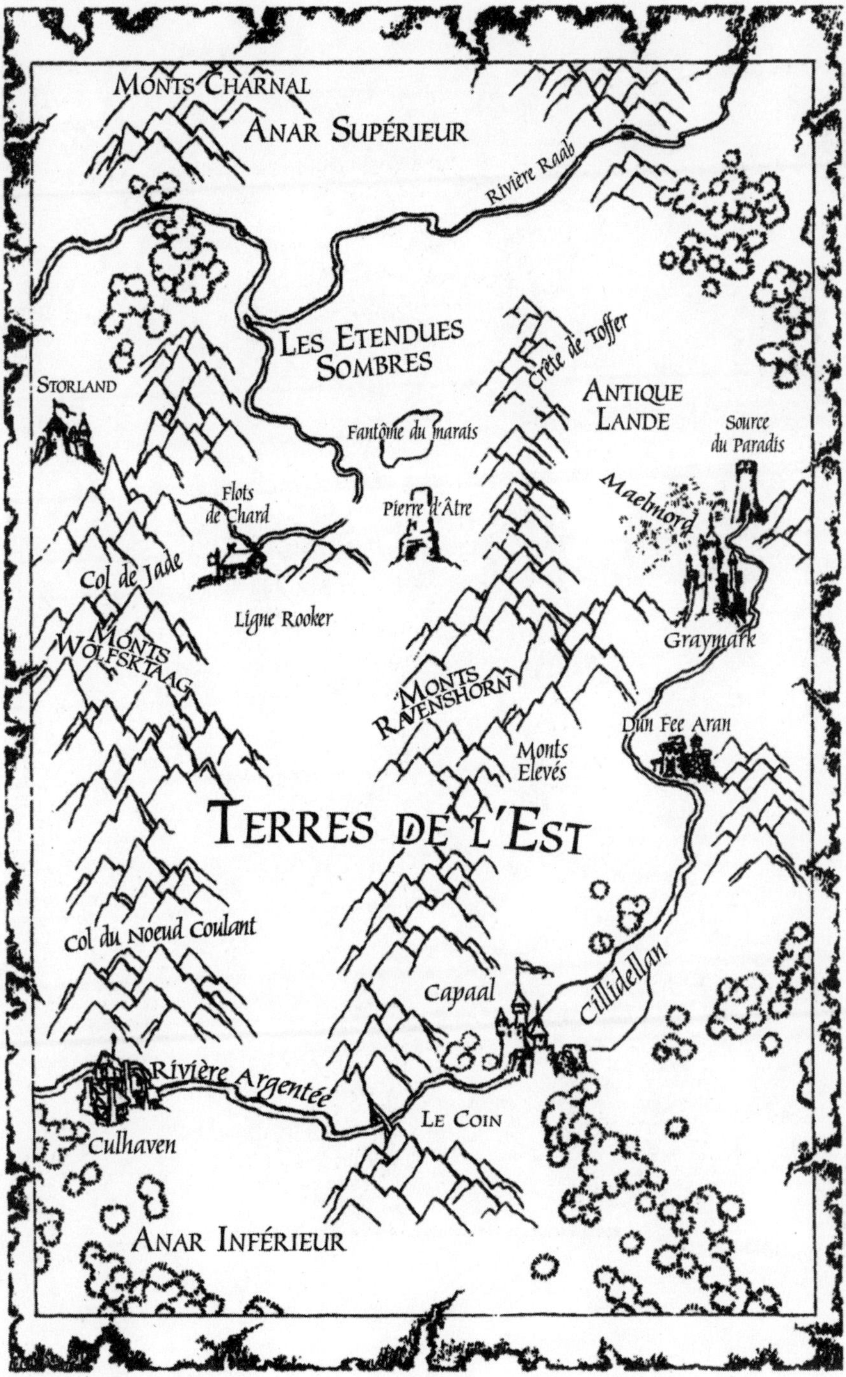
Monts Charnal
Anar Supérieur
Rivière Raab
Les Etendues
Sombres
Crête de Toffer
Antique
Lande
Storland
Fantôme du marais
Source
du Paradis
Maelmord
Flots
de Chard
Pierre d'Âtre
Col de Jade
Ligne Rooker
Graymark
Monts
Wolfsktaag
Monts
Ravenshorn
Dun Fee Aran
Monts
Elevés
Terres de l'Est
Col du Noeud Coulant
Cillidellan
Capaal
Rivière Argentée
Le Coin
Culhaven
Anar Inférieur

Chapitre 1

Le changement de saison était imminent dans les Quatre Terres, où l'été dérivait lentement vers l'automne. Les jours de canicule du milieu de l'année, qui ralentissaient le rythme de vie de chacun, étaient terminés, et les gens pensaient de nouveau qu'ils auraient assez de temps pour tout faire. Même s'il restait des vestiges de la chaleur estivale, les journées raccourcissaient, l'air se faisait plus sec, et la notion d'urgence, pour certaines tâches, redevenait d'actualité. Les signes de la transition étaient partout : dans la forêt de Valombre, les feuilles avaient commencé à roussir.

Brin Ohmsford s'arrêta devant les parterres de fleurs qui bordaient le chemin de sa maison et se perdit un instant dans la contemplation du feuillage mordoré du vieil érable qui ombrageait la cour, un peu plus loin. Un arbre énorme, au large tronc noueux. Brin sourit. Cet ancêtre lui rappelait d'innombrables souvenirs d'enfance. Cédant à une impulsion, elle sortit du chemin et approcha du végétal.

Brin était une jeune fille très élancée – plus grande que ses parents et que son frère Jair, et presque autant que Rone Leah. En dépit de son corps mince et délicat, elle était en aussi bonne forme qu'eux. Bien entendu, Jair aurait affirmé que c'était faux, parce qu'il avait du mal à accepter sa position de frère cadet. Selon lui, une fille était seulement… une fille.

Elle caressa le tronc rugueux de l'érable et regarda l'enchevêtrement de branches au-dessus de sa tête.

Avec la longue chevelure noire qui cascadait sur ses épaules, il n'était pas difficile de savoir de qui elle était l'enfant. Vingt ans plus tôt, Eretria était exactement comme elle, de la peau mate et des yeux noirs jusqu'aux traits délicats. La seule chose qui manquait à Brin, c'était la fougue de sa mère. Si Jair la possédait, sa sœur avait le tempérament de son père : posée, sûre d'elle et disciplinée. Un jour, en comparant ses enfants à l'occasion d'une incartade hautement répréhensible de son fils, Wil Ohmsford avait tranché : Jair était capable de n'importe quoi. Brin aussi, mais après mûre réflexion.

Depuis, la jeune fille se demandait si c'était son frère ou elle qui avait été réprimandé !

Brin laissa retomber ses mains. Elle se souvenait encore du jour où elle avait utilisé l'Enchantement de Shannara sur le vieil arbre. Encore enfant, elle découvrait et expérimentait la magie elfique. En plein milieu de la saison chaude, elle avait utilisé le chant pour faire passer l'arbre du vert de l'été au roux de l'automne. Dans son jeune esprit, ça ne posait aucun problème, puisque le roux était une couleur bien plus jolie que le vert. Son père avait été furieux et l'arbre avait mis trois ans à se remettre du choc.

La dernière fois que Brin ou Jair avaient utilisé la magie en présence de leurs parents...

— Brin, viens m'aider à finir les bagages, s'il te plaît.

Sa mère l'appelait. Elle donna une dernière tape amicale au vieil érable et repartit vers la maison.

Son père ne s'était jamais vraiment fié à la magie. Plus de vingt ans auparavant, il avait utilisé les Pierres elfiques du druide Allanon pour protéger l'Élue, Amberle Elessedil, lors de sa quête du Feu de Sang. L'utilisation de la magie elfique l'avait transformé. Il l'avait su aussitôt, sans comprendre de quelle façon il avait été modifié. Après la naissance de Brin, puis de Jair, un peu plus tard, la vérité lui était apparue. Ce ne serait pas chez Wil Ohmsford que se manifesteraient les changements dus à la magie, mais chez ses enfants. Ils la porteraient en eux. Et les futures générations d'Ohmsford aussi, même s'il était impossible, pour l'instant, d'affirmer qu'ils maîtriseraient tous la magie de l'Enchantement de Shannara.

Brin l'avait baptisée ainsi. Si on désirait quelque chose, et qu'on chantait pour l'obtenir, cela se réalisait. C'était comme ça qu'elle considérait son pouvoir quand elle était enfant. Et elle avait vite appris qu'elle pouvait, avec son chant, influencer le comportement des êtres vivants.

Brin avait modifié la couleur des feuilles du vieil érable. Elle était aussi capable de calmer un chien en colère ou de contraindre un oiseau sauvage à se poser sur son poignet. Elle avait également l'aptitude de s'unir à tout être vivant, de faire partie de lui – ou d'en faire une partie d'elle. Elle ignorait *comment* elle procédait : cela arrivait, tout simplement. Il lui suffisait de chanter. La musique et les paroles lui venaient spontanément, comme la chose la plus naturelle au monde. Elle avait conscience de ce qu'elle chantait. En même temps, une partie d'elle ne s'en souciait pas, son esprit trop pris par les sensations impossibles à décrire que le chant éveillait en elle. Ces émotions la traversaient, l'attiraient, la *renouvelaient* – et le souhait se réalisait.

C'était le don de la magie elfique. Ou sa malédiction, ainsi que son père l'avait dit quand il s'était avisé qu'elle le possédait. Brin savait qu'il avait peur des Pierres elfiques, de leur pouvoir et de ce qu'elles lui avaient fait. Suite aux premiers « exploits » de Brin, qui avait obligé le chien de la famille à courir après sa queue jusqu'à ce qu'il manque mourir d'épuisement, puis saccagé un carré de légumes du potager, son père avait confirmé sa décision : les Pierres elfiques ne devaient plus être utilisées par personne ! Ils les avaient cachées, et nul, à part lui, ne connaissait leur emplacement. Enfin, c'était ce qu'il pensait. Brin n'en était pas si sûre. Quelques mois plus tôt, alors que Wil parlait incidemment des Pierres, Brin avait surpris un sourire suffisant sur le visage de son frère. Il avait refusé d'avouer quoi que ce fût, bien entendu, mais Brin savait qu'il était difficile de dissimuler des objets à son frère.

Elle soupçonnait qu'il avait découvert la cachette des Pierres elfiques.

Rone Leah la rejoignit devant la porte d'entrée. Il était grand et mince. Ses cheveux brun-roux tenus par un bandeau tombaient librement sur ses épaules.

Ses yeux gris malicieux s'étrécirent.

— Et si tu nous aidais un peu ? Je fais tout le boulot, et je ne suis même pas membre de la famille, au nom du chat !

— Avec tout le temps que tu passes ici, tu pourrais tout aussi bien l'être ! Que reste-t-il à faire ?

— Seulement ces bagages à porter dehors, et ça devrait être fini.

Des malles en cuir et des sacs de diverses tailles étaient entassés dans l'entrée. Rone prit la plus grosse malle.

— Je crois que ta mère aimerait que tu la rejoignes dans sa chambre…

Brin entra dans la maison et se dirigea vers les chambres. Ses parents s'apprêtaient à partir pour leur pèlerinage d'automne rituel. Visitant les communautés isolées, au sud de Valombre, ils seraient absents environ deux semaines. Peu de guérisseurs étaient aussi talentueux que Wil Ohmsford et il n'y en avait pas d'autre à cinq cents lieues à la ronde. Deux fois par an, au printemps et en automne, son père sillonnait la région pour dispenser ses soins à ceux qui en avaient besoin. Eretria l'accompagnait, car elle était devenue une aide-guérisseuse très douée. Rien ne les obligeait à faire ce voyage, et ils s'en seraient dispensés s'ils avaient été moins consciencieux. Mais ils avaient un sens du devoir très développé. Tous deux avaient consacré leur vie à guérir les autres, et ils ne prenaient pas cet engagement à la légère.

Quand ils partaient en « mission humanitaire », Brin restait pour surveiller Jair. Cette fois, Rone Leah était venu des montagnes, histoire de les tenir à l'œil tous les deux…

Eretria, occupée à finir ses bagages, leva la tête quand sa fille entra et lui sourit. Sa longue chevelure noire en bataille, elle écarta une mèche de son visage, qui paraissait à peine plus âgé que celui de Brin.

— As-tu vu ton frère ? Nous sommes presque prêts à partir.

— Non. Je croyais qu'il était avec papa. Puis-je faire quelque chose pour toi ?

Eretria la prit par l'épaule et la fit asseoir à côté d'elle, sur le lit.

— Il faut que tu me promettes une chose, Brin. Je ne veux pas que tu utilises l'Enchantement de Shannara pendant que ton père et moi serons absents. Ni toi, ni ton frère.

Brin sourit.

— Je m'en sers rarement, désormais, dit-elle, ses yeux noirs rivés sur le visage mat d'Eretria.

— Je sais. Mais Jair y recourt, même s'il imagine que je l'ignore. Bref, pendant que nous serons partis, Wil et moi interdisons que vous l'utilisiez, même une fois. As-tu bien compris ?

Brin hésita. Son père reconnaissait que la magie elfique était une partie de la nature de ses enfants. Mais il refusait d'admettre qu'il s'agissait d'une composante positive et utile de leur personnalité. *« Vous êtes des gens intelligents et doués »*, leur affirmait-il. *« Pas besoin de trucs ou d'artifices pour vous faire mousser. Soyez ce que vous êtes, sans l'aide du chant. »*

Eretria soutenait cette position, même si elle était consciente que Jair et Brin négligeaient ce conseil chaque fois qu'ils pouvaient agir impunément.

Dans le cas de Jair, c'était fréquent ! Impulsif et obstiné, dès qu'il s'agissait d'utiliser l'Enchantement de Shannara, il était enclin à n'en faire qu'à sa tête – à condition de ne pas souffrir des conséquences.

De plus, la magie elfique fonctionnait différemment chez lui…

— Brin ?

Elle sursauta.

— Maman, je ne vois pas pourquoi on empêcherait Jair de s'amuser avec le chant. C'est seulement un jeu !

— Non ! D'ailleurs, même un jeu peut être dangereux. Brin, tu devrais en savoir assez sur la magie elfique pour admettre qu'elle n'est jamais inoffensive. Écoute-moi : ton frère et toi avez dépassé l'âge où vos parents doivent vous surveiller sans cesse. Mais un petit conseil, de temps en temps, reste nécessaire. Je ne veux pas que tu utilises la magie pendant notre absence ! Promets-moi que tu ne t'en serviras pas, et que tu empêcheras Jair de nous désobéir.

— C'est à cause des rumeurs sur les Marcheurs noirs, n'est-ce pas ?

Ces derniers temps, tout le monde en parlait, à l'auberge. Les Marcheurs noirs : des créatures silencieuses et sans visage, nées de la sorcellerie et qui surgissent de nulle part. Certains murmuraient que le Roi-Sorcier et ses serviteurs étaient de retour…

— Oui, dit Eretria, ravie de la sagacité de Brin. Allons, promets-moi !

— Je te le jure.

Pourtant, Brin tenait tout ça pour un tissu d'âneries.

Les préparatifs durèrent encore une demi-heure. Quand ses parents furent prêts à partir, Jair se montra à nouveau. Il avait été à l'auberge récupérer un gâteau particulièrement apprécié de sa mère pour le lui offrir.

— Souviens-toi de ta promesse, Brin, murmura Eretria en embrassant sa fille sur la joue.

Les parents Ohmsford montèrent dans leur chariot, qui s'éloigna lentement sur la route poussiéreuse.

Brin les regarda jusqu'à ce qu'ils soient hors de vue.

Cet après-midi-là, Brin, Jair et Rone Leah firent une longue randonnée dans la forêt de Valombre. Quand ils prirent le chemin du retour, le soleil commençait à descendre derrière les collines et les ombres s'allongeaient. Il restait une heure de marche jusqu'au hameau. Mais les enfants Ohmsford et le montagnard s'étaient si souvent promenés dans ces bois qu'ils auraient pu retrouver leur chemin les yeux bandés.

Ils avançaient d'un pas mesuré, savourant la fin de cette belle journée d'automne.

— Et si nous allions à la pêche, demain ? proposa Rone, souriant. Avec un temps pareil, peu importe que nous revenions bredouilles !

Aîné des trois amis, il ouvrait la marche, le fourreau cabossé de l'Épée de Leah accroché dans son dos. Autrefois portée par l'héritier présomptif du trône, l'arme avait été depuis longtemps mise au rebut et remplacée. Mais Rone admirait l'antique lame, jadis brandie par son arrière-grand-père, Menion Leah, lors de la quête de l'Épée de Shannara. Comme Rone appréciait la relique, son père la lui avait offerte – un symbole de son statut de prince de Leah, bien qu'il fût le plus jeune.

Brin le regarda et fronça les sourcils.

— On dirait que tu as oublié quelque chose. Demain, nous avions prévu de faire des réparations à la maison, comme nous l'avons promis à notre père.

Rone haussa joyeusement les épaules.

— Nous nous occuperons de ça un autre jour. Les réparations attendront !

— Je propose que nous fassions un peu d'exploration à la lisière de Valombre, dit Jair Ohmsford.

Mince et nerveux, Jair avait le visage de son père, aux caractéristiques elfiques aisément reconnaissables : des yeux en amande, des sourcils arqués et des oreilles légèrement pointues cachées par une tignasse de cheveux blonds en bataille.

— J'aimerais voir si nous pouvons trouver les spectres Mords, continua Jair.

Rone éclata de rire.

— Et que sais-tu des Marcheurs, petit tigre ?

Le surnom affectueux qu'il donnait à Jair...

— Ce que tu en sais aussi, j'imagine. Ici, les gens racontent les mêmes histoires que les montagnards. Les Marcheurs noirs, les spectres Mords... Des créatures qui se glissent dans les ténèbres. En ce moment, on en parle tout le temps, à l'auberge.

Brin lui jeta un coup d'œil réprobateur.

— Et ce sont simplement des histoires de taverne !

— Qu'en penses-tu ? demanda Jair à Rone.

Le montagnard haussa les épaules.

— Peut-être. Et peut-être pas...

— Rone, explosa Brin, ces histoires circulent depuis que le Roi-Sorcier a été détruit, et aucune n'a jamais contenu une once de vérité ! Pourquoi les choses seraient-elles différentes, cette fois ?

— Je ne sais pas si elles le sont. Mais je suis partisan de la plus grande prudence. À l'époque de Shea Ohmsford, personne ne croyait aux récits sur les porteurs du Crâne... Jusqu'à ce qu'il soit trop tard.

— C'est pour ça que nous devrions jeter un coup d'œil aux alentours, insista Jair.

— Dans quel but ? demanda Brin. En espérant tomber par hasard sur des créatures mortellement dangereuses ? Si ça arrivait, que ferais-tu ? Tu utiliserais l'Enchantement de Shannara ?

— Si c'était nécessaire, je pourrais me servir de la magie...

— Le pouvoir n'est pas un sujet de plaisanterie, Jair. Combien de fois devrai-je te le répéter ?

— J'ai seulement dit que…

— Je sais ce que tu as dit ! Tu penses que l'Enchantement de Shannara peut faire tout ce que tu veux, et tu te trompes lourdement. Tu devrais prêter attention à ce que dit notre père. Un jour ou l'autre, jouer avec la magie te vaudra de gros ennuis.

Son frère la regarda, soufflé.

— Pourquoi es-tu tellement en colère ?

Elle était furieuse, s'avisa-t-elle, et ça ne servait à rien.

— Désolée de m'être emportée… Mais j'ai promis à maman qu'aucun de nous n'utiliserait la magie. C'est pour ça que je n'aime pas t'entendre parler de partir sur les traces des spectres Mords.

— Qui t'a donné le droit de faire une telle promesse en mon nom, Brin ?

— Personne. Mais maman…

— Elle ne comprend pas !

— Arrêtez, tous les deux, au nom du chat ! grogna Rone Leah. Les disputes de ce genre me rendent heureux d'habiter à l'auberge et pas chez vous ! Bon, oublions tout ça et revenons-en à la question d'origine. Demain, nous allons à la pêche, ou pas ?

— Nous allons à la pêche, dit Jair.

— D'accord, capitula Brin. Après avoir fait une partie des réparations…

Ils marchèrent un moment en silence.

Leur mère avait raison, pensa Brin. Jair s'entraînait à utiliser la magie chaque fois qu'il en avait l'occasion, car il l'estimait moins dangereuse que celle de sa sœur. Dans le cas de Brin, l'Enchantement de Shannara modifiait réellement l'apparence et le comportement de ses cobayes. Pour Jair, c'étaient seulement des illusions. Quand il utilisait la magie, les choses *semblaient* se passer, mais il ne se produisait rien de réel. Cela lui laissait une plus grande latitude et l'encourageait à tenter des expériences. Il le faisait secrètement, mais Brin était au courant. Même si elle ignorait ce qu'il savait faire avec la magie.

La pleine lune se leva à l'est, telle une balise blanche, et les étoiles apparurent au firmament. Avec la nuit, la température baissa rapidement, et l'odeur de la forêt devint plus piquante. Autour d'eux retentirent les bourdonnements des insectes et les chants des oiseaux nocturnes.

— Je crois que nous devrions aller pêcher dans la rivière Rappahalladran, dit soudain Jair.

Personne ne lui répondit.

— Je ne sais pas, souffla finalement Rone. Nous nous amuserions tout autant dans les mares de Valombre.

Brin jeta un coup d'œil intrigué au montagnard, qui paraissait inquiet.

— Il n'y aura pas de truites, insista Jair. Et je voudrais camper un jour ou deux dans la forêt de Duln.

— Nous pouvons aussi bivouaquer dans les bois de Valombre !

— Ce serait comme dresser un camp au milieu de la cour de notre maison ! Dans la forêt de Duln, il reste des endroits que nous n'avons pas encore explorés. De quoi as-tu peur ?

— Je n'ai pas peur, fit le montagnard, sur la défensive. Mais je pensais… Écoute, pourquoi ne pas en reparler plus tard ? Laissez-moi vous raconter ce qui m'est arrivé en venant ici. Je me suis presque perdu ! Et un chien-loup…

Brin les laissa passer devant et n'écouta plus. Elle était toujours intriguée par la réaction bizarre de Rone à la perspective d'une excursion dans la forêt de Duln. Une sortie qu'ils avaient faite des dizaines de fois. Y avait-il, hors de Valombre, quelque chose dont ils auraient dû avoir peur ? Elle fronça les sourcils, se souvenant de l'inquiétude de sa mère. Et Rone aussi s'y mettait !

Le montagnard n'avait pas été aussi prompt qu'elle à tenir pour des rumeurs les récits sur les spectres Mords. En réalité, il avait même été inhabituellement inquiet. En temps normal, il aurait éclaté de rire, comme elle…

Avait-il de bonnes raisons de penser que c'était une affaire sérieuse ?

Après une demi-heure de marche, les lumières du village apparurent à travers les arbres. Il faisait nuit, mais ils avançaient sans trop de peine grâce aux rayons de lune. La piste descendait vers le vallon, où se nichait le village, puis elle s'élargissait pour devenir une route.

Brin était épuisée. Comme il serait bon de se glisser dans son lit et de profiter d'une longue nuit de sommeil !

Ils traversèrent le village, dépassant la vieille auberge qui appartenait aux Ohmsford depuis des générations. La famille possédait toujours l'établissement. Mais depuis le décès de Shea et Flick, ils ne s'en occupaient plus et n'y vivaient plus. Des amis la tenaient, partageant les frais et les bénéfices avec les parents de Brin. Son père n'avait jamais aimé vivre à l'auberge parce qu'il n'avait aucun goût pour l'hôtellerie.

Jair, lui, s'intéressait à l'auberge. Surtout parce qu'il aimait écouter les récits des voyageurs – des histoires assez tumultueuses pour satisfaire un jeune homme remuant.

Il y avait du monde dans l'établissement ce soir-là. Ses doubles portes grandes ouvertes laissaient voir les tables et le comptoir où se pressaient les voyageurs et les villageois, ravis de passer une agréable soirée autour d'une chope de bière. Rone tourna la tête et sourit à Brin. Personne n'avait envie que cette journée se termine !

Ils atteignirent bientôt la demeure des Ohmsford, une modeste maison de pierre et de mortier bâtie un peu en retrait, sur un petit tertre. Ils étaient à mi-chemin de l'entrée quand Brin leur fit soudain signe de s'arrêter.

Une lumière brillait à la fenêtre de la salle à manger.

— L'un de vous a laissé une lampe allumée, ce matin ? demanda la jeune fille, déjà sûre de la réponse.

Les deux garçons firent signe que non.

— Quelqu'un s'est peut-être arrêté pour nous rendre visite, avança Rone.

— La porte était verrouillée…

Brin et le montagnard se regardèrent un moment en silence, mal à l'aise. Jair ne sembla pas partager leur inquiétude.

— Entrons, et voyons qui est là, dit-il.

Il avança.

Rone le retint par le bras.

— Un moment, petit tigre ! Ne nous précipitons pas.

Jair se dégagea vivement.

— À ton avis, qui nous attend ? Un Marcheur ?

— Arrête avec ces âneries ! cria Brin.

— C'est bien ce que tu penses, n'est-ce pas ? Que c'est un Marcheur, venu nous enlever !

— C'est gentil à lui d'avoir allumé la lumière pour nous prévenir…, railla Rone.

Ils regardèrent de nouveau la fenêtre éclairée, hésitants.

— On ne peut pas rester là toute la nuit ! décida Rone. (Il dégaina l'Épée de Leah.) Allons jeter un coup d'œil. Vous deux, restez derrière moi. S'il se passe quelque chose, foncez à l'auberge et ramenez de l'aide. Mais je suis sûr qu'il n'arrivera rien !

Tout était silencieux. Quand ils furent devant la porte, Brin tendit la clé à Rone, qui ouvrit. Le couloir était plongé dans les ténèbres, mais un rai de lumière filtrait de la salle à manger. Ils hésitèrent encore, puis traversèrent le couloir et entrèrent dans la pièce.

Elle était vide.

— Pas de spectre Mord ici ! annonça Jair. Il n'y a rien, sauf…

Il n'eut pas le temps de finir sa phrase. Une silhouette gigantesque sortit du salon attenant à la salle à manger. Un homme de plus de sept pieds, enveloppé d'un manteau noir dont le capuchon rabattu révélait un visage en lame de couteau à l'expression dure. La barbe et les cheveux striés de blanc, l'homme avait des yeux hors du commun : profondément enfoncés dans leurs orbites et à demi dissimulés par son grand front, ils semblaient tout voir, y compris les choses cachées.

Rone Leah leva son épée.

La main de l'étranger jaillit de sous ses robes.

— Vous n'aurez pas besoin de ça.

Le montagnard hésita, puis laissa retomber son bras. Brin et Jair se pétrifièrent, incapables de parler ou de s'enfuir.

— Vous n'avez aucune raison d'avoir peur, dit l'étranger de sa voix profonde.

Aucun des trois amis ne se sentit très rassuré, mais ils se détendirent un peu, car l'homme ne faisait aucun geste menaçant. Brin regarda furtivement son frère, qui étudiait l'inconnu, les sourcils froncés comme s'il cherchait la solution d'une énigme. Le visiteur étudia le jeune homme, puis Rone, et enfin Brin.

— Aucun de vous ne sait qui je suis ? murmura-t-il.

Il y eut un long silence.

— Allanon ! s'écria Jair, tout excité. Vous êtes Allanon !

Chapitre 2

Brin, Jair et Rone Leah étaient assis à la table de la salle à manger avec celui qu'ils savaient désormais être Allanon. À leur connaissance, nul ne l'avait vu depuis vingt ans. Wil Ohmsford avait été l'un des derniers à le rencontrer. Pourtant, les récits à son sujet leur étaient familiers à tous les trois. Ce voyageur énigmatique avait arpenté les Quatre Terres. À la fois philosophe et professeur, c'était un historien des races, et le dernier des druides - les érudits qui avaient guidé les espèces après le chaos consécutif à la destruction de l'ancien monde, contribuant à créer la civilisation qui s'était développée ensuite. Allanon avait aidé Shea et Flick Ohmsford, ainsi que Menion Leah, lors de leur quête de l'Épée de Shannara, plus de soixante-dix ans auparavant, afin de détruire le Roi-Sorcier. C'était encore lui qui était venu chercher Wil Ohmsford, alors que le Valombrien étudiait la profession de guérisseur à Storland. Il l'avait persuadé de servir de guide et de protecteur à Amberle Elessedil, la jeune Élue elfe partie à la recherche des moyens de ressusciter l'Ellcrys mourant, et de renvoyer dans leur prison intemporelle les démons lâchés sur les Terres de l'Ouest. Oui, ils connaissaient les récits sur Allanon ! Et ils savaient aussi que l'arrivée du druide annonçait toujours des ennuis…

— J'ai accompli un long chemin pour vous trouver, Brin Ohmsford, dit le voyageur d'une voix basse où s'entendait la fatigue. C'était un voyage que j'espérais ne jamais avoir à entreprendre.

— Pourquoi me cherchiez-vous ? demanda Brin.

— Parce que j'ai besoin de l'Enchantement de Shannara.

Un lourd silence tomba, tandis que la Valombrienne et le druide se dévisageaient, de part et d'autre de la table.

Puis Allanon soupira.

— Je n'avais pas compris que la transmission de la magie elfique aux enfants de Wil Ohmsford pouvait avoir un sens aussi profond, dit-il. Je pensais que c'était seulement un effet secondaire, lié à son utilisation des Pierres elfiques, inévitable mais sans réelle importance.

— Que voulez-vous de Brin ? demanda Rone, n'aimant pas du tout ce qu'il entendait.

— Et quel besoin avez-vous de l'Enchantement de Shannara ? ajouta Jair.

Allanon continua à regarder la jeune fille.

— Vos parents ne sont pas là ?

— Non. Ils sont partis pour deux bonnes semaines. Ils vont s'occuper des malades dans les villages du Sud…

— Je n'ai pas deux semaines devant moi, ni même deux jours, murmura le géant. Je dois tout vous expliquer maintenant, et vous devez décider de ce que vous ferez. Si vous prenez la décision que j'estime nécessaire, je crains que votre père ne me le pardonne pas.

Brin comprit aussitôt de quoi parlait le druide.

— Devrai-je venir avec vous ? demanda-t-elle.

Allanon ne répondit pas à la question.

— Je vais vous parler d'un danger qui menace les Quatre Terres. Un fléau aussi grave que ceux qu'ont affrontés Shea Ohmsford ou votre père. (Posant les mains sur la table, il se pencha vers Brin.) Dans l'ancien monde, avant l'avènement de la race de l'homme, des créatures surnaturelles utilisaient aussi bien la magie bénéfique que maléfique. Je suis sûr que votre père vous a raconté cette histoire. Ce monde a disparu quand la race humaine est apparue. Les êtres maléfiques ont été emprisonnés derrière la Barrière, et les créatures du bien se sont perdues au fil de l'évolution des races – à l'exception des elfes. Mais un ouvrage datant de cette époque existe toujours. C'est un livre de magie noire, au pouvoir si effrayant que même les magiciens elfes de l'ancien monde le redoutaient. Il s'appelle l'Ildatch. Personne n'est sûr de son origine. Il semble qu'il remonte aux tout premiers temps de la création de la vie. Les forces maléfiques l'ont utilisé un moment, avant que les elfes parviennent à s'en emparer. Son attrait était si grand que quelques magiciens elfes, même avertis de son pouvoir, osèrent se servir de ses secrets et trouvèrent la mort. Les autres magiciens décidèrent de détruire le livre. Mais, avant qu'ils aient le temps de mettre leur projet à exécution, l'ouvrage disparut. Des rumeurs ont couru ensuite, indiquant qu'il avait été utilisé en quelques rares occasions au cours des siècles qui suivirent. Mais il n'y eut jamais de certitude.

Allanon fronça les sourcils.

— Puis les Grandes Guerres balayèrent l'ancien monde. Pendant deux mille ans, la race humaine survécut dans les conditions les plus primitives. Lors du premier Conseil des druides, à Paranor, on s'efforça de réunir les enseignements de l'ancien monde qui pourraient aider le nouveau à se développer. Toutes les connaissances, orales ou écrites, préservées au fil du temps, furent apportées au Conseil, et les druides essayèrent de découvrir leurs secrets. Malheureusement, dans ces textes, tout n'était pas bon. L'Ildatch comptait parmi les livres découverts par les druides. Il fut trouvé par un jeune druide brillant et ambitieux appelé Brona.

— Le Roi-Sorcier, murmura Brin.

— Oui. Il est *devenu* le Roi-Sorcier quand le pouvoir de l'Ildatch l'a perverti.

Ses fidèles et lui basculèrent dans le royaume de la magie noire. Pendant près de mille ans, ils menacèrent l'existence des races. Puis, quand Shea Ohmsford maîtrisa le pouvoir de l'Épée de Shannara, Brona et ses serviteurs furent détruits.

Le druide marqua une pause.

— Mais l'Ildatch disparut de nouveau. Je l'ai cherché dans les décombres de la montagne du Crâne, quand le royaume du Roi-Sorcier s'est effondré. Je ne l'ai pas trouvé, et j'ai supposé qu'il avait été enterré sous les ruines, et qu'il avait disparu pour de bon. Mais je me trompais. Il avait été récupéré par une secte de fidèles du Roi-Sorcier. Des apprentis sorciers appartenant à la race de l'homme, donc immunisés contre le pouvoir de l'Épée de Shannara, et qui échappèrent à la destruction. J'ignore encore comment ils s'y sont pris, mais ils ont découvert l'endroit où l'Ildatch était caché, et l'ont rapporté dans notre monde. Ils l'ont caché dans leur repaire des Terres de l'Est et ont entrepris de percer à jour les secrets de sa magie. Cela se passait il y a plus de soixante ans. Vous devinez probablement ce qui est arrivé à ces hommes…

Brin blêmit.

— Voulez-vous dire que tout a recommencé ? Il existe de nouveau un Roi-Sorcier et des porteurs du Crâne ?

— Non. Ces hommes n'étaient pas des druides, comme Brona et ses fidèles. Mais il est vrai que la magie noire pervertit tout ce qu'elle touche. La différence, c'est la nature du changement qu'elle provoque. À chaque fois, il est différent.

— Je ne comprends pas, dit Brin.

— C'est différent, répéta Allanon. La magie, bonne ou mauvaise, s'adapte à son utilisateur, et l'utilisateur s'adapte à la magie. La dernière fois, les créatures nées de cette association volaient…

Allanon laissa sa phrase en suspens. Les trois jeunes gens échangèrent un regard.

— Et aujourd'hui ? demanda Rone.

Les yeux noirs d'Allanon s'étrécirent.

— Cette fois, les êtres maléfiques marchent.

— Les spectres Mords ! souffla Jair.

— C'est le mot gnome pour « Marcheurs noirs ». Une autre manifestation du même pouvoir maléfique. L'Ildatch les a modelés, comme il avait modelé Brona et ses fidèles. Ce sont désormais des victimes de la magie noire, des esclaves de son pouvoir. À jamais perdus pour le monde des hommes.

— Les rumeurs sont donc fondées, fit Rone Leah, ses yeux gris rivés sur Brin. Je ne te l'avais pas dit avant, parce que je ne voyais pas de raison de t'alarmer inutilement, mais des voyageurs qui traversaient Leah m'ont appris que les Marcheurs venaient de l'ouest, en provenance de la région de la rivière Argentée. Voilà pourquoi, quand Jair a suggéré que nous allions camper en dehors des limites de la forêt de Valombre…

— Les spectres Mords sont déjà si loin ? coupa Allanon. Il y a combien de temps, prince ?

— Plusieurs jours, je crois. Juste avant que je parte pour Valombre.

— Alors, nous avons encore moins de temps que je le pensais…

— Mais que font-ils ici ? demanda Jair.

— Ils me cherchent, j'imagine, fit le druide. Écoutez-moi bien. La forteresse des spectres Mords se dresse au cœur des Terres de l'Est, en haut des monts Ravenshorn. Il s'agit d'une antique citadelle, construite par les trolls pendant la Deuxième Guerre des Races. Appelée Graymark, elle trône sur le plus haut pic d'une chaîne de montagnes. L'Ildatch a été caché dans la vallée qui s'étend à ses pieds.

» Il y a dix jours, j'étais au bord de cette vallée, décidé à m'emparer du grimoire et à m'assurer de sa destruction. Cet ouvrage est la source du pouvoir des spectres Mords. Si on le détruit, leur puissance s'évanouit. Au sujet de cette menace, je vous dirai ceci : depuis la chute de leur maître, les spectres Mords n'ont pas été désœuvrés. Il y a six mois, la guerre entre les gnomes et les nains a repris de plus belle. Depuis des années, ces deux nations se battent au sujet de l'Anar. La reprise des hostilités n'a étonné personne. Mais cette fois, à l'insu de la plupart des gens, il y a une différence. Les gnomes sont guidés par les spectres Mords. Éparpillées et battues lors de la chute du Roi-Sorcier, les tribus de gnomes ont été de nouveau réduites en esclavage par la sorcellerie, cette fois sous la coupe des spectres. Et la magie leur donne une force qu'ils n'auraient pas sans elle. Du coup, les nains sont repoussés régulièrement vers le sud depuis la reprise de la guerre. Cette menace est grave. Récemment, la rivière Argentée est devenue fétide – empoisonnée par la magie noire. Les terres qu'elle irrigue commencent à mourir. Quand tout sera consommé, les nains mourront aussi, et la totalité des Terres de l'Est sera perdue. Des elfes des Terres de l'Ouest et des frontaliers de Callahorn sont partis à l'aide des nains, mais ça ne suffira pas à résister à la magie des spectres. Seule la destruction de l'Ildatch écartera définitivement ce danger.

Allanon se tourna soudain vers Brin.

— Souvenez-vous des récits de votre père, ceux que lui a racontés son propre père, qui les tenait de Shea Ohmsford, sur l'avancée du Roi-Sorcier dans les Terres du Sud. Quand il se mit en marche, les ténèbres tombèrent sur les Terres. L'ombre recouvrit le pays et tout ce qui se trouvait dessous se flétrit et mourut. Rien ne pouvait vivre là, à part les créatures maléfiques. Cela recommence, Valombrienne, mais dans l'Anar.

» Il y a dix jours, comme je vous l'ai dit, j'étais devant les murs de Graymark, décidé à trouver et détruire l'Ildatch. Alors, je découvris ce que les spectres Mords avaient fait. Grâce à leur magie, ils ont créé dans la vallée une forêt-marécage qui protège l'ouvrage. Une Maelmord, dans le langage des créatures magiques… Une barrière dotée d'une telle force maléfique qu'elle écrase et dévore tout être qui n'appartient pas aux forces du mal. Comprenez-moi bien : cette forêt obscure vit, respire et pense ! Rien ne peut la traverser. J'ai essayé, mais mon pouvoir n'a pas été suffisant. La Maelmord m'a repoussé, et les spectres Mords ont découvert ma présence. J'ai été poursuivi, mais je suis parvenu à m'échapper. Et maintenant, ils me recherchent, sachant…

Il s'interrompit. Brin regarda Rone qui avait l'air de plus en plus mécontent.

— S'ils vous pistent, ils finiront par arriver ici, n'est-ce pas ? demanda le montagnard.

— Effectivement... Mais ce serait arrivé de toute façon, qu'ils m'aient suivi ou non. Tôt ou tard, ils auraient cherché à éliminer toute menace contre leur pouvoir sur les races. Et vous comprenez certainement que la famille Ohmsford en est une.

— À cause de Shea Ohmsford et de l'Épée de Shannara ? demanda Brin.

— Indirectement, oui. Les spectres Mords ne sont pas des illusions, contrairement au Roi-Sorcier. Donc, l'Épée est impuissante contre eux. Les Pierres elfiques, elles, pourraient peut-être agir. Cette magie est une force sur laquelle il faut compter, et les spectres ont entendu parler de la recherche du Feu de Sang par Wil Ohmsford. (Il s'interrompit.) Mais le véritable danger, pour eux, c'est l'Enchantement de Shannara.

— L'Enchantement de Shannara ? dit Brin, sidérée. Mais c'est seulement un jeu ! Il n'a pas le pouvoir des Pierres elfiques. Pourquoi serait-il une menace pour ces êtres ? Au nom de quoi craindraient-ils quelque chose d'aussi inoffensif ?

— Inoffensif ? répéta Allanon, détournant le regard comme s'il voulait cacher quelque chose.

Voyant le visage neutre du druide, Brin fut soudain très effrayée.

— Allanon, pourquoi êtes-vous venu ? demanda-t-elle, essayant d'empêcher ses mains de trembler.

Le druide la regarda de nouveau. Devant lui, sur la table, la lampe à huile crépita.

— Je veux que vous m'accompagniez dans les Terres de l'Est, jusqu'à la forteresse des spectres Mords. Je veux que vous utilisiez l'Enchantement de Shannara pour vous frayer un chemin à travers la Maelmord, que vous trouviez l'Ildatch et que vous me le rameniez afin que je le détruise.

Son auditoire le regarda, sidéré.

— Mais... comment ? demanda Jair.

— L'Enchantement de Shannara a le pouvoir de neutraliser même la magie noire, répondit Allanon. Il peut altérer le comportement de tout être vivant. Même la Maelmord peut être convaincue de laisser le passage à Brin, comme si elle faisait partie de ces lieux.

Jair ouvrit tout grand les yeux.

— L'Enchantement de Shannara peut faire tout ça ?

Brin secoua la tête.

— Non ! C'est seulement un jeu !

— Vraiment ? Ou bien est-ce *seulement* ainsi que vous l'avez utilisé ? Non, Brin Ohmsford. L'Enchantement de Shannara est une magie elfique, et il détient le pouvoir de toute magie elfique. Vous ne le voyez pas encore, mais je vous l'affirme.

— Peu m'importe ce qu'il est ou n'est pas ! cria Rone, furieux. Brin n'ira pas avec vous. Vous ne pouvez pas lui demander de faire quelque chose d'aussi dangereux !

Allanon ne perdit pas son calme.

— Je n'ai pas le choix, prince de Leah. Pas plus que lorsque j'ai demandé à Shea Ohmsford de partir à la recherche de l'Épée de Shannara, ou à Wil Ohmsford de se mettre en quête du Feu de Sang. L'héritage magique de Jerle Shannara est désormais dans la famille Ohmsford. Comme vous, j'aurais préféré qu'il en aille autrement. Mais autant désirer que la nuit devienne le jour ! L'Enchantement de Shannara appartient à Brin, et maintenant, elle doit s'en servir.

— Brin, écoute-moi, fit Rone en se tournant vers la Valombrienne. Je ne t'ai pas tout dit sur les rumeurs. On parle de ce que les spectres Mords ont fait aux gens, des langues et des yeux qu'ils leur ont arrachés, des esprits vidés de toute vie, et d'un feu qui brûle les os. Jusque-là, j'avais refusé de tenir compte de ces récits, pensant qu'il s'agissait de balivernes racontées dans les auberges par des ivrognes. Mais ce que dit le druide me force à considérer les choses autrement. Tu ne peux pas aller avec lui. Tu ne peux pas !

— Les rumeurs sont, hélas, vraies, reconnut Allanon à voix basse. Il existe un danger. Vous pourriez même mourir. Mais que ferons-nous si vous refusez de venir ? Et vous, vous cacherez-vous en espérant que les spectres Mords oublieront votre existence ? Demanderez-vous aux nains de vous protéger ? Qu'arrivera-t-il quand ils auront été exterminés ? Comme avec le Roi-Sorcier, les êtres maléfiques viendront ensuite dans ces terres. Ils les envahiront jusqu'à ce qu'il ne reste personne capable de leur résister.

Jair tendit la main vers sa sœur.

— Brin, si nous devons y aller, nous serons au moins deux !

— Certainement pas ! Quoi qu'il arrive, toi, tu restes ici !

— Nous resterons *tous* ici, dit Rone au druide. Nous n'irons pas. Aucun de nous. Vous devrez trouver un autre moyen.

Allanon secoua la tête.

— C'est impossible, prince de Leah. Il n'existe aucune autre solution.

Tout le monde se tut. Brin s'affaissa dans son siège, déconcertée et passablement effrayée. Elle se sentait piégée par le sentiment d'urgence que le druide avait fait naître en elle, et empêtrée dans les obligations qu'il lui avait imposées. Pendant que ces idées tourbillonnaient dans sa tête, la même chose lui revenait sans cesse à l'esprit : l'Enchantement de Shannara est seulement un jeu ! Né de la magie elfique, certes, mais un divertissement inoffensif. Pas une arme contre un mal si puissant qu'Allanon n'était pas parvenu à le vaincre. Pourtant, son père avait toujours craint la magie. Il l'avait prévenue de ne pas l'utiliser, disant que ce n'était pas un sujet de plaisanterie. Et elle-même avait décidé d'inciter Jair à ne plus utiliser l'Enchantement de Shannara…

— Allanon, dit-elle doucement. (Le druide se tourna vers elle.) Je me suis servie de l'Enchantement de Shannara pour changer l'apparence des choses, mais de façon peu importante. Pour faire passer des feuilles du vert au roux de l'automne, ou pour pousser des boutons à s'ouvrir… Et même ça, je ne l'ai pas fait très longtemps. Comment l'Enchantement de Shannara peut-il influencer la forêt maléfique qui garde l'Ildatch ?

— Je vous l'apprendrai.

— Mon père m'a toujours déconseillé d'utiliser la magie. Autrefois il l'a fait… et ça a bouleversé sa vie. S'il était là, Allanon, il soutiendrait Rone, et me recommanderait de vous dire non.

Le visage taillé à la serpe du druide refléta sa fatigue et son désarroi.

— Je le sais, Valombrienne.

— Mon père est revenu des Terres de l'Ouest, après avoir trouvé le Feu de Sang, et il a renoncé pour toujours aux Pierres elfiques, insista Brin. À l'époque, il avait compris tout de suite que la magie l'avait transformé, même s'il ignorait de quelle manière. Il s'est juré de ne jamais plus utiliser les Pierres.

— Je le sais également.

— Et vous me demandez quand même de vous suivre ?

— Oui.

— Sans que je puisse d'abord lui demander conseil ? Sans pouvoir attendre son retour ? Sans même me laisser la possibilité de lui expliquer ?

De la colère passa dans les yeux du druide.

— Je vais simplifier les choses, Brin Ohmsford. Ce que j'exige de vous n'est ni juste ni raisonnable. Et votre père ne l'approuverait certainement pas. Je vous demande de risquer votre vie sur ma simple parole. Je vous demande d'avoir confiance en moi, alors que vous avez bien peu de raisons de le faire. Je vous demande tout cela, et je ne vous donnerai rien en échange. Rien du tout.

Il se pencha, se levant à demi de sa chaise, le visage sombre et menaçant.

— Je vous dirai seulement ceci : si vous réfléchissez, vous comprendrez, malgré les arguments que vous pourriez m'opposer, qu'il est tout de même nécessaire que vous me suiviez !

Cette fois, même Rone se retint d'intervenir. Le druide soutint le regard de Brin un moment, les mains sur la table, puis se radossa à sa chaise. Il avait l'air fatigué et proche du désespoir. Cela ne ressemblait pas à la description d'Allanon que Wil avait faite à Brin. Et cela l'effraya encore plus.

— Je vais réfléchir à la question, comme vous me l'avez demandé. Mais j'ai au minimum besoin de cette nuit pour faire le tri dans mes sentiments.

Allanon hésita, puis il acquiesça.

— Très bien. Nous en reparlerons demain matin. Prenez la bonne décision, Brin Ohmsford.

Il s'apprêta à se lever, mais Jair se dressa devant lui, empourpré de colère.

— Et moi, alors ? Et mes sentiments à moi, dans cette affaire ? Si Brin y va, j'y vais aussi ! Je ne resterai pas en arrière !

— Jair, inutile de penser à..., commença Brin.

Allanon l'interrompit d'un geste impérieux. Il se leva et fit le tour de la table.

— Vous êtes courageux, dit-il doucement au jeune homme, une main sur son épaule. Mais votre magie n'est pas celle qu'il me faut. Elle appartient au domaine de l'illusion, et les illusions ne nous feront pas traverser la Maelmord.

— Vous pourriez vous tromper, insista Jair. De plus, quoi qu'il advienne, je ne vous serai pas inutile !

— Exact. Et vous nous aiderez. Je vous laisse une tâche à accomplir pendant que Brin et moi serons partis. Vous devrez veiller à la sécurité de vos parents. Vous assurer que les spectres Mords ne les trouvent pas avant que j'aie pu détruire l'Ildatch. Il faudra recourir à l'Enchantement de Shannara pour les protéger si des êtres maléfiques se lancent à leur recherche. Acceptez-vous de le faire ?

Brin trouva que le druide allait un peu vite en besogne en supposant qu'elle serait d'accord pour le suivre. Et sa suggestion – que Jair utilise la magie elfique comme arme – ne lui plaisait pas du tout.

— Oui, si c'est nécessaire, dit Jair à contrecœur. Mais j'aurais préféré venir avec vous.

Allanon retira sa main.

— Une autre fois, Jair, dit-il.

— Pour moi aussi, ce sera peut-être une autre fois ! lança Brin. Rien n'a encore été décidé, Allanon.

Le druide se tourna lentement vers elle.

— Il n'y aura pas d'autre fois pour vous, Brin, dit-il doucement. C'est cette fois ou jamais. Vous devez me suivre. Vous en serez persuadée, demain matin.

Il les salua de la tête et gagna la sortie, ses robes noires serrées contre son corps.

— Où allez-vous, Allanon ? demanda la Valombrienne.

— Je ne serai pas loin, répondit le druide sans s'arrêter.

Un instant après, il était parti. Brin, Jair et Rone regardèrent la porte en silence.

Puis Rone prit la parole.

— Bon, et maintenant ?

Brin le regarda et se leva.

— Maintenant, nous allons nous coucher !

— Nous coucher ! s'exclama le montagnard, sidéré. Comment peux-tu simplement aller au lit après tout ça ?

Il agita vaguement la main dans la direction où le druide était parti.

Brin repoussa sa chevelure noire et esquissa un faible sourire.

— Et que puis-je faire d'autre, Rone ? Je suis fatiguée, désorientée et effrayée. J'ai besoin de me reposer.

Elle s'approcha de lui et posa un léger baiser sur son front.

— Reste ici, cette nuit. (Elle embrassa aussi Jair et le serra dans ses bras.) Allez vous coucher, tous les deux.

Puis elle se hâta de rejoindre sa chambre et ferma la porte derrière elle.

Brin dormit peu, d'un sommeil troublé par des rêves. Ses peurs subconscientes prirent forme et la pourchassèrent tels des fantômes. Poursuivie et tourmentée, elle se réveilla en sursaut, son oreiller trempé de sueur. Elle se leva, mit sa robe de chambre et retourna dans la salle à manger. Elle alluma une lampe et la posa sur la table. Puis elle s'assit, régla la flamme au plus bas et se plongea dans la contemplation de l'obscurité.

Un sentiment d'impuissance avait envahi la jeune elfe. Que devait-elle faire ? Elle se souvint des histoires que lui avait racontées son père – puis de celles de son arrière-grand-père, Shea Ohmsford, quand elle était une toute petite fille. Ils lui avaient décrit ce qui s'était passé quand le Roi-Sorcier était venu des Terres du Nord. Lorsque ses armées avaient envahi Callahorn, les ténèbres s'étaient répandues sur les Terres. Là où le Roi-Sorcier passait, la lumière mourait. Et voilà que tout recommençait ! Les guerres frontalières entre les gnomes et les nains, la rivière Argentée empoisonnée avec les champs qu'elle irriguait, les ténèbres tombant sur les Terres de l'Est... Comme soixante-quinze ans plus tôt ! Cette fois aussi, il existait un moyen de vaincre les forces du mal, d'empêcher l'obscurité de se répandre. Et c'était encore un membre de la famille Ohmsford qui devait reprendre le flambeau, parce qu'il n'existait apparemment aucun autre moyen, si elle devait en croire Allanon.

Elle se blottit dans la chaleur de sa robe de chambre. Oui, si elle en croyait Allanon... Les « apparences », voilà le mot-clé en ce qui le concernait ! Mais qu'en était-il réellement ? Quelle partie de ce qu'il avait dit était la vérité ? Et laquelle une demi-vérité ? Les récits d'Allanon se ressemblaient tous. Le druide possédait un immense pouvoir et des connaissances infinies, mais quant à les partager... Il disait ce qu'il estimait être nécessaire, jamais plus. Il manipulait les autres pour arriver à ses fins, et gardait souvent son but soigneusement caché. Quand on choisissait de voyager en sa compagnie, il fallait avoir conscience que c'était un peu comme marcher à l'aveuglette.

Pourtant, la menace des spectres Mords ne pouvait pas être négligée, s'ils étaient réellement une autre forme des forces maléfiques détruites par l'Épée de Shannara. Brin devait y réfléchir. Allanon était certainement sournois et manipulateur avec les membres de la famille Ohmsford, mais il restait, par nature, un protecteur des Quatre Terres. Il entendait préserver les races, pas leur faire du tort. Et il avait toujours eu raison quand il avait averti les gens. Il n'existait aucune raison de penser qu'il se trompait, cette fois.

La magie de l'Enchantement de Shannara était-elle assez puissante pour enfoncer la barrière créée par les forces maléfiques ? Brin trouvait cette idée invraisemblable. Qu'était l'Enchantement de Shannara, sinon un effet secondaire de l'utilisation de la magie elfique par son père ? Il n'avait pas la force des Pierres elfiques. Pourtant, Allanon le tenait pour seul moyen de traverser la forêt maléfique. *Vraiment* le seul, puisque son propre pouvoir avait échoué !

Brin entendit un bruit de pieds nus qui la fit sursauter. Rone entra dans la salle à manger et vint s'asseoir en face d'elle.

— Moi non plus, je n'ai pas pu dormir, marmonna-t-il, clignant des yeux dans la lumière de la lampe. Qu'as-tu décidé ?

— Rien, pour le moment. J'ignore que faire. Et je me demande sans cesse ce que déciderait mon père.

— C'est facile, grogna Rone. Il te dirait d'oublier cette idée. C'est trop dangereux. Il te dirait aussi, comme il l'a souvent fait, qu'on ne peut pas se fier à Allanon.

Brin écarta une mèche de cheveux de son visage, et fit un pâle sourire à son ami.

— Tu ne m'as pas écoutée, Rone. Je n'ai pas dit que je me demandais ce que mon père déclarerait, mais ce qu'il déciderait à ma place. N'irait-il pas, comme quand Allanon est venu le chercher à Storland, il y a vingt ans ? Il savait pourtant que le druide ne disait pas toute la vérité, et qu'il lui avait caché pas mal de choses. Mais il était aussi conscient que la magie qu'il possédait pouvait être utile, et qu'il était le seul à la détenir…

Le montagnard s'agita sur son siège.

— Brin, l'Enchantement de Shannara… Bref, ça n'est pas la même chose que les Pierres elfiques. Tu l'as dit toi-même : c'est un simple jeu.

— Je le sais. Et c'est ce qui rend les choses si difficiles. Sans compter que mon père serait horrifié s'il savait que j'envisage, même un instant, la possibilité d'utiliser la magie comme arme. (Elle s'interrompit.) Mais la magie elfique est une chose étrange. Son pouvoir n'est pas toujours apparent. Il en allait ainsi pour l'Épée de Shannara. Shea Ohmsford ne comprenait pas comment elle pouvait vaincre un ennemi aussi puissant que le Roi-Sorcier. Mais il a continué, faisant confiance à Allanon…

Rone se redressa sur son siège.

— Je te le redis, Brin : ce voyage est trop dangereux. Les spectres Mords aussi. Allanon ne peut pas traverser la barrière qu'ils ont créée : il l'a dit lui-même ! Ce serait différent si tu pouvais utiliser les Pierres elfiques. Elles ont assez de pouvoir pour détruire un ennemi aussi puissant que celui-là. Mais que ferais-tu avec l'Enchantement de Shannara si tu devais les affronter ? Tu leur pousserais la chansonnette, comme à ce vieil érable ?

— Ne te moque pas de moi, Rone !

— Je ne me moquais pas de toi. J'ai bien trop d'affection pour toi. Mais j'ai le sentiment que l'Enchantement de Shannara ne serait pas une protection contre des créatures comme ces spectres.

Brin regarda dehors, observant le mouvement rythmique et puissant des arbres dans le vent.

— Moi aussi, dit-elle doucement.

Ils restèrent un moment assis en silence, perdus dans leurs pensées. Le visage sombre et fatigué d'Allanon flottait dans l'esprit de Brin, tel un spectre accusateur. *« Vous devez venir. Vous le comprendrez au matin. »* Elle l'entendit redire ces mots, avec une telle certitude… Mais quel argument pourrait la persuader ? se demanda-t-elle. Elle disposait de toutes les données – pour partir comme pour rester. Et la balance ne penchait dans aucune des deux directions.

— Et toi, tu irais ? demanda-t-elle abruptement à Rone. Si tu étais en possession de l'Enchantement de Shannara ?

— Pas question, répondit-il un peu trop vite et avec un peu trop de désinvolture.

Tu mens, Rone. Parce que tu n'as pas envie que je parte. Si tu y réfléchissais, tu reconnaîtrais que j'ai des raisons de me poser des questions.

— Que se passe-t-il ? demanda une voix ensommeillée.

Jair entra dans la salle en clignant des yeux. Il les rejoignit et les regarda l'un après l'autre.

— Nous étions en train de parler, Jair, dit Brin.

— Du livre magique ? Et de partir à sa recherche ?

— Oui. Pourquoi ne retournes-tu pas te coucher ?

— Tu vas y aller ?

— Je ne sais pas encore.

— Elle n'ira pas si elle a un rien de bon sens, grogna Rone. C'est un voyage bien trop dangereux. Dis-lui, petit tigre ! C'est la seule sœur que tu as, et tu ne veux sûrement pas que les Marcheurs noirs s'emparent d'elle !

Brin jeta un coup d'œil furieux à Rone.

— Jair n'a rien à voir dans ma décision. Alors, arrête d'essayer de lui faire peur !

— *Lui* faire peur ? répéta Rone, s'empourprant. Qui a dit que je voulais lui faire peur ? C'est toi que j'essayais de dissuader, au nom du chat !

— De toute façon, les Marcheurs noirs ne me font pas peur, déclara Jair.

— Eh bien, tu as tort ! dit sèchement Brin.

Jair baissa les épaules et bâilla.

— Tu devrais peut-être attendre de pouvoir en parler avec papa. Nous devrions lui envoyer un message…

— Ça, c'est sensé ! approuva Rone. Attends au moins d'avoir l'avis de Wil et d'Eretria.

— Tu as entendu ce qu'a dit Allanon. Nous n'avons pas le temps de les contacter.

Le montagnard croisa les bras.

— Allanon serait bien obligé de prendre le temps, si c'était nécessaire. Brin, ton père aura peut-être une opinion différente sur tout ça. Après tout, il a le bénéfice de l'expérience. Et il a déjà eu recours à la magie elfique.

— Brin, papa utiliserait les Pierres elfiques ! s'écria Jair. Il pourrait venir avec toi et te protéger comme il a protégé Amberle.

Pour Brin, tout s'éclaira. Ces quelques mots lui fournirent la réponse qu'elle cherchait. Allanon avait raison : elle devait partir avec lui. Mais pour une raison qu'elle n'avait pas envisagée jusque-là. Son père insisterait pour les accompagner, et il sortirait les Pierres elfiques de leur cachette. Exactement ce qu'elle devait éviter. Son père serait forcé de rompre son vœu de ne jamais plus se servir des Pierres. D'ailleurs, il l'empêcherait probablement d'y aller. Il prendrait sa place, afin que Brin, sa mère et son frère restent en sécurité.

— Jair, retourne te coucher, dit soudain Brin.

— Mais je viens de me lever…

— Vas-y. S'il te plaît. Nous reparlerons de tout ça demain matin.

Jair hésita.

— Et toi ?

— Je vais aller au lit aussi. Mais d'abord, je veux rester quelques minutes ici, à réfléchir.

Jair lui jeta un regard soupçonneux, puis céda.

— D'accord. Bonne nuit. (Il se dirigea vers la porte.) Mais n'oublie pas d'aller te coucher !

Brin chercha le regard de Rone. Ils se connaissaient depuis leur plus tendre enfance. Par moments, ils savaient ce que l'autre pensait sans qu'un mot ait été prononcé. C'était le cas ici…

Le montagnard se leva, le visage résolu.

— D'accord, Brin. Moi aussi, j'ai compris. Mais je viens avec toi ! Et je resterai jusqu'à ce que tout soit terminé.

Elle fit un signe d'approbation. Il se tourna et sortit de la pièce, la laissant seule.

Les minutes passèrent. Brin réfléchit de nouveau à la question, pesant le pour et le contre. À la fin, elle arriva à la même réponse. Elle ne pouvait pas laisser son père rompre son vœu. Elle ne le pouvait pas !

Elle se leva, souffla la flamme de la lampe à huile et marcha vers l'entrée. Déverrouillant la porte, elle l'ouvrit et sortit dans les ténèbres. Le vent frais charriait les odeurs de l'automne. Elle regarda un moment dans l'obscurité, sortit derrière la maison et s'arrêta à l'orée du jardin, sous un bouquet de chênes géants. Puis elle regarda autour d'elle.

Peu après, Allanon apparut. Elle avait deviné qu'il serait là. Aussi noir que les ombres autour de lui, il s'écarta d'un arbre et se campa devant elle.

— J'ai décidé, dit-elle doucement mais d'une voix ferme. Je viendrai avec vous.

Chapitre 3

Le matin arriva rapidement. Sa pâle lumière argentée filtra à travers les brumes de l'aube, chassant les ombres vers l'ouest. Tirés par la lumière de leur sommeil inconfortable, les membres de la maisonnée Ohmsford se levèrent.

Les préparatifs du départ de Brin furent rapidement mis en route. Rone partit à l'auberge se procurer des chevaux, leur harnachement, des armes et des réserves de nourriture. Brin et Jair emballèrent les vêtements et les fournitures. Ils travaillèrent avec concentration, sans échanger beaucoup de paroles.

Jair Ohmsford ne se sentait pas du tout communicatif, plutôt mécontent d'avoir appris que Brin et Rone partiraient vers l'est en compagnie d'Allanon, et qu'il devrait rester en arrière.

Cela avait été décidé très tôt ce matin-là, dans les minutes qui avaient suivi son réveil. Ils s'étaient réunis dans la salle à manger, comme la veille, et avaient brièvement parlé de la décision de Brin. Une décision, pensa Jair amèrement, dont tout le monde à part lui semblait déjà au courant. Puis était venue la nouvelle que Brin et Rone partaient – mais pas lui.

Le druide n'avait pas été particulièrement enchanté que Rone insiste pour les suivre. Mais le jeune homme n'en avait pas démordu : il fallait à Brin, au cours du voyage, quelqu'un en qui elle ait confiance et sur qui elle pouvait compter. Non, le druide n'avait pas été ravi ! Il avait accepté parce que Brin avait reconnu qu'elle se sentirait plus à l'aise si Rone venait. Quand Jair avait suggéré qu'elle se sentirait encore mieux s'il venait aussi, puisqu'il maîtrisait également l'Enchantement de Shannara, les trois autres s'étaient ligués pour le lui interdire. « *C'était trop dangereux* », avait dit Brin. « *Un voyage trop long et trop risqué* », avait ajouté Rone.

« *De plus, on a besoin de vous ici* », avait rappelé Allanon. « *Vous avez la responsabilité de protéger vos parents. Pour ça, vous utiliserez la magie si cela s'avère nécessaire.* »

Sur ces mots, Allanon était parti, et Jair n'avait plus eu la possibilité de débattre de la question avec lui. Rone avait toujours été béat d'admiration devant Brin. Donc, il n'irait pas contre ce qu'elle avait décidé.

Une partie du problème avec sa sœur, c'était qu'elle ne le comprenait pas. Jair n'était pas sûr qu'elle se comprenait elle-même, la plupart du temps.

Pendant leurs préparatifs, Allanon n'étant pas encore revenu et Rone toujours au village, Jair souleva la question des Pierres elfiques.

Ils emballaient des couvertures dans de la toile cirée quand il dit soudain :

— Brin, je sais où papa a caché les Pierres elfiques.

Elle leva la tête.

— Je me doutais que tu étais au courant.

— Ma foi, il en avait fait un tel secret…

— Et tu n'aimes pas les secrets, n'est-ce pas ? Tu les as sorties de leur cachette ?

— Juste une fois, pour les regarder, reconnut Jair. (Il se pencha.) Brin, je pense que tu devrais les emporter.

— Pour quoi faire ?

— Pour leur protection. Pour leur magie.

— Leur magie ? Personne ne peut en bénéficier, à part notre père, comme tu le sais.

— Ma foi, peut-être…

— De plus, tu connais ses sentiments sur les Pierres elfiques. C'est déjà ennuyeux que je sois obligée de faire ce voyage, mais si j'emportais les Pierres elfiques, en plus… Tu n'as pas vraiment réfléchi à tout ça, Jair.

— C'est toi qui ne réfléchis pas ! Nous savons tous les deux combien ce voyage sera dangereux. Tu auras besoin de toute l'aide possible. Et les Pierres elfiques pourraient t'aider. Il suffit de déterminer comment les activer. Tu devrais en être capable.

— Personne, excepté leur propriétaire légitime, ne peut…

— Les utiliser ? Peut-être n'est-ce pas vrai pour toi et pour moi, Brin. Après tout, nous possédons déjà la magie elfique. L'Enchantement de Shannara ! Nous pourrions peut-être nous servir des Pierres !

Il y eut un long silence.

— Non, dit enfin Brin. Nous avons promis à papa de ne jamais essayer…

— Il nous a aussi fait promettre de ne pas invoquer notre magie, si tu te souviens ! Mais nous le faisons. Même toi, de temps en temps. Et c'est bien ce qu'Allanon attend de toi, quand vous arriverez à la forteresse des spectres Mords. Alors ? Quelle différence y a-t-il entre utiliser l'Enchantement de Shannara et se servir des Pierres elfiques ?

Brin regarda son frère en silence, l'air perdu. Puis elle recommença à emballer les couvertures.

— Peu importe. Je ne prendrai pas les Pierres elfiques. Aide-moi à attacher ces paquets.

Les choses s'étaient arrêtées là, comme quand il s'était agi de savoir si Jair les suivrait ou pas. Aucune véritable explication n'avait été donnée. Brin avait simplement décidé qu'elle n'emporterait pas les Pierres. Il ne comprenait pas le raisonnement de sa sœur. À sa place, il aurait pris les Pierres elfiques ! Et il aurait trouvé un moyen de s'en servir, parce qu'elles étaient une arme redoutable contre la magie noire. Mais Brin ne voyait pas l'absurdité de son comportement : avoir accepté de recourir à l'Enchantement de Shannara et refuser la magie des Pierres.

Le reste de la matinée, Jair essaya de comprendre le raisonnement de sa sœur – ou son absence de raisonnement.

Les heures passèrent rapidement. Rone revint avec les chevaux et les fournitures. Après avoir chargé leur matériel, les trois jeunes gens prirent un repas rapide à l'ombre des chênes du jardin. Soudain, Allanon reparut. Entièrement vêtu de noir, il attendait avec autant de patience que Dame la Mort. Le moment était venu. Rone serra la main de Jair, lui flanqua une claque amicale dans le dos, et lui arracha la promesse qu'il veillerait sur ses parents à leur retour de voyage. Puis Brin le serra dans ses bras.

— Au revoir, Jair, murmura-t-elle. Souviens-toi que je t'aime, petit frère.

— Moi aussi, je t'aime, dit-il d'une voix étranglée en lui rendant son étreinte.

Peu après, ils montèrent en selle et partirent sur la route poussiéreuse. Les voyageurs agitèrent les bras en signe d'adieu. Jair attendit qu'ils soient hors de vue avant d'essuyer une larme furtive.

L'après-midi même, il déménagea à l'auberge. À cause de l'hypothèse émise par Allanon : les spectres Mords ou leurs alliés gnomes étaient peut-être déjà à la recherche du druide à l'ouest de la rivière Argentée. Si leurs ennemis atteignaient Valombre, la demeure des Ohmsford serait le premier endroit où ils iraient. De plus, la vie était bien plus intéressante à l'auberge, qui regorgeait de voyageurs venus des Quatre Terres. Chacun avait un récit différent à faire et des nouvelles variées à raconter. Jair préférait nettement écouter des histoires devant un verre de bière que s'ennuyer seul dans sa maison vide.

Tandis qu'il se rendait à l'auberge, emportant quelques objets personnels, la chaleur du soleil de l'après-midi atténua un peu la déception qu'il éprouvait toujours à avoir été laissé en arrière. Il y avait effectivement de bonnes raisons pour qu'il reste. Quelqu'un devrait expliquer la situation à leurs parents, quand ils reviendraient. Ce ne serait pas facile. Il imagina un instant la réaction de son père, quand il lui dirait ce qui était arrivé, et fit la grimace. Non, son père ne serait pas ravi ! Il insisterait probablement pour partir sur les traces de Brin, peut-être en prenant avec lui les Pierres elfiques.

Si ça arrivait, Jair partirait aussi. Il ne resterait pas en arrière une deuxième fois !

Il flanqua un coup de pied à un tas de feuilles, les éparpillant aux quatre vents. Son père ne l'entendrait pas de cette oreille, bien évidemment. Sa mère non plus, d'ailleurs. Mais il avait deux semaines devant lui pour trouver un moyen de les persuader.

Il continua son chemin, plus lentement, laissant l'idée se développer dans son esprit. Puis il la repoussa. Le mieux serait de les avertir de ce qui était arrivé à Brin et à Rone, puis de les accompagner à Leah, où ils resteraient sous la protection du père de Rone jusqu'à ce que tout soit terminé. C'était ce qu'on attendait de lui, et donc ce qu'il ferait. Bien entendu, Wil Ohmsford pouvait très bien décider de ne pas accepter ce plan. Jair étant le fils de son père, il aurait aussi son mot à dire.

Il sourit et accéléra l'allure.

Jair Ohmsford prit le repas du soir à l'auberge, avec la famille qui gérait l'établissement pour ses parents. Il proposa d'aider le lendemain aux travaux domestiques, puis alla dans la salle commune, pour écouter les récits des colporteurs et des voyageurs.

Plus d'un mentionna les spectres Mords vêtus de noir que nul n'avait vus, mais que chacun savait être réels. Des créatures maléfiques capables de prendre la vie d'un homme d'un regard. « Ils venaient des profondeurs de la terre », murmura un voyageur. Les autres hochèrent la tête pour indiquer leur accord. Oui, il valait mieux ne jamais les rencontrer ! Même Jair fut un peu mal à l'aise à cette idée.

Le jeune elfe resta avec les clients jusqu'après minuit, puis regagna sa chambre.

Il dormit d'un sommeil de plomb, se réveilla à l'aube et passa la matinée à travailler dans l'auberge. Il ne se sentait plus aussi mécontent d'être resté. Après tout, le rôle qu'il avait à jouer dans cette affaire était important. Si les spectres Mords connaissaient l'existence des Pierres elfiques et se lançaient à la recherche de Wil Ohmsford, il serait en aussi grave danger que sa fille ! C'était à lui, Jair, de garder un œil ouvert pour que rien de mal n'arrive à son père.

À midi, Jair termina le travail qu'il avait accepté de faire. L'aubergiste le remercia et lui dit de prendre le reste de sa journée. Il alla dans la forêt, derrière l'auberge, à un endroit ou il n'y avait personne, et expérimenta pendant plusieurs heures l'Enchantement de Shannara, utilisant la magie de plusieurs façons. Satisfait de son niveau de contrôle, il repensa au conseil de son père : renoncer à la magie elfique. Mais Wil ne comprenait pas, voilà tout ! La magie faisait partie de lui, et l'utiliser était aussi naturel que se servir de ses bras ou de ses jambes. Il ne pouvait pas prétendre que la magie n'existait pas, comme il n'aurait pas pu dire que ses membres n'étaient pas là. Ses parents s'obstinaient à répéter que la magie était dangereuse. Brin le disait aussi parfois, mais avec moins de conviction, puisqu'elle se rendait « coupable » de l'utiliser de temps en temps. Jair était persuadé qu'ils disaient ça parce qu'il était plus jeune que Brin, et qu'ils s'inquiétaient davantage pour lui. Pour le moment, il n'avait aucune preuve que la magie était dangereuse pour lui. Tant qu'il n'en aurait pas, il avait l'intention de continuer à s'en servir.

En revenant à l'auberge, dès que les ombres s'allongèrent sous le soleil de la fin d'après-midi, il pensa qu'il devrait jeter un coup d'œil à sa maison, pour s'assurer que rien n'avait été touché. Elle était verrouillée, bien entendu, mais une petite inspection ne pouvait pas faire de mal. Après tout, leur foyer faisait partie de ses responsabilités.

Il réfléchit et décida finalement d'aller faire sa vérification après le repas du soir. Manger lui semblait pour le moment plus important que marcher jusqu'à la demeure des Ohmsford. Utiliser la magie lui creusait toujours l'appétit.

Il avança le long des sentiers forestiers qui menaient à l'auberge. En respirant les odeurs de l'automne, il pensa aux éclaireurs. Il avait toujours été fasciné par ces hommes – une race à part, capables de suivre la piste de n'importe quel être vivant en étudiant le terrain qu'il avait traversé. La plupart étaient plus à l'aise dans la nature sauvage que dans les communautés. Et ils préféraient la compagnie de ceux qui leur ressemblaient. Jair avait discuté avec un éclaireur, des années plus tôt. Le vieil homme, une jambe cassée, avait été amené à l'auberge par des voyageurs. Il y était resté près d'une semaine, attendant que sa jambe soit suffisamment remise pour lui permettre de repartir. Au début, il avait refusé de parler à Jair, malgré l'insistance du jeune garçon. De toute façon, il ne voulait parler à personne.

Puis Jair lui avait montré un peu de sa magie. Intrigué, le vieil homme avait accepté de lui parler, d'abord un peu, puis de plus en plus. Et ses récits étaient fabuleux…

Jair s'engagea sur la route de l'auberge et approcha de la porte latérale, un grand sourire aux lèvres au souvenir de ses entretiens avec l'éclaireur.

Puis il vit le gnome.

Un instant, il crut que ses yeux lui jouaient des tours. Il s'arrêta net, la main sur la poignée de la porte, regardant fixement de l'autre côté de la route, vers la palissade des écuries, où le petit être jaune au corps noueux se tenait.

Le visage ratatiné de la créature se tourna vers lui, ses yeux perçants plongeant dans les siens. Jair comprit qu'il ne s'était pas trompé.

Il se hâta de pousser la porte de l'auberge et d'entrer. Puis il s'appuya à la porte fermée, seul dans le couloir, et essaya de se calmer. Un gnome ! Que faisait-il à Valombre ? Un voyageur, peut-être ? Mais peu de gnomes s'aventuraient aussi loin des forêts des Terres de l'Est. Il ne se souvenait pas de la dernière fois où il avait vu un gnome à Valombre. Mais il y en avait un maintenant. Et, qui sait, peut-être plus d'un !

Il s'éloigna de la porte et suivit le couloir. S'arrêtant près d'une fenêtre, il regarda dehors, concentré sur l'examen de la palissade. Le gnome était toujours là. Et il semblait seul.

Jair se radossa au mur. Que faire, maintenant ? Était-ce une coïncidence qui amenait le gnome à Valombre au moment où Allanon affirmait que les spectres Mords les cherchaient ? Ou n'était-ce pas fortuit du tout ? Jair se força à respirer plus calmement. Comment s'en assurer ? Comment découvrir la vérité ?

Il inspira à fond. D'abord, il devait se forcer au calme. Un seul gnome n'était pas une menace sérieuse…

Il sentit soudain l'odeur délicieuse d'un ragoût, et son appétit se rappela à son bon souvenir. Il hésita un instant, puis se dirigea vers la cuisine. Réfléchir à la situation devant un bon repas s'imposait. Il se restaurerait et déciderait d'un plan.

Il essaya de se mettre dans la peau de Rone. Lui aurait su quoi faire, s'il avait été là. Jair devrait essayer de l'imiter.

Le ragoût de bœuf était aussi bon que son odeur. Affamé, Jair trouva pourtant difficile de se concentrer sur la nourriture, sachant que le gnome était dehors. À la moitié du repas, il se souvint soudain que la maison était vide, les Pierres elfiques cachées à l'intérieur. Si le gnome était là sur l'ordre des Marcheurs noirs, il venait peut-être aussi bien pour les Pierres que pour les Ohmsford, ou Allanon. Il y en avait peut-être d'autres, déjà en train de fouiller la maison…

Jair repoussa son assiette, finit d'un trait son verre de bière, et quitta la cuisine pour retourner devant la fenêtre. Il regarda dehors. Le gnome était parti.

Et maintenant ? Le jeune elfe repartit en courant le long du couloir. Il devait passer à la maison et s'assurer que les Pierres elfiques étaient en sécurité. Ensuite…

Il interrompit son raisonnement, ignorant ce qu'il ferait ensuite. Mais il verrait sur le moment.

Jair accéléra l'allure. Le plus important, pour l'instant, était de savoir si quelqu'un avait essayé de pénétrer dans la maison.

Il dépassa la porte latérale qu'il avait empruntée pour entrer et se dirigea vers l'arrière du bâtiment. Il repartirait par un autre chemin, au cas où le gnome le chercherait – ou, même s'il ne l'avait pas traqué au début, s'il avait été intrigué par l'attitude furtive du Valombrien.

Le couloir finissait sur une porte, à l'arrière de l'aile principale du bâtiment. Jair s'arrêta, écouta, se traita d'imbécile, puis ouvrit et sortit. Les ombres portées par les arbres s'étendaient sur le terrain de l'auberge, presque menaçantes. Le ciel s'obscurcissait rapidement. Jair regarda autour de lui, puis se dirigea vers les arbres. Il prendrait un raccourci à travers la forêt pour arriver chez lui, restant loin de la route jusqu'à ce qu'il soit sûr que…

— Tu fais une petite promenade, gamin ?

Jair se figea. Le gnome sortit de l'ombre, un sourire triomphant sur les lèvres. Il l'avait attendu.

— Je t'ai vu, gamin. Je t'ai vu tout de suite. Et j'ai su aussitôt qui tu étais. Un visage moitié elfe moitié humain… Il n'y a pas beaucoup de gens comme toi.

Le gnome s'arrêta à quelques pas de Jair, ses mains noueuses posées sur les hanches. Il portait des vêtements de forestier en cuir. Ses bottes et ses bracelets étaient hérissés de pointes de fer, et des couteaux et une épée courte pendaient à son ceinturon.

— Tu es le jeune Ohmsford, n'est-ce pas ? Le gamin, Jair ?

Le mot « gamin » vexa le jeune elfe.

— Ne vous approchez pas, dit-il, effrayé, mais essayant désespérément de ne pas montrer sa peur.

— Que je ne m'approche pas ? (Le gnome éclata de rire.) Et que ferais-tu si je m'approchais, demi-elfe ? Tu me jetterais sur le sol ? Tu me prendrais mes armes ? Un gamin courageux…

Le gnome lâcha un autre rire rauque. Jair s'avisa soudain qu'il lui parlait dans la langue des habitants des Terres du Sud, et pas dans le rude dialecte de son peuple.

Les gnomes utilisaient rarement une autre langue que la leur, car c'était un peuple borné qui ne voulait rien avoir à faire avec les autres. Celui-là avait dû beaucoup voyager hors des Terres de l'Est pour parler si bien une langue étrangère.

— Bon, gamin, dit-il, interrompant le cours de ses pensées. Maintenant, soyons raisonnables. Je cherche le druide. Dis-moi où il est, que ce soit ici ou ailleurs, et je passerai mon chemin.

— Quel druide ? Je ne connais pas de druide. Je ne comprends pas de quoi…

— Tu veux jouer à ce petit jeu, gamin ? Alors, je serai obligé d'utiliser la manière forte.

Il avança vers Jair, mains tendues. Le jeune elfe recula puis pensa à invoquer l'Enchantement de Shannara. Il eut un moment d'incertitude, car il n'avait jamais utilisé la magie contre un être humain. Puis il se décida.

Une masse grouillante de serpents apparut et s'enroula autour des bras du gnome. Celui-ci hurla de peur, essayant de déloger les reptiles en faisant de grands moulinets. Jair regarda autour de lui et trouva une branche cassée de la taille d'un bâton de marche. Il la saisit à deux mains et l'abattit sur la tête de son agresseur.

Le gnome grogna et s'effondra sur le sol, où il resta immobile.

Jair lâcha la branche. Avait-il tué son adversaire ? Il s'agenouilla à côté de lui, lui tâta le poignet et trouva un pouls. Le gnome était inconscient, pas mort. Jair se redressa. Que devait-il faire ?

Ce gnome cherchait Allanon, informé qu'il était venu à Valombre et qu'il avait rencontré les Ohmsford... Il savait trop de choses, Jair en était certain, pour qu'il prenne le risque de rester à Valombre, surtout maintenant qu'il avait utilisé la magie.

Il n'aurait pas dû faire ça. Mais c'était trop tard pour les regrets. Il doutait que le gnome fût venu seul. Il y en avait sûrement d'autres, sans doute à la maison. Et il devait y aller, car les Pierres elfiques y étaient cachées.

Il regarda autour de lui. À une dizaine de pas, il avisa une grande poubelle en bois. Il tira le gnome par les pieds, ouvrit le couvercle, tassa le gnome dans la boîte à ordures, referma et remit en place la barre de métal.

La poubelle était solide. Le gnome n'en sortirait pas avant un bon moment.

Jair revint en hâte à l'auberge. Malgré la nécessité de faire vite, il devait dire au patron où il allait. Sinon, tout le village écumerait la campagne pour le retrouver. Il avait été relativement facile d'expliquer le départ de Brin et de Rone. Ils avaient dit qu'ils partaient pour une visite à Leah, Jair ayant décidé de rester à Valombre. Ce serait autre chose s'il disparaissait purement et simplement !

Feignant la nonchalance, il annonça à l'aubergiste, avec un sourire désarmant, qu'il partirait dès l'aube pour les montagnes de Leah. Cette nuit, il irait à la maison Ohmsford faire ses bagages. Quand l'aubergiste lui demanda pourquoi il avait changé d'avis, il prétendit avoir reçu un message de Brin.

Puis il sortit avant que l'homme puisse lui poser d'autres questions.

Il se faufila dans les bois et courut dans l'obscurité.

Il n'avait pas peur, probablement parce qu'il n'avait pas pris le temps de réfléchir à ce qu'il faisait. De plus, se répétait-il, il avait réglé son compte au gnome, non ?

Des branches lui cinglèrent le visage. Il continua à courir, sans essayer de les éviter, les yeux rivés sur les ténèbres, devant lui. Connaissant bien cette partie de la forêt, il trouva son chemin sans trop de problèmes. Il avançait avec une légèreté de félin, écoutant tous les bruits autour de lui.

À cinquante pas de sa maison, il se fondit dans un petit bosquet de pins, avançant à l'abri des arbres jusqu'à ce qu'il voie le bâtiment à travers les branches.

Alors, il se laissa tomber à quatre pattes, examinant les alentours. Pas de bruit, pas de mouvement, aucun signe de vie. Tout semblait normal.

Il lui suffisait de se glisser dans la maison, de récupérer les Pierres elfiques et de ressortir discrètement. Si personne ne le surveillait, ce serait facile…

Mais quelque chose bougea dans les chênes, derrière la bâtisse. Une ombre fugitive, puis plus rien. Jair inspira à fond et attendit. Les minutes passèrent. Des insectes bourdonnaient autour de lui, probablement affamés, mais il les ignora. Puis il vit le mouvement une deuxième fois, plus clairement. C'était un homme. *Non*, corrigea-t-il mentalement, *un gnome.*

Gnome ou pas, il devait y aller. Et s'il y avait un gnome, il y en aurait probablement d'autres. Mais ils ignoraient s'il reviendrait… et quand.

Le temps allait lui manquer ! Il devait quitter Valombre, mais pas en abandonnant derrière lui les Pierres elfiques.

Jair n'avait pas le choix : il devait utiliser l'Enchantement de Shannara.

Il se concentra pour donner à sa voix le timbre requis, imitant le bourdonnement des moustiques, qui survivaient encore grâce à la clémence de l'automne. Puis il se glissa hors du bosquet de pins dans la forêt qui s'éclaircissait à cet endroit. Il avait recouru à cette astuce une ou deux fois, mais jamais dans des conditions aussi difficiles.

Il avança, son chant lui permettant de se fondre dans la forêt et d'être invisible aux yeux de ceux qui la surveillaient. La maison se rapprocha. Il aperçut de nouveau le gnome qui montait la garde au milieu des arbres, derrière le bâtiment sans lumière. Puis il en vit un autre, sur sa droite, dans les grands buissons, devant la maison, et un autre encore, de l'autre côté de la route, dans les sapins-ciguë. Aucun ne regardait dans sa direction. Il aurait voulu courir aussi vite que le vent pour atteindre la maison, mais il continua d'avancer d'un pas régulier, chantant toujours doucement.

Pourvu qu'ils ne me voient pas, se dit-il.

Il traversa la pelouse, passant des arbres aux buissons, et regarda autour de lui pour voir si les gnomes s'approchaient. Il entrerait par la porte de derrière, se dit-il en avançant. Ce serait la plus sûre, à l'ombre de grands arbustes à fleurs dont les feuilles n'étaient pas encore tombées.

Un appel résonna derrière la bâtisse. Jair s'arrêta, effrayé. Le gnome posté à l'arrière de la maison sortit de l'abri des chênes, les rayons de lune se reflétant sur son couteau.

L'appel retentit de nouveau, suivi par un éclat de rire. Le gnome baissa son arme. Les cris et les rires venaient de la maison voisine, un peu plus bas sur la route. Les habitants plaisantaient et discutaient sur le pas de leur porte, après le repas. La sueur détrempait la tunique de Jair. À une dizaine de pas de lui, le gnome retourna se cacher au milieu des chênes.

La voix de Jair trembla, puis se raffermit, continuant à le dissimuler à ses ennemis. Il continua son chemin.

Il s'arrêta devant la porte pour essayer de se calmer. L'Enchantement de Shannara s'interrompit un instant. Le jeune elfe fouilla dans ses poches et en sortit enfin la clé de la maison. Il l'introduisit dans la serrure, ouvrit et entra rapidement.

Puis il s'arrêta de nouveau. Quelque chose allait de travers. Il percevait un problème, sans pouvoir le définir. Un sentiment qui le glaçait jusqu'aux os. Oui, il y avait quelque chose de différent dans la maison. Il écouta en silence, attendant que ses sens lui révèlent quoi. Lentement, il prit conscience qu'il y avait dans la maison *quelque chose* de si maléfique que cette seule présence faisait naître la peur en lui. Quoi que ce fût, l'entité semblait être partout à la fois, comme un linceul enveloppant la maison des Ohmsford. *Une* chose, murmura son esprit, *une* chose…

Un spectre Mord.

Jair retint son souffle. Un Marcheur, dans sa maison !

Il sentit la panique s'emparer de lui, la présence de la créature sapant son courage.

L'être l'attendait sûrement dans la pièce voisine, caché dans les ténèbres. Le monstre savait qu'il était là. Il le guettait, et Jair ne serait pas capable de lui résister.

Un instant, il crut qu'il allait se retourner et s'enfuir à toutes jambes, submergé par la panique. Puis il pensa à ses parents, qui reviendraient sans se douter de rien, et aux Pierres elfiques – la seule arme que les Marcheurs noirs craindraient – cachées à moins de dix pieds de lui.

Il ne se permit plus de penser : il agit. Comme une ombre, il gagna l'âtre de la cuisine, ses doigts courant sur les contours rugueux de la pierre, à l'endroit où elle rejoignait le mur pour former une série de niches servant à entreposer des fournitures. Au fond de la troisième étagère, la pierre glissa sous ses doigts, révélant une cachette. Il referma la main sur une bourse en cuir.

Quelque chose bougea dans la pièce voisine.

La porte de derrière s'ouvrit à la volée, et une silhouette se campa sur le seuil.

Jair s'aplatit contre le mur, essayant de se fondre dans les ombres, prêt à fuir dès qu'il le pourrait. L'intrus le dépassa sans s'arrêter, tête baissée comme s'il cherchait son chemin. Il entra dans la pièce principale, et murmura quelque chose à la créature qui attendait là.

Jair passa la porte restée ouverte et fonça sous le couvert des arbustes. Il s'arrêta pour vérifier si c'était le gnome caché dans les chênes qui était entré dans la maison, puis courut vers la forêt.

Plus vite, plus vite !

Sans un regard en arrière, il s'enfuit dans la nuit.

Chapitre 4

Sa fuite fut très pénible.

Jadis, deux Ohmsford avaient fui Valombre en pleine nuit, poursuivis par des créatures noires qui devaient les harceler d'un bout à l'autre des Quatre Terres. Cela faisait plus de soixante-dix ans que Shea et Flick Ohmsford s'étaient glissés hors de leur chambre de l'auberge de Valombre, échappant de justesse au porteur du Crâne ailé envoyé par le Roi-Sorcier pour les détruire. Jair connaissait leur histoire. À peine plus âgés que lui, ils avaient détalé vers l'est, jusqu'à Culhaven, chez les nains. Jair Ohmsford n'était pas moins capable qu'eux ! Élevé à Valombre, il avait néanmoins appris à survivre dans des contrées moins paisibles.

Pendant qu'il fuyait dans la forêt, emportant, en plus de ses vêtements, le couteau de chasse que tout Valombrien avait toujours à la ceinture et la bourse contenant les Pierres elfiques – cachée dans sa tunique – il se sentait sûr de rejoindre sans danger sa destination. Il ne détalait pas sous le coup d'une panique aveugle, mais poussé par un sentiment de nécessité. Certes, il avait connu un moment de peur véritable, dans la cuisine, quand il avait compris qu'un spectre l'attendait dans la pièce d'à côté. Mais c'était terminé, et il avançait désormais l'esprit clair et déterminé.

Sa destination ? Leah… Un voyage de trois jours. L'ayant déjà accompli, il pourrait le refaire sans danger de se perdre. L'aide qu'il n'espérait pas trouver à Valombre serait disponible à Leah.

Valombre était un hameau, ses habitants très mal équipés pour affronter les Marcheurs noirs ou leurs alliés gnomes. Leah était une ville gouvernée par un monarque et protégée par une armée. Le père de Rone Leah, le roi, était un excellent ami de la famille Ohmsford. Jair lui expliquerait tout, et le convaincrait d'envoyer des patrouilles avertir ses parents du danger qui les attendait à Valombre.

Puis ils se réfugieraient tous dans la cité royale jusqu'au retour d'Allanon, de Brin et de Rone. Selon Jair, c'était un plan excellent. Il ne voyait aucune raison d'échouer.

Mais le Valombrien ne voulait pas courir de risques. Voilà pourquoi il avait emporté les Pierres elfiques, même si les avoir sorties de leur cachette révélerait à son père qu'il avait toujours su où celui-ci les avait dissimulées.

Courant vers la lisière de la vallée, Jair tenta de se souvenir de ce que le vieil éclaireur lui avait dit sur les façons de dissimuler sa piste. Le vieil homme et lui en avaient fait un jeu, chacun trouvant des manières originales de brouiller ses traces lors de leurs « poursuites ». L'éclaireur se servait surtout de son expérience. Jair exploitait son imagination débridée. Maintenant, le jeu était devenu réalité, et son imagination ne suffirait pas. Jair ayant besoin de l'expérience du vieil homme, il fit de son mieux pour se remémorer le plus de choses possibles.

Le problème le plus pressant était le temps. Plus vite il atteindrait les montagnes de Leah, plus tôt les patrouilles partiraient à la recherche de ses parents. Quoi qu'il arrive, ils ne devaient pas revenir à Valombre sans avoir été avertis. Donc, Jair ne pouvait pas passer plus de temps que nécessaire à dissimuler ses traces. De toute façon, ses capacités en ce domaine étaient limitées. De plus, il n'était pas certain que les gnomes et leur chef se lanceraient à sa poursuite. Mais ils le feraient probablement, surtout quand ils auraient entendu le récit du gnome enfermé dans la poubelle. Cela dit, il leur faudrait d'abord retrouver sa piste, et ça les ralentirait, même s'ils devinaient dans quelle direction il était parti.

Il avait pris de l'avance sur eux et il lui fallait exploiter cet avantage. Il continuerait de courir aussi rapidement que possible, et ils pouvaient toujours essayer de le rattraper !

Et même s'ils le retrouvaient, il utiliserait l'Enchantement de Shannara pour se protéger.

À minuit, il atteignit la paroi est de la vallée où se nichait Valombre. Il escalada une pente couverte de cailloux et s'enfonça dans la forêt de Duln. S'orientant grâce à la lune et aux étoiles, il avança dans la forêt obscure, ralentissant un peu pour conserver son énergie. Il commençait à fatiguer, car il n'avait pas dormi depuis la nuit précédente. Mais il voulait traverser la Rappahalladran avant de se reposer. Ce plan signifiait qu'il devrait voyager jusqu'à l'aube. Le voyage ne serait pas aisé : la forêt de Duln était difficile à traverser, même dans des conditions optimales, et l'obscurité multipliait les pièges. Mais Jair avait déjà traversé la Duln de nuit, et il savait pouvoir trouver son chemin.

Le temps passa lentement. Puis le ciel s'éclaircit, annonçant l'aube. Jair était épuisé. Rompu de fatigue, il avait les mains et le visage couverts d'égratignures. Et il n'était toujours pas arrivé à la rivière ! Pour la première fois, il s'inquiéta. S'était-il trompé, déviant vers le nord ou le sud ? Il allait toujours vers l'est, il en était sûr, car le soleil se levait devant lui. Mais où était la Rappahalladran ? Ignorant sa fatigue et son inquiétude, il continua d'avancer d'un pas lourd.

Le soleil était levé depuis une heure quand il atteignit enfin les rives de la Rappahalladran. Profonde et rapide, la rivière coulait vers le sud. Jair avait déjà décidé de ne pas tenter de traverser tout de suite. Les courants étaient trop dangereux pour qu'il les affronte dans son état actuel.

Il trouva un bosquet de pins à proximité de l'eau et se coucha dans la fraîcheur ombragée de leurs rameaux. Il ne tarda pas à s'endormir.

Le jeune elfe se réveilla au crépuscule, totalement désorienté. Il lui fallut un moment pour se souvenir de ce qui l'avait amené ici. Puis, s'apercevant que la journée était passée, il s'inquiéta d'avoir dormi si longtemps. Il avait eu l'intention de se reposer jusqu'à midi avant de reprendre la route. Un jour perdu, c'était bien trop ! Cela donnerait trop de temps à ses poursuivants pour le rattraper.

Il gagna la berge et s'aspergea le visage d'eau froide pour se réveiller. Puis il se mit en quête de nourriture. N'ayant rien mangé depuis vingt-quatre heures, il regretta de n'avoir pas pris une minute de plus pour emporter une miche de pain et un peu de fromage. Pendant qu'il cherchait des baies et des racines comestibles entre les arbres, il repensa à ses éventuels poursuivants. S'inquiétait-il pour rien ? Et si personne ne lui donnait la chasse ? Que lui auraient voulu ses ennemis, après tout ? Ils cherchaient Allanon. Le gnome le lui avait dit. Après son départ de la vallée, les gnomes et le spectre étaient sans doute repartis. S'il avait raison, il s'était donné tout ce mal pour rien.

Cela dit, s'il se trompait…

En automne, les baies n'étaient pas très abondantes. Jair fut obligé de se rabattre sur les racines comestibles et quelques tiges de rhubarbe sauvage. Malgré un repas qui le laissa insatisfait, il était assez content de la manière dont les choses s'étaient déroulées jusque-là. Rone Leah lui-même ne s'en serait pas mieux sorti ! Il avait terrassé le premier gnome, puis récupéré les Pierres elfiques au nez et à la barbe d'un Marcheur et d'une patrouille. Après s'être échappé de la vallée, il se dirigeait vers Leah. Il imagina un instant l'étonnement de sa sœur quand il lui raconterait ses aventures.

Soudain, il s'avisa qu'il n'était pas du tout sûr de revoir un jour sa sœur. Allanon l'emmenait dans la contrée natale des créatures maléfiques qui avaient envahi son foyer et l'avaient forcé à fuir Valombre. Il se souvint de ce qu'il avait éprouvé à proximité du monstre, et de la panique incontrôlable qui s'était emparée de lui. Et Brin allait là où tous ces êtres vivaient ! Contre eux, elle disposait seulement de la magie d'Allanon et de l'Enchantement de Shannara. Comment espérait-elle tenir tête à une menace pareille ? Et si leurs ennemis la découvraient avant qu'elle ait réussi à trouver le livre ?

Il frissonna. Malgré leurs personnalités et leurs manières différentes, sa sœur et lui étaient très proches. Jair l'aimait beaucoup, et n'appréciait pas du tout l'idée que quelque chose lui arrive. Une fois de plus, il regretta amèrement de n'avoir pas été autorisé à la suivre dans l'Anar.

Il regarda vers l'ouest, où le soleil descendait déjà derrière les cimes des arbres. La lumière baissait. Il était temps de traverser et de continuer son voyage vers l'est. Utilisant son couteau de chasse, il coupa des branches qu'il attacha avec des lanières d'écorce de pin pour en faire un radeau où il pourrait poser ses habits. Pas question de marcher dans le froid avec des vêtements mouillés… Il traverserait nu et se rhabillerait sur l'autre berge.

Quand il eut terminé le radeau, il le traîna à côté de la rivière.

Soudain, il se souvint d'une des leçons du vieil éclaireur. Le vieil homme lui avait dit que l'eau était la meilleure façon de brouiller sa piste. Sauf, avait-il ajouté, si on était assez bête pour essayer de semer un poursuivant en traversant un cours d'eau si peu profond que les traces de pas se voyaient dans la vase. Mais les eaux profondes étaient idéales. Le courant emmenait toujours les nageurs vers l'aval. Si un poursuivant retrouvait des traces sur la rive et imaginait que sa proie avait traversé (ne pas le faire était une autre astuce qui pouvait valoir le coup, avait ajouté le vieil homme), il fallait encore la retrouver de l'autre côté. Il suffisait donc de remonter la rive vers l'amont, en restant dans les eaux peu profondes, puis de nager à contre-courant pour reprendre pied sur l'autre rive. Comme le poursuivant savait que sa proie dériverait vers l'aval, c'était là qu'il chercherait en premier. Il ne penserait pas à aller vers l'amont – en tout cas, pas tout de suite.

Jair avait toujours été impressionné par cette astuce. Il décida de la mettre à l'épreuve. Bien sûr, il n'était peut-être pas poursuivi, mais il n'avait aucun moyen d'en être certain. Si quelqu'un le pistait, l'astuce du vieil éclaireur lui donnerait un peu d'avance supplémentaire.

Il se déchaussa, mit les bottes sous son bras et parcourut plusieurs centaines de pas vers l'amont dans une eau peu profonde. Là, il enleva ses vêtements, les posa sur le radeau et poussa le petit esquif dans l'eau froide.

Le courant l'emporta aussitôt vers l'aval. Il essaya de ralentir sa descente et de diriger le radeau vers l'autre rive. Des morceaux de bois mort et des feuilles tourbillonnaient autour de lui. Les bruits de la forêt se perdirent dans le grondement de l'eau. Au-dessus de lui, le ciel s'obscurcissait à mesure que le soleil descendait vers l'horizon.

Jair continua à nager et la rive opposée se rapprocha rapidement.

Enfin, il atteignit le fond boueux du bord de la rivière. Il se leva, l'air de la nuit glacial contre sa peau trempée. Il récupéra ses vêtements et renvoya le radeau dans le courant. Revenu sur la terre ferme, il se sécha et se rhabilla. Des insectes le frôlèrent, leur bourdonnement troublant à peine la nuit. Sur l'autre rive, les arbres n'étaient plus que des silhouettes sombres…

Au milieu, quelque chose bougea.

Jair plissa les yeux mais ne vit plus rien. Il inspira à fond. Un moment, la silhouette indistincte lui avait paru être celle d'un homme.

Il recula lentement sous le couvert des arbres, sans quitter l'autre rive des yeux. Mais rien ne se passa. Il vérifia que les Pierres elfiques étaient toujours en sécurité sous sa tunique, puis partit au trot.

Jair marcha toute la nuit, s'orientant toujours grâce à la lune et aux étoiles, visibles entre les cimes des arbres. Il continua son chemin au même rythme quand la forêt commença à s'éclaircir, désormais moins certain de n'avoir pas été suivi.

Il s'était senti sûr de lui quand il lui restait uniquement le *souvenir* de la présence obscure, dans sa maison. Mais l'idée que quelqu'un ou quelque chose était sur ses talons raviva sa panique. En dépit de la fraîcheur de la nuit, il transpirait, tous les sens en alerte. Dès qu'il pensait à Brin, il l'imaginait aussi seule que lui. Seule et pourchassée ! Comme il aurait aimé qu'elle soit avec lui !

À l'aube, il continua à marcher. Il n'avait toujours pas quitté la forêt de Duln et son malaise augmentait.

Jair était fatigué, mais pas au point d'être obligé de dormir, pour le moment.

Il avança sous la lumière dorée du soleil levant dont les rayons faisaient briller des arcs-en-ciel colorés sur les feuilles qui tournaient au roux et sur la mousse émeraude.

De temps en temps, il ne pouvait s'empêcher de regarder en arrière.

Après plusieurs heures, la forêt céda la place à des prairies vallonnées – en quelque sorte le seuil des lointaines montagnes. Il faisait tiède, et l'atmosphère était moins oppressante que dans la forêt. Jair se sentit aussitôt plus à l'aise. S'engageant dans la prairie, il commença à reconnaître les lieux. Il était venu dans le coin lors d'une visite à Leah, un an plus tôt, quand Rone l'avait invité dans son pavillon de chasse, au pied des montagnes, où ils avaient séjourné pour pêcher dans les lacs des brumes. Le pavillon était à deux heures de marche, vers l'est. Il y trouverait un lit et un abri, d'où il repartirait reposé à la nuit tombée. La perspective d'un lit douillet le décida.

Sans tenir compte de la fatigue, Jair continua son chemin à travers la prairie qui s'élevait régulièrement à mesure qu'il approchait des montagnes. Il regarda une ou deux fois derrière lui, mais ne vit aucun poursuivant.

Il était environ midi quand il atteignit le pavillon de chasse, une bâtisse en bois et en pierre construite à l'abri d'un groupe de pins, à la lisière de la forêt des montagnes. Si le pavillon dominait la prairie, il était dissimulé par les arbres et invisible, à moins d'en être tout près. Jair se traîna en haut des marches de pierre, chercha la clé cachée dans une niche, près de la porte, et s'aperçut que la serrure était cassée.

Il ouvrit et sonda le pavillon. Il était vide.

Bien entendu qu'il était vide ! se dit-il, irrité, tombant de sommeil. *Pourquoi ne l'aurait-il pas été ?*

Il ferma la porte et inspecta rapidement les lieux : des meubles en bois et en cuir, des étagères contenant des provisions et des ustensiles de cuisine, un bar à bière et un âtre en pierre. Empruntant le couloir qui menait aux chambres, il poussa la première porte qu'il vit et se laissa tomber sur le lit moelleux.

Quelques instants après, il ronflait comme un sonneur.

Il faisait presque nuit quand il se réveilla. Le ciel bleu foncé était encore éclairé par quelques rayons de soleil. Il avait été tiré du sommeil par un bruit. Il comprit rapidement que c'était le frottement de pieds bottés sur le plancher.

À demi endormi, il se leva quand même d'un bond et gagna la porte. La pièce principale du pavillon était vide.

Mais la porte d'entrée était ouverte !

Il sortit de la chambre et sonda le couloir.

— On a fait une petite balade, gamin ? lança dans son dos une voix qu'il connaissait.

Il se retourna, mais trop lentement. Un objet le frappa à la tempe et il vit des étincelles. Puis il tomba sur le sol et se laissa engloutir par les ténèbres.

Chapitre 5

C'était encore l'été à l'endroit où la rivière Mermidon quittait Callahorn pour se jeter dans le lac Arc-en-ciel. Autour de la rivière, il faisait frais et tout était verdoyant, des contreforts jusqu'aux montagnes. L'eau de la rivière et de ses dizaines d'affluents irriguait la terre, transformée en tourbe. Tous les matins, de la brume s'élevait du lac et dérivait vers le nord, puis se dissipait et retombait sur la terre, entretenant la végétation bien au-delà de la saison estivale. Des odeurs douces et moites imprégnaient l'air.

Brin Ohmsford était assise sur une butte surplombant la rivière, juste à l'endroit où celle-ci se jetait dans le lac.

Seule, Brin se sentait en paix. La journée presque finie, le soleil n'était plus qu'une lueur rouge doré qui colorait d'écarlate les eaux argentées du lac. Il n'y avait pas de vent et l'onde était immobile comme un miroir. Au-dessus, le merveilleux arc-en-ciel qui donnait son nom au lac s'étendait d'une rive à l'autre. Des grues et des oies volaient gracieusement, leurs cris déchirant le silence.

Brin laissa ses pensées dériver. Voilà quatre jours qu'elle avait quitté son foyer pour partir vers l'est… Elle n'était jamais allée aussi loin de chez elle. Et au bout de quatre jours, elle n'en savait toujours pas plus sur ce voyage. Il lui semblait être une enfant qui tenait la main de sa mère, lui faisant une confiance aveugle pour trouver son chemin.

De Valombre, ils étaient partis vers le nord, à travers la forêt de Duln, puis vers l'est, le long des berges de la Rappahalladran. Ensuite, ils avaient de nouveau pris vers le nord, pour tourner vers l'est une autre fois, suivant les rives du lac Arc-en-ciel jusqu'à l'endroit où la Mermidon s'y déversait.

Et Allanon ne leur avait jamais fourni la plus petite explication !

Rone et Brin l'avaient bombardé de questions, mais il n'avait pas daigné y répondre. Plus tard, il leur dirait tout, répétait-il. « *Je vous répondrai plus tard. Pour le moment, contentez-vous de me suivre…* »

Ils l'avaient suivi, apparemment patients, mais se sentant de plus en plus méfiants. Et ils s'étaient promis d'obtenir une explication avant d'arriver aux Terres de l'Est.

Et tout ce temps, le druide leur avait donné peu de raisons de croire qu'il tiendrait parole ! Énigmatique et renfermé, il les tenait à distance. Dans la journée, il chevauchait devant eux, manifestant ainsi son désir de rester seul. Quand ils s'arrêtaient pour la nuit, il s'éloignait dans les ténèbres. Ils ne l'avaient jamais vu manger ou dormir, un détail qui accentuait leur différence, et creusait donc le fossé qui les séparait. Il les surveillait un peu comme un faucon avec ses proies, ne les laissant jamais vraiment seuls…

Jusqu'à maintenant, se dit Brin.

Le soir du quatrième jour, Allanon les avait quittés brusquement.

Ils avaient à peine dressé leur camp que le druide était parti à grands pas dans les terres boisées qui bordaient la rivière. Il avait disparu sans un mot d'explication. La Valombrienne et le montagnard l'avaient regardé s'éloigner, incrédules.

À la fin, quand il devint évident que le druide les avait réellement abandonnés, et qu'ils ignoraient pour combien de temps, ils décidèrent de ne pas se poser de questions inutiles à son sujet, et se préoccupèrent de leur dîner. Trois jours à manger les produits de leur pêche venant des eaux de la Rappahalladran, puis de celles du lac Arc-en-ciel, les avaient quelque peu dégoûtés du poisson. Muni de l'arc en frêne qui avait été l'arme favorite de Menion Leah, Rone se mit en quête d'un menu différent. Brin avait ramassé du bois pour le feu, puis s'était installée sur la butte en l'attendant, laissant la solitude l'envelopper.

Allanon ! Une énigme au-delà de toute description. Dévoué à la préservation de la terre, il était un ami des peuples qui l'habitaient, un bienfaiteur des races, et un défenseur face aux forces maléfiques qu'elle n'aurait pas pu affronter seule. Et pourtant, pouvait-on qualifier d'ami quelqu'un qui se servait ainsi des gens ? Pourquoi gardait-il si secrètes les raisons de tout ce qu'il faisait ? Par moments, il semblait aussi malfaisant et destructeur que ses ennemis.

Brin se souvint que le druide avait raconté à son père l'histoire de l'ancien monde des créatures magiques. Bonne ou mauvaise, blanche ou noire, la magie était *identique* dans le sens où son pouvoir prenait racine dans la force, la sagesse et la détermination de celui qui s'en servait. Après tout, quelle avait été la différence entre Allanon et le Roi-Sorcier, lors de leur lutte pour s'emparer de l'Épée de Shannara ? Tous les deux étaient des druides qui tenaient leur pouvoir des grimoires de l'ancien monde. La différence ? La personnalité de l'utilisateur : l'un avait été corrompu par la puissance et l'autre était resté pur.

Peut-être. Et peut-être pas… Son père aurait certainement affirmé que le druide avait été aussi corrompu que le Seigneur sombre, mais d'une manière différente. Car Allanon lui aussi était contrôlé par la magie dont il disposait et par ses secrets. Même si son sens de la responsabilité était plus intense, et ses buts moins égoïstes, il en restait tout autant la victime. En dépit de son comportement dur et menaçant, il émanait de lui une étrange tristesse. Brin pensa un moment à la mélancolie qu'Allanon lui inspirait – un sentiment que son père n'avait certes jamais connu – et se demanda pourquoi elle l'éprouvait si intensément.

— Je suis revenu !

Elle sursauta. C'était Rone, qui l'appelait depuis le camp, dans le bosquet de pins, au-dessous de la butte.

Elle se leva et revint sur ses pas.

— Je vois que le druide n'est pas encore de retour, dit le montagnard quand elle arriva près de lui.

Il avait tué deux poules sauvages et les laissa tomber sur le sol.

— Avec un peu de chance, ajouta-t-il, il ne reviendra pas du tout !

— Ça ne serait peut-être pas une si grande chance que ça, Rone…

— Tout dépend comment on voit les choses.

— Dis-moi comment tu les vois, toi ? demanda Brin.

— D'accord. Je n'ai pas confiance en lui.

— Et pourquoi ?

— À cause de ce qu'il prétend être : un protecteur contre le Roi-Sorcier et les porteurs du Crâne. Contre les démons venus de l'ancien monde magique et maintenant, contre les spectres Mords. Remarque bien qu'il a toujours besoin de l'aide d'un membre de la famille Ohmsford et de ses amis. Je connais ces histoires, Brin. Elles sont toutes identiques. Allanon arrive de nulle part, avertit d'un danger qui menace les races et auquel seul un membre de la famille Ohmsford peut mettre fin. Les héritiers de la maison elfique de Shannara et de sa magie, voilà ce que sont les Ohmsford ! D'abord, l'Épée de Shannara, puis les Pierres elfiques, et enfin l'Enchantement. Mais les choses ne sont jamais tout à fait ce qu'elles semblent être !

— Que veux-tu dire, Rone ?

— Le druide déboule avec une histoire destinée à obtenir l'aide de Shea ou de Wil Ohmsford – et maintenant la tienne. À chaque fois, c'est la même chose. Il dit ce qu'il est *obligé* de révéler et garde pour lui tout le reste ! Il cache toujours une partie de la vérité. Non, je n'ai pas confiance en lui ! Il joue avec la vie des gens !

— Tu penses que c'est ce qu'il fait avec nous ?

Rone inspira à fond.

— Pas toi ?

Brin ne répondit pas tout de suite.

— Je n'en suis pas sûre.

— Donc, tu n'as pas confiance en lui, toi non plus ?

— Je n'ai pas dit ça.

Le montagnard la regarda un moment, puis il s'assit en face d'elle.

— Il faut te décider, Brin ! Ou tu lui fais confiance, ou non !

Brin s'assit également.

— Rone, je suis là parce qu'il a besoin de moi. Ça, au moins, j'y crois. Le reste… je ne suis pas sûre. La partie qu'il cache, il faudra la découvrir moi-même.

— Si tu peux…

— Je trouverai un moyen.

— Tout ça est trop dangereux !

Brin sourit, se leva et le rejoignit. Puis elle lui posa un baiser sur le front.

— C'est pour ça que je voulais que tu viennes avec moi, Rone Leah : afin d'être mon protecteur. N'est-ce pas pour cette raison que tu as accepté de me suivre ?

Rone s'empourpra et marmonna quelque chose d'incompréhensible.

Brin éclata de rire sans le vouloir.

— Pourquoi ne pas parler de tout ça plus tard, et nous occuper de ces poules ? Je meurs de faim !

Brin alluma un petit feu de camp pendant que Rone plumait et vidait les oiseaux. Puis ils firent rôtir les poules et les mangèrent en silence, avec un peu de fromage et de bière. Retournés au sommet de la petite butte, ils regardèrent les cieux s'obscurcir. Les étoiles se levèrent et la lune, dans son troisième quartier, se refléta faiblement sur les eaux du lac.

Quand le repas fut terminé, la nuit tombée, Allanon n'était toujours pas revenu.

— Brin, tu te souviens de ce que tu as dit tout à l'heure ? Que j'étais là pour te protéger ? demanda Rone quand ils furent revenus près du feu de camp. Eh bien, c'est vrai ! Je te protégerai. Je ne permettrai pas qu'il t'arrive quelque chose. Mais je suppose que tu le sais.

Elle hésita, puis esquissa un sourire.

— Je le sais.

— Bon…

Rone se tortilla, un peu mal à l'aise, puis souleva le fourreau de l'Épée de Leah.

— J'ai aussi une autre raison d'être là, dit-il. J'espère que tu la comprendras. Je suis venu pour me prouver quelque chose à moi-même. (Il hésita, cherchant ses mots.) Je suis un prince de Leah, mais c'est simplement un titre. J'ai vu le jour avec, comme mes frères, et tous sont plus âgés que moi. Et cette épée, Brin… Elle n'est pas réellement à moi. C'est celle de mon arrière-grand-père, Menion Leah. Elle lui a toujours appartenu, dès l'instant où il s'est mis en quête de l'Épée de Shannara. Je la porte, comme son arc, parce que Menion les portait, et que je voudrais être comme lui. Mais je ne le suis pas.

— Tu l'ignores, dit Brin.

— Voilà tout le problème ! Je n'ai jamais rien fait pour découvrir ce que je pourrais être. Et c'est en partie pour ça que je suis venu. Je veux savoir ! C'est comme ça que Menion Leah a découvert qui il était. En se lançant dans une quête avec Shea Ohmsford. Peut-être puis-je faire les choses comme lui…

Brin sourit.

— Peut-être, oui. De toute façon, je suis contente que tu te sois confié à moi. Tu sais, j'ai aussi quelque chose à me prouver. J'ignore si je peux réussir ce qu'Allanon attend de moi. Je suis née avec l'Enchantement de Shannara, mais je n'ai jamais su ce que j'étais censée en faire. Mais j'ai hérité de cette magie pour une bonne raison. Et je la découvrirai grâce à Allanon.

Elle posa sa main sur le bras du jeune homme.

— Tu vois, Rone, après tout, nous ne sommes pas si différents que ça !

Ils parlèrent encore un peu, sentant la somnolence les gagner. La journée de voyage avait été fatigante et la soirée avançait. Ils finirent par sortir leurs couvertures et les installer sur le sol. La nuit d'automne, fraîche et claire, les enveloppa de solitude et de paix.

Ils s'étendirent près des tisons de leur feu de camp, s'enveloppèrent dans leurs couvertures et s'endormirent presque aussitôt.

Aucun ne vit la grande silhouette vêtue de noir debout à l'ombre des pins, juste au-delà de la lumière du feu.

Quand ils se réveillèrent, au matin, Allanon était là, assis sur une souche à quelques pas d'eux, son grand corps mince presque fantomatique sous la lumière grise de l'aube. Il les regarda se lever, se laver et manger un rapide petit déjeuner, ne donnant aucune explication sur ce qu'il avait fait la veille. Plus d'une fois, la Valombrienne et le montagnard lui jetèrent un regard interrogateur, mais il ne parut pas le remarquer. Il se leva seulement quand ils eurent emballé leur matériel de couchage et leurs ustensiles de cuisine et amené les chevaux pour les seller.

— Il y a eu un changement de plan, annonça-t-il brusquement. Nous n'allons plus vers l'est, mais vers le nord, dans les dents du Dragon.

— Les dents du Dragon ? demanda Rone. Pourquoi ?

— Parce que c'est nécessaire.

— Nécessaire pour qui ? lança Rone, furieux.

— Ça nous prendra seulement un jour ou deux, dit Allanon à Brin, ignorant la colère du montagnard. J'ai une visite à faire. Après, nous repartirons vers l'est et nous terminerons notre voyage.

— Allanon, dit Brin, expliquez-nous pourquoi nous devons aller au nord.

Le druide hésita et son visage s'assombrit.

— Très bien. La nuit dernière, j'ai reçu une sommation de mon père. Il m'a ordonné de venir le voir, et je suis contraint d'obéir. Quand il vivait, c'était le druide Bremen. Maintenant, son fantôme émerge des limbes à travers les eaux de l'Hadeshorn, dans la vallée de Schiste. Dans trois jours, avant le lever du soleil, il m'attendra pour me parler.

Bremen. Le druide qui avait échappé au massacre du Conseil à Paranor, quand le Roi-Sorcier, venu du nord, avait envahi les terres, lors de la Deuxième Guerre des Races. Bremen avait forgé l'Épée de Shannara.

Il y avait si longtemps, pensa Brin, se souvenant de la légende. Quelque soixante-dix ans plus tôt, Shea Ohmsford avait accompagné Allanon dans la vallée de Schiste et vu l'ombre de Bremen sortir des eaux de l'Hadeshorn pour délivrer une prophétie…

— Il peut voir l'avenir, n'est-ce pas ? demanda Brin, se souvenant de ce que l'ombre avait dit sur le destin de Shea. Nous en parlera-t-il ?

— Peut-être, dit Allanon. Même s'il le fait, il révélera seulement des fragments de ce qui se passera, car l'avenir n'est pas entièrement écrit et reste ouvert. Seuls certains événements peuvent être connus. Et ils ne sont pas toujours clairs pour nos esprits. (Il haussa les épaules.) Mais il m'a appelé. Il ne l'aurait pas fait si ce n'était pas important.

— Je n'aime pas ça, dit Rone. Encore trois jours de perdus ! Du temps que nous aurions pu passer à entrer et sortir de l'Anar. Les spectres sont déjà à votre recherche, vous nous l'avez dit. Nous leur donnerons trois jours de plus pour vous trouver et repérer Brin !

Le druide foudroya le jeune homme du regard.

— Je ne prends aucun risque inutile avec la sécurité de la jeune fille, prince de Leah. Ni avec la vôtre.

Rone s'empourpra de colère. Brin s'interposa et prit la main du jeune homme.

— Attends, Rone. Gagner l'Hadeshorn est probablement une bonne idée. Nous y apprendrons quelque chose d'utile sur ce que l'avenir nous réserve.

Le montagnard soutint le regard du druide, refusant de baisser les yeux.

— Le plus utile serait d'en savoir un peu plus sur les tenants et les aboutissants de ce voyage !

— Bon, dit le druide d'une voix basse et menaçante. Quelle partie de la vérité voudriez-vous que je vous révèle, prince de Leah ?

Rone ne se laissa pas démonter.

— Brin doit vous suivre dans les Terres de l'Est parce que vous n'avez pas le pouvoir nécessaire pour traverser la « barrière ». Vous, le gardien des secrets des druides, un homme capable de détruire les porteurs du Crâne et les démons ! Et pourtant, vous avez besoin d'elle. Et pourquoi ? À cause de l'Enchantement de Shannara. Rien de plus. Rien que ça ! Il n'a même pas la puissance des Pierres elfiques ! Un jeu magique qui change la couleur des feuilles et fait éclore les fleurs avant la saison... Quel genre de protection est-ce là ?

Allanon eut un sourire mélancolique.

— Oui, de quel genre de pouvoir s'agit-il, effectivement ? murmura-t-il. (Il se tourna vers Brin.) Avez-vous les mêmes doutes que le montagnard ? Cherchez-vous une meilleure compréhension de l'Enchantement de Shannara ? Dois-je vous montrer quelque chose de nouveau sur la façon de l'utiliser ?

— Oui.

Le druide s'empara des rênes de son cheval et sauta en selle.

— Alors, venez, Valombrienne ! dit-il.

Ils chevauchèrent vers le nord, le long de la Mermidon, se frayant un chemin à travers les terres boisées et rocheuses qui bordaient la rivière.

Dans un silence lugubre, ils galopèrent pendant plus d'une heure. Puis le druide leur fit signe de s'arrêter et descendit de cheval.

— Laissez les montures ici, ordonna-t-il.

Ils s'enfoncèrent dans la forêt, arrivant bientôt dans une cuvette très boisée. Quand ils se furent faufilés à grand-peine dans la végétation dense, Allanon s'arrêta et se tourna vers ses compagnons.

— Bien. (Il désigna les broussailles.) Maintenant, Brin, imaginez que ce vallon est la barrière de magie noire que vous devez traverser. Comment utiliseriez-vous l'Enchantement de Shannara ?

— Je n'en suis pas sûre...

— Pas sûre ? Pensez à la façon dont vous avez recouru à l'Enchantement jusqu'ici. Ne vous en êtes-vous pas servie pour faire passer les feuilles du vert de l'été au roux de l'automne, comme l'a dit le prince de Leah ? Ou faire éclore des boutons et pousser des plantes ? (Brin acquiesça.) Donc, vous l'avez déjà utilisé pour modifier la couleur, la forme et le comportement des choses. Recommencez ! Obligez les broussailles à vous laisser passer !

Brin n'était pas convaincue de détenir le pouvoir nécessaire. De plus, elle n'avait plus touché à la magie depuis longtemps. Mais elle était prête à essayer.

Elle commença à fredonner d'une voix basse et égale. Lentement, elle changea de ton, et le chant prit peu à peu le pas sur les autres bruits. Des mots lui vinrent sans qu'elle y ait réfléchi, et elle projeta son pouvoir vers les broussailles qui lui bloquaient le passage. L'enchevêtrement de végétation recula lentement, les branches et les feuilles se rétractant pour ménager un chemin.

— C'était assez simple, pas vrai ? fit Allanon – mais ce n'était pas vraiment une question. Voyons où conduit le chemin que vous avez créé.

Il s'y engagea le premier. Brin regarda Rone qui haussa les épaules, indiquant qu'il ne comprenait pas.

Ils suivirent le druide. Bientôt, celui-ci s'arrêta et désigna un orme qui poussait de travers dans l'ombre d'un chêne bien plus gros que lui.

Les branches de l'orme s'étaient entremêlées à celles du chêne – un effort inutile pour atteindre le soleil.

— Une tâche un peu plus difficile cette fois, Brin, dit Allanon. Cet orme irait bien mieux si le soleil le touchait. Je veux que vous le redressiez et que vous dégagiez ses branches de celles du chêne.

Brin regarda les deux arbres. Ils étaient si étroitement entrelacés !

— Je ne crois pas pouvoir faire ça...

— Essayez.

— La magie n'est pas assez puissante...

— Essayez quand même !

L'Enchantement de Shannara domina les autres sons de la forêt jusqu'à ce qu'il n'existe plus que lui. L'orme frémit et ses branches s'agitèrent. Brin percevant la résistance de l'arbre, les paroles du chant se firent plus dures. Alors, le tronc rabougri de l'orme s'écarta du chêne.

Mais l'arbre explosa. Un mélange de brindilles, de branches et de feuilles vola dans les airs. Brin se cacha le visage dans les mains et se tut. Elle serait tombée si Allanon ne l'avait pas retenue et protégée de l'averse végétale.

— Qu'est-il arrivé ? demanda Brin.

— Le pouvoir, Valombrienne, murmura-t-il. Un pouvoir bien plus grand que vous ne l'aviez cru. Cet orme ne pouvait pas se dégager. Ses branches étaient trop raides et trop étroitement liées à celles de l'autre arbre. Pourtant, il n'a pas pu refuser votre chant. Il devait essayer de se dégager, même si ça impliquait sa destruction.

— Allanon ! s'écria Brin, indignée.

— Vous avez ce pouvoir, Brin Ohmsford. Comme pour tout ce qui concerne la magie, il a des côtés lumineux et des côtés obscurs. Vous vous êtes jadis amusée à modifier les couleurs des feuilles d'un arbre. Réfléchissez à ce qui serait arrivé si vous aviez poussé ce « jeu » à ses limites : l'arbre serait passé de l'été à l'automne, puis à l'hiver, et au printemps. Et ainsi de suite. Il aurait parcouru en quelques instants le cycle de sa vie et il serait mort.

— Druide..., souffla Rone, menaçant.

Un regard d'Allanon le pétrifia.

— Attendez, prince de Leah. Il faut qu'elle connaisse la vérité. Brin, vous vous êtes divertie avec l'Enchantement de Shannara comme avec un jouet étonnant. Pourtant, au fond de vous, vous saviez qu'il était plus que ça. Vous l'avez toujours su ! La magie elfique n'a jamais été un jouet. La vôtre est celle des Pierres elfiques, incarnée sous une nouvelle forme quand votre père vous l'a transmise. Votre pouvoir dépasse celui de tous vos prédécesseurs. Il est peut-être latent, mais son potentiel est indubitable. Réfléchissez un instant à la nature de la magie que vous détenez. L'Enchantement de Shannara peut modifier le comportement de tout ce qui vit ! Ne voyez-vous pas ce que ça signifie ? Des broussailles s'écartent devant vous pour vous ménager un chemin. Des arbres sont obligés d'essayer de bouger, même si ça les détruit. Si vous pouvez faire éclore les fleurs, vous avez aussi le pouvoir de les flétrir.

— Que voulez-vous dire ? Que l'Enchantement de Shannara peut tuer ? Que je devrais m'en servir pour ça ? Pensez-vous que...

— Vous m'avez demandé une démonstration, coupa Allanon. La voilà ! Désormais, vous ne pouvez plus le nier : la magie est bien plus puissante que vous ne le pensiez.

Brin s'empourpra de colère.

— Je ne doute plus, Allanon. Mais je sais aussi que je n'utiliserais pas l'Enchantement de Shannara pour tuer ! Jamais !

Le druide soutint le regard de la jeune elfe, mais son expression s'adoucit quelque peu.

— Pas même pour sauver votre vie ? Ou celle de votre ami, le montagnard ?

— Jamais !

Le druide dévisagea la Valombrienne un moment, comme pour mesurer sa conviction. Puis il se détourna et partit à grandes enjambées.

— Vous en avez assez vu, Brin. Nous devons continuer notre voyage. Pensez à ce que vous avez appris.

Sur ces mots, le druide disparut dans les broussailles.

Brin s'aperçut que ses mains tremblaient. Cet arbre ! Quand elle pensait à la façon dont il avait explosé, déchiré de l'intérieur...

— Brin...

Rone lui posa les mains sur les épaules, la faisant sursauter.

— Nous ne pouvons pas continuer à le suivre, mon amie. Il joue à ses petits jeux avec nous, comme il l'a fait avec les autres. Laisse-le tomber, lui et sa quête, et reviens avec moi à Valombre.

— Non. Il était nécessaire que j'apprenne ce qu'il m'a montré.

— Rien de tout ça n'est nécessaire, au nom du chat ! (Rone lâcha les épaules de Brin et posa sa main sur le pommeau de l'Épée de Leah.) S'il fait encore un truc comme ça, je n'y réfléchirai pas à deux fois…

— Non, Rone. Il n'a pas agi pour m'effrayer ou m'intimider. Tout ça était destiné à m'enseigner quelque chose. J'ai lu de l'urgence dans ses yeux. Tu ne t'en es pas aperçu ?

— Je n'ai rien vu du tout. Et de quelle urgence parles-tu ?

— Quelque chose de mauvais est arrivé. Quelque chose…

Brin repensa à la destruction de l'arbre, aux paroles du druide et à son vœu. *Jamais !* avait-elle affirmé. Elle regarda Rone.

— Crois-tu que je pourrais utiliser l'Enchantement de Shannara pour tuer? demanda-t-elle.

Rone hésita.

— Non.

Même pour te sauver la vie ? pensa Brin. *Et si ce n'était pas un arbre qui nous menaçait, mais une créature vivante ? La détruirais-je pour te protéger ? Oh, Rone ! Et si c'était un être humain ?*

— Me suivras-tu quand même ? demanda-t-elle.

— Jusqu'au moment où nous trouverons ce maudit livre et le déchirerons.

Rone se pencha et lui posa un baiser sur les lèvres.

Elle le serra contre lui.

— Tout ira bien, dit-il.

— Je sais, répondit Brin.

Mais elle n'en était plus aussi sûre.

Chapitre 6

Quand Jair Ohmsford reprit conscience, il était attaché à un tronc d'arbre. Pas dans le pavillon de chasse, mais dans une clairière entourée de sapins qui le dominaient comme des sentinelles surveillant un prisonnier. À dix pas devant lui, un petit feu de camp perçait à peine les ténèbres environnantes.

— Tu es réveillé, gamin ?

La voix désormais familière montait des ombres, sur la gauche. Jair tourna lentement la tête. Une silhouette courtaude se tenait au bord du cercle éclairé par le feu.

Quand Jair voulut répondre, il s'avisa qu'il était bâillonné.

— Je suis désolé pour ça, dit le gnome. J'ai été obligé de te bâillonner pour t'empêcher d'utiliser ta magie contre moi. Tu as une idée du temps qu'il m'a fallu pour sortir de cette poubelle ?

Jair se souvint. Le gnome de l'auberge ! C'était lui qui l'avait suivi, rattrapé, puis proprement assommé.

— Une sacrée bonne astuce, ce truc des serpents, grogna le gnome.

Il se leva, entra dans la lueur du feu et s'assit devant son prisonnier, les jambes croisées. Ses petits yeux verts étudièrent Jair.

— Je te pensais inoffensif, gamin ! Tant pis pour moi, non ? J'étais sûr que tu me dirais tout, histoire que je te laisse tranquille. Une grossière erreur ! Des serpents sur mes bras et un bon coup de branche à travers la figure ! J'ai de la chance d'être vivant !

» Tu aurais dû m'achever, petit ! Mais tu as le cœur trop tendre, et ça m'a donné une autre occasion de t'avoir. Je suppose que les Valombriens sont tous comme ça. Bref, une fois sorti de cette maudite poubelle, je me suis lancé à tes trousses. Je n'allais pas te laisser échapper, après ce que tu m'avais fait subir ! Les autres, ces imbéciles, t'ont laissé les distancer ! Moi, je t'ai traqué pendant trois jours. J'ai bien failli t'avoir à la rivière, mais tu avais déjà traversé, et je n'ai pas pu retrouver ta piste de nuit. Heureusement, je t'ai retrouvé au pavillon de chasse, dormant comme un loir !

Il éclata de rire – et Jair s'empourpra de colère.

— Ne tire pas cette tête ! Je faisais mon boulot, c'est tout. C'était aussi une question de fierté. En vingt ans, personne n'a jamais réussi à m'avoir. Alors un gamin de rien du tout, en plus ! Impossible d'en rester là. J'ai été obligé de t'assommer pour ne pas courir de risques avec ta magie.

Il se leva et approcha de quelques pas.

— C'était bien de la magie, gamin ? Comment as-tu appris ça ? C'est dans ta voix, non ? Tu as invoqué les serpents en utilisant ta voix. Un sacré truc ! Tu m'as fait une peur bleue, et je ne pensais pas pouvoir encore être effrayé par quoi que ce soit. À part, peut-être, par les Marcheurs…

Jair écarquilla les yeux à la mention des spectres Mords.

Le gnome s'en aperçut.

— Oui, ce sont des êtres dont il vaut mieux avoir peur ! Noirs de partout. Sombres comme la nuit. Je n'aimerais pas les avoir à mes trousses. J'ignore comment tu as réussi à échapper à celui qui était entré dans la maison…

Le gnome s'interrompit et se pencha vers Jair.

— Tu as faim, gamin ?

Jair hocha la tête.

— Faisons un pacte. Je t'enlève le bâillon et je te donne à manger si tu me promets de ne pas utiliser ta magie contre moi. Attaché comme tu l'es, ça ne te servirait pas à grand-chose, à moins que tes serpents ne soient capables de ronger les cordes. Je te nourrirai et nous discuterons un peu. Les autres ne nous rattraperont pas avant le matin. Qu'en penses-tu ?

Jair hocha la tête pour signifier son accord. Il était affamé.

— D'accord, dit le gnome.

Il s'approcha et enleva le bâillon.

— Jure de ne pas utiliser ta magie.

— C'est promis…

— Bien. Bien ! Un homme ne vaut pas plus que sa parole, tu sais. (Il prit une flasque à sa ceinture, la déboucha et la porta aux lèvres de Jair.) Bois. Vas-y, n'aie pas peur !

Jair avala une gorgée de bière brune et amère qui lui brûla le gosier. Il s'étrangla et recula la tête.

Le gnome reboucha la flasque, la remit à sa ceinture et s'assit, souriant.

— Je m'appelle Slanter, dit-il.

— Jair Ohmsford… Mais je suppose que vous le saviez.

— Oui. Cela dit, j'aurais dû me renseigner un peu mieux sur toi ! Tu m'as fait sacrément cavaler !

— Comment m'avez-vous rattrapé ? Je ne pensais pas que quelqu'un réussirait !

— Eh bien, dit le gnome, la plupart des gens ne l'auraient pas pu. Mais je ne suis pas n'importe qui !

— Que voulez-vous dire ?

— Je suis un éclaireur, gamin. C'est mon métier. Et je le fais mieux que personne au monde ! C'est pour ça que les autres m'ont amené ici.

— Pour me traquer, moi ? demanda Jair.

— Non, pas toi, le druide ! Allanon… C'est lui que je pistais. Tu as croisé mon chemin au mauvais moment.

Le Valombrien ne cacha pas sa stupéfaction. Le gnome était un éclaireur ? Pas étonnant qu'il n'ait pas pu lui échapper ! Mais pourquoi poursuivait-il Allanon ?

Slanter se leva.

— Écoute, gamin, je t'expliquerai tout un peu plus tard. D'abord, mangeons un morceau. Je t'ai porté du pavillon de chasse à ici, sur deux bonnes lieues, et même si tu parais menu, tu pèses ton poids ! Ça m'a fichu une faim de loup ! Reste tranquille. Je vais mettre le repas à cuire.

Slanter récupéra son sac à dos, de l'autre côté de la clairière, et en sortit des ustensiles de cuisine et des provisions. Quelques minutes plus tard, un ragoût de bœuf et de légumes mijotait sur le feu. L'odeur monta aux narines de Jair, le faisant saliver. Il était mort de faim, n'ayant pas fait un repas décent depuis son départ de l'auberge. De plus, s'il voulait avoir une chance de s'échapper, il lui fallait reconstituer ses forces. Et il avait l'intention bien arrêtée de fuir dès qu'il le pourrait !

Le ragoût cuit, Slanter nourrit Jair à la cuiller. Sa cuisine était délicieuse. Ils vidèrent la casserole, terminant avec un peu de pain et de fromage.

Slanter but de la bière, mais il donna une tasse d'eau à Jair.

— Pas mauvais, ce ragoût, sans me vanter, dit-il, quand ils eurent fini. (Il s'accroupit près du feu et nettoya le récipient.) J'ai appris quelques trucs utiles, au fil des ans…

— Depuis combien de temps êtes-vous éclaireur ? demanda Jair.

— Depuis toujours… ou presque. J'ai commencé à apprendre quand j'avais à peu près ton âge. (Il rangea la casserole propre et revint près du Valombrien.) Que sais-tu sur les éclaireurs ?

Jair lui raconta l'histoire du vieil homme blessé qui était resté quelque temps à l'auberge. Slanter écouta en silence, visiblement intéressé. Quand Jair termina, le gnome se rassit, l'air pensif.

— J'étais comme toi, autrefois. Je ne pensais à rien, sinon devenir éclaireur. J'ai fini par partir de chez moi avec un vieux frontalier. Plus jeune que toi, j'ai quitté mon foyer et les Terres de l'Est, pour aller à Callahorn, et de là vers les Terres du Nord. Pendant plus de quinze ans, j'ai voyagé partout. C'est bizarre, mais avoir tant bourlingué a fait de moi une sorte de paria dans toutes les régions… Les gnomes n'ont pas confiance en moi : j'ai été loin du pays trop longtemps, et j'ai vu trop de choses pour leur ressembler vraiment. Bref, je suis un gnome qui n'est plus un gnome ! J'ai appris plus qu'aucun autre n'en saura jamais. Et les miens le savent. Ils me tolèrent, tout au plus. Mais ils me respectent, parce que je suis le meilleur dans mon travail.

Il jeta un coup d'œil entendu à Jair.

— C'est pour ça que je suis là. Le meilleur contre le meilleur ! Le druide Allanon – le type que tu ne connais pas, tu t'en souviens ? – est venu dans les monts Ravenshorn et à Graymark. Puis il a essayé d'entrer dans la Maelmord. Les spectres savaient qu'il était là, et ils sont partis à sa poursuite. Un Marcheur, une patrouille de

Chasseurs gnomes, et moi comme éclaireur. J'ai suivi la piste jusqu'à ton village, puis j'ai attendu que quelqu'un se montre. Je pensais que ça mordrait, même si le druide avait déjà filé. Et qui a gobé l'hameçon ? Toi !

Jair réfléchit à toute vitesse. Que savait le gnome ? Connaissait-il la raison de la venue d'Allanon à Valombre ? Connaissait-il...? Soudain, il se souvint des Pierres elfiques, cachées sous sa tunique quand il avait fui Valombre. Les avait-il toujours ? Ou Slanter les avait-il trouvées ?

Sans quitter le gnome des yeux, il se tortilla, essayant de sentir la pression de la bourse qui contenait les Pierres. Mais il n'y parvint pas. Il était attaché trop étroitement pour ça. Et il n'osait pas regarder tant que Slanter l'observait.

— Les cordes te font mal ?

— Pas vraiment. J'essayais de faire passer une crampe... (Jair se força à se détendre et changea de sujet.) Pourquoi vous êtes-vous lancé à ma poursuite, si vous étiez censé traquer Allanon ?

— Parce que je pistais le druide pour savoir où il était allé. Je l'ai suivi jusque dans ton village. Maintenant, il est reparti vers les Terres de l'Est, exact ? Inutile de me répondre. Mais tu devras tout dire à ceux qui arriveront demain matin. S'ils sont un peu lents, ils cheminent sûrement. J'ai été obligé de les quitter pour être certain de te rattraper. Ils veulent des informations sur Allanon. Sur la raison de sa visite. Et, malheureusement pour toi, ils veulent aussi apprendre autre chose.

Il s'interrompit, transperçant le Valombrien du regard.

Jair inspira à fond.

— Sur la magie ? murmura le jeune elfe.

— Tu es intelligent, gamin !

— Et si je ne veux rien leur dire ?

— Ce serait stupide de ta part !

— Le spectre m'obligerait à parler, n'est-ce pas ?

Slanter ricana.

— Ne te soucie pas du spectre. Il est parti vers le nord, à la poursuite du druide. Soucie-toi plutôt du sedt.

— Le sedt ?

— Un chef gnome... Celui-là s'appelle Spilk. Il commande la patrouille. Un type plutôt désagréable. Pas comme moi, tu vois. Un vrai gnome des Terres de l'Est. Il te couperait la gorge sans y penser. C'est lui, le danger. Tu ferais mieux de répondre aux questions qu'il te posera.

» Quand tu auras parlé à Spilk, j'essaierai de te faire relâcher. Après tout, nous n'en avons pas après les Valombriens. C'est contre les nains que nous nous battons. Je ne voudrais pas te décevoir, mais tu n'es pas très important à nos yeux. Ta magie, voilà la seule chose qui compte ! Réponds aux questions, et tu seras libéré.

Jair lui jeta un regard soupçonneux.

— Je ne vous crois pas...

Slanter recula.

— Ah bon ? D'accord, je te donne ma parole, qui vaut autant que la tienne.

Elle signifie beaucoup pour moi, gamin. Prends ça comme tu veux...

Jair ne dit rien pendant un moment.

Bizarrement, il aurait juré que le gnome lui disait la vérité. S'il promettait d'essayer de le faire libérer, il tenterait le coup. Et s'il pensait qu'il serait relâché après avoir répondu aux questions, ce serait sans doute le cas.

Jair grimaça. Cela dit, pour quelle raison se fierait-il à un gnome ?

— Je ne suis pas sûr que ce soit vrai, marmonna-t-il.

— Tu n'es pas sûr ? répéta Slanter, l'air dégoûté. Comme si tu avais le choix, gamin ! Si tu ne réponds pas, Spilk te travaillera au corps. Et si tu insistes, il te livrera aux Marcheurs. Que crois-tu qu'il t'arrivera ?

Jair frissonna. Il n'avait pas envie de penser à ce qu'il subirait dans ce cas...

— Je dirais que tu es un garçon intelligent, grogna le gnome. À cause de la façon dont tu as échappé aux autres – et même au Marcheur... Reste intelligent ! Quelle différence, si tu dis au sedt pourquoi le druide est venu chez toi ? Allanon est déjà loin... Nous ne le rattraperons pas de ce côté des Terres de l'Est, c'est sûr. De toute façon, il ne t'a rien révélé d'important, non ? Quant à la magie, tout ce qu'ils veulent savoir, c'est comment tu l'as apprise. Par le druide ? Ou par quelqu'un d'autre ?

Slanter attendit un moment, mais Jair ne répondit pas.

— Bon. Contente-toi de leur révéler comment tu l'as apprise et comment tu t'en sers. C'est simple et ça ne te coûtera rien. Dis la vérité. Si tu le fais, ils n'auront plus besoin de toi.

Il attendit de nouveau une réponse, mais le Valombrien ne desserra pas les lèvres. Slanter haussa les épaules.

— Réfléchis-y, gamin...

Avec un sourire, il remit le bâillon à son prisonnier.

— Désolé pour l'inconfort, mais je ne peux pas courir de risques avec toi. Tu me l'as démontré !

Souriant toujours, il alla chercher une couverture, de l'autre côté de la clairière, et en enveloppa Jair. Puis il piétina le feu pour l'éteindre. À la lueur mourante des tisons, Jair le vit s'éloigner dans la forêt.

— Réduit à pourchasser des Valombriens..., marmonna le gnome. Un gâchis ! Même pas un nain ! Ils auraient au moins pu me donner un nain. Ou le druide, de nouveau. Bah ! Allanon est parti aider les nains et me voilà obligé de surveiller un gamin !

Jair Ohmsford resta seul dans les ténèbres, se demandant ce qu'il ferait le lendemain matin.

Le jeune elfe dormit mal à cause de sa position inconfortable et de son inquiétude. Il avait beau retourner la situation sous tous les angles, son avenir lui semblait sinistre. Il ne pouvait attendre aucun secours de ses amis, puisque personne ne savait où il était. Ses parents, Brin, Rone et Allanon le croyaient en sécurité à l'auberge de Valombre. Et il n'espérait pas beaucoup de considération de la part de ceux qui l'avaient fait prisonnier. En dépit des assurances de Slanter, il ne pensait pas qu'on le libérerait, même s'il répondait à toutes les questions. D'ailleurs, comment pourrait-il parler de magie ? Slanter semblait penser qu'on la lui avait apprise. Quand les gnomes sauraient que c'était un talent inné, ils voudraient en savoir plus. Et ils le conduiraient dans les Terres de l'Est, pour le livrer aux spectres Mords…

Jair somnolait par intermittence, sa fatigue prenant le dessus. Mais cela ne durait jamais très longtemps.

Vers le matin, il s'endormit enfin.

Slanter le secoua alors que l'aube ne pointait pas encore.

— Debout ! Les autres sont arrivés.

Jair ouvrit péniblement les yeux. Dans la lumière grisâtre, l'air était glacial et humide, même à travers la couverture toujours enroulée autour de lui. Tout était mortellement calme. Slanter se pencha sur Jair et desserra les cordes.

Il n'y avait pas d'autres gnomes en vue.

— Où sont-ils ? demanda-t-il quand Slanter lui enleva son bâillon.

— Tout près. À une centaine de pas au pied de la pente. (Le gnome saisit le Valombrien par sa tunique et le hissa sur ses pieds.) Fais attention, maintenant ! Garde ta magie pour toi. Je t'ai détaché pour que tu les affrontes comme un homme, mais je n'hésiterai pas à te saucissonner si tu me contraries. Compris ?

Jair acquiesça. Les pieds et les mains toujours liés, il était tellement ankylosé qu'il parvenait à peine à tenir debout. Il s'appuyait à l'arbre pour ne pas tomber, les muscles endoloris. Dans cet état, même s'il parvenait à se libérer, il n'irait pas loin.

« Réponds aux questions », lui avait conseillé Slanter. Ne pas être stupide. Mais quelles réponses pouvait-il donner ? Et lesquelles accepteraient-ils ?

Soudain, des silhouettes fantomatiques jaillirent de l'obscurité. Huit gnomes sortirent de la brume, leurs corps robustes enveloppés de manteaux en laine.

Ils ne dirent pas un mot en entrant dans la clairière, mais leurs yeux perçants se posèrent sur le Valombrien, et il n'y avait pas la moindre gentillesse dans leur regard !

— C'est lui ? demanda un gnome puissamment bâti.

Il enfonça le bout de son gourdin dans la terre, le tenant entre ses doigts noueux couverts de cicatrices.

Ses yeux cruels examinèrent froidement le Valombrien.

— Quel est ton nom ?

— Jair Ohmsford…

— Que venait faire le druide chez toi ?

Jair hésita. Une lueur déplaisante passa dans le regard du gnome.

— Il venait chercher mon père, mentit Jair.

— Pourquoi ?

— Il détient les Pierres elfiques. Allanon s'en servira comme d'une arme contre les spectres Mords.

Il y eut un lourd silence. Jair n'osa plus respirer. Si Slanter avait trouvé les Pierres elfiques dans sa tunique, son mensonge était déjà découvert et il était fichu. Il attendit, ne quittant pas le gnome des yeux.

— Où sont le druide et ton père ?

— Partis vers l'est… Ma mère et ma sœur sont en tournée dans des villages, au sud de Valombre. Je devais attendre leur retour à l'auberge.

Le gnome grommela des imprécations incompréhensibles.

Je dois les protéger, pensa Jair. *Tu ne peux pas être sûr que je mens… Tu ne peux pas !*

Un doigt noueux se pointa sur lui.

— Tu fais de la magie ?

— Je…

Le gnome leva son gourdin et en flanqua un coup sur les genoux du jeune elfe, qui s'écroula.

Le gnome eut un sourire sinistre et le releva de force.

— Réponds-moi. Tu fais de la magie ?

Jair hocha la tête. Ses jambes le soutenaient à peine.

— Montre-moi, ordonna le gnome.

— Spilk, dit Slanter, vous devriez réfléchir à deux fois à cette requête.

Spilk jeta un coup d'œil à Slanter et… ne tint pas compte de son avis.

— Montre-moi !

Jair hésita. Il ne fut pas assez rapide pour éviter le coup de gourdin, qui le frappa au visage. La douleur explosant dans sa tête, des larmes lui montèrent aux yeux. Il tomba à genoux, mais Spilk le força encore à se relever.

— Montre-moi ! exigea le gnome.

La colère submergea Jair.

Alors, il agit sans réfléchir et poussa un cri qui se transforma en un sifflement effrayant.

Spilk fut aussitôt couvert de grosses araignées grises. Le sedt hurla d'horreur en essayant de se débarrasser des créatures velues. Il recula, les autres gnomes abattant leurs gourdins et leurs épées sur les araignées pour les empêcher de grimper sur eux.

Le sedt tomba sous une pluie de coups – frappé par ses propres hommes ! Il se tortilla sur le sol pour déloger les créatures qui s'accrochaient à lui.

Jair cessa de chanter. S'il n'avait pas été pieds et poings liés, et à demi assommé par les coups de gourdin de Spilk, il aurait profité de la confusion pour essayer de fuir. Mais Slanter s'était assuré qu'il lui serait impossible de courir.

Spilk continua à se rouler sur le sol pour écraser les araignées. Puis il s'aperçut qu'elles avaient disparu.

Il se releva. Fou de rage, il se jeta sur Jair, les mains tendues comme s'il voulait l'étrangler.

Le jeune elfe tituba et tomba. Le gnome le roua de coups jusqu'à ce qu'il s'évanouisse.

Jair reprit conscience peu après.

Slanter lui épongeait le visage avec un chiffon mouillé.

— Tu as plus de cran que de cervelle, gamin, murmura le gnome. Ça va ?

Jair fit signe que oui, puis leva une main pour toucher son visage.

Slanter l'écarta.

— Laisse ça tranquille ! (Il lui tapota les joues avec le chiffon, puis eut un petit sourire.) Tu as terrorisé Spilk ! Il est à moitié mort de peur !

Jair chercha du regard le reste de la patrouille. Accroupis à l'autre bout de la clairière, les gnomes ne le quittaient pas des yeux. Spilk était assis seul, fou de colère.

— J'ai dû intervenir, dit Slanter. Sinon, il t'aurait fracassé le crâne.

— Il m'a demandé de lui montrer ma magie, marmonna Jair. Je l'ai fait…

Cette idée parut beaucoup amuser le gnome qui se permit un autre sourire, la tête tournée pour que le sedt ne le voie pas. Puis il passa un bras autour des épaules de Jair et l'aida à s'asseoir. Versant un peu de bière dans un gobelet, il le tendit au Valombrien. Jair s'étrangla à moitié avec le liquide amer et fort.

— Ça va mieux ?

— Oui…

— Alors, écoute-moi bien ! Je dois te bâillonner. On t'a confié à moi parce que les autres ne veulent rien avoir à faire avec toi. Tu seras attaché et bâillonné en permanence, sauf pendant les repas. Alors, tiens-toi tranquille. Un long voyage t'attend.

— Un long voyage vers où ?

— L'est… Dans l'Anar. Spilk a décidé de te livrer aux spectres Mords. Il veut qu'ils étudient ta magie. (Le gnome eut l'air presque gêné.) Désolé, mais je n'y peux rien. Pas après ce que tu as fait.

Avant que Jair ait le temps de répondre, Slanter lui remit le bâillon. Puis il desserra les liens de ses chevilles, le hissa sur ses pieds, attacha un bout de corde à sa ceinture et fixa l'autre extrémité à la sienne.

— Spilk ! appela-t-il.

Le sedt s'enfonça dans la forêt, suivi par sa patrouille.

— Désolé, gamin, répéta Slanter.

Ils quittèrent la clairière ensemble et disparurent dans les brumes matinales.

Chapitre 7

Toute la journée, les gnomes avancèrent vers le nord à travers les collines boisées qui bordaient le périmètre ouest de Leah. Ils restaient sous le couvert des arbres, négligeant les routes plus accessibles qui traversaient les montagnes. Un long et pénible voyage pour le Valombrien, rendu encore plus difficile par la manière dont il était attaché, car ses liens lui faisaient mal à chaque pas. Même si les gnomes s'aperçurent de son inconfort, ils ne firent rien pour le soulager. Ils ne s'inquiétèrent pas non plus de la fatigue que leur allure lui valait. Vétérans des guerres de frontières des Terres de l'Est, ils étaient habitués aux marches forcées à travers les terrains les plus inhospitaliers et dans les conditions les moins favorables. Bien qu'en bonne forme physique, Jair était loin d'être leur égal sur ce point.

À la tombée de la nuit, quand ils atteignirent les rives du lac Arc-en-ciel et dressèrent leur camp dans un bosquet bien abrité, Jair se traînait. De nouveau attaché à un arbre, il reçut un rapide repas et quelques gorgées de bière. Puis il s'endormit presque instantanément.

Le jour suivant fut identique. Réveillés dès le lever du soleil, les gnomes l'emmenèrent vers l'est le long des berges du lac, contournant les montagnes du nord pour se diriger vers la sécurité des Chênes Noirs. Ce jour-là, ils firent trois pauses : une au milieu de la matinée, une autre à midi et la dernière au milieu de l'après-midi. Le reste du temps, ils marchèrent, et Jair les suivit, le corps endolori et les pieds couverts d'ampoules. Poussé à la limite de son endurance, il refusait de leur donner la satisfaction de le voir s'effondrer. Sa détermination lui donna la force de soutenir l'allure.

Tout ce temps, il pensa à s'enfuir. Il ne lui vint pas un instant à l'idée qu'il ne pourrait pas s'échapper. Pour lui, la question était seulement de savoir *quand*. Il savait même comment il s'y prendrait : il se rendrait invisible à leurs yeux. Quelque chose dont ils ne se douteraient pas, tant qu'ils pensaient que sa magie se limitait à créer des serpents et des araignées imaginaires.

Tôt ou tard, il trouverait l'occasion de mettre son plan à exécution. Ils le libéreraient peut-être, assez longtemps pour qu'il utilise une fois de plus sa magie. Il n'aurait besoin que d'un instant. Et hop, il disparaîtrait ! La certitude que ça marcherait lui permettait de garder le moral.

Jair avait une raison de plus de vouloir fuir. Slanter lui avait dit que le Marcheur venu à Valombre avec la patrouille de gnomes était parti vers l'est, à la recherche d'Allanon. Mais comment le druide saurait-il que le spectre Mord était sur ses traces ? Jair seul pouvait le prévenir. Et il devait trouver un moyen de le faire !

Ses plans étaient toujours présents à son esprit quand ils entrèrent dans la forêt des Chênes Noirs, les troncs dressés autour d'eux comme des murs, cachant presque aussitôt le soleil.

Ils s'enfoncèrent loin dans la forêt, se dirigeant toujours vers l'est. Il faisait plus frais ici, et un grand silence régnait entre les arbres. La forêt semblait les engloutir comme une caverne menant dans les profondeurs de la terre.

Au coucher du soleil, les montagnes loin derrière eux, ils campèrent dans une petite clairière abritée par des chênes et une longue crête descendant vers le nord, en direction de l'eau. Le Valombrien s'assit contre un tronc d'arbre couvert de mousse dix fois plus épais que lui. Toujours attaché et bâillonné, il regarda Slanter remuer le ragoût qui mijotait sur le feu de camp. Épuisé et décontenancé, Jair s'amusa pourtant à étudier les contradictions du caractère de l'éclaireur. L'observant depuis deux jours, il était toujours aussi étonné par le gnome que lors de leur première conversation. Quelle sorte d'individu était-il ? Un gnome, d'accord, et en même temps, il ne donnait pas le sentiment d'en être un. Sûrement pas un gnome des Terres de l'Est, il était différent des membres de la patrouille. Ceux-ci le savaient. Jair l'avait compris à leur comportement. Ils le toléraient, mais l'évitaient. Et Slanter avait admis sa différence. À sa manière, il était autant un étranger pour eux que le Valombrien. Et il y avait autre chose, dans son tempérament, qui le distinguait des autres. Son attitude, peut-être. Ou son intelligence. Il était plus astucieux qu'eux, et cela venait sans doute de ses expériences. Ayant voyagé dans les Quatre Terres, il avait rompu avec les traditions de son peuple et vu des choses que ses congénères ignoraient.

Et pourtant, il était avec la patrouille ! Pourquoi ?

Slanter revint près de Jair, une gamelle de ragoût dans une main. Il s'accroupit, desserra le bâillon et nourrit le prisonnier.

— Ça n'est pas trop mauvais ? demanda-t-il sans le quitter des yeux.

— Non. C'est même délicieux.

— Tu peux en avoir encore si tu veux. (Slanter remua le ragoût, l'air absent.) Comment te sens-tu ?

— J'ai mal partout, avoua Jair.

— Tes pieds ?

— Oui. Surtout les pieds.

Le gnome posa la gamelle.

— Attends, je vais jeter un coup d'œil…

Il enleva les bottes et les chaussettes du Valombrien et examina ses pieds couverts d'ampoules. Puis il tendit la main vers son sac, y prit une petite boîte, enleva le couvercle, plongea ses doigts dans l'onguent rougeâtre et le passa lentement sur les blessures. Le baume calma presque aussitôt la douleur.

— Voilà, ça devrait te soulager un peu. Et ça aidera ta peau à durcir quand tu marcheras de nouveau.

Il rangea l'onguent, puis regarda Jair, un sourire triste sur son visage jaunâtre et ridé.

— Tu es un dur, n'est-ce pas, gamin ?

Jair ne répondit pas. Affamé, il dévora deux gamelles de ragoût.

— Tiens, bois un peu de ça.

Slanter porta la flasque de bière à la bouche de Jair, qui s'étrangla en avalant le liquide amer.

— Tu ne sais pas ce qui est bon pour toi, gamin !

— Sûrement pas ce truc…

Slanter se rassit.

— J'ai entendu quelque chose tout à l'heure, et j'estime que tu devrais en être informé. Ce ne sont pas de bonnes nouvelles pour toi. (Il s'interrompit et jeta un coup d'œil alentour.) Nous devons retrouver un Marcheur de l'autre côté des Chênes Noirs. Spilk a dit qu'il nous attendrait.

— Comment le sait-il ?

— Une rencontre planifiée, je suppose… Bref, il fallait que tu le saches ! Nous sortirons des Chênes Noirs demain.

Le lendemain ? Comment Jair pourrait-il s'échapper si vite ? C'était trop tôt ! Il avait pensé avoir au moins une semaine, peut-être plus, avant d'arriver en Anar intérieur puis à la citadelle des spectres Mords. Mais demain ? Qu'allait-il faire ?

Slanter le regarda comme s'il lisait dans ses pensées.

— Je suis désolé, gamin. Moi non plus, je ne les aime pas beaucoup !

Jair croisa le regard du gnome et essaya de cacher son désespoir.

— Alors, pourquoi ne me laissez-vous pas partir ?

— Te laisser partir ? répéta Slanter. Tu oublies qui est du côté de qui ?

Le gnome soupira, puis porta la flasque à sa bouche et avala une grande gorgée de bière.

— Pourquoi êtes-vous avec eux, Slanter ? Vous n'êtes pas comme eux. Vous ne…

— Gamin ! coupa le gnome. Tu ne sais rien de moi. Rien du tout ! Alors, ne me dis pas qui je suis et avec qui je devrais être ! Occupe-toi de toi !

Au milieu de la clairière, les autres gnomes, rassemblés autour du feu, buvaient de la bière qu'ils tiraient d'une grosse outre en cuir. Jair vit scintiller leurs yeux quand ils regardaient dans sa direction. Et il mesura la peur qu'il leur inspirait.

— Vous n'êtes pas comme eux, répéta-t-il.

— Peut-être, dit Slanter, les yeux rivés sur les ténèbres. Mais j'en sais assez pour ne pas aller contre le vent. Je l'ai senti tourner, gamin. Il souffle de l'est, et il balayera tout sur son passage. Tout ! Tu ne soupçonnes pas la moitié de la vérité ! Les spectres Mords disposent d'un pouvoir inimaginable, et ils ont la mainmise sur toutes les Terres de l'Est. Aujourd'hui ! Et demain, qui sait... Ce n'est pas le moment, pour un gnome, d'être autre chose qu'un gnome !

Il but de nouveau, puis tendit la flasque à Jair. Le jeune elfe refusa d'un signe de tête.

— Slanter, me feriez-vous une faveur ?

— Ça dépend...

— Accepteriez-vous de me libérer les bras quelques minutes ? (Le gnome fronça les sourcils.) Je veux seulement faire circuler le sang. Je suis attaché depuis deux jours ! S'il vous plaît... Je vous jure que je n'essaierai pas de fuir, et que je n'utiliserai pas ma magie.

Slanter le regarda avec attention.

— Tu as tenu ta parole, jusque-là...

— Et je la tiendrai encore. Laissez mes jambes liées, si vous voulez. Mais donnez-moi quelques minutes pour me dégourdir les bras.

Slanter le regarda un moment de plus, puis s'agenouilla près du Valombrien et défit les cordes. Jair se massa les mains, les poignets, les bras et le torse. Dans l'obscurité, il vit briller un couteau dans la main de Slanter. Il garda la tête baissée, dissimulant ses yeux et ses pensées. Il continua de se frictionner en pensant : *« Pourvu qu'il ne devine pas... qu'il ne voie pas... »*

— Ça suffit, dit Slanter d'une voix bourrue.

Il resserra les cordes. Jair resta immobile, sans résister.

Les nœuds refaits, Slanter revint se camper devant lui.

— Tu te sens mieux ?

— Oui...

— Bon. Il faut dormir. (Le gnome but une autre gorgée de bière et se pencha pour tester les liens.) Désolé de la façon dont les choses ont tourné, gamin. Je n'aime pas ça plus que toi.

— Alors, aidez-moi à m'échapper !

Slanter le regarda sans rien dire. Puis il remit le bâillon à Jair et se leva.

— J'aurais préféré ne jamais te rencontrer, gamin.

Le gnome se détourna et s'éloigna.

Dans les ténèbres, Jair se laissa aller contre le tronc de l'arbre. Demain ! Encore un jour, et les spectres Mords s'empareraient de lui. Il frissonna. Il devait s'échapper !

Il inspira l'air frais de la nuit. Au moins, il savait désormais quelque chose d'important. Slanter ne s'était douté de rien. Il lui avait libéré provisoirement les bras pour lui laisser frictionner ses membres et son torse endoloris.

Le temps de découvrir qu'il était toujours en possession des Pierres elfiques.

Le matin arriva trop vite. Dans l'obscurité permanente, entre les grands arbres, la lumière grise de l'aube était à peine visible.

Leur troisième jour de marche forcée vers l'est ! Et sans soleil, car des nuages d'orage arrivaient du nord. Un vent mordant soufflait entre les troncs géants, héraut du froid hivernal. Enveloppés dans leurs manteaux, les gnomes avançaient tête baissée pour se protéger de la poussière et des feuilles que le vent faisait tourbillonner.

Comment puis-je m'échapper ?

Comment ?

La question tournait dans l'esprit du Valombrien, pendant qu'il se forçait à marcher à la même allure que la patrouille. Chaque pas signifiait qu'il lui restait de moins en moins de temps. Chaque enjambée le rapprochait des spectres Mords. Il devait trouver un moyen de se libérer de ses liens assez longtemps pour utiliser l'Enchantement de Shannara. Un court moment suffirait !

Mais ce moment pouvait ne jamais se présenter. Il n'avait pas douté d'avoir cette possibilité… jusqu'à maintenant. Le temps passait si rapidement ! On était déjà au milieu de la matinée, et ils marchaient depuis plusieurs heures.

Jair se reprocha de ne pas avoir saisi l'occasion que Slanter lui avait offerte la nuit précédente. Il lui aurait suffi de quelques secondes pour affoler la patrouille avec une illusion pendant qu'il se serait libéré les jambes… Quelques secondes de plus pour changer le ton de sa voix, afin de se rendre invisible, et il aurait été parti. C'était dangereux, mais il aurait pu le faire. Sauf qu'il avait donné sa parole…

Certes, mais à un gnome !

Il soupira. Pour lui, ça ne faisait aucune différence. Même face à un gnome, sa parole restait sa parole, et il ne la donnait pas à la légère. Une question d'honneur… S'il revenait dessus une fois, cela recommencerait inévitablement.

De plus, il n'était pas sûr de pouvoir faire ça à Slanter – gnome ou pas. Bizarrement, Jair s'était pris d'amitié pour le bonhomme. Il n'aurait pas été jusqu'à appeler ça de l'affection – plutôt du respect. Ou se retrouvait-il en partie dans le gnome, parce que tous deux se démarquaient de leurs peuples respectifs ? Bref, il n'aurait pas pu se forcer à jouer un tour pareil à Slanter, même pour échapper à un Marcheur.

Irrité, Jair donna des coups de pied aux feuilles en avançant. À sa place, Rone Leah aurait eu un plan de fuite. Et probablement un bon !

Lui n'en avait pas…

La matinée passa. Si le vent tomba vers midi, l'air resta glacial. Devant, le terrain devenait plus rude et la terre plus craquelée, mais la muraille d'arbres était toujours aussi impressionnante et semblait sans fin, tel un défilé de géants impassibles et indifférents au passage des ans.

Une vie aussi insignifiante que la mienne ne compterait pas pour eux, pensa Jair.

Le chemin commença à monter abruptement, et la petite colonne le suivit jusqu'à un bosquet de pins et de sapins entouré de chênes noirs. Les gnomes grognèrent d'irritation quand les branches pointues les égratignèrent.

Jair baissa la tête, essayant d'éviter les aiguilles de pin qui lui blessaient les mains et le visage.

Ils sortirent du bosquet et débouchèrent dans une grande clairière. Une mare alimentée par un minuscule ruisseau scintillait au fond du ravin.

Un homme se tenait devant la mare.

Les gnomes s'arrêtèrent, surpris.

L'homme, tête baissée, porta à ses lèvres un petit gobelet. Il était vêtu entièrement de noir : tunique et pantalon amples, manteau de forestier et bottes. Sur le sol, à côté de lui, reposaient un sac de cuir, noir lui aussi, et un grand bâton en noyer poli.

L'homme leva la tête. Il avait l'allure d'un voyageur venu des Terres du Sud, au visage tanné par le soleil et le vent.

Il étudia la troupe et détourna le regard. Jair devina qu'il ne s'agissait pas d'un voyageur ordinaire.

Spilk aussi perçut quelque chose d'inhabituel. Le sedt jeta un coup d'œil à ses compagnons comme pour s'assurer qu'ils étaient bien là – à neuf contre un – puis il se tourna vers Jair, mécontent que l'inconnu ait vu leur prisonnier.

Il hésita, puis avança. Jair et les autres le suivirent.

La patrouille gagna l'autre bout de la mare. Les gnomes ne quittèrent pas des yeux l'inconnu, qui fit mine de ne pas s'en apercevoir. Spilk s'accroupit et remplit sa gourde, puis il but une grande gorgée. Les autres gnomes l'imitèrent, à part Slanter, qui resta à côté de Jair. Le Valombrien tourna la tête vers le gnome et s'aperçut que lui aussi fixait l'inconnu. Il avait une expression étrange, comme s'il reconnaissait l'homme...

L'inconnu leva la tête et son regard croisa celui de Jair.

Puis il se détourna et s'adressa à Spilk.

— Vous allez loin ? demanda-t-il.

Le gnome cracha l'eau qu'il avait dans la bouche.

— Restez en dehors de ça.

L'inconnu haussa les épaules. Après avoir vidé son gobelet, il se pencha pour le ranger dans son sac. Quand il se redressa, il brandissait le bâton.

— Le Valombrien est-il si dangereux ?

Les gnomes le regardèrent, l'air maussade. Spilk jeta sa gourde, saisit son gourdin et se plaça devant ses hommes.

— Qui êtes-vous ? demanda-t-il d'un ton brusque.

L'inconnu haussa les épaules.

— Vous n'avez pas envie de le savoir.

Spilk se fendit d'un sourire sinistre.

— Alors, partez d'ici tant que vous le pouvez ! Cette affaire ne vous regarde pas.

Le voyageur ne bougea pas, comme s'il réfléchissait à la question.

Spilk fit un pas vers lui.

— Je vous dis que ça ne vous concerne pas !

— Neuf Chasseurs gnomes qui rôdent dans les Terres du Sud avec un Valombrien attaché et bâillonné comme un cochon qu'on prévoit d'égorger ? Vous avez peut-être raison...

Il se pencha, prit son sac, le mit sur son épaule et s'éloigna de la mare en passant devant la patrouille.

Un instant, Jair avait cru que l'inconnu l'aiderait, tenterait de le secourir... En désespoir de cause, il se tourna vers la mare, car il avait atrocement soif. Mais Slanter lui barra le chemin. Il leva la main, la posa sur l'épaule de Jair et le fit reculer de quelques pas.

L'inconnu s'arrêta.

— Cela dit, vous vous trompez peut-être. (Il était à moins de deux pas de Spilk.) Il se peut que cette affaire me concerne, après tout !

L'homme laissa glisser son sac à terre sans quitter Spilk des yeux. Le sedt le regarda, partagé entre l'incrédulité et la colère. Derrière lui, les autres gnomes échangèrent des coups d'œil dubitatifs.

— Reste derrière moi, souffla Slanter à Jair.

Il se campa devant le Valombrien.

L'inconnu approcha de Spilk.

— Pourquoi ne pas libérer ce garçon ? suggéra-t-il.

Spilk leva son gourdin, visant la tête de l'homme. Malgré sa rapidité, son adversaire réagit plus vite que lui. Il para le coup avec son bâton, puis avança d'un mouvement fluide, leva son arme et frappa à deux reprises. Le deuxième coup toucha Spilk à la tête.

Le gnome tomba comme une pierre.

Un instant, personne ne bougea. Puis les autres gnomes attaquèrent en sortant leurs épées, leurs hachettes et leurs couteaux.

Ils convergèrent vers l'inconnu vêtu de noir. Jair mordit son bâillon quand il vit ce qui arriva ensuite. L'inconnu para l'assaut et deux gnomes s'écroulèrent, le crâne fracassé.

Les survivants continuèrent à attaquer l'homme, qui les évita sans peine. Puis une épée courte apparut soudain dans sa main. Quelques instants plus tard, trois autres gnomes s'écroulèrent.

Encore deux adversaires... L'inconnu brandit son épée. Les gnomes se regardèrent, puis l'un d'eux aperçut Jair, à demi-caché derrière Slanter. Abandonnant son compagnon, il bondit sur le Valombrien. Au grand étonnement de Jair, Slanter lui barra le chemin, un couteau à la main. Le gnome hurla de rage devant cette trahison et leva son arme. L'inconnu s'en aperçut : son bras bougea si vite que Jair n'eut pas le temps de bien voir.

Le gnome s'immobilisa, un couteau au travers de la gorge. Puis il tomba sans un cri.

Le dernier gnome détala sans demander son reste. Il fila vers la forêt et disparut entre les arbres.

Le gnome et l'inconnu se regardèrent un moment en silence, armes levées. Tout était silencieux autour d'eux.

— Vous aussi ? demanda doucement l'inconnu.

Slanter secoua la tête.

— Non. (Il laissa retomber sa main armée.) Je sais qui vous êtes.

L'homme ne parut pas surpris. Il désigna les gnomes étendus sur le sol.

— Et vos amis ?

Slanter regarda les cadavres.

— Eux ? Ce n'étaient pas mes amis. Les malheurs de la guerre nous avaient rapprochés, et je trouvais que nous avions déjà voyagé trop loin ensemble. Ils étaient idiots ! (Il regarda l'inconnu dans les yeux.) Pour moi, le voyage est fini. C'est le moment de prendre un autre chemin.

Il se tourna vers Jair et coupa ses liens. Puis il lui enleva le bâillon et rangea son couteau.

— On dirait que tu as de la chance aujourd'hui, gamin, grogna-t-il. Tu viens d'être sauvé par Garet Jax !

Chapitre 8

Même dans un petit village des Terres du Sud comme Valombre, les gens avaient entendu parler de Garet Jax.

On l'appelait le « maître d'armes ». Il était si bon au combat qu'il n'avait pas son égal, disait-on. Quelle que soit l'arme, ou à mains nues, c'était le meilleur. Certains murmuraient même qu'il était le plus grand guerrier de tous les temps.

Les récits à son sujet étaient devenus des légendes. On les racontait dans les tavernes, après la journée de travail. Les voyageurs en parlaient dans les auberges. On les murmurait autour des feux de camp et des cheminées, quand la nuit tombait, les ténèbres semblant rapprocher les hommes.

Personne ne savait d'où il venait. Mais chacun avait une histoire sur lui. La plupart étaient vraies, car plusieurs témoins les confirmaient.

Jair Ohmsford les connaissait par cœur.

Une des plus anciennes parlait de brigands gnomes qui pillaient les villages isolés de la frontière est de Callahorn. Repoussés par la Légion frontalière, les brigands s'étaient séparés en plusieurs petits groupes d'une dizaine de personnes. Mais ils continuaient de harceler les villages et les hameaux les moins protégés. Les patrouilles de la Légion continuaient, mais les pillards se cachaient jusqu'à ce qu'elles aient quitté les lieux.

Un jour, une de ces bandes attaqua la maison d'un fermier, près de l'endroit où la Mermidon et la Rabb se rencontraient. Dans la bâtisse se trouvaient seulement la femme du fermier, ses enfants en bas âge et un étranger, à peine plus qu'un adolescent, qui s'était arrêté pour faire quelques menus travaux en échange d'un repas et d'un lit pour la nuit.

Le jeune homme enferma la famille dans l'abri anti-tempête et affronta les pillards.

Il en tua huit, les deux derniers s'enfuyant. Après son intervention, les raids s'espacèrent et on commença à parler d'un certain Garet Jax.

D'autres récits circulaient. À Arborlon, Jax avait formé une unité de gardes du palais consacrée à la défense du roi des elfes, Ander Elessedil. À Tyrsis, Kern et

Varfleet, il avait pris en charge l'entraînement d'unités spéciales de la Légion frontalière. Plus tard, il s'était battu avec les nains contre les gnomes, apprenant à ses alliés à utiliser des armes nouvelles. Dans les Terres du Sud lointain, il avait participé aux guerres entre les différents États membres de la Fédération. S'y étant fait beaucoup d'ennemis, il ne pourrait jamais retourner dans cette contrée...

Jair s'aperçut soudain que l'homme le regardait, comme s'il lisait ses pensées.

— Merci, marmonna-t-il.

Garet Jax ne répondit pas. Ses yeux gris s'attardèrent un moment sur le jeune elfe, puis il se détourna, rangea son épée et examina les cadavres des gnomes. Jair l'observa un moment, puis se tourna vers Slanter.

— C'est vraiment Garet Jax ?

— C'est ce que j'ai dit, non ? On n'oublie pas quelqu'un comme lui ! Je l'ai rencontré il y a cinq ans, quand il entraînait les soldats de la Légion à Varfleet. Je servais d'éclaireur à la Légion pour passer le temps... Un jour, quatre types, furieux d'avoir été écartés d'un exercice, ont attaqué Jax à coups de piques, par-derrière. Il n'était pas armé et les gaillards semblaient tous plus forts que lui... Il en a tué deux et estropié les deux autres.

Jair regarda Garet Jax. Une légende, disaient certains. Mais on lui donnait aussi d'autres noms : assassin, mercenaire, reître sans loyauté, sinon envers ceux qui le payaient... Cet homme voyageait toujours sans compagnons ni amis. Il était trop dur et trop dangereux pour ça.

Alors, pourquoi avait-il aidé Jair ?

— Celui-là est encore en vie...

Le maître d'armes était penché sur Spilk. Slanter et Jair avancèrent.

— Il a un crâne épais, marmonna Garet Jax. (Il leva les yeux vers ses compagnons.) Aidez-moi à le ramasser.

Ils portèrent le sedt de l'autre côté de la clairière, puis l'adossèrent à un pin. Récupérant les cordes qui avaient servi pour Jair, le maître d'armes attacha les pieds et les mains du gnome, puis se tourna vers Jair et Slanter.

— Comment vous appelez-vous, Valombrien ? demanda-t-il.

— Jair Ohmsford...

— Et vous ?

— Slanter, souffla l'éclaireur.

— Et si vous me disiez ce que faisaient neuf Chasseurs gnomes avec un Valombrien saucissonné ?

Slanter raconta tout ce qui était arrivé depuis qu'il avait rencontré Jair à Valombre. À la grande surprise du jeune elfe, il décrivit même ce qu'il lui avait fait pour s'enfuir.

Garet écouta, puis se tourna vers Jair.

— Tout ça est vrai ?

Jair hésita avant d'acquiescer. L'histoire n'était pas *entièrement* vraie, bien entendu. Ce qu'il avait « révélé » à Spilk était pure invention. Mais il ne vit aucune raison de rétablir la vérité. Pour le moment, et jusqu'à ce qu'il soit sûr de pouvoir leur faire confiance, il valait mieux que le gnome et le maître d'armes continuent à croire que son père était parti en compagnie d'Allanon – avec les Pierres elfiques.

Jax réfléchit un moment.

— Il serait imprudent que je vous laisse seul dans ce pays, Jair Ohmsford. Ou que vous restiez avec ce gnome. (Slanter s'empourpra, mais ne répliqua rien.) À mon avis, vous feriez mieux de venir avec moi. Comme ça, je serai sûr que vous êtes en sécurité.

— Venir avec vous… mais où ?

— À Culhaven. J'y ai un rendez-vous. Si le druide et votre père sont partis dans les Terres de l'Est, il est possible que nous les retrouvions là. Sinon, nous dénicherons quelqu'un qui pourra vous conduire près d'eux.

— Je ne peux pas…, commença Jair.

Il s'interrompit. Pas question de leur parler de Brin. Mais il ne devait pas partir vers l'est !

— Je ne peux pas faire ça… Ma mère et ma sœur sont au sud de Valombre et elles ignorent ce qu'il se passe. Je dois aller les prévenir.

— Non. C'est trop loin, et je n'ai pas le temps. Nous irons à l'est, et nous les ferons avertir dès que nous en aurons la possibilité. De plus, si ce que vous affirmez est vrai, il est plus dangereux de faire demi-tour que de continuer dans la même direction. Les gnomes et les spectres vous connaissent, et ils savent où vous habitez. Quand ils découvriront que vous vous êtes échappé, ils viendront vous chercher chez vous. Je ne vous ai pas sauvé pour que vous vous fassiez reprendre dès que j'aurai le dos tourné.

— Mais…

— C'est décidé ! Vous me suivez ! (Il jeta un coup d'œil à Slanter.) Et vous, allez où vous voulez !

Jax traversa la clairière pour récupérer son sac et son bâton. Jair le regarda, indécis. Devait-il dire la vérité à l'homme ? Même s'il lui révélait tout, ça ne ferait pas de différence. Le maître d'armes ne le ramènerait pas chez lui…

— Eh bien, bonne chance, gamin, dit Slanter, l'air mécontent. Tu ne m'en veux pas, j'espère.

— Où allez-vous ?

— En quoi ça te regarde ? (Le gnome foudroya Garet Jax du regard, puis haussa les épaules.) Tu t'en sortiras mieux avec lui qu'avec moi. J'aurais dû filer de mon côté depuis un bon moment !

— Je n'ai pas oublié que vous m'avez aidé, Slanter, dit Jair. Et je crois que vous auriez continué, si j'en avais eu besoin.

— Tu te trompes ! beugla le gnome. Ce n'est pas parce que j'étais désolé de ce qui t'arrivait que… Je t'aurais livré aux Marcheurs, fiston, parce que c'était la seule option raisonnable ! Le maître d'armes et toi, vous ne savez pas contre quoi vous vous dressez !

— Je vous ai vu me défendre, couteau à la main, quand un des gnomes m'a attaqué !

— J'aurais dû le laisser te tuer ! Tu sais ce que tout ça signifie pour moi ? Je ne pourrai jamais retourner dans les Terres de l'Est ! Le salopard qui s'est échappé leur racontera tout ce que j'ai fait. Ou Spilk, quand il se sera détaché. (Il leva les mains.) Enfin, peu importe ! Ce n'est pas vraiment mon pays. Ou ça ne l'est plus depuis des années… Les spectres ne se lanceront pas à la poursuite d'un déserteur gnome… J'irai vers le nord, ou peut-être dans les cités du sud, et j'attendrai que les choses se tassent…

— Slanter…

Le gnome désigna Garet Jax qui buvait à la mare.

— Ce type ne vaut pas mieux que moi ! Il me traite comme si tout ça était ma faute. Mais je ne savais même pas que tu existais, gamin ! J'étais à la recherche du druide. Il ne m'a pas été agréable de te faire prisonnier et de devoir te livrer aux spectres Mords.

— Slanter, attendez ! lança Jair, se souvenant d'un élément qu'il avait presque oublié. Et le Marcheur que nous devions rencontrer à la sortie des Chênes Noirs ?

— Oui, et alors ?

— Il sera là, non ?

— Je vois ce que tu veux dire… Oui, il sera là. Il te suffira de l'éviter.

— Et si Jax décide de l'affronter ?

Slanter haussa les épaules.

— Ça fera un maître d'armes mort…

— Et un Jair Ohmsford de moins…

Ils se regardèrent en silence.

— Que veux-tu de moi, gamin ?

— Venez avec nous.

— Pardon ?

— Vous êtes un éclaireur, Slanter. Le compagnon qu'il nous faut pour éviter le Marcheur. Je vous en prie, accompagnez-nous !

— Non. Je ne peux pas retourner dans les Terres de l'Est. En plus, tu voudrais que je me pointe à Culhaven ? Moi ? Les nains adoreraient ça !

— Seulement jusqu'à la frontière, Slanter, insista Jair. Après, vous continuerez votre chemin. Je ne vous en demanderai pas plus.

— Voilà une attention qui me touche beaucoup ! railla le gnome. (Garet Jax revint lentement vers eux.) Et puis, à quoi bon me demander ? Ce type ne me laissera pas venir !

— Ça n'est pas sûr. (Jair se tourna vers le maître d'armes.) Vous avez dit que Slanter pouvait aller où il voulait. Confirmez-lui qu'il peut nous suivre, s'il le désire.

Jax étudia le gnome, dubitatif.

— C'est un éclaireur, souligna Jair. Il pourrait nous aider à éviter les Marcheurs…

Le maître d'armes haussa les épaules.

— À lui de décider.

— Slanter, si vous acceptez, je vous montrerai comment fonctionne la magie, insista Jair.

Le gnome eut soudain l'air intéressé.

— Ça vaudrait peut-être le coup de… (Il se reprit.) Non ! Qu'essaies-tu de faire, gamin ? Tu crois pouvoir me convaincre avec un pot-de-vin ?

— Non, dit Jair, je voulais seulement…

— Sache que je n'accepte pas de me laisser soudoyer ! Je ne suis pas un… (Il s'interrompit, incapable de trouver les mots adéquats pour définir ce qu'il n'était pas.) Bon. Si c'est important pour toi, je viendrai avec vous. Mais pas parce que tu m'as soudoyé ! J'ai envie de m'offrir ce petit voyage. C'est mon idée, compris ? Et jusqu'à la frontière, pas plus loin ! Je ne veux pas avoir affaire aux nains !

Jair regarda le gnome, stupéfait par ce discours. Puis il tendit la main et Slanter la lui serra solennellement.

Ils décidèrent de laisser Spilk se débrouiller. Il lui faudrait pas mal de temps pour se libérer, mais il y arriverait. Au pire, il pourrait toujours ronger les cordes, avait suggéré Slanter. Et s'il appelait à l'aide, quelqu'un l'entendrait peut-être. Mais il lui faudrait être prudent. Les Chênes Noirs étaient habités par une espèce de loup gris particulièrement hargneuse, et ses cris risquaient d'attirer leur attention. Cela dit, les loups viendraient peut-être de toute façon, à cause de la mare…

Spilk entendit la fin de la tirade, car il reprit conscience alors que Jair et ses compagnons se préparaient au départ. Encore à demi-assommé, mais furieux, il les menaça d'une fin lente et atroce quand il les rattraperait. Et il les rattraperait ! S'ils ignorèrent ses menaces, Slanter parut un peu mal à l'aise. Quelques minutes plus tard, le sedt resta seul dans la clairière.

Jair était désormais en étrange compagnie : un gnome qui l'avait gardé prisonnier pendant trois jours, et un aventurier légendaire. Une alliance des plus bizarres. Pourquoi ces deux types étaient-ils avec lui ? Garet Jax aurait pu passer son chemin sans se soucier d'un jeune Valombrien. Au risque de sa vie, il l'avait sauvé et s'était proclamé son protecteur temporaire. Pourquoi un homme comme lui avait-il pris une décision pareille ?

Slanter aurait pu ignorer sa requête, sachant que Jax n'avait pas confiance en lui. Pourtant, il avait décidé de les accompagner – probablement par esprit de contradiction.

Curieux…

Le plus étonnant restait quand même les motivations de Jair. Si leur comportement était étrange, que dire du sien ? Des jours durant, Slanter avait été son geôlier ! Et il avait réellement peur de Garet Jax, pensant sans arrêt au maître d'armes lors de son combat contre les gnomes, aussi noir que la mort qu'il dispensait si aisément…

Il se força à cesser de revoir mentalement la scène…

Après tout, sur les routes, des étrangers devenaient souvent compagnons de voyage pour des raisons de sécurité. Jair conclut que c'était la bonne façon de voir les choses. Il devait garder l'œil ouvert, voilà tout ! Libre, il n'était pas réellement en danger. Il lui suffirait d'un instant pour disparaître, grâce à l'Enchantement de Shannara. Y penser le réconforta. S'il n'avait pas été au cœur des Chênes Noirs, sans les spectres Mords lancés à sa poursuite, et sans son besoin désespéré de trouver de l'aide quelque part…

Il se força à arrêter de réfléchir. Les conjectures sur ce qui aurait pu être ne servaient à rien. Il avait déjà assez de pain sur la planche. Surtout, il devait se souvenir de ne pas mentionner Brin ou les Pierres elfiques.

Après une heure de marche, ils arrivèrent dans une clairière où une demi-douzaine de pistes se recoupaient.

Slanter s'arrêta et désigna un chemin qui menait vers le sud.

— Par là, dit-il.

Garet Jax le regarda, étonné.

— Au sud ?

Slanter fronça les sourcils.

— Oui. Le Marcheur sortira de la région de la rivière Argentée à travers le marais des Brumes. C'est l'itinéraire le plus rapide et le plus facile, du moins pour ces monstres. Ils n'ont peur d'aucune créature qui réside dans ce marais. Si nous voulons courir le moins de risques possible, nous contournerons le marais par le sud en restant dans les Chênes Noirs. Puis nous tournerons vers le nord quand nous serons dans les plaines.

— C'est un long détour, gnome, murmura le maître d'armes.

— Mais un moyen sûr d'arriver là où vous voulez aller !

— Nous pourrions peut-être dépasser le Marcheur sans qu'il nous voie…

— On pourrait aussi voler ! Il est clair que tu ignores de quoi tu parles !

Garet Jax ne dit rien. Semblant s'apercevoir qu'il était peut-être allé trop loin, Slanter se racla la gorge nerveusement et haussa les épaules.

— Gamin, tu ne connais pas les spectres Mords comme je les connais ! Tu n'as pas vécu parmi eux. Ni vu de quoi ils sont capables. Venus des ténèbres, ils semblent faits d'obscurité. Quand ils passent, on ne les voit pas et on ne les entend pas. Mais on les perçoit ! (Jair frissonna, se souvenant de la présence invisible, à Valombre.) Ces monstres ne laissent aucune trace là où ils passent. Ils apparaissent et disparaissent comme des fantômes. Des Marcheurs noirs !

Slanter se tut. Garet Jax regarda Jair.

Le Valombrien pensait à ce qu'il avait éprouvé quand il était revenu chez lui, cette fameuse nuit où un spectre Mord l'attendait dans sa propre demeure.

— Je n'aimerais pas courir le risque d'en rencontrer un, dit-il doucement.

— Alors, nous partons vers le sud, trancha le maître d'armes.

L'après-midi, ils continuèrent à traverser les Chênes Noirs sur la piste qui serpentait entre les arbres. Le crépuscule tomba et la lumière baissa rapidement. Une légère brume s'éleva des arbres, se collant à leur peau. La piste devint plus difficile à suivre, souvent cachée par la brume. Des bruits nocturnes peu rassurants montaient de la forêt.

Slanter demanda une halte et voulut savoir s'ils désiraient s'arrêter pour la nuit.

Le Valombrien, fatigué, jeta un coup d'œil alentour. Les arbres géants les entouraient comme un mur noir impénétrable. Au milieu de la brume, un Marcheur chassait.

Jair Ohmsford serra les dents et secoua la tête.

La petite colonne continua son chemin.

La nuit enveloppait aussi la clairière où Spilk restait attaché. Il avait travaillé dur à desserrer ses liens et y était presque arrivé.

Aucun être vivant ne s'était montré dans la clairière pendant la journée. Pas de voyageurs, ni de loups... Les cadavres des membres de sa patrouille gisaient toujours au même endroit, leurs silhouettes devenant indistinctes avec le crépuscule.

Le visage de Spilk se durcit alors qu'il luttait toujours contre ses liens. Encore une heure et il serait libre. Ensuite, il partirait à la poursuite des chiens qui avaient tué ses gars avant de le ficeler comme un poulet. Et il les retrouverait !

Une ombre tombant sur lui, il sursauta et leva la tête. Une grande silhouette noire se dressa devant lui, enveloppée d'un manteau et le visage caché par un capuchon.

Une créature maléfique venue de la nuit...

Spilk sentit son sang se glacer dans ses veines.

— Maître !

L'être le regarda en silence.

Le sedt bégaya dans sa hâte de tout raconter : la rencontre de l'inconnu en noir, la trahison de Slanter, la fuite du Valombrien au chant magique...

— Maître, j'ai fait mon possible ! Par pitié, détachez-moi !

Sa voix se brisa et il cessa de supplier. Baissant les yeux, il éclata en sanglots. La silhouette sombre resta un moment immobile. Puis une main gantée de noir se posa sur la tête du gnome et un éclair de feu rouge jaillit.

Spilk hurla.

Un seul cri terrible.

Le Marcheur noir se détourna et disparut dans les ténèbres.

Spilk s'affaissa entre ses liens.

Ses yeux sans vie regardaient fixement l'obscurité.

Chapitre 9

L'aube se levait au-dessus des sommets déchiquetés des dents du Dragon. Allanon balaya du regard le mur impénétrable des montagnes aux pics arides battus par les vents. Puis il baissa les yeux sur la grande fente, dans le rocher. Elle ouvrait sur la vallée de Schiste, l'entrée de l'impressionnante salle des Rois. Ses robes noires serrées autour de sa grande silhouette maigre, il sembla soudain mélancolique.

Une piste de roche noire conduisait à la vallée où s'étendait un lac dont les eaux boueuses, d'un noir verdâtre, étaient agitées d'un lent mouvement interne. Car aucun vent ne soufflait.

Père…, pensa Allanon.

Un bruit de bottes claquant sur des cailloux lui rappela les deux personnes qui voyageaient avec lui. Il se retourna brusquement et les regarda sortir des ombres pour le rejoindre. Eux aussi observèrent un moment la vallée aride…

— C'est ça ? demanda sèchement Rone Leah.

Allanon fit un signe affirmatif, conscient des doutes qu'éprouvait le montagnard, et qu'il n'essayait plus de cacher.

— La vallée de Schiste, dit le druide. (Il commença à descendre le sentier abrupt.) Il faut nous hâter.

Le soupçon et la méfiance se lisaient aussi dans le regard de la Valombrienne, même si elle essayait de les dissimuler. Ceux qui partageaient les aventures d'Allanon avaient toujours nourri des doutes à son sujet. Il en avait été ainsi pour Shea et Flick Ohmsford, quand il les avait entraînés à la recherche de l'Épée de Shannara. Et pour Wil Ohmsford et Amberle, lorsqu'ils étaient partis trouver le Feu de Sang. Peut-être méritait-il cette méfiance. La confiance se gagnait : pour ça, il fallait être sincère et honnête. Allanon ne l'avait jamais été, car cela lui était impossible. Gardien de secrets qu'il ne pouvait partager avec personne, il était contraint de dissimuler la vérité, car elle ne pouvait pas être *transmise*, mais *apprise*. Il lui était difficile de ne rien dire. Mais il le devait, sous peine de modifier la vérité qui lui avait été donnée en garde, et pour laquelle il avait travaillé si dur.

Il jeta un coup d'œil derrière lui pour s'assurer que la Valombrienne et le montagnard le suivaient. Puis il continua son chemin en silence, regardant où il mettait les pieds. Il aurait été si facile de renoncer à son fardeau. De révéler tout ce qu'il savait de leur sort à ceux qu'il conseillait, de mettre ses secrets à nu et laisser les événements se dérouler différemment que prévu…

Pourtant, il savait qu'il ne pourrait jamais se le permettre. Le druide suivait un code de conduite supérieur. Il y avait consacré sa vie. S'il devait endurer les soupçons, tant pis ! Même si le prix à payer semblait élevé, il était nécessaire.

Mais je suis si fatigué, pensa-t-il. *Père, je suis si fatigué !*

Arrivé dans la vallée, il s'arrêta. La Valombrienne et le montagnard l'imitèrent, et il se tourna vers eux en désignant le lac.

— L'Hadeshorn, murmura-t-il. Mon père m'attend. Je dois aller près de lui. Restez ici jusqu'à ce que je vous appelle. Ne bougez pas, quoi qu'il arrive. Excepté vous et moi, seuls les morts habitent ce lieu.

Les jeunes gens firent signe qu'ils avaient compris. Ils regardèrent les eaux de l'Hadeshorn, mal à l'aise.

Allanon s'éloigna.

Un étrange espoir l'envahit quand il approcha du lac, presque comme s'il arrivait au bout d'un long chemin. C'était toujours ainsi quand il venait ici, se souvint-il. Un peu comme s'il rentrait chez lui. Autrefois, Paranor était le foyer des druides. Mais tous étaient morts, à part lui, et cette vallée lui semblait désormais plus familière que la forteresse. Tout commençait et finissait ici. C'était là qu'il revenait quand il avait besoin du sommeil surnaturel qui renouvelait ses forces vitales, dès qu'un voyage était terminé. Là que son enveloppe charnelle reposait entre deux mondes, celui des vivants et celui des morts, quand il retournait vers cette croisée des chemins qui lui donnait brièvement accès à tout ce qui avait été et à tout ce qui serait.

Et, le plus important, son père résidait en ce lieu.

Prisonnier, exilé… et attendant d'être délivré !

Il se força à chasser cette pensée. Ses yeux noirs sondèrent l'horizon occidental, puis revinrent sur le lac.

Shea Ohmsford était venu là, des années auparavant, avec son frère adoptif, Flick, et le reste de la petite équipe lancée à la recherche de l'Épée de Shannara.

Bremen avait énoncé une prophétie : un des compagnons n'atteindrait jamais Paranor… Et c'était arrivé : tombé du pli du Dragon, Shea avait été emporté par le courant d'une rivière. Le druide se souvenait de la méfiance des membres de ce premier groupe. Pourtant, il appréciait beaucoup Shea, Flick et, plus tard, Wil Ohmsford. Shea était le fils qu'il aurait aimé avoir. Wil Ohmsford, en revanche, avait été un compagnon d'armes lors de la quête visant à sauver l'Ellcrys et… les elfes.

Allanon fronça les sourcils. Maintenant, il y avait Brin, une jeune elfe dotée d'un pouvoir qui dépassait largement ceux de ses ancêtres. Que serait-elle pour lui ?

Il s'arrêta au bord du lac et observa un moment les eaux insondables. Puis il leva les bras. Le pouvoir jaillit de son corps et l'Hadeshorn bouillonna.

Les eaux tourbillonnèrent de plus en plus vite, projetant des nuages de gouttelettes. Autour du druide, la vallée frémit et gronda, comme si elle se réveillait d'un long sommeil. Puis des cris montèrent du fond du lac, rauques et terribles.

Réponds à mon appel, pensa le druide. *Libère-toi !*

Les hurlements augmentèrent de volume, aigus et inhumains – les cris d'âmes prisonnières essayant de sortir de leur geôle. La vallée résonna de leurs gémissements, et les eaux de l'Hadeshorn sifflèrent comme si elles étaient soulagées.

Viens !

L'ombre de Bremen émergea peu à peu des eaux obscures, sa forme grise squelettique transparente contre le velours de la nuit.

Le spectre lévita à quelques pouces de la surface. Allanon baissa les bras et serra autour de lui ses robes noires, comme s'il avait froid. Sous son capuchon, il leva les yeux et rencontra le regard de son père.

Je suis venu.

Bremen tendit les bras. S'ils ne touchèrent pas Allanon, il sentit pourtant leur étreinte plus glaciale que la mort. Angoissée, la voix de son père flotta lentement vers lui.

Les temps se terminent. Le cercle est fermé...

Le froid tétanisa Allanon. Les mots jaillirent comme un torrent, mais il les entendit tous et les écouta dans un silence désespéré.

Plus effrayé qu'il ne l'avait jamais été, le dernier druide comprit enfin ce qui arriverait.

Ce qui *devait* arriver.

Des larmes perlèrent à ses yeux.

Brin Ohmsford et Rone Leah restèrent là où le druide leur avait ordonné de l'attendre. Ils virent l'ombre de Bremen émerger des profondeurs de l'Hadeshorn et frissonnèrent dans le froid glacial provoqué par son apparition. Ils regardèrent Bremen se dresser devant Allanon, squelettique et dépenaillé, et virent ses bras se tendre vers le druide comme pour l'enlacer. Ils n'entendirent aucune de ses paroles, gênés par les cris des âmes venues des profondeurs. Le rocher frémit sous leurs pieds. S'ils l'avaient pu, ils auraient fui. À cet instant, ils crurent que la mort elle-même avait été lâchée sur le monde.

Puis tout fut fini. L'ombre de Bremen replongea lentement dans les eaux boueuses. Les hurlements, un instant plus aigus, cessèrent. Le lac bouillonna, puis se calma, ses eaux reprenant leurs mouvements placides.

Le soleil se leva au-dessus des sommets déchiquetés des dents du Dragon.

Brin entendit Rone soupirer et lui prit la main. Au bord de l'Hadeshorn, Allanon tomba à genoux, tête baissée.

Brin courut vers le lac. Rone essaya de la retenir, mais elle lui échappa.

Le jeune homme la suivit.

Ils arrivèrent à côté du druide, s'arrêtèrent et se penchèrent vers lui. Les yeux fermés, il était pâle comme la mort. Brin lui prit la main et s'aperçut qu'elle était glacée. Le druide semblait en transe. La Valombrienne regarda Rone, qui haussa les épaules.

Brin secoua doucement le géant.

— Allanon…

Les yeux noirs de l'homme s'ouvrirent. Un instant, Brin vit une terrible angoisse s'y refléter. Troublée, elle recula d'un pas.

— Je vous avais dit de ne pas bouger ! rugit Allanon en se relevant péniblement.

Elle ignora son accès d'humeur.

— Qu'est-il arrivé ? Qu'avez-vous vu ?

Le druide ne répondit pas tout de suite. Ses yeux se posèrent sur les eaux troubles du lac et il ne put s'empêcher de trembler.

— Père…, murmura-t-il.

Brin regarda Rone, qui fronça les sourcils.

Elle tira sur la manche du druide.

— Que vous a-t-il dit ?

— Que le temps nous échappe, Valombrienne… Nous sommes pourchassés de tous côtés, et il en sera ainsi jusqu'à la fin. Cette fin est prédéterminée, mais il n'a pas voulu me la révéler. Il m'a seulement dit cela : elle arrivera, vous la verrez, et, en ce qui concerne notre cause, vous êtes à la fois celle qui sauvera et détruira.

— Quel est le sens de cette prophétie, Allanon ?

— Je l'ignore…

— Voilà qui nous aidera beaucoup, marmonna Rone.

Brin ne quitta pas le druide du regard. Il y avait autre chose, elle le sentait.

— Qu'a-t-il dit de plus, Allanon ?

— Rien. Non, il n'a rien ajouté…

Il mentait ! Brin le comprit aussitôt. Il y avait une révélation, sombre et terrible, que le druide n'était pas prêt à partager avec eux. Cette idée la terrorisa : comme son père et son arrière-grand-père, elle allait être utilisée dans un but qu'elle ne comprenait pas.

L'ombre avait dit qu'elle serait à la fois celle qui sauverait et détruirait… Comment était-ce possible ?

— Il m'a fait une autre révélation, dit brusquement Allanon.

Brin sut qu'il ne parlerait pas de ce qu'il avait décidé de cacher. Il s'agissait d'autre chose.

— Paranor est entre les mains des spectres Mords. Ils sont parvenus à traverser les protections magiques. La citadelle est tombée il y a deux nuits. En ce moment, ils fouillent toutes les salles, à la recherche des archives des druides et des secrets des Anciens. Ce qu'ils dénicheront servira à augmenter les pouvoirs qu'ils ont déjà.

» Et ils trouveront tôt ou tard, si personne ne les arrête. Il ne faut pas que cela arrive !

— Vous ne pensez pas que *nous* pourrons les arrêter ? demanda Rone.

— Il n'y a personne d'autre !

Le montagnard s'empourpra.

— Combien sont-ils ?

— Une douzaine de spectres. Plus une compagnie de gnomes.

Rone n'en crut pas ses oreilles.

— Et nous sommes censés les vaincre ? À nous trois ? Vous, Brin, et moi ? J'aimerais savoir comment !

Le regard du druide brilla de colère. Rone Leah comprit qu'il était allé trop loin. Mais il ne pouvait pas ravaler ses paroles. Il ne bougea pas quand le géant approcha de lui.

— Prince de Leah, vous doutez de moi depuis le début, dit Allanon. J'ai pris sur moi, parce que vous avez de l'affection pour la Valombrienne et que vous êtes venu la protéger. Mais c'est terminé ! J'en ai assez de vos soupçons au sujet de mes objectifs et des moyens que j'emploie pour les atteindre ! Vous avez décidé d'être contre moi, et ça n'a pas de sens !

— Je ne suis pas contre vous, mais pour Brin. Quand ces deux options entrent en conflit, je me place de son côté.

— Eh bien, si c'est ce que vous désirez, vous l'aurez cherché ! cria le géant.

Allanon arracha l'Épée de Leah de son fourreau, fixé dans le dos du montagnard. Rone pâlit, certain que celui-ci avait l'intention de le tuer. Brin cria et se précipita vers eux, mais le druide l'arrêta d'un geste.

— Attendez, Valombrienne ! C'est une affaire entre le prince de Leah et moi.

Il foudroya Rone du regard.

— La protégeriez-vous comme *je* pourrais le faire ? Si cela vous était possible, accepteriez-vous de devenir mon égal ?

— Oui !

— Alors, je vous donnerai le pouvoir nécessaire.

Il saisit le montagnard d'une main puissante et le poussa au bord de l'Hadeshorn. Puis il lui rendit l'Épée de Leah et désigna les eaux troubles.

— Plongez-y votre épée, prince, ordonna-t-il. Mais prenez garde qu'elles ne touchent ni votre main ni la poignée. Le plus petit contact est mortel pour un humain.

Rone Leah regarda le druide, indécis.

— Obéissez !

Rone immergea lentement la lame dans les eaux tourbillonnantes du lac. Dès que le métal les toucha, il y eut un bouillonnement, comme si de l'acide le rongeait. Malgré sa peur, Rone se força à tenir l'arme fermement.

— C'est suffisant, dit Allanon. Sortez-la.

Rone retira lentement l'Épée du lac. La lame était devenue noire. Les eaux de l'Hadeshorn, toujours accrochées à sa surface, remuaient lentement comme si elles étaient vivantes.

— Rone ! s'écria Brin, horrifiée.

Le montagnard leva l'Épée, la lame aussi loin que possible de son corps, les yeux rivés sur l'eau qui dessinait des motifs étranges sur l'acier.

— Maintenant, tenez bon, prince de Leah ! ordonna Allanon en tendant un bras.

Du feu bleu jaillit du bout de ses doigts. Il se connecta à la lame et courut sur toute sa longueur, brûlant l'eau et le métal pour n'en faire qu'une seule matière.

La lame brilla, mais aucune chaleur n'atteignit la poignée.

Rone Leah détourna les yeux tout en tenant fermement son épée.

Quand le feu eut disparu, le druide baissa le bras. Rone examina l'Épée. La lame restait d'un noir brillant, mais son tranchant semblait aussi acéré qu'avant.

— Regardez bien, prince de Leah, ordonna Allanon.

Rone obéit. Brin se pencha pour voir aussi. Au plus profond du métal, des volutes vertes bougeaient lentement.

— Les magies de vie et de mort, fondue en une seule, dit Allanon. Cette puissance vous appartient. Elle est devenue votre responsabilité. Vous serez le protecteur de Brin, au même titre que moi. Avec un pouvoir équivalent. Cette arme vous le donnera.

— Comment ? demanda Rone.

— Comme toutes les épées, la vôtre permet à la fois d'attaquer et de parer. Mais celle-ci peut désormais lutter contre la magie noire des spectres Mords. Si vous l'attaquez ou la déviez, cela l'empêchera d'agir. Ainsi, jusqu'à la fin de ce voyage, vous vous êtes engagé à devenir le bouclier qui se dressera entre Brin et ses ennemis. Vous avez voulu être son protecteur. Je vous en ai offert la possibilité.

— Mais… pourquoi me do-donner… ? balbutia Rone.

Allanon se détourna et s'éloigna.

— C'est injuste, Allanon ! cria Brin, furieuse de ce que le druide avait fait à son ami. Quel droit aviez-vous de… ?

Elle ne termina pas sa phrase. Une explosion terrifiante la projeta au sol.

Un tourbillon de feu rouge enveloppa Allanon.

Qui disparut.

À des lieues au sud, épuisé et endolori, Jair Ohmsford avançait sans s'apercevoir que la nuit avait cédé la place à une aube blafarde. À cinquante pas devant lui, le jour – si on pouvait l'appeler comme ça – était remplacé par un mur de brume si épaisse qu'on ne voyait pas à travers.

— Où sommes-nous ? demanda Jair, à demi endormi.

— Le marais des Brumes, marmonna Slanter. Nous nous en sommes trop approchés. Il faudra rebrousser chemin pour l'éviter.

Le gnome avait l'air aussi fatigué que Jair.

Garet Jax approcha du jeune elfe. Il examina la brume puis revint sur ses pas, suivi par Slanter et Jair.

Ce fichu maître d'armes avait l'air toujours aussi alerte que la veille !

Ils avaient pourtant marché toute la nuit dans les Chênes Noirs, Jair n'avançant que par pur esprit de contradiction tant il était fatigué.

Il n'avait même plus l'énergie d'avoir peur, maintenant que les ennemis n'étaient plus une menace immédiate. À vrai dire, il avait l'impression d'avoir marché en dormant.

Une main le tira brutalement quand il approcha trop près du marais.

— Regardez où vous mettez les pieds, Valombrien ! ordonna Garet Jax.

Jair marmonna une réponse indistincte et continua d'avancer.

— Il dort debout, grogna Slanter.

Jair se frotta les yeux, conscient que le gnome avait raison. Et qu'il n'irait pas bien loin dans cet état...

Pourtant, il continua pendant des heures, posant un pied devant l'autre au prix d'efforts de plus en plus considérables.

Jusqu'à ce que...

— Maudite saleté ! grogna Slanter.

Le marais sembla exploser. De l'eau et de la boue jaillirent et retombèrent sur les trois compagnons. Un rugissement brisa le silence matinal, et une masse énorme émergea des eaux boueuses, au-dessus de Jair.

— Un maître des Marais ! brailla Slanter.

Jair recula, terrorisé, et découvrit, dressé devant lui, un monstre couvert d'écailles lissées d'eau boueuse, la mâchoire aux crocs pointus, les pattes griffues tendues vers lui... Il essaya de reculer davantage, mais ses jambes refusèrent de le porter. La créature s'approcha de lui, son ombre occultant la lumière. Jair sentit un souffle fétide sur son visage.

Quelque chose le heurta au flanc, le renversant et l'éloignant des pattes du monstre. À moitié assommé, il vit Slanter frapper sans relâche la créature qui tentait de l'attraper. Mais l'épée courte du gnome se révéla insuffisante contre la créature, qui la lui arracha d'un coup de griffe.

Une seconde après, une patte immense souleva le gnome.

— Slanter ! hurla Jair en tentant de se relever.

Garet Jax se jeta sur la créature, fourra son bâton noir dans sa gueule ouverte et l'enfonça profondément. Le maître des Marais rugit de douleur, puis ferma les mâchoires sur le bâton, qui se brisa en deux. Voulant déloger la moitié coincée dans sa gorge, il fut contraint de lâcher Slanter.

Garet Jax attaqua de nouveau la créature – cette fois avec son épée. Il bondit sur les épaules du monstre, si vite que Jair put à peine le voir, lui taillada la gorge et sauta à terre.

Hurlant de douleur, la bête se détourna et s'enfonça dans la brume.

Slanter se remit debout, secoué et abasourdi. Garet Jax approcha de Jair et l'aida à se relever.

— Je n'ai jamais vu quelqu'un bouger aussi vite ! dit le jeune elfe.

Jax ne lui prêta aucune attention. Le prenant par le col, il le tira sans ménagement à l'abri des arbres, Slanter sur les talons.

Un feu rouge enveloppait le druide. Les langues de flammes écarlates contrastaient violemment avec le gris du ciel. À demi aveuglée par l'explosion, Brin se releva et s'abrita les yeux. Le druide était toujours à l'intérieur du mur de flammes, une aura bleue tenant à distance le feu qui l'entourait. Brin comprit qu'il avait érigé un bouclier pour éviter d'être détruit par le feu démoniaque.

Brin chercha l'auteur de cette agression. Elle le repéra, à moins de vingt pas d'elle : une grande silhouette noire, les bras tendus, du feu magique sortant de ses mains. Un spectre Mord !

Il s'était approché en silence et avait frappé le druide. Sans son instinct, Allanon n'aurait pas survécu.

Brin hurla des injures au monstre de ténèbres. Mais il ne bougea pas, le jet de flammes continuant à s'enrouler autour du druide pour éroder le bouclier bleu qui tenait toujours bon.

Puis Rone Leah bondit devant Brin.

— Démon ! brailla-t-il.

Il sortit l'Épée à la lame noire sans réfléchir aux raisons qui le poussaient à mettre sa vie en danger – ni sans savoir qui il défendait. En cet instant, il était l'arrière-petit-fils de Menion Leah, aussi rapide et impétueux que son ancêtre. Poussant le cri de bataille de ses aïeux, il attaqua.

— Leah ! Leah !

D'un coup d'épée, il sectionna la connexion du feu avec Allanon. Les flammes se brisèrent comme si elles avaient été faites de verre.

Le feu rouge continua à sortir des mains du spectre. Attirées comme du fer par un aimant, les flammes s'engouffraient dans la lame tenue par le montagnard aux cheveux roux. Le feu n'atteignit pas Rone, car la lame l'absorbait.

Le prince de Leah se dressait entre Allanon et le spectre Mord, tenant en respect le feu écarlate…

Allanon se releva, aussi sombre et terrifiant que l'être de ténèbres. Libéré des flammes, il tendit les bras et le feu bleu jaillit de ses doigts.

Soulevant le spectre Mord, l'énergie magique le renversa comme s'il avait été frappé par un bélier. Un cri terrible – muet ! – résonna dans l'esprit de Brin.

Le druide expédia une autre gerbe de flammes bleues sur le spectre, le réduisant en poussière.

Le feu mourut dans un crépitement d'étincelles. Un lourd silence s'abattit sur la vallée de Schiste. L'Épée de Leah retomba, heurtant un rocher avec un bruit sec. Rone regarda Brin, ses yeux exprimant son désarroi.

La jeune elfe le rejoignit et le serra dans ses bras.

— Brin, murmura-t-il. L'Épée… Le pouvoir…

Il n'arriva pas à terminer sa phrase.

— Ne soyez pas effrayé, prince de Leah, dit Allanon d'une voix fatiguée mais rassurante. Le pouvoir vous appartient réellement. Vous êtes vraiment le protecteur de la Valombrienne. Aujourd'hui, vous avez aussi été le mien !

Sur ces mots, le géant s'engagea sur le chemin par lequel ils étaient arrivés.

— Il n'y avait que celui-là, dit-il aux jeunes gens. S'il avait eu des compagnons, ils se seraient déjà manifestés. Venez. Notre travail ici est terminé.

— Allanon…, commença Brin.

— Venez, Valombrienne ! Le temps nous est compté. Paranor a besoin de toute l'aide que nous pouvons lui apporter. Nous devons y aller sans délai.

Il partit sans un regard en arrière.

Résignés, Brin et Rone le suivirent.

Chapitre 10

Jair et ses compagnons sortirent des Chênes Noirs au milieu de la matinée. Des collines s'étendaient devant eux, menant à d'autres collines vers le nord, et à des plaines, vers le sud. Ils ne prirent pas le temps d'admirer la vue. Épuisés, ils cherchèrent un abri, trouvèrent un bosquet d'érables à grandes feuilles et se couchèrent. Quelques secondes après, ils dormaient.

Jair ignorait si ses compagnons avaient monté la garde pendant son sommeil, mais Garet Jax le réveilla à l'approche du crépuscule. Le maître d'armes n'était pas tranquille à l'idée d'être encore si près du marais des Brumes, et il voulait dénicher un endroit plus sûr pour passer la nuit. Les basses terres de TertreBataille regorgeant de dangers, les trois compagnons prirent la direction du nord, vers les collines. Un peu revigorés par leur demi-journée de sommeil, ils marchèrent jusqu'à minuit avant de camper dans un bosquet d'arbres fruitiers sauvages où des buissons épais poussaient entre les troncs. Cette fois, Jair insista pour partager le tour de garde avec ses compagnons.

Le jour suivant, ils continuèrent vers le nord et atteignirent la rivière Argentée en fin d'après-midi. Étincelante sous les derniers rayons du soleil, elle serpentait vers l'ouest entre des rives boisées. Des heures durant, les trois voyageurs continuèrent à suivre la berge en direction de l'Anar. À la tombée de la nuit, ils étaient loin du marais des Brumes et des Chênes Noirs. Ils n'avaient rencontré personne de la journée, ni vu la moindre trace de gnomes ou de Marcheurs noirs. Pour le moment, ils n'étaient pas poursuivis.

Il faisait nuit quand ils trouvèrent, près de la rivière, un vallon abrité par des érables et des noyers. Ils dressèrent leur camp, décidant de prendre le risque de faire un feu, petit et sans fumée, mais qui leur permettrait de manger un repas chaud. Puis ils regardèrent les tisons se transformer en cendres. La nuit était claire et tiède. Les étoiles apparurent une par une au firmament, et le chant des oiseaux nocturnes s'éleva, accompagné du bourdonnement des insectes et le murmure des eaux de la rivière. Une odeur musquée montait des feuilles mortes et des broussailles.

— Je vais ramasser un peu de bois, dit soudain Slanter en se levant.

— Je vais vous aider, proposa Jair.

Le gnome lui jeta un regard courroucé.

— T'ai-je demandé de l'aide, gamin ? Je peux faire ça tout seul !

Il partit dans les ténèbres, l'air maussade.

Jair se réinstalla et croisa les bras. C'était comme ça depuis qu'ils voyageaient tous les trois. Les dialogues étaient rares et assez froids. Concernant Garet Jax, cette réserve ne le surprenait pas. Mais Slanter était un type volubile, et son refus de communiquer le dérangeait. Il le préférait tel qu'il était avant de rencontrer Jax : impétueux et bavard, un peu comme un « oncle favori ». Il avait changé du tout au tout, coupant toute communication avec le Valombrien, comme si continuer à voyager avec lui le dérangeait.

En un sens, se dit Jair, c'était vrai : Slanter ne voulait pas venir, et il avait accepté parce qu'il s'était arrangé pour lui faire honte. Et voilà qu'il voyageait maintenant avec un ancien prisonnier, et un homme qui ne lui faisait pas confiance, tout ça pour leur permettre d'atteindre sans danger un peuple qui était l'ennemi juré du sien ! En aidant Jair, il avait renié ses allégeances passées pour devenir un paria…

Il y avait aussi la question du maître des Marais. Slanter s'était porté au secours de Jair – un acte de bravoure que le Valombrien trouvait toujours surprenant. Cela ne correspondait pas à un gaillard aussi opportuniste et égoïste… ou qui prétendait l'être. Et Slanter n'était pas parvenu à vaincre le monstre. Il devait la vie à Garet Jax, et *ça,* ça devait l'irriter profondément ! Slanter était un éclaireur… Des types censés protéger les gens qu'ils guidaient…

Des étincelles jaillirent des braises, attirant l'attention de Jair. À trois pas de là, Garet Jax, appuyé contre une souche, s'étira et regarda Jair. Le jeune homme se demanda une fois de plus qui était réellement le maître d'armes.

— Je devrais vous remercier encore de m'avoir tiré des griffes de ce monstre du Marais…

L'homme regarda le feu. Jair réfléchit un moment, se demandant s'il était judicieux de continuer la conversation.

— Puis-je vous poser une question ? demanda-t-il enfin.

Le maître d'armes haussa les épaules.

— Pourquoi m'avez-vous sauvé ? Pas seulement dans le marécage, mais dans les Chênes Noirs, quand j'étais entre les mains des gnomes ? (Le regard dur de Jax se posa sur lui. Jair termina sa tirade avant de perdre le courage de parler.) Je ne comprends pas pourquoi vous êtes intervenu. Vous ne me connaissiez pas et auriez pu passer votre chemin…

Garet Jax haussa de nouveau les épaules.

— C'est ce que j'ai fait.

— Que voulez-vous dire ?

— Il se trouvait que mon chemin était le même que le vôtre.

— Mais… Vous ignoriez où on m'emmenait.

— À l'est. Où pourrait aller une patrouille de gnomes avec un prisonnier ?

Jair fronça les sourcils. Un argument apparemment indiscutable. Pourtant, ça n'expliquait pas vraiment pourquoi il avait sauvé Jair.

— Je ne comprends toujours pas pourquoi vous avez décidé de m'aider, insista le Valombrien.

— À vos yeux, on dirait que je ne suis pas un grand défenseur de l'humanité…

— Je n'ai pas prétendu cela.

— Mais ça allait de soi. Et vous avez raison : je ne le suis pas.

Jair le regarda sans comprendre.

— Je n'aime pas aider mon prochain, lâcha Jax, sans sourire. Sinon, je ne serais pas resté en vie si longtemps.

Il y eut un long silence. Jair ne trouva rien à répondre. Puis le maître d'armes se pencha vers la chaleur des braises.

— Vous m'intéressez, dit-il enfin. J'imagine que c'est pour ça que je vous ai sauvé. Vous m'intriguez, alors que fort peu de choses le peuvent encore…

Il s'interrompit, l'air pensif. Puis son regard redevint dur.

— Je vous ai vu, attaché, bâillonné et tenu sous bonne garde par une patrouille de gnomes armés jusqu'aux dents. C'était bizarre. Visiblement, ils avaient peur de vous. J'avais envie de savoir pourquoi. (Il haussa les épaules.) Je me suis dit que ça valait le coup de vous délivrer pour l'apprendre.

Jair regarda Jax, stupéfait. De la curiosité ? C'était la seule raison ? Non, décida-t-il. Il y avait autre chose.

— Ils avaient peur de ma magie, dit-il soudain. Voulez-vous voir comment elle marche ?

Garet Jax baissa la tête vers le feu.

— Plus tard, peut-être. Ce voyage n'est pas terminé.

— Est-ce pour ça que vous m'emmenez avec vous à Culhaven ? demanda Jair.

— En partie.

Jair le regarda, mal à l'aise.

— Et l'autre partie ?

Le maître d'armes ne répondit pas. Il ne leva pas les yeux, mais se radossa à la souche, s'enroula dans son manteau de voyage noir et se plongea dans la contemplation du feu.

Jair essaya une approche différente.

— Et Slanter ? Pourquoi l'avoir sauvé ? Vous auriez pu l'abandonner entre les mâchoires du monstre du Marais.

Garet Jax soupira.

— Oui, j'aurais pu. Vous auriez préféré ?

— Bien sûr que non ! Pourquoi dites-vous ça ?

— Vous semblez convaincu que je suis un homme qui ne fait rien pour les autres sans en tirer profit. Il ne faut pas croire tout ce que racontent les gens. Vous êtes jeune, mais pas stupide !

Jair s'empourpra.

— Vous n'aimez pas beaucoup Slanter, en tout cas !

— Je ne le connais pas assez pour dire si je l'apprécie ou pas. Globalement, je n'apprécie pas beaucoup les gnomes. Mais celui-là a bravé deux fois la mort pour vous sauver. Ça le rend digne d'être sauvé à son tour.

Il regarda Jair.

— Vous, vous l'aimez bien et vous ne voudriez pas qu'il lui arrive du mal, n'est-ce pas ?

— Exact…

— C'est déjà très curieux, non ? Comme je l'ai dit tout à l'heure, je vous trouve intéressant.

— Vous aussi, vous m'intéressez, avoua Jair.

Garet Jax se détourna.

— Parfait. Comme ça, nous aurons tous les deux de quoi nous occuper pendant le voyage vers Culhaven.

Il abandonna la conversation, et Jair l'imita. Le Valombrien était sûr qu'il n'avait pas découvert toutes les raisons qui avaient poussé le maître d'armes à les aider, Slanter et lui, mais il n'en apprendrait pas plus ce soir. Garet Jax était une énigme qu'il ne serait pas facile de résoudre.

Le feu agonisait, rappelant à Jair que Slanter, parti ramasser du bois, n'était toujours pas revenu. Il se demanda quoi faire à ce sujet, puis décida de s'en remettre une fois de plus à Garet Jax.

— Pensez-vous qu'il ait pu arriver malheur à Slanter ? demanda-t-il. Il est parti depuis un bon moment…

— Il est assez grand pour se débrouiller tout seul, répondit le maître d'armes. (Il se leva et éparpilla les braises.) De toute façon, nous n'avons plus besoin du feu.

Il retourna près de la souche, s'enroula dans son manteau et s'endormit en quelques instants. Jair resta éveillé un moment, écoutant respirer son sauveur. Puis il s'enroula aussi dans son manteau et se coucha. Il s'inquiétait un peu au sujet de Slanter, mais conclut que Jax avait sûrement raison : le gnome était capable de se débrouiller seul. Jair sentit le sommeil l'envahir. Inspirant à fond l'air tiède de la nuit, il ferma les yeux. Son esprit vagabonda un moment. Il pensa à Brin, Rone et Allanon, se demandant où ils étaient en ce moment.

Puis il s'endormit.

Sur une butte surplombant la rivière Argentée, caché dans les ombres d'un vieux saule, Slanter se disait qu'il était temps d'aller de l'avant. Il était venu jusque-là parce que ce maudit gamin lui avait fait honte ! Il avait osé lui offrir un pot-de-vin - comme si un éclaireur s'abaissait à ça ! Mais il n'avait pas eu de mauvaises intentions…

De plus, Slanter aimait bien ce jeune gars : il était plus dur qu'il n'y paraissait.

Quand même, c'était une mission stupide ! Il se dirigeait vers le camp de ses ennemis. Certes, les nains n'étaient pas des ennemis *personnels*, mais ils guerroyaient contre les tribus gnomes, et il doutait que son indifférence à leur égard change quelque chose à leur attitude s'il tombait entre leurs mains. Constater qu'il était un gnome suffirait à les mettre en rage.

Le risque semblait décidément trop grand ! Et tout ça pour un gamin qui ne savait sans doute pas ce qu'il voulait… Bref, il avait promis de conduire le Valombrien jusqu'à la frontière de l'Anar, et ils y étaient presque arrivés. La nuit prochaine, ils seraient en vue des forêts.

Il avait rempli sa part du marché.

Il inspira à fond et se leva. L'heure de continuer son chemin avait sonné. C'était ainsi qu'il avait toujours vécu, comme tous les éclaireurs. Le gamin serait perturbé, au début, mais il s'en remettrait. Et il ne serait pas en danger s'il restait sous la protection de Garet Jax. En fait, il serait probablement plus en sécurité que si Slanter restait !

Il grogna, irrité contre lui-même. Il n'avait pas de raison de traiter Jair de « gamin », pour commencer. Lui-même n'avait pas été plus âgé quand il était parti de chez lui. Jair paraissait capable de s'en sortir tout seul s'il le fallait. Il n'avait pas vraiment besoin de Slanter, du maître d'armes ou de quiconque. Sa magie le protégerait.

Slanter hésita encore un moment. S'il partait, il n'apprendrait rien sur la magie. Ce serait dommage. Ce pouvoir l'intriguait – la manière dont la voix du gamin réussissait à... Non ! Il s'était décidé. Un gnome n'avait rien à fiche à proximité des nains. Il aurait mieux valu qu'il reste avec son peuple, mais, après ce qu'il avait fait, ça ne lui était plus possible. Le mieux était de rentrer discrètement au camp, de récupérer ses affaires, traverser la rivière et prendre la direction du nord, vers les terres frontalières.

Il fronça les sourcils. Pourtant, le Valombrien avait tellement l'air d'un gamin perdu...

Slanter, ça suffit !

Il fit volte-face et disparut rapidement dans la nuit.

Le sommeil de Jair Ohmsford était agité. Dans ses rêves, il chevauchait dans des collines et des plaines ou traversait de sombres forêts, le vent sifflant à ses oreilles. Brin était à côté de lui, sa chevelure noire incroyablement longue, volant derrière elle. Ils ne parlaient pas, mais chacun connaissait les pensées de l'autre – existait *à l'intérieur de l'esprit* de l'autre. Ils galopaient sans relâche dans des contrées inconnues, menacés par mille dangers : un maître des Marais à l'odeur fétide, des gnomes ricanants animés de mauvaises intentions, des spectres Mords venus des ténèbres...

Il y avait d'autres créatures, monstrueuses mais invisibles, leur présence immatérielle plus terrible que n'importe quelle réalité. Ces démons essayaient de les arrêter, les griffes tendues, les mâchoires claquantes et les yeux brillants comme des tisons. Mais les monstres étaient trop lents, leurs chevaux rapides conduisant Jair et Brin hors de portée.

La poursuite continuait pourtant. Même si les créatures ne parvenaient jamais à les attraper, de nouvelles les remplaçaient. Au début, les deux jeunes gens se sentirent euphoriques : ils étaient libres et rien ne pouvait les atteindre. Mais les choses changèrent insidieusement. Ils se persuadèrent peu à peu que leur fuite ne les mènerait nulle part et qu'ils ne pourraient pas gagner : ce qu'ils fuyaient faisait partie d'eux. Aucun cheval ne serait assez rapide pour les conduire en sécurité.

Qu'ils regardent ce qu'ils étaient, murmura la voix intérieure de Jair, *et ils comprendraient la vérité.*

Quoi qu'il en soit, ils devaient fuir ! Jair hurla de rage et talonna son cheval. Mais la voix refusa de se taire et le ciel devint plus sombre. La contrée perdit toutes ses couleurs, devenant grise et comme morte.

— Fuyons ! cria-t-il.

Il se tourna, cherchant Brin, conscient que quelque chose n'allait pas. L'horrible créature surgit entre sa compagne et lui. Brin disparut, avalée par le monstre noir dont les griffes se tendaient aussi vers lui…

Jair se réveilla en sursaut, couvert de sueur sous son manteau. Les étoiles scintillaient paisiblement dans le ciel. Tout était calme. Pourtant, le rêve s'accrochait à lui comme une créature vivante…

Soudain, il s'avisa que le feu brûlait de nouveau. Ses flammes crépitaient dans la nuit. Quelqu'un l'avait alimenté.

Slanter ?

Il rejeta son manteau et s'assit, regardant autour de lui. Le gnome n'était pas là. À trois pas de là, Garet Jax dormait toujours. Rien n'avait changé, excepté le feu.

Une silhouette sortit des ténèbres – un vieillard maigre et courbé, vêtu de robes blanches. Sa chevelure et sa barbe d'argent auréolaient son visage ridé à l'expression bienveillante. S'appuyant sur un bâton, il avança jusqu'à la lumière du feu et s'arrêta, souriant.

— Je te salue, Jair, dit-il.

Le Valombrien en resta sidéré.

— Euh… moi aussi.

— Les rêves sont parfois des visions de l'avenir. Et ils peuvent aussi être des avertissements.

Jair en resta bouche bée. Le vieil homme continua d'avancer, puis il s'arrêta à côté de lui et s'assit péniblement. On eût dit une brindille sèche que le moindre souffle de vent pouvait emporter.

— Sais-tu qui je suis, Jair ? demanda le vieillard. Laisse ta mémoire te dicter la réponse…

— Je ne…

Jair s'interrompit. Comme si la suggestion du vieil homme avait ravivé un souvenir profondément enfoui, il sut qui était son étrange visiteur nocturne.

— Dis mon nom, fit l'homme en souriant.

— Vous êtes… le roi de la rivière Argentée.

— Je porte le nom que tu me donnes. Je suis ton ami, comme j'ai été celui de ton père et de ton arrière-grand-père. Des hommes dont la vie avait un but précis, car ils l'avaient consacrée à la terre et à ses besoins.

Jair le regarda sans répondre. Puis il se souvint de Garet Jax. Le maître d'armes n'allait-il pas se réveiller ?

— Il dormira pendant notre conversation, dit le vieillard, répondant à la question mentale de Jair. Personne ne nous dérangera cette nuit, enfant de la vie.

Enfant? Jair se raidit, mais son indignation s'envola devant l'expression du vieil homme, pleine de chaleur, de douceur et d'amour. Il ne pouvait pas être question de colère face à ce patriarche. Seulement de respect.

— Écoute-moi bien, murmura-t-il. J'ai besoin de toi, Jair. Ouvre les yeux et les oreilles de ton esprit pour comprendre, et laisse-toi emporter.

Autour du Valombrien, tout disparut, et des images se formèrent dans son esprit. Il entendait toujours la voix du vieil homme, mais les mots, étrangement distants, prenaient vie sous ses yeux.

Devant lui s'étendaient les forêts de l'Anar, puis les monts Ravenshorn, une immense chaîne de montagnes. La rivière Argentée serpentait à travers les pics, ruban lumineux se découpant sur la roche noire. Il remonta le courant, loin dans la montagne, et arriva enfin à sa source, au cœur d'un pic solitaire. Un puits naturel dont les eaux sourdaient des entrailles de la terre pour donner naissance à la rivière...

Mais il y avait autre chose, au-delà du puits et de l'endroit où naissait le cours d'eau. Sous la montagne, perdu dans les brumes et l'obscurité, s'ouvrait un grand cratère entouré de rochers déchiquetés. Un escalier en spirale taillé dans le roc conduisait du cratère au sommet du pic. Des spectres Mords le gravissaient, sombres et furtifs. Un par un, ils arrivaient en haut de la montagne, où ils s'alignaient, baissant les yeux sur le puits. Ils tendaient la main : aussitôt, les eaux empoisonnées passaient de leur couleur cristalline à un noir hideux. De là, elles coulaient au pied des montagnes, vers l'ouest et les grandes forêts de l'Anar où vivaient les nains, puis vers les terres du roi de la rivière Argentée – et de là vers Jair...

Empoisonnées! Le mot jaillit soudain dans l'esprit du Valombrien. La rivière Argentée avait été empoisonnée et les terres qu'elle arrosait étaient condamnées...

Les images disparurent. Jair cligna des yeux, encore étourdi. Le vieil homme lui sourit gentiment.

— Les spectres Mords sont sortis des entrailles de la Maelmord et ils ont escaladé le chemin qu'ils appellent le Croagh. Il mène à la source du Paradis, l'origine de la rivière Argentée. Peu à peu, le poison s'est répandu. Bientôt, toutes les eaux de la rivière seront contaminées. Quand cela arrivera, Jair Ohmsford, les terres qu'elles irriguent périront, de l'Anar intérieur jusqu'aux rives du lac Arc-en-ciel, et avec elles les être vivants qui en dépendent.

— Ne pouvez-vous pas les arrêter? demanda le Valombrien, grimaçant au souvenir de ce qu'il avait vu. Y aller et les forcer à cesser avant qu'il ne soit trop tard? Votre puissance est certainement aussi grande que la leur!

Le roi de la rivière Argentée soupira.

— Dans les limites de mon territoire, je détiens le pouvoir. Au-delà, je suis sans force. Je fais de mon mieux pour garder les eaux aussi saines que possible dans le secteur de la rivière Argentée, mais pour les terres qui s'étendent au-delà, je suis impuissant. Et je n'ai même pas la capacité de lutter longtemps contre le poison qui se déverse sans cesse dans la rivière. Tôt ou tard, je perdrai la bataille.

— Et Brin? demanda soudain Jair. Allanon et elle sont en route pour le lieu où est né le pouvoir des spectres Mords, afin de le détruire. Quand ils l'auront fait, l'empoisonnement des eaux cessera certainement !

Le regard du vieillard se durcit.

— J'ai vu ta sœur et le druide dans mes rêves, petit. Ils échoueront. Ce sont des feuilles dans le vent. Comme elles, ils seront emportés.

Jair sentit son sang se glacer. Il resta silencieux un moment, terrifié. Brin, disparaissant à jamais...

— Non, murmura-t-il. Non ! Vous vous trompez !

— Il est possible de la sauver, dit le vieil homme. Tu peux le faire.

— Comment ? demanda Jair.

— Tu dois la rejoindre.

— Mais j'ignore où elle est !

— Tu dois aller là où elle *sera*. Je t'ai choisi pour agir à ma place, devenir le champion des terres et de la vie qu'elles portent. Il y a des fils conducteurs partout, Jair, mais ils sont emmêlés. Toi seul détiens celui qui permettra de dénouer les autres.

Jair ne comprit pas réellement ce que disait le vieillard. Au fond cela lui était égal. Il voulait seulement secourir Brin.

— Dites-moi ce que je dois faire.

— Pour commencer, il faut me donner les Pierres elfiques.

Les Pierres ! Jair avait oublié qu'il les avait. Leur magie pouvait neutraliser celle des spectres Mords et vaincre tous les maléfices qu'ils emploieraient contre lui.

— Pouvez-vous m'apprendre à les utiliser ? demanda le Valombrien en sortant les Pierres de sa tunique. Me montrer comment libérer leur pouvoir ?

— Non. Leur magie ne t'appartient pas. Elle revient à la personne à qui elles ont été librement données. Personne ne te les a confiées...

— Alors, que dois-je faire ? À quoi serviront les Pierres, si...

— Elles serviront, Jair, assura le vieil homme. Mais d'abord, tu dois me les donner. Pour de bon.

Pour la première fois depuis que le roi était apparu, le Valombrien hésita à le croire. Il avait récupéré les Pierres dans sa maison, au péril de sa vie. Il les avait protégées pendant son voyage pour aider sa famille à lutter contre les spectres Mords. Comment les abandonner maintenant ?

— Donne-les-moi ! répéta le vieillard.

Jair hésita un moment. Puis il remit les artefacts au roi de la rivière Argentée.

— Bien, dit le vieil homme. Tu as du caractère et un jugement aussi sain que celui de tes ancêtres. C'est pour ces qualités que je t'ai choisi. Elles te soutiendront dans les épreuves.

Il rangea les Pierres sous ses robes et en sortit une autre bourse.

— Cette bourse contient de la poussière d'Argent. Elle rendra la vie à la rivière. Tu dois l'apporter à la source du Paradis et la répandre dans les eaux, qui redeviendront alors saines. Puis tu découvriras un moyen de ramener ta sœur à elle-même.

« *Ramener Brin à elle-même ?* » Jair se demanda ce que le vieil homme voulait dire.

— Elle se perdra elle-même, ajouta le roi, comme s'il lisait dans les pensées du Valombrien. Ta voix lui permettra de retrouver le chemin du retour.

Jair ne comprit pas le sens de ces paroles. Il voulut demander des explications, mais le vieillard secoua la tête.

— Écoute-moi bien. (Il tendit la main et posa la précieuse bourse au creux de la paume tendue de Jair.) Désormais, nous sommes liés. Nous avons déjà « échangé » notre confiance. Maintenant, échangeons nos magies. La tienne ne te sert pas plus que la mienne m'est utile. Donc, je garderai la tienne et je te donnerai la mienne.

Le vieillard sortit quelque chose de sa poche.

— Il y a trois Pierres elfiques, une pour l'esprit, une pour le corps et une pour le cœur. Ces magies se combinent pour former le pouvoir des Pierres. En échange, je t'offrirai trois magies. D'abord, celle-là.

Il tendit à Jair un cristal étincelant pendu à une chaîne d'argent.

— Pour l'esprit, un cristal de vision. Si tu chantes pour lui, il te montrera le visage de ta sœur, où qu'elle soit. Sers-t'en quand tu auras besoin de savoir ce qu'elle fait. Et il te faudra le savoir, car tu dois rallier la source du Paradis avant qu'elle atteigne la Maelmord.

Il posa une main sur l'épaule de Jair.

— Pour le corps, je te donne la force d'affronter les dangers qui t'attendent lors de ce voyage. Tu trouveras cette énergie chez tes compagnons de route, car tu ne seras jamais seul sur ce chemin. Je conférerai un peu de cette magie à chacun. Tout commence et se termine ici. (Il désigna la silhouette endormie de Garet Jax.) Quand tu auras besoin de lui, il viendra. Cet homme sera ton protecteur jusqu'à ce que tu atteignes la source du Paradis.

Il se tourna de nouveau vers Jair.

— Enfin, pour le cœur, la magie finale. Un souhait qui te sera d'une grande utilité. *Une seule fois*, il te sera possible de faire appel à l'Enchantement de Shannara. À cette unique occasion, le résultat sera une réalité, pas une illusion. C'est la magie qui sauvera ta sœur. Utilise-la quand tu seras devant la source du Paradis.

— Mais... Comment ? Que faudra-t-il faire ?

— Je ne peux pas te le dire, car tu devras décider seul, répondit le roi de la rivière Argentée. Quand tu auras versé la poussière d'Argent dans la source du Paradis, et que les eaux redeviendront propres, jettes-y le cristal de vision. Alors, tu trouveras la réponse.

» Mais tu dois arriver à la Source avant que ta sœur entre dans la Maelmord ! Et il est écrit qu'elle le fera, car la confiance du druide en sa magie est bien placée. Tu dois être là avant que cet événement se produise.

— J'y serai, murmura Jair.

— Le destin des terres et des races dépend maintenant de toi. Pas question d'échouer ! Mais tu es courageux et tu réussiras. Dis-le, Jair.

— Je réussirai, répéta le Valombrien.

Le roi de la rivière Argentée se leva péniblement. Une grande lassitude s'empara de Jair. Il s'allongea, enroulé dans son manteau. La chaleur et la paix s'infiltrèrent lentement dans son corps.

— Plus que tous les autres, tu fais partie de moi, dit le vieil homme. Enfant de la vie, la magie t'a fait ainsi. Toutes les choses changent, mais le passé se répète et devient ce qu'il devait être. Il en fut ainsi avec ton arrière-grand-père et avec ton père. Il en sera de même pour toi.

Le vieillard se dissipa comme de la fumée chassée par le vent. Jair essaya de le regarder, mais ses yeux étaient embués de sommeil et il n'arrivait plus à les garder ouverts.

— Quand tu te réveilleras, tout sera comme avant… Dors, enfant de la vie. Et sois en paix.

Les yeux de Jair se fermèrent tout seuls…

Chapitre 11

Quand Jair se réveilla, le jour était déjà levé. Un soleil magnifique brillait dans un ciel sans nuages, réchauffant la terre encore humide de rosée. Il s'étira et sentit une odeur appétissante de pain et de viande en train de cuire. Agenouillé près du feu de camp, le dos tourné au Valombrien, Garet Jax préparait le petit déjeuner.

Jair regarda autour de lui. Il n'y avait pas trace de Slanter.

Tout sera comme avant…

Soudain, il se souvint de ce qui était arrivé pendant la nuit, et se redressa en sursaut. Le roi de la rivière Argentée ! Était-ce un rêve ? Il regarda ses mains : pas de cristal de vision. Il s'était pourtant endormi en le serrant entre ses doigts !

Le jeune elfe chercha autour de lui, puis dans son manteau. Rien. C'était donc un rêve ! Il fouilla les poches de sa tunique et trouva une bourse. Celle des Pierres elfiques ? Ou celle du cristal de vision ?

— Vous cherchez quelque chose ?

Jair leva la tête et vit que Jax l'observait.

— Non. Je…

Il s'interrompit, ne sachant qu'ajouter. Puis il aperçut un reflet métallique sur sa poitrine, là où s'ouvrait sa tunique : une chaîne en argent.

— Vous voulez manger quelque chose ? demanda son compagnon.

Jair ne l'entendit pas. Tout ça était réel ! Il n'avait pas rêvé.

Il effleura d'une main la chaîne et le cristal qui pendait au bout.

— Vous voulez manger, ou pas ? grogna Garet Jax, irrité.

— Oui. Oui, bien entendu ! fit Jair.

Il se leva et rejoignit son compagnon, qui lui tendit une assiette.

— Où est Slanter ? demanda-t-il après avoir un peu mangé.

Garet Jax haussa les épaules.

— Il n'est pas revenu. J'ai cherché ses traces avant le déjeuner : elles conduisent à la rivière, puis s'éloignent vers l'ouest.

— L'ouest ? Mais ça n'est pas le chemin de l'Anar !

— Exact. Votre ami a dû estimer qu'il nous avait suivis assez loin. C'est l'ennui avec les gnomes : ils ne sont pas très fiables.

Jair éprouva une profonde déception. Slanter avait certainement décidé de partir de son côté, mais pourquoi filer comme ça ? Il aurait au moins pu dire quelque chose ! Jair y réfléchit un moment, puis se força à finir son déjeuner. Il avait des problèmes plus immédiats, ce matin !

Il repensa à ce que lui avait dit le roi de la rivière Argentée, la nuit précédente. Il avait une mission à accomplir. Il devait aller dans l'Anar intérieur, dans les monts Ravenshorn, puis à la tanière des spectres Mords, et localiser le pic appelé la source du Paradis. Un long et dangereux voyage, même pour un éclaireur entraîné. Et il était loin d'être un Chasseur d'élite ! Il aurait besoin d'aide. Mais où la trouverait-il ?

Il regarda Garet Jax.

« Cet homme sera ton protecteur... », avait dit le roi de la rivière Argentée. *« Je lui donnerai la force de se dresser contre les dangers qui t'assailliront au cours de ce voyage. Quand tu auras besoin de lui, il sera là... »*

Jair fronça les sourcils. Garet Jax savait-il tout ça ? Jair en doutait. Le vieil homme n'avait pas parlé à Jax, sinon le maître d'armes lui aurait déjà dit quelque chose. Ça signifiait que c'était à Jair de l'informer. Mais comment convaincre le maître d'armes de le suivre dans l'Anar intérieur ? Déjà, comment le persuader qu'il n'avait pas rêvé ?

Il y réfléchissait toujours quand, à son grand étonnement, Slanter sortit des arbres.

— Il reste quelque chose à manger ? grogna-t-il.

Jax lui tendit une assiette. Le gnome posa son sac et s'assit près du feu. Il se servit une bonne portion du ragoût. Jair le regarda. Il avait un air défait et irrité, comme s'il n'avait pas dormi de la nuit.

Le gnome s'aperçut que Jair l'observait.

— Qu'est-ce que tu as ? demanda-t-il, furieux.

— Rien, répondit Jair. Je me demandais seulement où vous étiez, cette nuit.

— J'ai décidé de dormir près de la rivière. Il y fait plus frais qu'à côté d'un feu. (Jair lorgna le sac et le gnome sursauta.) Je l'ai pris parce que je voulais faire une reconnaissance en amont. Même si j'étais sûr que...

Il s'interrompit.

— Je n'ai pas de comptes à te rendre, gamin ! Je suis là, maintenant. Fiche-moi la paix !

Il recommença à manger avec appétit. Jair jeta un coup d'œil à Jax, qui semblait ne pas prêter attention au gnome. Le Valombrien se tourna de nouveau vers Slanter. Il mentait, c'était clair : ses traces menaient en aval, avait dit Garet Jax.

Pourquoi Slanter avait-il décidé de revenir ?

L'idée qui traversa l'esprit de Jair était si étrange qu'il y crut à peine lui-même. Le roi de la rivière Argentée avait-il utilisé sa magie pour retenir le gnome ? Il aurait pu agir sans que Slanter ne s'en aperçoive. Le vieil homme s'était peut-être avisé que Jair aurait besoin d'un éclaireur qui connaissait les Terres de l'Est sur le bout des doigts.

Jair pensa soudain que c'était peut-être aussi le roi de la rivière Argentée qui avait poussé Garet Jax vers lui. L'avait-il libéré sous l'influence du vieil homme ?

Le jeune elfe en oublia son assiette. Oui, ça expliquerait le refus de l'éclaireur et du soldat de fortune à évoquer leurs motivations. Eux-mêmes ne les comprenaient pas ! Et dans ce cas, Jair lui-même était peut-être également là suite à une manipulation du vieillard...

Garet Jax termina son petit déjeuner et éparpilla les braises. Slanter se leva et reprit son sac. Jair les regarda, se demandant ce qu'il devait faire.

— C'est le moment de partir, dit Jax.

Slanter était déjà au bord de la clairière.

— Attendez une minute ! J'ai quelque chose à vous dire...

Jair leur raconta tout. Il n'avait pas eu l'intention de procéder ainsi, mais cracha pourtant toute l'histoire depuis le début, en partant de l'arrivée d'Allanon et de son récit sur l'Ildatch. Il continua avec le départ de Brin et Rone pour les Terres de l'Est, en compagnie du druide, et termina sur l'apparition du roi de la rivière Argentée, cette même nuit.

Un long silence accueillit sa déclaration.

Garet Jax approcha d'une souche et s'y assit.

— Je dois être votre protecteur ? demanda-t-il.

— Oui. C'est ce qu'il a dit.

— Et si j'en décidais autrement ?

— J'ignore ce qui se passerait.

— J'ai entendu des histoires ahurissantes dans ma vie, mais ça, c'est le bouquet ! s'écria Slanter. Où veux-tu en venir avec ces idioties ? Quel est ton but ? Tu n'imagines pas que nous t'avons cru, n'est-ce pas ?

— Croyez ce que vous voulez. C'est la vérité !

Le gnome avança, menaçant. Jair ne recula pas.

— La vérité ! Que sais-tu d'elle, gamin ? Tu prétends avoir parlé avec le roi de la rivière Argentée ! Il t'aurait conféré des pouvoirs magiques ! Et nous sommes censés te suivre en Anar intérieur ? Carrément entre les pattes des Marcheurs noirs ! Dans la Maelmord ! Tu es fou, gamin. C'est la seule vérité de toute cette histoire !

Jair sortit de sa tunique la bourse pleine de poussière d'Argent.

— Voilà la poudre qu'il m'a donnée, Slanter. (Il sortit le cristal de vision.) Et voilà le cristal. Regardez !

Slanter leva les mains.

— Je ne veux pas regarder ! Ni me mêler de tout ça ! J'ignore même pourquoi je suis encore là ! Écoute-moi bien, gamin : je n'irai pas en Anar, même si tu avais une montagne de poudre et un millier de cristaux ! Trouve quelqu'un d'autre, de préférence un type qui en ait assez de la vie, et fiche-moi la paix !

Garet Jax se leva, approcha de Jair et prit la bourse. Il ouvrit le cordon et regarda dedans.

— On dirait du sable, dit-il.

De fait, le contenu de la bourse avait l'aspect du sable. Pas la moindre étincelle argentée...

— Bien entendu, ça pourrait être une protection magique contre le vol, ajouta le maître d'armes.

Slanter le regarda, atterré.

— Vous ne croyez pas vraiment à...

— Je ne crois pas à grand-chose, gnome. Mettons cette magie à l'épreuve. Servez-vous du cristal de vision, jeune elfe.

Jair hésita.

— J'ignore comment procéder.

— Tu l'ignores ? ricana Slanter. Par l'enfer !

Garet Jax ne broncha pas.

— C'est le bon moment pour apprendre, non ?

Jair s'empourpra et regarda le cristal. Ses deux compagnons ne croyaient pas un mot de ce qu'il avait raconté. Mais il était difficile de les blâmer. Il n'aurait pas cru cette histoire non plus, si elle ne lui était pas arrivée...

Il inspira à fond.

— Je vais essayer.

Il commença à chanter doucement en tenant le cristal comme s'il était fragile. Il ignorait ce qu'il devait dire pour « éveiller » l'artefact. Mais sa voix, basse et douce, l'implorait de réagir et de lui montrer Brin.

Le cristal s'anima presque aussitôt. De la lumière en jaillit, et Jair faillit le laisser tomber. Comme une créature vivante, la lumière augmenta et forma une boule brillante de la taille d'une balle d'enfant. Garet Jax se pencha, très concentré. Slanter revint de la clairière.

Soudain, le beau visage mat de Brin Ohmsford apparut dans la boule de lumière – sur un fond de montagnes aux pentes abruptes et dans une aube plus sinistre que la leur.

— Brin ? murmura Jair.

Il crut un instant qu'elle allait répondre, tant son visage paraissait réel. Mais ce ne fut pas le cas. La vision se troubla et se dissipa. Tout à son émerveillement, Jair avait oublié de continuer à chanter.

La lumière disparut.

— Où était-elle ? demanda-t-il.

— Je ne suis pas sûr, fit Jax, pensif. Peut-être...

Il ne termina pas sa phrase.

Jair se tourna vers Slanter.

— Je l'ignore aussi. La vision s'est dissipée trop vite. Comment as-tu fait, gamin ? C'est ton chant ? La magie dont tu disposes ?

— Et celle du roi de la rivière Argentée, ajouta Jair. Me croyez-vous, maintenant ?

— Peut-être, mais je n'irai pas en Anar, marmonna Slanter.

— J'ai besoin de vous !

— C'est faux ! Avec une magie comme celle-là, tu n'as besoin de personne. Il te suffira de chanter pour te frayer un chemin dans la Maelmord, comme ta sœur.

Jair lutta contre la colère qui montait en lui.

Il rangea le cristal et la bourse dans sa tunique.

— Bon. J'irai seul !

— Ce n'est pas encore nécessaire, dit Garet Jax. D'abord, nous vous emmènerons à Culhaven sain et sauf, le gnome et moi. Puis vous raconterez votre histoire aux nains. À ce moment, le druide et votre sœur seront déjà passés par là. Là, nous verrons bien si quelqu'un comprend quelque chose à ce que vous nous avez raconté.

— Vous pensez que j'ai inventé tout ça ? Écoutez-moi une minute ! Pour quelle raison l'aurais-je fait ? Allez, dites-le moi !

Garet Jax ramassa le manteau et le sac du Valombrien et les lui fourra dans les bras.

— Ne perdez pas votre temps à essayer de deviner ce que je pense, dit-il. Je vous informerai quand je serai prêt.

Ils disparurent ensemble entre les arbres, suivant la piste qui menait à l'est, le long de la berge de la rivière Argentée. Slanter les regarda, son visage jaunâtre tordu par une grimace de mécontentement. Puis il prit son sac et les suivit.

Chapitre 12

Depuis trois jours, Brin Ohmsford et Rone Leah chevauchaient vers le nord, en compagnie d'Allanon. Direction la forteresse de Paranor ! Le druide ayant choisi un chemin détourné, le voyage fut émaillé de pentes raides, de cols étroits et de forêts étouffantes. Mais il avait l'avantage d'être exempt de gnomes, de spectres Mords et autres êtres maléfiques.

La raison du choix d'Allanon ! Quoi qu'ils aient à subir sur ce chemin, le druide était décidé à mettre le moins possible en danger la vie de la Valombrienne.

Il ne fit pas traverser la salle des Rois à ses protégés, leur épargnant les épreuves qu'avait jadis connues Shea Ohmsford. Cet itinéraire les aurait obligés à abandonner leurs chevaux et à traverser à pied les cavernes où étaient enterrés les anciens rois. Où des pièges risquaient de se déclencher à chaque pas, des monstres veillant sur le repos des monarques défunts.

Il ne les fit pas non plus passer par les plaines de Rabb et le col de Jannisson, un trajet qui impliquait une chevauchée à travers des zones à découvert où ils seraient faciles à repérer, et qui les aurait amenés trop près des forêts des Terres de l'Est, donc de l'ennemi qu'ils cherchaient à éviter. Il choisit de les conduire à l'ouest et de suivre la Mermidon, à travers les forêts qui couvraient les pentes inférieures des dents du Dragon, entre la vallée de Schiste et les bois de Tyrsis. Ils continuèrent vers l'ouest jusqu'au col de Kennon, une piste de haute montagne qui les emmena au cœur des dents du Dragon. Elle en sortait des lieues plus loin, dans la contrée où se dressait Paranor.

À l'aube du troisième jour, ils sortirent du col de Kennon et entrèrent dans la vallée. Le ciel était plombé et l'air glacial annonçait l'arrivée de l'hiver.

Le col étroit traversait des montagnes désolées où toute vie semblait avoir disparu. Le vent soufflait par rafales, les forçant à baisser la tête pour se protéger. À leurs pieds, ils voyaient la vallée boisée, sombre et impressionnante, qui abritait la forteresse des druides. Une brume légère cachait la cime lointaine sur laquelle elle se dressait.

Alors qu'ils chevauchaient, Brin Ohmsford luttait contre le sentiment qu'un désastre les guettait. Une prémonition qui refusait de la quitter depuis qu'ils étaient sortis de la vallée de Schiste. Elle se présentait sans cesse à son esprit, telle une ombre aussi ténébreuse et froide que la contrée qu'ils traversaient. Emmitouflée dans son manteau de voyage, elle laissait sa monture choisir son chemin sur la piste étroite, mais elle sentait le poids de la présence qui les suivait.

Le spectre était responsable de cette prémonition, se dit-elle. Plus que la rigueur du voyage, les intentions obscures du druide que Brin suivait, ou la peur que lui inspirait désormais le pouvoir de l'Enchantement de Shannara. Oui, c'était le spectre… Le druide lui avait assuré qu'il n'y en avait eu qu'un. Et ce monstre si sombre et maléfique, si terrible et rapide quand il attaquait, avait disparu aussi vite qu'il était venu, ne laissant derrière lui que quelques cendres. Un être sans visage, sans identité, né de la mort et retourné à la mort…

D'autres le suivraient, Brin en était sûre. Combien, elle l'ignorait. Mais tous seraient à sa recherche. Elle le savait.

Quand Brin avait demandé à Allanon comment le spectre s'y était pris pour les trouver, il avait prétendu que c'était par hasard. La créature avait croisé leur chemin sans l'avoir prémédité, attendant que le druide soit affaibli pour frapper. Mais Brin pensait possible que la créature ait été sur la piste d'Allanon depuis sa fuite des Terres de l'Est. Dans ce cas, elle était d'abord allée à Valombre.

Où était Jair !

Étrangement, un peu plus tôt, tandis qu'ils avançaient dans la grisaille de l'aube, elle avait senti son frère l'*effleurer*. Elle aurait juré qu'il la regardait, comme si ses yeux avaient pu franchir la distance qui les séparait et la suivre alors qu'elle sortait des dents du Dragon.

Ce sentiment s'était dissipé, Jair redevenant aussi lointain que le foyer qu'elle lui avait confié en partant.

Brin s'inquiétait pour la sécurité de son frère. Le spectre était peut-être passé à Valombre – où il aurait trouvé Jair. Allanon avait écarté cette idée, mais Brin savait ne pas pouvoir faire pleinement confiance au druide. Il avait beaucoup de secrets et en révélait ce qu'il voulait – rien de plus. Depuis sa rencontre avec Shea, il avait toujours agi ainsi vis-à-vis des Ohmsford.

Elle repensa à l'entrevue d'Allanon avec l'ombre de Bremen, dans la vallée de Schiste. Quelque chose s'était passé. Quelque chose de terrible, que le druide avait choisi de garder pour lui. Malgré ses dénégations, cette révélation l'avait profondément perturbé et même effrayé. Ces informations concernaient-elles Jair ?

Cette idée refusa de quitter Brin. Si un malheur arrivait à son frère, le druide en ayant connaissance, elle était sûre qu'il ne le lui dirait pas. Il ne laisserait rien venir compromettre ce qu'il destinait à Brin. Allanon était aussi sombre et terrible que l'ennemi qu'ils essayaient de vaincre. À ce titre, il l'effrayait autant que les spectres. Et elle était toujours troublée par ce qu'il avait fait à Rone.

Rone Leah était amoureux de Brin. Les deux jeunes gens n'en avaient jamais parlé, mais cet amour existait. Rone l'avait accompagnée pour s'assurer qu'il y ait avec elle quelqu'un de confiance. À l'évidence, il n'avait pas le sentiment qu'Allanon remplirait ce rôle. Mais le druide avait corrompu les intentions de Rone tout en le forçant à cesser ses critiques. Quand le montagnard s'était proclamé le champion de Brin, Allanon avait relevé le défi, faisant du jeune homme une version *mineure* de lui-même. Tout cela en donnant un pouvoir magique à l'Épée de Leah…

L'Épée, une antique relique familiale, était pour Rone un symbole qui lui rappelait le courage et la force typiques de la maison de Leah. Le druide en avait fait une arme qui permettrait au jeune homme de tenter de réaliser les exploits dont il avait si souvent rêvé. À cause d'Allanon, le rôle de Rone était devenu bien plus important que Brin ou son ami ne l'auraient jamais imaginé.

Et ce que le druide avait fait à Rone Leah serait peut-être la cause de sa perte.

— Ça ne ressemblait à rien que j'aie jamais imaginé, avait confié le jeune homme à Brin, la première nuit après leur départ de la vallée de Schiste.

Rone avait eu du mal à se décider à en parler, car il était effrayé, mais également enthousiasmé.

— Le pouvoir a pour ainsi dire *explosé* en moi. Brin, je ne pourrais pas dire ce qui m'a poussé à agir ! J'ai vu Allanon emprisonné dans le feu magique, et je me suis précipité. Quand mon épée a coupé le mur de feu, j'ai senti sa puissance. Elle faisait partie de moi. À cet instant, j'ai eu l'impression que rien ne m'était impossible. Même le druide ne me fait plus peur !

Brin regarda autour d'elle, explorant la forêt, en contrebas, encore enveloppée dans la lumière grise d'une rude journée d'automne. Ses prémonitions suivaient la même piste qu'elle, agiles et rapides comme des félins. Elles ne dévoileraient pas la vérité avant que la catastrophe ne soit devant eux – inévitable.

À ce moment, nous serons tous détruits, pensa Brin. *Je le sais. Cette certitude murmure dans mon esprit chaque fois que je pense à Jair, à Rone, à Allanon, et surtout aux spectres Mords. Elle chuchote à cause des secrets qu'on m'a cachés, à cause de la grisaille déprimante de la journée, à cause de l'ombre brumeuse de ce qui nous attend…*

Nous serons tous détruits !

Ils atteignirent la forêt vers midi et chevauchèrent tout l'après-midi entre les troncs géants et les broussailles. Cette forêt semblait privée de vie et de couleurs, les feuilles flétries enroulées sur elles-mêmes comme pour se protéger du froid. Des loups avaient autrefois rôdé dans ces bois, protégeant le territoire des druides des intrus. Mais ils avaient disparu depuis longtemps. La forêt était vide et trop calme, comme si, autour d'eux, tout agonisait.

Le crépuscule était bien avancé quand Allanon leur ordonna de s'arrêter. Épuisés et endoloris par la longue chevauchée, ils attachèrent leurs montures au tronc de grands chênes et leur donnèrent une petite ration d'eau et de nourriture. Puis ils continuèrent à pied. L'obscurité devenait de plus en plus épaisse et on entendait un grondement sourd dans l'air. Le druide ouvrait la marche. Il n'hésita pas une seule fois sur le chemin à prendre. Aussi silencieux que les ombres, les trois compagnons se glissèrent entre les arbres et les broussailles et se fondirent dans la nuit.

Où allons-nous ? se demanda Brin. *Et pour quoi faire ? Quel obscur dessein du druide servons-nous, cette nuit ?*

Soudain, les arbres s'écartèrent devant eux. Dans la pénombre, ils distinguèrent les parois à pic de Paranor, couronnées par l'antique château appelé la forteresse. L'édifice ressemblait à un géant de pierre et de fer enraciné dans la terre. Le grondement venait de l'intérieur de la forteresse et de la montagne.

Il enflait à mesure qu'ils approchaient. Un bruit de machines en mouvement... Des torches brûlaient, semblables à des yeux démoniaques, derrière les fenêtres munies de barreaux de fer. Les druides avaient occupé la citadelle à une époque pleine d'espoir pour les races des Quatre Terres. Mais c'était terminé : désormais, seuls des gnomes et des spectres Mords arpentaient les couloirs de Paranor.

— Écoutez-moi, murmura Allanon. (Les jeunes gens se penchèrent vers lui.) Écoutez-moi sans poser de questions. L'ombre de Bremen m'a donné un avertissement. Paranor est entre les mains des spectres Mords. Ils cherchent les archives secrètes des druides pour augmenter leurs pouvoirs. La forteresse a déjà été conquise, et elle a été reprise à chaque fois. Mais pas aujourd'hui ! Cet événement marque la fin d'une époque. Le cercle se referme. La citadelle de Paranor doit disparaître de la terre.

Le montagnard et la Valombrienne regardèrent le druide, effarés.

— Que voulez-vous dire ? demanda Brin.

— Qu'après cette nuit, de mon vivant ou du vôtre, de celui de vos enfants et de vos petits-enfants, aucun être humain n'entrera plus dans la forteresse. Nous serons les derniers. Nous nous infiltrerons par des passages souterrains encore inconnus des spectres et des gnomes. Puis nous irons là où le pouvoir des druides se niche depuis des siècles, et nous l'utiliserons pour condamner la forteresse. Nous devrons faire vite, car tout ce qui sera à l'intérieur cette nuit mourra. Quand la magie se déchaînera, il nous restera très peu de temps pour sortir.

— Je ne comprends pas, dit Brin. Pourquoi personne ne doit-il plus entrer dans Paranor à partir de cette nuit ? Et les recherches que vous y faites ?

Le druide effleura doucement la joue de la Valombrienne.

— Ce temps est terminé, Brin Ohmsford.

— Mais... La Maelmord... L'Ildatch...

— Rien de ce que nous ferons ici ne nous servira pour cette quête, dit Allanon. Nous sommes venus dans un autre but.

— Et si on nous voit ? lança Rone.

— Nous devrons nous battre et nous enfuir. Souvenez-vous de protéger Brin en priorité. Quand la magie s'activera, ne regardez pas en arrière, et ne ralentissez pas. (Il se pencha vers le montagnard.) N'oubliez pas que vous possédez le pouvoir des druides, à travers votre épée. Rien ne peut vous arrêter, prince de Leah. Rien !

Cette fois, Rone ne mit pas en doute la parole d'Allanon. Brin n'était pas aussi convaincue, car sa prémonition la hantait.

— Valombrienne, dit le druide, ne vous éloignez de nous sous aucun prétexte. Laissez-nous vous protéger et ne mettez pas votre vie en danger. Vous êtes plus importante que nous : la clé de la destruction de l'Ildatch ! Cette mission *doit* être accomplie !

Le druide posa les mains sur les épaules de la jeune elfe.

— Si j'avais pu vous laisser ici, je l'aurais fait. Mais le danger serait plus grand que dans la forteresse. La mort rôde dans ces bois, et nous devons l'empêcher de vous trouver.

— Je n'ai pas peur, mentit Brin.

Allanon recula.

— Alors, allons-y. En silence. Ne parlez plus jusqu'à ce que ce que nous en ayons terminé.

Ils s'enfoncèrent dans la nuit comme des ombres.

Chapitre 13

Allanon, Brin et Rone se glissèrent dans la forêt.

Ils traversèrent un labyrinthe d'arbres dressés vers le ciel comme les pieux noirs de quelque piège mortel. Autour d'eux, tout était calme. Entre les rameaux à demi dénudés par l'approche de l'automne, ils voyaient des pans de ciel nocturne couvert. Les torches brûlant dans la forteresse lançaient des éclairs rouges menaçants.

Brin Ohmsford avait peur. La prémonition refusait de la quitter en dépit de ses protestations mentales désespérées. Les arbres, les branches et les broussailles l'entouraient de toutes parts. Fuir, pensa-t-elle. Il fallait fuir cette chose angoissante ! Mais elle ne le pouvait pas. Pas avant d'avoir accompli leur tâche… Elle haletait, et la sueur se glaçait rapidement sur son corps. Elle se sentait vide, et horriblement seule.

Puis ils arrivèrent devant les grands escarpements où se nichait la forteresse. Les mains d'Allanon coururent sur la pierre, devant lui. Il se déplaça vers la droite, et recommença à toucher le rocher. Brin et Rone le suivaient.

Soudain, il se redressa et retira ses mains. Quelque chose céda dans la paroi. Une partie pivota, révélant un passage obscur. Allanon leur fit signe d'entrer. Avançant à tâtons, ils entendirent le portail de pierre se refermer derrière eux.

Ils restèrent un moment figés dans les ténèbres, écoutant les pas du druide qui se rapprochaient d'eux. Puis une lumière jaillit. Allanon tendit la torche à Brin. Il en alluma une deuxième pour Rone et une troisième pour lui. Ils étaient dans une petite salle d'où partait un escalier en spirale. Allanon jeta un coup d'œil à ses compagnons et commença à grimper.

Les marches les conduisirent au cœur de la montagne – des centaines de marches, des milliers. Des tunnels grêlaient l'escalier à différents niveaux, mais ils restèrent sur le même chemin. Là, l'air était chaud et sec, et ils entendirent au loin le grondement sourd des machines de la fournaise. Brin lutta contre la panique qui montait en elle. Elle avait l'impression que la montagne était vivante…

L'escalier déboucha enfin devant une grande porte bardée de fer dont les charnières étaient incrustées dans la paroi. Ils s'arrêtèrent, essoufflés. Allanon se pencha vers la porte et effleura les clous des charnières en fer. Le battant s'ouvrit. Le bruit des pompes et des leviers de la machinerie envahit l'étroit passage comme le rugissement d'un géant prisonnier. Une chaleur sèche leur brûla le visage, aspirant l'air plus frais de l'escalier. Allanon sonda le passage, puis s'y engagea. Faisant de leur mieux pour s'abriter le visage, Brin et Rone le suivirent.

Ils étaient dans la salle de la fournaise, où s'ouvrait un grand puits sombre. La machinerie s'activait sans relâche. Récupérant le feu naturel venu du cœur de la terre, elle envoyait sa chaleur dans les salles supérieures de la forteresse. Éteinte depuis l'époque du Roi-Sorcier, la fournaise avait été ranimée par l'ennemi qui les attendait plus haut.

Allanon les conduisit le long de la passerelle en métal qui faisait le tour du puits, et s'arrêta devant une des portes qui menaient hors de la salle. Il effleura la fermeture. La porte pivota, ouvrant sur les ténèbres.

Torches brandies, ils quittèrent la salle.

Ils suivirent un nouveau couloir jusqu'à un escalier latéral, qu'ils empruntèrent, Allanon ouvrant la marche. Désormais, ils avançaient plus prudemment, car ils sentaient la présence d'autres êtres dans les ténèbres.

Derrière eux, quelque part au-dessous, une porte claqua. Quand l'écho se dissipa, les trois compagnons reprirent leur chemin.

Une autre porte les attendait en haut des marches. Ils s'arrêtèrent devant et écoutèrent. Allanon toucha un verrou invisible et la porte s'ouvrit.

Derrière se trouvait un autre couloir, suivi par une nouvelle porte, un nouveau couloir, une porte, et enfin un couloir.

L'antique forteresse était truffée de passages secrets obscurs. L'odeur de la moisissure et des toiles d'araignées emplissait l'air. Des rats couraient devant eux, minuscules sentinelles donnant l'alarme. Pourtant, dans le château, personne ne les entendit.

Des voix résonnèrent quelque part dans les couloirs. Bien trop près d'eux !

Brin frémit. La fumée des torches lui piquait les yeux et elle sentait le poids des parois de pierre peser sur elle. Et la prémonition était revenue en force.

Enfin, le dernier tunnel se termina… sur un mur de pierre. Pas de portes, pas de passages latéraux !

Allanon n'hésita pas un instant. Il approcha du mur, se pencha comme s'il écoutait quelque chose, puis se tourna vers ses compagnons et posa un doigt sur ses lèvres. Brin inspira à fond pour se calmer. De toute évidence, le druide leur signalait qu'ils allaient entrer dans la forteresse proprement dite.

Allanon effleura le mur. Une petite porte apparut et pivota. Un par un, ils la franchirent.

Ils débouchèrent dans un petit bureau sans fenêtre, envahi par la poussière et sentant le renfermé. Divers objets étaient éparpillés çà et là. Les livres, sortis des étagères, gisaient sur le sol après avoir été déchirés. Des fauteuils rembourrés avaient été éventrés et la table et les chaises en rotin étaient renversées.

Allanon examina les dégâts à la lumière des torches, ses yeux noirs pleins de colère. Puis il gagna le mur d'en face, glissa la main entre les étagères vides et tâtonna. La bibliothèque pivota pour révéler une salle obscure. Faisant signe à ses compagnons d'attendre dehors, le druide entra, accrocha sa torche à un support mural, s'approcha du mur de droite et fit courir ses doigts sur les pierres.

Restés dans le bureau, Brin et Rone l'observèrent un moment. Puis leur regard fut attiré par un rai de lumière sur un mur : une porte qui donnait sur les couloirs de la forteresse. Des voix résonnaient derrière.

Dans l'autre pièce, Allanon posa les doigts sur le mur de granit et se concentra. Une lueur bleue courut dans la pierre là où ses doigts la touchaient. Elle se répandit peu à peu dans tout le mur. La lueur devint un feu silencieux qui irisa le granit puis disparut. À la place du mur se dressaient maintenant des rangées d'étagères couvertes de livres reliés en cuir : les archives des druides.

Dans le couloir, les voix se rapprochaient.

Allanon prit un des volumes et le posa sur une table en bois, au centre de la salle. Il l'ouvrit et le feuilleta rapidement. Trouvant presque aussitôt ce qu'il cherchait, il se pencha pour lire le passage.

Dehors, les voix étaient maintenant presque couvertes par des bruits de pas. Il y avait au moins une demi-douzaine de gnomes derrière la porte…

Effrayée, Brin murmura le nom de Rone. Le montagnard hésita un instant, puis il lui tendit sa torche et sortit l'Épée de Leah. En deux enjambées, il gagna la porte et tira le verrou.

Les voix et les bruits de pas s'éloignèrent. Mais quelqu'un resta et essaya d'ouvrir. Brin recula et espéra que ce fâcheux ne verrait pas la lumière des torches.

La serrure cliqueta, puis l'intrus entreprit de la forcer.

Rone la déverrouilla, ouvrit la porte à la volée et tira dans la salle un gnome qui eut à peine le temps de glapir de surprise avant que le pommeau de l'Épée du montagnard ne le frappe à la tête.

Rone referma la porte, la verrouilla et recula. Brin le rejoignit. Dans l'autre pièce, Allanon avait rangé le volume sur une étagère. D'un geste, il fit réapparaître le mur de granit, puis remit en place les étagères. Sa torche récupérée, il fit signe au montagnard et à la Valombrienne de le suivre.

Ils se glissèrent dans le passage secret par lequel ils étaient venus. Puis ils repartirent dans le labyrinthe de tunnels, suant de fatigue et de peur. Autour d'eux, tout était comme lors de leur premier passage. N'était qu'ils entendirent de temps en temps des voix étouffées…

Allanon leur fit signe de s'arrêter devant une porte couverte de rouille et de toiles d'araignées. Le druide éteignit sa torche dans la poussière du tunnel. Brin et Rone l'imitèrent, comprenant qu'ils allaient de nouveau entrer dans la forteresse.

Ils sortirent du tunnel obscur pour s'engager dans un couloir éclairé par des torches. Un grand hall se perdait dans l'obscurité, ses murs lambrissés de chêne couverts de tapisseries et de peintures. Les trois compagnons regardèrent autour d'eux.

Le hall était vide.

Allanon ouvrit la marche. Ils avancèrent dans le corridor obscur et aperçurent par instants le ciel nocturne à travers les hautes fenêtres à treillis. Un silence étrange régnait dans la forteresse, comme si toute vie l'avait soudain abandonnée. Seul le bourdonnement constant de la machinerie troublait cette quiétude.

Les yeux de Brin passèrent fébrilement d'un bout à l'autre du couloir. Où étaient les spectres Mords et les gnomes qu'ils commandaient ? Une main se posa sur son épaule, la faisant sursauter. C'était Allanon, qui la tira dans l'ombre d'une alcôve où se dressait une double porte en fer.

Soudain, comme en réponse à la question mentale de Brin, un cri aigu retentit. La Valombrienne pivota : l'appel venait du bureau, derrière eux. Le gnome que Rone avait assommé avait repris conscience.

Ils entendirent des bruits de pas, puis d'autres cris. Rone Leah dégaina son épée et tira Brin derrière lui. Mais Allanon avait réussi à ouvrir les portes. Il entraîna les deux jeunes gens à l'abri et ferma les battants derrière lui.

Ils se retrouvèrent sur un étroit palier, à peine éclairé par des torches, le long de l'escalier en colimaçon qui serpentait entre les murs de la tour massive où ils avaient débouché. Sous leurs pieds s'ouvrait un puits apparemment sans fond. Excepté le palier et l'escalier, rien ne rompait la monotonie des murs de pierre lisse qui se perdaient dans les ténèbres.

Brin se plaqua contre la porte. Cette tour conduisait au sanctuaire des druides ! Les compagnons de Shea Ohmsford, venus de Culhaven, avaient jadis pensé qu'elle abritait l'Épée de Shannara…

Rone Leah avança vers le bord du palier, mais Allanon le tira en arrière.

— Écartez-vous, montagnard ! dit-il à voix basse.

Dehors, les hurlements augmentèrent de volume. Allanon gravit quelques marches de l'escalier, le dos contre la paroi.

— Ne vous approchez pas de moi, ordonna-t-il à ses compagnons.

Après une dizaine de marches, il avança vers le bord de l'escalier, leva les mains et prononça des paroles que le montagnard et la Valombrienne n'entendirent pas.

Du fond du puits, un sifflement sourd lui répondit.

Le druide baissa lentement les bras, les paumes vers le bas et les doigts recourbés comme des griffes. De la vapeur sortait de sa bouche, de ses yeux et de ses oreilles, et montait du sol où il se tenait.

Brin et Rone le regardèrent, pétrifiés. Dessous, le puits siffla de nouveau.

Du feu bleu quitta les doigts d'Allanon, langue de flamme géante qui plongea dans les ténèbres du puits. Suivie par des gerbes d'étincelles, elle brûla vivement, loin au-dessous d'eux, vira à un vert maladif et se dissipa.

On entendait toujours, dehors, les cris d'alarme et les bruits de course. Mais dans la tour elle-même, le silence se fit. Allanon s'affaissa contre le mur, la tête baissée comme s'il souffrait beaucoup. Son corps ne produisait plus de vapeur, mais le sol et le mur étaient carbonisés.

— Regardez dans le puits, ordonna Allanon d'une voix rauque.

Le montagnard et la Valombrienne obéirent. Une brume verte s'agitait lentement au fond du trou. Elle s'accrocha aux murs et grimpa lentement.

— La brume veut sortir, murmura Rone.

Allanon tira ses compagnons en arrière, ses yeux noirs étincelant.

— Fuyez ! ordonna-t-il. Ne regardez pas en arrière. Ne vous laissez pas détourner de votre chemin. Sortez de la forteresse et quittez cette montagne.

Il ouvrit les portes de la tour et s'engagea dans un couloir. Des Chasseurs gnomes y grouillaient. Ils sursautèrent en le voyant, leurs visages jaunes figés par la surprise. Le feu bleu jaillit des doigts du druide et les repoussa comme des feuilles mortes emportées par le vent. Ils hurlèrent et s'enfuirent, terrorisés. Un spectre Mord apparut, drapé dans ses robes noires. Le feu bleu vola vers lui avec une force effrayante.

En quelques instants, la créature fut réduite en cendres.

— Courez ! cria Allanon à Brin et à Rone, pétrifiés dans l'entrée.

Ils obéirent, dépassèrent les cadavres qui gisaient sur le sol et rejoignirent Allanon, qui les conduisit dans le passage par où ils étaient arrivés. Les couloirs ne restèrent pas longtemps vides. Les gnomes repassèrent à l'attaque, hurlant de colère.

Allanon brisa l'assaut avec un jet de flammes bleues. Un deuxième groupe déboula d'un couloir latéral. Rone poussa le cri de bataille de son pays natal et chargea.

Derrière eux, un autre spectre apparut, bientôt suivi par un deuxième. Du feu rouge jaillit de leurs mains, visant Allanon, mais le druide bloqua l'attaque avec son feu bleu. Les flammes léchèrent les murs, et les tapisseries murales s'enflammèrent. Brin recula, Rone et Allanon sur ses flancs.

Les gnomes surgissaient maintenant de toutes parts. D'autres spectres étaient là aussi, monstres silencieux sortis des ténèbres. Rone Leah rompit le combat avec les gnomes et se jeta sur un spectre qui avait un peu trop avancé. La lame d'ébène de l'Épée s'abattit sur le spectre, le consumant instantanément.

Des flammes entouraient le montagnard, mais son épée les absorbait avant qu'elles ne le touchent. Il revint vers l'endroit où Brin était blottie contre le mur, son visage exprimant une satisfaction féroce. Une brume verte tourbillonnait dans le métal noir de sa lame. Prenant Brin par le bras, il la remit debout et la poussa devant lui.

Allanon luttait pour dégager l'accès à la porte tout en tenant plusieurs spectres en respect.

— Par là, vite, montagnard ! hurla le druide.

Il y eut une explosion de feu rouge, si violente qu'elle les pétrifia sur place. Allanon se tourna, leva les mains, et créa un mur de feu bleu qui les isola momentanément de leurs ennemis.

Ils échappèrent aux flammes des spectres et dépassèrent quelques gnomes qui essayèrent en vain de les arrêter. Des cris de rage retentirent quand ils atteignirent la porte. Ils l'ouvrirent et s'enfoncèrent dans le passage.

Les ténèbres les enveloppèrent comme un linceul.

Allanon récupéra les torches qu'ils avaient abandonnées et les ralluma. Alors, les trois compagnons coururent dans le tunnel. Derrière eux, leurs poursuivants avaient réussi à rouvrir la porte.

Devant, le chemin était dégagé. Ils entrèrent de nouveau dans la salle de la fournaise et reprirent l'escalier qui descendait vers le cœur de la montagne.

Personne ne tenta de les arrêter.

Soudain, il y eut un nouveau bruit, encore distant, mais porteur d'une horreur indicible.

— C'est commencé ! cria Allanon. Ne perdons pas de temps !

Ils coururent à perdre haleine alors que le gémissement inhumain devenait de plus en plus aigu. Quelque chose de terrible frappait tous ceux qui étaient encore dans la forteresse.

La brume ! cria mentalement Brin.

Ils continuèrent à dévaler l'escalier interminable, poursuivis par les hurlements de leurs ennemis, prisonniers de la forteresse.

Enfin, l'entrée cachée dans le rocher apparut devant eux. Allanon poussa ses compagnons de l'autre côté. Ils quittèrent la montagne pour s'enfoncer dans la forêt.

Mais des hurlements retentissaient toujours derrière eux.

L'aube était presque levée quand ils quittèrent la forêt de Paranor après avoir récupéré leurs chevaux. Épuisés, ils s'arrêtèrent sur un plateau, à l'est du pic où se dressait la forteresse.

L'antique citadelle disparaissait sous une brume verte tourbillonnante. Puis le ciel s'éclaircit et la brume se dissipa peu à peu.

— C'est terminé, murmura Allanon.

Brin et Rone regardèrent. En contrebas, le pic était toujours là. Mais le château des druides avait disparu.

— C'était écrit dans les archives, dit Allanon. L'ombre de Bremen savait la vérité. La magie destinée à supprimer la forteresse était plus ancienne qu'elle ! Paranor a été rappelée à l'intérieur de la montagne – et avec elle tous ceux qui sont restés dedans. Paranor est perdue !

Une terrible tristesse faisait trembler la voix du druide.

Mais ils s'en étaient sortis vivants, pensa Brin. Sa prémonition était fausse : ils avaient tous survécu !

— C'est terminé, répéta doucement Allanon.

Ses yeux rencontrèrent ceux de la Valombrienne. Quelque chose d'étrange passa entre eux, comme s'ils partageaient un secret qu'aucun ne comprenait vraiment.

Allanon fit volter son cheval. Suivi par Brin et par Rone, il prit la direction de l'est, vers les forêts de l'Anar.

Chapitre 14

Jair Ohmsford et ses compagnons arrivèrent à Culhaven en fin d'après-midi. Le Valombrien n'était pas fâché que ce voyage soit terminé. Un ciel plombé et un vent glacial les avaient suivis pendant tout le trajet vers l'est, à travers la région de la rivière Argentée. Même les couleurs habituellement changeantes des grandes forêts des Terres de l'Est étaient grises et hivernales. Des oies volaient vers le sud dans un ciel d'automne menaçant, et le courant de la rivière qu'ils suivaient était agité et peu plaisant.

La rivière Argentée commençait à montrer des signes de l'empoisonnement annoncé par le roi. Une écume noirâtre flottait à la surface, et les eaux étaient devenues troubles. Des poissons, des petits rongeurs et des oiseaux agonisants ou morts flottaient à la surface, accompagnés par du bois mort et des débris de branches. Même l'odeur avait changé : forte et fétide, elle assaillait leurs narines dès que le vent tournait. Jair se souvenait des récits de son père sur la pureté de la rivière Argentée – presque une légende, qui remontait à l'époque de Shea Ohmsford. Voir la rivière dans cet état rendait Jair malade.

Et la présence de Garet Jax et de Slanter ne faisait rien pour améliorer son humeur ! Il lui aurait été difficile de garder le sourire avec de tels compagnons de voyage. Taciturnes et silencieux, ils montraient autant d'enthousiasme que s'ils avaient veillé un mort. Ils n'avaient pas prononcé dix mots à eux deux depuis leur départ, à l'aube, et aucun sourire n'avait éclairé leur visage. Les yeux rivés sur la piste, ils avançaient avec une détermination farouche. Jair avait tenté de leur parler une ou deux fois, recevant un vague grognement pour toute réponse. Le repas de midi s'était déroulé dans le plus grand silence, rendant la halte nécessaire éminemment désagréable.

L'approche de Culhaven était un soulagement pour le Valombrien. Enfin, il pourrait parler à quelqu'un ! Mais les nains seraient-ils plus ouverts ? Il avait des raisons d'en douter. Le long de la frontière de l'Anar, les nains les observaient, et ils n'avaient fait aucun effort pour les accueillir. Ils avaient croisé la piste des patrouilles de Chasseurs nains, de rudes gaillards portant des gilets de cuir et des manteaux. Bien armés, ils marchaient d'un pas résolu. Aucun ne s'était arrêté, ni ne les avait salués. Ils avaient continué leur chemin sans rien demander, jetant seulement un coup d'œil peu amène aux trois voyageurs.

Quand Jair et ses compagnons arrivèrent en vue du village des nains, tous les passants les examinèrent ouvertement, l'air soupçonneux. Garet Jax ouvrait la marche. Il parut ne pas se soucier des regards qu'on leur lançait. Mais Slanter avait l'air de plus en plus mal à l'aise, et Jair se sentait aussi nerveux que le gnome. Jax, lui, avançait avec assurance dans des lieux qu'il connaissait apparemment bien. Des maisons et des boutiques bordaient les rues qu'ils traversaient. Chaque bâtiment arborait des pelouses et des haies impeccables, des jardins bien entretenus et des parterres de fleurs aux couleurs vives.

Les habitants et les commerçants les regardaient passer sans broncher. Mais il y avait des guerriers partout : des Chasseurs aux yeux durs, leurs armes pendues à la ceinture. Le village aurait pu être seulement une communauté de familles et de petits commerces, pensa Jair, mais en ce moment précis, il ressemblait plutôt à une place forte.

Ils arrivèrent au centre du village, où une patrouille de fantassins les arrêta. Garet Jax leur parla et un des nains partit au pas de course. Dans un silence pesant, le maître d'armes attendit avec ses compagnons, face au reste de la patrouille. Des enfants approchèrent, les regardant avec curiosité, surtout Slanter. Le gnome les ignora un moment, puis grogna, menaçant. Les enfants s'éparpillèrent. Slanter, l'air exaspéré, se rembrunit encore plus.

Puis la sentinelle envoyée par Jax revient, accompagnée d'un nain chauve à la longue barbe noire bouclée.

Dès qu'il vit le maître d'armes, il lui tendit la main.

Jax la lui serra.

— Tu as pris ton temps pour arriver, grogna le nain.

Râblé, l'air féroce, il portait des vêtements de forestier en cuir. Une impressionnante rangée de couteaux pendait à sa ceinture et une grande boucle en or ornait son oreille droite.

— Elb Foraker, dit Garet Jax à ses compagnons.

Foraker les regarda un instant, puis se tourna vers le maître d'armes.

— Tu as des compagnons bizarres par les temps qui courent, Garet.

— Les temps sont bizarres, fit Jax en haussant les épaules. Et si tu nous offrais un endroit où nous asseoir et discuter ?

— Suis-moi !

Foraker les emmena dans une auberge. Quelques tables étaient occupées par des Chasseurs nains. Certains levèrent les yeux et firent un signe de tête à Foraker, sans se préoccuper des étrangers qui l'accompagnaient. Foraker choisit une table – contre un mur – et demanda qu'on leur apporte à manger.

— Que suis-je censé faire de ces deux-là ? lança-t-il à Jax quand ils furent assis.

Garet Jax se tourna vers ses compagnons.

— Un type direct, pas vrai ? Il était avec moi il y a dix ans, pendant que je formais des Chasseurs nains près des monts Wolfsktaag. Et à Callahorn, il y a quelques années… Voilà pourquoi je suis là : il m'a demandé de venir, et il n'accepte pas qu'on lui dise non !

Il se tourna vers Foraker.

— Ce Valombrien s'appelle Jair Ohmsford. Il cherche sa sœur… et un druide.

Foraker fronça les sourcils.

— Un druide ? Il n'y en a plus, à part…

— Allanon, souffla Jair, incapable de se taire plus longtemps. C'est lui que je cherche !

— Vraiment ? demanda Foraker. Qu'est-ce qui vous fait croire que vous le trouverez ici ?

— Il m'a dit qu'il allait dans les Terres de l'Est. Et il a emmené ma sœur avec lui.

— Votre sœur ? Ils sont censés être quelque part par là ?

Jair sentit son estomac se nouer, car Foraker le regardait comme s'il était fou.

— Où as-tu trouvé ce Valombrien ? demanda le nain à Jax.

— Sur le chemin, dit Jax. Que sais-tu du druide ?

Foraker haussa les épaules.

— Personne n'a vu Allanon dans les Terres de l'Est depuis plus de vingt ans. Avec ou sans la sœur de quelqu'un !

— Ma foi, ça montre que vous n'êtes pas au courant de grand-chose ! ricana Slanter. Le druide vous est passé sous le nez sans que vous le remarquiez !

— À votre place, gnome, je ferais attention à mes paroles ! rugit le nain, menaçant.

— À l'en croire, il a suivi le druide de la Maelmord jusqu'à Valombre…

Foraker le regarda.

— Une fois de plus : que suis-je censé faire de ces deux types ?

Garet Jax soutint son regard.

— J'y réfléchis depuis un moment. Le Conseil se réunira bientôt ?

— Il tient séance tous les soirs, en ce moment.

— Bon. Autorise le Valombrien à lui parler.

— Et pourquoi ça ?

— Parce qu'il a quelque chose à lui dire qui nous concerne tous. Et pas seulement au sujet du druide.

Le nain et le maître d'armes se regardèrent un moment en silence.

— Je dois demander une autorisation, lâcha enfin Foraker, sans enthousiasme.

— Alors, vas-y ! dit Garet Jax en se levant.

Foraker soupira, se leva aussi et foudroya Jair et Slanter du regard.

— Vous deux, finissez votre repas et restez où vous êtes ! Ne vous amusez pas à aller vadrouiller… (Il hésita un instant.) Je ne sais rien sur le druide, Ohmsford, mais je m'informerai. (Il se tourna vers le maître d'armes.) Viens avec moi, Garet.

Foraker et Jax quittèrent l'auberge. Jair et Slanter restèrent seuls, perdus dans leurs pensées. *Où était Allanon ?* se demandait le jeune elfe. *Il avait dit se diriger vers les Terres de l'Est. Ne serait-il pas forcément passé par Culhaven ? Et sinon, où était-il allé ? Et surtout, où avait-il emmené Brin ?*

Un nain au superbe tablier blanc leur apporta des assiettes pleines de nourriture appétissante et des chopes de bière. Les deux compagnons mangèrent en silence, Jair ne pouvant s'empêcher d'agiter frénétiquement les pieds. Enfin, le repas terminé, il essaya de décider ce qu'il ferait si Elb Foraker avait raison, Allanon n'étant pas venu dans la région.

— Arrête ça ! grogna Slanter.

Jair le regarda.

— Que dois-je arrêter ?

— De racler tes bottes sur le sol. C'est exaspérant !

— Désolé.

— Et cesse de faire la tête ! On la retrouvera, ta sœur !

— Peut-être...

— Mouais... C'est moi qui devrais m'inquiéter, pas toi ! J'ignore toujours comment tu as réussi à me persuader de te suivre dans cette galère !

Jair s'accouda à la table et posa son menton sur ses mains, l'air déterminé.

— Même si Brin n'est pas passée par Culhaven, Allanon leur ayant fait suivre un autre chemin, nous devons quand même aller dans l'Anar, Slanter. Et persuader les nains de nous aider.

— Nous ? *Nous ?* Réfléchis un peu à ce que tu dis ! Je n'irai nulle part ! Je retournerai là où je vivais avant de me mêler de cette histoire de fous !

— Vous êtes un éclaireur, Slanter, dit doucement Jair. J'ai besoin de vous.

— Tant pis pour toi ! Si tu ne l'as pas remarqué, je suis aussi un *gnome !* Tu as vu comment ils m'ont regardé quand nous sommes arrivés ? Même les enfants me dévisageaient comme si j'étais un animal sauvage ! Sers-toi de ta cervelle. Les gnomes et les nains sont en guerre. Les nains n'écouteront pas un mot de ce que tu diras tant que tu insisteras pour me traiter comme ton allié ! Ce que je ne suis pas, de toute façon !

— Slanter, je dois atteindre la source du Paradis avant que Brin n'entre dans la Maelmord ! Comment y arriverai-je sans guide ?

— Te connaissant, je parierais que tu te débrouilleras ! De plus, je ne peux pas retourner là-bas. Spilk aura sans doute parlé de ce que j'ai fait. Ou le gnome de sa patrouille, celui qui a réussi à fuir... Si je retourne dans la Maelmord, quelqu'un me reconnaîtra. Et si je suis pris, les Marcheurs... (Il s'interrompit, levant les bras au ciel.) Bref, je n'irai pas ! Voilà tout !

Il recommença à manger, la tête baissée. Jair le regarda, pensif, se demandant s'il se trompait en requérant l'aide de Slanter. Le roi de la rivière Argentée n'avait peut-être pas prévu sa présence... Il ne l'avait pas mentionnée, en tout cas. Et, à bien y réfléchir, Slanter ne semblait pas l'allié idéal... Il était trop rusé, trop opportuniste, et changeait d'allégeance comme de chemise. On ne pouvait pas se fier à lui. Pourtant, quelque chose, au sujet du gnome, plaisait bien à Jair. Son endurance, peut-être. Comme Garet Jax, Slanter était capable de surmonter tous les coups durs. Le genre de compagnon dont Jair avait besoin pour atteindre l'Anar intérieur.

Il regarda le gnome vider bruyamment sa chope de bière, puis il lâcha :

— Je pensais que vous vouliez en savoir plus sur la magie...

— Non, gamin ! J'en sais assez à ton sujet !

Jair fronça les sourcils, exaspéré.

— Vous avez peur, voilà tout !

— Pense ce que tu veux. Je n'irai pas.

— Et les gens de votre peuple ? Avez-vous pensé à ce que les spectres Mords leur font ?

Slanter regarda Jair, aussi énervé que lui.

— Grâce à toi, je n'ai plus de peuple ! (Il haussa les épaules.) Peu importe. Je ne me soucie plus de personne – à part moi-même – depuis que j'ai quitté les Terres de l'Est, il y a bien longtemps.

— C'est faux. Les gnomes *sont* votre peuple. Vous êtes revenu pour les aider, non ?

— Les temps changent. Au moment où je suis revenu, c'était le plus futé à faire ! Laisse tomber, gamin ! J'en ai déjà assez fait pour toi ! Je ne me sens pas obligé d'en rajouter. Et ce n'est pas à moi que le roi de la rivière Argentée a donné cette foutue poudre !

— Il a bien fait, non ? dit Jair, s'empourprant de colère. Ça ne lui aurait servi à rien, vu que vous changez de camp toutes les cinq minutes, dès que les choses vont un peu de travers ! Je pensais que vous m'aviez aidé, dans les Chênes Noirs, parce que vous aviez fait un choix. Je croyais que vous vous souciiez de mon sort ! Apparemment, je me trompais ! À quoi vous intéressez-vous réellement, Slanter ?

— À rester en vie ! Et c'est à ça que tu devrais penser, gamin, si tu avais un brin de cervelle !

Jair se raidit d'indignation.

— Rester en vie ! Et comment vous y prendrez-vous, quand les spectres Mords auront empoisonné les Terres de l'Est et continueront avec celles de l'Ouest, et les autres ? C'est bien ce qui arrivera, non ? C'est ce que vous avez dit ! Où fuirez-vous ? Vous reviendrez dans le camp des gnomes assez longtemps pour échapper aux Marcheurs ?

— Tu as une bien grande gueule pour quelqu'un qui connaît si peu la vie ! Si tu avais dû te débrouiller tout seul, au lieu d'avoir toujours quelqu'un pour te materner, tu ne serais pas si rapide à montrer les autres du doigt ! Et maintenant, ferme-la !

Jair se tut. Il ne servait à rien de continuer. Slanter était décidé à ne pas l'aider et il ne changerait pas d'avis. Et c'était peut-être tant mieux…

Les deux compagnons se jetaient toujours des regards noirs quand Garet Jax revint – seul. Il s'assit près de Jair. S'il remarqua la tension qui régnait entre le jeune homme et le gnome, il n'en dit rien.

— Vous devez vous présenter au Conseil des anciens, dit-il à Jair.

— Je ne suis pas sûr que ça soit la meilleure chose à faire, répondit le jeune homme, hésitant.

Le maître d'armes le foudroya du regard.

— Vous n'avez pas le choix.

— Brin et Allanon ?

— Aucune nouvelle d'eux. Foraker a vérifié. Ils ne sont pas passés par Culhaven.

Personne ne sait quoi que ce soit à leur sujet. Si vous voulez trouver de l'aide pour votre quête, il faudra vous débrouiller seul !

Jair regarda Slanter, qui ne leva pas la tête.

— Quand dois-je rencontrer le Conseil ?

— Maintenant, lâcha le maître d'armes.

Le Conseil des anciens des nains était réuni dans l'Assemblée, une grande salle située au cœur du grand bâtiment qui abritait les bureaux des dirigeants de Culhaven. Le Conseil comptait douze membres, assis autour d'une grande table installée sur une estrade. Autour, le public avait pris place sur des bancs. L'Assemblée était plongée dans la pénombre, à part la partie située devant l'estrade.

Jair, Jax et Slanter avancèrent jusqu'à la limite de la lumière des torches, et attendirent.

Un nuage de fumée flottait dans l'air, accompagné de l'odeur forte du tabac.

— Avancez, dit une voix.

Ils obéirent et s'immobilisèrent à côté de la première rangée de bancs. Jair regarda autour de lui, mal à l'aise. Il n'y avait pas que des nains ici. Sur sa droite, il vit plusieurs elfes, et sur sa gauche, une dizaine de frontaliers de Callahorn.

Foraker était appuyé contre le mur du fond, l'air maussade.

— Bienvenue à Culhaven, ajouta la voix.

Le nain qui avait parlé se leva. D'âge mûr, la barbe grise et le visage carré, il était plutôt impressionnant.

— Je m'appelle Browork, dit-il. Citoyen de Culhaven et Premier au sein du Conseil des anciens. Avancez, Valombrien.

Jair fit quelques pas et s'arrêta pour étudier les conseillers. Tous étaient âgés et ridés, mais leurs yeux restaient vifs et alertes.

— Votre nom ? demanda Browork.

— Jair Ohmsford. De Valombre.

— Qu'avez-vous à nous dire, Jair Ohmsford ?

Jair regarda autour de lui. Tout le monde attendait sa réponse. Devait-il raconter tout ce qu'il savait à des gens qu'il ne connaissait pas ?

— Vous pouvez parler franchement, assura Browork. Nous sommes tous impliqués dans le combat contre les spectres Mords.

Il se rassit et attendit. Jair inspira à fond, puis se lança. Il raconta tout ce qui s'était passé depuis l'arrivée d'Allanon à Valombre. Il parla de son départ avec Brin et Rone, de sa fuite et de ses aventures dans les montagnes et dans la forêt des Chênes Noirs, terminant par sa rencontre avec le roi de la rivière Argentée.

Ce récit lui prit un certain temps. L'assemblée resta silencieuse pendant qu'il parlait. Jair ne regarda pas les Anciens, craignant leur jugement. Il se concentra sur Browork, dont les yeux bleus ne le quittèrent pas un instant.

Quand il eut terminé, l'Ancien se pencha, ses mains ridées posées sur la table.

— Il y a vingt ans, j'ai combattu avec Allanon pour empêcher les hordes de démons d'entrer dans la cité elfique d'Arborlon. Ce fut une bataille terrible. Le jeune

Edain Elessedil (il désigna un elfe blond à peine plus âgé que Brin) n'était pas encore né. Son grand-père, le célèbre Eventine, était alors roi des elfes. C'est la dernière fois qu'Allanon a parcouru les Quatre Terres. Depuis, personne ne l'a revu. Il n'est pas venu à Culhaven, ni dans les Terres de l'Est. Qu'avez-vous à répondre à ça ?

— J'ignore pourquoi… où il est allé… Mais il a emmené ma sœur avec lui. Et je suis sûr aussi qu'il est réellement venu dans les Terres de l'Est. Cet éclaireur, Slanter, l'a suivi de la Maelmord à Valombre, mon village natal.

Il attendit une confirmation, mais le gnome ne dit rien.

— Personne ici n'a revu Allanon depuis vingt ans, marmonna un membre du Conseil.

— Et nul n'a jamais parlé au roi de la rivière Argentée, ajouta un autre.

— Je lui ai parlé, dit Jair. Et mon père aussi, à l'époque. Il les a aidés, la jeune elfe et lui, à échapper aux démons pour rejoindre Arborlon.

— J'ai entendu parler de votre père, jeune homme. Il est venu à Arborlon lutter contre les démons aux côtés des elfes. Et on disait qu'il était en possession des Pierres elfiques, comme vous l'avez mentionné. Mais vous prétendez avoir emporté les Pierres quand vous avez fui votre maison, et les avoir données au roi de la rivière Argentée ?

— En échange de pouvoirs magiques… Un souhait qui me permettrait de sauver Brin, et un cristal de vision pour la trouver. Plus de force pour ceux qui m'aideraient.

Browork regarda Garet Jax.

— J'ai vu le cristal dont il parle. Il est réellement magique. Il nous a montré le visage d'une jeune fille, qu'il a affirmé être sa sœur.

Edain Elessedil se leva soudain. Grand, la peau claire, ses cheveux blonds lui arrivaient jusqu'aux épaules.

— Mon père m'a souvent parlé de Wil Ohmsford. Il m'a toujours dit que c'était un homme honorable. Je doute que son fils mente.

— À moins qu'il n'ait pris ses rêves pour la réalité, souligna un membre du Conseil. Cette histoire est un peu difficile à croire !

— Pourtant, il est exact que les eaux de la rivière sont empoisonnées, dit un autre conseiller. Nous savons tous que les spectres Mords l'ont polluée pour se débarrasser de nous.

— Comme vous dites, tout le monde le sait, répondit le premier nain. Ça ne prouve pas grand-chose…

D'autres voix s'élevèrent, contestant la véracité du récit de Jair. Browork leva la main.

— Silence, Anciens ! Réfléchissez à la situation ! (Il se tourna vers Jair.) Si vous dites la vérité, la nature même de votre quête exige que nous vous aidions. Sans nous, vous ne réussirez pas, Valombrien. Des armées de gnomes se dressent entre vous et ce que vous cherchez – le lieu que vous appelez la source du Paradis. Sachez qu'aucun d'entre nous n'a jamais vu la source de la rivière Argentée. Pour vous aider, nous devons d'abord être sûrs de vous. Mais comment être certains que vous nous dites la vérité ?

— Je ne mentirais pas, insista Jair en s'empourprant.

— Pas volontairement, mais tous les mensonges ne sont pas intentionnels. Parfois, nous croyons que quelque chose est vrai, mais nous nous sommes abusés nous-mêmes. C'est peut-être ce qui vous est arrivé...

— Et si nous perdons davantage de temps à en discuter, il sera peut-être trop tard pour aider Brin ! s'emporta Jair. Je n'ai pas été trompé ! Ce que je vous ai dit est vraiment arrivé !

Des voix incrédules s'élevèrent, mais Browork les fit taire.

— Montrez-nous la bourse qui contient la poussière d'Argent, ordonna-t-il. Cela nous aidera peut-être à vous croire...

— J'en doute, dit Jair. La poudre ressemble à s'y méprendre à du sable ordinaire.

— Du sable ! dit un membre du Conseil, l'air dégoûté. Nous perdons notre temps, Browork !

— Alors montrez-nous au moins le cristal...

— Ou prouvez-nous d'une autre façon que vous dites la vérité, proposa un autre membre de l'assemblée.

Jair sentit que ses chances de convaincre les nains s'amenuisaient. Ils ne croyaient pas en son récit. Ils n'avaient vu ni Allanon ni Brin. Aucun d'eux n'avait entendu dire que quelqu'un eût jamais parlé au roi de la rivière Argentée. Peut-être ne croyaient-ils même pas à son existence ! Et voilà qu'il affirmait avoir renoncé aux Pierres elfiques en échange de pouvoirs magiques qu'ils ne pouvaient pas vérifier.

— Nous perdons notre temps, Browork, dit le premier Ancien qui avait parlé.

— Retournons à nos affaires, ajouta un autre.

Des voix énervées couvrirent les appels au silence de Browork. Presque à l'unanimité, les membres du Conseil et le reste de l'assemblée exigèrent que la demande du Valombrien soit déboutée.

— J'aurais pu te dire comment ça se passerait, murmura Slanter.

Jair s'empourpra de colère. Il était venu de trop loin et il avait subi trop de misères pour se laisser rejeter.

Ils voulaient une preuve ?

Il savait comment les convaincre !

Il avança, leva les mains, puis désigna l'allée obscure qui conduisait à l'entrée. Son geste fut si théâtral que tout le monde se tut.

Toutes les têtes se tournèrent vers les ombres. Il n'y avait rien...

Jair chanta d'une voix aiguë. L'Enchantement de Shannara déchira le silence et une grande silhouette vêtue de noir surgit de nulle part.

Allanon !

Les conseillers sortirent leurs armes, prêts à se défendre contre l'ombre venue du néant. À demi caché par le capuchon, un visage sec se tourna vers les nains, ses yeux noirs rivés sur eux. Puis Jair cessa de chanter et le druide disparut.

Le Valombrien se tourna vers Browork.

— Maintenant, me croyez-vous ? demanda-t-il. Vous avez dit connaître

Allanon, parce que vous aviez combattu à son côté. Était-ce bien lui ?

— Oui, admit le nain. C'était Allanon.

— Maintenant, vous savez que je l'ai vraiment rencontré.

Tous regardèrent le Valombrien, secoués par ce qu'ils avaient vu. Derrière lui, Jair entendit Slanter lâcher un petit rire nerveux. Du coin de l'œil, il vit que Garet Jax avait l'air très étonné.

— Je vous ai dit la vérité, Browork. Je dois aller dans l'Anar et trouver la source du Paradis. Allanon s'y rendra avec ma sœur. Maintenant, répondez : puis-je compter sur votre aide, ou pas ?

Browork regarda les autres Anciens.

— Qu'en dites-vous ?

— Je le crois ! lança un conseiller.

— Mais ça pourrait être une ruse, dit un autre. Un tour que nous jouent les spectres Mords !

Jair regarda autour de lui. La partie n'était pas encore gagnée !

— C'est trop risqué, souligna un autre Ancien.

Browork se leva.

— Nous avons juré d'aider tous ceux qui veulent détruire les spectres Mords, dit-il, le regard dur. Le Valombrien affirme être de ceux-là. Je le crois. Et je suis persuadé que nous devons le soutenir. Je demande un vote, Anciens. Que ceux qui sont du même avis que moi lèvent la main !

Browork vota le premier, suivi par une demi-douzaine d'autres membres du Conseil.

Mais ceux qui étaient d'un autre avis ne se laissèrent pas faire sans protester.

— C'est de la folie ! Qui ira avec lui ? Des gens du village ? Qui participera à cette quête insensée ? Que les volontaires se manifestent !

Quelques voix soutinrent cette objection.

Browork ne dit rien, attendant que quelqu'un relève le défi.

— J'irai.

Jair se retourna. Garet Jax s'était avancé d'un pas.

— Le roi de la rivière Argentée a promis à Jair que je serai son protecteur, dit-il doucement. Très bien. La promesse sera tenue.

Browork regarda de nouveau l'assemblée.

— Qui d'autre ? demanda-t-il.

Elb Foraker vint se placer à côté de son ami. Browork attendit encore. Dans les rangs des hommes de Callahorn, un géant se leva. La barbe et les cheveux noirs, il avait un visage étonnamment doux.

— J'irai aussi, dit-il d'une voix profonde.

Il rejoignit les deux autres alliés de Jair. Le Valombrien sursauta quand il approcha. Ce gaillard était presque aussi grand qu'Allanon.

— Helt, dit Browork, le peuple de Callahorn n'est pas tenu de s'impliquer dans cette quête.

L'homme haussa les épaules.

— Nous combattons le même ennemi, Ancien. Sa quête me semble juste. Je l'accompagnerai.

Alors, Edain Elessedil se leva.

— Moi aussi, Ancien.

Browork fronça les sourcils.

— Vous êtes un prince, Edain. Venu ici avec ses Chasseurs parce que son père pense avoir une dette envers moi depuis que les nains l'ont aidé à tenir Arborlon contre les démons. Mais vous allez trop loin ! Votre père n'approuverait pas cette décision. Réfléchissez-y.

— Il n'y a pas lieu de reconsidérer la question, Browork. La dette dont nous parlons concerne surtout le Valombrien et son père. Il y a vingt ans, Wil Ohmsford a accompagné l'Élue à la recherche du talisman qui lui permettrait de détruire les démons. Il a risqué sa vie pour mon père et pour mon peuple. Maintenant, j'ai l'occasion de rendre la pareille à Wil Ohmsford en accompagnant son fils...

Browork ne parut pas rassuré. Garet Jax dévisagea Foraker, qui haussa les épaules. Le maître d'armes regarda ensuite le prince elfe, comme pour évaluer sa détermination – ou peut-être ses chances de survie. Puis il fit un signe affirmatif.

— Très bien, rectifia Browork. Vous serez donc cinq.

— Six, dit tranquillement Jax. Une demi-douzaine, pour nous porter chance.

— Qui est le sixième ? demanda Browork.

Garet Jax désigna Slanter.

— Le gnome.

— Quoi ! cria Slanter. Vous n'avez pas le droit de me choisir !

— Je l'ai pourtant fait, lâcha Jax. Vous connaissez le chemin, gnome, et vous nous le montrerez !

— Je ne vous montrerai rien du tout ! cria Slanter, furieux. Ce gamin... C'est lui qui vous a monté la tête ! Mais vous n'avez aucun pouvoir sur moi ! Vous ne pouvez pas me forcer à vous suivre !

Garet Jax avança vers le gnome, ses yeux gris aussi glacés que l'hiver.

— C'est vrai. Mais réfléchissez un instant à votre situation.

Un lourd silence tomba sur l'assemblée. Le maître d'armes et le gnome s'affrontèrent du regard. Slanter ne recula pas : il resta immobile, bouillant de colère, mais conscient qu'il était pris au piège. Il tourna son regard vers Jair, qui se sentit sincèrement désolé pour lui.

— On dirait que je n'ai pas le choix. D'accord, je viendrai aussi.

— Six, dit Garet Jax à Browork.

Le chef du Conseil des anciens hésita... puis soupira.

— Six, répéta-t-il. Que la chance soit avec vous !

Chapitre 15

Les préparatifs terminés, le lendemain, en fin de matinée, la petite colonne quitta Culhaven en direction de l'Anar intérieur. Elb Foraker, Edain Elessedil et le frontalier Helt, armés et chargés de provisions, sortirent du village sans que personne les remarque. Seul Browork vint les voir partir, son visage ridé exprimant un mélange de conviction et de crainte. Il assura à Jair qu'il ferait prévenir ses parents de la présence des spectres Mords, avant qu'ils ne rentrent à Valombre.

Puis il leur serra la main à tous et leur adressa des paroles d'encouragement.

Slanter ne se montra pas enthousiasmé par le discours de l'Ancien, mais ça n'étonna pas ses compagnons…

Personne d'autre ne vint. Le Conseil des anciens et les chefs de guerre qui avaient participé à la réunion de la veille étaient toujours divisés sur le bien-fondé de l'entreprise. En réalité, la plupart estimaient qu'elle était vouée à l'échec.

Mais la décision avait été prise. La petite colonne quitta le village, sans escorte, en dépit des objections des Chasseurs elfes, qui se sentaient responsables de la sécurité de leur prince. Ces braves avaient été envoyés en avant-garde par Ander Elessedil dès qu'il avait reçu la demande d'aide de Browork, en attendant de pouvoir mobiliser une armée plus importante. Edain était venu pour représenter son père, mais personne ne pensait qu'il serait impliqué dans la bataille, sauf si les armées gnomes atteignaient Culhaven. Sa décision d'accompagner Jair en terrain ennemi était complètement inattendue. Mais les autres elfes ne pouvaient pas faire grand-chose, à part offrir d'y aller aussi. Quelques nains et frontaliers se seraient bien joints à eux, mais leurs propositions furent refusées, sur l'ordre de Garet Jax, soutenu par ses compagnons, y compris Slanter. Plus le groupe serait petit, meilleure serait sa mobilité. Il aurait donc plus de chances de passer inaperçu dans les grandes forêts de l'Anar. À part Jair – qui avait sa magie pour se protéger – les autres étaient tous des professionnels entraînés à survivre dans les conditions les plus difficiles. Même Edain, qui avait été formé par des membres de la garde du palais.

Ils partirent donc à six – et à pied, car la densité des forêts l'imposait. Ils quittèrent le village et se dirigèrent vers l'est, suivant le cours de la rivière Argentée. Browork les regarda disparaître entre les arbres, puis retourna à contrecœur à Culhaven.

La journée d'automne était fraîche mais claire. Les feuilles mortes, tel un épais tapis, bruissaient doucement sous leurs pieds.

Bientôt, le crépuscule tomba.

Quand le soleil eut disparu derrière les arbres, la colonne s'arrêta près de la rivière Argentée, dans un petit bosquet de frênes abrité à l'est par une avancée rocheuse. Les compagnons préparèrent le repas et le mangèrent en silence. Puis Garet Jax les réunit.

— Voilà l'itinéraire que nous suivrons, dit Elb Foraker en traçant des lignes sur le sol avec un bout de bois. La rivière Argentée coule dans ce sens, et nous sommes là. À l'est, à quatre jours de marche, se trouve la forteresse naine de Capaal, qui protège les écluses et les barrages du Cillidellan. Au nord de la citadelle, la rivière Argentée descend des monts Élevés puis des prisons gnomes de Dun Fee Aran. Encore au nord, on trouve les monts Ravenshorn et Graymark.

Foraker regarda ses compagnons.

— Autant que possible, nous devrons suivre la rivière jusqu'à Graymark. Si nous sommes obligés de nous en éloigner, le chemin à travers l'Anar sera beaucoup plus difficile. C'est une contrée très sauvage. Les armées gnomes occupent tout ce qui s'étend au nord et à l'est de Capaal. Quand nous y serons, nous devrons être constamment sur nos gardes.

— Des questions ? demanda Garet Jax.

Slanter ricana.

— À vous entendre, c'est bien plus facile à dire qu'à faire.

— C'est pour ça que vous êtes là, répondit le maître d'armes. Quand nous aurons dépassé Capaal, vous choisirez le chemin.

Slanter cracha dédaigneusement sur le « plan ».

— En supposant que nous y arrivions…

Le groupe se sépara, chacun faisant ses préparatifs pour la nuit. Jair hésita, puis il suivit le gnome et le rattrapa à l'orée de la clairière.

— Slanter !

Le gnome se retourna. Voyant qui l'avait interpellé, il détourna le regard.

— Slanter, je voulais vous dire que vous emmener avec nous n'était pas mon idée.

— C'était bel et bien *ton* idée, gamin !

— Non. Je n'aurais forcé personne à me suivre. Pas même vous ! Mais je suis heureux que vous soyez là. Je tenais à vous le dire.

— Comme ça me fait plaisir ! Souviens-toi de rappeler ça aux Marcheurs quand ils nous auront jetés en prison.

— Slanter, ne prenez pas les choses comme ça. Ne…

— Fiche-moi la paix ! Je ne veux rien avoir à faire avec toi. Ni avec cette foutue affaire ! À la première occasion, gamin, je filerai ! Souviens-t'en. Tu es toujours aussi content que je sois là ?

Il s'enfonça entre les arbres. Jair le regarda, ne sachant que faire, à la fois attristé et furieux.

— Il n'est pas aussi en colère contre vous qu'il le prétend, dit une voix basse derrière Jair. Il est surtout en rogne contre lui-même.

Helt, le frontalier au visage étrangement doux, le toisait de toute sa hauteur.

— Ça n'est pas ce qu'il m'a semblé…

Le frontalier s'assit sur une souche.

— Peut-être pas, mais c'est la vérité. Le gnome est un éclaireur. Je l'ai rencontré à Varfleet. Les éclaireurs ne sont pas comme tout le monde : ce sont des solitaires, et Slanter plus que les autres. Il se sent pris au piège, et il a besoin de quelqu'un à blâmer. Apparemment, il lui est plus facile de s'en prendre à vous…

— Je suis à blâmer, d'une certaine façon, admit le Valombrien.

— Pas plus que lui. Il est venu dans l'Anar de son propre chef, non ?

— Oui. Mais je le lui avais demandé.

— Quelqu'un nous l'a demandé à tous. Mais personne n'était obligé de le faire. Nous avons choisi. Ça n'est pas différent pour le gnome. Il a décidé de venir avec vous à Culhaven. Il en avait probablement *envie*. Peut-être désire-t-il toujours vous suivre, mais il a du mal à l'admettre. Il est probablement effrayé par cette idée.

— Effrayé ? Pourquoi ?

— Parce que ça signifie qu'il s'intéresse à votre sort ! Je ne vois aucune autre raison à sa présence.

— Je n'avais pas pensé à ça… En fait, je croyais l'inverse, avec tout ce qu'il m'a dit. J'aurais juré qu'il ne se souciait du sort de personne – à part le sien.

— Non. Il se soucie de vous, et c'est ça qui le terrorise. Les éclaireurs ne peuvent pas se permettre de s'intéresser aux autres. En tout cas, pas s'ils veulent vivre longtemps…

— Vous avez l'air très sûr de ce que vous dites.

Le géant se leva.

— J'en suis sûr. Autrefois, j'étais un éclaireur.

Il se tourna et partit. Jair le regarda s'éloigner, se demanda pourquoi il avait décidé de lui parler. Mais il était content qu'il l'ait fait.

L'aube se leva, grise et triste. Un amas de nuages noirs arriva de l'est, poussé par un vent du nord glacial. Des feuilles mortes et de la poussière tourbillonnèrent autour d'eux quand ils reprirent leur route, et on sentait dans l'air l'approche de la pluie.

Ce jour-là, Jair Ohmsford marcha en compagnie d'Edain Elessedil. Le prince lui raconta sans ambages ce que son père lui avait dit de la famille Ohmsford, et de la dette que son peuple avait envers Wil. Sans lui, insista Edain, alors que les deux jeunes gens avançaient contre le vent, la nation elfique aurait probablement perdu sa guerre contre les démons. Wil avait emmené Amberle à la recherche du Feu de Sang, pour que la semence du légendaire Ellcrys soit régénérée par ses flammes, puis retournée à la terre où elle donnerait naissance à un nouvel Ellcrys.

Jair avait eu droit cent fois à ce récit, mais l'entendre de la bouche d'Edain était différent. Il répéta au prince ce qu'il avait entendu dire des Terres de l'Ouest, puis lui parla de l'admiration de Wil pour Ander Elessedil, et de ses propres sentiments positifs envers les elfes. Pendant qu'ils parlaient, Jair sentit une sorte de familiarité naître entre le prince et lui. Peut-être à cause des ancêtres qu'ils avaient en commun, ou parce qu'ils étaient quasiment du même âge. Edain Elessedil ressemblait à Rone : tour à tour détendu et sérieux, mais toujours désireux de partager ses sentiments et ses idées, et de connaître ceux de Jair.

Leur amitié se développa rapidement et naturellement.

Quand la nuit tomba, ils s'abritèrent près d'une saillie rocheuse le long d'une crête qui surplombait la rivière Argentée. Ils prirent leur repas et regardèrent la rivière bouillonner autour d'une série de rochers.

La pluie commença à tomber, le ciel devint noir… et la nuit fut désagréable. Jair s'assit sous la saillie rocheuse et sonda les ténèbres, sentant l'odeur fétide des eaux empoisonnées monter jusqu'à lui. L'état de la rivière s'était aggravé depuis Culhaven. Ses eaux de plus en plus troubles charriaient des poissons morts et du bois. La végétation, le long des berges, se desséchait. La pluie serait la bienvenue, car elle pourrait peut-être nettoyer un peu les eaux polluées.

Les compagnons s'endormirent un par un. L'un d'eux montait la garde, comme toujours. C'était le tour de Helt. Le frontalier s'était installé au bord de la saillie, son ombre se découpant sur le fond gris foncé de la nuit. Il avait longtemps été un éclaireur, lui avait dit Edain Elessedil. Plus de vingt ans. Nul n'évoquait ses raisons d'avoir abandonné ce métier. On disait qu'il avait eu une famille, mais personne ne savait ce qu'il en était advenu. Cet homme doux, tranquille et peu loquace était aussi réputé pour être dangereux. Tueur bien entraîné, il avait une force colossale. De plus, son excellente vision nocturne lui permettait de voir dans les ténèbres aussi bien qu'en plein jour. Rien, disait-on, ne pouvait se glisser à côté de Helt ou le surprendre.

Jair se blottit dans ses couvertures pour se protéger du froid. Un feu brûlait au milieu de la saillie, mais sa chaleur n'était pas suffisante pour éliminer l'humidité à l'endroit où il s'était installé. Le frontalier ne lui avait plus rien dit après leur brève conversation de la nuit précédente. Jair avait envisagé de lui parler de nouveau. Mais un détail l'avait retenu, peut-être l'aspect de l'homme – si grand et si sombre… Comme Allanon, sinon que quelque chose en lui était différent. Jair n'arrivait pas à déterminer quoi.

— Vous devriez dormir.

La voix fit sursauter Jair. Garet Jax s'était approché sans un bruit. Il s'assit près du Valombrien, enroulé dans son manteau.

— Je n'ai pas sommeil, murmura Jair.

Le maître d'armes répondit d'un signe de tête. Ils restèrent ainsi assis en silence, écoutant le bruit de la pluie, le grondement de la rivière, et le bruissement des feuilles agitées par le vent. Après un moment, Jax se tourna vers Jair.

— Vous vous souvenez m'avoir demandé pourquoi je vous avais aidé dans les Chênes Noirs ? J'ai dit que c'était parce que vous m'intéressiez. Mais il y avait autre chose…

Il s'interrompit. Jair le regarda. Les yeux gris et durs de l'homme semblaient perdus dans le lointain.

— Je suis le meilleur dans ma profession, murmura le maître d'armes. Toute ma vie, j'ai été le meilleur. Personne ne m'arrive à la cheville. J'ai voyagé dans les Quatre Terres sans jamais trouver mon égal. Mais je continue à chercher.

— Pourquoi ? demanda Jair.

— Que faire d'autre ? Quel intérêt d'être un maître d'armes, sinon pour mettre à l'épreuve ses talents ? Je me teste quotidiennement pour vérifier que je n'ai pas d'égal. Je ne m'en suis jamais trouvé, mais je continue à chercher.

» Quand je vous ai vu pour la première fois dans la clairière des Chênes Noirs, ligoté et bâillonné, j'ai compris que vous aviez quelque chose de spécial. J'ignorais quoi, mais j'étais sûr de moi. Je l'ai *perçu*, en quelque sorte. Vous étiez ce que je cherchais !

— Je ne comprends pas un mot à ce que vous dites.

— Logique… Au début, moi non plus je n'ai pas compris. J'ai seulement senti que vous étiez important pour moi. Du coup, je vous ai libéré et escorté. Au fil de nos voyages, j'ai mieux compris ce qui m'avait intrigué en vous. J'ignorais pourquoi je vous avais suivi et protégé. Mais une petite voix me disait que je devais le faire… et je l'ai fait.

» Ce fameux matin, près de la rivière Argentée, quand vous vous êtes réveillé et que vous m'avez raconté votre rêve… Non, ce n'était pas un rêve, sans doute, mais un phénomène similaire. Vous avez parlé de votre quête, dans les profondeurs de la tanière des spectres Mords, pour trouver quelque chose que personne ne connaissait à part vous. Et vous m'avez dit que je devrais être votre protecteur.

Jax marqua une pause.

— Moi aussi, j'avais fait un rêve, cette nuit-là. Je ne vous l'ai pas dit. Il était si réel que c'était davantage une vision. En un lieu et à un moment inconnus, j'étais votre protecteur. Devant moi se dressait une créature de flammes. Une voix murmurait dans mon esprit que je devais lui livrer bataille – et que ce serait une bataille à mort, la plus terrible de ma vie. Selon la voix, c'était pour ça que je m'étais entraîné toute mon existence. Les autres avaient seulement été une préparation…

» Après avoir entendu votre récit, j'ai pensé que ma vision m'avait peut-être été envoyée par le roi de la rivière Argentée. Mais qu'importe son origine ! La voix disait la vérité. Et c'était exactement ce que je cherchais : la possibilité de mettre mes talents à l'épreuve contre un pouvoir supérieur à tous ceux que j'ai affrontés. Pour savoir enfin si je suis réellement le meilleur.

Ils se regardèrent un moment en silence. Ce que Jair vit dans les yeux de son compagnon l'effraya : de la détermination, de la force… et quelque chose d'autre. Une forme de folie à peine contrôlée.

— Je veux que vous compreniez, Valombrien, murmura Garet Jax. J'ai décidé de vous accompagner à cause de cette vision. Je serai votre protecteur, comme je m'y suis engagé, et je vous aiderai à éviter les dangers qui vous menacent. Bref, je vous défendrai, même si je dois mourir en le faisant. Mais je cherche uniquement à mettre mes talents à l'épreuve contre cette créature ! Il faut que vous compreniez bien ça.

Il se tut et attendit.

— Oui, souffla Jair. Je crois avoir saisi.

Garet Jax sembla soudain se concentrer. Après un moment, il se leva et s'en fut.

Jair Ohmsford se demanda s'il comprenait réellement ce que l'homme avait voulu dire…

Le matin suivant, à leur réveil, Jair sortit le cristal de vision pour savoir où était Brin.

La pluie et la brume enveloppaient la forêt quand tous se rassemblèrent autour du Valombrien. Tenant le cristal devant lui, il commença à chanter. L'Enchantement de Shannara retentit dans l'air matinal et couvrit bientôt le crépitement de la pluie sur le sol. Puis une vive lumière jaillit et le visage de Brin apparut dans le bijou. Derrière elle, arides et sombres, des montagnes se découpaient dans une aube aussi grise et morne que la leur.

Rone Leah et Allanon étaient là, leurs visages las tournés vers une forêt impénétrable.

Dès que Jair cessa de chanter, la vision disparut.

Il regarda ses compagnons.

— Où est-elle ?

— Aux dents du Dragon, dit Helt. C'est certain !

— Et quelle est cette forêt ? demanda Garet Jax à Foraker.

— Celle de l'Anar, répondit le nain. Avant les plaines de Rabb.

Le maître d'armes posa une main sur l'épaule de Jair.

— Quand vous avez utilisé le cristal de vision pour la première fois, c'étaient les mêmes montagnes, dit-il. Votre sœur et le druide y entraient, et maintenant ils en sortent. Pourquoi ?

Il y eut un moment de silence.

— Paranor ! lança Edain Elessedil.

— La forteresse des druides, dit Jair. Allanon y a emmené Brin ! Mais pourquoi ?

Cette fois, personne ne répondit.

Garet Jax se redressa.

— Nous ne l'apprendrons pas en restant ici. Les réponses à toutes ces questions nous attendent à l'est.

Jair remit le cristal dans sa tunique et ils reprirent leur marche vers l'Anar.

Chapitre 16

À quatre jours de Culhaven, ils arrivèrent au Coin.

L'après-midi était bien avancé sous un ciel gris et bas. La pluie tombant à torrents depuis trois jours, l'Anar était glacial et détrempé. Les arbres dénudés brillaient d'humidité, sombres et désolés à travers la brume qui enveloppait tout. Une forêt sinistre et silencieuse…

Depuis le début de la journée, la piste montait lentement vers une série d'escarpements. La rivière Argentée, enflée par la pluie, bouillonnait au milieu d'un défilé profond et sinueux entouré par des falaises où ne poussaient ni arbres ni broussailles. Obscurcie par la brume et le crépuscule, la rivière devint rapidement invisible depuis la piste.

Les nains avaient simplement baptisé ce défilé le Coin.

Les membres de la petite expédition grimpèrent la pente sud, tête baissée pour se protéger du vent, leurs manteaux, étroitement serrés autour d'eux, n'empêchant pas le froid ni la pluie de les traverser. Tout était silencieux, n'était le sifflement du vent à leurs oreilles, et chacun se sentait isolé malgré la présence des autres. La colonne avança entre les broussailles et les pins, se frayant lentement un chemin vers le haut.

Foraker ouvrait la marche. C'était son pays et il connaissait parfaitement ses embûches. Garet Jax le suivait, aussi sombre et dur que les arbres qu'ils dépassaient. Puis venaient Slanter, Jair et Edain Elessedil. Helt, le frontalier géant, assurait l'arrière-garde. Personne ne parlait. Les minutes s'égrenaient lentement…

Ils gravirent une butte, et, sur la pente descendante, se trouvèrent devant un bosquet d'épicéas luisant de pluie. Foraker s'arrêta, écouta, et leur fit signe d'entrer sous le couvert des arbres. Il parla rapidement à Garet Jax et s'éloigna.

Ils attendirent son retour en silence. Quand il revint, après une absence assez longue, il arrivait d'une autre direction. Il leur fit signe de le suivre, les conduisant plus loin dans la forêt.

Là, tous se réunirent autour de lui.

— Des gnomes, dit-il, de la pluie dégoulinant sur son crâne chauve et dans sa barbe épaisse. Une bonne centaine ! Ils tiennent le pont.

Il y eut un silence accablé. Le pont était au milieu d'un territoire théoriquement sûr ! Une région où une armée entière de nains tenait la forteresse de Capaal. S'il y avait des gnomes ici, si près de Culhaven, qu'était-il arrivé à ces soldats ?

— Pouvons-nous les contourner ? demanda Garet Jax.

— Non, à moins que vous ne vouliez perdre trois jours. Le pont est la seule façon de négocier le Coin. Si nous ne traversons pas ici, nous devrons revenir sur nos pas, sortir des montagnes et passer par les contrées sauvages.

— Nous n'avons pas trois jours à perdre, dit le maître d'armes. Pourrions-nous contourner les gnomes sans qu'ils nous voient ?

— Peut-être, dit Foraker. Quand il fera nuit.

— Conduisez-nous là où ils sont, que nous nous rendions compte.

Ils slalomèrent à travers les rochers, entre les pins, les épicéas et les broussailles, sur une piste rendue glissante par la pluie, et dans la brume nocturne de plus en plus épaisse. Telles des ombres silencieuses, ils se glissèrent avec précaution dans les ténèbres, Elb Foraker ouvrant la marche.

Puis ils aperçurent les flammes d'un feu de camp, à demi obscurcies par les rafales de pluie. Cela venait des rochers, devant eux. Ils s'accroupirent pour rester hors de vue et rampèrent jusqu'à une crête d'où ils pourraient jeter un coup d'œil à ce qui se passait en contrebas.

Les parois à pic du Coin s'enfonçaient dans une obscurité croissante. Traversant le précipice, ils aperçurent le pont, une robuste construction de bois et de fer fixée au rocher. Les nains avaient mis tout leurs talents d'ingénieurs à fabriquer un ouvrage capable de résister aux assauts du vent.

Du côté le plus proche des voyageurs, une corniche menait à la crête. Cette zone était maintenant couverte d'abris de fortune et de tentes de toile. Il y avait des gnomes partout. Du côté le plus éloigné du pont, presque caché dans les ténèbres, une patrouille montait la garde sur une piste étroite qui allait d'une petite butte à une longue pente boisée.

Des Chasseurs gnomes étaient postés à l'entrée du pont, de chaque côté.

Les six compagnons étudièrent la situation un long moment, toujours accroupis en haut de la crête. Puis Garet Jax leur fit signe de reculer et les conduisit dans un bosquet, en contrebas.

Il se tourna vers Helt.

— Quand il fera nuit, pourrons-nous passer sans qu'ils nous voient ?

Le géant eut l'air dubitatif.

— Jusqu'au pont, peut-être...

— Ça ne va pas... Il faut que nous arrivions à contourner les sentinelles.

— Un homme seul réussirait peut-être, dit Foraker. En rampant sous le pont, accroché au support. S'il était assez rapide, il pourrait passer, tuer les sentinelles et tenir la position assez longtemps pour que les autres traversent.

— C'est de la folie ! cria Slanter. Même si nous arrivions à atteindre l'autre côté, en dépit de cette dizaine de sentinelles, les autres seraient à nos trousses en une minute ! Comment leur échapperions-nous ?

— Grâce à l'ingéniosité des nains, grogna Foraker. Nous sommes d'excellents constructeurs, gnome. Ce pont est prévu pour s'effondrer facilement. Si on retire les goujons sur un des deux côtés, l'ouvrage entier s'écroulera dans le défilé.

— Combien de temps faudra-t-il pour retirer les goujons ? demanda Garet Jax.

— Une minute, peut-être deux. Nous prévoyons depuis un certain temps que les gnomes contournent Capaal. Pourtant, je m'inquiète qu'ils aient déjà réussi, et que personne ne les ait arrêtés. Et la façon dont ils ont installé leur camp suggère qu'ils ne craignent pas d'être attaqués. (Il fronça les sourcils.) Je m'en fais pour l'armée...

— Vous vous angoisserez une autre fois ! (Jax regarda ses compagnons.) Écoutez-moi bien. Quand il fera nuit, Helt nous guidera à travers le camp, jusqu'au pont. Je traverserai par-dessous. Quand j'aurai éliminé les sentinelles, Elb et le gnome passeront avec le Valombrien. Helt, avec le prince, vous vous tiendrez à distance avec vos arcs, de ce côté du pont, jusqu'à ce que les goujons soient prêts à être enlevés. Vous nous rejoindrez dès que nous vous appellerons, puis nous ferons tomber le pont.

Foraker, Helt et Edain acquiescèrent.

— Il y a plus de cent Chasseurs dans le camp ! protesta Slanter. Si quelque chose cloche, nous sommes fichus !

Foraker regarda le gnome sans dissimuler son mépris.

— Ça ne devrait pas vous inquiéter. Vous pourrez toujours prétendre être des leurs !

Slanter se détourna sans répondre et Garet Jax se leva.

— Plus de bruit à partir de maintenant. Que chacun se souvienne de ce qu'il doit faire.

Ils remontèrent sur la crête, puis s'installèrent entre les rochers et attendirent patiemment que l'obscurité soit complète. Deux heures passèrent sans que le maître d'armes donne de signal. Avec la pluie et la brume, le froid augmenta, les engourdissant. En contrebas, les feux de camp semblaient plus brillants dans les ténèbres.

Garet Jax leva le bras et la petite colonne se mit en mouvement.

Ils quittèrent silencieusement leur abri et avancèrent vers le camp des gnomes. Helt ouvrait la marche.

Les feux se rapprochèrent et des voix gutturales couvrirent le sifflement du vent et le crépitement de la pluie. Les six compagnons passèrent à côté des feux et des tentes, pliés en deux pour être moins visibles.

Ils firent le tour du campement par la gauche. Seule l'exceptionnelle vision nocturne de Helt leur évita de tomber dans le précipice.

Contourner le camp ennemi paraissait une manœuvre interminable. Jair sentait des odeurs de nourriture quand le vent soufflait vers eux. Il entendait les voix des gnomes, leurs rires et leurs grognements, et les voyait distinctement bouger à la lumière des feux. Il essaya de ne plus respirer. Soudain, une idée jaillit dans son esprit : s'il le voulait, il pouvait réellement ne plus faire qu'un avec la nuit. L'Enchantement de Shannara le rendrait invisible.

Il comprit qu'il venait de trouver, par hasard, un excellent moyen de traverser le pont.

Mais comment allait-il s'y prendre pour en informer les autres ?

Ils étaient au bord du précipice, hors de l'abri des rochers et des arbres. Devant eux se dressait la paroi à pic. Ils avancèrent prudemment, toujours courbés, même s'il n'y avait pas de feu de camp à cet endroit.

Ils voyaient le pont, un peu plus loin, avec ses supports luisants de pluie. Ils entendirent des voix : les sentinelles marmonnaient entre elles et regardaient souvent les feux de camp derrière elles.

Helt conduisit ses compagnons à côté du pont, là où les supports étaient fixés dans le roc. Loin de là, les profondeurs du Coin s'ouvraient devant eux, le vent sifflant entre les rochers qui le bordaient.

Jair tendit la main vers Garet Jax, qui se tourna vers lui et fronça les sourcils. Le Valombrien désigna le maître d'armes, puis lui-même, et enfin les sentinelles, sur le pont. Il porta un doigt à sa bouche et articula en silence deux mots : « des gnomes ». Puis il désigna de nouveau Jax. Il essayait de dire que l'Enchantement de Shannara pouvait les faire passer tous les deux pour des gnomes aux yeux des sentinelles. Allait-il devoir s'expliquer en murmurant ? Mais selon le maître d'armes, personne ne devait parler, car le vent aurait porté le son de leurs voix jusqu'aux sentinelles. C'était trop dangereux.

Jair recommença son manège. Les autres le regardèrent pendant qu'il gesticulait en direction de Jax.

Le maître d'armes parut enfin comprendre. Il hésita un instant, puis saisit le bras de Jair, le tira vers lui et désigna leurs compagnons. Le Valombrien pouvait-il les « déguiser » tous ? Jair hésita. Il n'avait pas envisagé ça. Était-il assez fort pour réussir un tel exploit ? Il faisait nuit, il pleuvait, et tous portaient des manteaux à capuchon. Le « déguisement » durerait seulement quelques instants.

Il fit un signe affirmatif.

Garet Jax lui serra le bras, puis indiqua aux autres de les suivre. Tous comprirent que le Valombrien se servirait de l'Enchantement de Shannara pour les faire traverser. Ils ignoraient comment il s'y prendrait, mais ils avaient vu le pouvoir qu'il détenait. De plus, ils faisaient confiance au bon sens de Garet Jax – même Slanter ! S'il croyait que Jair pouvait le faire, ils le croyaient aussi.

Ils se levèrent et s'engagèrent sur la pente qui menait au pont. Les apercevant, les trois sentinelles levèrent la tête. Jair avait commencé à chanter, sa voix se mêlant au sifflement du vent. Les sentinelles hésitèrent un instant et portèrent leurs mains à leurs armes. Jair modifia le chant pour qu'il les fasse tous ressembler à Slanter.

Qui doit probablement penser que je suis fou à lier...

Les sentinelles baissèrent leurs armes et s'écartèrent. La relève des gnomes postés de l'autre côté du pont ? Jair et ses compagnons les laissèrent se poser des questions et les dépassèrent, tête baissée. Ils s'engagèrent sur le pont, toujours dissimulés par l'Enchantement de Shannara.

Soudain, la voix de Jair le trahit, brisée par l'effort. Ils étaient au milieu du pont, cachés par la pluie et la brume. Garet Jax fit signe à Helt et à Edain Elessedil de rester un peu en arrière. Jair aperçut Slanter, qui le regardait avec des yeux ronds comme des billes.

Garet Jax leur indiqua de rester derrière lui. Elb Foraker et lui prirent la tête, et ils repartirent.

Ils arrivèrent de l'autre côté du pont, émergeant de la brume comme des ombres. Jair sentit sa gorge se nouer : il ne pourrait pas utiliser l'Enchantement de Shannara ! Il y avait trop de sentinelles.

Des visages se tournèrent vers eux. Un instant, les Chasseurs les regardèrent, surpris par leur aspect, mais convaincus que seuls des gnomes pouvaient venir de là.

Avant que l'étonnement des gnomes cesse de les paralyser, Garet Jax et Helt se jetèrent sur eux. Une demi-douzaine tombèrent avant que les autres aient compris ce qui se passait. Les survivants crièrent pour alerter leurs camarades postés de l'autre côté du pont.

Jair et Slanter s'accroupirent et regardèrent la bataille. Ils entendirent des cris, puis le claquement sec d'arcs en frêne. D'autres gnomes s'effondrèrent.

Un Chasseur sortit de l'obscurité devant eux. Débraillé et couvert de sang, le visage tordu par la haine, il se rua sur le pont, une hache à double tranchant à la main. Voyant d'abord Slanter, il s'arrêta, perturbé. Puis il aperçut Jair et bondit sur lui avec un grand cri. Le Valombrien recula, tellement surpris par l'apparition du gnome qu'il en oublia le couteau qu'il portait à la ceinture.

Il s'étala de tout son long.

Le gnome hurla. Jair leva les mains pour essayer de se protéger.

— Ne touche pas au gamin ! cria Slanter.

Son épée s'abattit sur le gnome, qui tomba à genoux, agonisant. Slanter recula, l'air choqué. Puis il prit Jair par le bras, le força à se lever et le tira à l'abri.

Elb Foraker apparut soudain. Il se glissa sous le pont, à l'endroit où se trouvaient les goujons de fixation. Travaillant frénétiquement, il entreprit de les sortir de leurs logements.

D'autres cris retentirent et des bruits de pas résonnèrent sur les planches. Helt et Edain Elessedil surgirent de la brume. Encore sur le pont, ils se retournèrent, et leurs arcs lâchèrent des volées de flèches.

Dans l'obscurité, des gnomes hurlèrent de douleur.

— Dépêchez-vous de libérer ces goujons ! cria Helt.

Garet Jax rejoignit Foraker et l'aida à déloger les derniers.

Les bruits de bottes se rapprochèrent de nouveau.

— Helt ! cria le maître d'armes en remontant sur le pont, Foraker un pas derrière lui. Tirez-vous de là !

Le frontalier et le prince obéirent aussitôt. Des lances et des flèches volèrent derrière eux. Plus léger et plus rapide, Edain arriva le premier.

— C'est bon ! cria Foraker à Garet Jax.

Les deux hommes tirèrent ensemble sur les leviers fixés par des crochets aux deux derniers goujons. À cet instant, Helt sauta sur la terre ferme.

Les supports de bois se détachèrent et le pont s'inclina vers le précipice. Les gnomes encore dessus hurlèrent, mais il était trop tard pour eux.

Le pont alla s'écraser contre la paroi rocheuse opposée.

Les supports, de l'autre côté, ne résistèrent pas longtemps. Le pont entier disparut dans le précipice.

Sur les pentes nord du Coin, six silhouettes encapuchonnées s'enfoncèrent dans les ténèbres et disparurent.

Chapitre 17

La pluie cessa au petit matin, alors que les membres de l'expédition partie de Culhaven dormaient dans une caverne peu profonde, à cinq ou six lieues du Coin. Aucun d'eux n'aurait su dire le moment exact où la pluie s'arrêta, même pas Edain Elessedil, qui avait reçu le dernier tour de garde. Épuisé par la bataille, il s'était endormi.

L'aube leur offrit donc la surprise d'un heureux changement de temps. Au nord, presque perdue à l'horizon, se dressait la grande chaîne de montagnes de Ravenshorn. Le vent glacial qui soufflait de ses pics balaya les nuages et la brume. Le ciel devint bleu, la terre sécha, les flaques de pluie s'évaporèrent et la contrée alentour réapparut, presque radieuse sous la lumière dorée du soleil.

La petite colonne repartit vers l'est.

Tous s'enveloppèrent dans leurs manteaux, encore humides, pour se protéger du vent.

Des crêtes et des promontoires couverts d'herbe flanquaient les berges de la rivière Argentée. Quand le petit groupe avança, les vastes étendues de l'Anar lui apparurent bientôt. Toute la journée, les pics de Capaal se dressèrent à l'est de leur piste, émergeant des arbres de la forêt comme des pieux destinés à percer le ciel. Encore lointains le matin, ils se rapprochèrent peu à peu. Au milieu de l'après-midi, les six compagnons commencèrent l'escalade.

Ils n'étaient pas très loin quand Edain Elessedil leur fit signe de s'arrêter.

— Écoutez ! lança-t-il. Vous n'entendez pas ?

Ils tendirent l'oreille vers les pics que le prince désignait du doigt.

— Non, je n'entends rien, dit Foraker.

Mais personne ne bougea. Tous savaient que l'ouïe des elfes était plus fine que celle des autres races.

Soudain, le vent tourna. Un grondement sourd et régulier parvint à leurs oreilles, lointain mais très reconnaissable.

— Des tambours gnomes ! s'écria Foraker.

Ils reprirent leur chemin entre des parois rocheuses et des précipices. Le battement des tambours devint plus profond.

Alors que les ombres s'allongeaient et que l'après-midi avançait, un autre son retentit, une sorte d'ululement qui parut, au début, être produit par le vent. Mais ce n'était pas le cas.

Les compagnons se regardèrent, hésitants.

— Une bataille est en cours, dit Garet Jax, sans cacher sa surprise.

— Ils ont attaqué Capaal ! cria Foraker.

Ils continuèrent leur escalade à travers un labyrinthe de rochers, de crevasses, de précipices et de pentes. Avec le crépuscule, les ombres s'allongèrent encore plus. Le vent tomba et le froid se fit moins mordant.

Dans le silence environnant, on entendait toujours les échos lointains des tambours et des cris de guerre. Loin devant eux, ils virent de grands oiseaux tourner lentement : des charognards surveillaient la bataille en attendant leur heure.

La crête du pic le plus proche se transforma en un défilé profond. Ils sondèrent le passage pour détecter des signes de danger, mais le chemin était libre.

Peu après, ils sortirent du défilé et s'arrêtèrent brusquement. La paroi rocheuse s'interrompait, dévoilant tout ce qui s'étendait au-delà.

— Par les ombres…, murmura Foraker.

Très haut dans les pics d'où coulait la rivière Argentée, se dressaient les écluses et les barrages de Capaal. Immenses et étonnamment blancs contre la roche sombre, ils retenaient les eaux du lac Cillidellan. En haut de leur mur supérieur, construite sur trois niveaux, s'élevait la forteresse. La plus grande partie, sur le bord nord du complexe, faisait face à une plaine qui remontait en pente douce jusqu'aux pics. Une partie plus petite « regardait » l'endroit où les pics jouxtaient les rives du réservoir.

Quelques sentiers étroits donnaient accès à Capaal.

C'était là que la bataille se déroulait. L'armée des gnomes était répartie sur toute la largeur de la saillie, sur les pentes qui y menaient, et sur les sentiers d'accès. Une horde puissante se ruait contre les remparts de Capaal, masse sombre de guerriers en armure essayant de percer ses défenses. Des catapultes expédiaient de gros rochers qui s'écrasaient sur les défenseurs. Les hurlements couvraient presque le fracas des armes. Des hommes mouraient sur toute la longueur des remparts.

— Voilà ce que les gnomes ont fait à Capaal ! cria Foraker. La citadelle est assiégée ! Pas étonnant qu'ils aient été si hardis quand ils se sont emparés du Coin.

Jair avança pour mieux voir.

— Les nains sont prisonniers à l'intérieur ? demanda-t-il. Ils ne peuvent pas s'échapper ?

— Ils en auraient la possibilité, dit Foraker. Mais ils ne le feront pas. Des tunnels conduisent sous la montagne, des deux côtés, pour permettre la fuite des défenseurs si la forteresse est prise. Mais aucune armée ne peut forcer les murs de Capaal. Donc les nains resteront et la défendront.

— Pourquoi ?

— Les écluses et les barrages. Vous voyez les eaux du lac Cillidellan ? Elles sont empoisonnées par les spectres Mords. Les barrages les empêchent d'atteindre les terres situées à l'ouest. La citadelle abandonnée, les écluses et les barrages tomberaient entre les mains de l'ennemi. Les gnomes ouvriraient aussitôt les vannes et inonderaient les terres avec ces eaux délétères. La destruction serait terrible. Même Culhaven disparaîtrait ! Les nains ne laisseront jamais une horreur pareille arriver.

Jair regarda la bataille, en contrebas, terrifié par sa férocité. Il y avait tant de gnomes ! Les nains parviendraient-ils à tenir ?

— Comment faire pour passer ? demanda Garet Jax.

— Quand il fera nuit, frayez-vous un chemin à l'est, le long des hauteurs. Vous devriez ainsi rester au-dessus du camp des gnomes. Quand vous aurez dépassé le Cillidellan, descendez vers la rivière, traversez, puis prenez la direction du nord. Cet itinéraire devrait être assez sûr. (Il se redressa et tendit la main au maître d'armes.) Bonne chance, Garet.

Jax se raidit.

— Bonne chance ? Tu n'envisages pas de rester ?

— Je *n'envisage* rien. J'ai décidé.

— Tu ne serviras à rien ici, Elb.

— Quelqu'un doit prévenir la garnison que le pont du Coin a été démoli. Sinon, si la citadelle tombe, les défenseurs essaieront peut-être de fuir dans cette direction et ils seront pris au piège. (Le nain haussa les épaules.) Helt peut vous guider dans le noir beaucoup mieux que moi. De toute façon, après Capaal, je ne connais pas la contrée. Ce sera au gnome d'agir !

— Nous avons fait un pacte, tous les six, dit le maître d'armes d'une voix glaciale. Nous avons besoin de toi.

Le nain serra les mâchoires.

— Eux aussi !

Un lourd silence tomba sur le groupe. Aucun des deux gaillards n'avait l'air décidé à céder.

— Laissez-le partir, grogna Helt. Il a le droit de choisir.

— Le choix a été fait à Culhaven, lâcha Garet Jax.

Jair sentit sa gorge se nouer. Il aurait voulu dire quelque chose pour soulager la tension, mais il ignorait quoi. Il jeta un coup d'œil à Slanter, se demandant ce qu'il pensait. Le gnome semblait se moquer du débat.

— J'ai une idée, dit Edain Elessedil. Ça ne marchera peut-être pas, mais ça vaut le coup d'essayer. Si je pouvais m'approcher assez de la forteresse, j'attacherais un message à une flèche et je l'enverrais à l'intérieur des murs. Comme ça, les défenseurs seraient au courant, pour le pont.

Garet Jax regarda Foraker.

— Qu'en penses-tu ?

Le nain fronça les sourcils.

— Ce sera dangereux. Il faudra approcher sacrément près ! Plus que la prudence le conseille !

— Alors, j'irai, dit Helt.

— C'est mon idée, répondit Edain. J'irai !

Garet Jax leva une main.

— Si un de nous y va, nous irons tous. Dans ces montagnes, si nous nous séparons, il sera impossible de nous retrouver. (Il regarda Jair.) C'est d'accord ?

— Oui, dit le Valombrien sans hésiter.

— Et toi, Elb ?

— D'accord.

— Si nous arrivons à envoyer le message à la garnison… ?

— Nous partirons tous vers le nord.

Garet Jax regarda une dernière fois la bataille, puis fit signe à ses compagnons de le suivre vers les rochers.

— Nous attendrons la nuit ici, dit-il.

Jair vit soudain Slanter débouler à côté de lui.

— Il ne s'est pas donné la peine de me demander si j'étais d'accord, marmonna-t-il.

Puis il dépassa le Valombrien.

Les six compagnons se cachèrent au milieu d'un amas de rochers. Ils prirent un repas froid, s'enveloppèrent dans leurs manteaux et attendirent en silence.

Garet Jax et Foraker descendirent sur la pente pour examiner de plus près le chemin qui menait vers l'est. Edain Elessedil prit le tour de garde. Helt s'allongea sur le sol et s'endormit aussitôt. Jair resta seul un moment. Puis il se leva et rejoignit Slanter, qui regardait devant lui, l'air absent.

— Merci de ce que vous avez fait pour moi, près du pont, dit-il tranquillement.

— Laisse tomber, gamin !

— Je ne peux pas. C'est la troisième fois que vous me sauvez la vie.

— Tant que ça ?

— Oui.

— Eh bien, la prochaine, je ne serai peut-être pas là ! Que feras-tu, gamin ?

— Je l'ignore…

Après cet aveu, Slanter ignora le Valombrien. Jair faillit abandonner la partie, mais il resta – par pur entêtement – et s'assit à côté du gnome.

— Il aurait dû vous demander.

— Me demander quoi ? Et de qui parles-tu ?

— De Garet Jax. Il aurait dû vous demander si vous étiez d'accord pour nous suivre jusqu'à la forteresse.

— Il ne s'est jamais soucié de mon avis. Je ne vois pas pourquoi il commencerait maintenant…

— Peut-être que si vous…

— Si j'avais des ailes, je pourrais sûrement me tirer de ce pétrin ! grogna le gnome, rouge de colère. De toute façon, en quoi ça t'intéresse ?

— Ça m'intéresse.

— Ah bon ? C'est ma présence qui *t'intéresse* ? Dis-moi, gamin, à ton avis, *pourquoi* suis-je là ?

Jair détourna le regard, mal à l'aise, mais Slanter le prit par le bras et le força à lui faire face.

— Regarde-moi quand je te parle ! Qu'est-ce que tout ça a à voir avec moi ? Rien ! La seule raison de ma présence, c'est que j'ai été assez idiot pour accepter de te guider jusqu'à Culhaven ! « *Aidez-nous à esquiver le Marcheur noir ! Aidez-nous à atteindre les Terres de l'Est ! Vous pouvez le faire, vous êtes un éclaireur !* » Balivernes !

» Et ce rêve stupide ! Parce que c'était un rêve, gamin ! Il n'existe pas de roi de la rivière Argentée ! Ce voyage est une perte de temps ! Et pourtant, j'y participe ! Je n'ai aucune raison valable pour ça, je n'en ai pas envie, mais je suis là ! Et tout ça à cause de toi !

Jair recula, furieux lui aussi.

— C'est peut-être ma faute si vous êtes là. Mais le « rêve » était réel, Slanter ! Et vous vous trompez quand vous dites que tout ça n'a rien à voir avec vous. Vous m'appelez « gamin », mais c'est vous qui agissez comme un gosse !

— Eh bien, le louveteau a des dents pointues !

— Appelez-moi comme vous voulez, peu m'importe ! Mais vous devriez commencer à réfléchir sur vous-même, Slanter !

— Et c'est censé vouloir dire... ?

— Qu'il faut arrêter de prétendre que ce qui arrive aux autres ne vous concerne pas. Parce que c'est faux !

Ils se dévisagèrent un moment. Il faisait presque nuit, et le vent était tombé. Même le roulement des tambours et les cris de bataille avaient cessé.

— Tu n'as pas une très haute opinion de moi, n'est-ce pas ? demanda enfin Slanter.

Jair soupira.

— Encore un truc que vous avez compris de travers. En fait, je pense beaucoup de bien de vous.

Le gnome le regarda, puis il baissa la tête.

— Moi aussi, je t'aime bien. Je te l'ai déjà dit : tu as du cran. Tu me rappelles ce que j'étais, à mes meilleurs moments. (Il lâcha un petit rire.) Écoute-moi bien, parce que je ne me répéterai pas. Je ne suis pas à ma place, ici. Ça n'est pas mon combat. Et même si je t'apprécie, je partirai à la première occasion.

Slanter attendit un instant, comme pour s'assurer que ce qu'il avait dit avait eu l'effet escompté. Puis il se détourna.

— Maintenant, file, et laisse-moi tranquille !

Jair hésita, se demandant s'il devait insister. À regret, il se leva et s'éloigna. En passant à côté de Helt, il entendit le frontalier murmurer :

— Je vous avais bien dit qu'il se souciait de votre sort.

Jair Ohmsford regarda le frontalier. Puis il sourit.

— Je sais, murmura-t-il, avant de continuer son chemin.

Il était près de minuit quand Garet Jax guida ses compagnons hors de leur abri. En contrebas, des centaines de feux de camp entouraient la forteresse de Capaal. Les six voyageurs commencèrent la descente, Elb Foraker ouvrant la marche. Ils s'engagèrent sur une piste étroite qui menait à une série de défilés et de saillies rocheuses.

Il leur fallut plus d'une heure pour atteindre le périmètre des feux, du côté le plus proche du camp ennemi. À cet endroit, les gnomes étaient moins nombreux, la plupart se tenant à proximité des remparts de la forteresse. Sur les pistes, les feux étaient plutôt rares. Au-delà de cette ligne de siège, des pics s'élevaient dans le ciel, leur base ressemblant à des doigts attachés ensemble. Derrière s'étendaient les collines basses qui entouraient les rives sud du Cillidellan. Au-delà, des forêts conduisaient vers l'est. Quand ils y seraient, il deviendrait facile de se fondre dans la nuit et de continuer vers le nord sans risquer d'être vu.

D'abord, il fallait approcher assez des remparts de Capaal pour que Helt puisse envoyer le message de Foraker aux nains assiégés. Ils avaient décidé plus tôt que le frontalier tirerait. Même si l'idée venait d'Edain, Helt était de loin le plus fort du groupe. Il pourrait rester à deux cents pas des murs de la forteresse. Edain aurait dû approcher davantage.

Pas à pas, ils avancèrent à travers les lignes de sentinelles gnomes. Postés sur les chemins qui entouraient le camp, les gnomes, peu nombreux, ne prêtaient guère attention aux pistes et aux saillies plus étroites qui traversaient la paroi rocheuse. Foraker emmena son petit groupe sur ces pistes secondaires. Ils descendirent prudemment, car le chemin était dangereux, avec fort peu de possibilités de se dissimuler. Ils avaient enveloppé leurs bottes de morceaux de cuir souple et noirci leur visage avec du charbon.

Aucun d'eux ne parlait.

À deux cents pas du mur de la forteresse, ils étaient à peine derrière la ligne de siège des gnomes. Des feux brûlaient tout autour d'eux. Ils s'accroupirent dans un petit buisson et attendirent que Helt ait accompli sa mission. Le frontalier géant sortit de son carquois la flèche munie du message, l'encocha sur son arc et se glissa dans la nuit. À quelques dizaines de pas du bosquet, il s'agenouilla, visa et tira.

Le bruit du projectile quittant l'arc se perdit dans le tumulte du camp gnome.

Ils restèrent tout de même cachés dans les broussailles de longues minutes, attendant de voir si quelqu'un les avait remarqués. Mais personne ne bougea dans le camp ennemi. Helt revint vers eux et fit un signe à Foraker. La flèche avait atteint son but, et le message avait été transmis.

Les six compagnons firent le chemin inverse dans les ténèbres. Ils prirent à l'est au niveau des pics, là où les eaux du lac Cillidellan scintillaient sous les rayons de la lune. Loin, de l'autre côté du lac où le barrage s'appuyait sur la pente de la montagne, au nord, des feux de camp brûlaient autour des écluses et des barrages et le long de la rive du Cillidellan. Jair les regarda et sentit son sang se glacer. *Combien de milliers de gnomes ?* se demanda-t-il.

Bien trop !

Le temps passa. Les étoiles, à l'horizon, paraissaient perdues dans l'immensité de la nuit. La petite colonne avait de nouveau dépassé les feux de camp de la pente sud, et se frayait un chemin vers l'endroit où les gnomes assiégeaient la forteresse.

Les voyageurs étaient assez haut sur la pente pour voir les plaines qui flanquaient la rive sud du lac Cillidellan – à l'endroit d'où ils pourraient commencer leur descente vers la forêt. Jair éprouva un vif soulagement à cette idée. Pour le moment, il se sentait très exposé. Mais ils seraient bien plus en sécurité sous le couvert de la forêt.

Ils se glissèrent entre des rochers géants… et s'arrêtèrent net.

Devant eux, la pente s'élargissait pour mener à la rive du Cillidellan le long d'un sentier sinueux. La piste entière était couverte de feux de camp. Jair sentit sa gorge se nouer. Une deuxième armée de gnomes leur bloquait le chemin !

Garet Jax regarda Foraker, qui se glissa devant eux et disparut dans la nuit.

Les cinq compagnons s'accroupirent à l'abri des rochers et attendirent.

Foraker revint une bonne demi-heure après.

— Ils sont partout sur la montagne ! murmura-t-il. Nous ne pouvons pas traverser.

L'instant d'après, ils entendirent des bruits de pas et des voix – derrière eux, sur la piste.

Chapitre 18

Ils sondèrent l'obscurité en silence. Des rires braillards se mêlant aux voix, la lumière vacillante de plusieurs torches apparut entre les rochers.

— Cachez-vous ! murmura Garet Jax en entraînant Jair avec lui.

Les autres s'éparpillèrent aussitôt. Projeté sur le sol sans ménagement par le maître d'armes, Jair leva timidement la tête, essayant de voir ce qui se passait. Il aperçut la lueur des torches, et entendit les voix se rapprocher. Des gnomes. Au moins une demi-douzaine. Leurs pieds bottés martelaient le sol et leurs harnais de cuir craquaient. Jair s'aplatit de son mieux et retint sa respiration.

Une escouade de huit Chasseurs gnomes… Leurs torches brandies pour éclairer le chemin. Riant et plaisantant dans leur langue bizarre, ils passèrent sans les voir au milieu des compagnons. Pourtant, les torches éclairaient très bien les lieux. De là où il était, Jair voyait clairement la silhouette de Helt, accroupi derrière un rocher. Il n'y avait aucun moyen d'éviter que les gnomes les découvrent !

Mais les Chasseurs ne ralentirent pas. Sans paraître remarquer les silhouettes tapies autour d'eux, ils continuèrent leur chemin.

Jair inspira lentement. Peut-être…

Hélas, un des gnomes qui fermaient la marche ralentit et se tourna vers les rochers. Poussant un cri de surprise, il tira son épée. Les autres se retournèrent, leurs éclats de rire figés dans la gorge.

Garet Jax bondit hors de l'ombre. Une dague dans chaque main, il tua les deux gnomes les plus proches. Les autres pivotèrent, sortant leurs armes sans bien comprendre où était le problème. Helt et Foraker se mirent aussi à l'œuvre. Trois autres gnomes tombèrent sans un cri. Les survivants battirent en retraite en braillant. Edain Elessedil sauta sur un rocher. Son arc vibra deux fois… Deux autres gnomes moururent. Le dernier disparut dans la nuit.

Les compagnons se précipitèrent vers la lisière de l'amas de rochers. Des cris d'alarme retentissaient un peu partout…

— Faits comme des rats ! grogna Foraker, furieux. Dans quelques minutes, tous les gnomes du secteur seront à nos trousses !

Garet Jax remit les dagues à sa ceinture et se tourna vers le nain.

— Par où fuir ?

Foraker hésita un instant.

— Le chemin par lequel nous sommes venus… Nous nous dissimulerons dans les hauteurs, si nous les atteignons à temps. Sinon, nous nous faufilerons dans un tunnel qui conduit à l'intérieur de Capaal.

— À toi de nous conduire, dit Jax. Essayez de rester ensemble ! Si nous sommes séparés, tentez au moins de marcher à deux. Allons-y !

Ils coururent sur la piste qu'ils avaient empruntée un peu plus tôt. Les hurlements des gnomes retentissant toujours derrière eux, ils continuèrent à foncer. Derrière eux, la lumière des feux de camp se perdit dans les ténèbres.

Devant, ils voyaient à présent les feux de la ligne de siège. Le gros de l'armée gnome n'avait pas encore eu le temps de découvrir ce qui s'était passé derrière eux. Et pour le moment, leurs poursuivants étaient à une bonne distance.

Foraker leur fit longer la saillie, descendre les pentes et traverser les défilés. S'ils étaient assez rapides, ils auraient une chance de fuir à travers les pics qui entouraient Capaal. S'ils ne l'étaient pas, leurs poursuivants recevraient l'aide des sentinelles de la ligne de siège, et ils seraient pris entre les deux armées.

Des cris d'alarme retentirent devant eux. Foraker jura à voix basse mais ne ralentit pas. Jair trébucha, s'étala sur la piste et s'écorcha les bras et les jambes. Helt le souleva, le remit debout et le poussa en avant sans ménagement.

Ils quittèrent un défilé, émergeant sur une piste assez large – dans les bras d'une patrouille de gnomes.

Les Chasseurs arrivaient de tous côtés, leurs épées et leurs lances scintillant à la lumière des torches.

Garet Jax se jeta dans la mêlée, son épée et son couteau ouvrant un chemin à ses compagnons. Des gnomes s'écroulèrent tout autour de lui et la patrouille recula.

Elb Foraker et Edain Elessedil en tête, les compagnons essayèrent désespérément de se frayer un chemin entre les gnomes. Mais les Chasseurs étaient trop nombreux. Reprenant leurs esprits, ils bloquèrent le chemin et contre-attaquèrent. Helt résista un moment mais ses adversaires finirent par le faire tomber de la saillie. Il disparut dans les ténèbres.

Jair recula, terrifié. Il était seul. Même Slanter avait disparu.

Garet Jax revint vers lui et lui fit reprendre le défilé d'où ils venaient de sortir.

Ils rebroussèrent chemin dans les ténèbres. Au bout du défilé, le maître d'armes étudia la paroi de la montagne, puis entraîna Jair sur une pente abrupte couverte de broussailles – vers les feux de camp qui brûlaient en contrebas.

Jair était trop bouleversé par ce qui venait d'arriver pour penser à protester. Slanter, Foraker, Edain et Helt, tous disparus en quelques instants ! Il n'arrivait pas à le croire.

À mi-chemin de la descente serpentait un petit chemin latéral, à peine assez grand pour un seul homme. Pour le moment, il était désert. Accroupi derrière un buisson, Garet Jax regarda autour de lui, et ne vit aucun moyen d'échapper aux gnomes lancés à leur poursuite. Des torches brillaient sur les sentiers, au-dessus d'eux, ainsi que sur les pistes et les saillies, au-dessous. Couvert de sueur, le Valombrien entendait le bruit de sa propre respiration haletante.

— Qu'allons-nous..., commença-t-il.

Le maître d'armes lui plaqua aussitôt une main sur la bouche.

Ils se levèrent et, longeant les rochers, prirent à l'est sur l'étroit sentier.

Ils continuèrent à courir, même si le chemin devenait de plus en plus difficile. Jair jeta un coup d'œil en arrière. Des gnomes les suivaient déjà, beaucoup brandissant une torche.

Le maître d'armes continua à suivre le sentier, Jair un pas derrière lui. Le Valombrien eut le vertige quand il vit que la pente se faisait plus abrupte. Une impasse ! Ils n'arriveraient pas à traverser...

Garet Jax continua de slalomer entre les rochers. Les torches le suivirent et les cris de rage des gnomes retentirent de tous côtés.

Enfin, le maître d'armes s'arrêta. La piste se terminait, une dizaine de pas devant eux, sur un précipice. Loin au-dessous d'eux, ils virent étinceler les eaux du Cillidellan. Jair leva la tête. Pas de possibilité de grimper, car le rocher était en surplomb.

Ils étaient pris au piège.

Garet Jax posa une main sur l'épaule de Jair et le poussa jusqu'au bord du précipice. Puis il se tourna vers lui.

— Il faut sauter, dit-il sans lâcher le Valombrien. Recroquevillez-vous, les bras et les jambes près du corps, et allez-y. Je sauterai juste après vous.

Jair regarda les eaux scintillantes du Cillidellan. Elles semblaient si loin !

— Nous n'avons plus le choix, dit Jax d'une voix calme et rassurante. Dépêchez-vous !

Les torches approchaient. Des voix gutturales s'interpellaient.

— Vite !

Jair inspira à fond, ferma les yeux, les rouvrit, et sauta.

La contre-attaque des gnomes fut si violente – au moment où les six compagnons essayaient de passer les hauteurs de Capaal – que leur premier assaut conduisit les attaquants au-delà de Foraker et d'Edain Elessedil. Repoussés contre la paroi rocheuse, le nain et le prince des elfes entreprirent de l'escalader, quelques gnomes sur leurs talons. Ils les affrontèrent sur une saillie rocheuse, le nain avec son épée et ses couteaux, le prince en les frappant à grands coups d'arc. Les gnomes tombèrent en hurlant de douleur. Profitant d'un court répit, les deux compagnons regardèrent au pied de la saillie. La pente raide grouillait de Chasseurs gnomes et il n'y avait pas trace de leurs amis.

— Par là ! cria Elb Foraker.

Ils gravirent péniblement la pente.

Des cris de colère retentirent derrière eux. Puis une volée de flèches les rasa avec un sifflement aigu. Par bonheur, aucune ne les toucha.

Un rugissement soudain força les deux fugitifs à regarder en arrière. Ils virent des feux de camp et des torches, sur les pentes de la montagne, et en haut de la ligne des pics, vers le sud : celles de l'armée postée le long des rives du Cillidellan.

— Elb, nous sommes encerclés ! cria Edain.

— Continuez à monter ! ordonna Foraker.

Ils se frayèrent un chemin à travers les ténèbres. Des torches apparurent sur leur droite, des cris signalant que les gnomes les avaient vus. Foraker s'éloigna le plus possible de la patrouille et étudia la paroi rocheuse.

— Elb ! cria Edain Elessedil.

L'épaule transpercée par une flèche, il faillit basculer dans le vide.

Le nain bondit à côté de lui.

— Devant nous... À une dizaine de pas de ces buissons ! Vite !

Portant à demi le blessé, Foraker se dirigea vers les buissons qu'il venait de désigner. Les Chasseurs gnomes arrivaient aussi par en haut, la lueur de leurs torches vacillant dans la nuit. Edain Elessedil serra les dents pour ne pas crier et suivit le nain.

Ils s'enfoncèrent dans des broussailles et se laissèrent tomber au fond d'une ravine.

— Ils nous trouveront bientôt, dit le prince, haletant.

La sueur et le sang mêlés, sur son épaule, coulaient abondamment.

Foraker le remit debout.

— Restez là ! dit-il.

Il pivota et tâtonna dans les buissons.

— Là ! Une entrée de tunnel ! Je pensais bien qu'elle était là. Maintenant, il suffit de trouver le mécanisme d'ouverture...

Il continua ses recherches. Les cris de leurs poursuivants se rapprochaient de plus en plus.

— Elb, ils sont presque sur nous ! murmura Edain d'une voix rauque.

Il sortit l'épée courte accrochée à sa ceinture.

— Je l'ai ! cria le nain.

Un morceau de terre et de rocher pivota, révélant une ouverture dans la montagne. Ils s'y engouffrèrent et Foraker tira derrière eux la porte secrète.

Ils restèrent un long moment allongés dans les ténèbres à écouter les bruits étouffés de leurs poursuivants. Puis Foraker tâtonna dans l'obscurité : une étincelle jaillit et la lumière tremblotante d'une torche remplit le tunnel. Ils étaient dans une petite caverne d'où partait un escalier de pierre qui plongeait dans la montagne.

Foraker posa la torche dans un support en fer placé près de la porte et s'occupa de l'épaule blessée du prince. En quelques minutes, il l'eut pansée et confectionné une écharpe de fortune pour soutenir le bras.

— Ça devrait aller pour le moment, dit-il. Pouvez-vous marcher ?

— Oui. Et la porte ? Si les gnomes la trouvent ?

— Ça ne leur servira pas à grand-chose : ils ne savent pas activer le mécanisme d'ouverture. Et s'ils arrivent à forcer la porte, le tunnel est conçu pour que l'entrée s'effondre. Debout, maintenant ! Nous devons y aller.

— Où mènent les marches ?

— Dans la forteresse de Capaal. J'espère que les autres trouveront aussi un moyen d'y arriver !

Il aida Edain à se lever, passa le bras valide de l'elfe sur son épaule et saisit la torche.

— Tenez bon !

Ils entreprirent la longue descente.

Helt bascula de la saillie et perdit ses armes dans sa chute. Les lumières et les bruits tourbillonnèrent autour de lui, lui brouillant l'esprit. Puis il s'immobilisa… et s'aperçut qu'il était coincé dans un fourré, au pied du précipice. Il y resta un moment, à demi assommé, le souffle court. Puis il entreprit de s'en extraire. À cet instant, il s'avisa qu'il y avait décidément trop de bras et de jambes pour un seul homme…

— Allez-y mollo ! grogna une voix furieuse. Vous m'êtes tombé dessus, grand imbécile, et je suis en bouillie !

Le frontalier sursauta.

— Slanter ?

— Chut ! Ils sont autour de nous.

Helt leva la tête, encore étourdi. Des torches brûlaient et des gnomes s'interpellaient dans l'obscurité.

Le géant était allongé sur le gnome. Il se dégagea doucement, se redressant sur les genoux.

— Vous m'avez entraîné par-dessus la saillie quand vous êtes tombé !

Il se leva, et regarda autour de lui.

— Par l'enfer ! gémit-il.

Helt s'accroupit et regarda dans la même direction. Derrière eux, la paroi rocheuse était pratiquement à pic. Devant, sur des centaines de pas dans toutes les directions, brûlaient les feux de camp de l'armée gnome qui encerclait la forteresse de Capaal. Helt les regarda sans rien dire, puis se laissa retomber à l'abri des broussailles.

— Nous sommes en plein milieu du camp ennemi, dit-il calmement.

Déjà, des torches apparaissaient au sommet de la saillie d'où ils étaient tombés. Aucun doute : les gnomes qu'ils avaient combattus descendraient bientôt à leur recherche.

— Impossible de rester là, dit Helt en se levant.

— Et où suggérez-vous d'aller, frontalier ?

— Nous pouvons descendre le long de la pente…

— La pente ? Vous avez vu comme elle est raide ? Autant essayer de voler, tant que nous y sommes ! Il n'y a aucun moyen de nous tirer de ce mauvais pas. (Il regarda autour de lui et une idée lui vint.) À moins, bien entendu, d'être un gnome…

Il se tourna vers Helt, un sourire sardonique sur les lèvres.

— Ou un Marcheur noir !

— De quoi diable parlez-vous ?

Slanter se pencha vers lui.

— C'est probablement de la folie, mais par rapport à tout le reste... Vous et moi, frontalier ! Un Marcheur noir et son serviteur gnome ! Enveloppez-vous dans votre manteau, baissez le capuchon, et ils n'y verront que du feu ! Vous êtes assez grand pour passer pour un Marcheur. Nous allons traverser leurs lignes jusqu'aux portes de la forteresse. En pleine vue ! Il reste seulement à espérer que les nains nous ouvriront...

Des cris retentirent autour d'eux. Helt tendit l'oreille puis se tourna de nouveau vers son compagnon.

— Vous pourriez le faire sans moi, Slanter. Et bien plus facilement !

— Ne me tentez pas ! grogna le gnome.

Le frontalier ne détourna pas le regard.

— C'est votre peuple, Slanter. Il est encore temps de décider de le rejoindre...

Slanter y réfléchit un moment. Puis il secoua la tête.

— N'y pensez pas. Ce diable de maître d'armes me traquerait jusqu'au bout du monde. Je ne veux pas courir un tel risque. Et il y a le gamin...

Il s'interrompit et dévisagea son compagnon.

— Alors, nous tentons le coup ou pas ?

Helt se leva et s'enveloppa dans son manteau.

— Nous tentons le coup !

Ils quittèrent leur abri. Slanter avait ouvert son manteau pour que chacun voie qu'un gnome ouvrait la marche. Puis ils traversèrent les lignes ennemies, restant le plus possible dans l'ombre.

Ils firent plus de cinquante pas sans que personne les arrête...

... Pour arriver à un endroit où les feux, trop proches, leur enlevaient toute possibilité de se dissimuler. Slanter n'hésita pas un instant. Il marcha rapidement, suivi par la silhouette encapuchonnée. Les Chasseurs gnomes se retournèrent, bouche bée, leurs armes levées.

— Reculez ! ordonna Slanter. Le Maître arrive !

Les yeux écarquillés de peur, les gnomes baissèrent leurs armes et s'écartèrent. Helt et Slanter étaient entourés de Chasseurs assoiffés de sang. Mais personne ne tenta de les arrêter.

Une autre ligne de siège s'étendait devant eux. Slanter leva les bras, théâtral au possible.

— Faites place au Maître, gnomes !

Les Chasseurs les laissèrent passer. En sueur, Slanter regarda l'homme qui le suivait, dissimulé dans les plis de son manteau. Des centaines d'yeux étaient rivés sur eux et des murmures couraient dans les rangs. Certains gnomes commençaient à se poser des questions.

Ils arrivèrent en vue de la ligne d'attaque la plus proche de la forteresse. Les gnomes brandirent leurs armes et des murmures de mécontentement s'élevèrent. Au-delà des feux de camp, les murs de la citadelle des nains se découpaient dans la nuit. Sur les remparts, de rares torches brûlaient.

— Reculez ! beugla Slanter. La magie noire est lâchée ! Les murs de l'ennemi s'effondreront devant elle ! Reculez ! Laissez passer le Marcheur noir !

Comme pour souligner ses paroles, la silhouette encapuchonnée pointa un doigt menaçant sur les sentinelles.

Les gnomes n'en demandèrent pas plus. Ils s'écartèrent, courant rejoindre la ligne de siège précédente. Quelques-uns restèrent, sourcils froncés, les regardant passer. Mais aucun ne les défia ouvertement.

Le gnome et le frontalier continuèrent leur chemin, les yeux rivés sur les murs.

Slanter leva les mains au-dessus de sa tête quand ils approchèrent, espérant que ce geste suffise à empêcher les défenseurs de les cribler de flèches.

Ils étaient à environ vingt pas des murs quand une voix cria :

— N'approchez pas davantage, gnome !

Slanter s'arrêta aussitôt et baissa les bras.

— Ouvrez les portes ! souffla-t-il. Nous sommes des amis !

La sentinelle appela quelqu'un – à voix basse – mais les portes restèrent fermées. Slanter regarda autour de lui, désespéré. Un peu plus loin, les gnomes recommençaient à murmurer et à s'agiter.

— Qui êtes-vous ? demanda la voix, du haut des remparts.

— Ouvrez les portes, imbécile ! cria Slanter, à bout de patience.

Helt avança.

— Callahorn ! brailla-t-il.

Derrière eux, des braillements leur indiquèrent que les gnomes avaient enfin compris – et qu'ils s'apprêtaient à les capturer.

Les deux compagnons coururent vers les portes en criant aux nains de leur ouvrir. Ils regardèrent derrière eux. Les gnomes étaient sur leurs talons.

Des lances et des flèches jaillirent dans la nuit.

— Par l'enfer, laissez-nous entrer, bande d'abrutis ! beugla Slanter.

Soudain, les portes s'ouvrirent. Des bras en sortirent, tirant les deux fuyards à l'intérieur de la citadelle. Puis les lourds battants se refermèrent bruyamment.

Dehors, ils entendaient toujours les hurlements de fureur des gnomes.

On les poussa sans ménagement sur le sol et des lances à pointe de fer se braquèrent sur eux.

Slanter prit un air dégoûté et regarda Helt.

— Expliquez-leur ! Moi, je doute qu'ils m'écoutent...

La chute de Jair Ohmsford lui sembla durer une éternité. L'estomac retourné, il entendit le vent siffler à ses oreilles. Loin au-dessous, les eaux du lac scintillaient, reflétant par endroits la lumière des torches de l'armée ennemie. Désorienté, Jair vit les parois rocheuses défiler sous ses yeux. Le temps s'arrêta, et il eut le sentiment qu'il tomberait éternellement.

Puis il percuta la surface avec une violence qui l'ébranla jusqu'aux os et s'enfonça dans une eau glaciale. Le souffle lui manqua et le choc l'engourdit aussitôt. Il essaya de sortir de cette obscurité gelée, ne pensant à rien, sinon au besoin désespéré de remonter à la surface et de respirer. La chaleur de son corps se dissipa en quelques secondes, et la pression de l'eau lui donna le sentiment qu'il allait se briser en deux.

Il continua à lutter pour remonter. Des lumières dansèrent devant ses yeux et ses membres lui semblèrent soudain de plomb.

Il se débattit faiblement, perdu dans un labyrinthe obscur.

Puis tout s'effaça.

Il rêva. Un songe étrange, plein de sensations éparses, d'époques et de lieux nouveaux, connus et pourtant inconnus. Des vagues de sons et de mouvements l'emportèrent dans des paysages de cauchemar et sur des pistes qu'il avait souvent empruntées, autour de Valombre. Il traversa des étendues d'eaux troubles où flottaient des images fragmentées. Des corps sans visage, des visages sans corps… Brin était là aussi… Des créatures informes passèrent devant lui, et lui parlèrent avec la voix de sa sœur.

L'appelant, l'appelant, l'appelant…

Puis il vit Garet Jax qui le tenait fermement et murmurait dans l'obscurité.

Jair flottait à la surface du lac et il regardait le ciel. Haletant, il essaya de parler, mais aucun son ne sortit de sa bouche. De nouveau conscient, et revenu du lieu étrange où il avait erré, il ne se souvenait pas clairement de ce qui lui était arrivé ni de l'endroit où il était.

Il sentit des mains le hisser sur la terre ferme. Des voix murmurèrent, les mots glissant dans son esprit comme des feuilles dans le vent.

Enfin, il ouvrit les yeux et vit Garet Jax penché sur lui.

— Valombrien, vous m'entendez ? Tout va bien !

D'autres visages apparurent, des trognes carrées de nains. Jair déglutit, s'étrangla et marmonna des mots incohérents.

— N'essayez pas de parler, dit un nain d'une voix bourrue. Reposez-vous.

Jair sentit qu'on l'enveloppait dans des couvertures, qu'on le soulevait et qu'on l'emportait.

— C'est vraiment la nuit des enfants abandonnés ! lança une autre voix.

Jair essaya de voir qui avait parlé, mais il n'arriva pas à se concentrer.

Renonçant à lutter, il s'endormit comme une masse.

Chapitre 19

Le lendemain, Jair se réveilla très tard. Et il n'aurait sûrement pas émergé si des mains ne l'avaient pas secoué sans ménagement – et sans la voix rauque qui murmurait :

— Réveille-toi, gamin ! Tu as assez dormi ! Allez, réveille-toi !

À regret, il s'étira, se frotta les yeux et s'assit. Une lumière grise filtrant par une étroite fenêtre, à côté de sa tête, il cligna des yeux pour les protéger.

— Dépêche-toi ! La journée est presque finie ! J'ai été enfermé tout ce temps à cause de toi !

Jair se tourna vers l'individu qui avait parlé… et dont la silhouette trapue lui était familière.

— Slanter ? murmura-t-il, incrédule.

— Qui d'autre ? grogna le gnome.

Les événements de la veille revinrent à l'esprit de Jair : la bataille contre les gnomes, dans les montagnes, près de Capaal ; la perte des quatre autres compagnons ; la longue chute dans le Cillidellan avec Garet Jax et leur sauvetage par des nains.

« Tout va bien », avait murmuré le maître d'armes.

Mais Slanter et les autres…

— Slanter ! cria-t-il. Vous êtes vivant !

— Bien entendu que je suis vivant ? Pourquoi, j'ai l'air mort ?

— Mais comment… (Jair s'interrompit et agrippa le bras du gnome.) Et les autres ? Que leur est-il arrivé ? Où sont-ils ?

— Doucement, gamin !

Le gnome dégagea son bras brutalement.

— Tout le monde va bien et nous sommes tous ici. Arrête de te faire du souci. L'elfe a reçu une flèche dans l'épaule, mais il survivra. Le seul qui soit en danger, c'est moi ! Voilà pourquoi je suis prisonnier ici avec toi… Et je meurs d'ennui ! Maintenant, veux-tu bien sortir de ce lit, pour qu'on nous laisse quitter cette maudite pièce ?

Jair ne prêta pas attention aux récriminations du gnome.

Tout le monde va bien ! se répéta-t-il.

Ils s'en étaient tous sortis. Il soupira de soulagement. Puis il se souvint de ce que lui avait dit le roi de la rivière Argentée : « ... un peu de magie à chacun de ceux qui voyageront avec toi... » De la force supplémentaire. Peut-être était-ce pour ça que tous avaient survécu aux événements de la veille ?

— Lève-toi, lève-toi, lève-toi ! cria Slanter, trépignant d'impatience. Pourquoi diantre es-tu toujours dans ce lit ?

Jair s'assit et regarda autour de lui.

— Où sommes-nous ?

— À ton avis ? Dans la forteresse des nains, bien entendu !

Jair se leva lentement, s'étira et regarda par la fenêtre. À travers les barreaux, il aperçut les eaux troubles du Cillidellan et le ciel gris et brumeux, constellé de nuages. Au loin, il distingua les feux de camp des gnomes, le long des rives du lac.

Puis il remarqua à quel point le lieu était silencieux. Il était dans la forteresse de Capaal. La veille, la citadelle était assiégée par les gnomes. Où étaient-ils passés ? Pourquoi Capaal n'était-elle plus attaquée ?

— Slanter, le siège ? demanda-t-il. Pourquoi tout est-il si tranquille ?

— Comment le saurais-je ? Personne ne me dit jamais rien !

— Que se passe-t-il dehors ? Qu'avez-vous vu ?

Slanter se leva d'un bond.

— Tu n'as pas écouté un traître mot de ce que je t'ai dit ! Tu es sourd, ou quoi ? Je suis dans cette pièce, avec toi, depuis qu'ils t'ont tiré du lac. Enfermé comme un voleur ! J'ai sauvé la peau de ce foutu frontalier, et en récompense on me boucle avec toi !

— Eh bien, je...

— Pour les nains, un gnome reste un gnome ! Ils ne nous font pas confiance. Et me voilà condamné à te servir de mère poule, pendant que tu roupilles comme un bienheureux ! J'ai attendu toute la journée que tu daignes te réveiller. Et tu dormirais encore si je n'avais pas perdu patience.

— Vous auriez pu me réveiller plus tôt...

— Comment aurais-je fait ? J'ignorais ce qui clochait chez toi ! Il fallait que je te laisse te reposer, juste au cas où... Pas question de courir de risques, avec ce démon de maître d'armes qui me ferait volontiers écorcher !

Jair sourit malgré lui.

— Calmez-vous un peu...

— Je me calmerai quand tu mettras enfin tes vêtements. Un garde est posté de l'autre côté de la porte, et il refuse de me laisser sortir. Mais maintenant que tu es réveillé, nous pourrons peut-être le persuader de nous laisser passer. Après, tu pourras ricaner tout ton content – hors de ma vue ! Allez, habille-toi !

Jair haussa les épaules, retira ses vêtements de nuit et s'habilla. Il était ravi – mais étonné – que Slanter soit aussi bavard, même si c'était pour le houspiller.

Le gnome semblait être redevenu le gaillard volubile pour qui Jair éprouvait maintenant de l'amitié. Le Valombrien ignorait pourquoi le gnome avait décidé de sortir de sa coquille. Mais il se réjouissait de retrouver l'ancien Slanter !

— Désolé que vous ayez été enfermé ici avec moi, dit-il.

— Et tu as de bonnes raisons de l'être. Ils m'ont fourré dans ce trou pour m'occuper de toi, tu sais. Ils doivent me prendre pour ta nounou !

Jair sourit.

— À mon avis, ils ont raison…

L'expression du gnome étant assez aigre pour faire tourner du lait, Jair pivota pour cacher son amusement. Gloussant intérieurement, il tendit la main vers ses bottes… et se souvint soudain du cristal de vision et de la poussière d'Argent. Il ne les avait pas sentis dans ses poches en s'habillant, et il ne les avait pas vus à côté de ses vêtements. Affolé, il fouilla le lit, puis chercha dans toute la pièce. Le cristal de vision et la poudre avaient disparu ! Alors, il pensa à sa chute dans le Cillidellan. Les avaient-ils perdus dans le lac ?

— Tu cherches quelque chose ?

Jair se raidit.

— Slanter, qu'avez-vous fait de… ?

— Moi ? Ta nourrice dévouée ? Qu'aurais-je pu faire de mal ?

— Où sont-ils, Slanter ? Où les avez-vous cachés ?

— Même si tout ça est très amusant, j'ai d'autres choses à faire que de te taquiner ! Si tu parles de la bourse et du cristal, c'est le maître d'armes qui les a. Il les a pris la nuit dernière, quand les nains t'ont ramené et déshabillé…

»Bon, finissons-en ! À moins que tu n'aies aussi besoin d'aide pour te vêtir ?

Jair s'empourpra, finit de s'habiller puis alla frapper à la porte. Quand elle s'ouvrit, il informa le garde qu'il désirait sortir. Le nain fronça les sourcils, lui ordonna de ne pas bouger, jeta un coup d'œil soupçonneux à Slanter et referma de nouveau la porte.

Le Valombrien et le gnome durent attendre une heure avant qu'elle ne se rouvre. Le garde leur ordonna de les suivre. Ils ne se firent pas prier, lui emboîtant le pas le long d'un couloir sans fenêtre où s'alignaient des portes semblables à celle qu'ils venaient de franchir. Ils gravirent ensuite une série d'escaliers pour déboucher sur les remparts qui surplombaient les eaux troubles du Cillidellan. Le vent qui soufflait du lac charriait des nuages de gouttelettes. L'air était froid et piquant sous un ciel toujours plombé. Des sentinelles faisaient leur ronde sur les remparts. Il n'y avait aucun signe des gnomes, sinon la lointaine aura rouge des feux de camp.

Le nain les conduisit au pied des remparts, dans une grande cour qui longeait le barrage du Cillidellan. Au nord et au sud, les tours et les parapets de la forteresse disparaissaient dans la brume. La grisaille conférait un aspect étrange à la citadelle, l'enveloppant d'une demi-lumière brumeuse qui leur donna l'impression de traverser un paysage irréel.

Il y avait peu de nains dans la grande cour.

Des escaliers s'enfonçaient dans la pierre à intervalles réguliers.

Des tunnels obscurs probablement reliés aux mécanismes des écluses, pensa Jair.

Ils avaient presque traversé la cour quand un cri les arrêta. Edain Elessedil accourait pour les saluer. Un sourire aux lèvres, l'épaule bandée, il tendit la main à Jair.

— Vous êtes sain et sauf, Jair Ohmsford ! s'écria-t-il en passant son bras valide autour des épaules du Valombrien. Vous vous sentez mieux, j'espère ?

— Bien mieux. Et votre bras ?

— Une égratignure. Il est un peu raide, c'est tout. Quelle nuit ! Une chance que nous nous en soyons tous sortis vivants. Et lui ! (Il désigna Slanter.) Un miracle qu'il s'en soit tiré ! Il vous a expliqué comment il a fait ?

— Non.

Edain raconta à Jair ce qui était arrivé à Slanter et Helt la nuit précédente. Il écouta, de plus en plus ébahi, en jetant de temps en temps un coup d'œil au gnome. Sous son air d'indifférence étudiée, Slanter commençait à être embarrassé par l'attention qu'on lui portait.

— C'était la manière la plus simple de procéder, dit-il d'une voix bourrue quand l'elfe eut achevé son récit.

Jair se montra assez futé pour ne pas rajouter à l'embarras de Slanter.

Leur guide leur fit monter un escalier qui menait sur les remparts, puis les conduisit dans un jardin intérieur luxuriant. Partout où ils allaient, les nains emmenaient une partie de leur domaine, pensa Jair, admiratif. Ils avaient importé jusqu'à la terre noire de leur région natale.

— Attendez là, ordonna le nain en désignant une terrasse où étaient installées des chaises et une table.

Dès qu'il fut parti, Jair se tourna vers Edain.

— Pourquoi n'y a-t-il pas de bataille entre les nains et les gnomes ? Où sont passés nos ennemis ?

— Personne ne sait ce qui est arrivé… Les écluses et les barrages sont assiégés depuis presque une semaine. Tous les jours, les gnomes attaquaient les deux flancs exposés de la forteresse. Aujourd'hui, rien ! Les gnomes nous observent, c'est tout ! On dirait qu'ils attendent quelque chose.

— Je n'aime pas ça, marmonna Slanter.

— Les nains non plus, dit Edain. Ils ont envoyé des messagers à Culhaven, et des éclaireurs se sont infiltrés à l'arrière des lignes ennemies, pour voir ce qui se passe. (Il hésita un instant.) Garet Jax est dehors aussi.

— Vraiment ? Pourquoi ? Et où est-il allé ?

— Je l'ignore. Il ne m'a rien dit. Je doute qu'il nous ait abandonnés. À mon avis, il est parti jeter un coup d'œil aux environs. Et il a emmené Helt.

— Il fait sa propre reconnaissance, conclut Slanter. Oui, ça lui ressemble bien.

— Qui peut le dire ? Le maître d'armes ne demande l'avis de personne…

— Des motivations obscures l'animent, marmonna le gnome.

Ils restèrent un moment silencieux, chacun réfléchissant aux raisons des actes de Garet Jax. Selon Slanter, le maître d'armes était désormais en possession de la poudre et du cristal. Si un malheur lui arrivait, la magie transmise par le roi de la rivière Argentée serait perdue !

Ainsi que la seule chance de Jair d'aider sa sœur…

Foraker entra à son tour dans le jardin, les rejoignit et leur serra la main à tous.

— Vous êtes reposé, Ohmsford ? demanda-t-il d'une voix bourrue. (Jair fit oui de la tête.) Parfait ! J'ai demandé qu'on nous serve un repas ici, sur la terrasse. Allons donc nous asseoir !

Il désigna la table la plus proche. Les quatre compagnons s'installèrent sous la lumière grise de la fin d'après-midi. Peu après, on leur apporta un repas composé de viande, de fromage, de pain, de soupe et de bière et ils commencèrent à manger. Jair fut étonné de se découvrir affamé.

Le repas terminé, Foraker poussa sa chaise en arrière et fouilla dans ses poches.

— J'ai quelque chose pour vous, dit-il, regardant Jair. Ah, les voilà !

Il sortit de ses poches la bourse de poussière d'Argent et le cristal de vision, les posa sur la table et les poussa vers le Valombrien.

— Garet m'a demandé de les garder en sécurité jusqu'à ce que vous vous réveilliez. Il vous envoie aussi un message : vous avez été courageux, la nuit dernière.

Jair en rougit de fierté. Embarrassé, il regarda Edain et Slanter, puis se tourna de nouveau vers le nain.

— Où est Garet Jax, maintenant ?

— Il est parti explorer un passage qui nous permettra peut-être de sortir de la forteresse derrière les lignes gnomes, au nord. Il veut s'assurer que le chemin est sans danger. Si c'est le cas, nous partirons demain à la tombée de la nuit. Attendre plus longtemps est exclu, car le siège risque de durer des mois. À son avis, nous avons déjà perdu trop de temps.

— Certains d'entre nous en ont perdu davantage, grogna Slanter. Et ils sont restés enfermés toute la journée…

Sourcils froncés, Foraker se tourna vers le gnome.

— Nous nous sommes portés garants pour vous ! rugit-il. Tous ! Rhadomm, le commandant de la garnison, a jugé que notre parole suffisait. Mais tout le monde n'est pas de son avis. Certains nains de la citadelle ont perdu de la famille ou des amis à cause des gnomes qui les assiègent. Pour eux, notre parole peut ne pas être suffisante. Vous avez été enfermé pour assurer votre sécurité, pas parce que vous étiez prisonnier. Croyez-le ou pas, mais votre vie est importante pour nous. Particulièrement pour le jeune Ohmsford…

— Je peux prendre soin de moi, marmonna Slanter, vexé. Et je n'ai pas besoin qu'on se fasse du souci pour moi. Surtout pas ce gamin !

Le gnome se tut.

Il se renferme de nouveau, pensa Jair. *Pour s'abriter de ce qui se passe autour de lui. Quand il est seul avec moi, il semble disposé à sortir de sa coquille… Dans ces moments, il redevient le type qu'il était quand je l'ai rencontré. Le reste du temps, c'est un solitaire qui n'accepte pas son rôle dans notre petite compagnie.*

— Notre message est bien arrivé ? demanda Edain Elessedil à Foraker. Au sujet de la destruction du pont…

— Oui, répondit le nain. Votre plan était bien pensé, prince. Si nous avions mieux évalué la taille de l'armée ennemie, nous serions même parvenus à nous échapper !

— Sommes-nous en danger, ici ?

— Non, la forteresse est pratiquement imprenable. Et il y a assez de réserves pour soutenir un siège pendant des mois. Avec ces montagnes tout autour, aucune armée ne peut lancer toutes ses forces à l'assaut. Le danger, pour nous, sera hors de ces murs, quand nous recommencerons notre voyage vers le nord.

Slanter marmonna des imprécations et avala d'un coup le reste de sa bière. Foraker le regarda et se rembrunit.

— En attendant, quelque chose doit être fait. Par vous et par moi, gnome !

Slanter lui jeta un regard dubitatif.

— Et de quoi s'agit-il… nain ?

L'expression de Foraker se durcit, mais sa voix resta calme.

— Quelqu'un, à la citadelle, prétend connaître le château des spectres Mords. Mieux que quiconque. Si c'est vrai, ça pourrait nous être infiniment utile !

— Et dans ce cas, vous n'avez plus besoin de moi ! lança Slanter, furieux. Qu'ai-je à voir avec tout ça ?

— Ces informations nous seront utiles, si elles sont vraies, lâcha Foraker. Et vous seul pouvez nous le dire.

— Moi ? Vous me feriez confiance pour savoir si quelqu'un vous raconte la vérité ? Pourquoi ? À moins que vous n'ayez décidé de me mettre à l'épreuve ? Oui, ça me semble plus probable…

— Slanter ! s'écria Jair, déçu par l'attitude du gnome.

— C'est vous qui ne faites pas confiance aux autres, dit Edain Elessedil.

Slanter ouvrit la bouche. Mais il se ravisa et ne répliqua rien.

— Même si j'avais décidé de vous mettre à l'épreuve, je ne me servirais pas de cet individu pour le faire.

— De qui s'agit-il ? demanda Slanter.

— D'un Mwellret.

— Un Mwellret ? Un fichu *lézard ?*

Slanter avait mis tant de haine dans ce mot que Jair Ohmsford et Edain Elessedil échangèrent un regard stupéfait. Ils n'avaient jamais aperçu de Mwellret, ni même entendu parler de ces créatures. À voir la réaction du gnome, il valait mieux ne pas les fréquenter…

— L'une des patrouilles de Rhadomm l'a trouvé au bord du lac, un jour ou deux avant le début du siège, dit Foraker. Plus mort que vif, il a marmonné qu'il avait été chassé des monts Ravenshorn par les Marcheurs noirs. Et qu'il connaissait un moyen de les détruire. La patrouille l'a ramené ici. Jusqu'à présent, les défenseurs n'avaient aucun moyen de savoir s'il disait la vérité.

— La vérité ! cracha Slanter. Les lézards en sont incapables !

— Le désir de punir ceux qui lui ont fait du tort la fera peut-être émerger ! Réfléchissez : il connaît les secrets de Graymark et des monts Ravenshorn. Les montagnes et le château étaient autrefois à lui.

— Rien n'a jamais été à lui ni à ses semblables ! beugla Slanter, rouge de colère, en se levant d'un bond. Les lézards les ont volés à mon peuple ! Ils ont réduit en esclavage les gnomes qui vivaient dans ces montagnes ! Ils ont utilisé la magie noire contre nous, comme les Marcheurs ! Ce sont des monstres ! Je préférerais me couper la gorge que leur faire confiance une demi-seconde !

— Slanter, que… ? tenta d'intervenir Jair.

— Un moment, Ohmsford ! coupa Foraker. (Il se tourna de nouveau vers Slanter.) Gnome, je ne fais pas plus confiance que vous aux Mwellrets. Mais si celui-là peut nous aider, profitons-en ! Notre tâche est déjà assez compliquée… Si nous découvrons que le Mwellret nous ment, nous saurons quoi faire de lui !

Slanter baissa les yeux, foudroyant la table du regard. Puis il se rassit.

— Une perte de temps… Allez-y sans moi. Servez-vous de votre bon sens, Foraker !

Le nain haussa les épaules.

— Je pensais que ça serait plus amusant pour vous que d'être enfermé, dit-il. (Il marqua une pause, attendant que le gnome lève la tête vers lui.) De plus, mon bon sens ne me servira à rien pour déterminer si le Mwellret ment. Vous seul le pouvez.

Slanter soupira et souffla :

— Où est le lézard ?

— Dans une remise qui lui sert de cellule, répondit Foraker. Il n'en sort jamais, même pour se promener. Il n'aime pas l'air frais et la lumière.

— Un digne démon des ténèbres…, marmonna Slanter. (Il soupira.) D'accord. Allons-y. Vous et moi.

Foraker désigna Jair et Edain.

— Eux aussi, s'ils le souhaitent.

— Je viens, fit Jair sans hésiter.

— Moi aussi, dit Edain en se levant.

— Bien. Suivez-moi !

Chapitre 20

Ils quittèrent la terrasse pour descendre dans les entrailles des écluses et des barrages de Capaal. Les escaliers et les passages s'enfonçaient profondément dans le roc, faiblement éclairés par des lampes à huile pendues à des supports en fer. L'air humide sentait le renfermé. On entendait, au loin, le grondement des eaux et le grincement sourd des engrenages et des leviers. Ils eurent l'impression qu'une bête immense était tapie quelque part, s'agitant au rythme des bruits de la machinerie, avide de s'enfuir.

Ils virent peu de nains dans les profondeurs de la forteresse. Ces habitants des forêts avaient survécu aux Grandes Guerres en se cachant dans des tunnels. Sortis depuis longtemps de leur prison, ils avaient juré de ne jamais y retourner. Ils détestaient les endroits sombres et clos – toutes les autres races le savaient – et ils se résignaient mal à y séjourner. Les écluses et les barrages de Capaal étaient indispensables à leur existence. La régulation des eaux de la rivière Argentée, qui irriguaient leur terre natale, était une tâche vitale. Les nains faisaient donc les sacrifices nécessaires. Mais ils ne restaient jamais longtemps dans les profondeurs, et seulement pour les travaux d'entretiens indispensables. Quand il le fallait, ils venaient surveiller les machines qu'ils avaient construites et se hâtaient de retourner au soleil dès qu'ils le pouvaient.

Cela expliquait l'air accablé des quelques nains que les quatre compagnons rencontrèrent sur leur chemin. Ils avaient du mal à cacher la répugnance que leur valaient ces tours de garde souterrains.

Si Elb Foraker supportait bien cet inconfort, il n'aimait pas beaucoup ce travail. Il conduisit ses compagnons vers la salle de stockage, puis encore plus bas. Pendant la descente, il raconta à Jair et Edain l'histoire des Mwellrets.

Ceux-ci faisaient partie de l'espèce des trolls, des créatures qui avaient survécu aux Grandes Guerres en restant à la surface de la terre, étant ainsi exposées aux effets des terribles énergies déchaînées au cours de ces conflits. Ils avaient subi des mutations qui les rendaient très différents des hommes et des femmes qu'ils étaient autrefois. Leur forme changea, leur corps s'adaptant aux atroces conditions de vie dues aux Grandes Guerres sur presque toute la surface de la terre.

Les trolls des Terres du Nord ayant survécu dans les montagnes, leur peau s'était épaissie au point de ressembler à de l'écorce. Les Mwellrets descendaient d'humains qui avaient lutté pour survivre dans des forêts transformées par les Grandes Guerres en marécages aux eaux empoisonnées et à la végétation malingre. Les Mwellrets avaient peu à peu acquis les caractéristiques des créatures les mieux adaptées à la vie dans les marécages : les reptiles. La peau couverte d'écailles, les membres raccourcis et terminés par des griffes, ils étaient aussi souples que des serpents.

Il existait une autre différence importante entre eux et les autres espèces de trolls. Au cours de leur évolution, les Mwellrets avaient acquis la capacité étrange et effrayante de se métamorphoser. Au fil des siècles, ils avaient subi des transformations qui leur permettaient de modifier leur anatomie à volonté. Cependant, pas assez versés dans cet art pour altérer entièrement leurs caractéristiques de base, ils ne pouvaient qu'allonger ou raccourcir toutes les parties de leur corps, afin de s'adapter aux exigences du milieu où ils vivaient. Leur façon de procéder était inconnue. Mais l'important était de savoir qu'ils pouvaient le faire, et qu'ils étaient les seules créatures capables de cet exploit.

Peu de gens les connaissaient hors des Terres de l'Est, car c'était un peuple solitaire qui s'éloignait rarement de la sécurité de l'Anar intérieur. Les Mwellrets ne s'étaient pas montrés du temps du Conseil des druides de Paranor et ils n'avaient pas combattu pendant la Guerre des Races.

Ils étaient restés loin de tout… mais pas des gnomes ! Plus de mille ans auparavant, peu après le premier Conseil des druides, les Mwellrets avaient migré, quittant leurs marécages pour s'installer dans les hauteurs boisées des monts Ravenshorn. Abandonnant le bourbier fétide des plaines aux créatures qui le partageaient avec eux depuis la destruction de l'ancien monde, ils s'étaient installés dans les hautes forêts habitées par quelques tribus isolées de gnomes. Très superstitieux, les gnomes avaient été terrifiés par ces métamorphes capables de maîtriser la magie noire apparue au moment de l'avènement des druides. Les Mwellrets profitèrent de cette peur pour établir leur autorité sur les tribus des monts Ravenshorn et les réduire en esclavage.

Au début, les gnomes tentèrent de résister aux « lézards », comme ils les appelaient, mais cela ne dura pas. Ils n'étaient ni assez forts ni assez bien organisés pour lutter efficacement. Quelques exemples terrifiants de ce que leurs ennemis pouvaient faire aux récalcitrants les persuadèrent bientôt de baisser les bras.

La forteresse de Graymark avait été construite sous l'administration des Mwellrets. De cette citadelle, ils gouvernaient toutes les tribus de la région. Au fil des ans, la totalité des monts Ravenshorn tomba sous leur coupe. Les nains, au sud, et les gnomes, au nord et à l'ouest, restaient loin de ces montagnes. Les Mwellrets, eux, ne paraissaient pas désireux de s'aventurer hors des régions conquises. À l'avènement du Roi-Sorcier lors de la Deuxième Guerre des Races, les Mwellrets, disait-on, avaient conclu un pacte avec lui, certains de leurs membres devenant ses serviteurs. Mais personne n'avait jamais pu le prouver.

Quand la Troisième Guerre des Races fit long feu, à l'époque où Shea Ohmsford était parti à la recherche de l'Épée de Shannara, les Mwellrets avaient commencé à s'éteindre. L'âge et la maladie les minaient et très peu de jeunes naissaient chaque année. Alors, leur domination des monts Ravenshorn cessa. Leur empire rétrécit comme une peau de chagrin, se limitant vite à Graymark et aux quelques tribus qui habitaient toujours cette contrée.

— Maintenant, il semble que les quelques survivants aient été forcés de retourner dans les marécages où ils s'étaient développés, conclut Foraker. Quels que soient leurs pouvoirs, ils n'étaient pas à la hauteur de ceux des Marcheurs. Comme les gnomes qu'ils contrôlaient, ils seraient devenus des esclaves s'ils étaient restés dans les monts Ravenshorn.

— Il aurait mieux valu qu'ils soient effacés à jamais de la surface de la terre ! lança Slanter. Ils ne méritaient pas autre chose !

— Maîtrisent-ils réellement la magie noire ? demanda Jair.

Foraker haussa les épaules.

— Je n'en ai jamais été témoin... Leur magie, c'est leur possibilité de se métamorphoser ! On prétend qu'ils peuvent affecter les éléments : l'air, le vent, le feu, la terre et l'eau... Peut-être y a-t-il un peu de vrai là-dedans, parce qu'ils ont développé une connaissance relative de la manière dont les éléments réagissent à certains phénomènes. Mais la plus grande partie de ce qu'on raconte n'est que pure superstition.

Slanter marmonna un commentaire inintelligible et jeta un coup d'œil à Jair, suggérant ainsi qu'il n'était pas entièrement d'accord avec le nain.

— Vous ne risquerez rien, Ohmsford, affirma Foraker. Si le Mwellret était assez stupide pour utiliser la magie entre ces murs, il serait mort depuis longtemps !

Devant eux, le couloir s'éclaira soudain. Arrivés à un croisement, ils virent une série de portes sur leur droite. Deux sentinelles montaient la garde devant la plus proche. Foraker les salua et leur ordonna d'ouvrir. Les sentinelles se regardèrent, puis haussèrent les épaules.

— Prenez une lampe, dit l'un des deux gardes. Le lézard reste dans l'obscurité en permanence.

Foraker ramassa une lampe, puis se tourna vers ses compagnons.

— Prêts, dit-il aux sentinelles.

Les hommes ouvrirent les verrous et retirèrent la barre de sécurité.

Dans la cellule, il faisait un noir d'encre. Foraker avança, ses trois amis sur les talons. La chiche lumière de la lampe découpa un cercle jaunâtre autour d'eux, éclairant des caisses et des sacs de formes diverses. Le nain et ses compagnons s'arrêtèrent.

La porte se referma bruyamment dans leur dos.

Jair sonda la salle obscure. Une odeur fétide flottait dans l'air. Tout était silencieux.

— Stythys ? appela Foraker.

Un long moment, il n'y eut pas de réponse. Puis quelque chose bougea sur leur gauche, dans les ombres.

— Qui est-ce ? siffla une voix.

— Foraker, dit le nain. Je suis venu vous parler. Rhadomm vous a fait dire que je viendrai.

— Parlez tant que vous voulez, nain de malheur !

Une créature noire apparut entre les caisses. Malgré l'obscurité, Jair en vit assez pour éprouver une violente répulsion.

Ne dis rien ! s'intima-t-il. *Reste tranquille !*

— Des petites gens, siffla la créature. Un nain, des elfes et un gnome ! N'ayez pas peur, minuscules créatures ! Approchez !

— Non ! dit sèchement Foraker. C'est à vous d'approcher !

— Je n'aime pas la lumière. Et j'ai besoin de l'obscurité…

Foraker haussa les épaules.

— D'accord. Restons tous où nous sommes.

Jair jeta un coup d'œil à Slanter. Le visage tordu par la haine et le dégoût, il suait comme un bœuf, l'air prêt à fuir à la plus petite provocation. Edain Elessedil avait dû s'en apercevoir aussi, car il avança et vint se placer de l'autre côté du gnome, comme pour le protéger.

— Ça va ! grommela Slanter.

Le Mwellret avança à la limite du cercle de lumière. Vêtu d'un manteau à capuchon, il avait une forme humaine et marchait sur deux jambes musclées. Sous son capuchon, son museau reptilien laissait apercevoir des rangées de dents pointues et une langue bifide. Ses narines palpitaient et ses yeux verts à fentes verticales étincelaient. Il tendit des mains couvertes d'écailles grises.

— Stythys sait pourquoi vous êtes là, petites gens !

Il y eut un moment de silence.

— Graymark, dit enfin Foraker.

— Les spectres… Stythys le sait. Des Marcheurs qui détruisent tout, sortis de la Maelmord. Venus de la mort ! Ils souillent la source du Paradis pour empoisonner la rivière Argentée. Ils détruisent la terre ! Les démons sont à Graymark pour nous chasser de notre foyer ! Et nous réduire en esclavage !

— Vous en avez été témoin ? demanda Foraker.

— J'ai tout vu ! Les spectres venus des ténèbres nous ont chassés de chez nous ! Nous ne pouvions pas résister ! Certains d'entre nous ont été tués…

Slanter cracha sur le sol, recula d'un pas et donna un coup de pied dans le vide.

— Restez ! ordonna le Mwellret de sa voix sifflante. (Slanter leva la tête.) Les gnomes n'ont pas de raisons de nous craindre. Nous avons été amis ! Pas comme les spectres. Ils détruisent tout ce qui vit, car ils ne sont pas vivants. La magie noire les anime ! La terre périra à cause d'eux !

— Mais vous connaissez un moyen de les détruire, insista Foraker.

— Graymark nous appartient ! Les spectres ont envahi notre demeure. Ils se croient en sécurité, maintenant que nous sommes partis. Ils se trompent ! Il y a des moyens d'arriver jusqu'à eux ! Des moyens qu'ils ignorent !

— Des passages secrets ! cria Jair, oubliant qu'il s'était juré de ne rien dire.

Le Mwellret leva la tête et renifla comme un animal. Jair se pétrifia, avec l'impression que quelque chose de maléfique allait s'emparer de lui.

La langue bifide du Mwellret jaillit de sa bouche.

— De la magie, petit être ? Vous contrôlez la magie ?

Personne ne répondit. Jair transpirait abondamment.

Foraker le regarda, se demandant ce qui se passait.

— Je l'ai entendu dans votre voix, petite créature ! murmura le Mwellret. Je sens la magie en vous. La même que la mienne ! Faites-le encore ! Parlez-moi !

Jair eut l'impression d'être enveloppé dans un étau invisible qui lui coupa le souffle.

Sans pouvoir s'en empêcher, il chanta.

L'Enchantement de Shannara s'échappa de ses lèvres et des formes colorées apparurent devant lui, dansant dans la lumière de la lampe comme des créatures vivantes.

Puis l'étau invisible libéra Jair. Le Valombrien se tut et tomba à genoux. Slanter se rua vers lui, le tira vers la porte et hurla des imprécations au Mwellret. Puis il essaya de saisir le couteau d'Edain Elessedil.

Foraker se plaça entre le gnome et le Mwellret, épée au clair. Stythys paraissait avoir rapetissé. Il recula dans les ténèbres.

— Que lui avez-vous fait ? demanda Foraker.

Le Mwellret recula encore, les yeux étincelants.

— Ça suffit ! cria Foraker. Nous partons.

— Restez ! gémit le Mwellret. Parlez avec Stythys ! Il peut vous informer sur les spectres !

— Ça ne nous intéresse plus, dit Foraker.

Il frappa à la porte pour qu'un garde leur ouvre.

— Non ! Vous devez parler avec Stythys, si vous voulez détruire les spectres ! Je suis seul à connaître les secrets ! Revenez, petites créatures ! Si vous partez, vous le regretterez !

— Nous regrettons d'être venus ! cracha Edain. Et nous n'avons pas besoin de votre aide.

Jair passa la porte, soutenu par le prince d'un côté et par Slanter de l'autre. Comme souvent, le gnome marmonnait à voix basse. Le Valombrien jeta un dernier regard au Mwellret, dont la silhouette disparaissait dans les ombres à mesure que Foraker reculait, la lampe à huile au poing.

— Vous avez besoin de mon aide ! siffla la créature. Revenez, petites créatures ! Je suis votre ami !

Les sentinelles fermèrent la porte et remirent la barre. Jair inspira à fond, se redressa et se dégagea des bras qui le soutenaient. Foraker vint vers lui, le regarda dans les yeux, grogna et repartit par le couloir duquel ils étaient venus.

— Je crois que vous allez bien, annonça-t-il. Retournons à l'air frais !

— Qu'est-il arrivé, Jair ? demanda Edain. Comment vous a-t-il obligé à faire ça ?

— Je l'ignore…

— Ces diables noirs, marmonna Slanter. Ils ont le pouvoir de tordre l'esprit des gens !

Le Valombrien fit un signe affirmatif et continua son chemin. Il aurait aimé savoir comment la créature s'y était prise pour « tordre » le sien…

Chapitre 21

La nuit tombait sur Capaal. Dans les ténèbres, seule la lumière des lampes à huile brillait. Du givre se forma sur la pierre et les buissons, l'humidité gelant avec la chute rapide de la température. Tout était trop calme…

En haut des remparts de la forteresse, Jair et Elb Foraker observaient les écluses et les barrages.

— La forteresse a plus de cinq cents ans, maintenant, expliqua le nain. Elle a été construite du temps de Raybur, quand notre peuple avait encore des rois. Oui, à la fin de la Deuxième Guerre des Races.

Jair se pencha par-dessus le parapet. Il suivit du regard les détours du complexe faiblement éclairé par les torches et les lampes des remparts. Il y avait trois barrages successifs sur le cours de la rivière Argentée. Une série d'écluses contrôlait le flot, leurs mécanismes cachés à l'intérieur des barrages et de la forteresse qui les protégeaient. Construite en travers du barrage le plus haut, Capaal défendait tous les passages qui menaient aux salles techniques. Derrière le barrage supérieur s'étendait le lac Cillidellan, entouré par les feux de camp ennemis. Entre le barrage supérieur et les niveaux inférieurs, la rivière Argentée alimentait deux petits réservoirs. Des parois à pic entouraient les niveaux inférieurs. On y accédait seulement par des passerelles ou des passages souterrains creusés dans le rocher.

— Les gnomes aimeraient mettre la main sur tout ça, grogna Foraker en désignant le complexe. Ce système contrôle presque toute l'alimentation en eau des terres situées à l'ouest du lac Arc-en-ciel. Sans ça, à la saison des pluies, elles seraient inondées, comme c'était le cas avant la construction des barrages et des écluses. En cas de printemps particulièrement pluvieux, même Culhaven aurait été emportée par la crue.

Jair regarda autour de lui, impressionné par la taille du complexe et les efforts qu'avait dû coûter son édification. Foraker lui avait déjà fait visiter les mécanismes des écluses et des barrages, lui expliquant comment marchaient les machines et quels étaient les devoirs de ceux qui s'en occupaient. Jair lui était reconnaissant du temps qu'il avait pris pour lui montrer tout cela.

Slanter était occupé à rectifier des cartes de la région du nord établies par les nains. Le gnome avait tout de suite fait remarquer qu'elles étaient fausses. Peu désireux de retourner dans la prison où était gardé le Mwellret, il avait décidé de montrer ce qu'il pouvait faire, acceptant d'annoter les cartes afin que la petite expédition soit correctement informée de la géographie de la région qu'elle devrait traverser bientôt.

Edain Elessedil s'était absenté.

Foraker avait proposé à Jair de lui montrer les écluses et les barrages. Le Valombrien avait aussitôt accepté. Une des raisons de cette visite, selon Jair, était de lui faire oublier Garet Jax, pas encore de retour. Jair en était content et il préférait ne pas s'attarder sur la question, pour le moment.

— Les parois empêchent les gnomes d'accéder au barrage inférieur, continua Foraker. La forteresse contrôle tous les passages qui y conduisent. Nos ancêtres en avaient conscience quand ils ont construit Capaal : si la forteresse tient, les écluses et les barrages sont en sécurité, et la rivière Argentée aussi.

— Sauf si quelqu'un l'empoisonne, comme maintenant...

— Oui. Mais ce serait pire si les eaux du Cillidellan s'engouffraient librement dans le défilé. L'empoisonnement irait beaucoup plus vite.

— Les gens des autres terres sont-ils informés de tout ça ? demanda Jair.

— Oui.

— On aurait pu penser qu'ils viendraient vous prêter main-forte...

Foraker eut un rire sans joie.

— On aurait pu le penser, oui... Mais tout le monde n'a pas envie de croire à la réalité d'une menace. Certains préfèrent fermer les yeux.

— Qui a accepté de vous aider ?

— Les elfes des Terres de l'Ouest enverront une armée dirigée par Ander Elessedil. Elle est encore à deux semaines de route. Callahorn a promis des renforts. Helt et quelques frontaliers se battent déjà à nos côtés. Aucune nouvelle des trolls, pour le moment. Mais les Terres du Nord sont vastes. Peut-être nous aideront-ils, au moins le long des frontières du nord...

— Et les Terres du Sud ? demanda Jair au bout d'un moment.

— Les Terres du Sud ? Elles ont leur Fédération et le Conseil de la Coalition. Une bande d'imbéciles, d'après moi. Les disputes mesquines et les conflits d'intérêt leur prennent toute leur énergie. Et les gens des Terres du Sud se soucient peu des peuples des autres terres. La race de l'Homme retourne au stade où elle était au temps de la Première Guerre. S'il existe un Roi-Sorcier, je crains que la Fédération ne soit son premier allié !

Jair sursauta. Au cours de la Première Guerre des Races, des centaines d'années plus tôt, le Roi-Sorcier avait subverti la race de l'Homme, la convainquant d'attaquer les autres races. L'Homme avait perdu cette guerre, et n'avait toujours pas entièrement digéré son humiliation et son amertume. La Fédération, très isolationniste, était devenue le porte-parole de la race de l'Homme et de la majorité des Terres du Sud.

— Mais Callahorn est à vos côtés, déclara Jair. Les frontaliers sont une race à part !

— Pourtant, ils ne suffiront peut-être pas, grogna Foraker. Même s'ils envoient toute la Légion. Vous avez vu le nombre d'ennemis rassemblés devant la forteresse ! Unies, les tribus gnomes ont un pouvoir supérieur au nôtre. Et ils ont l'appui des êtres sombres qui les commandent…

Jair fronça les sourcils.

— Mais nous avons un allié qui peut résister aux spectres Mords ! Allanon !

— Oui. Allanon… murmura Foraker, l'air peu convaincu.

— Et Brin ! dit Jair. Quand ils auront trouvé l'Ildatch…

Il s'interrompit, se souvenant de l'avertissement du roi de la rivière Argentée. « *Comme des feuilles dans le vent* », avait-il dit. « *Votre sœur et le druide seront perdus tous les deux…* »

Il refusa d'écouter sa voix intérieure.

Non, ça n'arrivera pas, se promit-il. *Je les rejoindrai à temps. Je les trouverai. Je jetterai la poussière d'Argent dans les eaux de la source du Paradis et j'y lancerai le cristal de vision. Ensuite…*

Ensuite, quoi ? Il l'ignorait. Il ferait *quelque chose.* Qui empêcherait la prophétie du vieil homme de se réaliser.

Mais d'abord, il y avait le voyage, très loin d'être fini, se rappela-t-il tristement. Et pour repartir, ils devaient attendre que Garet Jax revienne…

Foraker arpentait de nouveau les remparts, les mains dans les poches de son manteau de voyage. Jair le rattrapa quand il s'engagea dans un escalier.

— Pouvez-vous me dire quelque chose au sujet de Garet Jax ? demanda-t-il.

Le nain ne releva pas la tête.

— Que voudriez-vous savoir ?

— Je l'ignore. Quelque chose. N'importe quoi.

— N'importe quoi ? C'est un peu vague… Quel genre de « n'importe quoi » ?

Jair réfléchit un moment.

— Quelque chose sur lui que personne d'autre ne connaît.

— Vous voudriez le comprendre, n'est-ce pas ?

— Oui. Un peu, en tout cas.

— Je ne suis pas sûr que ça soit possible, Ohmsford. C'est comme essayer de comprendre un faucon… Vous le voyez, et vous savez ce qu'il fait. Vous êtes plein d'admiration, mais vous ne le *comprenez* pas. Pour ça, il vous faudrait être lui !

— Pourtant, vous semblez comprendre Jax.

— C'est ce que vous pensez ? Que je le comprends ? Pas mieux que les faucons ! Probablement moins. Je le connais un peu, parce que j'ai passé du temps avec lui à combattre ou à entraîner des hommes. Je sais ce qu'il est. Mais tout ça ne veut pas dire que je le comprends.

» Comparé à vous, à moi – ou à quiconque – Garet Jax est une forme de vie différente. Unique ! À sa manière, ce lascar est magique. Il a trompé la mort les mains dans les poches, et pas qu'une fois ! Comme pour le faucon, c'est une question d'instinct. Le sien lui permet de voler loin au-dessus de nous, là où personne ne peut l'atteindre. Le comprendre ? C'est impossible !

— Il est venu dans les Terres de l'Est à cause de vous, dit Jair. Du moins, c'est ce qu'il prétend. Il doit donc avoir pour vous une certaine amitié.

— Possible… Mais ça ne signifie pas que je le comprenne. De plus, il agit pour des raisons personnelles qui ne sont pas forcément celles qu'il avance. Ça, j'en suis sûr. Et il n'est pas venu seulement à cause de moi, Ohmsford. Il a d'autres motivations. (Il tapota l'épaule de Jair.) Il est là autant pour vous que pour moi ! Mais j'ignore la véritable raison. Peut-être la connaissez-vous.

Le Valombrien réfléchit un instant.

— Il a juré d'être mon protecteur parce que le roi de la rivière Argentée a dit qu'il en serait ainsi…

— Parfait ! Mais le comprenez-vous mieux en sachant ça ? Moi, non ! Ses motivations le regardent et il ne me les confierait pas.

Jair entendit à peine, car un souvenir lui revint. Il se détourna pour ne pas montrer sa surprise au nain. Les motivations que Garet Jax n'aurait pas confiées à Foraker, se pouvait-il qu'il les lui ait confiées ? N'était-ce pas ce que le maître d'armes lui avait murmuré sous la pluie glaciale, la deuxième nuit de leur voyage, quand ils étaient assis seuls sous la crête ?

« Je veux que vous compreniez, Valombrien », avait dit Garet Jax. *« J'ai décidé de vous accompagner à cause de cette vision. Je serai votre protecteur, comme je m'y suis engagé, et je vous aiderai à éviter les dangers qui vous menacent. Bref, je vous défendrai, même si je dois mourir en le faisant. Mais je cherche uniquement à mettre mes talents à l'épreuve contre cette créature ! »*

Jair inspira à fond l'air glacial. Comprenait-il Garet Jax mieux qu'il ne l'avait cru ? Pour autant qu'un tel individu fût compréhensible…

— Il y a une chose que peu de gens connaissent, lâcha soudain Foraker. Vous avez dit qu'il vous avait trouvé dans la forêt des Chênes Noirs. Vous vous êtes demandé ce qu'il y faisait ? Il avait quitté Callahorn et se dirigeait vers l'est…

Jair réfléchit.

— Je n'avais pas pensé à ça. Les Chênes Noirs représentent un sacré détour pour quelqu'un qui va de la frontière de Callahorn à l'Anar. (Il hésita.) Que faisait-il là ?

— Il ne m'a rien révélé de plus qu'à vous. Donc, ce que je vais dire n'est que pure supposition. Mais sachez qu'il est originaire de la région au nord du lac, entre Leah et les plaines de Clete. C'est là qu'il est né et qu'il a grandi. Autrefois, il y a bien longtemps, il y avait de la famille. Il n'en a pas parlé depuis un bout de temps, mais peut-être a-t-il toujours des parents dans le secteur. Ou simplement des souvenirs.

— Une famille, dit doucement Jair. Vous en a-t-il raconté plus long ?

— Non. Il l'a mentionnée une fois, c'est tout. Maintenant, vous savez sur lui une chose que personne ne connaît, à part moi. Ça vous aide à mieux le comprendre ?

Jair sourit.

— En fait, non.

Foraker et Jair prirent le chemin des remparts.

— C'est ce que je pensais, marmonna le nain, en s'enroulant dans son manteau pour s'abriter du vent. Revenez avec moi à l'intérieur, Ohmsford. Je vous préparerai une chope de bière chaude. Nous attendrons ensemble le retour du faucon !

La nuit passa, perturbée par l'appréhension du lendemain. La brume tomba, enveloppa les écluses et les barrages, et dissimula sous son voile l'armée des gnomes et celle des nains. Bientôt, les feux de camp ennemis disparurent dans le brouillard.

Jair Ohmsford s'endormit à minuit, toujours dans l'attente du retour de Garet Jax. Il s'était installé sur un fauteuil à haut dossier, dans une salle de garde, pendant que Foraker, Slanter et Edain Elessedil s'entretenaient à voix basse en buvant de la bière, à la lumière d'une unique chandelle.

Après un moment, il dériva dans le sommeil.

L'aube était presque levée quand le prince le secoua doucement pour le réveiller.

— Jair. Il est revenu.

Le Valombrien se redressa et regarda autour de lui. Un petit feu brûlait encore dans la cheminée, de l'autre côté de la pièce. Dehors, on entendait le crépitement de la pluie.

Jax était revenu !

Jair se leva. Il était habillé, à part ses bottes qu'il se hâta de remettre.

— Il est arrivé il y a une demi-heure, dit l'elfe d'une voix étrangement étouffée, comme s'il craignait de réveiller quelqu'un. Helt était avec lui, bien entendu. Ils ont trouvé un chemin vers le nord, au-delà des tunnels.

Il s'interrompit.

— Mais quelque chose d'autre est arrivé, Jair. Un peu après minuit, il s'est mis à pleuvoir, et ça a dissipé la brume. Quand il a fait assez clair pour qu'on y voie, tous les gnomes étaient là, devant nous. Ils s'étaient rassemblés sur les rives du Cillidellan, d'un bout à l'autre du barrage supérieur. Ils sont là, sans rien faire. Ils attendent.

Jair se leva d'un bond.

— Ils attendent quoi ?

— Je l'ignore… Personne ne semble le savoir. Mais ils sont là depuis des heures. Les nains sont tous réveillés, et postés sur les remparts. Suivez-moi, vous verrez par vous-même.

Ils traversèrent un labyrinthe de couloirs, puis la cour qui jouxtait la partie centrale du barrage. Un vent glacial soufflait du lac Cillidellan et la pluie leur fouettait le visage. Il faisait encore nuit, la lumière de l'aube semblable à une brume grise au sommet des montagnes, à l'est.

Les nains étaient tous sur les remparts, les armes à la main.

Lorsqu'ils eurent atteint la partie de la forteresse qui protégeait l'extrémité nord du barrage supérieur, Edain guida Jair dans une série d'escaliers puis le long des remparts, jusqu'à une haute tour. Le vent y soufflait plus fort et la pluie avait redoublé de violence.

Ils s'arrêtèrent devant une porte de chêne et virent descendre de la tour un nain à l'air féroce. La barbe et les cheveux d'un roux flamboyant, il portait une cotte de mailles et des vêtements en cuir.

— Rhadomm, le commandant de la forteresse ! dit Edain à Jair.

Ils entrèrent dans la tour, s'isolant des intempéries. La chiche lumière d'une lampe à huile leur permit d'apercevoir des silhouettes enveloppées dans leurs manteaux.

— Celui-là, il dormirait tout le temps, si on le laissait faire, marmonna Slanter.

— Content de vous revoir, Jair Ohmsford, dit une voix grave.

Helt tendit une main pour serrer celle de Jair.

Garet Jax arriva, aussi calme que s'il avait été de pierre. Ils se regardèrent en silence.

Jax posa doucement une main sur l'épaule de Jair. Dans ses yeux de glace, un instant, une étrange chaleur passa. Puis sa main quitta l'épaule du jeune homme et il se retourna vers les ténèbres.

Derrière eux, les portes s'ouvrirent à la volée, et un nain dégoulinant de pluie rejoignit Elb Foraker, penché sur des cartes posées sur une petite table de bois. Ils s'entretinrent quelques instants à voix basse, puis le courrier repartit presque aussi vite qu'il était arrivé.

Foraker revint aussitôt à côté de Jair et fit signe aux autres d'approcher.

— Ohmsford, annonça-t-il tranquillement, on vient de m'informer que le Mwellret s'est enfui.

— Comment ça a pu arriver ? demanda Slanter, furieux.

— Il s'est métamorphosé, dit Foraker, sans quitter Jair du regard. Il s'est débrouillé pour devenir assez mince et il a fui par un des petits conduits de ventilation. C'est arrivé pendant la nuit. On ignore où il est.

Jair sentit son sang se glacer. Il avait compris pourquoi Foraker lui avait donné cette désagréable nouvelle. Le Mwellret avait détecté la magie elfique en lui… et réussi à le forcer à la révéler. S'il était libre…

— Il aurait pu faire ça n'importe quand, dit Edain. Il avait sûrement une raison de s'évader *maintenant*.

Et je pourrais bien être cette raison, pensa Jair. *Foraker l'a compris. C'est pour ça qu'il m'en a parlé en premier !*

— Nous partons immédiatement, dit Jax. Notre quête nous conduit vers le nord. Quoi qu'il se passe ici, nous n'avons pas besoin d'y prendre part. Avec les gnomes réunis autour du lac Cillidellan, il ne devrait pas être trop difficile de…

Ooommmm !

Les six compagnons sursautèrent puis regardèrent autour d'eux. Le gémissement assaillait leurs oreilles. De plus en plus puissant, car des milliers de voix lui donnaient de la force.

— Par l'enfer ! s'écria Slanter.

Ils se précipitèrent tous vers la porte, sortirent sur les remparts et regardèrent vers le nord, de l'autre côté des eaux agitées du Cillidellan.

Oooommmm !

Le gémissement, plus aigu, se répercuta contre les parois des montagnes. Tout autour du lac, les gnomes entonnèrent le chant sinistre, leurs voix n'en faisant plus qu'une.

Rhadomm apparut sur les remparts, criant des ordres. Des messagers partirent en courant prévenir ses capitaines.

Jair porta la main à sa tunique et fut réconforté par la présence de la poussière d'Argent et du cristal de vision.

Garet Jax saisit Slanter par son manteau et le tira vers lui.

— Que se passe-t-il ?

— C'est un appel ! Un appel à la magie noire ! J'ai vu ça une fois, à Graymark ! Mais pour réussir, il leur faut l'aide des Marcheurs !

— Garet ! cria Foraker, tirant son ami par le bras et lui montrant la rive la plus proche du Cillidellan, à moins de cent pas de l'endroit où s'élevait le barrage supérieur.

Le maître d'armes lâcha Slanter. Tous les regards se tournèrent vers l'endroit que le nain désignait.

Trois silhouettes enveloppées de manteaux noirs passaient au milieu des gnomes, impressionnantes dans la lumière grise.

— Les spectres Mords ! murmura Slanter. Les Marcheurs sont arrivés !

Chapitre 22

Paraissant glisser plutôt que marcher, les spectres Mords se dirigèrent vers les rives du Cillidellan. Sous leurs capuchons, ils auraient pu être des fantômes, n'étaient les doigts griffus qui agrippaient un bâton gris noueux en orme de montagne poli. Les hurlements sinistres de leurs adeptes retentissaient autour d'eux, plus puissants que le souffle du vent. Les défenseurs qui regardaient depuis les remparts de Capaal auraient pu croire que les créatures obscures étaient nées de ces hurlements.

Soudain, l'horrible gémissement se tut. On n'entendit plus que le sifflement du vent sur les eaux du lac, et le clapotis des vagues soulevées par son passage.

Le spectre Mord qui ouvrait la marche leva son bâton, révélant un bras squelettique semblable à du bois mort brûlé. Un lourd silence se fit et il sembla un instant que le vent lui-même s'était tu. Puis le bâton descendit lentement vers les eaux ténébreuses du lac. Les autres spectres imitèrent le premier, leurs bâtons semblant se fondre en un seul quand ils touchèrent la surface du Cillidellan.

Au début, rien ne se passa. Puis les bâtons crachèrent des lances de feu rouge qui s'enfoncèrent dans les profondeurs du lac. Les eaux frémirent, s'agitèrent et commencèrent à bouillir.

Les gnomes hurlèrent de joie et reculèrent.

— C'est l'appel ! cria Slanter.

Le feu rouge continua à brûler et pénétra jusque dans les profondeurs les plus obscures du lac. Comme une tache de sang, les flammes se répandirent dans l'eau, faisant jaillir vers le ciel des geysers de vapeur. Puis le lac entier bouillonna.

Les défenseurs de la forteresse regardaient, pétrifiés. Quelque chose d'affreux était sur le point d'arriver, ils le sentaient. Et personne ne savait comment l'empêcher !

— Il faut partir d'ici ! cria Slanter. Vite, maître d'armes !

Le feu des bâtons mourut soudainement et les spectres les retirèrent des eaux du lac.

Pourtant, elles continuèrent à bouillonner.

Oooommmmm !

Le gémissement des gnomes retentit de nouveau, aigu et plein d'espoir. De la vapeur jaillit du lac, comme en réponse à leur chant sinistre. Puis une créature immense et sombre commença à émerger des profondeurs du lac.

— Maître d'armes ! glapit Slanter.

— Du calme, dit Garet Jax. Helt, apporte-nous des arcs.

Le frontalier retourna dans la tour de garde. Jair le regarda un instant, puis se tourna de nouveau vers le Cillidellan, les yeux rivés sur le monstre.

Il s'élevait de plus en plus vite en approchant de la surface. Un démon invoqué par les spectres… Mais quel genre de démon ? Cette créature d'une taille invraisemblable semblait emplir le lac. Lentement, elle prit forme, devenant un monstre immense aux bras difformes tendus.

Enfin, dans un dernier effort, elle sortit entièrement de l'eau et son corps noir se découpa sur le fond plus clair du ciel. Son torse en forme de tonneau couvert de boue et incrusté de coraux et de créatures marines, la bête avançait sur quatre pattes semblables à des nageoires. Sa tête, une masse de tentacules entourant une mâchoire béante en forme de bec, était garnie de rangées de crocs. Les tentacules étaient couverts de ventouses, la plus petite ayant la taille d'une main humaine. De chaque côté des masses d'appendices, un peu en retrait, brillaient des yeux rouges impitoyables. La créature mesurait plus de trois cents pieds de haut et cent vingt de large.

— Un kraken ! cria Foraker. Nous sommes perdus !

Le gémissement des gnomes, de plus en plus aigu, n'avait plus rien d'humain. Dès que la bête eut émergé, il se transforma en un cri de bataille qui retentit dans toute la forteresse.

Le kraken lui répondit en agitant ses tentacules.

Puis il se tourna vers le barrage et la forteresse qui le protégeait.

— Il vient vers nous ! murmura Jax. Une créature qui ne peut pas vivre en eau douce, un habitant de l'océan… Et pourtant, il est ici ! Amené par la magie noire ! (Ses yeux gris brillèrent d'une lueur féroce.) Mais il ne nous aura pas ! Helt !

Le frontalier rejoignit Jax, trois arcs à la main. Garet en prit un, en laissa un au frontalier et passa le troisième à Edain Elessedil.

Slanter avança.

— Écoutez-moi ! Il est impossible de résister à cette créature ! C'est un monstre invoqué par la magie noire ! Il est trop puissant, même pour vous !

Garet Jax ne lui prêta aucune attention.

— Restez avec le Valombrien, gnome. Il est désormais sous votre protection. Assurez-vous qu'il ne lui arrive rien !

Il descendit de la tour de garde, suivi par Helt et Edain. Foraker hésita un instant, lança un regard méfiant à Slanter, puis suivit les trois autres.

Le kraken se jeta contre le mur de la citadelle, l'impact ébranlant la pierre et le mortier. Les tentacules sortirent de l'eau et se tendirent vers les défenseurs. Plusieurs dizaines basculèrent dans les eaux du lac, emprisonnés par les ventouses et les épines du monstre.

Les défenseurs faisaient de leur mieux, mais leurs armes étaient inutiles contre le monstre protégé par sa cuirasse d'écailles. Éliminant systématiquement les nains qui essayaient de le ralentir, il entreprit de démolir les remparts.

Les gnomes fondirent sur les portes aux deux extrémités du barrage supérieur, des échelles et des grappins à la main.

Les défenseurs se ruèrent sur les parapets et tinrent bon contre ce nouvel assaut. Mais les gnomes semblaient être devenus fous ! Sans la moindre peur, ils se jetaient sur les murs et les portes, où ils se faisaient tuer par dizaines.

Cette folie apparente avait un but ! Pendant que les nains étaient occupés, le kraken se fraya un chemin vers le nord et atteignit le mur à l'endroit où il jouxtait les portes. Puis il surgit de l'eau, ses pattes-nageoires s'appuyant sur la paroi rocheuse du barrage, et plaqua les ventouses de ses tentacules sur les portes. Ensuite, il tira. Avec un craquement sinistre, les battants cédèrent, arrachés à leurs charnières, et l'armée des gnomes envahit la place forte.

Sur les remparts de la tour de garde, Jair et Slanter observaient la bataille avec une horreur grandissante. Sans les portes, les nains n'avaient aucune chance de contenir l'armée ennemie et la forteresse serait prise en quelques minutes. Déjà, les défenseurs battaient en retraite par petits groupes. D'autres essayaient quand même de tenir bon. Mais de là où le Valombrien et le gnome se tenaient, il semblait clair que la bataille était perdue d'avance.

— Nous devons filer, gamin ! cria Slanter.

Jair refusa de partir. Il chercha ses autres compagnons du regard, trop horrifié par ce qui se passait pour faire autre chose. Le kraken était retombé dans l'eau et retournait vers le centre du barrage. Les spectres Mords le suivaient sur la rive, en direction des remparts démolis. Leurs bâtons gris levés, ils exhortaient leur armée à continuer d'avancer. Implacables, les serviteurs des spectres entrèrent dans la forteresse des nains.

— Slanter ! cria soudain Jair en désignant quelque chose au cœur de la bataille.

Sur les remparts du premier mur, la silhouette de Helt apparaissait à travers la fumée et la brume. Elb Foraker était à côté de lui. Arc à la main, le frontalier s'appuya contre le parapet, visa et lâcha une flèche qui s'enfonça dans la poitrine du spectre le plus proche. La créature se raidit, repoussée par la force de l'impact. Une deuxième flèche suivit la première. Le spectre tituba de nouveau. Des hurlements déconcertés retentirent autour de lui. Pendant un instant, l'avance des gnomes parut ralentir.

Mais le spectre Mord se reprit. D'une main griffue, il arracha les flèches avec une aisance effrayante, les brandit et les brisa en menus morceaux. Puis il leva son bâton : du feu rouge en jaillit, explosa tout le long des remparts et tua les défenseurs dans son sillage.

Helt et Foraker reculèrent quand il les atteignit et disparurent dans une avalanche de gravats et de poussière.

Jair fit mine de se jeter en avant. Slanter le tira sans ménagement.

— Tu ne peux rien pour eux, gamin ! Fais-toi plutôt du souci pour ta sécurité ! Si nous sommes assez rapides…

Il entraîna Jair vers un escalier.

Le kraken s'était dressé hors du Cillidellan, à mi-chemin du mur de la grande cour qui donnait sur l'extrémité du barrage supérieur.

Le kraken pivota lentement, sa partie inférieure seule restant immergée, et se dirigea vers la zone où les nains essayaient d'évacuer la section nord de la forteresse. Ses tentacules s'enroulèrent sur le haut du barrage, coupant la retraite aux nains.

— Slanter ! cria Jair quand un tentacule géant passa au-dessus de sa tête.

Ils battirent en retraite dans l'escalier et s'accroupirent à l'abri d'une balustrade. Des gouttelettes d'eau soulevée par la nageoire caudale du monstre les inondèrent, mêlées à de la poussière et à des fragments de pierre. Sous eux, les tentacules du monstre frappaient les murs de la forteresse, fauchant tous ceux qui avaient la malchance de se trouver sur son chemin.

Un moment, ils pensèrent que toute chance de fuir par la cour était perdue. Mais les nains contre-attaquèrent à partir des niveaux inférieurs de la forteresse, des escaliers obscurs et des tunnels. Le commandant Rhadomm conduisit ses soldats au milieu de la masse de tentacules et frappa le monstre à grands coups de hache. Des morceaux ensanglantés se détachèrent et des geysers de sang éclaboussèrent la pierre humide du barrage.

Bien que les nains ne fassent pas le poids face au monstre, qui les écrasait par dizaines comme des blattes, ils ne reculaient pas, déterminés à ouvrir un chemin à leurs compagnons prisonniers dans la forteresse.

Hélas, le kraken les massacrait sans effort.

Finalement, il eut raison de Rhadomm. Saisissant le commandant dans ses bras monstrueux, il le fit tourner au-dessus de sa tête, sans se soucier de la hache qui continuait à frapper. Puis il l'écrasa contre la pierre et lâcha son corps brisé.

Slanter tira désespérément Jair par le bras.

— Fuyons ! hurla-t-il.

Des tentacules les ratèrent de peu, faisant exploser les murs autour d'eux. Une pluie de fragments déchiquetés renversa le Valombrien et le gnome pendant qu'ils essayaient de s'abriter. Couvert de débris, Jair se secoua et se remit péniblement debout. En contrebas, les nains avaient été forcés de battre en retraite à l'intérieur de la forteresse et le kraken se rapprochait du mur contre lequel Jair était plaqué. Il essaya de reculer, puis s'arrêta, choqué. Slanter gisait à ses pieds, du sang coulant de sa tête.

Garet Jax sortit de l'abri relatif des remparts, une épée courte à la main.

Jair cria en le voyant, mais le bruit de la bataille couvrit son appel.

Le maître d'armes courut vers le haut du mur du barrage supérieur, rendu glissant par le sang. Au lieu de s'éloigner des tentacules du monstre, il se dirigeait droit vers eux ! Plongeant pour les éviter, pareil à un fantôme, il fonça vers la gueule ouverte de la créature.

Les tentacules le ratèrent de peu, trop lents pour un guerrier aussi vif que le maître d'armes. Mais il suffirait d'une seule erreur, d'un faux pas, et…

Ayant atteint le bec crochu du kraken, Jax bondit et frappa à l'intérieur de la gueule béante. Les tentacules se rétractèrent aussitôt et le corps gigantesque frémit.

Garet Jax s'écarta vivement des mâchoires qui tentaient de le broyer et saisit une autre arme – une pique –, l'arrachant à la main d'un nain tombé au combat.

Le kraken vit trop tard le danger. La pique s'enfonça dans son œil gauche et pénétra jusqu'au cerveau.

Le monstre recula. Autour de lui, les murs de pierre éclatèrent pendant qu'il essayait de regagner les eaux du Cillidellan.

Mais Garet Jax n'avait pas lâché la hampe de la pique et il la poussa de plus en plus loin à mesure que le kraken se débattait. Bien que blessé, le monstre avait encore une force incroyable. Se soulevant, il passa par-dessus le barrage supérieur et bascula dans le Cillidellan.

Les mains toujours serrées autour de la pique, Garet Jax fut entraîné avec lui.

Jair recula contre la balustrade brisée, un cri de colère s'étranglant dans sa gorge. Dessous, le barrage supérieur était de nouveau dégagé. Les défenseurs nains bloqués à l'intérieur en sortirent et foncèrent vers la « sécurité » de la partie sud de la forteresse.

Slanter revint se camper à côté de Jair. Son visage jaune et ratatiné était couvert de sang, mais il l'essuya d'un geste négligent et entraîna Jair dans les escaliers, derrière lui. Ils traversèrent la cour et suivirent des nains en fuite. Mais il était déjà trop tard. Des Chasseurs gnomes apparurent des deux côtés des remparts, derrière eux, et se déversèrent dans la cour comme une marée.

Slanter jeta un coup d'œil par-dessus son épaule et poussa Jair dans un escalier obscur.

Au-dessus d'eux, les échos de la bataille s'estompèrent.

Au pied des escaliers, ils débouchèrent dans un couloir chichement éclairé qui longeait le barrage. Slanter hésita, puis se tourna vers le nord.

— Slanter ! cria le Valombrien. Ce chemin nous ramène là d'où nous venons, et loin des nains !

— Les gnomes aussi iront de l'autre côté ! Ils ne viendront pas par là ! Dépêche-toi !

Ils coururent dans la pénombre, trébuchant parfois de fatigue. Si les bruits de la bataille étaient lointains et faibles, ils entendaient bien le grondement de la machinerie et celui des eaux du Cillidellan.

Jair était toujours secoué par les derniers événements. L'expédition partie de Culhaven n'existait plus : Helt et Foraker avaient été abattus par les Marcheurs ; Garet Jax était tombé, victime du kraken, et Edain Elessedil avait disparu. Seuls restaient Slanter et lui-même, mais pour combien de temps ? Capaal était entre les mains des gnomes. Les écluses et les barrages aussi…

Tout était perdu !

Les poumons de Jair brûlaient et il haletait. En lui, l'amertume le disputait à la colère. Que devait-il faire ? Comment rejoindre Brin ? Jamais il ne la trouverait avant qu'elle entre dans la Maelmord.

Comment accomplirait-il la mission que lui avait confiée le roi de la rivière Argentée ?

Ses jambes se dérobèrent, fauchées par un obstacle qu'il n'avait pas vu, et il s'étala de tout son long dans le couloir. Devant lui, Slanter continua à courir. Il ne s'était aperçu de rien.

Jair se releva, mais le gnome était déjà loin.

Un bras jaillit des ténèbres et une main écailleuse lui ferma la bouche, l'étouffant à moitié. Un autre bras le saisit par la taille et le tira en arrière, à travers une porte.

— Restez, petit elfe, dit une voix sifflante. Nous sommes magiques, vous et moi. Amis !

Quand Slanter sortit du tunnel, il constata que c'était déjà le milieu de la matinée. Il traversa le buisson touffu qui dissimulait l'accès secret et se dressa, seul, sur les hauteurs battues par les vents de la montagne, au nord de Capaal. Une lumière grise filtrait du ciel plombé, et le froid nocturne ne s'était pas entièrement dissipé. Le gnome regarda autour de lui, puis il se baissa et se fraya un chemin à travers les broussailles vers l'endroit où la pente descendait sur le défilé.

Loin au-dessous, les écluses et les barrages de Capaal grouillaient de gnomes. Il y en avait partout : sur les remparts, en haut des murs, et probablement dans les salles de la machinerie.

Il était fatal que ça se termine ainsi, pensa Slanter. Personne ne pouvait résister aux Marcheurs. Capaal était tombée, comme prévu.

Il se redressa de toute sa modeste taille. À cette hauteur, il ne risquait pas d'être repéré. Les gnomes étaient tous dans la forteresse, et les nains qui avaient réussi à fuir filaient vers le sud, pour rallier Culhaven.

Il n'avait plus qu'à partir de son côté.

Ce qu'il avait souhaité faire depuis le début !

Pourtant, il s'immobilisa, indécis. Il ignorait ce qui était arrivé à Jair Ohmsford. Un moment, le Valombrien était à un pas de lui. L'instant d'après, il avait disparu. Slanter l'avait cherché. Mais il n'avait pas trouvé trace de lui.

Finalement, il avait continué, seul. Qu'aurait-il pu faire d'autre ?

— De toute façon, je n'ai eu que des problèmes à cause de ce gamin !

Mais ses paroles manquaient de conviction, même à ses propres oreilles.

Il soupira, regarda le ciel plombé et se mit en route. Le Valombrien disparu, les autres membres de la petite troupe éparpillés ou morts, il n'avait plus de raison d'aller à la source du Paradis. Une excellente nouvelle ! C'était une quête stupide et impossible, il l'avait dit dès le début ! Ses compagnons n'avaient pas compris contre quel ennemi ils se dressaient. Ils ignoraient l'étendue des pouvoirs des Marcheurs. Ce n'était pas sa faute s'ils avaient échoué…

Malgré tout, il détestait ne pas savoir ce qui était arrivé au gamin.

Il grimpa sur un surplomb rocheux qui dominait les Terres de l'Est et permettait de voir vers l'ouest. Au moins, il avait été assez malin pour s'en tirer, pensa-t-il fièrement. Parce qu'il savait surmonter tous les problèmes, et qu'il pensait toujours à sa sécurité. Au contraire d'un cinglé comme Garet Jax ! Slanter esquissa un sourire. Il avait appris depuis longtemps à ne pas risquer inutilement sa vie. Et à garder un œil ouvert pour savoir comment sortir rapidement de n'importe où. Quand le nain avait été assez obligeant pour lui fournir les cartes des tunnels qui les conduiraient vers le nord, au-delà de l'armée ennemie, il s'était empressé de les mémoriser. Voilà pourquoi il s'en était tiré sain et sauf ! Si les autres avaient été moitié aussi prévoyants que lui…

Il sentit le vent glacial lui fouetter le visage. Au nord et à l'est s'étendaient les forêts de l'Anar, roussies par l'automne et humides de brume. C'était le bon chemin. Il devait revenir vers les terres frontalières, où régnait encore un semblant de paix et de calme. Là, il pourrait recommencer son ancienne vie et oublier ce qui s'était passé ici. De nouveau libre, il irait où il voulait ! Dans une semaine, dix jours au plus, les Terres de l'Est et la guerre qui les ravageaient ne seraient plus qu'un mauvais souvenir.

Il flanqua un coup de pied à un rocher.

— Quand même, ce gamin avait du cran, dit-il doucement.

Sans parvenir à se décider, il resta planté là, à regarder tomber la pluie.

Chapitre 23

En fin d'après-midi, le jour où Paranor disparut de la surface de la terre, une pluie d'automne tomba sur Callahorn, des plaines de Streleheim, au sud, jusqu'au lac Arc-en-ciel. Des orages balayèrent les terres frontalières, inondèrent les forêts et les plaines, les dents du Dragon et Runne, et enfin les vastes étendues des plaines de Rabb. Les intempéries rattrapèrent Allanon, Brin et Rone à ce moment de leur voyage vers l'Anar.

Cette nuit-là, ils campèrent sous l'averse, dans leurs vêtements trempés, réfugiés sous un vieux chêne qui leur offrait un abri très précaire. Autour d'eux, les éclairs illuminaient les plaines arides. Ils auraient pu continuer à voyager jusqu'à l'aube et atteindre l'Anar avant de se reposer. Mais le druide s'aperçut que la Valombrienne et le montagnard étaient épuisés, et il jugea plus avisé de ne pas les pousser trop loin.

Ils passèrent donc la nuit dans les plaines de Rabb, et repartirent à l'aube. La journée était pluvieuse, et le soleil filtrait rarement entre les nuages d'orage. Ils se dirigèrent vers l'est, à travers les plaines, jusqu'aux berges de la rivière Rabb, où ils tournèrent vers le sud. À l'endroit où la rivière se divisait, une branche coulant vers l'ouest, ils traversèrent et continuèrent vers le sud jusqu'au crépuscule.

Ils passèrent une deuxième nuit inconfortable dans les plaines de Rabb, la pluie et le froid les empêchant de bien dormir. Les éléments ne gênaient pas le druide, mais ils épuisaient le montagnard et la Valombrienne.

Brin, surtout, était morte de fatigue.

Pourtant, à l'aube, elle se déclara prête à reprendre la route. Ayant passé une partie de la nuit à réfléchir à ses motivations, sa détermination s'était raffermie. Les pluies torrentielles qui les suivaient depuis leur départ des dents du Dragon avaient enfin cessé, devenant une bruine. Le ciel s'éclaircissait et les nuages s'effilochaient au-dessus de la forêt. La réapparition du soleil redonna à la Valombrienne un peu de l'énergie que les pluies et la grisaille lui avaient ôtée.

Mais l'épuisement n'était pas si facile que ça à oublier ! En dépit du beau temps, elle sentait toujours la fatigue, accompagnée d'angoisses qui refusaient de la laisser en paix. Des démons sans visage tourbillonnaient dans son esprit. Comme dans les dents du Dragon, il lui semblait que des yeux invisibles étaient rivés sur elle. Et la prémonition revenait en force. Elle l'avait eue pour la première fois dans les dents du Dragon. À l'en croire, ses compagnons et elle jouaient avec la mort un jeu dangereux qu'ils n'avaient aucune chance de gagner. Elle avait pensé en avoir terminé avec cela quand ils avaient quitté Paranor, puisqu'ils s'étaient enfuis sains et saufs de la citadelle des druides. Pourtant, au cours des deux derniers jours, le mauvais pressentiment était revenu, en partie à cause de la grisaille et de l'humidité. Il la hantait. Malgré sa colère et ses efforts pour le chasser de son esprit, il refusait de la quitter.

Les heures passèrent lentement pendant cette troisième matinée de voyage. La détermination de Brin Ohmsford commença à la quitter, remplacée par un étrange sentiment de solitude. Confrontée à une prémonition que ses compagnons étaient incapables de percevoir, la jeune elfe se renferma sur elle-même.

Au début, elle essaya de nier le monstre qui la torturait avec ses murmures insidieux.

Allanon et Rone aussi s'étaient repliés sur eux-mêmes et Brin ignorait comment les faire sortir de leur coquille. Elle se sentait dans son esprit comme dans une prison dont elle aurait forgé elle-même les barreaux.

Bien sûr, Allanon n'avait jamais été proche d'elle. Pour lui, elle éprouvait une certaine pitié et un sentiment de « familiarité », mais il restait un étranger fermé et un peu effrayant. Avant, tout était bien différent avec Rone, mais lui aussi avait changé. D'ami et de compagnon, il était devenu son protecteur, avec des pouvoirs aussi formidables que ceux du druide. Ce changement était dû à l'Épée de Leah, qui lui avait donné la capacité de se dresser devant tout danger qui menacerait Brin. La magie née des eaux ténébreuses de l'Hadeshorn et des pouvoirs occultes d'Allanon l'avait transformé. Leur intimité d'autrefois avait disparu. Désormais, Rone était plus proche d'Allanon que d'elle !

Ce sentiment d'isolement augmenta, accompagné par l'impression qu'elle avait, à un moment indéterminé, perdu de vue le but de cette quête. Au début, elle avait une conception claire et précise de sa mission. Elle devait voyager à travers l'Anar, dans les monts Ravenshorn et dans la Maelmord, puis trouver et détruire l'Ildatch, ce grimoire qui donnait leurs pouvoirs aux spectres. Mais plus le temps passait et plus « l'urgence » lui échappait. Leur but était désormais devenu lointain et presque irréel. Allanon et Rone, forts et déterminés, étaient unis contre les ombres qui tentaient de les arrêter. À quoi leur servirait Brin ? Ne pourraient-ils agir aussi bien qu'elle, malgré ce que prétendait le druide ? Elle avait le sentiment d'être pour eux un fardeau – quelqu'un dont l'utilité avait été surestimée. Elle tenta de se dire qu'elle se trompait, mais ne parvint pas à se convaincre que sa présence n'était pas une erreur. Et cette conviction la fit se sentir encore plus solitaire.

La brume matinale dissipée depuis longtemps, la journée était ensoleillée. Les plaines arides avaient retrouvé un peu de couleurs, et les étendues désolées étaient devenues des prairies. Le sentiment de solitude de Brin lui parut un moment moins pesant.

À la tombée de la nuit, ils arrivèrent à Storland, le village des guérisseurs gnomes.

Aussi ancienne que célèbre, la communauté était un simple ensemble de maisons modestes en pierre et en bois, installée à l'orée de la forêt. Wil Ohmsford y avait suivi sa formation. Allanon était venu l'y chercher pour qu'il aide l'Élue Amberle à préserver l'Ellcrys, l'arbre magique, et à sauver les elfes. Au cours du voyage, l'utilisation des Pierres elfiques avait implanté en Wil la magie elfique et celui-ci l'avait transmise à Brin sous la forme de l'Enchantement de Shannara.

Voilà comment toute cette folie avait commencé ! Pour les Ohmsford, tout se gâtait immanquablement dès l'apparition du druide...

Ils traversèrent le village et s'arrêtèrent derrière un grand bâtiment – le centre de soins. Les Stors vêtus de blancs sortirent de la bâtisse, comme s'ils les attendaient. Sans un mot, quelques-uns s'occupèrent des chevaux. Trois autres gnomes silencieux conduisirent Brin, Rone et Allanon dans le bâtiment, à travers des couloirs obscurs, et les installèrent dans des pièces séparées. Un bain chaud et des vêtements propres les y attendaient, ainsi qu'un bon repas et un lit confortable. Les Stors n'ouvrirent pas la bouche pendant qu'ils s'occupaient de leurs invités. Ils attendirent quelques instants qu'ils soient installés, puis s'en allèrent, discrets comme des ombres.

Restée seule dans sa chambre, Brin prit un bain, se changea et mangea son repas, perdue dans son épuisement physique et sa solitude. La nuit tombant sur les terres boisées, des ombres passèrent devant les fenêtres aux rideaux tirés. La Valombrienne les regarda à peine, se laissant aller au plaisir du confort dont elle avait été privée depuis son départ de Valombre. Elle aurait presque pu se croire rentrée chez elle !

Mais il ne se passa pas longtemps avant qu'on vienne frapper à sa porte. Quand elle eut ouvert, un Stor en robe blanche lui fit signe de le suivre. Elle obéit sans protester, comprenant qu'Allanon l'avait fait appeler.

Il l'attendait dans la pièce qu'on lui avait attribuée, au bout du couloir. Rone Leah était assis près de lui devant une petite table où brûlait une lampe à huile. Le druide désigna une troisième chaise et la Valombrienne s'assit. Le Stor qui l'avait accompagnée quitta la pièce et ferma la porte derrière lui.

Les trois compagnons se regardèrent en silence. Allanon s'agita sur sa chaise, les yeux dans le vague, ou rivés sur des choses que ni Brin ni le montagnard ne voyaient. *Il a l'air vieux ce soir,* pensa Brin. Pourtant, personne n'avait jamais vu Allanon vieillir, à part Wil, et ça s'était passé juste avant que le druide disparaisse des Quatre Terres, plus de vingt ans auparavant.

Mais elle ne se trompait pas : il paraissait plus âgé qu'au moment où il était venu à Valombre la chercher. Sa longue chevelure noire était striée de gris, son visage avait davantage de rides. Il était aussi plus courbé. Le temps travaillait contre lui, comme pour tous les humains !

— Ce soir, je vous parlerai de Bremen, dit-il doucement.

» Il y a bien longtemps, à l'époque du Conseil des druides de Paranor, entre les Guerres des Races, Bremen comprit la vérité sur la renaissance de la magie. Brona, le futur Roi-Sorcier, en avait découvert les secrets des années plus tôt, et il était tombé sous l'emprise de son pouvoir. Dévoré par ce qu'il avait cru maîtrisé, le druide rebelle devint un esclave. Après la Première Guerre des Races, le Conseil crut qu'il avait été tué, mais Bremen comprit que ce n'était pas le cas. Brona était en vie, préservé par les forces obscures, et manipulé par la puissance et les besoins de la magie noire. Les sciences de l'ancien monde avaient disparu, perdues dans l'holocauste des Grandes Guerres. À leur place, la magie d'un monde encore plus ancien ressurgit – un univers où vivaient seulement des créatures magiques. Bremen réalisa que cette magie sauverait ou détruirait le nouveau monde des hommes.

» Il défia le Conseil, comme Brona avant lui, mais en prenant plus de précautions, et apprit tout ce qu'il pouvait sur les secrets du pouvoir que le druide renégat avait ramené à l'existence. Préparé à l'éventuel retour du Roi-Sorcier, il survécut alors que tous les autres druides périssaient. Sa mission, son unique but, fut de récupérer le pouvoir que le druide maléfique avait libéré, et de l'enfermer en un lieu où personne ne pourrait plus jamais accéder. Ce n'était pas une entreprise aisée, mais il se jura de la mener à bien. Les druides étaient responsables de la libération de la magie dans le monde. Étant le dernier des druides, il se devait de l'enfermer de nouveau.

» Il décida de le faire en créant l'Épée de Shannara, une arme capable de détruire le Roi-Sorcier et les porteurs du Crâne, ses serviteurs. Aux heures les plus sombres de la Deuxième Guerre des Races, quand les armées des Quatre Terres étaient menacées par les forces du mal, Bremen utilisa la magie qu'il avait apprise et les connaissances qu'il avait accumulées pour forger l'Épée légendaire. Il la donna au roi des elfes, Jerle Shannara. Armé de cette épée, il affronterait en combat singulier le druide rebelle et le détruirait.

» Mais comme vous le savez, Jerle Shannara échoua. Incapable de maîtriser entièrement les pouvoirs de l'Épée, il laissa le Roi-Sorcier s'enfuir. La bataille décisive fut gagnée par les forces du bien, mais Brona survécut. Bremen savait qu'il ne serait plus de ce monde pour l'affronter le jour où il reviendrait. Pourtant, il avait fait une promesse, et pour lui, une promesse était sacrée.

Le druide parlait désormais à voix basse, et ses yeux noirs exprimaient une grande douleur.

— Il fit trois choses. D'abord, il décida que je serais le dernier druide, destiné à arpenter les Quatre Terres jusqu'au retour du Seigneur sombre. Il augmenta sa longévité, puis la mienne, grâce au sommeil de préservation. Cela pour qu'un protecteur de l'humanité survive aussi longtemps que nécessaire. Enfin, quand il sentit que sa mort approchait, il utilisa sa magie pour une dernière et puissante invocation. Il lia son esprit à ce monde, où son corps ne pouvait plus demeurer, pour pouvoir tenir sa promesse.

» Je fus celui à qui il lia son esprit désincarné. Grâce à sa magie, il força son âme à rester attachée à son fils, exilée dans un monde de ténèbres où le passé et l'avenir se mêlaient, et d'où il pouvait être rappelé si le besoin s'en faisait sentir. Voilà son choix : devenir un esprit perdu et sans espoir, destiné à n'être jamais libre jusqu'à ce que tout soit terminé et que les deux choses soient accomplies…

Il s'interrompit, comme s'il en avait trop dit. À cet instant, Brin repensa à ce que le druide avait refusé de leur révéler dans la vallée de Schiste, quand Bremen avait émergé de l'Hadeshorn et lui avait parlé des choses à venir. Le secret qui avait nourri les pressentiments de la Valombrienne…

— Je croyais l'avoir fait, dit Allanon. Oui, j'ai pensé que tout était terminé quand Shea Ohmsford tua le Roi-Sorcier. Lorsqu'il découvrit le secret de l'Épée de Shannara et la maîtrisa. Mais je me trompais. La magie noire n'est pas morte avec le Roi-Sorcier ! Elle ne fut pas non plus reléguée hors du monde, comme Bremen l'avait juré. Elle survécut, protégée entre les pages de l'Ildatch. Dissimulée au sein de la Maelmord, elle attendait que d'autres êtres maléfiques la découvrent. Et ils ont fini par arriver !

— Les spectres Mords…, dit Rone Leah.

— Tout aussi prisonniers de la magie noire que l'étaient le Roi-Sorcier et les porteurs du Crâne. Croyant devenir les maîtres, ils ont été réduits en esclavage.

Quel secret cachez-vous ? se demanda Brin.

— Bremen ne pourra pas être libéré de l'Hadeshorn avant que l'Ildatch soit détruit – et la magie noire avec lui ? demanda Rone.

— Il a juré de présider à cette destruction, prince de Leah, murmura Allanon.

Et vous aussi ! ajouta mentalement Brin.

— La magie noire disparaîtrait de la terre ? demanda Rone. Cela semble impossible, après toutes ces années, toutes ces guerres à cause d'elle, toutes ces vies perdues…

Le druide détourna le regard.

— Cette époque se termine, montagnard. Elle doit arriver à sa fin.

Il y eut un long silence. Troublés, les trois compagnons se perdirent dans leurs pensées…

Nous sommes des étrangers unis par une cause commune, pensa Brin, *mais nous ne nous comprenons pas. Nous luttons pour le bien de tous, mais nos liens semblent étrangement faibles…*

— Serons-nous capables de réussir, Allanon ? demanda soudain Rone Leah. Avons-nous la force de détruire ce livre et la magie noire qu'il contient ?

— Brin Ohmsford a cette force… Elle est notre seul espoir.

Brin le regarda, un sourire ironique sur les lèvres.

— Un espoir sans en être un. Celle qui sauvera et qui détruira. Vous vous souvenez de ces paroles, Allanon ? Votre père les a prononcées à mon sujet.

Allanon ne répondit pas.

— Que vous a-t-il dit d'autre ?

Il y eut un long silence.

— Que je ne le reverrai pas en ce monde…

Brin comprit qu'elle était près de connaître le secret du druide. Rone Leah, mal à l'aise, croisa le regard de la Valombrienne. Brin lut de l'incertitude dans ses yeux. Rone n'avait pas envie d'en savoir davantage.

Mais elle représentait l'espoir, d'après Allanon, et *elle* avait besoin de savoir.

— A-t-il dit autre chose ?

Allanon se redressa, un pâle sourire sur ses traits fatigués.

— C'est une obsession chez les Ohmsford : vouloir savoir toute la vérité ! Aucun ne s'est jamais satisfait de moins.

— Qu'a rajouté Bremen ? insista Brin.

— Cette fois, quand je quitterai les Quatre Terres, ce sera pour ne plus y retourner.

Le montagnard et la Valombrienne le regardèrent, horrifiés. Allanon était toujours revenu dans les Quatre Terres quand la magie noire les menaçait ! Il avait toujours été présent…

— Je ne vous crois pas, druide ! s'écria Rone, de l'indignation dans la voix.

— Une époque est révolue, prince de Leah. Mon temps aussi tire à sa fin.

— Et quand *cela* arrivera-t-il ?

— Quand le moment sera venu, Brin, répondit le druide. Quand il le faudra…

Il se leva, sa haute silhouette aussi sombre que la nuit, et posa ses grandes mains noueuses sur la table. Sans comprendre d'où leur venait cette impulsion, le montagnard et la Valombrienne en saisirent chacun une.

— Demain, nous partirons pour l'Anar. Jusqu'à ce que notre voyage soit terminé… Allez dormir, maintenant. Et reposez en paix.

Brin et Rone échangèrent un regard plein d'incertitudes, mais ils se levèrent et quittèrent la pièce, conscients que le druide les regardait partir.

Ils avancèrent en silence. Des échos de voix lointaines flottaient dans les ombres du corridor désert. L'air était lourd de l'odeur des plantes médicinales, et ces effluves les détournèrent un moment de leurs préoccupations. Quand ils arrivèrent devant leurs chambres, ils s'arrêtèrent et restèrent ainsi un moment, sans se toucher ni se regarder.

Ça ne peut pas être vrai, pensa Brin. *Non, ça ne peut pas être vrai !*

Rone se tourna vers elle et lui prit les mains. Pour la première fois depuis leur départ de Paranor.

— Ce qu'il nous a dit, Brin… Le fait qu'il ne retournerait pas dans les Quatre Terres… C'était la raison de notre visite à Paranor. Il voulait fermer à tout jamais la citadelle, parce qu'il savait qu'il n'y reviendrait pas.

Les deux jeunes gens se regardèrent un long moment.

— J'ai peur, Brin, avoua enfin le montagnard.

La jeune elfe le prit dans ses bras et le serra contre elle. Puis elle le lâcha, lui posa un petit baiser sur la bouche et entra dans sa chambre.

Allanon se détourna lentement de la porte fermée et se rassit à la petite table. Il regarda fixement devant lui et laissa ses pensées dériver. Jadis, il n'aurait pas eu besoin de révéler ses secrets. Il était le gardien de la vérité – le dernier des druides. Se confier ne lui était pas nécessaire.

À Shea Ohmsford, il avait caché une bonne partie de la vérité, histoire que le petit Valombrien la découvre par lui-même. Et il avait fait la même chose avec le père de Brin, quand il l'avait emmené à la recherche du Feu de Sang. Pourtant, sa volonté de ne rien dire d'essentiel s'était érodée au fil des ans. Était-ce dû au vieillissement dont il commençait à sentir les effets ? Au passage inexorable du temps qui pesait si lourdement sur ses épaules ? Ou seulement au besoin de partager son fardeau avec d'autres êtres vivants ?

Peut-être...

Il en avait dit davantage à la Valombrienne et au montagnard qu'à tous les autres. Pourtant, il ne leur avait pas *tout* dit...

Chapitre 24

L'aube se leva sur les Terres de l'Est et les forêts de l'Anar. Les trois voyageurs reprirent la route munis de provisions fournies par les guérisseurs de Storland. Ils quittèrent le village par l'est pour entrer dans les régions boisées. Peu d'habitants les virent se mettre en route : une poignée de Stors en robes blanches, tristes et silencieux, réunis pour leur faire des gestes d'adieu.

C'était le genre de journée d'automne dont on se souvient avec plaisir au cœur de l'hiver. Si les jours précédents avaient été froids et tristes, celui-ci était lumineux et réconfortant...

Pour Brin Ohmsford et Rone Leah, cette beauté passa inaperçue. Hantés par les révélations d'Allanon, ils ne profitèrent pas de la chaleur et chevauchèrent dans un silence tendu.

« À partir de maintenant, notre chemin sera périlleux », avait dit Allanon ce matin-là, devant les écuries où leurs chevaux avaient été pansés et nourris.

« Dans les Terres de l'Est, et à travers les forêts de l'Anar, les spectres nous guetteront. Depuis ce qui s'est passé à Paranor, ils savent que nous arrivons. Et qu'ils doivent nous arrêter avant que nous atteignions la Maelmord. Les gnomes aussi nous chercheront. Aucun chemin menant dans les monts Ravenshorn ne sera sûr pour nous.

Mais nous ne sommes que trois et nous ne serons pas si faciles à trouver ! Les spectres et leurs serviteurs nous chercheront dans deux directions : au nord, au-dessus de la rivière Rabb, et au sud, comme si nous venions de Culhaven. Si nous n'avions pas d'ennemis, un de ces deux chemins serait le plus raisonnable. Donc, nous n'en prendrons aucun. Nous passerons par l'endroit le plus dangereux – pas seulement pour nous, mais aussi pour eux. Nous irons directement en Anar intérieur, en traversant les monts Wolfsktaag, les étendues Sombres et l'Antique lande. Des magies plus anciennes que celle de nos adversaires hantent encore ces régions et ils hésiteront à les affronter. Les monts Wolfsktaag sont interdits aux gnomes. Ils n'y entreront pas, même si les spectres le leur ordonnent. Cette contrée abrite des choses plus redoutables que les périls que nous voulons éviter, mais la plupart sont en sommeil. Nous devrions pouvoir traverser sans encombres. Si nous sommes rapides et prudents, nous passerons. Les étendues Sombres et l'Antique lande abritent aussi d'anciennes magies. Mais là, nous trouverons peut-être des êtres plus réceptifs à notre cause qu'à celle de nos ennemis… »

Ils chevauchèrent à la lisière ouest de l'Anar central, vers les plateaux menant aux hauteurs boisées des monts Wolfsktaag.

En voyageant, ils cherchaient sans cesse du regard les créatures obscures peut-être tapies au milieu des couleurs flamboyantes de l'automne. À midi, ils traversèrent le col de Jade, gravissant sa pente sud par un chemin tortueux, où les arbres et la broussaille les dissimulaient. Au milieu de l'après-midi, très à l'est du col, ils continuèrent vers les pics. Sur le chemin semé de rochers épars, les ombres s'allongèrent quand le crépuscule approcha.

Ils ne cessèrent pas de regarder autour d'eux, mais ne repérèrent pas d'autres signes de vie.

Il était à la fois bizarre et effrayant d'être aussi seuls, pensa Brin tandis que la nuit tombait lentement sur la montagne. Elle aurait dû percevoir les manifestations d'autres êtres vivants, mais on eût dit que ces pics et ces forêts n'en abritaient pas. Aucun oiseau dans les arbres, nul insecte, pas une créature vivante…

Allanon décida de faire halte pour la nuit à l'abri d'un bosquet de noyers blancs desséchés et tordus. Quand ils eurent trié leurs provisions, pansé les chevaux et installé leur camp, le druide les appela, leur ordonna de ne pas faire de feu et partit à grands pas entre les arbres.

Le montagnard et la Valombrienne le regardèrent s'éloigner. Puis ils s'assirent et mangèrent un repas froid tandis que les étoiles apparaissaient dans le ciel.

— Où est-il allé ce soir, d'après toi ? demanda Rone Leah.

Il avait presque l'air de se poser la question à lui-même. Brin ne répondant pas, il détourna le regard.

— Ce type est pareil à une ombre… Il apparaît et disparaît, et lui seul sait pourquoi ! Il se garderait bien de nous en faire part ! Pas à de simples mortels comme nous ! (Il soupira et repoussa son assiette.) Même si nous ne sommes plus de simples mortels, désormais !

— C'est vrai…

— Ma foi, peu importe ! Nous sommes toujours les mêmes ! (Rone s'interrompit, comme s'il se demandait dans quelle mesure il avait raison.) C'est bizarre, mais je n'éprouve plus les mêmes sentiments qu'avant vis-à-vis d'Allanon. Je n'irais pas jusqu'à dire que je lui fais une confiance aveugle, parce qu'il sait trop de choses que j'ignore. Mais je ne me méfie plus autant de lui. Il tente d'aider les races, du mieux qu'il peut.

Il se tut, attendant que Brin se déclare d'accord avec lui. Mais elle ne dit rien.

— Brin, qu'est-ce qui te perturbe ?

— Je ne suis pas sûre…

— C'est à cause de ce qu'il a dit hier soir ? Que nous ne le reverrions pas quand tout ça serait terminé ?

— En partie, oui. Mais il y a autre chose.

— Peut-être es-tu seulement…

— Quelque chose ne va pas ! À son sujet, au tien et à propos de ce voyage. Et surtout, à *mon* sujet.

— Je ne comprends pas.

— Moi non plus. Mais je le sens ! Depuis des jours. Depuis que l'ombre de Bremen est apparue dans l'Hadeshorn, et que nous avons détruit ce spectre. Quelque chose de mauvais se prépare. Quelque chose de terrible ! Et j'ignore de quoi il s'agit. J'ai aussi le sentiment d'être observée, mais je ne vois jamais rien autour de nous. Le pire, c'est que j'ai l'impression d'être attirée loin de moi-même, loin de toi et d'Allanon. Tout a changé depuis que nous avons quitté Valombre…

Le montagnard ne répondit pas tout de suite.

— J'imagine que c'est à cause de tout ce qui nous est arrivé, Brin. L'Hadeshorn, Paranor, et ce qu'Allanon nous a dit hier soir. Forcément, ça nous fait changer ! Nous avons quitté Valombre et mes montagnes depuis des jours, et nous sommes loin de tout ce qui nous est familier. C'est sûrement une des raisons !

— Nous sommes loin de Jair.

— Et de tes parents.

— Oui, mais de Jair, surtout… Non, ce n'est pas ça ! Cela n'a rien à voir avec ce qui nous est arrivé depuis le début de notre voyage. Et pas davantage avec le mal du pays. Une explication trop facile, Rone ! Je le sens, au plus profond de mon esprit. C'est quelque chose qui…

Brin détourna le regard, de l'incertitude dans ses yeux noirs.

— J'aimerais que Jair soit avec moi en ce moment, même un court moment. Je suis sûre qu'il comprendrait ce qui ne va pas. Nous sommes si proches… (Elle eut un petit rire sans joie.) C'est idiot, non ? Souhaiter quelque chose d'impossible, et qui ne résoudrait probablement rien…

— À moi aussi, il me manque, dit le montagnard. S'il était là, il nous ferait penser à autre chose qu'à nos problèmes. Il serait sans doute parti sur la piste des spectres Mords, ou quelque chose de ce genre !

Il s'interrompit, mesurant l'énormité de ce qu'il avait dit. Puis il haussa les épaules pour dissimuler son malaise.

— Bref, il n'y a probablement rien qui cloche. Si c'était le cas, Allanon s'en serait aperçu… Il semble tout savoir…

— Je me demande s'il en est toujours capable…

Les deux amis se turent, réfléchissant à ce qu'ils venaient de dire. Puis le calme de la nuit devint soudain oppressant. À chaque instant, il leur semblait qu'un bruit allait rompre le silence et dissiper ce sortilège.

Mais rien ne se fit entendre.

— J'ai l'impression que nous sommes à la dérive, dit soudain Brin.

— Nous suivons un chemin précis, objecta Rone. Nous n'avons pas dérivé !

— Par moments, je regrette de ne pas t'avoir écouté, et de ne pas être restée chez moi.

Le montagnard dévisagea son amie, stupéfait. Dans ses yeux noirs, il lut un mélange de fatigue et de doute. Un instant, il eut la désagréable impression que la personne assise en face de lui n'était pas Brin Ohmsford.

— Je te protégerai, promit-il.

Un petit sourire incertain flottant sur ses lèvres, elle tendit la main et effleura celle de Rone.

— J'en suis persuadée, dit-elle.

Mais au fond d'elle-même, elle se demandait s'il en avait réellement le pouvoir.

Il était près de minuit quand Allanon émergea des ombres en silence. Les rayons de la lune, qui se glissaient entre les branches comme des fils d'argent, illuminaient la nuit. Rone et Brin dormaient, enveloppés dans leurs couvertures. Sur les pentes boisées de la montagne, tout était calme. On eût dit que le druide seul montait la garde.

Allanon s'arrêta à une dizaine de pas de l'endroit où dormaient ses compagnons de voyage. Il était parti pour avoir le temps de réfléchir à ce qu'il savait devoir arriver. Les paroles de Bremen l'avaient surpris. Elles n'auraient pas dû, bien sûr. Il savait la vérité depuis le début. Mais il avait toujours eu l'espoir que les événements pouvaient être modifiés. Après tout, il était un druide, et rien ne devait lui être impossible !

Il étudia un moment la chaîne de montagnes. Sa vie était désormais derrière lui, ses luttes comme les chemins qu'il avait suivis l'avaient tous conduit à cet instant précis. Les lendemains semblaient lointains, mais c'était une illusion : ils étaient imminents.

Tant de choses avaient été accomplies… Et pourtant, ça n'avait pas été suffisant. Il tourna la tête et regarda la Valombrienne endormie. C'était d'elle que tout dépendrait. Bien entendu, elle ne le croirait pas, pas plus qu'elle ne croyait la vérité sur le pouvoir de l'Enchantement de Shannara, car elle considérait, malgré son ascendance, la magie elfique du point de vue d'une humaine, et cette magie n'avait jamais appartenu à cette race. Il lui avait donné un aperçu de ce qu'elle pouvait réaliser, mais pas plus, parce qu'elle n'en aurait pas supporté davantage. En ce qui concernait la magie, elle était encore une enfant, et devenir adulte lui serait difficile. D'autant plus qu'il ne pourrait pas l'aider.

Mais ne pourrait-il vraiment pas l'aider ? C'était toute la question, une fois de plus. Il eut un sourire sans joie. Sa décision de ne jamais révéler toute la vérité, seulement la partie qu'il estimait indispensable, était fondée sur une réalité : il valait mieux que le futur utilisateur de cette vérité y arrive par lui-même. Il avait agi ainsi avec Shea Ohmsford. Bien entendu, il aurait pu tout dire à Brin. Son père aurait insisté pour qu'il lui révèle tout, parce qu'il avait la même position au sujet de la jeune elfe, Amberle. Mais cette décision ne dépendait pas de Wil Ohmsford. Elle dépendait de lui.

Comme toujours…

Une ombre d'amertume passa sur son visage. Révolu, le temps du Conseil des druides, à Paranor, où des esprits puissants s'unissaient pour trouver des solutions aux problèmes de l'humanité ! Les druides, ces sages de l'ancien temps, n'étaient plus. Leurs archives, Paranor elle-même, et tous les espoirs et les rêves qu'ils avaient nourris avaient à jamais disparu. Il était le dernier de la lignée.

Tous les problèmes de l'humanité reposaient désormais sur ses épaules, et il en serait ainsi aussi longtemps qu'il vivrait. Il avait accepté cette mission. Mais il était le dernier. Y aurait-il quelqu'un pour agir à sa place quand il aurait disparu ?

Hésitant, le druide resta près de la lisière de la forêt, le regard rivé sur Brin Ohmsford.

Dès l'aube, ils reprirent leur chemin vers l'est. La journée était de nouveau magnifique, chaude et ensoleillée. Dans la solitude des montagnes interdites, la clémence du climat induisait un sentiment de confort et de paix.

Brin pensa à son foyer. *Comme Valombre doit être belle, par une journée comme celle-là ! Les couleurs de l'automne doivent flamboyer sur un fond de mousse et de sous-bois encore verts.* À Valombre, les villageois s'apprêtaient sûrement à commencer leur journée de travail. Chacun s'affairait à préparer le petit déjeuner, l'odeur délicieuse de la nourriture sortant des fenêtres grandes ouvertes pour laisser entrer la tiédeur agréable du jour. Plus tard, quand les tâches matinales seraient accomplies, les familles se réuniraient pour jouer ou se raconter des histoires. Elles profiteraient de la chaleur et du soleil pour se remémorer les longs après-midi d'été.

Je voudrais y être en ce moment, et partager ces joies avec eux, pensa Brin. *J'aimerais tant être chez moi.*

Avec ces rêves pour soutien, la matinée passa rapidement. Les crêtes et les pentes se succédaient, et ils voyaient, au loin, entre les pics, les forêts et les plaines, devant les monts Wolfsktaag. À midi, la plus grande partie de la chaîne de montagnes derrière eux, ils commencèrent à descendre.

Peu après, ils découvrirent l'existence des Flots de Chard.

Cela commença par un grondement sourd mais puissant qui montait de derrière une crête boisée. Puis le vent se mit de la partie, amplifiant ce bruit jusqu'à ce que tout l'air de la forêt en résonne. Le chemin devint plus plat, et les arbres plus denses. Au sommet de la crête, un nuage de gouttelettes glaciales et une brume épaisse masquèrent le bleu du ciel au-dessus des branches emmêlées des arbres aux troncs couverts de mousse et aux feuilles rousses luisantes d'humidité. Devant eux, la piste recommençait à grimper, semée de rochers et d'arbres morts.

Il n'y avait plus rien que le bruit, désormais assourdissant.

Lentement, la brume se dissipa, chassée par les rafales de vent en provenance des monts Wolfsktaag. Le bassin de la vallée apparut devant eux, ses pentes boisées obscures semblant menaçantes à l'ombre des pics couronnés d'or par le soleil. Arrivés là, ils découvrirent l'origine du bruit : une cascade. Un impressionnant rideau liquide qui venait se jeter dans une rivière après une chute vertigineuse.

Les trois cavaliers arrêtèrent leurs chevaux.

— Les flots de Chard, dit simplement Allanon.

Brin eut soudain le sentiment d'être au bord du monde. À ses pieds, les eaux des Flots de Chard se déversaient sur les rochers et à travers des crevasses. Un spectacle d'une telle splendeur qu'elle en resta bouche bée. Bien au-delà de la vallée, derrière le nuage de gouttelettes, les Terres de l'Est s'étendaient à l'infini.

La brume inondait le visage de la Valombrienne et imprégnait ses longs cheveux noirs et ses vêtements de voyage. Elle cligna des yeux pour se débarrasser de l'eau, puis inspira à fond l'air froid et piquant.

Étrangement, elle eut l'impression de renaître...

Allanon leur fit signe d'avancer. Les trois cavaliers se frayèrent un chemin le long de la pente intérieure de la vallée, en direction de la chute d'eau. L'un derrière l'autre, ils traversèrent des broussailles et des pins, puis suivirent le sentier défoncé, entourés par la brume humide de la cascade.

Le sifflement du vent s'atténua quand ils quittèrent la crête, désormais couvert par le grondement de l'eau. Le soleil disparut et un crépuscule factice tomba sur la forêt.

Ils atteignirent le pied de la cascade, sortirent du chemin obscur et débouchèrent au milieu d'un paysage ensoleillé. Continuant vers l'est, ils suivirent les berges de la rivière le long d'une prairie encore verte, semée de pins et de chênes aux feuilles rousses. Le grondement de la chute d'eau mourut derrière eux et l'air se réchauffa. Dans les arbres, ils virent soudain des volées d'oiseaux aux vives couleurs.

La vie était revenue !

Brin soupira, profondément soulagée d'avoir quitté les montagnes.

Allanon tira sur les rênes de son cheval et s'arrêta net.

Comme s'il l'avait imposé par sa seule volonté, la forêt, autour d'eux, devint d'un calme mortel. Les autres chevaux s'immobilisèrent. La Valombrienne et le montagnard se regardèrent, étonnés et inquiets. Allanon ne bougea pas, tous les sens aux aguets.

— Allanon, que... ? commença Brin.

Le druide leva une main pour lui intimer le silence.

Enfin, il se tourna vers ses compagnons, affichant une expression que Brin et Rone ne lui avaient jamais vue.

Sans savoir pourquoi, la Valombrienne se sentit soudain terrifiée.

Le druide eut un sourire mélancolique, puis il fit signe à ses compagnons de repartir.

Ils s'engagèrent dans une vallée encaissée qui donnait sur les berges de la rivière. Allanon arrêta de nouveau sa monture et mit pied à terre. Rone et Brin l'imitèrent, et, comme lui, regardèrent fixement un bosquet obscur, non loin de là.

— Quel est le problème, Allanon ? demanda Brin.

— Quelque chose arrive... Écoutez !

Dans un silence total, ils entendaient sans peine le bruit accéléré de leur propre respiration. Les prémonitions de Brin revinrent en force, comme si elles l'avaient suivie depuis les dents du Dragon.

À l'extrémité de la vallée, encore à demi cachée par les arbres, une créature les observait.

Puis elle sortit de sa cachette.

Brin en fut pétrifiée de terreur. Vaguement humanoïde, le monstre marchait sur deux jambes, ses longs bras pendant devant lui. Fortement musclé, la peau d'une étrange couleur rougeâtre, il n'avait pas un poil sur l'abdomen, à l'exception d'une épaisse touffe, en bas de son ventre. Il leva la tête vers eux, révélant un visage grotesque couvert de cicatrices et des yeux jaunes. Sa bouche s'ouvrit pour dévoiler une rangée de crocs pointus, parfait complément aux griffes dont étaient munis ses pieds et ses mains.

— Que veut cette créature ? demanda Rone, horrifié.

— On m'a dit qu'un monstre viendrait à ma rencontre, répondit Allanon d'une voix distante.

La bête approcha de quelques pas, s'arrêta et attendit.

Allanon se tourna vers ses compagnons.

— C'est un Jachyra. Venu du fond des temps, il a un pouvoir maléfique sans bornes. Il a été banni de la terre par les créatures magiques, longtemps avant l'avènement de l'humanité. À une époque encore plus reculée que celle où les elfes créèrent la Barrière. Seule une magie très puissante peut l'avoir libéré…

» Je me suis trompé. Les spectres Mords avaient prévu que nous emprunterions ce chemin… Et c'est seulement ici, où la magie primitive survit, que le Jachyra pouvait être rappelé sur la terre. Les spectres nous ont trouvé un adversaire bien plus dangereux qu'eux !

— Et si nous vérifiions à quel point il est dangereux ? proposa Rone en dégainant l'Épée de Leah.

— Non, dit Allanon. Cette bataille est la mienne.

Le montagnard regarda Brin pour quêter son soutien.

— Les batailles que nous livrerons au cours de ce voyage sont les *nôtres !* insista-t-il.

— Pas cette fois, prince de Leah. Vous avez montré votre courage et votre détermination et je ne les mets plus en question. Mais le pouvoir de cette créature vous dépasse. Je dois l'affronter seul.

— Allanon, ne faites pas ça ! cria Brin.

Étrangement ému, le druide tendit un bras et lui caressa la joue. En face d'eux, le Jachyra hurla – un cri qui ressemblait à un rire.

— Laissez-moi vous accompagner ! insista Rone.

— Ne bougez pas, prince de Leah. Attendez qu'on vous appelle. Et n'intervenez pas, quoi qu'il arrive. Promettez-le !

Rone hésita.

— Allanon…

— Donnez-moi votre parole !

Le montagnard hésita, comme s'il allait refuser, puis capitula.

— Je vous le promets.

Le druide regarda une dernière fois Brin.

— Faites bien attention à vous, Brin Ohmsford, murmura-t-il.

Puis il partit affronter son destin.

Chapitre 25

Le soleil auréola la silhouette d'Allanon alors qu'il marchait lentement vers les arbres. Entre ses rives encore vertes, la rivière scintillait, son éclat se reflétant dans les yeux du druide.

La créature rougeâtre à la peau nue avançait aussi, aussi souple qu'un félin, le museau frémissant de plaisir anticipé.

Revenez ! cria silencieusement Brin, muette de terreur face à l'horreur qui la hantait depuis si longtemps.

C'était de ça que la prémonition avait tenté de l'avertir !

Le Jachyra se laissa tomber à quatre pattes. Ses muscles jouèrent sous la peau tendue, et de la bave coula de sa bouche. Les piquants, le long de son épine dorsale, ondulèrent au rythme de ses pas. Museau tendu vers le druide, le monstre hurla de nouveau – le même son hideux, semblable à un rire de fou.

Allanon s'arrêta à cinq pas de la créature. Une telle détermination émanait de lui que la Valombrienne et le montagnard crurent que rien – même un être aussi maléfique – ne pourrait le vaincre. Pourtant, le sourire féroce du Jachyra s'élargit, révélant davantage de crocs.

Un long moment, le druide et le monstre se toisèrent en silence. Puis le rire du Jachyra retentit de nouveau. Il fit un pas de côté et bondit sur Allanon.

Brin n'avait jamais vu un être vivant bouger aussi vite.

Mais Allanon fut plus rapide encore, esquivant l'attaque avec une rapidité surhumaine. Le Jachyra le dépassa et atterrit derrière lui.

Il fit demi-tour et se rua de nouveau sur sa proie. Le druide leva les mains : du feu bleu en jaillit, projetant le Jachyra en arrière jusqu'à ce qu'il s'écrase contre le tronc d'un grand chêne.

Il se releva presque aussitôt.

— Par l'enfer ! cria Rone Leah.

Le monstre repassa à l'attaque, esquiva les flammes et se jeta sur Allanon. Le feu bleu le repoussa encore, mais ses griffes déchirèrent les vêtements et la chair du druide, qui recula en titubant.

Le feu qui sortait de ses mains s'éteignit. Dans les hautes herbes, à trois pas de là, le Jachyra se releva.

Fou de rage, le druide tendit les bras et avança.

Le Jachyra eut de nouveau son sourire de dément. Des volutes de fumée montaient de sa peau, mais il paraissait indemne.

Quand il attaqua, le druide n'eut pas le temps d'invoquer sa magie. En désespoir de cause, il saisit les poignets du monstre pour le tenir à distance. Les deux adversaires campèrent sur leurs positions, aucun n'arrivant à prendre l'avantage.

Allanon parvint enfin à repousser le Jachyra, violemment projeté en arrière. Le feu bleu jaillit de nouveau.

Le monstre hurla de douleur – exprimant en même temps une sorte de joie malsaine. Il se dégagea de la colonne de feu, tomba à la renverse dans les herbes sans cesser de crier et se roula sur le sol pour éteindre les flammèches qui crépitaient sur sa peau.

Puis il se releva, ses yeux jaunes brillant de folie.

Il aime la douleur, comprit Brin, horrifiée. *Il s'en nourrit !*

Derrière elle, les chevaux s'ébrouèrent et reculèrent, effrayés par l'odeur du monstre. Tout en les retenant par la bride, le montagnard essaya en vain de les calmer.

Le monstre attaqua encore, parvint presque à ceinturer le druide malgré le feu et fut de nouveau repoussé.

Brin regardait, terrifiée par la bataille mais incapable de détourner les yeux. Une idée l'obsédait : le Jachyra était trop puissant ! Le druide avait mené tant de batailles et survécu à tant d'ennemis, y compris des créatures au pouvoir maléfique... Mais le Jachyra était différent. Pour lui, la vie et la mort ne comptaient pas. Un être créé pour la destruction et la folie !

Le monstre hurla et attaqua.

Les chevaux se cabrèrent, leurs brides échappant à Rone. Il essaya de les reprendre, mais il était trop tard. En quelques instants, les montures disparurent entre les arbres.

Rone et Brin se retournèrent vers les combattants. Allanon avait créé un mur de flammes entre le monstre et lui. Baissant les bras, il enveloppa le monstre de feu. La créature se débattit puis resta prisonnière des flammes.

Brin posa une main sur le bras de Rone. Peut-être...

Le Jachyra se dégagea et fonça vers la forêt, des flammèches sur tout le corps. Quand la distance fut trop grande, le feu magique du druide mourut.

Le monstre se jeta dans un bosquet, faisant éclater les troncs et les branches.

Les pins s'enflammèrent et de la fumée sortit des ombres.

Au milieu du vallon, Allanon baissa les bras, l'air épuisé. Brin et Rone le regardèrent, puis tournèrent la tête vers l'endroit où la bête avait disparu.

— Il est parti, murmura Rone.

Brin ne répondit pas.

Un instant après, quelque chose bougea dans le bosquet de pins calcinés. Le Jachyra en sortit et avança dans le vallon, un sourire hideux révélant ses crocs.

Il était indemne !

Il gémit et leva le museau, comme s'il cherchait à capter l'odeur du druide. Devant lui, une tache de sang brillait sur l'herbe. Il s'arrêta, pencha la tête et lécha le fluide vital en grognant de plaisir.

Puis il se jeta sur Allanon.

Le druide tendit les mains – trop lentement – et n'eut pas le temps d'invoquer son feu magique. Les deux adversaires tombèrent sur le sol. Un peu de feu bleu jaillit des doigts du druide, brûlant les poignets et les bras du monstre sans lui faire d'effet. Les griffes du Jachyra déchirèrent la chair d'Allanon jusqu'à l'os.

Le druide se raidit, tétanisé par une souffrance qui allait au-delà de la simple douleur physique. Il essaya en vain de repousser son adversaire.

— Non ! cria Rone.

Il fonça dans le vallon, son épée enchantée brandie à deux mains.

— Leah ! Leah !

Il avait oublié sa promesse. Comment regarder Allanon se faire tuer sans intervenir ? Il l'avait déjà sauvé une fois. Il y parviendrait encore !

— Rone, reviens ! cria Brin.

Le prince rejoignit les combattants en un clin d'œil. La lame noire de l'Épée de Leah s'enfonça dans le cou et l'épaule du monstre, déchirant les muscles jusqu'aux os. Le Jachyra recula et tituba comme une poupée désarticulée.

— Crève ! cria Rone, fou de rage à la vue du corps ensanglanté d'Allanon.

Mais le Jachyra ne mourut pas. Il leva un bras musclé et frappa le montagnard, qui vola en arrière et lâcha son épée. Le monstre se précipita sur lui, hurlant de joie, comme si la douleur lui procurait un plaisir inouï. Il saisit Rone entre ses griffes et le jeta au loin.

Le montagnard s'écrasa sur le sol et ne bougea plus.

L'Épée de Leah toujours enfoncée dans le cou, le Jachyra tendit une main dans son dos et arracha l'arme de la blessure, comme s'il ne sentait rien. Il hésita, leva l'Épée au-dessus de sa tête et la lança dans les eaux des flots de Chard, qui l'emportèrent comme un vulgaire morceau de bois.

Puis il se tourna vers Allanon. Le druide était parvenu à se relever, ses robes noires déchirées et tachées de sang. Le voyant debout, le monstre attaqua.

Cette fois, Allanon n'essaya pas de le tenir à distance. Il l'intercepta au vol et ses mains se refermèrent autour de son cou comme un étau. Sans s'occuper des griffes qui lui déchiraient le corps, il renversa le monstre sur le sol.

Le museau de la bête s'ouvrit en grand et ses crocs claquèrent dans le vide.

Allanon lâcha le cou de son adversaire et lui enfonça les mains dans la gueule. Quand le feu bleu jaillit de ses doigts, le monstre, secoué de convulsions, hurla à la mort.

Le feu du druide brûlait en lui. Puis il jaillit de son corps, éclair bleu éblouissant.

Brin s'abrita les yeux. Quand elle y vit de nouveau, Allanon était agenouillé sur un tas de cendres.

La Valombrienne alla d'abord voir Rone. Toujours inconscient, il respirait lentement. Elle l'examina, ne trouva pas de fractures et essuya le sang qui lui maculait le visage.

Puis elle se leva et rejoignit Allanon.

À genoux sur le tas de cendres, les bras serrés autour de son torse, le druide tremblait dans ses robes noires en lambeaux trempées de sang.

Brin s'agenouilla à côté de lui, horrifiée quand elle vit ce que le monstre lui avait fait. Il leva la tête et ses yeux durs rencontrèrent ceux sa protégée.

— Je suis en train de mourir, Brin Ohmsford, dit-il, impassible.

Elle voulut parler, mais il leva une main.

— Valombrienne, c'était prévu… Dans la vallée de Schiste, Bremen m'a révélé ce qui devait arriver. Il a dit que je quitterais les Quatre Terres et que je n'y reviendrais pas. Il a ajouté que cela se produirait avant que notre quête soit terminée.

Il sursauta, surpris par un spasme de douleur plus violent que les autres.

— J'ai cru pouvoir changer le cours des événements. Mais les spectres sont parvenus à libérer le Jachyra. Cette créature est folle. Elle se nourrit de la douleur : la sienne et celle des autres. Dans sa folie, elle attaque le corps de ses adversaires, mais aussi leur esprit. Il n'existe aucune défense. Ce monstre se serait volontiers détruit, pour le plaisir de me tuer. Il a un poison qui…

Il ne put pas continuer. Brin se pencha sur lui, dominant son chagrin et sa peur.

— Je dois panser vos blessures…

— Brin, c'est fini pour moi… Je suis au-delà de toute aide. Les choses se passeront comme prévu. (Il regarda de l'autre côté du vallon.) Mais vous devez secourir le prince de Leah. Le poison coule aussi en lui… Il sera désormais votre protecteur, comme il l'a promis. Sachez que son épée n'est pas perdue. La magie ne le permettra pas. Elle reviendra entre les mains des mortels… La rivière la lui ramènera…

Étouffé par son propre sang, le druide se plia en deux. Brin l'aida à se redresser et le serra contre sa poitrine.

— Ne parlez plus, murmura-t-elle, les larmes aux yeux.

Allanon se dégagea lentement et se redressa.

— Les spectres me prennent pour celui qu'ils doivent redouter. L'homme qui les détruira… Ils se trompent. Vous représentez le pouvoir, Brin. Rien ne pourra résister à votre…

Il prit le bras de la Valombrienne et le serra avec une force incroyable.

— Écoutez-moi bien. Votre père se méfie de la magie elfique. Et il a de bonnes raisons pour ça ! La magie peut être un danger pour celui qui la contrôle. Vous la prenez pour un simple amusement, mais ce n'est pas le cas ! Défiez-vous de ce pouvoir. Tirez-en profit à bon escient, et il vous permettra d'arriver saine et sauve au bout de votre mission. Utilisez-le bien, et il assurera la destruction de l'Ildatch !

— Allanon, je n'y arriverai pas sans vous !

— Vous le devez ! Comme votre père jadis… Personne d'autre ne peut le faire.

Le druide baissa la tête. Brin entendit à peine ce qu'il disait, perdue dans les émotions conflictuelles qui faisaient rage en elle.

— Une époque est révolue, murmura Allanon. Moi aussi, je fais partie du passé. Le temps des druides est terminé. Mais le flambeau que j'ai porté en leur nom ne doit pas s'éteindre avec moi. Je vous transmets la flamme. Penchez-vous vers moi.

Brin Ohmsford obéit. Le druide trempa la main dans son sang, la posa sur le front de la Valombrienne et murmura des paroles étranges dans une langue qu'elle n'avait jamais entendue. Quelque chose se « glissa » en elle, l'emplissant d'une étrange exaltation qui disparut presque aussitôt.

— Que m'avez-vous fait ?

Le druide ne répondit pas.

— Aidez-moi à me lever…

— C'est impossible ! Vous êtes trop gravement blessé pour marcher !

— Aidez-moi à me lever… Je n'aurai pas besoin d'aller très loin.

À contrecœur, Brin lui passa les bras autour de la taille et le souleva. L'herbe et le tas de cendres étaient détrempés de sang.

— Allanon ! gémit Brin, incapable de retenir ses larmes.

— Amenez-moi au bord de la rivière.

Lentement, ils traversèrent le vallon désert et atteignirent la berge des Flots de Chard. Le soleil caressait la terre de ses rayons bienfaisants.

Ce n'était pas une journée pour mourir !

La Valombrienne aida le druide à s'agenouiller devant la rivière. Il baissa la tête pour protéger ses yeux de la lumière du soleil.

— Quand votre quête sera terminée, vous me trouverez ici, dit-il. Maintenant, laissez-moi…

Brin obéit, trop affligée pour protester. En larmes, elle tendit les mains, comme pour retenir Allanon en ce monde.

Il la regarda un moment, se détourna, leva un bras ensanglanté et le pointa vers les flots de Chard. Dans un silence de mort, la rivière devint aussitôt d'un calme surnaturel.

Puis le centre des eaux immobiles commença à bouillonner. Du cœur de la rivière montèrent les mêmes cris que ceux qui s'étaient élevés des profondeurs de l'Hadeshorn. Soudain tout redevint silencieux.

Allanon laissa retomber sa main et baissa la tête.

Alors, la silhouette spectrale de Bremen sortit des eaux. Grise et presque transparente, l'ombre lévita au-dessus de l'onde.

— Père, appela doucement Allanon.

L'ombre glissa sur la surface immobile de la rivière. Se campant devant Allanon, elle se pencha vers lui et le prit dans ses bras.

Sans se retourner, Bremen recula vers l'eau, son fils serré contre lui.

Il s'arrêta au milieu des flots de Chard puis s'enfonça lentement, emportant avec lui le dernier des druides.

Les eaux restèrent immobiles quelques instants, puis recommencèrent à couler vers l'est.

— Allanon ! cria Brin.

Seule sur la rive, elle sonda la rivière, attendant une réponse qui ne viendrait jamais.

Chapitre 26

Après avoir capturé Jair lors de la chute de la forteresse de Capaal, Stythys le Mwellret le força à voyager vers le nord, dans les contrées sauvages de l'Anar. Ils suivirent la rivière Argentée à travers les arbres et les broussailles, par-dessus des collines, à travers des ravins puis dans la forêt. Pendant tout leur voyage, le Valombrien resta bâillonné et en laisse, comme un animal. Le Mwellret lui retirait son bâillon au moment des repas, et ses yeux froids de reptile ne le quittaient jamais. Le temps passait lentement dans la grisaille des journées, tout ce que le Valombrien avait connu, ses compagnons, ses amis, ses espoirs et ses promesses, disparaissant comme si rien n'avait jamais existé. Les bois humides et malodorants étaient contaminés par les eaux empoisonnées de la rivière Argentée.

D'autres gens voyageaient aussi vers le nord, en direction de l'Anar intérieur. Sur la grande route parallèle à la rivière Argentée, que le Mwellret évitait soigneusement, passaient des caravanes de gnomes avec leurs prisonniers couverts de boue et croulant sous le poids du butin récolté lors de l'invasion. Attachés et enchaînés, ces malheureux étaient probablement des défenseurs de Capaal. Ils avançaient en longues files, menés à la trique comme du bétail : des nains, des elfes et des frontaliers, défaits, battus et sans espoir. Jair les regardait à travers les arbres, sur la piste plus étroite où le Mwellret et lui progressaient, et il sentait les larmes lui monter aux yeux.

Des armées de gnomes venues de Graymark voyageaient aussi sur cette route, se dirigeant vers le sud pour rejoindre les tribus déjà installées dans les terres des nains. Ils venaient par milliers, sinistres et menaçants, leurs visages jaunes tordus par une joie mauvaise quand ils croisaient les caravanes de prisonniers. Jair vit aussi quelques spectres Mords, ombres terrifiantes et solitaires que tout le monde évitait.

Le temps devint de plus en plus rigoureux à mesure qu'ils avançaient. Le ciel se chargea de nuages d'orage, et les averses se succédèrent, le tonnerre grondant sur les terres détrempées. Les arbres, noyés par les pluies, perdirent leurs feuilles. On aurait juré que le ciel avait décidé d'écraser la terre sous son poids et d'y détruire toute vie.

Jair Ohmsford en était persuadé pendant qu'il avançait dans les broussailles, tiré par la laisse de cuir que tenait le Mwellret. Le froid et l'humidité s'infiltraient sans merci dans ses os. Au fil des heures, l'épuisement le gagna. Il sentit la fièvre monter, et son esprit s'égara. Vaguement conscient de comment il en était arrivé là, ces souvenirs récents se mêlaient à d'autres, plus anciens, surgis de son enfance, qui passaient brièvement dans son esprit et disparaissaient. Par moment, il perdait toute lucidité, des visions étranges et effrayantes se succédant devant ses yeux. À d'autres occasions, quand la fièvre baissait, un désespoir profond remplaçait ces divagations. Il n'y avait plus d'espoir. Les défenseurs de Capaal et ses amis avaient tous disparu lors de la chute de la citadelle. Des images le hantaient avec la clarté irréelle d'un cauchemar. Garet Jax, entraîné dans les profondeurs du Cillidellan par le kraken ; Foraker et Helt, enterrés sous les débris du mur démoli par la magie noire des Marcheurs ; Slanter, courant le long des couloirs de la forteresse, sans voir ce qui lui était arrivé. Il avait même aperçu des images de Brin, de Rone et d'Allanon, perdus quelque part dans l'Anar.

Parfois, le souvenir du roi de la rivière Argentée lui revenait, étrangement clair. *Souviens-toi*, lui murmurait une petite voix. *N'oublie pas ce que tu dois faire.*

Mais n'avait-il pas oublié ?

Pourtant, caché dans sa tunique, là où le Mwellret ne pouvait pas les voir, il gardait les cadeaux que lui avait faits le vieillard : le cristal de vision et la bourse pleine de poussière d'Argent. L'esprit troublé par la fièvre, il ne parvenait pas à se souvenir vraiment de leur utilité...

Quand ils s'arrêtèrent pour la nuit, le Mwellret s'avisa que Jair était fiévreux et lui fit boire un médicament mélangé à un verre de bière brune amère. Le Valombrien essaya de refuser, mais le Mwellret l'obligea à avaler.

Peu après, Jair s'endormit et passa une bonne nuit. À l'aube, il reçut une autre dose de la potion. Au crépuscule suivant, sa fièvre avait nettement baissé.

La nuit suivante, ils dormirent dans une caverne, en haut d'une crête où il faisait plus sec et plus chaud qu'à l'endroit où ils s'étaient arrêtés la veille.

Jair parla avec son ravisseur pour la première fois depuis leur départ de Capaal. Ils avaient terminé leur repas – du bœuf séché et des racines accompagnés d'un peu de bière amère.

Le Mwellret ne remit pas son bâillon au Valombrien.

Après un long silence, Jair osa parler.

— Où m'emmenez-vous ?

Les yeux à fentes verticales s'étrécirent. À ce moment, Jair comprit que le Mwellret avait simplement attendu qu'il engage la conversation.

— Nous allons dans les monts Élevés.

— Les monts Élevés ? répéta Jair.

— Des montagnes, au-dessous des monts Ravenshorn, siffla la créature. Nous y resterons un moment. Vous ferez un séjour dans une prison gnome de Dun Fee Aran.

— En prison ? Vous avez l'intention de m'enfermer ?

— Tous mes *invités* y sont accueillis, petit elfe, dit la créature avec un rire étouffé.

— Pourquoi me faites-vous ça ? Qu'attendez-vous de moi ?

— Ne le savez-vous vraiment pas ? Ne comprenez-vous pas ? (La silhouette encapuchonnée se pencha vers Jair.) Écoutez-moi bien ! Mon peuple avait des dons et régnait sur tout ce qui vivait dans ces montagnes. Le Seigneur sombre est venu nous voir il y a des années, et nous avons conclu un marché. Si nous acceptions d'envoyer des gnomes le servir, il laisserait notre peuple tranquille. Nous l'avons fait. Le Seigneur sombre a disparu de la surface de la terre, mais mon peuple a survécu !

La créature agita un doigt noueux devant le nez de Jair.

— Puis les Marcheurs sont venus ! Sortis des profondeurs de la Maelmord, ils ont escaladé nos montagnes. « *Vous devez servir la magie du Seigneur sombre* », ont-ils dit. « *Il faut nous donner votre terre et nous livrer tous ceux qui vous servent. Le marché passé autrefois n'est plus valable.* » Nous avons refusé. Mais les spectres nous ont frappés. Beaucoup d'entre nous sont tombés malades et sont morts. Aucun petit n'est né depuis longtemps. Nous ne sommes plus qu'une poignée ! Dès que nous avons été trop peu nombreux pour leur résister, les Marcheurs nous ont chassés de nos montagnes.

Il s'interrompit, ses yeux verts brillants de rage rivés sur le Valombrien.

— Les Marcheurs m'ont laissé pour mort ! Maudits soient-ils ! Mais j'ai survécu !

Jair regarda le monstre. Stythys lui avait avoué que du temps de Shea Ohmsford, les Mwellrets avaient vendu les gnomes de la montagne au Roi-Sorcier, pour qu'il puisse les utiliser dans la guerre contre les Terres du Sud – qui avait heureusement tourné court. Les Mwellrets avaient agi ainsi pour garder leur royaume. C'était ce que les nains soupçonnaient depuis un certain temps. Puis les spectres Mords étaient arrivés, héritiers de la magie noire du Roi-Sorcier. Les Terres de l'Est seraient désormais à eux, les monts Ravenshorn arrachés aux reptiloïdes. Stythys avait été chassé de son pays natal, trouvé par des nains et conduit à Capaal.

— Qu'est-ce que ça a à voir avec moi ? demanda Jair.

Mais il se doutait de la réponse.

— Votre magie ! siffla le Mwellret. Votre magie, petite créature. Je souhaite avoir le don que vous possédez. Vos chants doivent m'appartenir. Vous détenez la magie et vous me la donnerez !

— Mais... je ne peux pas !

— Vous ne pouvez pas ? La magie doit revenir à mon peuple, pour qu'il puisse combattre les spectres. Vous nous livrerez la vôtre, petit elfe. Dans la prison, vous nous la céderez ! Vous verrez !

Jair détourna le regard. Stythys était comme Spilk, le sedt gnome. Tous les deux voulaient quelque chose qu'il n'était pas en mesure de leur donner. La magie de l'Enchantement de Shannara lui appartenait et lui seul pouvait l'utiliser.

Puis une pensée terrifiante lui traversa l'esprit. Et si le Mwellret le savait ? S'il avait, en réalité, l'intention de le forcer à s'en servir pour arriver à ses fins ? Jair se souvint de la façon dont le Mwellret l'avait contraint à révéler ses pouvoirs, dans la cellule de Capaal...

Et s'il savait que Jair détenait d'autres objets magiques ? S'il avait perçu l'existence du cristal de vision et de la poussière d'Argent ?

— Vous n'aurez pas ces pouvoirs, murmura Jair.

— La prison vous fera changer d'avis, petite créature, siffla le Mwellret. Vous verrez !

Cette nuit-là, Jair Ohmsford eut du mal à trouver le sommeil. De nouveau bâillonné et ligoté, il écouta le martèlement de la pluie et la respiration du reptile endormi. Dans la petite caverne, les ombres étaient très épaisses. Dehors, le vent poussait des nuages d'orage au-dessus de la forêt détrempée. Qu'allait-il faire ? Sa mission et ses plans pour sauver Brin étaient compromis ! Sa seule perspective d'avenir ? La prison gnome de Dun Fee Aran. Une fois là-dedans, il n'en sortirait jamais, car il était sûr que le Mwellret le garderait jusqu'à ce qu'il lui révèle les secrets de la magie elfique.

Mais il n'accepterait pas ! Ils étaient à lui et il les utiliserait seulement pour sauver sa sœur. Pourtant, il le savait, Stythys trouverait tôt ou tard un moyen de les lui arracher.

Le tonnerre gronda au loin, lourd de menace. Perdu dans ses sinistres pensées, le Valombrien succomba finalement au sommeil.

Jair et le Mwellret reprirent leur route vers le nord à l'aube du troisième jour, à travers une pluie battante et une forêt détrempée. Vers midi, ils arrivèrent aux monts Élevés, sombres et d'un aspect peu engageant. Cette série de pics déchiquetés enjambait la rivière Argentée à l'endroit où elle émergeait des terres boisées, au-dessous des monts Ravenshorn.

Ils avancèrent entre les pics, enveloppés par la brume qui s'accrochait aux rochers. Au crépuscule, ils atteignirent le promontoire qui surplombait la forteresse de Dun Fee Aran.

Un vaste complexe de murs, de tours et de remparts... La forteresse aurait été sinistre même sous le soleil, pensa Jair. Sans un mot, ils quittèrent l'abri des arbres, traversant les broussailles et les buissons jusqu'au camp détrempé. Des Chasseurs gnomes et des serviteurs passèrent à côté d'eux, enveloppés dans des manteaux à capuchon. Occupés par leurs propres affaires, ils ne prêtèrent pas attention aux nouveaux venus.

Jair et le Mwellret dépassèrent des parapets et des chemins de ronde, descendirent des escaliers et longèrent des couloirs.

La nuit commençant à tomber, Jair eut l'impression que l'univers se refermait sur lui, l'isolant de tout ce qu'il connaissait. Il sentait l'odeur fétide qui montait des cellules et des corps humains mal soignés. Ici, comprit-il, la vie ne comptait pas. On enfermait les gens entre ces murs et on les y oubliait à jamais.

Un grand bâtiment se dressait devant eux, ses portes massives renforcées de fer.

— La prison, petit elfe, siffla le Mwellret.

Ils traversèrent un labyrinthe de couloirs obscurs, passant devant des portes dont les charnières étaient couvertes de rouille et de toiles d'araignées. Jair fut glacé jusqu'aux os quand il vit ces portes fermées depuis si longtemps.

Leurs bottes claquaient sur le sol de pierre. À part ça, aucun autre bruit n'arrivait en ces lieux. Jair examina les murs, découragé. Comment sortir de là ? Comment retrouver le chemin de l'extérieur ?

Une torche s'alluma devant eux et une petite silhouette vêtue d'un manteau apparut : un gnome âgé, dont le visage jaunâtre était miné par une maladie si horrible que Jair recula instinctivement. Stythys avança, se pencha vers le gnome et fit quelques signes devant son nez. Le gardien répondit aussi par signes. D'un geste, il leur indiqua de le suivre.

Ils s'enfoncèrent dans la prison et s'arrêtèrent devant une porte semblable à toutes celles qu'ils avaient déjà vues. Le gnome tortura la serrure, forçant la porte à s'ouvrir avec un grincement sinistre. Stythys regarda Jair, tira sur la laisse et l'obligea à entrer. La cellule contenait seulement un tas de paille, dans un coin, et un seau en bois, près de la porte. Une minuscule ouverture, dans le mur du fond, laissait passer un rayon de lumière grisâtre.

Le Mwellret coupa les liens de Jair et lui enleva le bâillon. Puis il le poussa brutalement sur le tas de paille.

— Ton lit, petite créature. Ton foyer, jusqu'à ce que tu me parles de la magie. (Il désigna le gnome.) C'est ton gardien, petit elfe. Il m'appartient. Un des rares gnomes qui nous obéissent encore. Il est sourd et muet : les chants magiques n'auront aucun effet sur lui. Il prendra soin de toi, te nourrira, et te punira si tu désobéis.

Le visage ravagé du gnome se tourna vers le Valombrien – sans révéler aucune émotion. Jair regarda autour de lui, désespéré.

— Dis-moi ce que je veux savoir, petit elfe, murmura le Mwellret. Sinon, tu ne sortiras jamais d'ici !

Sur ces mots, Stythys pivota et sortit à grands pas de la cellule, suivi par le gnome, qui tira la porte et la verrouilla.

Seul dans l'obscurité, Jair écouta mourir le bruit de leurs pas.

Les heures passèrent vite pendant qu'il pensait à sa situation, des plus désespérée ! Des odeurs putrides assaillaient ses narines, ajoutant à son accablement. Il était terrorisé à tel point qu'il arrivait à peine à réfléchir.

Pour la première fois, une idée lui traversa l'esprit. Une idée qui ne l'avait jamais effleuré depuis sa fuite de Valombre et sa capture par les gnomes…

Tu n'y arriveras pas !

Il en aurait pleuré, s'il en avait été capable. Mais il était trop terrorisé pour ça.

Pense plutôt à comment tu pourras partir de là, s'ordonna-t-il. *Il y a toujours un moyen de s'en sortir !*

Il inspira à fond. Qu'aurait fait Garet Jax à sa place ? Ou Slanter ? Slanter avait toujours une solution de rechange. Il surmontait toutes les crises. Même Rone Leah aurait trouvé une idée pour se tirer de là !

Son esprit dériva un moment, d'abord plongé dans les souvenirs puis se laissant entraîner vers ce qui pourrait encore arriver de positif. Mais ce n'étaient que des hallucinations générées par son désespoir…

Jair se força à se lever et à parcourir sa petite prison, l'explorant de son mieux. Il toucha la pierre humide des murs, et regarda le rayon de lumière qui provenait de l'extérieur. Il fit le tour de la cellule sans raison précise, attendant que ses émotions se calment et que ses pensées s'éclaircissent.

Tout à coup, il décida de se servir du cristal de vision. Pour évaluer le temps qu'il lui restait pour accomplir sa mission, il devait savoir ce qui était arrivé à Brin.

Il sortit le cristal de sa cachette et le regarda, se souvenant des paroles du roi de la rivière Argentée : l'artefact lui permettrait de suivre le voyage de Brin. Il lui suffisait de chanter pour l'activer.

Au début, la voix lui manqua, étouffée par les émotions qui se bousculaient toujours en lui. Mais il se cuirassa contre son incertitude, et l'Enchantement de Shannara retentit dans la cellule. Le cristal de vision s'éclaira aussitôt, sa lumière vive chassant les ombres.

Jair s'aperçut que la lueur était celle d'un petit feu de camp. Le visage de Brin apparut devant lui. Tournée vers le feu, elle leva les yeux et parut chercher quelque chose. Son joli visage ravagé par l'inquiétude, elle baissa la tête et soupira, frissonnant comme si elle se retenait de sangloter. Tout dans son attitude indiquait le découragement. De toute évidence, ce qui lui était arrivé n'avait pas été agréable…

La voix de Jair se brisa à cause d'un trop-plein d'inquiétude. Aussitôt, l'image du visage angoissé de sa sœur vacilla et disparut.

Où était Allanon ? se demanda Jair. On ne le voyait pas à côté de Brin, dans le cristal…

« Comme des feuilles emportées par le vent », répéta dans son esprit la voix du roi de la rivière Argentée. *« Elle se perdra… »*

Jair serra plus fort le cristal de vision et frissonna.

Chapitre 27

La nuit était tombée sur les forêts de l'Anar quand Brin Ohmsford vit les lumières clignoter comme des lucioles à travers les arbres.

Elle ralentit, serrant Rone plus fort pour lui éviter de tomber. Épuisée, elle se força pourtant à maintenir le montagnard debout quand il se laissa aller lourdement contre elle en marmonnant des paroles décousues.

— … Je ne trouve pas le chemin… Je suis perdu…

Brin lui murmura des paroles rassurantes, essentiellement pour qu'il sache qu'elle était avec lui.

Puis elle regarda devant elle, vers les lumières qui dansaient entre les arbres encore couverts de feuilles rousses. *Du feu !* pensa-t-elle. Cette idée calma un peu le désespoir qui la hantait depuis qu'ils avaient recommencé leur marche vers l'est, après les événements des flots de Chard. Cela lui semblait être arrivé si longtemps auparavant ! Allanon n'était plus, Rone délirait de fièvre, et elle était si horriblement seule !

Brin avait marché tout l'après-midi et une bonne partie de la nuit, suivant le cours des flots de Chard vers l'est, avec l'espoir que la rivière la conduirait jusqu'à des contrées habitées où quelqu'un pourrait l'aider. Elle ignorait combien de temps elle avait marché. Privée de la notion du temps et des distances, elle avait réussi à continuer, et c'était tout ce qui comptait.

Elle se redressa, tirant Rone avec elle. Devant elle, les lumières scintillaient, comme pour lui souhaiter la bienvenue.

Je vous en prie ! Faites que je trouve l'aide dont j'ai besoin !

Elle continua d'avancer, le bras de Rone autour de ses épaules. Forcée de se baisser pour éviter les branches et les broussailles, Brin arrivait au bout de son endurance. Si elle ne trouvait pas de l'aide bientôt…

Parvenue à un endroit où les arbres s'écartaient, elle vit l'origine des lumières : un bâtiment obscur, à l'exception de deux fenêtres éclairées. Des voix venaient de l'intérieur, faibles et indistinctes.

Soutenant toujours Rone, Brin avança vers la bâtisse carrée et basse au toit pointu. À part les fondations en pierre, tout était en bois de construction et en planches.

Le bâtiment comportait aussi un grenier qui donnait sur le porche couvert. Une écurie jouxtait l'arrière du bâtiment. Deux chevaux et une mule étaient attachés à un poteau. Toutes les fenêtres étant fermées par des volets, c'était la lueur de lampes à huile que la Valombrienne avait aperçue.

— Encore un petit effort, Rone, murmura-t-elle, sachant qu'il n'était pas en état de la comprendre, mais que le son de sa voix le rassurerait.

Arrivée à trois pas du porche, elle vit l'enseigne suspendue à l'avant-toit : *Centre de Commerce de la Ligne Rooker.*

L'enseigne se balançait doucement dans le vent nocturne, usée et fendue, sa peinture si délavée par les intempéries que les mots étaient à peine lisibles. Peu importait. Tout ce qui comptait, c'était qu'il y avait des gens à l'intérieur.

Ils franchirent le porche et titubèrent sur les planches disjointes. Puis ils s'appuyèrent au chambranle, et Brin chercha la poignée à tâtons. Soudain, les voix se turent. La Valombrienne poussa la porte.

Une dizaine de visages rudes se tournèrent vers elle, à la fois surpris et méfiants. Des trappeurs, constata Brin à travers la fumée. Barbus et sales, vêtus d'habits de cuir usé et de fourrure, ils étaient réunis autour d'un « comptoir » composé de planches posées sur des caisses de bière retournées. Des peaux de bêtes et des provisions s'entassaient derrière. Des tables et des tabourets étaient installés dans la salle, éclairée par des lampes à huile pendues aux poutres.

Tenant toujours Rone, Brin s'arrêta dans l'entrée et attendit.

— Des fantômes ! cria quelqu'un près du comptoir.

Il y eut un bruit de pas traînants.

Un grand homme mince en manches de chemise sortit de derrière le comptoir.

— Non. S'ils étaient morts, ils n'auraient pas eu besoin d'ouvrir la porte ! Ils seraient passés à travers.

Il avança vers eux.

— Que vous est-il arrivé, petite ? demanda-t-il.

Brin prit conscience de leur aspect. Oui, ils auraient pu être des morts-vivants, avec leurs vêtements déchirés et trempés et leurs visages livides d'épuisement. Un bout de tissu ensanglanté entourait le front de Rone, mais on voyait sa blessure sur les côtés. Le fourreau de son épée était vide. Brin avait les traits tirés, et les yeux cernés. Ils se tenaient là comme des spectres, sous la lumière tremblotante des lampes à huile, chancelant comme des ivrognes.

Brin ouvrit la bouche, mais aucun son n'en sortit.

— Venez m'aider ! ordonna l'homme en se tournant vers les clients au comptoir.

Il se chargea de Rone. Un autre homme avança – un forestier costaud. Tous les deux aidèrent la Valombrienne et le montagnard à s'asseoir sur les tabourets les plus proches. Rone s'affala sur la table en gémissant.

— Que vous est-il arrivé ? demanda le type mince en tenant le montagnard pour qu'il ne tombe pas du tabouret. Il brûle de fièvre !

— Nous avons perdu nos chevaux à cause d'une chute, en sortant des montagnes. Il était déjà malade avant, mais ça n'a fait qu'empirer depuis. Nous avons marché jusqu'ici.

— Cet endroit m'appartient, dit l'homme. Je suis un marchand. Jeft, tire des bières pour eux !

Le forestier passa derrière le comptoir et ouvrit le robinet d'un tonnelet de bière et remplit deux grands verres.

— Et si tu nous offrais aussi une tournée, Stebb ? demanda un des hommes à l'air rude assis autour du comptoir.

Le marchand lui jeta un regard noir, se passa une main sur son crâne dégarni et se tourna de nouveau vers Brin.

— Vous n'auriez pas dû être dans ces montagnes, petite. Il y a des choses pires que la fièvre, là-haut !

Brin ne répondit pas, la gorge sèche.

Le forestier apporta les verres. Il en donna un à Brin, puis releva Rone le temps de lui faire boire une gorgée. Le montagnard essaya de saisir le verre, mais le forestier le lui retira.

— Laisse-le boire ! dit le marchand.

— Peine perdue ! lança un ivrogne en riant. Ce type est en train de mourir !

Brin leva la tête, furieuse. L'homme s'aperçut qu'elle le regardait et avança vers elle, un sourire insolent sur ses lèvres. Ses compagnons le suivirent en échangeant des regards lubriques.

— Quelque chose ne va pas, petite ? Tu as peur que... ?

Brin se leva d'un bond. Ayant à peine conscience de ce qu'elle faisait, elle sortit le couteau qu'elle portait à la ceinture et le brandit devant le nez du malotru.

— Doucement ! dit Jeft en s'interposant. Inutile d'en venir là !

Le forestier était bien plus grand que le type qui avait provoqué Brin. Les membres de son groupe se regardèrent, inquiets.

— Bien entendu, Jeft, marmonna l'homme. (Il regarda Rone.) Je me posais seulement une question au sujet de ce fourreau... On dirait qu'il porte un sceau royal ! D'où viens-tu, petite ?

Il attendit un moment, mais Brin ne répondit pas.

— Peu importe...

Haussant les épaules, l'ivrogne retourna devant le comptoir. Les autres l'imitèrent. Le groupe recommença à boire en parlant à voix basse.

Le forestier s'accroupit à côté de Brin.

— Des vauriens, marmonna-t-il. Ils campent à l'ouest de la crête de Spanning, en se faisant passer pour des trappeurs. En fait, ils vivent de rapines !

— Ils sont ici à jacasser et à boire depuis ce matin, renchérit le marchand. Mais ils ont toujours assez d'argent pour payer leur bière ! Ça va mieux, petite ?

— Oui, bien mieux, merci. (Brin regarda la dague, dans sa main.) Excusez-moi. J'ignore ce qui m'est passé par l'esprit...

— N'y pensez plus, dit le forestier en lui tapotant la main. Vous êtes épuisée.

Rone gémit et leva un instant la tête, les yeux dans le vague. Puis il se laissa retomber sur la table.

— Il faut faire quelque chose pour lui, dit Brin. Je dois trouver un moyen de lutter contre sa fièvre. Avez-vous quelque chose qui m'aiderait ?

Le marchand regarda le forestier, l'air inquiet.

— Je crains que non. J'ai rarement vu une fièvre aussi grave. Un tonique pourrait peut-être lui être utile... Nous verrons si ça fait baisser sa température. Mais le mieux serait sans doute qu'il se repose...

Brin fit un signe affirmatif. Puis elle regarda la dague comme si elle ne la voyait pas et la rangea dans son étui. Pourquoi l'avait-elle sortie ? Qu'aurait-elle pu faire ? Elle ne s'en était jamais servie de sa vie. Le « trappeur » s'était montré insolent, certes, et même menaçant, mais avait-elle vraiment été en danger ? Sous l'effet de la bière, elle sentit son corps se réchauffer. Elle était fatiguée et troublée, et elle éprouvait un étrange sentiment de deuil...

— Il n'y a pas beaucoup de place ici pour dormir, dit Stebb. Mais il y a derrière l'écurie une sellerie que les serviteurs utilisent à la saison de la pose des trappes. Je peux vous la prêter. Il y a un vrai poêle, un lit pour votre ami, et une paillasse pour vous.

— Ce serait parfait, dit Brin.

À sa propre surprise, elle s'aperçut qu'elle pleurait.

— Allons, allons, dit le forestier.

Il lui passa un bras autour des épaules, la dissimulant à la vue des trappeurs réunis autour du comptoir.

— Ne laissez pas ces types vous voir pleurer, petite. Courage !

Brin essuya ses larmes et se leva.

— Ça va aller...

— Il y a des couvertures dans la remise, dit le marchand. Allons-y. Je vous aiderai à vous installer.

Avec l'aide du forestier, il souleva Rone et l'emmena à l'arrière du magasin, où ils empruntèrent un couloir obscur. Brin jeta un regard furieux aux rustres du comptoir, puis suivit le marchand et le forestier.

Elle n'aima pas du tout la façon dont les types la regardèrent partir...

Une petite porte en bois, à l'arrière du bâtiment, donnait sur l'écurie. Brin et les deux hommes qui portaient Rone se dirigèrent vers la sellerie. Le marchand alluma une lampe à huile pendue à un mur puis ouvrit la porte en grand pour faire entrer les autres. La pièce était propre mais sentait un peu le renfermé.

Les deux hommes couchèrent le montagnard sur le lit. Au moment de partir, le marchand posa la lampe dans une niche de pierre, à côté du poêle, se tourna vers Brin et lui tendit un petit flacon couleur ambre.

— Voilà le tonique, dit-il. Donnez-lui-en deux gorgées, pas plus. Et deux autres demain matin. (Il haussa les épaules.) J'espère que ça l'aidera...

Il approcha de la porte, le forestier à côté de lui.

— Il y a un verrou à l'intérieur, dit-il. Fermez et n'ouvrez à personne.

Il claqua la porte. Brin tira aussitôt le verrou et entendit... le dialogue des deux hommes.

— Ce sont des sales types, ces « trappeurs » de la crête de Spanning, dit le forestier.

— Je n'en connais pas de pires, répondit le marchand.

Ils se turent un moment.

— Il est temps que je parte, annonça le forestier. J'ai plusieurs heures de chemin pour rentrer au camp.

— Je vous souhaite un bon voyage…

— Faites attention à vous, avec ces types, Stebb !

Ils s'éloignèrent trop pour que Brin puisse entendre la suite.

Elle retourna près de Rone, l'aida à s'asseoir et lui fit prendre deux gorgées de tonique. Puis elle le recoucha et le couvrit.

Assise près du poêle, enveloppée dans sa couverture, Brin attendit. Sur le mur, en face d'elle, son ombre, projetée par la lumière de la petite lampe, semblait être celle d'une géante.

Quand une bûche à demi consumée se cassa dans la cheminée, Brin se réveilla en sursaut. Elle s'était assoupie ! Se frottant les yeux, elle regarda autour d'elle.

Puis elle pensa à Allanon. Ayant du mal à accepter qu'il était « parti », elle s'attendait à tout instant à entendre quelqu'un frapper à la porte, une voix basse familière lui demandant d'ouvrir. *Pareil à une ombre*, c'était ainsi que Rone avait décrit le druide, peu avant sa mort.

Elle sursauta, presque étonnée de s'être autorisée à penser ce mot. Pourtant, Allanon n'était pas *parti*, il était mort, quittant les Quatre Terres dans les bras de son père – peut-être pour rejoindre le lieu où Bremen montait la garde. Cela signifiait-il que le druide avait *réellement* rejoint son père ? Qu'il s'était, lui aussi, condamné à une existence dans les limbes, entre le monde des vivants et celui des morts ?

Brin sentit des larmes perler à ses yeux et les essuya. Elle ne pouvait pas se permettre de pleurer maintenant. Allanon mort, elle était seule…

Rone s'agita sous ses couvertures, le souffle rauque et irrégulier. Brin se leva et alla se poster à son chevet. Le visage hâlé du montagnard était altéré par la fièvre qui le dévorait. Le jeune homme frissonna, comme s'il avait froid, se raidit et marmonna des paroles incompréhensibles.

Que vais-je faire ? se demanda la Valombrienne. *Que ne donnerais-je pas pour avoir les dons de guérisseur de mon père ! Je lui ai fait boire le tonique et je l'ai couvert pour qu'il n'attrape pas froid. Mais rien de tout ça ne semble le soulager. Que puis-je faire d'autre ?*

Le poison du Jachyra agissait sur Rone. Allanon avait dit qu'il n'attaquait pas seulement le corps, mais aussi l'esprit. Il avait tué le druide. Certes, ses blessures étaient plus graves que celles du montagnard, mais Allanon était de loin le plus fort des deux. Même les dégâts « mineurs » subis par le jeune homme étaient trop pour lui !

Brin s'agenouilla à côté du lit et prit doucement la main de… son protecteur. Elle eut un sourire triste. Qui le protégerait, lui ?

Des souvenirs de leur voyage se pressaient dans son esprit. Ils avaient subi tant de choses ! Et tant perdu ! Paranor détruite, Allanon mort… L'Épée de Leah, l'arme magique qui aurait pu les sauver, avait disparu.

Il leur restait l'Enchantement de Shannara.

Mais Allanon avait dit qu'il suffirait...

Brin, qui avait hérité des sens aiguisés de ses ancêtres elfes, entendit un bruit de bottes, devant la sellerie. Elle lâcha la main de Rone et se leva, sa fatigue oubliée.

Il y avait dehors quelqu'un qui essayait de ne pas se faire entendre !

Brin posa une main sur sa dague, puis la lâcha. Non, elle ne s'en servirait pas !

Le verrou cliqueta.

— Qui est là ? cria-t-elle.

Un juron étouffé retentit derrière la porte. Puis des coups l'ébranlèrent, sous l'effet de plusieurs personnes se jetant contre elle. Brin recula et chercha une autre issue. Il n'y en avait pas.

Le verrou céda sous le poids et la porte s'ouvrit. Cinq silhouettes se ruèrent dans la pièce, la chiche lueur de la lampe à huile se reflétant sur la lame de leurs couteaux. Ils se massèrent devant la porte en marmonnant...

— Sortez d'ici ! cria Brin.

Un des hommes avança. Elle reconnut aussitôt un des « trappeurs » de la crête de Spanning, que le marchand Stebb avait traité de voleurs.

— Jolie petite, dit l'homme d'une voix pâteuse. Viens ici... Sois gentille...

Les cinq types avancèrent. Brin aurait bien essayé de s'échapper, mais il y avait Rone...

Elle posa de nouveau la main sur son couteau.

— Allons, pas de ça ! dit le type.

Il bondit sur Brin, plus rapidement qu'elle ne l'aurait cru possible pour un ivrogne, et lui saisit le poignet, l'éloignant de sa dague. Les autres le rejoignirent. La tirant par ses vêtements, ils firent tomber leur proie sur le sol. Elle se débattit, mais les hommes étaient bien plus forts qu'elle et ils n'hésitaient pas à la brutaliser.

Soudain, quelque chose en elle céda – comme le verrou de la porte, un peu plus tôt. La colère la submergea. Ce qui arriva ensuite fut instinctif. Elle ouvrit la bouche et l'Enchantement de Shannara en sortit, très différent de ce qu'il avait été jusque-là. Il remplit la pièce d'une fureur annonciatrice de mort et de destruction aveugle. Ses assaillants titubèrent sous l'assaut, les yeux écarquillés de terreur. Puis ils se couvrirent les oreilles, essayant de se protéger du chant. Mais il traversa les dérisoires barrières de chair et d'os et envahit impitoyablement leurs esprits. La folie résonnait dans ce chant, accompagné d'une rage et d'une douleur si violentes qu'elles en devenaient presque palpables.

Les cinq hommes de la crête de Spanning se bousculèrent pour essayer de retrouver la porte. Des hurlements de douleur répondirent au chant de la Valombrienne. Sa rage était si dévastatrice qu'aucun raisonnement ne pouvait l'apaiser. Les animaux de l'écurie voisine ruèrent et se jetèrent contre les murs de leurs stalles.

Les cinq hommes trouvèrent enfin la porte et se ruèrent dehors. Du sang coulait de leur bouche, de leur nez et de leurs oreilles.

Brin vit ce qu'elle avait fait... et sa fureur aveugle la quitta. Au même instant, elle aperçut Stebb, sans doute attiré par le bruit. L'air horrifié, il recula et leva les mains comme pour se protéger. Brin sentit la culpabilité l'envahir et l'Enchantement de Shannara mourut sur ses lèvres.

— Oh, par l'enfer..., gémit-elle.

Elle se laissa tomber sur le sol, n'arrivant pas à croire à ce qu'elle avait fait.

Minuit approchait. Le marchand était reparti vers le confort et la sécurité de son foyer, laissant Brin seule avec ses pensées. Au cœur de la forêt environnante, tout était calme.

Elle avait remis du bois dans le poêle. Assise devant le feu, les genoux relevés, elle avait passé les bras autour de ses jambes comme une enfant perdue dans ses pensées.

Elle se souvint d'Allanon lui murmurant ce qu'elle avait refusé de reconnaître pendant si longtemps.

« L'Enchantement de Shannara est puissant. C'est un pouvoir comme je n'en ai jamais vu. Il vous protégera et vous permettra de détruire l'Ildatch. »

Ou il me détruira. Il peut tuer. Ou me forcer à tuer !

Brin se leva, ses yeux noirs voilés par la peur.

Elle aurait pu tuer les cinq hommes de la crête de Spanning, pensa-t-elle, désespérée. Et elle l'aurait probablement fait s'ils n'avaient pas trouvé la porte à temps.

Elle se raidit. Qui l'empêcherait de tuer, la prochaine fois qu'elle serait obligée d'utiliser l'Enchantement de Shannara ?

Derrière elle, Rone gémit doucement, s'agitant sous ses couvertures. Elle se tourna vers lui et lui tâta le front. Il était toujours brûlant, sa peau devenue mortellement pâle. Sa respiration était de plus en plus hachée et rauque.

Brin s'agenouilla près de lui, tremblante. Le tonique n'avait servi à rien. Le montagnard faiblissait régulièrement, le poison détruisant son corps et son esprit. Si rien ne l'arrêtait, il mourait bientôt...

Comme Allanon.

— Non ! cria Brin.

Elle lui prit la main, comme si elle pouvait retenir la vie qui le quittait.

Soudain, elle comprit ce qu'elle devait faire. « *À la fois celle qui sauverait et qui détruirait* », avait dit l'ombre de Bremen. Pour les bandits de la crête de Spanning, elle avait joué le rôle de destructrice. Pour Rone Leah, pouvait-elle être celle qui sauverait ?

Sans lâcher sa main, elle se pencha sur lui et commença à chanter. Cette fois, l'Enchantement de Shannara, doux, léger et presque inaudible, flotta telle une brume immatérielle et s'enroula autour d'eux. Il se projeta vers le montagnard agonisant, cherchant le poison qui le tuait à petit feu.

Je dois essayer, se dit Brin. *Si j'attends le matin, il sera mort. Allanon a dit que le poison détruisait le corps et l'esprit. La magie elfique peut-elle aussi guérir ?*

Brin chanta. Les notes douces et mélancoliques enveloppèrent le montagnard, le rapprochant d'elle. Peu à peu, il cessa de frissonner et de s'agiter, calmé par la mélodie.

Les minutes passèrent lentement pendant que la Valombrienne chantait, attendant le changement qui, elle le sentait, se produirait bientôt. Quand cela arriva, ce fut si soudain qu'elle faillit perdre le contrôle de ce qu'elle faisait. Du corps épuisé du montagnard, le poison du Jachyra s'éleva, brume rouge qui flotta au-dessus du jeune homme inconscient puis tourbillonna à la lueur de la lampe à huile comme un prédateur. Il resta un instant au-dessus de sa victime, prêt à revenir, mais Brin interposa la magie de l'Enchantement de Shannara entre le nuage mortel et Rone. Lentement, la brume rougeâtre se dissipa et disparut.

Le visage du prince était couvert de sueur, mais il allait mieux, la respiration lente et régulière. Brin le regarda à travers des yeux voilés de larmes, et l'Enchantement de Shannara s'arrêta graduellement.

J'ai réussi. J'ai utilisé la magie pour le bien. Cette fois, j'ai sauvé une vie !

Toujours agenouillée à côté de Rone, elle posa sa tête sur l'épaule du montagnard, l'enlaça et s'endormit comme une masse.

Chapitre 28

Ils restèrent deux jours au *Centre de Commerce de la Ligne Rooker*, pour laisser à Rone le temps de retrouver ses forces. Sa fièvre tombée, le montagnard se reposait, mais il était encore trop faible pour voyager. Brin demanda l'autorisation à Stebb de rester dans la sellerie un jour de plus. Le marchand accepta et leur fournit de la nourriture, des rations de bière, des médicaments et des couvertures. Refusant d'être payé pour ses services, il assura à la Valombrienne qu'il était ravi de pouvoir les aider. Mais il était toujours mal à l'aise en sa présence et ne parvenait plus à la regarder dans les yeux. Brin comprit parfaitement ce qui se passait. Le marchand était un homme honnête, mais il avait peur d'elle ou de ce qu'elle ferait s'il lui refusait son assistance. Il l'aurait probablement aidée dans tous les cas, mais la peur lui donnait des ailes. Il estimait visiblement que se montrer coopératif était la façon la plus rapide et la plus simple de se débarrasser d'elle.

Elle resta la plus grande partie du temps dans la sellerie, avec Rone, s'occupant de lui et lui parlant de ce qui leur était arrivé depuis la mort d'Allanon.

Partager leurs sentiments leur apporta une détermination commune : ils devaient continuer la quête que le druide leur avait confiée en mourant.

Désormais, ils se sentaient plus proches, plus forts et plus conscients de leur but. Allanon mort, ils devaient compter l'un sur l'autre.

Seuls dans la sellerie, ils parlaient à voix basse des choix qui les avaient amenés à ce moment de leurs existences, et de ceux qu'il leur restait encore à faire.

Lentement mais sûrement, ils étaient en train d'unir leurs vies pour en faire une seule.

Pourtant, en dépit de ce lien, il y avait des choses que Brin ne pouvait pas dire, même à Rone. Elle ne pouvait pas lui parler du sang qu'Allanon avait pris sur son corps ravagé pour lui appliquer sur le front. Ce sang, elle le savait, était destiné à sceller un pacte, au-delà de la mort.

Elle ne mentionnerait pas non plus l'intervention de l'Enchantement de Shannara, une fois pour détruire leurs ennemis et une autre pour sauver la vie de Rone. Ne comprenant pas elle-même les implications de toutes ces choses, elle préférait ne plus y penser.

Brin avait une autre raison de garder le silence. Le montagnard était très perturbé par la perte de l'Épée de Leah. Le pauvre ne pensait qu'à ça ! Il voulait retrouver son épée. Oui, il la chercherait et la récupérerait !

Son insistance effraya Brin, car il semblait s'être identifié à l'arme. Sans elle, comprit la Valombrienne, il ne pensait pas survivre à ce qui les attendait. Privé de l'Épée, il se sentait perdu.

Pendant qu'elle l'écoutait parler, elle réfléchit à sa propre dépendance à l'Enchantement de Shannara. Elle avait toujours pensé qu'il s'agissait d'un amusement. En réalité, c'était une magie aussi puissante et dangereuse que celle de l'Épée de Leah. Elle pouvait tuer. Son père l'avait toujours dit : voilà un héritage dont elle aurait pu se passer ! Allanon aussi l'avait avertie…

« Le pouvoir de l'Enchantement de Shannara est stupéfiant… »

Oui, il avait la capacité de tuer ou de guérir. Mais devait-elle être aussi dépendante de la magie que Rone ? D'elle ou de la magie, qui commanderait l'autre ?

Son père avait lutté pour découvrir la réponse à cette question. D'abord, quand il s'était efforcé de maîtriser les Pierres elfiques. Il y était parvenu. Ayant survécu aux bouleversements que la magie lui avait imposés, il l'avait rejetée à jamais. Malgré tout, cette histoire avait laissé des traces, car le pouvoir s'était transmis à ses enfants. Brin devait peut-être livrer de nouveau cette bataille. Mais si elle ne parvenait pas à contrôler l'Enchantement ?

Le deuxième soir, la Valombrienne et le montagnard dévorèrent le repas apporté par le marchand, et regardèrent la nuit tomber. Quand Rone, encore fatigué, s'enroula dans ses couvertures et s'endormit, Brin sortit respirer un peu et regarder le firmament constellé d'étoiles. Elle aperçut le marchand. Assis dans un fauteuil, devant son magasin, il fumait la pipe.

Brin approcha de lui.

— Bonsoir, dit-il, l'air gêné.

— Nous partirons demain matin… (Elle crut lire du soulagement dans le regard de l'homme.) Mais je tenais à vous remercier de votre aide.

— Inutile… Je vous donnerai quelques provisions pour les premiers jours de votre voyage.

Brin ne protesta pas.

— Auriez-vous un arc en frêne ? demanda-t-elle, pensant à Rone. Nous pourrions nous en servir pour chasser, sur le trajet…

— Un arc en frêne ? Eh bien, j'en ai un, oui… (Le marchand se leva, entra dans le magasin et revint après quelques instants avec un arc et un carquois.) Tenez ! Je vous en fais cadeau. C'est une bonne arme, robuste et fiable. Elle est à vous, de toute façon, puisqu'elle a été abandonnée par les sales types que vous avez chassés.

Il posa l'arc et le carquois devant Brin, puis pianota nerveusement sur les accoudoirs de son fauteuil.

Brin ramassa l'arc.

— Il ne m'appartient pas vraiment, dit-elle. Et surtout pas à cause de ce qui est arrivé…

Le marchand regarda ses pieds.

— Il n'est pas à moi non plus. Prenez-le, petite.

Il y eut un long silence gêné.

— Connaissez-vous la contrée, à l'est d'ici ? demanda enfin Brin.

— Pas très bien. Mais je sais que c'est une région dangereuse.

— Quelqu'un pourrait m'en dire plus ? Le forestier de l'autre soir, peut-être ?

— Jeft ? Il se déplace beaucoup…

— Où le trouverai-je ? demanda Brin, mal à l'aise devant la réticence évidente du marchand.

— Vous ne lui voulez pas de mal ?

— Non, bien entendu !

— C'est un ami, vous comprenez ! Son camp est par là, quelques lieues en aval de la rivière, sur la rive sud.

Brin le remercia d'un signe de tête.

— Je suis toujours la même personne que le soir où je suis arrivée, dit-elle.

— Je n'en suis pas si sûr, répondit le marchand.

— Il est inutile d'avoir peur de moi.

L'homme s'agita sur son fauteuil.

— Je n'ai pas peur, dit-il enfin.

Brin attendit un instant, puis elle se détourna et partit.

Le matin suivant, peu après l'aube, Brin et Rone quittèrent le *Centre de Commerce de la Ligne Rooker*, se dirigeant vers l'est. Ils emportaient un peu de nourriture, des couvertures et un arc. Après avoir dit adieu à un homme qui avait visiblement hâte de les voir partir, ils disparurent entre les arbres.

Alors qu'ils avançaient sur la rive sud des flots de Chard, un vent d'ouest soufflait doucement des monts Wolfsktaag, faisant tourbillonner les feuilles mortes. Ils virent des écureuils et des tamias s'éparpiller à leur approche, interrompus dans leurs préparations hivernales.

Au milieu de la matinée, les deux compagnons s'arrêtèrent pour se reposer, assis sur une souche. Les flots de Chard coulaient à quelques pas d'eux, s'enfonçant vers l'est. Du bois flottait et des débris passaient sous leurs yeux, emportés par le courant.

— J'ai encore du mal à croire qu'il n'est plus avec nous, dit Rone.

Brin n'eut pas besoin de demander de qui il parlait.

— Moi aussi… Parfois, j'ai le sentiment qu'il n'est pas parti. Je crois presque qu'il reviendra un jour…

— Serait-ce si étonnant ?

— Allanon est mort, Rone !

— Je sais, répondit le jeune homme sans la regarder. Crois-tu que nous aurions pu le sauver ?

— Non… Il savait qu'il allait mourir. Son père lui avait prédit qu'il ne terminerait pas le voyage. Il avait accepté son sort, je pense…

— Moi, je n'aurais pas accepté !

— Moi non plus, dit Brin. Peut-être est-ce pour ça qu'il ne nous a rien dit. Et nous ne pouvons pas comprendre *pourquoi* il l'a accepté, parce que personne ne le connaissait vraiment…

— Donc, le dernier des druides a disparu et il ne reste personne pour affronter les Marcheurs, excepté toi et moi. Pauvres de nous !

Brin baissa les yeux. Elle se souvint d'Allanon, effleurant son front de sa main ensanglantée.

— Oui, pauvres de nous…

Ils reprirent leur chemin. Une heure plus tard, ils arrivèrent devant un ruisseau qui se séparait des flots de Chard et coulait dans une ravine.

Une cabane d'une pièce se dressait entre les arbres. La maisonnette en bois calfaté au mortier était construite dans une minuscule clairière, la première d'une série de collines basses. Quelques moutons et une vache paissaient derrière la bâtisse. En les entendant arriver, un vieux chien de chasse se leva et s'étira paisiblement.

Jeft coupait du bois à l'autre bout de la clairière. Il s'interrompit pour regarder ses visiteurs approcher.

— Bonjour, dit Brin.

— Bonjour…

Le forestier n'avait pas l'air étonné de les voir. Il se tourna vers Rone.

— Vous vous sentez mieux, on dirait ?

— Oui ! C'est en partie grâce à vous, paraît-il.

Jeft haussa les épaules et désigna sa cabane.

— Il y a de l'eau potable dans un seau, sous le porche. Je la rapporte tous les jours des collines.

Ils burent tous les trois, puis s'assirent sous le porche. Le forestier sortit une pipe et du tabac. Il en proposa à ses invités, qui refusèrent d'un geste poli.

Jeft bourra méticuleusement sa pipe et l'alluma.

— Tout va bien au magasin de Stebb ? J'ai entendu parler de l'histoire avec les types de la crête de Spanning. C'est fou ce que les nouvelles voyagent vite…

Il regarda Brin.

— Le marchand nous a dit où vous trouver. Il pense que vous pourriez nous aider.

— De quelle façon ?

— Il affirme que vous connaissez la région mieux que quiconque.

— Je m'y balade depuis longtemps, c'est vrai…

— Nous avons déjà une dette envers vous pour ce que vous avez fait l'autre soir. Mais nous avons encore besoin de vous pour trouver le meilleur chemin possible vers l'est.

Le forestier posa sa pipe.

— L'est ? Les étendues Sombres ?

— Oui.

— C'est une région dangereuse… Les gens n'y vont pas sans y être obligés. Jusqu'où voulez-vous voyager ?

— Jusqu'à l'Antique lande, et après, dans les monts Ravenshorn, dit tranquillement Brin.

— Vous êtes dingues ! Ces contrées sont infestées de gnomes, de Marcheurs et de créatures encore pires ! Vous n'en sortirez pas vivants.

Les jeunes gens ne répondirent pas. Le forestier les regarda et se frotta pensivement la barbe. Puis il haussa les épaules.

— Je suppose que vous avez de bonnes raisons de faire ça, dit-il enfin. Et elles ne me regardent pas. Mais vous commettez une grosse erreur. Même les trappeurs se tiennent loin de cette région. Les gens y disparaissent sans laisser de traces.

Il attendit. Brin regarda Rone, puis le forestier.

— Nous devons y aller. Pouvez-vous nous aider ?

— Moi ? Non, petite ! Même si je vous accompagnais, ce que je ne ferai pas, parce que je préfère rester en vie, je serais perdu après un ou deux jours de voyage.

» Mais je suppose que vous êtes décidés ?

— Oui.

Le forestier soupira.

— Il y a peut-être quelqu'un pour vous… Un vieil homme nommé Cogline. Il a au moins quatre-vingt-dix ans, s'il est encore de ce monde. Je ne l'ai pas vu depuis deux ans, donc je n'en suis pas sûr. Mais, à l'époque, il vivait au milieu d'une formation rocheuse, au milieu des étendues Sombres. Elle ressemble à une immense cheminée. Je peux vous indiquer le chemin, mais les pistes ne sont pas terribles ! C'est une contrée sauvage. À part des gnomes, il n'y a pas grand-monde.

— Croyez-vous qu'il nous aiderait ?

— Il connaît le coin comme sa poche. Mais je vous préviens : le vieux Cogline est un type farfelu ! Un peu dingue, même. Méfiez-vous…

— Ça ira, affirma Brin.

— Peut-être… Vous êtes une jolie fille. Un peu trop jolie pour voyager dans ces contrées, même avec la protection de votre chant. Il y a pire que des voleurs et des lâches, dans ces régions. Réfléchissez avant de vous décider…

— Nous y avons réfléchi, assura Brin en se levant.

Le forestier haussa les épaules.

— Alors, prenez toute l'eau que vous pourrez transporter. Comme ça, au moins, vous ne crèverez pas de soif.

Il les aida à remplir leurs gourdes, puis leur indiqua le chemin de la Pierre d'Âtre en dessinant une carte sommaire dans la terre, devant le porche.

— Faites bien attention à vous, conclut-il en leur serrant la main.

Brin et Rone le remercièrent et reprirent leur chemin, leurs provisions sur le dos. Le forestier les regarda disparaître entre les arbres.

Il ne pensait pas les revoir un jour…

Chapitre 29

Ils voyagèrent deux jours, suivant les flots de Chard dans les forêts de l'Anar, puis dans les étendues Sombres. Rone se sentait mieux, mais il n'avait pas entièrement récupéré et n'avançait pas très vite. Après un repas rapide, le deuxième soir, il s'endormit aussitôt.

Brin resta assise devant le feu pour contempler les flammes. Son esprit était toujours hanté par de mauvais souvenirs et de sombres pensées. Un bref instant, au moment où elle allait s'endormir, il lui sembla que Jair était à côté d'elle. Elle se leva et le chercha. Bien entendu, il n'y avait personne. Elle soupira, couvrit le feu et se glissa dans ses couvertures.

Au milieu de l'après-midi du troisième jour, Brin et Rone aperçurent la curiosité géologique en forme de cheminée.

La Pierre d'Âtre se découpait contre le ciel, son sommet déchiqueté dominant la vallée boisée. Solitaire et massive au milieu de la forêt, la cheminée de pierre attirait le regard.

Debout sur la crête d'une colline, Brin éprouva soudain un sentiment de paix. Une autre partie de leur long voyage se terminait. À cet instant, les souvenirs de ce qu'ils avaient subi pour arriver ici – et les avertissements qu'on leur avait donnés sur ce qui les attendait – lui paraissaient étrangement lointains.

Elle sourit à Rone, et cela surprit visiblement le montagnard. Puis elle descendit la pente qui menait à la vallée.

Une piste à peine visible serpentait entre les grands arbres. Alors que le soleil descendait vers l'horizon, la forêt se referma de nouveau autour d'eux. Ils avancèrent avec précaution au milieu des branches mortes et des rochers déchiquetés, jusqu'à ce que le sol redevienne plat.

Le chemin s'élargit puis disparut quand les broussailles se firent moins denses. Le soleil de la fin d'après-midi était chaud partout où il filtrait entre les branches des grands arbres. Des clairières apparurent dans la vallée. La terre, moins compacte, était recouverte d'une couche de brindilles et de feuilles mortes qui bruissaient doucement sous les pieds de la Valombrienne et du montagnard.

Cette vallée était réconfortante par rapport aux régions sauvages qu'ils venaient de traverser. Elle rappela Valombre à Brin. Les odeurs entêtantes de l'automne et les bruits de la vie ressemblaient à ceux de son lointain village du sud. S'il n'y avait pas la rivière Rappahalladran, des dizaines de ruisseaux serpentaient en travers de leur chemin. La Valombrienne inspira profondément. Elle comprenait pourquoi le vieux forestier, Cogline, avait choisi cette vallée !

Les deux voyageurs s'enfoncèrent entre les arbres. De temps en temps, ils apercevaient la Pierre d'Âtre entre les troncs et le feuillage.

Ils marchèrent en silence vers la cheminée de pierre.

Enfin, Rone s'arrêta et posa une main sur le bras de Brin.

— Tu entends ? demanda-t-il doucement.

Brin fit signe que oui. Une voix, lointaine et presque inaudible, mais indéniablement humaine…

Elle se tut un moment, puis reprit, plus forte.

— Vous feriez mieux de vous montrer immédiatement ! Je n'ai pas le temps de jouer à cache-cache !

Le montagnard et la Valombrienne se regardèrent, indécis.

— Allez, sortez de là ! J'aurais dû vous abandonner dans la lande… Si je n'avais pas le cœur si tendre…

Des craquements de brindilles leur indiquèrent que quelqu'un approchait.

— Je connais quelques tours, vous savez ! Des poudres feront exploser le sol devant vous, et des potions vous feront hurler de douleur ! Vous croyez savoir tant de choses ! Mais j'aimerais voir comment vous grimperez à une corde ? Il faudrait arrêter de me poser des problèmes sans fin ! Et si je vous laissais ici ? Qu'est-ce que vous en penseriez ? Vous sentiriez-vous toujours aussi intelligent ? Et maintenant, sortez de là !

Brin et Rone traversèrent l'écran de broussailles qui leur bouchait la vue et arrivèrent au bord d'une petite clairière presque entièrement occupée par un étang.

Devant eux, un vieil homme marchait à quatre pattes. Il se leva en les entendant.

— Ah ! Vous avez donc décidé de… (Il s'interrompit.) Qui êtes-vous ? Non, inutile de répondre ! Peu importe qui vous êtes. Contentez-vous de filer d'ici et de retourner d'où vous venez !

Il se détourna et recommença à ramper au bord de la clairière, ses bras squelettiques tâtonnant sur le sol.

Le vieil homme arborait une longue chevelure blanche en désordre et une barbe en bataille. Ses vêtements et son manteau verts étaient en lambeaux. La Valombrienne et le montagnard se regardèrent, ébahis.

— C'est ridicule ! cria le vieillard. (Se retournant, il vit que ses visiteurs étaient toujours là.) Qu'attendez-vous ? Partez ! C'est ma maison et je ne vous y ai pas invités ! Sortez ! Sortez !

— C'est là que vous habitez ? demanda Rone.

Le vieil homme le regarda comme s'il dévisageait un idiot.

— Je viens de le dire ! Vous ne m'avez pas entendu ? Et vous, que fichez-vous là ? Vous n'avez pas de maison ?

— Nous venons de Valombre, dans le sud, dit Brin. (Le vieil homme la regarda sans avoir l'air de comprendre.) C'est un village, près du lac Arc-en-ciel, à plusieurs jours de cheval d'ici. Nous sommes à la recherche de quelqu'un qui…

— Il n'y a personne ici, à part moi. Et Soupir, mais je n'arrive pas à le trouver. Avez-vous une idée de l'endroit où…

Il s'interrompit et se détourna pour recommencer à chercher.

Brin jeta un regard dubitatif à Rone.

— Un moment ! dit-elle. Un forestier nous a parlé de quelqu'un qui nous aiderait. Il nous a dit que cet homme vivait ici et qu'il s'appelait Cogline.

— Jamais entendu parler de lui.

— Peut-être habite-t-il dans une autre partie de la forêt. Pourriez-vous nous aider à…

— Vous ne m'avez pas écouté ? J'ignore d'où vous venez, et je m'en fiche, mais j'imagine qu'il n'y a pas beaucoup d'inconnus autour de l'endroit où vous vivez ? Vous connaissez tous les gens qui y vivent ou qui viennent en visite, non ? Pourquoi penser que c'est différent pour moi ?

— La vallée entière est votre demeure ? demanda Rone.

— Bien entendu ! Je vous l'ai dit une dizaine de fois ! Maintenant, sortez d'ici et laissez-moi tranquille !

Le vieillard frappa du pied et attendit qu'ils partent. Mais la Valombrienne et le montagnard ne bougèrent pas.

— C'est bien la Pierre d'Âtre ? demanda Rone.

— Oui. Et alors ?

— Si c'est bien la Pierre d'Âtre, un certain Cogline y habite. Du moins, il y vivait il y a deux ans, et il était là depuis des années. Si *vous* êtes installé ici de longue date, vous devriez le connaître !

Le vieil homme resta un moment silencieux, les sourcils froncés.

— Non, je n'ai jamais entendu parler de lui… Il n'y a personne d'autre que moi, ici. Aucun gaillard de ce nom-là n'a jamais vécu ici.

Brin vit passer quelque chose dans le regard du vieil homme. Elle approcha d'un pas.

— Vous connaissez ce nom, n'est-ce pas ? Cogline…

Le vieil homme ne recula pas.

— Peut-être, et peut-être pas… En tout cas, je n'ai pas à vous répondre !

Brin braqua un index sur le vieillard.

— Vous êtes Cogline ?

— Moi ? Cogline ? Ah ! Ah ! Si c'était le cas, je serais sacrément doué ! Oh, c'est trop drôle !

La Valombrienne et le montagnard regardèrent le vieil homme rire hystériquement.

Rone saisit Brin par le bras.

— Par l'enfer, Brin, ce vieux est dingue.

— Que dites-vous ? Dingue ? Moi ? (Le vieil homme s'empourpra d'indignation.)

Je vous montrerai si je suis dingue ! Maintenant, partez de chez moi ! Je ne voulais pas de vous ici, et ça n'a pas changé. Sortez !

— Nous ne vous ferons pas de mal, dit Rone, embarrassé.

— Sortez, sortez, sortez ! Ou je vous transformerai en fumée ! Je vous mettrai le feu et je vous regarderai brûler ! Je… je…

Il bondit sur place, enragé, agitant sous leur nez ses poings noueux.

Rone approcha et essaya de le calmer.

— Restez où vous êtes !

Le montagnard s'arrêta.

— Ne bougez plus ! Où diable est ce… ! Soupir !

Rone regarda autour de lui, mais personne n'apparut. Rouge de colère, le vieillard se tourna vers la forêt et agita frénétiquement les bras.

— Soupir ! Soupir ! Sors de là et protège-moi de ces importuns ! Soupir, maudit sois-tu ! Vas-tu les laisser me tuer ? À quoi me sers-tu, imbécile ? Je n'aurais jamais dû perdre mon temps avec toi ! Allez, montre-toi ! Tout de suite !

La Valombrienne et le montagnard assistèrent aux bouffonneries du vieil homme, à la fois méfiants et amusés. Ils ignoraient qui était Soupir, mais il avait visiblement décidé de ne pas se mêler de l'affaire. Hélas, le vieil homme n'abandonna pas la partie. Il continua à sautiller sur place et à vitupérer dans le vide.

Rone se tourna vers Brin.

— Ça ne nous mènera à rien, dit-il à voix basse. Partons. Il est clair que ce type a perdu la tête.

Se souvenant de ce que le forestier avait dit sur Cogline, Brin posa une main sur le bras de Rone.

— Attends. Laisse-moi essayer encore une fois.

La voyant approcher, le vieillard devint carrément hargneux.

— Vous refusez de m'écouter, hein ? Je vous avertis : pas un pas de plus ! Soupir ! Soupir, où es-tu ? Débarrasse-moi d'elle !

Brin s'arrêta, effrayée malgré elle. Mais il n'y avait personne en vue.

— Ça suffit ! cria Rone. Il n'y a que vous et nous ici, alors…

— Personne d'autre que moi ? cria le vieillard. Je vous montrerai la vérité, espèce de… d'intrus ! Soupir !

Rone sourit.

Soudain, le plus gros félin qu'il ait jamais vu jaillit de nulle part et se campa devant eux, à dix pas à peine. Gris foncé avec des taches noires sur les flancs, l'animal mesurait plus de neuf pieds de long, et sa tête couronnée d'une crinière hirsute arrivait au niveau de celle du montagnard.

Le monstre s'étira, ses muscles puissants jouant sous sa fourrure lisse, et étudia les jeunes gens de ses yeux bleu foncé. Puis il ouvrit la gueule et dévoila une rangée de crocs pointus.

Rone Leah déglutit et resta parfaitement immobile.

— Ah, ah ! cria le vieux. Je parie que ça ne vous fait plus rire ! Vous avez cru que j'étais fou ! Que je parlais tout seul ! Qu'en dites-vous, maintenant ?

— Nous ne vous voulons aucun mal, dit Brin, pendant que l'énorme félin regardait Rone avec intérêt.

— Vous croyez qu'il aimerait vous croquer ? demanda le vieil homme. Oui, vous feriez un joli repas pour ce vieux Soupir… Qu'y a-t-il ? Vous avez l'air un peu pâle… Dommage… Vous devriez peut-être…

Le sourire du vieil homme mourut soudain sur ses lèvres.

— Soupir, non ! Ne fais pas ça !

Le grand félin disparut, se dématérialisant comme une ombre. Brin et Rone fixèrent bêtement l'endroit où il se tenait un instant plus tôt. Le vieil homme tapa du pied, et flanqua un coup de poing dans l'air.

— Maudit sois-tu ! Montre-toi, stupide animal, ou je… (S'interrompant, il foudroya Brin et Rone du regard.) Et vous, partez d'ici ! Sortez de ma maison !

Rone en avait assez. Un vieux fou et un félin fantomatique, c'était trop d'un coup ! Il se tourna et s'éloigna, faisant signe à Brin de le suivre. Mais elle hésita.

— Vous ne comprenez pas à quel point c'est important, déclara-t-elle au vieillard. Nous avons besoin de votre aide ! Je vous en prie, dites-nous où trouver Cogline !

Le vieil homme la regarda en silence, les sourcils froncés. Puis il leva les bras au ciel.

— Bon, d'accord ! Que ne ferais-je pas pour me débarrasser de vous ! Mais ça ne vous aidera en rien, croyez-moi !

La Valombrienne attendit. Rone s'était arrêté et les observait.

— Le vieux Cogline est là-bas, au pied de ce gros rocher. (Il désigna la Pierre d'Âtre.) Là où je l'ai enterré, il n'y a pas loin d'un an.

Chapitre 30

Brin n'osa pas en croire ses oreilles.

— Cogline est mort ?

— Mort et enterré ! Et maintenant, filez d'ici !

Brin ne put se résoudre à partir. La mort de Cogline n'aurait-elle pas été connue de ceux qui le fréquentaient ? Mais le forestier avait dit n'avoir plus de nouvelles depuis deux ans... Et qui était ce vieil homme-là ? Quelque chose clochait...

— Brin..., appela doucement Rone.

— Non. Pas tant que je ne serai pas sûre que...

— Partez ! cria le vieillard. Cogline est mort ! Si vous ne filez pas avant que...

— Grand-Père ! cria une voix féminine.

Trois têtes se tournèrent à l'unisson. Soupir reparut, leva sa tête hirsute et huma l'air.

Le vieil homme marmonna et frappa du pied.

La jeune fille qui avait parlé apparut enfin dans la clairière. À peine plus âgée que Brin, elle portait un pantalon, une tunique et un manteau de forestier. Sa longue chevelure bouclée cascadait sur ses épaules, et elle avait un petit visage ravissant. Pas aussi beau que celui de Brin, mais attirant à cause de sa fraîcheur et de sa vivacité.

— Qui êtes-vous ? demanda-t-elle d'un ton impérieux.

— Brin Ohmsford, de Valombre, et Rone Leah. Nous venons des Terres du Sud, et nous avons voyagé vers le nord. Nous arrivons de la région du lac Arc-en-ciel.

— C'est un long chemin... Pourquoi êtes-vous ici ?

— Nous cherchons Cogline...

— Vous le connaissez, Brin Ohmsford ?

— Non.

— Alors, pourquoi le cherchez-vous ?

Brin hésita, se demandant ce qu'elle pouvait révéler à la jeune fille. Quelque chose en elle suggérait qu'il valait mieux ne pas lui mentir. De plus, son arrivée avait calmé le vieillard... et fait revenir le félin.

— On nous a dit qu'il connaissait bien la région des étendues Sombres et des monts Ravenshorn, dit-elle. Nous espérions qu'il nous offrirait son aide, pour une affaire très importante.

La jeune fille réfléchit.

Le vieillard, lui, recommença à trépigner.

— Ce sont des intrus ! Des fauteurs de trouble ! Tu ne devrais même pas leur adresser la parole !

— Doucement, Grand-Père. Ils ne nous veulent pas de mal. Soupir l'aurait senti.

Le grand félin s'était paresseusement allongé au bord de l'étang.

— Ce stupide animal n'a même pas daigné se montrer quand je l'ai appelé ! On ne peut pas se fier à lui !

La jeune fille jeta un regard plein de reproche au vieillard. Puis elle désigna Brin.

— Soupir ! Examine !

Le grand félin se leva et vint renifler la Valombrienne, qui recula instinctivement.

— Ne bougez pas !

Brin obéit. La jeune fille mettait sa sincérité à l'épreuve, comprit-elle. Elle frissonna. Que faire ? Ne pas bouger ? Caresser l'animal pour montrer qu'elle n'avait pas peur de lui ? Mais elle était terrifiée et le félin allait sentir l'odeur de la peur...

Se décidant soudain, elle commença à chanter. Il fallut quelques instants à l'Enchantement de Shannara pour tisser sa magie. Le grand félin s'assit sur son arrière-train, puis, sans quitter Brin du regard, se coucha docilement à ses pieds.

La Valombrienne se tut.

— Démons ! cria soudain le vieux fou.

La jeune fille vint se camper devant Brin. Il n'y avait pas de crainte dans son regard, seulement de la curiosité.

— Comment avez-vous fait ?

— C'est un don inné !

— Vous n'êtes pas des démons, n'est-ce pas ? Vous ne faites pas partie de la clique des Marcheurs ?

— Non. J'ai ce don, c'est tout...

— Je n'aurais jamais cru qu'on puisse faire ça à Soupir...

Le félin se leva et vint renifler Rone, qui sursauta, et coula un regard implorant à Brin.

Le félin ouvrit la gueule. Saisissant la botte droite du montagnard, il tira dessus. Rone essaya de libérer son pied. En vain !

— Je crois qu'il a envie de jouer avec vous...

— Euh... J'aimerais... que vous en soyez sûre, marmonna Rone.

— Soupir ! appela la jeune fille.

La créature lâcha la botte de Rone et trotta vers sa maîtresse, qui lui gratta le crâne. Elle s'agenouilla près de l'animal et murmura quelque chose à son oreille. Puis elle regarda Brin et Rone.

— Soupir vous aime bien, dit-elle.

Brin jeta un coup d'œil à Rone, qui essayait de remettre correctement sa botte.

— Je pense que Rone préférerait qu'il l'aime d'un peu plus loin...

— Moi aussi, je vous aime bien, Brin Ohmsford. Vous êtes les bienvenus ici. Je m'appelle Kimber Boh.

Elle tendit la main à Brin qui la serra. Une poignée de main à la fois douce et ferme qui la surprit. Comme les couteaux qui pendaient à la ceinture de la jeune fille…

— En ce qui me concerne, ils ne sont pas les bienvenus ! grogna le vieillard.

— Grand-Père ! reprocha Kimber Boh. (Elle se tourna vers Brin.) Ne faites pas attention. Il est très protecteur envers moi. C'est la seule famille qui me reste, et, par moments…

— Inutile de tout leur dire sur nous ! la coupa le vieil homme. Que savons-nous à leur sujet ? Comment être sûrs de la raison de leur venue ? Si elle peut mater Soupir aussi aisément, cette fille est un démon !

— Tu es trop méfiant, Grand-Père, fit Kimber. (Son visage de lutin s'éclaira.) Maintenant, révèle-lui qui tu es.

— Pas question ! Tu n'as qu'à leur dire, toi, si tu y tiens ! Tu penses connaître la vie mieux que moi ?

Rone vint se placer à côté de Brin, et regarda le félin, mal à l'aise. Soupir bâilla et posa la tête sur ses pattes.

— Mon grand-père oublie parfois que son jeu n'est pas réel. Il adore les excentricités, comme vouvoyer Soupir ou prétendre être quelqu'un d'autre. Dans ce cas, il « enterre » son ancienne identité et repart à zéro. La dernière fois qu'il a fait ça, c'était il y a un an. Mais c'est bien l'homme que vous cherchez !

— Cogline…, dit Brin.

— Je ne suis pas Cogline ! cria le vieux bonhomme. Il est mort et enterré ! Ne l'écoutez pas !

— Grand-Père ! Tu es qui tu es ! Tu t'appelles Cogline. Et tu seras toujours Cogline, quoi que tu fasses ! Essaie d'être aimable avec nos invités !

— Ce ne sont pas *mes* invités. Je n'ai pas besoin d'être gentil avec eux !

Brin et Rone se regardèrent. Il y avait peu de chances que le vieux cinglé les aide…

— Très bien, Grand-Père. Je m'occuperai donc de *mes* invités. Il se fait tard. Après un long chemin, vous avez besoin de nourriture et de repos. Notre maison est près d'ici. Vous êtes les bienvenus pour cette nuit. (Elle s'interrompit un instant.) En réalité, ce serait une faveur que vous me feriez ! Peu de voyageurs passent par ici, et je n'ai pas souvent l'occasion de bavarder. Me parleriez-vous de votre contrée natale ? Je ne sais rien sur les Terres du Sud !

— En échange d'un repas et d'un toit pour la nuit, c'est le moins que nous puissions faire, dit Brin.

Rone jeta un coup d'œil inquiet à Soupir.

— C'est réglé ! annonça Kimber Boh. Suivez-moi. Nous y serons en quelques minutes.

Elle partit, Soupir sur ses talons. La Valombrienne et le montagnard remirent leurs sacs de provisions sur leur dos et la suivirent. Quand ils passèrent à côté de Cogline, il détourna le regard.

— Maudits intrus, marmonna-t-il.
Puis il les suivit en traînant les pieds.

Chapitre 31

La maison de la jeune fille, du vieillard et du félin énigmatique était une bâtisse de pierre et de bois agréable mais ordinaire située dans une grande clairière abritée par des chênes et des ormes plusieurs fois centenaires.

Les murs étaient couverts de lierre et bordés de buissons à feuilles persistantes. Des allées de pierre serpentaient jusqu'aux jardins qui entouraient ce petit palais. Le périmètre de la clairière était délimité par des rangées d'épicéas et de pins, et des haies entouraient les jardins. L'entretien du terrain représentait à lui seul des heures et des heures de travail, pensa Brin.

L'intérieur de la maison était aussi soigneusement entretenu que les jardins. Impeccablement propre, le plancher de bois poli et les murs lambrissés brillaient doucement à la lumière des lampes à huile. Des tapisseries au point de croix ornaient les murs, et des rideaux aux vives couleurs pendaient aux fenêtres. Sur les étagères d'un grand vaisselier s'alignaient des objets en argent et en cristal plutôt inattendus dans une maison rurale. À un bout de la salle principale se dressait une grande table à tréteaux lestée d'assiettes en faïence et d'ustensiles de cuisine. Il y avait des fleurs coupées et des plantes partout.

La maison était chaude et accueillante, même à la nuit tombée. Un peu comme celles de Valombre, trouva Brin.

— Le repas est presque prêt, dit Kimber Boh. (Elle jeta un coup d'œil réprobateur à Cogline.) Asseyez-vous. Je vais l'apporter sur la table.

Cogline prit place sur un banc en grommelant. Brin et Rone s'installèrent en face de lui. Soupir passa à côté d'eux et s'arrêta près de la grande cheminée en pierre où brûlait un feu. Il s'allongea sur un tapis à l'évidence prévu pour lui, bâilla et s'endormit aussitôt.

Le repas de Kimber était composé d'une volaille rôtie accompagnée de légumes du jardin et de pain frais, le tout arrosé de lait de chèvre. Pendant qu'ils mangeaient, la jeune fille leur posa des questions sur les Terres du Sud et leurs habitants. Elle n'était jamais sortie des étendues Sombres, expliqua-t-elle, mais elle en partirait un de ces jours. Si Cogline fronça les sourcils, il ne dit rien. Quand ils eurent fini de manger, il annonça qu'il allait dehors fumer une pipe et sortit sans les regarder.

— Ne vous formalisez pas, dit Kimber en se levant pour débarrasser la table. Il est très gentil. Mais il a vécu seul si longtemps qu'il a parfois du mal à accepter la présence des autres...

Elle revint de la cuisine avec une carafe de vin rouge, en versa un peu dans trois verres propres et se rassit. Les trois jeunes gens bavardèrent de choses et d'autres en sirotant le vin. Brin se demanda – et pas pour la première fois – comment le vieillard et la jeune fille avaient survécu dans cette contrée sauvage. Certes, ils avaient le grand félin, mais quand même...

— Grand-Père fait une petite marche digestive tous les soirs après le repas, dit Kimber. Il se promène pas mal dans la vallée à la fin de l'automne. À ce moment, tout notre travail de l'année est fini. En hiver, il ne sort pas autant, parce que le froid réveille ses douleurs, et il préfère rester au coin du feu.

— Kimber, demanda Brin, incapable de se retenir, où sont vos parents ? Pourquoi vivez-vous seule avec votre grand-père ?

— Mes parents ont été tués... J'étais une enfant quand Cogline m'a trouvée, cachée dans des couvertures, à l'endroit où la caravane s'était arrêtée pour la nuit, au nord de la vallée. Il m'a recueillie et élevée comme sa petite fille. Le pauvre n'avait jamais eu de famille. Je suis tout ce qu'il a...

— Comment vos parents ont-ils été tués ? demanda Rone, surpris que la jeune fille ne semble pas troublée.

— Des gnomes. Plusieurs familles voyageaient dans la caravane. Tout le monde a été tué, à part moi. Ils ne m'ont pas vue, selon Cogline. (Elle sourit.) Mais tout ça est arrivé il y a longtemps.

— N'est-ce pas dangereux de vivre ici ?

— Dangereux ?

— Oui. Dans une contrée si sauvage, loin de tout, avec des animaux, des bandits... Vous n'avez pas peur ?

— Vous pensez que je devrais ?

— Ma foi... Je l'ignore...

Kimber se leva.

À une vitesse surhumaine, elle dégaina un couteau et le lança à travers la pièce. L'arme passa à côté de la tête de Rone et alla se ficher dans un petit cercle noir dessiné sur le mur opposé.

Kimber Boh sourit.

— Je m'entraîne tous les jours. Je savais lancer à dix ans. C'est Cogline qui m'a appris. Je me débrouille aussi bien avec n'importe quelle arme. Et je cours plus vite que tout ce qui vit dans les étendues Sombres, à l'exception de Soupir. De plus, je peux marcher un jour et une nuit sans avoir besoin de repos.

Elle se rassit.

— Et, bien entendu, il y a Soupir. Il me protégerait en cas de besoin. De plus, aucun être vraiment dangereux ne vient jamais dans le coin. Cogline a toujours habité ici. La vallée lui appartient. Tout le monde le sait et personne n'oserait le déranger. Même les gnomes-araignées en restent loin.

Elle s'interrompit.

— Vous avez entendu parler des gnomes-araignées ?

Les deux jeunes gens secouèrent la tête.

— Ils rampent sur le sol et dans les arbres, poilus et tordus comme des araignées. Il y a environ trois ans, ils ont essayé d'envahir la vallée. Ils étaient nombreux, des dizaines, couverts de cendre pour se dissimuler et avides de chasser. Très différents des autres gnomes, ils se comportent comme des araignées. Ils sont venus à la Pierre d'Âtre et je pense qu'ils voulaient s'y installer. Grand-Père l'a su tout de suite. Il devine toujours quand quelque chose de dangereux est dans les environs. Il a emmené Soupir et ils ont tendu un piège aux gnomes-araignées, près du grand rocher, au nord de la vallée. Ils leur ont fait tellement peur que je parie qu'ils courent toujours !

Kimber sourit, ravie de son récit. Brin et Rone se regardèrent, se demandant qui était vraiment la jeune fille.

— D'où vient le félin ? demanda Brin. Comment fait-il pour disparaître à volonté, alors qu'il est énorme ?

— Soupir est un félin de la lande. Cette race vit dans les marécages de l'Anar intérieur, bien à l'est des étendues Sombres et des monts Ravenshorn. Il s'est égaré dans l'Antique lande quand il était encore un bébé, couvert de blessures. Cogline l'a trouvé et l'a ramené ici. Nous l'avons soigné, et il est resté avec nous. J'ai appris à parler avec lui. (Elle regarda Brin.) Mais pas comme vous l'avez fait ! Pouvez-vous m'apprendre ce chant, Brin ?

— J'en doute, Kimber. L'Enchantement de Shannara est un don que j'avais en naissant.

— L'Enchantement de Shannara…, répéta la jeune fille. C'est un joli nom…

Il y eut un moment de silence.

— Comment fait-il pour disparaître comme ça ? demanda Rone.

— En réalité, il ne disparaît pas, répondit Kimber en riant. Il en donne seulement l'impression. Si on ne le voit pas, par moments, alors qu'il est toujours là, c'est parce qu'il peut changer la couleur de sa fourrure et se fondre dans son environnement. Quand on le connaît depuis assez longtemps, on peut le voir, si on sait où regarder. Bien sûr, s'il veut *vraiment* se cacher, personne ne le trouve. Un mécanisme de défense, en somme. Avec mon grand-père, c'est devenu un jeu. Soupir « disparaît » et refuse de se montrer jusqu'à ce que son maître soit fatigué de l'appeler. Ça n'est pas très gentil de sa part, parce qu'il faut bien dire que la vue de Cogline a fortement baissé.

— Mais il vient quand vous l'appelez.

— Toujours. Il me prend pour sa mère. Je l'ai soigné quand il est arrivé. Nous sommes si proches, maintenant, que nous ne faisons pratiquement plus qu'un. La plupart du temps, nous savons ce que l'autre pense.

— Il me paraît dangereux, dit Rone, dubitatif.

— Il l'est ! S'il était farouche, il serait incontrôlable. Mais Soupir n'est plus un animal sauvage. Il lui reste probablement un instinct de prédateur, mais il est profondément enfoui.

Kimber se leva et leur servit encore un peu de vin.

— Aimez-vous notre maison ?

— Beaucoup, dit Brin.

La jeune fille sourit.

— J'ai fait la plus grande partie de la décoration. Excepté les objets en cristal et en argent, qui ont été achetés par mon grand-père au cours de ses voyages. Mais tout le reste vient de moi. J'ai aussi planté dans le jardin les fleurs, les buissons, le potager. J'aime les couleurs et les odeurs des plantes…

Kimber Boh était à la fois féminine et enfantine. Bizarrement, elle rappela Jair à Brin. En pensant à lui, la Valombrienne mesura à quel point il lui manquait.

Kimber Boh vit l'air attristé de Brin et se trompa sur ses motivations.

— En réalité, il n'est pas si dangereux que ça de vivre ici. Vous le croyez, parce que vous ne connaissez pas la contrée. Mais c'est là que j'ai grandi. Grand-Père m'a appris tout ce que je devais savoir pour me protéger. Je sais négocier les périls de cette région, et les éviter quand je peux. Et j'ai mon grand-père et Soupir. Ne vous inquiétez pas pour moi ! Je vous assure qu'il n'y a pas lieu.

— Je vois que c'est inutile, Kimber. Vous êtes tout à fait capable de vous défendre.

À la grande surprise de Brin, Kimber rougit. Elle se leva et ramassa le vêtement que Cogline avait abandonné sur l'accoudoir d'un fauteuil à bascule.

— Je dois lui apporter son manteau, dit-elle. Il fait frais à cette heure-ci. Vous voulez venir avec moi ?

Le montagnard et la Valombrienne se levèrent. Dès qu'il entendit la porte s'ouvrir, Soupir bondit sur ses pattes et les suivit.

Ils s'arrêtèrent un instant sous le porche de la maison, impressionnés par la splendeur d'une soirée si paisible. Froid et un peu humide, l'air sentait bon la forêt. Un clair de lune argenté illuminait les jardins, les haies bien entretenues et les buissons. Chaque brin d'herbe, chaque pétale et chaque feuille scintillait sous une légère couche de givre. Dans l'obscurité, au-delà de la clairière, les arbres s'élevaient majestueusement sous le ciel étoilé, géants sans âge figés dans le silence nocturne. Le vent léger du crépuscule étant tombé, tout était silencieux. Les bruits des créatures de la forêt devenaient peu à peu des murmures distants, rassurants et réconfortants.

— Grand-Père doit être à côté du saule, dit Kimber Boh, rompant le charme.

Ils empruntèrent le chemin qui menait à l'arrière de la maison. Quelque chose trottina dans les feuilles mortes et fila vers les arbres. Un trille d'oiseau troubla la quiétude vespérale.

Les trois compagnons arrivèrent enfin en vue d'un immense saule aux branches pendantes. Dessous, ils virent le fourneau d'une pipe rougeoyer dans les ténèbres et de la fumée s'élever vers le ciel.

Cogline était assis sur l'un des deux bancs installés sous les branches du saule, près du tronc. Il regardait la forêt. Kimber avança et lui posa le manteau sur les épaules.

— Tu finiras par prendre froid, Grand-Père, dit-elle.

Le vieil homme grimaça.

— Je ne peux même plus fumer ma pipe en paix sous mon arbre sans que tu rôdes autour de moi comme une mère poule !

Il tira pourtant les plis du manteau vers lui, puis regarda Rone et Brin.

— Et je n'ai pas besoin que ces deux-là me tiennent compagnie ! Ni ce ridicule animal ! J'imagine que c'est toi qui l'as amené !

Brin se tourna vers Soupir, et fut étonnée de voir qu'il avait disparu.

Kimber Boh s'assit à côté du vieillard.

— Ne veux-tu pas essayer d'être plus amical avec Brin et Rone ? demanda-t-elle doucement.

— Pourquoi faire ? Je n'ai pas besoin d'amis ! Ces enquiquineurs sont une foutue source de problèmes. Ils attendent toujours qu'on fasse quelque chose pour eux ! J'ai eu suffisamment d'amis autrefois, petite ! Tu ne connais pas assez la vie, c'est ça ton problème.

La jeune fille regarda Rone et Brin comme pour s'excuser, et désigna le banc libre, à côté du leur. Le montagnard et la Valombrienne s'assirent en silence.

— Tu ne devrais pas être aussi égoïste, souffla Kimber.

— Je suis vieux ! J'ai le droit d'être comme je veux !

— Quand je me comportais comme ça, tu disais que j'étais une enfant gâtée et tu m'envoyais au lit. Tu t'en souviens ?

— C'était différent.

— Dois-je t'envoyer au lit ? Ou préférerais-tu que Soupir et moi ne nous occupions plus de toi ? Après tout, nous sommes tes amis, et tu ne veux plus en avoir !

Cogline serra les dents autour du tuyau de sa pipe comme s'il voulait le couper en deux. Il ne répondit rien. Brin jeta un coup d'œil à Rone. Malgré son jeune âge, Kimber était à l'évidence l'élément « raisonnable » de cette bizarre petite famille.

La jeune fille posa un baiser sur la joue parcheminée de son grand-père.

— Je sais que tu ne crois pas vraiment à ce que tu dis. Tu es un homme bon et doux. Et je t'aime.

Elle le serra dans ses bras. À la surprise de Brin, le vieillard répondit à son étreinte.

— Ils auraient dû demander la permission avant de venir, marmonna le vieil homme. J'aurais pu leur faire du mal, tu sais !

— Je sais, Grand-Père… Mais maintenant qu'ils sont là, tu devrais écouter ce qu'ils ont à dire et voir si tu peux faire quelque chose pour eux.

Cogline se dégagea des bras de la jeune fille et leva la tête, marmonnant à voix basse.

— Et ce maudit félin, où est-il encore passé ? Soupir ! Au pied, sale bête ! Je ne resterai pas ici à…

— Grand-Père ! coupa Kimber. (Elle désigna Brin et Rone.) Nos amis, Grand-Père. Peux-tu les aider ?

Le vieillard fronça les sourcils. Ses rides se creusèrent.

— Bon, d'accord… Pourquoi êtes-vous ici ?

— Nous cherchons quelqu'un qui nous indiquera le meilleur chemin pour traverser cette région, dit Brin, osant à peine espérer que le vieil homme leur offrirait l'assistance dont ils avaient besoin. On nous a dit que Cogline était le seul homme qui connaissait ce chemin.

— Cogline n'existe plus ! affirma le vieillard. (Un regard de Kimber le calma.) D'accord. Dans quel pays voulez-vous aller ?

— L'Anar central, dit Brin. Les étendues Sombres, les landes qui s'étendent au-delà, puis dans les monts Ravenshorn. Et de là, dans la Maelmord.

— Cette région grouille de Marcheurs ! cria Kimber Boh.

— Pourquoi vouloir aller dans ce trou puant ? demanda le vieil homme.

Brin hésita un instant, puis se décida.

— Pour détruire les Marcheurs.

— Les détruire ! Et avec quelle arme, petite ? lança Cogline, atterré.

— Avec l'Enchantement de Shannara. La magie que je...

— Avec ce chant ? C'est ça, votre arme ? (Le vieil homme se leva.) Vous pensez que j'ai perdu l'esprit ? Partez d'ici ! Partez !

Kimber Boh tira gentiment Cogline, histoire qu'il se rasseye. Il lui fallut quelques instants pour le calmer. Puis elle l'enveloppa de nouveau dans le manteau et se tourna vers les deux jeunes gens.

— Brin Ohmsford, dit-elle solennellement, la Maelmord n'est pas un endroit pour vous. Même moi, je n'y vais pas.

Brin faillit sourire de cette affirmation hardie.

— Je n'ai pas le choix, Kimber. Je dois y aller.

— Et moi, il faut que je l'accompagne, ajouta Rone. Dès que j'aurai récupéré mon épée.

Kimber les regarda comme s'ils étaient cinglés.

— Quelle épée ? Et pourquoi devez-vous aller dans la Maelmord pour détruire les Marcheurs ?

Brin hésita de nouveau. Que devait-elle révéler de sa quête ? Quelle partie de la vérité pouvait-elle dire ? Puis elle regarda Kimber et sa prudence lui sembla absurde. Allanon était mort. La magie qu'il avait offerte à Rone pour la protéger était perdue.

Brin était fatiguée et terrifiée. En dépit de sa détermination, si elle devait survivre à ce voyage, il lui fallait accepter toute l'aide qu'on lui offrirait. Ce n'était plus le moment de faire des cachotteries.

Elle raconta au vieil homme et à la jeune fille tout ce qui lui avait été dit et tout ce qui lui était arrivé depuis qu'Allanon avait fait irruption dans son village natal. Elle ne leur cacha rien, à part les sombres pressentiments dont elle n'avait pas non plus parlé à Rone. Le récit prit du temps, mais le vieil homme écouta sans l'interrompre.

Quand elle eut terminé, elle se tourna vers Rone pour voir s'il avait quelque chose à ajouter. Il ne broncha pas.

— Vous comprenez pourquoi je dois y aller, dit-elle, regardant la jeune fille, puis son grand-père.

— Vous détenez la magie elfique ? murmura Cogline. Quelque chose du pouvoir des druides... Moi aussi, j'en ai un peu. J'ai hérité d'une partie de cette puissance obscure... Oui, oui, je l'ai aussi !

Kimber lui effleura le bras.

— Pouvons-nous les aider à trouver le chemin vers l'est, Grand-Père ?

— L'est ? Je connais par cœur toute la région à l'est d'ici ! La Pierre d'Âtre. Les étendues Sombres. L'Antique lande. Tout le chemin jusqu'aux monts Ravenshorn puis la Maelmord. J'ai gardé le pouvoir. Les Marcheurs ne viennent pas dans ma vallée. Ailleurs, ils font ce qu'ils veulent. C'est leur pays.

— Grand-Père, écoute-moi ! Nous devons aider nos amis.

Cogline la regarda, puis leva les bras au ciel.

— C'est une perte de temps ! (Il leva un doigt osseux et le posa sur le nez de la jeune fille.) Réfléchis, petite ! Je pensais que tu étais plus raisonnable que ça ! Suppose que nous décidions de les aider et que nous les emmenions jusqu'à la Maelmord ! Et après ? Dis-moi, et après ?

— Ce serait suffisant..., fit Brin.

— Suffisant ! Vous croyez ça, petite ? Des parois à pic de centaines de pas de hauteur. De la roche aride sur des lieues. Des gnomes partout. Que ferez-vous alors ? Non, petite, c'est impossible ! Vous n'entrerez pas là-dedans si vous ne connaissez pas le chemin !

— Nous en trouverons un, dit Brin.

— Fadaises ! Les Marcheurs vous coinceront en moins de deux. Vous n'aurez pas fait la moitié de l'escalade avant qu'ils vous repèrent. À moins que votre magie ne vous permette de vous rendre invisibles ?

Brin serra les mâchoires.

— Nous trouverons un chemin.

— Peut-être, et peut-être pas ! lança soudain Rone. Je n'aime pas ça, Brin ! Ce vieil homme connaît la région et s'il dit que le trajet est à découvert, nous devrions en tenir compte avant de foncer. (Il regarda Cogline, comme pour s'assurer que celui-ci savait de quoi il parlait.) Mais commençons par le commencement. Avant de nous embarquer dans ce voyage, nous devons récupérer l'Épée. C'est notre seule vraie protection contre les Marcheurs.

— Rien ne protège des Marcheurs ! dit Cogline.

Brin inspira à fond.

— Rone, oublions ton épée. Elle a disparu et nous ignorons où la chercher. Allanon a dit qu'elle reviendrait entre des mains humaines, mais il n'a pas précisé lesquelles, ni combien de temps il faudrait. Nous ne pouvons pas...

— Sans l'Épée pour nous protéger, nous ne ferons pas un pas de plus !

Il y eut un long silence.

— Nous n'avons pas le choix, dit Brin. En tout cas, moi, je ne l'ai pas.

Cogline agita les mains, l'air exaspéré.

— Très bien ! Partez, alors ! Laissez-nous tranquilles ! Vous et vos plans stupides pour détruire les Marcheurs ! Fichez le camp de chez nous ! Soupir, maudit animal, où es-tu ? Montre-toi ou... *Hiiiiii !*

Le vieux bonhomme hurla de saisissement quand la tête de Soupir apparut soudain à côté de son épaule, le museau appuyé contre son bras. Furieux de s'être laissé avoir, Cogline flanqua une tape au félin et s'éloigna de quelques pas.

Soupir le regarda, puis s'allongea aux pieds de Kimber.

— Je pense qu'il est possible de persuader Grand-Père de vous montrer le chemin, dit-elle. Au moins jusqu'aux monts Ravenshorn. Quant à ce que vous ferez après…

— Un moment ! dit Rone. Réfléchissons… Brin, je sais que tu veux mener à bien la mission qu'Allanon t'a confiée. Je comprends ça et je viendrai avec toi. Mais il nous faut l'Épée ! Nous n'avons aucune autre arme contre les spectres Mords ! Par l'enfer, comment puis-je te protéger sans l'Épée ?

Brin hésita, pensant soudain au pouvoir de l'Enchantement de Shannara, et à ce qu'il lui avait permis de faire aux bandits de la crête de Spanning. Rone ignorait tout à ce sujet et elle n'avait pas envie de lui en parler. Mais ce pouvoir était une arme plus que suffisante. Quant à l'Épée de Leah, sa magie, selon Brin, était à la fois bénéfique et maléfique. Elle pouvait aider celui qui l'utilisait, ou lui faire du tort.

Elle regarda Rone, voyant dans ses yeux gris l'amour qu'il lui portait – et la certitude qu'il ne pouvait pas être son protecteur sans la magie d'Allanon.

— Nous ignorons comment récupérer l'Épée, Rone…

Je t'en prie, laisse tomber !

Cogline revint vers eux en marmonnant des injures. Il se rassit sous le saule et tripota sa pipe.

— Il y a peut-être un moyen, dit soudain Kimber.

Tous les regards se tournèrent vers elle.

— Nous pourrions demander au fantôme du Marais.

— Bah ! ricana Cogline. Autant interroger un trou dans le sol !

— Le fantôme du Marais ? demanda Rone, intéressé.

— Une ombre, dit la jeune fille. Un spectre qui vit dans une mare, au nord de la Pierre d'Âtre, là où les crêtes se séparent. Il m'a dit qu'il résidait là depuis des temps immémoriaux, bien avant la destruction de l'ancien monde. Il possède un peu de sa magie et peut voir des choses hors de portée des vivants.

— Pourrait-il me dire où trouver l'Épée de Leah ? demanda Rone.

— Ah ! Écoutez-le, maintenant ! gloussa Cogline. Il croit avoir trouvé la réponse ! Le fantôme du Marais lui livrera tous les secrets de la terre, pour lui faire plaisir ! Un seul problème : séparer le vrai du faux !

— Que veut-il dire ? demanda Rone, impatient.

— Le fantôme du Marais ment souvent, ou parle par énigmes que personne ne peut interpréter.

— Pourquoi ? demanda Brin.

Kimber haussa les épaules.

— Les ombres sont comme ça. Elles dérivent entre le passé et l'avenir, sans avoir de place dans aucun…

Elle parlait avec tant d'autorité que la Valombrienne ne mit pas en doute ses affirmations. De plus, l'ombre de Bremen avait, en partie, réagi de la même manière. Bremen se sentait peut-être plus responsable que le fantôme du Marais, mais il ne révélait pas tout ce qu'il savait, et ne parlait pas clairement de l'avenir. De plus, celui-ci n'était pas irrémédiablement fixe, et toute prédiction restait forcément voilée d'incertitude.

— Grand-Père aimerait que je me tienne loin du fantôme du Marais, expliqua Kimber. Il déteste sa façon de mentir. Mais le fantôme dit parfois des choses intéressantes et c'est devenu un jeu entre nous : savoir s'il ment ou non. Bien sûr, il est plus difficile de le convaincre de dire la vérité quand la réponse est vraiment importante ! Parfois, il est très cruel…

Rone baissa les yeux.

— Nous pourrions l'obliger à nous dévoiler ce qui est arrivé à mon épée ?

— L'obliger, non. Le persuader, peut-être. Ou lui tendre un piège… Mais je pensais surtout à lui demander la route qui conduit aux monts Ravenshorn et à la Maelmord. S'il existe un chemin par lequel les spectres ne vous verront pas arriver, le fantôme du Marais le connaîtra.

Oui, se dit Brin, un tel itinéraire serait la solution à leur problème ! Et il valait mieux, à son avis, que Rone ne retrouve pas l'Épée de Leah. Mais qu'importait qu'il la récupère, s'il n'avait pas besoin de l'utiliser ?

Elle lut dans le regard du montagnard qu'il était déterminé à essayer de retrouver son arme magique.

— Nous devons tenter le coup, Brin, dit-il doucement.

Un sourire ironique apparut sur le visage parcheminé de Cogline.

— C'est ça, jeune homme, essayez !

Brin hésita. Puis elle comprit qu'elle n'avait pas le choix, parce qu'Allanon n'était plus là…

— Accepteriez-vous de parler au fantôme du Marais pour nous ? demanda-t-elle à Kimber.

— Je crois, Brin, qu'il serait peut-être plus avisé que *vous* lui parliez !

Cogline ricana de plus belle.

Chapitre 32

Il gloussait toujours le matin suivant, quand l'étrange petite expédition se mit en route pour trouver le fantôme du Marais. Le vieil homme ricanait et parlait tout seul, mais ses yeux vifs et rusés se posaient souvent sur le visage de Brin.

— Essayez, petite ! Oui, vous devez essayer ! Ah ! Parlez au fantôme du Marais et demandez-lui ce que vous voulez ! Depuis des milliers d'années, le fantôme du Marais a tout vu, il sait tout ! Oui, demandez-lui, petite, touchez cet être immatériel et apprenez !

De temps en temps, Kimber lui reprochait son attitude d'un regard ou d'une parole. La jeune fille trouvait le comportement du vieillard embarrassant, mais il s'en fichait et ne cessa pas de lancer ses commentaires sarcastiques.

La journée était grise et nuageuse. Le vent froid qui soufflait du nord faisait tourbillonner la poussière et les feuilles mortes. Les couleurs automnales étaient affadies par la pâle lumière de l'aube. Dans l'air, on sentait que l'hiver n'était plus très loin.

La petite colonne sortit de la Pierre d'Âtre, guidée par Kimber Boh. Brin et Rone la suivaient de près. Le vieux Cogline sautillait autour d'eux, incapable de marcher d'un pas régulier, et Soupir était parti en éclaireur. Ils passèrent sous l'immense rocher qui donnait son nom à la vallée, puis quittèrent la clairière pour s'enfoncer dans la forêt envahie de broussailles et de bois mort. Leur allure ralentit. Cogline cessa de sautiller autour d'eux, car il n'y avait plus assez de place. Seul Soupir ne parut pas gêné par l'épaisseur du sous-bois.

Le terrain devint de plus en plus difficile, les forçant à slalomer à travers des rochers déchiquetés. Le vent était tombé et la forêt sentait la moisissure.

Après avoir gravi des pentes qui conduisaient hors d'un profond ravin, ils découvrirent une petite vallée entre deux hautes crêtes.

— C'est là, dit Kimber.

Un bosquet de pins entourait un lac en partie visible sous une brume tourbillonnante.

— Le fantôme du Marais ! gloussa le vieux Cogline.

Ils descendirent vers la vallée.

Apparemment, Soupir ne les accompagna pas...

Il était à peine midi, mais avec les nuages et la brume, on se serait cru au crépuscule.

Marchant derrière Kimber Boh, Brin tendit l'oreille, en quête d'un signe de vie. Un malaise grandit en elle : oui, quelque chose vivait dans les alentours. Une entité secrète et malveillante.

Au milieu du bosquet, la brume se fit encore plus épaisse. Puis ils émergèrent dans une clairière où de petits bancs de pierre entouraient un foyer à ciel ouvert, aux bûches calcinées noires d'humidité.

De l'autre côté de la clairière, une piste défoncée serpentait dans la brume.

Kimber se tourna vers Brin.

— Vous devez continuer seule à partir d'ici, dit-elle. Suivez la piste jusqu'au bord du lac. Le fantôme du Marais vous y retrouvera.

— Et il murmurera des secrets à votre oreille, gloussa Cogline.

— Grand-Père ! s'écria Kimber.

— Des vérités et des mensonges, mais comment les reconnaître ? continua le vieillard.

Puis il s'éloigna.

— Ne vous laissez pas impressionner par ce qu'il dit, conseilla Kimber. Le fantôme du Marais ne peut pas vous faire de mal. C'est seulement une ombre.

— Quelqu'un devrait peut-être venir avec toi, proposa Rone, inquiet.

— Non, affirma Kimber. Le fantôme du Marais accepte de parler à une seule personne à la fois. Il ne se montrera pas s'il y en a plusieurs. Brin doit y aller seule.

— C'est réglé, dit la Valombrienne.

— Souvenez-vous de ce que je vous ai dit, fit Kimber. Et méfiez-vous de ce qu'il vous racontera. Une bonne partie sera fausse.

— Comment saurai-je laquelle ?

— Il faudra en décider par vous-même. Le fantôme du Marais aime bien jouer avec les gens. Mais vous pourrez peut-être déjouer ses mensonges mieux que moi. Voilà pourquoi je pense que vous devez y aller. Vous avez votre magie. N'hésitez pas à l'utiliser. L'Enchantement de Shannara vous aidera peut-être...

Le rire de Cogline flotta jusqu'à leurs oreilles, mais Brin l'ignora.

— Oui. J'essaierai.

Kimber sourit, puis serra la Valombrienne dans ses bras.

— Bonne chance, mon amie.

Étonnée, Brin lui rendit son étreinte et caressa ses longs cheveux noirs.

Rone se pencha vers la Valombrienne et l'embrassa.

— Fais bien attention à toi.

Brin sourit pour le rassurer, puis se détourna et partit entre les arbres.

La brume et l'obscurité l'enveloppant, elle ne vit plus rien autour d'elle. Puis ses yeux s'adaptèrent, et elle distingua vaguement la forme des pins qui délimitaient le sentier. Elle avança, les mains tendues, et entendit enfin le clapotis des eaux du lac. Alors, elle ralentit et regarda autour d'elle, cherchant la créature qui l'attendait. Mais il n'y avait rien.

Soudain, la brume s'éclaircit, et Brin émergea d'entre les arbres pour aborder une berge rocheuse. Les eaux grises du lac se perdaient dans la brume, qui s'enroulait autour de la Valombrienne comme un être vivant...

Quelque chose sembla s'insinuer en Brin. Elle frissonna et regarda autour d'elle, effrayée. Puis la colère, brûlante et amère, bannit la peur. Debout sur la rive du petit lac, elle sentit monter en elle un étrange pouvoir assez fort pour détruire tout ce qui se dresserait sur son chemin.

Quelque chose s'agita dans la brume. Le sentiment de puissance quitta aussitôt Brin. Elle ne comprenait pas ce qui lui était arrivé. Et elle n'avait plus le temps d'y réfléchir. Les mouvements s'accentuèrent, une ombre se glissa hors de la brume et se dirigea vers la jeune fille. Portant un manteau à capuchon, l'apparition avait une forme vaguement humaine.

L'ombre approcha de la jeune fille, glissant silencieusement dans les airs. Elle croisa les bras, puis leva lentement la tête vers Brin, deux points rouges scintillant sous son capuchon.

— Regarde-moi, Valombrienne ! Regarde le fantôme du Marais.

La tête encapuchonnée se leva et les ombres disparurent.

Brin regarda, incrédule et silencieuse.

Le visage que le fantôme du Marais lui montrait était le sien !

Jair s'éveilla dans l'obscurité et la puanteur de sa cellule de Dun Fee Aran. Un filet de lumière grise filtrait par la minuscule ouverture qui laissait entrer l'air dans son cachot. Il faisait de nouveau jour, se dit-il, essayant de se rappeler depuis combien de temps il était enfermé. Deux jours seulement... Mais qui lui avaient semblé durer des semaines. Il n'avait vu personne, à part le Mwellret et le geôlier gnome sourd-muet.

Il s'assit au milieu de sa paillasse malodorante. Ses chaînes étaient reliées à des anneaux en fer fixés dans le mur. Le gnome muet l'avait enchaîné le lendemain de son arrivée, sur l'ordre de Stythys. Dès qu'il bougea, les chaînes firent un vacarme qui retentit dans toute la minuscule cellule. Fatigué malgré une longue nuit de sommeil, Jair tendit l'oreille. Mais il n'entendit rien. Il n'y avait personne dans les couloirs. Pas âme qui vive pour venir à son aide !

Des larmes coulèrent sur ses joues. À quoi pensait-il ? Qui pourrait venir le chercher au fond de ce cachot ? Tous ses compagnons étaient morts ou avaient disparu. Même Slanter ! Il s'essuya les yeux, luttant contre le désespoir. Peu importait que personne ne vole à son secours. Il tiendrait le coup et ne donnerait pas au Mwellret ce qu'il voulait lui arracher. Puis il trouverait un moyen de s'enfuir !

Comme chaque fois qu'il était réveillé, il se remit à travailler les maillons de ses chaînes, espérant les affaiblir assez pour les briser. Il tira dessus, mais fut bientôt obligé de reconnaître que rien n'y ferait. Seule la clé du geôlier le sortirait de ses fers !

Il devait trouver un moyen de se libérer. Il le devait !

Il pensa à Brin, revoyant la façon dont elle lui était apparue la dernière fois qu'il avait utilisé le cristal de vision. Elle était seule à côté d'un feu de camp, le désespoir visible sur son visage, regardant la forêt. Que lui était-il arrivé pour lui valoir un tel désarroi ?

Il porta la main à la petite bourse qui contenait le cristal. Stythys ne l'avait pas encore trouvé, ni la pochette pleine de poussière d'Argent. Jair les avait soigneusement cachés sous ses vêtements chaque fois que le Mwellret était venu. Et il venait bien trop souvent à son goût ! Il avait menacé son prisonnier, puis avait tenté de le persuader en lui promettant de le remettre en liberté s'il acceptait de révéler ce qu'il voulait savoir.

Jair se raidit. Il ne dirait pas un mot à ce monstre !

Il sortit la chaîne d'argent et le cristal de sa tunique et les tint un instant au creux de sa paume. Le bijou était son unique lien avec l'extérieur – sa seule manière de savoir ce que Brin faisait. Soudain, il se décida. Il l'utiliserait une fois de plus. Il lui faudrait être prudent, mais il avait besoin d'un bref instant. Le monstre n'en saurait rien.

Il commença à chanter, appelant le pouvoir caché dans la pierre. Le cristal brilla doucement, puis une vive lumière en jaillit.

Un sourire naquit sur les lèvres de Jair. Brin !

Il continua à chanter, et l'image de sa sœur se stabilisa. Elle était au bord d'un lac et, sur son visage, la surprise avait remplacé le chagrin. Immobile au bord de l'eau, elle regardait une apparition fantomatique se matérialiser au-dessus du lac. Son champ de vision suivant celui de sa sœur, Jair aperçut le visage de la créature.

C'était celui de Brin !

Un bruit, à l'extérieur de sa cellule, alerta Jair, qui se tut aussitôt. L'étrange vision disparut.

Le Valombrien essaya de cacher le cristal dans ses vêtements en lambeaux.

Trop tard !

— Je vois, mon jeune ami, que vous avez trouvé une manière de m'aider, siffla le Mwellret en entrant dans la cellule.

Au bord du lac, un long silence tomba, brisé seulement par le clapotis des vaguelettes. L'ombre et la Valombrienne se regardèrent sans rien dire.

Le visage du fantôme du Marais était celui de Brin, fatigué et déformé par le chagrin. Là où ses yeux noirs auraient dû briller, deux étincelles écarlates *brûlaient.* L'ombre sourit, puis éclata de rire.

— Me connais-tu ? murmura la créature. Quel est mon nom ?

— Vous êtes le fantôme du Marais...

— Je suis toi, Brin de Valombre, de la maison des Ohmsford et de celle de Shannara ! Je suis toi ! Le récit de ta vie ! Dans mes mots, tu trouveras ta destinée. Cherche ce que tu veux savoir !

Un geyser de gouttelettes glacées jaillit de l'ombre et tomba sur la Valombrienne.

Les yeux rouges du fantôme du Marais s'étrécirent.

— Aimerais-tu, enfant de la lumière, en savoir plus sur l'Ildatch, né des ténèbres ?

Brin fit un signe affirmatif. Le fantôme du Marais éclata d'un rire sinistre et approcha d'elle.

— Tout ce qui est et qui était la magie noire est lié à ce grimoire. Ta famille et toi y êtes étroitement associés. Les Guerres des Races, les guerres humaines et les démons viennent tous d'une seule entité – d'une unique voix. L'humanité a cherché la magie noire, essayant de maîtriser un pouvoir qui ne lui appartiendra jamais. Courtisant la mort, des hommes sont allés là où le livre était caché, attirés par son pouvoir. Une fois dans le crâne de la mort. Une autre dans le gouffre des ténèbres. À chaque occasion, ils s'y laissent prendre et sont transformés en esprits maléfiques. Les porteurs et les spectres ne font qu'un. Et le mal ne fait qu'un avec eux.

La voix se tut. Brin réfléchit à la signification de ce que la créature lui avait dit. *« Une fois dans le crâne de la mort » : c'est la montagne du Crâne. « Les démons viennent tous d'une seule entité. » Les porteurs du Crâne et les spectres Mords étaient issus du même pouvoir maléfique…*

— Ils sont tous nés de la magie noire, dit Brin. Le Roi-Sorcier et les porteurs du Crâne, du temps de mon arrière-grand-père, et les spectres Mords maintenant. C'est bien ça ?

— Vraiment ? dit l'ombre. Où est le Roi-Sorcier, Valombrienne ? Qui prête à présent sa voix à la magie ? Qui a envoyé les spectres Mords ?

Brin regarda l'apparition, muette de surprise. Prétendait-elle que le Roi-Sorcier était revenu ? Impossible…

— Cette voix vibre de pouvoirs obscurs quand elle parle à l'humanité. Elle est née de la magie. On la trouve sous différentes formes. Parfois, dans les écrits… Parfois, dans un chant !

Brin sentit son sang se glacer.

— Je ne suis pas des leurs ! Je n'utilise pas la magie noire !

Le fantôme du Marais éclata de rire.

— Personne ne le fait, Valombrienne ! C'est la magie qui les utilise. Voilà la clé de ce que tu cherches. La seule chose que tu as besoin de savoir.

— Dites-m'en davantage, supplia Brin.

— Davantage ? Veux-tu que je te parle des yeux qui t'observent à tout moment ? L'amour y brille quand ils appartiennent à celui qui commande le cristal. Mais des intentions maléfiques te traquent quand ces yeux sont aveugles et viennent de ton propre héritage. Tes yeux sont-ils ouverts ? Ceux du druide ne l'étaient pas, quand il appartenait encore à ce monde. Ils étaient fermés à la plus grande partie de la vérité. Pauvre Allanon, qui n'a jamais vu la réalité ! Il a seulement vu, ou cru voir, le Roi-Sorcier réincarné ! Et il n'a pas compris que les choses changeaient. Il se trompait ! Même dans la mort, il est allé là où la magie noire l'a poussé. Et quand il a rencontré sa fin, il a prouvé qu'il était un sacré imbécile !

— Les Marcheurs savaient qu'il viendrait dans les monts Wolfsktaag, n'est-ce pas ? Voilà pourquoi le Jachyra était là !

— La vérité l'emporte ! Mais peut-être une seule fois. Ne te fie pas aux paroles du fantôme du Marais ! Dois-je en dire plus ? Te parler de ton voyage vers la Maelmord en compagnie de ce bouffon de prince, avec sa magie perdue ? Il a tellement hâte de récupérer le pouvoir qui le détruira ! Tu te doutes de cela, n'est-ce pas, Valombrienne ? Que son souhait se réalise, et il sera uni à tous ceux qui ont eu le même désir – et qui en sont morts ! Ce fou te condamnera à un sort identique. Dois-je te dire comment tu mourras ?

— Dites-moi ce que vous voulez ! Mais j'écouterai seulement la vérité.

— Vraiment ? Suis-je juge de ce qui est vrai, quand nous parlons de l'avenir ? Le livre de ta vie est ouvert devant mes yeux, mais il reste des pages à écrire. Par toi, pas par les paroles que je prononcerai ! Tu es la dernière de trois personnes, chacune vivant dans l'ombre de l'autre et cherchant à se libérer de cette ombre. Chacune se sépare de ceux qui l'ont précédée puis revient vers eux. Mais ta présence est la plus sombre en ces terres.

Shea Ohmsford était probablement la première personnc, son père la deuxième, et elle la troisième. Chacun avait essayé de se libérer de l'héritage de la maison elfique de Shannara. Mais que voulait dire la dernière phrase ?

— La mort t'attend dans les terres des Marcheurs, siffla le fantôme du Marais. Dans le gouffre des ténèbres, au cœur de la magie que tu cherches à détruire, tu trouveras ta fin. C'est écrit, Valombrienne, car tu portes la semence de ta mort dans ton corps.

— Alors, fantôme du Marais, dites-moi par quel chemin atteindre rapidement la Maelmord ! J'aimerais autant mourir vite, si c'est inévitable !

— Tu es rusée, petite ! Tu essaies de me faire dire ce que tu veux réellement savoir ! J'ai compris ce qui t'amène, enfant de la race des elfes ! Tu ne peux rien me cacher, car j'existe de toute éternité et je vivrai à jamais. J'ai choisi de rester en ce monde au lieu de chercher la paix dans l'au-delà. Depuis, je me joue des êtres de chair et de sang qui l'habitent. Aucun n'a jamais réussi à percer mes défenses ! Tu veux savoir la vérité, Valombrienne ? Alors, supplie-moi de te la révéler !

Furieuse, Brin avança jusqu'au bord du lac, ignorant le sifflement rageur qui sortit de la brume.

— On m'avait prévenue que vous joueriez à ce petit jeu avec moi. J'ai fait un long voyage et j'ai supporté bien des souffrances. Bref, je n'ai pas envie que vous vous moquiez de moi ! Parlez ! Et dites-moi seulement la vérité ! Comment entrer dans la Maelmord sans que les spectres me voient ?

Les yeux du fantôme du Marais devinrent encore plus rouges.

— Trouve seule ton chemin !

Une fureur aveugle monta en Brin, mais elle se maîtrisa. Reculant, elle s'assit au bord du lac.

— Tu attends en vain, railla l'ombre.

Brin ne répondit pas et resta où elle était. L'ombre la regarda, immobile.

Le fantôme du Marais n'a pas encore compris ce que je peux faire ! pensa Brin.

Elle commença à chanter. L'Enchantement de Shannara s'enroula autour de la créature du lac et la saisit dans ses rets magiques. Au début, le fantôme en fut si surpris qu'il ne résista pas. Puis il parut s'apercevoir de ce qui lui arrivait, et les eaux bouillonnèrent.

La voix de la Valombrienne se fit plus sûre et plus volontaire. L'ombre était maintenant prisonnière du chant, comme une mouche au milieu d'une toile d'araignée. Pourtant, la Valombrienne n'essaya pas de la forcer à parler, car elle avait compris que ce serait inutile.

Mais elle utilisa les souvenirs du fantôme du Marais comme une arme : l'Enchantement de Shannara réveilla tout ce qu'il avait connu autrefois – des choses qu'il avait perdues et n'aurait jamais cru retrouver un jour.

Il y eut le souvenir d'une main humaine, chaude et tendre. L'odeur et le goût de la douceur, de la tendresse, de la joie, de la vie et de la mort. Les réminiscences de l'existence humaine que l'ombre avait connue avant de prendre sa forme actuelle...

Avec un cri d'angoisse, le fantôme du Marais essaya de fuir ses anciennes sensations. Mais il lui fut impossible d'échapper à la magie de l'Enchantement de Shannara, et il revécut toutes les émotions de sa vie antérieure.

Brin continua à chanter. Quand l'ombre fut totalement engloutie par ses souvenirs, elle se força à ne pas se laisser attendrir, et lui reprit tout ce qu'elle lui avait donné.

— Non ! hurla le fantôme du Marais. Rends-moi ma mémoire, Valombrienne !

— Dites-moi d'abord ce que je veux savoir !

Le fantôme du Marais lâcha soudain un flot de paroles.

— Graymark surplombe la Maelmord, dans les monts Ravenshorn. Graymark, la citadelle des Marcheurs ! Le chemin que tu cherches est un labyrinthe d'égouts creusés dans le roc. Partant des couloirs et des salles, il se vide dans un bassin, loin au-dessous de la citadelle. Passe par les égouts, Valombrienne, et les Marcheurs ne te verront pas !

— L'Épée de Leah, demanda Brin d'une voix dure. Où la trouverons-nous ?

Le fantôme du Marais se tordit de douleur sous les assauts de l'Enchantement de Shannara et des souvenirs de ce qu'il avait perdu.

— Les gnomes-araignées ! cria-t-il. La lame est dans leur campement ! Elle a été tirée des flots de Chard par les filets qu'ils ont installés sur ses rives !

Brin cessa brusquement de chanter. Retirant à l'ombre les souvenirs de sa vie passée, elle la libéra.

L'écho de son chant flotta un moment sur les eaux du lac, puis tout redevint comme avant.

Presque...

Il y eut un long silence. Brin se leva et sonda le visage de l'ombre – toujours le reflet du sien.

Sans savoir exactement quoi, le fantôme du Marais comprit qu'elle avait fait *quelque chose*.

— Tu m'as trompé pour m'arracher la vérité, enfant des ténèbres ! gémit l'ombre. Je le sens ! Sois maudite !

La voix du spectre se brisa et les eaux grises du lac bouillonnèrent. Brin resta debout sur la rive, n'osant ni reculer ni parler. Un grand froid intérieur l'envahit.

Alors, le fantôme du Marais leva un bras.

— Je vais te faire un dernier cadeau, Valombrienne ! Regarde bien dans la brume, à côté de moi ! Regarde !

Brin savait qu'elle aurait dû s'enfuir, mais elle n'y parvint pas. La brume se solidifia devant ses yeux et une image y apparut.

Une silhouette accroupie dans une cellule obscure…

Jair remit le cristal dans sa tunique en espérant qu'il avait été assez rapide pour que le Mwellret ne s'aperçoive de rien…

— J'ai vu ta magie, petit elfe, dit le monstre. J'ai toujours su que tu la possédais ! Partage-la avec moi. Montre-moi ce que tu sais faire…

Jair recula.

— Ne vous approchez pas de moi, Stythys ! Laissez-moi tranquille !

Le Mwellret éclata d'un rire guttural qui résonna dans la cellule et le couloir. Puis il se dressa de toute sa hauteur.

— Tu me menaces, moustique ? Je t'écraserai comme une coquille d'œuf si tu essaies d'utiliser ta magie contre moi ! Ne bouge pas. Regarde-moi dans les yeux. Regarde la lumière…

Les yeux froids du reptile étincelèrent. Jair détourna le regard, sachant qu'il ne devait pas entrer dans le jeu du Mwellret. S'il le faisait, il deviendrait le jouet de son ennemi. Pourtant, quelque chose en lui souhaitait se perdre dans la volonté de la créature et trouver la paix…

— Regarde, petit elfe !

Jair ferma le poing sur le cristal, si fort que ses arêtes entamèrent sa paume.

Concentre-toi sur la douleur, pensa-t-il. *Ne regarde pas. Ne regarde pas !*

Le Mwellret leva la main, sifflant de colère.

— Donne-moi la magie ! Donne-la moi !

Jair Ohmsford, muet de terreur, se ratatina devant la créature…

Le fantôme du Marais baissa le bras et la brume se dissipa. Brin courut vers l'image et entra dans les eaux grises du lac, mais il était trop tard.

Jair ! Que lui était-il arrivé ?

— As-tu aimé notre petit jeu, Brin de Valombre ? Voilà où en est ton frère, que tu croyais en sécurité chez vous. As-tu vu ?

— C'était un tissu de mensonges !

— Des mensonges ? Pense ce que tu veux ! C'est un jeu, après tout ! Était-ce une illusion ? Ou la vérité ? Tu es un être de ténèbres, Brin Ohmsford, héritière de Shannara ! Aussi ténébreuse que la magie avec laquelle tu joues ! Pars, maintenant ! Emmène avec toi ce que tu as appris sur le sort de ton bouffon de prince et sur la mort qui t'attend ! Trouve ce que tu cherches, puis deviens ce que tu dois devenir. Pars !

Le fantôme du Marais se fondit lentement dans la brume et les eaux du lac bouillonnèrent.

Brin resta pétrifiée sur la berge. Elle aurait voulu forcer l'ombre à rester, mais cette fois, elle en fut incapable.

Avant de disparaître, son propre visage la regarda, tordu par la haine.

— Vois en moi le reflet de ce que tu es réellement, Brin de Valombre ! Celle qui sauvera et celle qui détruira, le miroir de la vie et de la mort. La magie nous utilise tous, enfant des ténèbres. Même toi !

Le fantôme du Marais disparut dans le rideau de brume, son rire mauvais retentissant toujours.

Les eaux grises se refermèrent autour de lui et sa voix se tut.

Brin regarda un moment l'endroit où il s'était tenu, perdue dans ses doutes, ses peurs et ses prémonitions toujours présentes.

Puis elle reprit le chemin entre les arbres.

Chapitre 33

Stythys avança dans la petite cellule.

Jair recula aussi loin que ses chaînes le lui permirent.

— Donne-moi la magie, siffla le monstre, ses doigts crochus tendus vers le prisonnier. Donne-la moi, petit elfe !

Je suis incapable de lui échapper, pensa Jair, désespéré.

Un bruit de bottes retentit à l'entrée de la cellule. Le geôlier gnome apparut sur le seuil. Tête baissée, il entra dans la pièce. Stythys se tourna vers lui, les yeux brillants de colère.

— Je n'ai pas demandé qu'on m'envoie les petites personnes, marmonna-t-il en faisant signe au sourd-muet de quitter la cellule.

Mais le gnome continua d'approcher. Jair le regarda, surpris, se demandant ce qui se passait. Quand il fut tout près de lui, le Valombrien se plaqua de son mieux contre le mur pour éviter son contact.

— Recule, petit être ! cracha Stythys, furieux.

Il se dressa de toute sa hauteur, menaçant.

Le gnome se campa devant Jair et leva lentement la tête.

Le Valombrien écarquilla les yeux. Le gnome vêtu du manteau en lambeaux n'était pas le geôlier !

— Tu as besoin d'un petit coup de main, gamin ? murmura Slanter.

Une grande silhouette vêtue de noir entra dans la cellule et la lame d'une épée se plaqua sur la gorge de Stythys, le forçant à reculer contre le mur du fond.

— Pas un bruit, grogna Garet Jax. Ni un mouvement. Si vous me désobéissez, vous serez mort avant de savoir comment !

— Garet, vous êtes vivant ! cria Jair.

— Et en pleine forme, ajouta Jax. Dépêchez-vous de détacher le Valombrien, gnome !

— Un peu de patience ! marmonna Slanter.

Il tenait un gros trousseau de clés et les essayait l'une après l'autre dans les serrures des fers de Jair.

— Ces maudites clés ne correspondent pas aux... Ah ! Si. Celle-là marche !

Les chaînes tombèrent sur le sol.

Jair prit le bras du gnome pendant qu'il se débarrassait du manteau usé du geôlier.

— Slanter ! Comment m'avez-vous retrouvé ?

— Ça n'a pas été un problème, gamin ! répondit le gnome en massant les poignets endoloris du Valombrien pour y faire revenir le sang. Je t'ai dit que j'étais le meilleur éclaireur du monde ! Pourtant, la pluie ne nous a pas aidés : elle a effacé la moitié des traces et transformé la forêt en marécage... Mais nous avons trouvé la piste du lézard à la sortie des tunnels, et nous savions qu'il t'emmènerait ici. Les cellules de Dun Fee Aran sont toujours disponibles si on a de quoi payer leur location ! Et personne ne pose de questions. Les prisonniers y restent en général jusqu'à ce que leurs os pourrissent, sauf si...

— Vous parlerez de tout ça plus tard, gnome ! dit Garet Jax. (Il enfonça un index dans le dos du Mwellret.) Vous, passez devant ! Tenez les autres à l'écart. Personne ne doit nous arrêter, ni nous interroger.

— Laissez-moi ici, petites créatures, siffla le Mwellret.

— Oui, laissons-le ici ! dit Slanter, l'air dégoûté. On ne peut pas faire confiance aux lézards !

— Il vient avec nous, insista Jax. Foraker pense qu'il nous sera utile.

Jair sursauta.

— Foraker est là, lui aussi ?

Slanter guida Jair vers la porte de la cellule... et cracha en direction du Mwellret.

— Il ne nous servira à rien, maître d'armes. Souvenez-vous que je vous aurai averti !

Jax fit sortir Stythys. Dans le couloir, il s'arrêta un instant pour écouter. Puis il poussa le Mwellret devant lui.

Une torche brûlait dans un support mural. Slanter la prit et passa en tête.

— Cet endroit est un vrai trou noir ! grommela-t-il.

— Slanter ! demanda Jair. Elb Foraker est-il vraiment ici ?

Le gnome se tourna vers Jair.

— Oui. Le nain, plus l'elfe et le frontalier. Nous avons commencé ce voyage ensemble et nous le finirons ensemble. (Il haussa les épaules.) Je suppose que nous sommes tous fous !

Ils se frayèrent un chemin dans un labyrinthe de couloirs, le gnome et le Valombrien ouvrant la marche, le maître d'armes derrière eux, son épée tout près du dos de Stythys.

Bientôt, le bruit de la pluie atteignit leurs oreilles.

Les portes de la forteresse apparurent enfin, fermées et verrouillées. Le vent et la pluie les frappaient par rafales. Slanter jeta la torche et alla regarder par le judas ce qui les attendait de l'autre côté. Jair le suivit, heureux de respirer l'air qui filtrait par la petite ouverture.

— Je ne pensais pas que je vous reverrais, murmura-t-il au gnome. Ni vous, ni les autres.

— Tu as eu de la chance, gamin, c'est vrai !

— Je pensais qu'il ne restait personne pour me sauver. Les amis, je vous croyais tous morts !

— Quand tu as disparu dans le tunnel et que je n'ai pas réussi à découvrir ce qui t'était arrivé, je suis sorti des galeries pour déboucher sur les collines, au nord de Capaal. Je savais que les autres arriveraient par là, parce que c'était le plan du maître d'armes. J'ai attendu. Après, nous sommes partis sur tes traces.

— Slanter, vous auriez pu filer ! Personne ne l'aurait jamais su ! Vous étiez libre.

Le gnome haussa les épaules, mal à l'aise.

— Vraiment ? Je ne me suis même pas posé la question !

Garet Jax approcha, poussant Stythys devant lui.

— Il pleut toujours ?

— Oui, répondit le gnome.

Le maître d'armes remit son épée au fourreau puis sortit un couteau. Il plaqua contre le mur le Mwellret qui le regarda, ses yeux verts luisant d'un éclat mauvais.

— Laissez-moi ici, petites créatures, siffla-t-il.

— Non, dit Jax. Quand nous serons dehors, marchez à côté de moi. N'essayez pas de fuir. Avec nos capuchons, personne ne devrait nous reconnaître. La pluie tiendra la plupart des gens loin de nous, mais si quelqu'un approchait, faites-le repartir. Et souvenez-vous, il n'en faudrait pas beaucoup pour me persuader de vous couper la gorge !

Jax avait parlé d'une voix basse et presque douce. Les yeux du Mwellret s'étrécirent.

— Il détient la magie ! Vous n'avez pas besoin de moi !

— Avancez, fit Garet Jax, la pointe de son couteau posée sur la gorge du reptile.

Étroitement enveloppés dans leurs manteaux, ils ouvrirent les lourdes portes et sortirent. La pluie tombait par rafales, poussée par un vent violent. Baissant la tête pour se protéger, les quatre compagnons partirent en direction des remparts, traversant la cour bourbeuse. Des Chasseurs gnomes passèrent à côté d'eux sans ralentir, pressés de s'abriter des intempéries. En haut de la tour de garde, des sentinelles étaient blotties dans les recoins, transies de froid. Personne ne s'occupa des fous qui traversaient la cour.

Slanter prit la tête quand les remparts nord furent en vue. Il les conduisit entre les flaques d'eau boueuse jusqu'à deux portes aux grilles de fer donnant sur une petite cour. Ils poussèrent les battants, traversèrent la cour et arrivèrent devant un bâtiment dont l'entrée couverte menait à une tour de garde carrée. Le gnome déverrouilla les portes et fit entrer ses compagnons.

Ils débouchèrent dans un porche éclairé par des torches murales et s'arrêtèrent un instant pour secouer l'eau de leurs manteaux. Slanter se dirigea vers un couloir obscur qui conduisait au-dessous des remparts. Il sonda l'obscurité, puis fit signe à ses compagnons de le suivre. Garet Jax prit une torche, la tendit à Jair, et lui indiqua d'obéir à Slanter.

Un couloir étroit s'ouvrit devant eux, bordé de portes des deux côtés.

— Des magasins de stockage, dit Slanter à Jair.

Le gnome s'arrêta devant la troisième porte et frappa doucement.

— C'est nous, murmura-t-il.

La porte s'ouvrit. Elb Foraker, Helt et Edain Elessedil apparurent, sourire aux lèvres. Ils entourèrent Jair et le saluèrent joyeusement.

— Tout va bien, Jair ? demanda le prince.

Son visage était couvert de coupures et de meurtrissures – à tel point que Jair s'inquiéta pour lui. L'elfe s'en aperçut, et haussa les épaules.

— Quelques égratignures, c'est tout. J'ai trouvé un passage pour m'enfuir, mais il débouchait sur un buisson d'épineux. Ça guérira vite ! Vous, ça va vraiment ?

— Maintenant, oui, Edain, dit Jair en le serrant dans ses bras.

Helt et Foraker avaient aussi le visage et les mains égratignés. Jair supposa que c'était à cause du mur qui s'était écroulé sur eux.

— J'arrive à peine à croire que vous êtes tous ici ! fit Jair, la gorge nouée.

— Nous ne pouvions pas vous abandonner, Jair, dit le frontalier. Vous possédez la magie qui nous permettra de nettoyer la rivière Argentée.

Jair sourit. Foraker approcha, les yeux rivés sur le Mwellret.

— Je vois que vous avez réussi à le capturer, dit-il à Jax.

Le maître d'armes ne répondit rien, son couteau toujours pointé sur la gorge de Stythys.

— Petites créatures, siffla le reptile, vous vous repentirez de m'avoir emmené ! Je vous le ferai regretter !

Slanter cracha par terre, méprisant.

Foraker désigna le Mwellret.

— Prenez-vous-en à vous-même, Stythys ! Si vous n'aviez pas capturé le Valombrien, nous vous aurions laissé tranquille. À présent, vous aurez à en répondre ! Vous nous aiderez à quitter ce lieu sans encombres, puis à aller dans les monts Ravenshorn. Si vous essayez de nous tromper, je laisserai Slanter vous charcuter. (Il regarda le gnome.) Souvenez-vous, Stythys, qu'il connaît aussi le chemin. Alors, réfléchissez bien avant d'essayer de nous faire prendre le mauvais.

— Partons ! lança Slanter, inquiet.

Le gnome en tête, la petite colonne traversa une série de couloirs encore plus étroits qui débouchaient au pied d'un escalier de pierre en spirale. Slanter plaqua un doigt sur sa bouche, réclamant le silence.

Ils avancèrent les uns derrière les autres. Au-dessus d'eux, ils entendirent, encore assez loin, des voix gutturales de gnomes. En haut de l'escalier se dressait une petite porte en bois, fermée. Slanter s'arrêta, écouta, puis l'ouvrit et regarda de l'autre côté.

Il fit signe à ses compagnons qu'ils pouvaient y aller.

Ils entrèrent dans un arsenal plein d'armes, d'armures et de provisions. Une lumière grise filtrait par les hautes fenêtres à barreaux.

Slanter les conduisit à l'autre bout de la salle. Il était presque arrivé à la porte quand elle s'ouvrit soudainement sur une escouade de Chasseurs gnomes.

Voyant d'abord Slanter, ils hésitèrent. Mais quand ils aperçurent Foraker, ils sortirent leurs armes.

— Pas de chance ce coup-ci, gamin ! cria Slanter.

Il se campa devant Jair pour le protéger.

Garet Jax s'était déjà lancé dans la bataille, épée au clair. Ses premiers adversaires tombèrent comme des mouches. Foraker rejoignit le maître d'armes et repoussa les autres avec sa hache à double tranchant. Derrière eux, Stythys courait vers la première porte, mais Helt le vit et le plaqua au sol.

Les gnomes se battirent un moment de plus devant la porte ouverte, mais Jax et Foraker les repoussèrent. Alors, ils prirent la fuite. Le maître d'armes et le nain les pourchassèrent jusqu'à la porte, puis revinrent aider Helt. Ensemble, ils remirent Stythys debout. Le Mwellret siffla de rage. Son corps couvert d'écailles grandit jusqu'à ce qu'il soit plus haut que le frontalier. Tenant le lézard, Foraker et Jax le tirèrent jusqu'à l'endroit où Slanter et Jair observaient le couloir, de l'autre côté de la porte.

Des deux extrémités montaient des cris d'alarme.

— Quel chemin devons-nous prendre ? demanda Jax à Slanter.

Le gnome ne répondit pas, mais il tourna à droite, dans la direction opposée aux Chasseurs gnomes, et fit signe à ses compagnons de le suivre. Ils obéirent, poussant Stythys, le couteau de Garet Jax contre ses côtes.

— Stupides petites créatures ! siffla le Mwellret. Vous mourrez ici, dans la prison !

Devant eux, le couloir se divisait en deux branches. Sur la gauche, un groupe de gnomes les vit et leur fonça dessus.

Slanter guida ses compagnons vers la droite. Quand un Chasseur gnome déboula d'une salle, Foraker se jeta sur lui sans ralentir : la tête casquée du gnome frappa le mur avec une force effrayante.

— Slanter ! cria soudain Jair.

Trop tard ! Le gnome se retrouva au milieu d'une patrouille de Chasseurs qui sortait d'un couloir latéral et il tomba au milieu de ses ennemis.

Garet Jax poussa Stythys vers Helt et vola au secours du gnome, Foraker et Edain Elessedil un pas derrière lui. Ensemble, ils repoussèrent les Chasseurs qui attaquaient Slanter.

Avec l'aide d'Edain, le gnome se remit debout.

— Slanter ! brailla Foraker. Faites-nous sortir d'ici !

Slanter avança d'un pas hésitant.

— Devant nous ! dit-il.

Ils foncèrent à travers un barrage de Chasseurs. Les gnomes se jetèrent sur eux, mais ils les continrent avec une détermination féroce. Slanter trébucha sur le manche d'une lance qu'un ennemi tendait sur son chemin. Foraker se précipita et l'aida à se relever. Derrière eux, les cris devinrent un rugissement profond qui sortait de la gorge de centaines de gnomes.

Slanter les guida jusqu'à un escalier qui débouchait dans un couloir, un niveau plus bas, et ils semèrent leurs adversaires. Une grande rotonde se dressait devant eux, portes et fenêtres fermées pour la protéger des intempéries. Sans ralentir,

Slanter ouvrit à la volée la porte la plus proche et fit sortir ses compagnons sous la pluie, dans une cour fermée par un portail. Le vent hurlait et le tonnerre grondait au-dessus des monts Élevés.

Slanter fila vers le portail et s'engagea dans un escalier extérieur qui menait vers des remparts, en contrebas. Au-delà, on apercevait les ombres de la forêt.

Slanter conduisit ses compagnons sur les remparts, au milieu des sentinelles gnomes qui commençaient à se douter que quelque chose se passait dans la citadelle. Enveloppés dans leurs manteaux, tête baissée, Slanter et les autres passèrent à côté des Chasseurs.

Il leur fit signe de se regrouper dans un couloir, au-dessous des remparts.

— Nous sortirons par le portail principal, annonça-t-il. Personne ne doit dire un mot, à part moi. Gardez la tête baissée. Et ne vous arrêtez pas, quoi qu'il arrive ! Allons-y !

Personne ne protesta. Slanter les précédant, les compagnons arrivèrent devant un portail ouvert où des gardes gnomes partageaient une flasque de bière. Quelques têtes se levèrent à leur approche. Slanter salua ses semblables de la main et lança quelques mots dans sa langue. Un des Chasseurs se dégagea du groupe et vint lui parler.

— Continuez d'avancer, murmura Slanter par-dessus son épaule.

Quelques cris retentissaient encore derrière eux.

Les sentinelles regardèrent vers la citadelle pour voir ce qui se passait.

Le petit groupe les dépassa sans ralentir. Jair essaya de se faire aussi petit que possible dans son manteau, si tendu qu'il trébucha et faillit tomber, mais Elb Foraker le rattrapa au vol.

Slanter se sépara des autres pour détourner l'attention d'un gnome qui semblait vouloir les interroger. Jair entendit le mot « Mwellret » dans leur conversation houleuse.

Ils avaient tous dépassé les sentinelles, maintenant – sauf Slanter.

Ils sortirent de Dun Fee Aran et coururent vers la forêt. Jair ralentit et vit que Slanter, à l'entrée, discutait toujours avec les sentinelles.

— Gardez la tête baissée, rappela Foraker.

Jair entra dans la forêt détrempée et les murs de la forteresse disparurent derrière un rideau d'arbres. Quand ils s'arrêtèrent, cachés sous les branches d'un chêne, Garet Jax plaqua Stythys contre le tronc noueux.

Puis tout le monde attendit en silence.

Slanter ne revenait toujours pas. Accroupi à la lisière de la petite clairière, Jair essayait de voir malgré l'averse. Ses compagnons parlaient à voix basse.

Toujours pas de Slanter ! Jair serra les mâchoires. Si le gnome ne revenait pas dans les cinq minutes, il retournerait le chercher ! Pas question de l'abandonner après tout ce qu'il avait fait pour lui !

Les cinq minutes passèrent. Jair se leva et regarda autour de lui. Puis il se tourna vers ses compagnons.

— Je vais le chercher, déclara-t-il.

Annoncé par un bruissement de feuilles, Slanter apparut à l'instant où le Valombrien achevait sa phrase.

— J'ai eu plus de mal que je pensais à les convaincre. Ils ne tarderont pas à se lancer à nos trousses. (Il vit le regard soulagé de Jair et s'interrompit.) Tu avais l'intention d'aller quelque part, gamin ?

— Euh… non, dit Jair. Plus maintenant…

— Non ? fit Slanter, amusé. Je croyais que tu voulais retrouver ta sœur ? (Jair fit un signe affirmatif.) Bon. Donc, tu vas quelque part ! Au nord, avec nous. Allez, en route !

Il fit signe à ses compagnons de le suivre.

— Nous traverserons la rivière à six lieues en amont pour brouiller notre piste. L'eau est profonde, à cet endroit, mais nous n'en serons pas plus mouillés que maintenant !

Jair sourit, puis suivit ses compagnons. Les pics des monts Élevés se dressaient devant eux, perdus dans la brume, mais visibles entre les arbres. Derrière eux, au nord et hors de vue pour le moment, les monts Ravenshorn les attendaient. Le chemin serait long jusqu'à Graymark, pensa le Valombrien. Mais, pour la première fois depuis Capaal, il était persuadé qu'ils y arriveraient.

Chapitre 34

Brin parla peu sur le chemin du retour à la Pierre d'Âtre, car elle avait besoin de faire le tri dans ses pensées. Quand ses compagnons lui demandèrent ce que le fantôme du Marais lui avait révélé, elle lâcha seulement que l'Épée de Leah était entre les mains des gnomes-araignées – et que le moyen d'entrer dans la Maelmord discrètement était de passer par les égouts de Graymark.

Puis elle demanda à ses compagnons de ne pas lui poser d'autres questions jusqu'à leur retour dans la vallée.

L'image de Jair dans la cellule obscure refusait de la quitter. Le fantôme du Marais lui avait montré cette scène sous le coup de la fureur. La créature qui menaçait Jair n'était pas un spectre Mord ni un gnome. Les Ohmsford avaient-ils d'autres ennemis ?

Le fantôme du Marais avait probablement menti et Brin s'en voulait d'être restée pour regarder. Si elle avait eu un peu de bon sens, elle serait partie ! Jair était en sécurité à Valombre, auprès de leurs parents et de leurs amis.

Mais comment être *sûre* que l'ombre avait menti ?

Incapable de résoudre ce problème, elle réfléchit aux autres propos du fantôme du Marais. Le passé et le présent, selon le fantôme, étaient liés à travers la magie noire. Le pouvoir utilisé par le Roi-Sorcier à l'époque de Shea Ohmsford était le même que celui des spectres. Le fantôme du Marais affirmait aussi qu'il existait un lien entre les Guerres des Races et celle, plus récente, que son père et les elfes des Terres de l'Ouest avaient livrée contre les démons. Il avait sous-entendu que le Roi-Sorcier n'avait pas été vraiment détruit ? *« Qui prête à présent sa voix à la magie ? Qui a envoyé les spectres Mord ? »*

Le pire était l'affirmation qu'Allanon, cette fois, avait été abusé. Lui qui avait toujours vu la vérité, il s'était laissé aveugler. Le fantôme du Marais avait dit que le druide, en croyant le Roi-Sorcier de retour, avait seulement vu le passé.

Puis il lui avait demandé ce qu'*elle* voyait…

Brin eut envie d'exploser de frustration, mais elle se maîtrisa. Elle devait garder l'esprit clair ! Supposons, se dit-elle, qu'Allanon ait réellement été trompé. Il lui était difficile de l'accepter, mais elle devait partir de cette hypothèse pour essayer de comprendre les paroles de l'ombre. De quelle manière le druide avait-il été trompé ? Il avait eu tort de penser que les spectres ne pourraient pas les suivre, quand ils avaient quitté Valombre, ou qu'ils ne prévoiraient pas qu'ils arriveraient dans les Terres de l'Est en traversant les monts Wolfsktaag. Ces erreurs faisaient-elles partie d'un tableau plus vaste ?

« Tes yeux sont-ils ouverts ? » avait demandé l'ombre.

Avait-elle aidé à tromper Allanon ?

Il semblait évident que le druide avait mal cerné la nature des dangers qui les attendaient dans la Maelmord. Le pouvoir des spectres Mords était peut-être supérieur à ce qu'il avait cru.

Le druide avait sous-estimé l'ennemi... ou surestimé leur propre force.

Puis elle réfléchit à ce que le fantôme du Marais avait dit sur elle. Le fantôme l'avait appelée « enfant des ténèbres ». Destinée à mourir dans la Maelmord, elle portait en elle la semence de sa destruction. L'ombre parlait sûrement de l'Enchantement de Shannara, une défense faible et erratique contre la magie noire des Marcheurs. Les spectres Mords étaient, à l'en croire, victimes de leur magie. Tout comme elle. Quand elle avait lancé qu'elle n'utilisait pas la magie noire, le fantôme du Marais avait affirmé que *personne* ne l'utilisait. C'était la magie qui utilisait les gens.

« *Voilà la clé de ce que tu cherches* », avait affirmé l'ombre.

Encore un mystère ! Certes, la magie se servait d'elle au moins autant que l'inverse. Elle se souvint de sa colère contre les hommes de la crête de Spanning et de ce que son pouvoir avait fait aux arbres entremêlés.

« Celle qui sauve et celle qui détruit... »

Elle serait l'une et l'autre, avait dit l'ombre de Bremen. Et le fantôme du Marais lui avait donné le même genre d'avertissement.

Cogline murmura quelque chose, puis s'éloigna en sautillant quand Kimber Boh lui ordonna de se comporter correctement. Sa concentration brisée, Brin le regarda disparaître entre les arbres en gloussant comme un dément.

Les ombres commençaient à s'allonger et Allanon lui manquait terriblement. Un sentiment étrange, car il l'avait fort peu réconfortée pendant qu'ils voyageaient ensemble. Mais il y avait entre eux une étrange familiarité, comme s'ils se ressemblaient.

Était-ce la magie qu'ils possédaient tous les deux ? L'Enchantement de Shannara et le pouvoir du druide ?

Brin sentit des larmes lui monter aux yeux quand elle revit mentalement le corps brisé et ensanglanté d'Allanon. Il lui avait paru si terrible, même à un souffle de la mort, levant la main pour l'oindre de son sang... Mais à présent, l'image du druide lui semblait plus chargée de culpabilité que de pouvoir. Poussé par le vœu de son père, il s'était consacré à réhabiliter les druides, coupables d'avoir déchaîné la magie noire sur le monde.

Désormais, cette mission revenait à la Valombrienne.

Au crépuscule, la petite expédition sortit des contrées sauvages de l'Anar et arriva enfin dans la vallée de la Pierre d'Âtre. Brin cessa de réfléchir aux paroles du fantôme du Marais pour penser à ce qu'elle dirait à ses compagnons... et à ce qu'elle ferait du peu de renseignements qu'elle avait obtenus. Son sort à elle était scellé, mais pas celui de Rone. Si elle lui rapportait tout ce que le fantôme du Marais avait dit, il accepterait peut-être de la laisser partir seule. Destinée à la mort, elle pourrait peut-être éviter ce sort à son ami.

Une heure plus tard, assis autour de la cheminée de la petite maison, Brin, le vieil homme, la jeune fille et Rone Leah regardaient danser les flammes. Soupir dormait sur son tapis. Le félin était réapparu dès leur retour et s'était aussitôt installé à son endroit favori.

— Le fantôme du Marais avait mes traits, dit Brin. Il m'a demandée qui j'étais réellement.

— Il aime jouer à ces petits jeux, souffla Kimber. Ne vous laissez pas impressionner par ça !

— Mensonges et tromperies ! marmonna Cogline. Enfermé dans sa mare depuis le début des temps, il débite des énigmes que nul ne peut comprendre.

— Grand-Père..., le tança doucement Kimber.

— Que t'a dit le fantôme du Marais ? demanda Rone.

— L'Épée est tombée entre les mains des gnomes-araignées, qui l'ont sortie des flots de Chard. Et il faut emprunter les égouts de Graymark pour entrer dans la Maelmord sans être vus.

— Tu crois que c'est la vérité ? insista Rone.

— Cette partie, oui, assura Brin, pensant à la manière dont elle avait utilisé l'Enchantement de Shannara pour arracher la vérité au fantôme.

— Le reste était un tissu de mensonges, je suppose, ricana Cogline.

— Le fantôme du Marais a dit que je trouverai la mort dans la Maelmord.

— Des idioties ! affirma Rone.

— Selon le fantôme, la mort t'y attendra aussi, Rone. Nous portons en nous la semence de notre mort. Dans notre magie... Celle de l'Épée de Leah pour toi, et pour moi, l'Enchantement de Shannara.

— Et tu as cru à ces fadaises ? demanda le montagnard. Moi, non ! Je peux nous protéger tous les deux.

— Et si les paroles du fantôme du Marais ne sont pas des mensonges ? Dois-je avoir ta fin sur la conscience ? Insisteras-tu pour mourir avec moi ?

Rone s'empourpra.

— S'il le faut ! Allanon a fait de moi ton protecteur. Je ne t'abandonnerai pas ! Si notre mort est inévitable, qu'elle ne pèse pas sur ta conscience, mon amie, mais sur la mienne !

Brin en eut les larmes aux yeux.

— Allons, petite, ne pleurez pas ! bougonna Cogline.

Il vint s'asseoir à côté d'elle et essuya doucement ses larmes.

— Le fantôme du Marais prédit la mort de tout le monde ! Mais que peut-il savoir de l'avenir ?

Il tapota gentiment l'épaule de Brin, puis foudroya Rone du regard, comme si tout ça était sa faute.

— Grand-Père, nous devons les aider ! lança Kimber.

Cogline se tourna vers elle.

— Les aider ! Et qu'avons-nous fait jusque-là, à ton avis ?

— Mais...

— Pas de « mais » ! Nous continuerons, bien entendu !

Ébahis, la Valombrienne et le montagnard dévisagèrent le vieil homme. Cogline gloussa, puis flanqua un coup de pied à Soupir, qui leva brusquement la tête.

— Ce stupide animal et moi, nous vous aiderons de notre mieux ! Impossible de laisser des invités vagabonder partout sans leur montrer le chemin !

— Grand-Père..., commença Kimber.

Le vieil homme l'interrompit.

— Je n'ai pas eu l'occasion de m'en prendre à ces gnomes-araignées depuis un moment ! Leur rappeler que nous sommes toujours là, au cas où ils croiraient que nous avons déménagé, n'est pas une mauvaise idée ! À cette époque, ils doivent être descendus des hauteurs de la crête de Toffer pour retourner dans la lande. C'est leur domaine. Soupir les pistera. Ensuite, nous prendrons vers l'est en contournant la lande, et nous traverserons jusqu'aux monts Ravenshorn. Un jour ou deux, en tout...

» Tu restes ici, Kimber ! Les Marcheurs sont trop dangereux.

— Il me prend toujours pour une enfant ! Mais c'est plutôt moi qui dois m'inquiéter pour lui, maintenant...

— Inutile de te faire du souci pour moi !

Kimber eut un sourire indulgent.

— Je m'en fais quand même ! Je t'aime, Grand-Père ! (Elle se tourna vers la Valombrienne.) Brin, il ne quitte plus la vallée sans moi, car il a parfois besoin de mes yeux et de ma mémoire. Grand-Père, ne te mets pas en colère, mais tu sais que tu oublies souvent des choses. De plus, Soupir ne fait pas toujours ce que tu lui dis. Si tu pars seul, il est capable de disparaître au moment le moins opportun !

Cogline fronça les sourcils.

— Ce stupide animal adore ça, c'est vrai. Je n'arrive pas à lui apprendre à vivre ! D'accord, nous irons tous. Mais en cas de danger, tu me laisseras m'occuper de tout !

— C'est d'accord. Nous partirons à l'aube.

Brin et Rone échangèrent des regards ébahis. Que se passait-il ? Un vieillard et une jeune fille avaient décidé de les accompagner jusqu'à la tanière des Marcheurs, et ils se comportaient comme si rien d'extraordinaire n'était arrivé.

— Kimber, dit enfin Brin, vous ne pouvez pas venir avec nous !

— Elle a raison, renchérit Rone. Vous ignorez à quels dangers vous seriez confrontée !

— Je comprends mieux que vous l'imaginez... Ce pays est mon foyer et celui de mon grand-père. Nous connaissons les risques.

— Pas les Marcheurs ! cria Rone. Que pourriez-vous faire, contre eux ?

— La même chose que vous ! Les éviter...

— Et si vous n'y arrivez pas ? insista Rone.

Cogline brandit une bourse de cuir qu'il avait décrochée de sa ceinture.

— Je leur donnerai un échantillon de ma magie ! Ces monstres goûteront un feu dont ils ignorent tout !

Le montagnard fronça les sourcils, peu convaincu.

— Ne sous-estimez pas la magie de mon grand-père, dit Kimber. Il a vécu toute sa vie dans cette contrée sauvage, et a survécu à une foule de dangers. Il peut faire des choses dont vous ne le croiriez pas capable. Il vous sera très utile. Comme Soupir et moi.

— C'est une mauvaise idée, Kimber, dit Brin.

— Vous changerez d'avis… De toute façon, vous n'avez pas le choix. Vous avez besoin de Soupir pour servir d'éclaireur, de Grand-Père pour vous guider… et de moi pour les aider à faire de leur mieux.

Brin ouvrit la bouche pour protester, mais la referma. À quoi pensait-elle ? Ils étaient venus ici pour trouver un guide. Un seul homme était capable de jouer ce rôle : Cogline. Sans lui, ils erreraient pendant des semaines et ils n'avaient pas de temps à perdre.

Brin réfléchit à ses raisons d'hésiter : Kimber semblait être une fille plus courageuse que raisonnable. Mais Cogline n'irait nulle part sans elle. L'inquiétude pour Kimber devait-elle passer avant sa mission ?

Non !

— La question est réglée, souffla Kimber Boh.

Brin se tourna vers la jeune fille et lui fit un sourire las.

— Je suppose…

Restait à espérer que cette décision serait la bonne.

Chapitre 35

Ils quittèrent la Pierre d'Âtre le lendemain à l'aube et prirent vers le nord-est, en direction du promontoire de la crête de Toffer. Le terrain étant accidenté, ils avancèrent lentement. Sacs attachés sur le dos et armes à la ceinture, Brin, Rone, Kimber Boh et Cogline se frayèrent un chemin dans les contrées sauvages par une belle journée d'automne. De temps en temps, ils apercevaient Soupir entre les arbres, autour d'eux.

Les voyageurs se sentaient plein d'allant, en dépit du manque de repos, car leur conversation les avait menés jusqu'aux petites heures du matin. Tôt ou tard, le sommeil en retard se ferait sentir. Ils aviseraient à ce moment-là. Pour l'instant, toute fatigue était oubliée.

Brin ne parvenait pas à mettre de côté son incertitude au sujet de Kimber et de Cogline. Elle se demandait toujours si elle avait bien fait d'accepter leur aide. Mais elle aurait eu des craintes et des doutes dans tous les cas, comprit-elle, à cause des dangers qui les attendaient et des prophéties obsédantes du fantôme du Marais. Mais ces doutes et ces peurs n'auraient concerné que Rone et elle. À présent, elle s'inquiétait pour le vieil homme et sa petite-fille. Malgré leurs affirmations, la Valombrienne estimait toujours qu'ils n'étaient pas de force à survivre à la magie noire. Même s'ils vivaient depuis longtemps dans les contrées sauvages de l'Anar, les périls qu'ils devraient bientôt affronter n'avaient rien à voir avec ceux qu'ils connaissaient. Quelle magie ou quelles astuces pensaient-ils employer pour mettre en échec les Marcheurs ?

Brin détestait penser que des spectres puissent frapper le vieil homme et la jeune fille. Cela l'effrayait plus que ce qui risquait de lui arriver ! Comment vivre avec l'idée qu'elle leur avait permis d'entreprendre ce voyage, s'il se soldait par leur mort ?

Pourtant, Kimber semblait si sûre d'elle et de son grand-père ! Dans son esprit, il n'y avait pas de place pour la peur ou les doutes. Elle était sûre d'elle, déterminée, et éprouvait pour Rone et Brin un sentiment fraternel qui la motivait.

— Nous sommes amis, Brin, avait-elle déclaré la nuit précédente, et les amis doivent se serrer les coudes. Quand on éprouve de l'amitié pour quelqu'un, on est lié par ce sentiment. C'est lui qui a poussé Soupir vers nous et nous a gagné sa loyauté. Il a compris que nous l'aimions autant qu'il nous aimait. J'ai eu la même impression avec vous. Destinés à devenir amis, nous devons partager le bon comme le mauvais. Vos besoins sont désormais les miens.

— C'est très émouvant, Kimber, avait répondu Brin. Mais que se passera-t-il si mes besoins sont trop importants – ou trop dangereux – pour être partagés ?

— Raison de plus pour le faire ! Si nous devons être amis, c'est nécessaire !

Brin ne trouva rien à répondre. Elle aurait pu souligner que Kimber la connaissait à peine et ne lui devait rien. Mais elle était sûre que la jeune fille aurait rejeté ses arguments.

Ils traversèrent une contrée boisée accidentée – une forêt de chênes, d'ormes et de noyers blancs dont les branches noueuses et dénudées s'étendaient comme des bras de géant. Le soleil filtrait à travers, gratifiant de temps en temps les bois de ses rayons amicaux.

La forêt était le domaine des ombres impénétrables et dangereuses. Une forme de vie fantomatique, invisible et silencieuse, s'y éveillait seulement à la tombée de la nuit. Cette créature attendait, cachée au cœur de la végétation. Rusée et haineuse, elle en voulait aux intrus qui avaient envahi son domaine privé et se débarrasserait d'eux comme un souffle de vent éteint une chandelle. Brin percevait sa présence. La force invisible murmurait des avertissements dans son esprit, sapant le sentiment de sécurité très relatif que lui apportait la présence de ses compagnons. Une fois la nuit venue, elle devrait être très prudente !

Quand le soleil descendit derrière l'horizon, le crépuscule tombant lentement, le sommet déchiqueté de la crête de Toffer devint visible. Cogline les guida sur un sentier sinueux qui coupait le col.

Ils marchèrent en silence, rattrapés par la fatigue de la journée. Des cris d'insectes ou d'oiseaux nocturnes résonnaient tout autour d'eux.

La forêt se fit plus dense à mesure qu'ils franchissaient le col. L'air, tiède toute la journée, devint désagréablement chaud et malodorant. La créature qui attendait, tapie dans les ombres des bois, s'éveilla, se dressa et regarda autour d'elle…

Soudain, les arbres se séparèrent devant eux, dévoilant une pente qui menait à une plaine enveloppée de brume et éclairée d'une étrange lumière orange par les rayons de lune. De loin, la plaine silencieuse et immobile ressemblait à un canyon sans fond.

— L'Antique lande, murmura Kimber.

Brin regarda ce paysage… et eut le sentiment qu'il lui rendait son regard.

La nuit passa lentement.

Un vent léger joua sur le visage couvert de poussière de Brin puis mourut. La Valombrienne leva les yeux, espérant que cela recommencerait, mais il n'y eut plus le moindre souffle. Avec la chaleur étouffante, Brin eut vite du mal à respirer. Trempée de sueur, les muscles noués par des crampes, elle tenta de changer de position, mais découvrit rapidement que rien n'y faisait. Des essaims d'insectes bourdonnaient autour d'elle et lui piquaient les mains et le visage.

L'air sentait le bois pourri et la vase.

Accroupie dans les ombres d'un amas de rochers avec Rone, Kimber et Cogline, Brin observait le pied de la colline où se dressait le camp des gnomes-araignées. Quelques feux y brûlaient, leur chiche lueur perçant à peine les ténèbres.

Les gnomes-araignées, leur corps étrange et grotesque couvert de poils gris, trottinaient à quatre pattes dans l'herbe haute, la tête baissée. De petits groupes réunis au bord de la lande psalmodiaient des paroles incompréhensibles.

— Ils invoquent les pouvoirs obscurs, avait expliqué Cogline quand ils s'étaient installés dans leur cachette. Les gnomes-araignées croient aux esprits et aux forces maléfiques venues d'autres mondes. Ils les appellent pour renforcer leurs pouvoirs, avec l'espoir que ces forces infernales ne se retourneront pas contre eux. Tout ça, c'est de la superstition !

Cela dit, ces « forces maléfiques » étaient parfois bien trop réelles, avoua Cogline. Il existait dans l'Antique lande des créatures aussi terribles que celles qui hantaient les forêts des monts Wolfsktaag. Des animaux-garous ! Ces monstres vivaient dans la brume et se nourrissaient du corps et de l'esprit des mortels plus faibles qu'eux, aspirant leur vie sans merci. Les animaux-garous n'étaient pas imaginaires, reconnut Cogline. Les gnomes-araignées tentaient de s'en protéger avec leurs incantations, car ils étaient la nourriture favorite de ces monstres.

— À l'approche de l'hiver, les gnomes se réunissent sur la lande pour accélérer l'arrivée des brumes. Ces crétins superstitieux sont persuadés que l'hiver ne se montrera pas s'ils ne font rien ! Tous les automnes, ils déboulent sur la lande par tribus entières et y restent un mois à prier pour que l'hiver les garde en sécurité et empêche les garous d'approcher. (Cogline eut un sourire entendu.) Et ça marche ! Pendant cette période, les garous mangent assez de gnomes pour tenir tout l'hiver. Après ça, ils n'ont pas besoin de les suivre sur la colline !

Alors qu'ils espionnaient le camp des gnomes, Kimber Boh leur expliqua ce qui arriverait ensuite.

— Ils ont votre épée, Rone. Une arme pareille, tirée des flots de Chard, est certainement tenue pour un talisman envoyé par les pouvoirs obscurs. Ils s'en servent probablement comme d'un bouclier contre les animaux-garous. Nous devons découvrir où ils l'ont entreposée, puis la leur voler.

— Comment ? demanda Rone.

Il n'avait pas parlé de grand-chose en chemin, à part de son épée. Une fois de plus, il était retombé en son pouvoir.

— Soupir la trouvera pour nous, répondit Kimber. Si on lui donne votre odeur comme point de repère, il la suivra jusqu'à l'Épée, même si elle est bien cachée. Quand il l'aura découverte, il reviendra nous chercher.

Kimber avait fait sentir à Soupir l'odeur du montagnard avant de l'envoyer en mission. Le félin était parti sans un bruit, se fondant très vite dans les ombres.

Les quatre compagnons attendaient son retour depuis pas mal de temps.

Brin ferma les yeux pour lutter contre la fatigue qui l'envahissait et tenta de bloquer les incantations lancinantes des gnomes. À plusieurs reprises, elle avait entendu dans la brume des cris de terreur aigus mais brefs. Pourtant, les gnomes continuaient à psalmodier…

Une ombre monstrueuse sortit soudain des ténèbres devant Brin, qui se leva d'un bond et cria.

— Doucement, petite, dit Cogline. (Il la tira vers le sol et lui plaqua une main sur la bouche.) C'est seulement Soupir.

Kimber enlaça l'animal et lui parla à l'oreille. Elle s'entretint un moment avec lui, puis se tourna vers ses compagnons, les yeux brillants.

— Soupir a découvert l'Épée, Rone !

Le prince se leva d'un bond.

— Conduisez-moi, Kimber ! Nous aurons enfin une arme contre les Marcheurs et tous ceux qui les servent.

Brin lutta contre l'amertume qui montait en elle. Rone avait déjà oublié que l'Épée ne lui avait pas servi à grand-chose pour défendre Allanon. Il était dévoré par le désir de récupérer l'arme magique…

Cogline leur fit signe d'approcher et Kimber souffla quelque chose à l'oreille de Soupir. Puis ils descendirent vers le camp des gnomes, pliés en deux pour ne pas être repérés. Des avertissements retentirent dans l'esprit de Brin, lui conseillant de rebrousser chemin parce que rien de bon ne les attendait.

Trop tard, murmura mentalement la Valombrienne.

En approchant, ils virent mieux les gnomes-araignées à la lueur de leurs feux de camp.

Ils trottinaient comme des insectes entre leurs huttes et leurs terriers. Couverts de poils gris, tordus et noueux, des yeux mauvais de furet, ils parlaient dans une langue étrange et psalmodiaient devant le mur de brume.

Le félin et ses quatre compagnons avancèrent en silence vers la périphérie du camp. Des tentacules de brume les enveloppèrent, humides et désagréablement chauds.

Soupir s'arrêta soudain et se tourna vers sa maîtresse. Couverte de sueur, Brin regarda autour d'elle, essayant de déterminer où ils étaient.

— Il faut entrer dans le camp, murmura Kimber.

— Nous les ferons sursauter ! ricana Cogline, ravi. Restez loin d'eux à ce moment !

Sur un mot de Kimber, Soupir repartit pour le camp des gnomes, visant la série de huttes et de terriers la plus proche.

Kimber, Cogline et Rone le suivirent. Brin resta un peu en arrière et regarda autour d'elle avec inquiétude.

Sur sa gauche, des créatures bougèrent à la limite de la lueur des feux de camp, entre les rochers et les herbes hautes. D'autres avançaient vers les gnomes et le mur de brume.

La fumée des feux de camp flotta jusqu'aux yeux de Brin. Aveuglée, elle les essuya d'un revers de la main.

Un hurlement retentit dans les ténèbres. Tout se figea. Un gnome-araignée jaillit des ombres devant eux, tentant désespérément d'échapper au félin qui s'était matérialisé sur son chemin. Soupir bondit, fit tomber le gnome et provoqua une belle débandade dans les rangs de ses camarades.

Kimber courait à côté du félin géant. Cogline et Rone les suivaient en hurlant comme des possédés.

Brin essaya de les rejoindre.

Conduits par le félin, ils déboulèrent au milieu du camp des gnomes, qui s'éparpillèrent pour se mettre à couvert.

Passant près d'un feu, Cogline ralentit et tira quelque chose de la bourse en cuir qu'il portait à la ceinture : une poignée de poudre noire qu'il jeta dans les flammes. Une explosion secoua la plaine. Les incantations cessèrent, mais les cris des gnomes augmentèrent de volume. Cogline jeta de la poudre dans un deuxième feu.

Les gnomes-araignées s'enfuirent à toutes jambes.

Soupir sauta sur la plate-forme grossière construite près du mur de brume. La structure s'effondra avec un grand bruit. Des cruches, des objets en bois sculpté et des armes en tombèrent.

— L'Épée ! cria Rone.

Écartant les gnomes qui tentaient de l'arrêter, il fonça. En un éclair, il rejoignit Soupir et récupéra sa fine lame noire dans le bric-à-brac.

— Leah ! Leah ! hurla-t-il en brandissant triomphalement l'arme.

Cogline se fraya un chemin dans le camp et jeta une poignée de poudre dans chaque feu. Dans la plaine illuminée par la lueur aveuglante des explosions, les herbes hautes brûlaient, leur fumée se mélangeant à la brume qui tourbillonnait sur le campement.

Il devint vite difficile d'y voir quoi que ce soit.

Brin courut après ses compagnons qui l'avaient oubliée dans l'excitation de la bataille. Mais elle perdit rapidement du terrain.

— Rone ! Attends-moi ! cria-t-elle.

Des gnomes-araignées passèrent à côté d'elle. Certains voulurent la saisir, leurs doigts crochus déchirant ses vêtements. Elle essaya de les repousser, mais ils étaient trop nombreux. En désespoir de cause, elle utilisa l'Enchantement de Shannara.

Le chant les repoussa et les fit hurler de détresse.

Mais Brin, épuisée, tomba face contre terre, la poussière lui entrant dans la bouche et dans les yeux. Quelque chose atterrit sur son dos et l'immobilisa. À cet instant, elle perdit le contrôle d'elle-même. Submergée par la peur et la haine, elle se releva, mais la créature accrochée à son dos ne la lâcha pas.

Alors, Brin se servit de l'Enchantement de Shannara avec toute la violence dont elle était capable. La créature explosa, déchiquetée par sa magie.

Brin se retourna et vit ce qu'elle avait fait. Un gnome-araignée gisait sur les rochers comme une poupée brisée et ensanglantée.

Elle regarda le cadavre… et éprouva d'abord une joie mauvaise.

Mais quelque chose en elle se révolta contre ce spectacle. Horrifiée, elle se détourna et courut droit devant elle.

Elle s'enfonça dans le mur de brume et disparut.

Chapitre 36

Brin eut l'impression que le monde avait disparu.

Il restait seulement la brume. Le ciel, les étoiles et la lune s'étaient volatilisés, ainsi que la forêt, les buttes, les pics, les ruisseaux… Même le sol sur lequel elle courait était devenu une étendue sans forme ni substance – une partie de la brume grise. Elle errait seule dans le vide immense où elle s'était enfoncée.

La Valombrienne s'arrêta finalement, épuisée et haletante. Elle resta ainsi un long moment, sans bouger, vaguement consciente qu'elle s'était détournée de la plaine pendant sa fuite, et qu'elle était entrée dans l'Antique lande. Incapable de réfléchir, elle gardait une unique image devant les yeux : celle du gnome-araignée au corps brisé.

La Valombrienne ferma les yeux et serra les poings. Elle avait fait ce qu'elle avait juré ne jamais faire : prendre la vie d'un être humain dans un accès de terreur et de colère en se servant de l'Enchantement de Shannara. Allanon l'avait prévenue que cela pouvait arriver.

« Valombrienne, l'Enchantement de Shannara est puissant. C'est un pouvoir comme je n'en ai jamais vu. Il peut donner la vie, et il peut l'ôter.

— Je ne m'en servirai jamais ainsi…

— La magie se sert de tout le monde, enfant des ténèbres. Même de toi ! »

À présent, c'était la voix du fantôme du Marais qui la tourmentait, plus celle d'Allanon. Elle la chassa de son esprit.

Elle se redressa. En réalité, elle avait toujours su qu'elle serait un jour obligée d'utiliser ainsi l'Enchantement de Shannara ! Allanon le lui avait dit. Elle avait accepté cette possibilité dès que le druide lui avait montré l'étendue de ses pouvoirs, lorsqu'il lui avait fait séparer les deux arbres, dans les monts de Runne. La mort du gnome-araignée n'était pas une révélation brutale et inattendue.

L'horrible et l'inattendu, c'était le sentiment de joie mauvaise qu'elle avait éprouvé en tuant !

Sa gorge se noua. Elle se souvint de la satisfaction fugitive qu'elle avait connue en voyant le corps inanimé du gnome. Un instant, elle s'était réjouie de la puissance de la magie…

Quel monstre s'était-elle autorisée à devenir ?

Puis elle ouvrit les yeux. Non, elle ne s'était pas *autorisée* à devenir quelque chose ! Le fantôme du Marais avait raison : les gens n'utilisaient pas la magie. C'était elle qui les utilisait ! Elle ne contrôlait pas totalement son pouvoir et s'en était aperçue lors du combat contre les brigands de la crête de Spanning. Alors, elle s'était jurée de ne jamais perdre de nouveau le contrôle de sa magie. Mais quand les gnomes-araignées s'étaient jetés sur elle, ce contrôle avait craqué sous l'effet de la panique. Elle avait utilisé la magie sans réfléchir, comme Rone aurait pu se servir de son épée…

Et elle y avait pris plaisir.

Des larmes perlèrent à ses paupières. Elle pouvait toujours prétendre que ce plaisir avait été des plus éphémères. Et croire que l'horreur qu'elle avait éprouvée après l'empêcherait de recommencer. Mais impossible de se leurrer : la magie était dangereusement imprévisible. Elle avait affecté son comportement d'une manière qu'elle n'aurait jamais crue possible. Cela en faisait une menace pour elle et pour ses proches. Elle devait s'en prémunir.

Brin ne pouvait pas renoncer au voyage vers la Maelmord. Allanon lui avait confié une mission et elle devait la mener à bien, quoi qu'il arrive. Elle en était persuadée. Mais même si elle décidait de continuer, elle pouvait encore choisir son propre code moral. Allanon destinait l'Enchantement de Shannara à une seule fin : permettre à Brin d'entrer dans la Maelmord. Elle devait trouver un moyen de ne pas l'utiliser jusqu'au moment adéquat.

Déterminée, elle essuya ses larmes. Il en irait comme elle avait décidé. Plus question de se laisser manipuler par la magie !

Il lui restait à retrouver ses compagnons. Elle avança à tâtons dans les ténèbres. Des filets de brume dérivaient à côté d'elle. Brin fut étonnée de voir des images indistinctes y danser.

Puis les images prirent forme.

Des souvenirs d'enfance…

Son père et sa mère apparurent dans la brume, plus grands que nature, lui offrant la chaleur et la sécurité. Elle vit aussi Jair, et des ombres venues du passé, des fantômes… Allanon devait être là ! Elle le chercha du regard…

Il sortit des brumes comme l'ombre qu'il était devenu, à trois pas d'elle, la brume tourbillonnant autour de lui comme l'Hadeshorn aux pieds de la silhouette spectrale de Bremen.

— Allanon ? murmura-t-elle.

Oui, la silhouette ressemblait au druide. Mais c'était une illusion créée par la brume.

L'ombre disparut, comme si Allanon ne s'était jamais manifesté. Pourtant, une *entité* s'était manifestée. Pas le druide, mais *quelque chose*…

Brin regarda autour d'elle, certaine que la créature la surveillait. Des souvenirs apparurent de nouveau devant elle, animés par la magie de la brume. Elle ne put pas en détacher les yeux, se demandant si elle perdait la raison. Pourtant, elle se sentait l'esprit clair. La brume essayait de lui faire perdre sa lucidité. La brume… ou ce qui s'y cachait !

Les animaux-garous ! Le mot surgit soudain dans son esprit. Cogline en avait parlé pendant qu'ils attendaient le retour de Soupir. Habitant l'Antique lande, ils attaquaient des créatures plus faibles, les vidant de leur vie.

Brin se redressa, hésita un instant, puis repartit. Une ombre bougea dans la brume. Un garou. Elle accéléra le pas. Bien qu'elle fût perdue, il lui était impossible de rester immobile. Elle pensa à ses compagnons. La cherchaient-ils ? La trouveraient-ils dans ce mur de brume ? Elle ne pouvait pas compter sur eux. C'était à elle de trouver le chemin. Le brouillard devait bien s'arrêter quelque part ! Il lui suffisait de marcher jusqu'à ce qu'elle en sorte…

Et si la brume refusait de la libérer ?

Elle vit de nouveau des souvenirs défiler dans les ombres, mais refusa de s'y attarder. Un froid glacial la transit jusqu'aux os quand elle comprit que la créature invisible la suivait pas à pas.

Elle tenta de se représenter l'animal-garou. Il s'était montré à elle sous l'aspect d'Allanon. Ou était-ce l'effet de son imagination ?

Quelque chose passa près de ses pieds : une petite créature humide qui se réfugia dans la brume.

Brin continua à marcher le long d'une pente qui menait à une cuvette marécageuse. La boue retenait ses bottes, et des roseaux lui fouettaient les jambes.

Elle ralentit, sentant le sol spongieux céder sous ses pieds, puis recula jusqu'au bord de la cuvette. Elle aurait parié que des sables mouvants s'étendaient au centre. Il ne fallait pas s'en approcher, mais continuer sur la partie plus sèche et plus dure. La brume tourbillonna autour d'elle, l'empêchant de voir où elle allait. Pour ce qu'elle en savait, elle tournait peut-être en rond !

Des ombres bougèrent de nouveau. Des animaux-garous. Il y en avait désormais plusieurs sur ses traces. Brin força l'allure en essayant de rester sur la terre ferme. Les garous la suivaient. Mais ils ne l'auraient pas, se jura-t-elle. Son destin était ailleurs.

Elle courut, la colère, la peur et la détermination la poussant à continuer. Elle atteignit une pente douce qui la conduisit sur une petite butte couverte de hautes herbes et de broussailles.

Alors, elle regarda autour d'elle.

Il y avait des ombres partout !

Puis une grande silhouette mince se détacha des brumes. Vêtue d'un manteau de montagnard, elle avait une grande épée pendue dans le dos. Brin se raidit de surprise. Rone ! Son ami lui fit signe d'approcher. Elle tendit la main pour saisir celle du jeune homme…

Puis quelque chose l'arrêta.

Ce n'était pas Rone !

Un voile rouge obstrua son champ de vision quand elle s'avisa de la tromperie. Non, ce n'était pas Rone, mais une illusion générée par l'animal-garou !

La silhouette approcha d'elle, perdant en chemin des morceaux de vêtements et des fragments d'épée… Il ne restait plus du montagnard qu'une ombre immense et fluctuante. Puis l'image se modifia et la bête se ramassa sur elle-même : un corps trapu et massif, des pattes arrière griffues et des pattes avant hérissées de poils drus. Elle ouvrit sa gueule béante révélant des crocs pointus et blancs.

La créature était deux fois plus grande que Brin ! Elle pencha la tête vers la Valombrienne et essaya de la mordre.

Cet être de cauchemar était-il réel ? Ou né de l'imagination surexcitée de Brin ?

Peu importait. Renonçant au serment qu'elle s'était fait quelques minutes plus tôt, elle invoqua l'Enchantement de Shannara. Elle l'utiliserait, car son destin n'était pas de mourir sur l'Antique lande, sous les crocs de ce monstre. Oui, elle se servirait une dernière fois de l'Enchantement de Shannara pour se débarrasser d'une créature dont la vie n'avait pas d'importance.

Elle chanta. Mais le chant se figea dans sa gorge.

Son père était là, devant elle !

Le garou se pencha, se régalant d'avance de la vie de la jeune elfe qui apaiserait sa faim. Brin recula, car elle voyait maintenant le visage de sa mère.

Elle appela à l'aide sans espérer de réponse.

Mais elle en reçut une.

— Brin !

La voix semblait réelle. Qui l'appelait ?

Le monstre approcha. L'Enchantement de Shannara refusa de quitter la gorge nouée de la Valombrienne, pétrifiée devant l'image du corps de sa mère, brisée par le pouvoir de sa magie…

— Brin !

Un rugissement ébranla les ténèbres. Une ombre lisse et brillante jaillit de la brume. Un félin s'écrasa sur l'animal-garou. Le grand fauve attaqua l'apparition à coups de crocs et de griffes.

Les deux combattants roulèrent dans les roseaux.

— Brin ! Où es-tu ?

La Valombrienne recula, entendant à peine les voix qui l'appelaient dans le tumulte de la bataille. Elle répondit aux cris. Alors, Kimber apparut. Elle s'enfonça dans le mur de brume, sa longue chevelure flottant derrière elle. Cogline la suivait de près, en dépit de son âge.

Soupir et l'animal-garou se battaient toujours. Le félin des landes était plus fort que son adversaire, qui essaya en vain de rompre le combat. Mais d'autres ombres se rassemblaient dans les ténèbres, se rapprochant des humains. Elles étaient trop nombreuses !

— Leah ! Leah !

Soudain, Rone chargea les ombres, épée au clair. La lame d'ébène émettait une étrange lueur verdâtre. L'animal-garou acculé par Soupir se tourna aussitôt vers le prince, redoutant d'instinct son arme magique. Il repoussa le félin et se jeta sur Rone. Le prince de Leah était prêt. D'un coup d'épée, il transperça la bête de brume. Du feu vert explosa dans la nuit, et la brume se dissipa dans une averse de flammes.

Quand la lumière mourut, la nuit et le brouillard revinrent, mais les ombres qui s'étaient rassemblées autour d'eux se dissipèrent lentement.

Le montagnard se tourna vers la Valombrienne.

— Brin, je suis désolé, murmura-t-il. Quand j'ai récupéré l'Épée… Je n'ai plus pensé à rien d'autre. Bon sang, je l'ai ramassée, et je suis parti droit devant moi ! J'ai oublié tout le reste, même toi… C'était la magie…

Brin serra le prince dans ses bras.

— Je sais.

— Je ne t'abandonnerai plus jamais comme ça ! Je te le promets !

— J'en suis sûre…, souffla la Valombrienne.

Mais elle ne lui parla pas de sa décision de l'abandonner, lui…

Chapitre 37

Après leur départ de la prison de Dun Fee Aran, Jair et ses amis mirent trois jours à atteindre les monts Ravenshorn. Ne pouvant pas courir le risque d'emprunter les routes qui suivaient le tracé de la rivière Argentée, ils furent obligés de traverser la forêt qui courait au-dessus des pistes. La pluie se calma le matin du deuxième jour, et cessa l'après-midi. Les nuages dérivèrent vers l'est et l'air se réchauffa. Quand l'obscurité enveloppa la terre, la lune et les étoiles apparurent dans le ciel. Le sol saturé d'eau ne leur permettant pas de marcher à vive allure, ils s'arrêtèrent de courts moments pour se reposer et manger, puis firent de leur mieux pour avancer en dépit des mauvaises conditions de voyage.

Le soleil revint le troisième jour, ses rayons filtrant à travers les branches pour redonner un peu de couleurs à la terre détrempée. La masse obscure des monts Ravenshorn fut bientôt en vue, des amas de rochers dénudés au-dessus de la ligne de crête.

Au milieu de l'après-midi, ils atteignirent les premières pentes de la montagne.

Slanter réclama une halte.

— Nous avons un problème, dit-il. Si nous essayons de traverser ces montagnes, cela nous prendra des jours, peut-être même des semaines. Le seul autre chemin suit la rivière Argentée vers l'amont, jusqu'à la source du Paradis. C'est possible, si nous sommes prudents, mais tôt ou tard, il nous faudra passer au-dessous de Graymark. Les Marcheurs nous verront forcément.

Foraker fronça les sourcils.

— Il doit exister un moyen de passer sans être remarqués.

— Il n'y en a pas, grogna Slanter. Je suis bien placé pour le savoir.

— Ne pourrions-nous pas suivre la rivière jusqu'à proximité de Graymark, puis reprendre le chemin de la montagne à ce moment ? demanda Helt. En venant d'une autre direction ?

— Non, dit le gnome. Pas en partant d'ici. Graymark est située sur un surplomb rocheux qui domine toute la contrée : les monts Ravenshorn, la rivière Argentée… À cet endroit, le rocher est dénudé. Il n'y a aucun abri. (Il regarda Stythys.) C'est pour ça que les lézards aiment tant ces lieux ! Rien ne peut monter jusqu'à eux sans être vu.

— Alors, nous irons de nuit, dit Jax.

— Impossible, affirma Slanter. Vous vous romprez le cou si vous essayez. Les pistes sont étroites et dangereuses. Vous n'y arriverez pas.

— Alors, que suggérez-vous ? demanda Foraker.

— Rien, dit Slanter, haussant les épaules. Je vous ai amenés jusque-là. La suite vous regarde. Le petit pourra peut-être vous dissimuler avec sa magie. (Il regarda Jair.) Qu'en penses-tu, gamin ? Tu réussiras à chanter pendant la moitié de la nuit ?

Jair s'empourpra.

— Il doit y avoir un moyen de se faufiler sous le nez des gardes, Slanter !

— *Moi,* je n'aurai aucun problème. Mais vous…

— Helt a une excellente vision nocturne…, dit Foraker.

Garet Jax lui coupa la parole et se tourna vers Stythys.

— Que proposez-vous, Mwellret ? C'est votre contrée natale. Comment vous y prendriez-vous ?

— Cherchez l'aide de quelqu'un d'autre, petites créatures ! Et laissez-moi tranquille !

Le maître d'armes approcha de Stythys.

— Si je comprends bien, vous dites que vous ne nous êtes plus d'aucune utilité, fit-il doucement.

Le Mwellret se ratatina sur lui-même, le regard brûlant de haine.

— Je vous aiderai si vous me promettez de me remettre en liberté, dit-il enfin. Oui, je vous montrerai un chemin où personne ne vous verra.

Les compagnons se regardèrent, soupçonneux.

— Ne lui faites pas confiance, dit Slanter.

— Le stupide petit gnome ne peut plus vous aider, siffla le lézard. Vous avez besoin de mon aide. Je connais des chemins secrets…

— Lesquels ? demanda Garet Jax.

— Promettez d'abord de me libérer. Promettez-le !

— Si vous pouvez nous faire entrer à Graymark, vous serez libre, lâcha Jax.

Slanter fit une grimace désapprobatrice et cracha sur le sol.

— Vous avez notre parole, renchérit Foraker. Maintenant, dites-nous par quel chemin nous devons passer.

— Je conduirai les petites créatures à travers les cavernes de la Nuit.

— Comment ça, espèce de… ! cria Slanter, furieux.

Il se rua sur le Mwellret. Helt l'intercepta et le força à reculer. Le gnome hurlait comme un possédé et le rire de Stythys faisait un étrange contrepoint à ses imprécations.

— Qu'y a-t-il, gnome ? demanda Jax, lui saisissant le bras. Connaissez-vous ces Cavernes ?

Slanter se dégagea de la prise du maître d'armes, mais Helt ne le lâcha pas.

— Les cavernes de la Nuit, Garet Jax ! Depuis que les gnomes des montagnes sont tombés sous le pouvoir des Mwellrets, des milliers ont été envoyés à leur mort dans ce lieu ! Et ce monstre voudrait nous faire subir le même sort !

Garet Jax se tourna vers Stythys, son couteau à la main.

— Attention à ce que vous répondrez, Mwellret, dit-il.

Le lézard ne se troubla pas.

— Le petit gnome ment. Les Cavernes sont un accès à Graymark. Elles vous feront traverser la montagne sans que les Marcheurs vous voient.

— Y a-t-il vraiment un passage à cet endroit ? demanda Foraker à Slanter.

— Peu importe qu'il y en ait un ! Les Cavernes ne sont pas un endroit pour les vivants ! Des lieues et des lieues de tunnels traversent les monts Ravenshorn. Des boyaux infestés de Procks ! Des créatures magiques venant de l'ancien monde, à ce qu'on dit. Des rochers vivants, prêts à dévorer les gens. Un pas de travers, et leurs gueules s'ouvrent pour vous avaler ! C'est comme ça que les Mwellrets se débarrassaient des gnomes des montagnes : en les jetant dans les Cavernes !

— Mais il y a bien un passage, conclut Garet Jax.

— Qui ne nous servira à rien ! cria Slanter. Nous n'y verrons pas à trois pas ! Dès que nous serons à l'intérieur, les Procks nous auront !

— Ils ne m'auront pas ! siffla Stythys. Je connais le secret des cavernes de la Nuit ! Les petites créatures ne peuvent pas passer, mais mon peuple en est capable.

— Les cavernes de la Nuit conduisent à Graymark en passant sous les monts Ravenshorn ? demanda Garet Jax à Stythys. Et vous pouvez nous guider ?

— Oui, petites créatures, siffla le lézard. Je peux.

Garet Jax se tourna vers ses compagnons.

— Nous sommes six, dit Helt. Pour avoir une chance de succès, nous devons atteindre la forteresse sans être vus.

Foraker et Edain Elessedil firent signe qu'ils étaient d'accord.

— Vous êtes tous des idiots ! cria Slanter. Faire confiance aux lézards, quelle absurdité !

— Vous n'êtes pas obligé de venir, Slanter, dit Jair.

— Je suis assez grand pour prendre soin de moi-même, gamin !

— Je sais. Je pensais seulement que…

— Eh bien, garde tes pensées pour toi ! (Il regarda le Mwellret.) Tu devrais écouter tes propres conseils. Mais tu ne le feras pas, et nous nous comporterons tous comme des imbéciles. Mais cet imbécile-là (il se tapota la poitrine) montera la garde ! Et si quelque chose va de travers, je m'assurerai que le lézard ne survive pas non plus !

Garet Jax se tourna vers Stythys.

— D'accord, Mwellret. Vous nous ferez traverser. Mais souvenez-vous de l'avertissement du gnome : il vous arrivera la même chose qu'à nous. Ne jouez pas à vos petits jeux avec nous. Si vous essayez…

— Je ne jouerai aucun jeu, petites créatures…

Ils attendirent la tombée de la nuit pour reprendre leur voyage vers le nord, en direction des montagnes. Les rayons de la lune éclairaient la masse obscure des monts Ravenshorn, dont les grands pics arides se découpaient sur le bleu foncé du firmament. Une piste courait parallèlement à la rive, à travers des arbres et des broussailles. Les compagnons la suivirent jusqu'à ce qu'ils aient perdu de vue la forêt au sud.

Ils avancèrent toute la nuit, Helt et Slanter ouvrant la marche. Les pics se rapprochèrent des berges de la rivière Argentée et leur donnèrent l'impression d'être enfermés. À part celui de l'eau courante, aucun bruit ne brisait le silence. À mesure que les heures passaient, Jair se sentait de plus en plus mal à l'aise à cause du calme étrange et des murs de roche qui les entouraient. Il cherchait dans les ombres quelque chose qu'il ne voyait pas, mais dont il percevait la présence – et qui les observait.

La petite expédition ne rencontra aucune créature vivante cette nuit-là, à part les grands oiseaux qui nichaient sur les parois rocheuses. Pourtant le Valombrien avait le sentiment qu'ils n'étaient pas seuls.

Une partie de cette impression venait, il le savait, de la présence de Stythys. Il sentait constamment peser sur lui les yeux du Mwellret. Comme Slanter, il ne faisait pas confiance au lézard. En dépit de ses promesses, Jair était sûr qu'il était décidé à s'approprier la magie elfique. Cette idée le terrorisait. Les jours passés dans la prison de Dun Fee Aran le hantaient, et il n'arrivait pas à se débarrasser de l'idée que Stythys avait encore un pouvoir sur lui.

Au petit matin, la fatigue émoussa l'inquiétude et les doutes de Jair, qui pensa à Brin, telle qu'elle était dans ses récentes visions : la première fois, dévastée par quelque chagrin inconnu ; la deuxième, frappée de stupeur en regardant l'ombre qui avait emprunté son visage. La fugacité des images empêchait le Valombrien de comprendre ce qui était arrivé à sa sœur. Mais il se doutait que beaucoup de choses s'étaient passées. La mélancolie l'envahit à l'idée que Brin était partie depuis si longtemps de Valombre, lancée dans une mission qui entraînerait sa perte, selon le roi de la rivière Argentée. Bizarrement, il avait le sentiment qu'elle était perdue pour lui. La distance et le temps qui les séparaient lui paraissaient augmentés par tout ce qui était arrivé depuis leur séparation. Il se sentait tellement différent du garçon qui avait quitté Valombre !

Et si le roi de la rivière Argentée l'avait surestimé ? S'il échouait, Brin étant réellement perdue ? S'il arrivait trop tard ? Il se mordilla la lèvre et se jura de ne pas laisser arriver une pareille horreur. Brin était sa sœur. Ils se comprenaient et partageaient une profonde affection.

Ils continuèrent à marcher jusqu'à l'aube. Stythys leur fit quitter les berges de la rivière Argentée et les conduisit dans les rochers. Le soleil apparut au-dessus des montagnes.

Leur escalade les conduisit enfin à l'entrée d'une grande caverne.

— Les cavernes de la Nuit ! siffla Stythys.

La grotte béait devant eux comme une gueule, avec, à l'entrée, des rochers déchiquetés comme des crocs. Des morceaux de bois blanchis par l'âge étaient éparpillés sur le sol. Jair y regarda de plus près : en fait de morceaux de bois, c'étaient des os !

Garet se tourna vers Stythys.

— Comment y verrons-nous, Mwellret ? Il y a des torches quelque part ?

— Les torches refusent de brûler dans les Cavernes, petites créatures. Il faut la magie !

— Et vous en avez ?

— J'en ai, siffla le lézard, croisant les bras. Le gardien du Feu nous attend à l'intérieur !

— Combien de temps faudra-t-il pour traverser ? demanda Foraker, mal à l'aise.

Les nains n'aimaient pas les endroits clos, et Foraker n'avait pas vraiment envie d'entrer dans celui-là !

— Nous traverserons rapidement les Cavernes, petites créatures, dit Stythys, un peu trop empressé. Trois heures au plus, puis ce sera Graymark.

Les compagnons se regardèrent.

— On ne peut pas lui faire confiance ! avertit Slanter.

Garet Jax sortit une corde de son paquetage. Il en fixa une extrémité autour de sa taille et l'autre autour de Stythys. Puis il sortit son couteau.

— Je ne vous quitterai pas d'un pas, Mwellret. Souvenez-vous-en ! Et maintenant, entrons, et invoquez votre magie !

Stythys avança. Le maître d'armes tira sur la corde.

— Attention ! N'allez pas trop loin, au début. D'abord, je veux voir ce que vous pouvez faire.

— Je vais vous montrer, petites créatures !

Il entra, suivi par Garet Jax, un pas derrière lui. Slanter passa ensuite. Les autres les suivirent. Un court moment, la lueur de l'aube qui filtrait dans l'entrée de la caverne les aida à y voir un peu, puis tout devint noir.

Ils entendirent un bruit d'eau, et un autre, très déplaisant, de roche grinçant contre la roche.

— Vous voyez, petites créatures, tout est obscur dans les Cavernes ! siffla soudain Stythys.

Jair distingua à côté de lui les contours du visage d'Edain, mais rien d'autre. L'air étrangement humide semblait tourbillonner, en dépit de l'absence de vent. Le Valombrien plissa le nez, dégoûté par l'odeur de pourriture. Il comprit tout à coup que c'était la même que celle qui régnait dans la cellule du Mwellret, à Capaal.

— J'appelle le gardien du Feu ! siffla le lézard. Écoutez ! J'appelle la lumière !

Il poussa une sorte de sifflement sourd et torturé qui résonna dans les ténèbres. Le Mwellret attendit que son écho disparaisse, puis recommença. Jair frissonna. Il aimait de moins en moins l'idée de traverser les Cavernes.

Soudain, le gardien du Feu apparut. Il vola vers eux, jaillissant des ténèbres sous la forme d'un nuage de poussière lumineux. Les particules se réunirent et formèrent une boule de flammes devant la main tendue du Mwellret. Les compagnons regardèrent, ébahis, le gardien du Feu se matérialiser. L'étrange lueur jaune dansait devant le Mwellret.

— Je possède de la magie, petites créatures, siffla l'homme-lézard, triomphant. (Il se tourna vers Jair, ses yeux verts étincelants.) Regardez comme le gardien du Feu m'obéit !

Garet Jax s'interposa.

— Montrez-nous le chemin, Mwellret. Le temps nous est compté !

— Et il file rapidement, dit le lézard.

Ils continuèrent leur chemin, guidés par le gardien du Feu. Les parois des Cavernes étaient si hautes que la lumière magique ne les éclairait pas entièrement. L'odeur empirait à chaque pas. Le passage se divisait en des dizaines de couloirs pour devenir un labyrinthe inextricable. Mais Stythys n'hésita pas une seule fois, et la lueur tremblotante du gardien du Feu le précédait toujours.

Les tunnels paraissaient sans fin. L'odeur devint encore pire, et le bruit de roche grinçant contre la roche leur parut désagréablement proche. Stythys s'arrêta devant l'entrée d'une grande caverne, le gardien du Feu tout près de sa main levée.

— Les Procks ! murmura-t-il.

D'un geste, il envoya le gardien du Feu dans la caverne. Les six compagnons regardèrent, horrifiés, ce que la lumière leur révélait. À même le sol, des centaines de crevasses béantes s'ouvraient et se fermaient comme des bouches. Le grincement venait de ces ouvertures, accompagné de grognements, de rots et de bruits de déchirure.

— Par l'enfer ! murmura Helt. La caverne entière est vivante !

— Il faut traverser, annonça Stythys. Que les petites créatures restent près de moi !

Ils se plaquèrent derrière le Mwellret, couverts de sueur et franchement pâles. Stythys ouvrait la marche, suivi par Jax. Derrière, Slanter, Jair, Edain Elessedil et Helt, Foraker assurant l'arrière-garde.

Ils se frayèrent un chemin au milieu des Procks, posant les pieds là où le gardien du Feu leur signalait que la voie était libre. Les bouches des Procks s'ouvraient et se fermaient autour d'eux comme celles d'animaux affamés. Par moments, elles se soudaient si étroitement qu'on eût cru qu'elles étaient une partie homogène du sol de la caverne. Pourtant, elles pouvaient se rouvrir brusquement pour avaler les imprudents. Chaque fois qu'une gueule se dissimulait ainsi, le gardien du Feu l'illuminait et guidait les compagnons pour qu'ils l'évitent.

Sortant de cette caverne, ils débouchèrent dans une deuxième, puis une troisième. Toutes étaient infestées de Procks. Ils se concentrèrent pour éviter tout faux pas, une terrible fatigue s'abattant sur eux.

— N'y a-t-il pas de fin à ce labyrinthe ? murmura Edain Elessedil.

Jair haussa les épaules. Foraker était à présent derrière eux et Helt assurait l'arrière-garde.

Un Prock s'ouvrit soudain – presque sous les pieds de Jair. Il recula d'un bond pour éviter la gueule béante, et percuta Edain. Le Prock était devant lui, et il ne l'avait pas vu !

Jair lutta contre une vague de nausée et serra les dents. Tout cela ne durerait plus très longtemps. Ils seraient bientôt sortis de ce cauchemar !

Alors qu'ils traversaient une nouvelle caverne pleine de Procks, Stythys fit ce que Slanter prévoyait depuis le début. Cela arriva si vite que Garet Jax lui-même n'eut pas le temps de réagir. D'un geste, le Mwellret leur lança le gardien du Feu dessus. L'entité bondit dans une pluie d'étincelles. Les compagnons se détournèrent pour se protéger les yeux, et le Mwellret en profita pour passer à l'action. Il sauta, dépassant Jax et Slanter, et ceintura Jair d'un bras puissant. De l'autre main, il sortit de sous ses robes noires un couteau qu'il plaqua sur la gorge de son prisonnier.

— N'approchez pas, petites créatures ! siffla-t-il.

Le gardien du Feu revint se camper devant son maître.

Ils ne bougèrent pas. Garet Jax était à deux pas de là, toujours relié au lézard par la corde. Stythys plaça Jair entre Jax et lui, le couteau scintillant dans la pénombre.

— Stupides petites créatures ! siffla le monstre. Elles croyaient m'obliger à les aider ! Vous voyez, maintenant, ce qui vous attend ?

— Je vous avais dit qu'on ne pouvait pas lui faire confiance ! cria Slanter.

Il fit mine d'avancer, mais le Mwellret l'arrêta d'un grognement. Derrière lui, les autres n'osaient pas bouger non plus. Autour d'eux, les Procks ouvraient et fermaient leurs gueules de pierre avec un grincement sinistre…

Garet Jax se déplaça légèrement. Son regard était si glacial que Stythys resserra sa prise sur Jair.

— Lâchez le Valombrien, Mwellret !

La lame du couteau appuya plus fort sur la gorge de Jair, qui déglutit avec peine et tenta de s'éloigner du tranchant. En vain. Puis ses yeux rencontrèrent ceux de Garet Jax. Le maître d'armes était plus rapide que quiconque ! Jair l'avait vu face aux Chasseurs gnomes qui l'avaient fait prisonnier. Dans la forêt des Chênes Noirs, il avait le même regard impénétrable – une promesse de mort à ses adversaires.

Jair inspira profondément. Garet Jax était suffisamment près pour agir. Mais la lame du couteau était plus proche encore !

— La magie appartient à mon peuple, pas aux petites créatures ! siffla le Mwellret. Elle est faite pour nous défendre contre les Marcheurs ! Stupides petites créatures, je vous écraserai comme des insectes !

— Lâchez le Valombrien, répéta Jax.

Le gardien du Feu étincela devant le Mwellret, tel un nuage de poussière lumineuse. Les yeux de Stythys s'étrécirent et il éclata d'un rire rauque.

— Non ! Mais je vous laisserai partir, vous ! (Il jeta un coup d'œil à Slanter.) Gnome, coupez la corde qui me lie à cette misérable créature !

Slanter regarda Garet Jax, puis ses yeux se posèrent un instant sur Jair. Le Valombrien comprit ce qu'on attendait de lui. S'il voulait se tirer vivant de ce mauvais pas, il lui faudrait y mettre du sien !

Slanter avança lentement et tira le couteau qu'il portait à la ceinture. Personne d'autre ne bougea. Il tendit la main vers la corde qui liait le Mwellret à Jax.

Jair s'immobilisa. Il aurait une seule chance ! La main de Slanter se referma sur la corde, et il leva son couteau…

Alors Jair chanta d'une voix rauque que Slanter reconnut aussitôt. Des dizaines d'araignées grises apparurent sur le bras droit de Stythys. Le Mwellret le retira en hurlant.

Le gardien du Feu s'éparpilla, les plongeant dans une semi-pénombre.

Slanter se jeta sur Stythys et plongea son couteau dans le bras reptilien passé autour de la taille de Jair. Le lézard lâcha sa proie.

Stythys tomba, Slanter toujours agrippé à lui, et Garet Jax se joignit bientôt à la mêlée. Le maître d'armes essaya de couper la corde qui le liait au lézard, mais elle se tendit, lui faisant perdre l'équilibre. Il tomba à genoux.

— Slanter ! hurla Jair.

Le gnome et le Mwellret luttaient sauvagement entre les gueules des Procks. N'étant plus contrôlé par le lézard, le gardien du Feu continua à monter, plongeant la caverne dans l'obscurité. Encore quelques secondes et personne n'y verrait plus rien...

— Gnome ! cria Foraker.

Il fonça vers les deux combattants.

Garet Jax fut plus rapide que lui et coupa la corde d'un seul coup de couteau. Excités par le bruit, les Procks s'ouvraient et se fermaient frénétiquement.

Stythys et Slanter luttaient au milieu des gueules avides, glissant vers elles...

Garet Jax arriva près des combattants. D'une main, il saisit la jambe de Slanter et tira, l'arrachant aux griffes du Mwellret.

Un cri effroyable monta de la gorge du lézard.

Le Mwellret tituba, comme suspendu dans le vide au bord de la gueule béante d'un Prock. Puis il tomba. La bouche minérale se ferma et ils entendirent un hurlement. Quand les mâchoires de pierre se mirent en action, la caverne entière retentit de bruits de mastication.

Le gardien du Feu s'enfuit, laissant les cavernes de la Nuit dans les ténèbres.

Les compagnons restèrent immobiles un long moment pour laisser leurs yeux s'habituer à l'obscurité. Quand ils furent convaincus qu'il n'existait pas le moindre rayon de lumière autour d'eux, Elb Foraker appela ses compagnons et leur demanda de répondre. Ils le firent, un par un, sans bouger. Tout le monde était là.

Mais il y avait de gros risques que ça ne dure pas ! Le gardien du Feu était parti. Sans lui, ils devraient avancer à l'aveuglette entre les gueules des Procks...

— C'est foutu, annonça Foraker. Sans lumière, impossible de trouver notre chemin. Même si nous parvenions à échapper aux Procks, nous errerions à jamais dans ces Cavernes.

— Il doit y avoir une solution, murmura Jair.

— Helt, ne pourriez-vous utiliser votre vision nocturne ? demanda Edain.

Le frontalier leur expliqua hélas que la vision nocturne ne servait à rien en l'absence totale de lumière.

Ils se turent un moment, accablés. Puis Jair entendit Slanter reprocher à Garet Jax d'avoir fait confiance au lézard, malgré ses avertissements. Jair pensa aux innombrables occasions où Brin lui avait reproché de ne pas l'avoir écoutée. Il chassa ce souvenir, regrettant que l'Enchantement de Shannara ne fonctionne pas pour lui comme pour elle. Si cela avait été le cas, il aurait pu rappeler le gardien du Feu. Mais son chant était seulement une source d'illusions…

Alors, il pensa au cristal de vision.

Appelant ses compagnons, il fouilla dans ses vêtements pour trouver le pendentif. Le cristal leur donnerait assez de lumière pour que la vision nocturne de Helt leur permette de sortir de ces maudites Cavernes !

Jair chanta pour activer le cadeau du roi de la rivière Argentée, et faire naître sa magie. Une lumière éblouissante jaillit du cristal. Le visage de Brin Ohmsford s'y matérialisa, ses traits fatigués flottant devant eux comme un spectre venu d'un autre univers. La Valombrienne était entourée d'une brume grise qui leur rappelait leur propre situation. L'endroit où elle était ne semblait pas moins hostile que celui où ils erraient…

Tous se rassemblèrent autour de Jair, dans la lumière du cristal. Se tenant les mains, comme des enfants qui ont peur du noir, ils avancèrent dans le champ de Procks. Jair ouvrait la marche, soutenant avec son chant la lumière du cristal de vision, qui dissipait les ombres devant eux. Un pas derrière Jair, Helt sondait le sol pour détecter les Procks.

Ils débouchèrent bientôt dans une autre grotte, plus petite. Comment choisir le bon passage ?

Mais le chant de Jair monta, clair, puissant, et plein de certitude, désormais sûr qu'ils échapperaient aux cavernes de la Nuit grâce à Brin. Il aurait voulu remercier son image alors qu'elle flottait devant lui. Comme il était étrange qu'elle se manifeste sous cette forme pour les sauver !

Fermant ses oreilles aux bruits des Procks et son esprit à tout le reste, à part l'image du visage de sa sœur, devant lui, Jair se laissa porter par la magie de l'Enchantement de Shannara et traversa les ténèbres.

Chapitre 38

Il fallut le reste de la nuit à Brin et à ses sauveteurs pour sortir de l'Antique lande. Ils n'y seraient pas parvenus sans Soupir, car le grand félin était chez lui dans ces plaines. Choisissant le chemin grâce à un instinct que la lande ne pouvait pas abuser, il les conduisit vers le sud, en direction des parois sombres des monts Ravenshorn.

— Nous vous aurions perdue sans Soupir, expliqua Kimber à la Valombrienne. C'est lui qui vous a pistée à travers la brume. Il ne se laisse pas aveugler par les apparences. Pourtant, nous avons eu de la chance de vous trouver à temps. Après une mésaventure pareille, ne vous éloignez plus de nous.

Brin accepta la remontrance sans broncher. Inutile de discuter, elle avait pris sa décision : elle les quitterait quand ils atteindraient la Maelmord. Il lui faudrait seulement trouver l'occasion propice. Ses motivations étaient simples. Allanon l'avait chargée d'entrer dans la forêt en forçant la barrière qui protégeait l'Ildatch, et de s'assurer de la destruction du livre de magie noire. Elle le ferait en opposant la magie de l'Enchantement de Shannara à celle de la Maelmord. Naguère, elle se demandait si c'était possible. Maintenant, elle craignait surtout que la confrontation ne soit cataclysmique. La puissance libérée serait effrayante. Pas la magie blanche luttant contre la magie noire, comme elle se l'était imaginé, mais un combat de magies aussi noires l'une que l'autre. Si la Maelmord avait été créée pour détruire, l'Enchantement de Shannara aussi pouvait être destructeur. Brin savait que ce potentiel serait là à jamais, et qu'elle ne pouvait pas jurer de toujours le contrôler. Même si elle s'engageait à le faire, elle n'avait aucun moyen de garantir cette promesse. Pas après ce qui était arrivé. Elle acceptait le risque pour elle-même. Mais elle ne pouvait pas y exposer ceux qui voyageaient avec elle.

Elle devait les quitter. Quel que soit le sort qui l'attendait dans la Maelmord, ses compagnons ne devaient pas le partager. Comme le lui avait dit le fantôme du Marais, elle portait en elle la semence de sa destruction.

Cette semence était peut-être au cœur de la magie de l'Enchantement de Shannara. Mais Brin était sûre d'une chose : ses compagnons avaient déjà pris assez de risques pour elle.

Elle y pensa toute la nuit, pendant qu'ils avançaient dans la plaine, et se souvint de ce qu'elle avait ressenti quand elle avait utilisé l'Enchantement de Shannara.

Les animaux-garous ne les suivaient pas, mais l'esprit de la Valombrienne était hanté par des démons d'un autre type.

À l'aube, la petite expédition sortit de l'Antique lande pour arriver au pied des collines qui bordaient la chaîne sud des monts Ravenshorn. Fatigués par leur longue marche et les événements de la nuit précédente, tous décidèrent de ne pas voyager de jour. Ils cherchèrent un abri dans un petit bosquet de pins, entre deux crêtes de collines, et s'y endormirent rapidement.

Ils reprirent leur chemin à la tombée de la nuit, se dirigeant vers l'est, le long des hautes parois de la montagne.

Les pics des monts Ravenshorn étaient très escarpés. La nuit, la contrée semblait privée de toute vie. Des ombres s'étendaient sur les parois, sur les forêts, et sur les brumes impénétrables de la lande. Dans l'obscurité, rien ne bougeait.

À minuit, ils se reposèrent. Massant leurs muscles endoloris, ils écoutèrent le silence, autour d'eux, avec un sentiment de malaise croissant. Cogline choisit ce moment pour parler de ses pouvoirs.

— C'est bien de la magie, murmura-t-il, comme s'il craignait qu'une oreille ennemie l'écoute. Mais différente de celle qu'utilisent les Marcheurs. Elle n'est pas originaire de leur époque, ni de celle où les elfes et les créatures magiques gouvernaient la terre, mais des temps intermédiaires.

Il se pencha, ses yeux noirs jetant des éclairs accusateurs.

— Vous pensiez que je ne savais rien de l'ancien monde ? demanda-t-il à Brin. Eh bien, je détiens sur ce sujet les connaissances que m'ont transmises mes ancêtres. Pas des druides, mais des professeurs ! Leur savoir appartenait à un monde qui prospérait avant que les Grandes Guerres ne le ravagent…

— Grand-Père, dit doucement Kimber Boh, contente-toi de leur expliquer.

— Mouais ! grogna Cogline, très irrité. Expliquer, qu'elle dit ! Et je fais quoi, en ce moment, petite ? (Il fronça les sourcils.) Le pouvoir de la terre ! C'est la magie que j'utilise. Pas celle des mots et des enchantements, mais une magie née des éléments qui forment le sol sur lequel nous marchons ! C'est le pouvoir de la terre, né d'un mélange de fragments de minerai et de substances si minuscules qu'on ne les voit pas à l'œil nu. Ce pouvoir s'appelait autrefois la chimie. Il a été développé par des talents très différents de ceux que nous avons désormais dans les Quatre Terres. La plus grande partie de ces trésors a été perdue quand l'ancien monde a disparu. Mais une infime quantité a été préservée. Et elle m'appartient.

— C'est ce que vous transportez dans vos sachets ? demanda Rone. Ce que vous avez utilisé pour faire exploser ces feux de camp ?

Cogline éclata de rire.

— Oui ! Ma magie est capable de ça et de bien d'autres choses encore ! Elle peut faire exploser des feux, transformer la terre en boue, l'air en poussière irrespirable et la chair en pierre ! J'ai des potions pour tout ça ! En mélangeant les éléments – un peu de celui-ci, un peu de celui-là… (Il rit de nouveau.)… j'opposerai aux Marcheurs un pouvoir qu'ils n'ont jamais rencontré !

Rone n'eut pas l'air convaincu.

— Les gnomes-araignées sont une chose. Les Marcheurs en sont une autre. Il leur suffira de lever un doigt pour vous carboniser. Mon épée est la seule protection contre ces êtres de ténèbres.

— Bah ! cracha Cogline. Vous seriez avisé de vous fier à moi pour vous protéger, la petite et vous !

Rone renonça à dire ce qu'il pensait vraiment.

— Si nous croisons des Marcheurs, nous serons nécessaires tous les deux pour offrir à Brin la meilleure protection possible.

Il regarda la Valombrienne afin de voir si elle était d'accord. Elle lui fit un petit sourire qui ne lui coûtait rien, car elle savait déjà qu'aucun de ses compagnons ne viendrait avec elle…

Elle réfléchit à ce que Cogline leur avait dit. Une révélation troublante… Elle n'aimait pas penser que des pouvoirs antérieurs aux Grandes Guerres avaient survécu. Il était déjà assez grave que la magie du monde ancien soit revenue à la vie, à cause des efforts mal inspirés d'une poignée de druides rebelles du Conseil de Paranor. Mais savoir que les antiques sciences pouvaient revenir était encore plus dérangeant. Les druides avaient dissimulé le peu qu'il en restait après la destruction de l'ancien monde. Ce vieil homme dérangé, en possession d'une partie au moins de ces connaissances, les appelait maintenant sa « magie ».

Elle haussa les épaules. Peut-être était-il inévitable que tout savoir utilisé pour sauver des vies ou en prendre refasse un jour ou l'autre surface. Cela valait pour la magie comme pour le savoir-faire technique.

Il s'agissait peut-être d'un cycle sans fin…

Mais que la « chimie » revienne maintenant, alors que le dernier druide n'était plus… ?

Cogline était un vieillard. À sa mort, son savoir disparaîtrait avec lui. Au moins pour un certain temps.

Il en ira peut-être de même pour ma propre magie, se dit Brin.

Ils marchèrent toute la nuit, se frayant un chemin à travers la forêt. Devant eux, les parois à pic des monts Ravenshorn menaient vers le nord, dans les contrées sauvages de l'Anar intérieur. L'Antique lande avait depuis longtemps disparu derrière eux. Seules des collines basses les séparaient désormais des hauteurs des monts Ravenshorn. Quand ils tourneraient vers le nord, ils trouveraient Graymark et la Maelmord.

Là, j'imaginerai un moyen de me débarrasser de mes compagnons, se dit Brin. *Je dois y aller seule.*

Les premiers rayons de soleil jouèrent sur les pics et le ciel s'éclaira, passant du bleu foncé de la nuit au gris, puis à l'argent et enfin au rose doré de l'aube.

Bientôt, ils virent tout le territoire qui s'étendait devant eux : les arbres aux troncs noueux, les rochers, les broussailles et les terres brûlées. Un moment, l'ombre des parois de la montagne écrasa le paysage, mais elle disparut quand le soleil se leva complètement, révélant l'impressionnante façade des monts Ravenshorn.

La chaîne de montagnes, déjà désolée, aride et usée par les intempéries, était ravagée par le poison que la magie noire y avait déversé. Là où la montagne s'incurvait vers le nord, le roc avait perdu toute couleur, comme si la vie en avait été arrachée pour laisser une carcasse dénudée. Les pics et les défilés se dressaient des milliers de pieds au-dessus de leurs têtes et rien ne bougeait.

Brin leva la tête et plissa le nez : une odeur désagréable montait de quelque part, devant eux.

— Les égouts de Graymark, dit Cogline. Nous n'en sommes plus très loin…

Kimber rejoignit Soupir, qui assurait l'avant-garde. Se penchant vers le grand félin, elle lui murmura un mot à l'oreille, puis se tourna vers ses compagnons.

— Dépêchons-nous avant qu'il fasse trop jour. Soupir nous guidera.

Ils suivirent le félin jusqu'à l'endroit où les monts Ravenshorn s'incurvaient vers le nord. Les arbres et les broussailles disparurent, l'herbe se faisant rare et desséchée. La terre céda la place à un sol rocheux. L'odeur devint de plus en plus nauséabonde. Et ce serait bien pire quand ils entreraient dans les égouts !

Aux collines succéda une vallée nichée entre les parois de la montagne. Un lac d'eau croupie occupait le centre de la vallée. Il était alimenté par un ruisseau qui jaillissait d'un trou noir, sur la paroi de la montagne.

— C'est là, dit Kimber. Les égouts.

Brin regarda les pics déchiquetés. Plus haut les attendaient Graymark, la Maelmord et… l'Ildatch.

Là, Brin rencontrerait son destin.

Elle eut un sourire dur. Elle ne se déroberait pas.

À l'entrée des égouts, Cogline leur dévoila encore un peu de sa magie. Il prit une bourse, dans une sacoche accrochée à sa ceinture, qui contenait une pommade. Quand on l'appliquait sous les narines, elle couvrait l'odeur délétère. Une magie mineure, précisa Cogline. Même si on ne pouvait pas supprimer complètement l'odeur, l'onguent la rendrait supportable.

Puis il ramassa des morceaux de bois mort et les plongea dans une autre bourse. Ils en sortirent couverts d'une substance argentée qui brillait sans produire de flammes.

— Encore un exemple de ma magie, étrangers, gloussa-t-il. Les produits chimiques, vous vous souvenez ? Un domaine dont les Marcheurs ne savent rien. Et j'ai encore quelques petites surprises… Vous verrez.

Rone fronça les sourcils, peu convaincu. Brin, elle, espéra que l'occasion de mettre à l'épreuve les autres « surprises » du vieil homme ne se présenterait pas.

Torches à la main, la petite colonne s'enfonça dans les tunnels obscurs. Le poison liquide qui venait des salles de Graymark et de la Maelmord coulait dans un canal creusé dans le sol du tunnel. De chaque côté, les passerelles de pierre étaient assez larges pour laisser passer des voyageurs. Soupir ouvrait la marche, clignant paresseusement des yeux dans la lumière des torches. Cogline et Kimber suivaient, Brin et Rone venant en dernier.

Brin perdit vite la notion du temps et se concentra sur deux points : regarder où elle posait les pieds et réfléchir à sa décision d'entrer seule dans la Maelmord.

Les tunnels s'enfonçaient dans la montagne, suivant un trajet très sinueux. L'odeur était presque insupportable, même avec l'onguent fourni par Cogline. De temps en temps, un souffle d'air froid améliorait les choses, mais ça ne durait pas.

En fin de matinée, ils arrivèrent devant une grille de fer massif placée en travers de leur chemin. Rien de plus gros qu'un rat ne pouvait entrer. Rone tendit la main vers son épée, mais Cogline l'arrêta d'un mot. Avec un gloussement ravi, il leur fit signe de reculer, puis sortit une autre bourse qui contenait une poudre noire semblable à de la suie. Il appliqua la poudre sur les endroits où les grilles étaient fixées au rocher, puis effleura ces zones avec sa torche sans flamme. La poudre prit feu et devint d'un blanc éblouissant. Quand la lumière mourut, les barreaux entièrement rongés, il suffit d'un bon coup d'épaule pour que la grille s'écroule.

Ils continuèrent leur chemin.

Ils ne parlèrent pas, mais écoutèrent, pour détecter les bruits des ennemis qui les attendaient sans doute quelque part : les Marcheurs et les créatures qui les servaient.

Ils n'entendirent rien de précis, mais captèrent des sons très difficiles à identifier. Des bruits sourds de chutes, des grattements, des grincements, et un hurlement rauque, comme si le vent soufflait du sommet des pics à travers les tunnels. Ils entendirent aussi un sifflement. On eût dit que de la vapeur sortait des entrailles de la terre. Brin essaya d'analyser ces bruits, mais tous étaient erratiques, à part le sifflement qui survenait avec une certaine régularité... et qui rappelait désagréablement à Brin le son qui avait accompagné la sortie du lac du fantôme du Marais.

Je dois trouver un moyen d'y aller seule, pensa-t-elle encore une fois. *Et il ne faut pas trop tarder !*

Les tunnels serpentaient toujours devant eux et l'air devenait de plus en plus chaud. Les compagnons transpiraient abondamment sous leurs manteaux. Une étrange brume envahissait maintenant les couloirs. Désagréablement collante, elle charriait l'odeur rance des égouts. Ils la repoussèrent, mais les tentacules de brume revinrent vers eux, refusant de les lâcher et épaississant à mesure qu'ils montaient.

Bientôt, ils eurent du mal à voir à plus de trois pas devant eux.

Soudain, la brume et la pénombre disparurent et ils débouchèrent sur une saillie rocheuse qui surplombait un gouffre vertigineux. Les compagnons se regardèrent, troublés. Sur leur droite, le passage grimpait dans le rocher, le long de la tranchée qui charriait les eaux usées de la citadelle des spectres Mords. Sur leur gauche, le chemin descendait, menant à un pont de pierre d'à peine trois pieds de large. Le pont passait au-dessus du gouffre puis débouchait dans un tunnel obscur dont la gueule béait sur la paroi opposée de la montagne.

— Quel chemin prendre ? marmonna Rone.

À gauche, pensa aussitôt Brin.

De l'autre côté du gouffre. Elle ignorait pourquoi, mais elle savait que c'était le bon choix.

— Le chemin passe par les égouts, grogna Cogline. C'est bien ce qu'a dit le fantôme du Marais, petite ?

Brin ne put pas répondre.

— Brin ? insista Kimber.

— Oui… C'est le chemin.

Ils tournèrent à droite et montèrent vers le canal.

Ce n'est pas le bon chemin ! pensa Brin.

Pourquoi avait-elle dit que ça l'était ? Elle inspira à fond, se forçant à réfléchir calmement. La Maelmord était de l'autre côté du gouffre, elle le savait d'instinct. Pourquoi donc avoir dit… ?

Bien sûr ! Parce que c'était là qu'elle les quitterait ! L'occasion qu'elle attendait depuis l'Antique lande ! L'Enchantement de Shannara l'aiderait. Ce serait une petite tromperie… Elle inspira à fond. Même si elle trahissait leur confiance, elle devait le faire.

Elle commença à chanter pour ériger autour d'elle un mur d'invisibilité. Puis elle laissa dans l'esprit de ses compagnons une image d'elle-même. Enfin, elle s'écarta du fantôme qu'elle avait créé, se plaqua contre la paroi rocheuse et regarda ses amis s'éloigner.

L'illusion durerait seulement quelques minutes…

Brin se hâta de retourner sur ses pas.

Revenue sur la saillie rocheuse, elle monta sur le pont de pierre. Avançant lentement dans le silence et la brume, elle se retira à l'intérieur d'elle-même et se blinda contre toute émotion.

Parvenue de l'autre côté du pont, elle regarda l'entrée du tunnel, puis s'autorisa à percevoir de nouveau ses sentiments. Elle pensa brièvement à Rone et aux autres et les chassa de son esprit. Voilà, pensa-t-elle amèrement, elle s'était servie de l'Enchantement de Shannara contre ses amis. Même si elle n'avait pas eu le choix, elle souffrait d'avoir dû agir ainsi.

Se tournant vers le pont de pierre, elle lança un cri perçant pour invoquer toute la puissance de l'Enchantement de Shannara. Le son se réverbéra contre les parois rocheuses… et le pont explosa.

Quoi qu'il arrive, Brin ne pourrait plus revenir sur ses pas.

Elle se tourna vers le tunnel et s'y enfonça.

Le hurlement se répercuta dans le tunnel où les autres continuaient d'avancer dans la pénombre.

— Par l'enfer ! Qu'est-ce que c'est ? cria Rone.

Il y eut un moment de silence.

— Brin…, murmura Kimber. C'était Brin…

Impossible ! pensa Rone.

Brin était là, à côté de lui…

Soudain, l'image que la Valombrienne avait implantée dans leurs esprits s'effaça. Cogline jura et frappa du pied.

— Qu'a-t-elle fait ? souffla le montagnard.

Kimber se tourna vers lui.

— Ce qu'elle prévoyait depuis le début… Nous laisser pour continuer seule ! Elle avait dit qu'elle ne voulait pas que nous la suivions. Et elle s'est assurée que nous ne pourrions pas le faire !

— Par Leah ! cria Rone. Ne comprend-elle pas à quel point c'est dangereux ?

— Elle le sait parfaitement… J'aurais dû deviner qu'elle agirait ainsi. Si nous voulons la rattraper, il faut faire vite. Soupir, cherche !

Le grand félin bondit gracieusement et disparut dans les ombres. Les trois humains le suivirent en titubant dans la pénombre. Rone Leah était furieux et terrorisé. Pourquoi Brin avait-elle fait ça ?

Il ne comprenait pas.

Ils atteignirent la saillie rocheuse et regardèrent le pont, dont le centre s'était effondré.

— Elle a utilisé sa magie ! lança Cogline.

Rone avança sur le pont, jusqu'à l'endroit où il s'était effondré. À dix pas de là, l'autre extrémité était toujours accrochée à la paroi rocheuse. Il pouvait sauter sur cette distance, se dit-il. Ce serait difficile, mais faisable. En tout cas, il devait essayer.

— Non, Rone Leah, dit Kimber en le tirant en arrière d'une main étonnamment forte. Ne soyez pas ridicule. Vous ne pouvez pas sauter si loin.

— Je refuse de l'abandonner de nouveau !

— Moi aussi, je m'inquiète pour elle. Soupir ! (Le félin approcha et frotta sa tête contre celle de Kimber.) Soupir, cherche !

Le félin fonça sur le pont, sauta, atterrit de l'autre côté du gouffre et disparut dans le tunnel obscur.

Kimber aurait préféré ne pas se séparer de Soupir, mais Brin en aurait peut-être plus besoin qu'elle, et la Valombrienne était son amie.

— Garde-la bien, murmura-t-elle.

Puis elle se tourna vers Rone.

— Maintenant, essayons nous aussi de trouver un chemin pour rejoindre Brin.

Chapitre 39

Le même jour, vers midi, Jair et ses compagnons sortirent des cavernes de la Nuit et débouchèrent sur une grande saillie rocheuse surplombant un défilé profond mais étroit qui plongeait entre les pics des monts Ravenshorn. La saillie continuait vers la gauche sur plusieurs centaines de pas, puis disparaissait dans une crevasse.

Le Valombrien leva la tête et suivit d'un regard fatigué la ligne des pics. Épuisé physiquement et émotionnellement, il tenait toujours le cristal de vision, dont la chaîne d'argent traînait sur le rocher de la saillie. Ils étaient dans les Cavernes depuis le lever du soleil. Une bonne partie du temps, Jair avait été obligé d'utiliser l'Enchantement de Shannara pour que le cristal projette sa lumière. Il lui avait fallu toute la concentration et toute la force dont il était capable pour réaliser cet exploit. Mais il entendait toujours dans sa tête les bruits de mastication des Procks. Et le hurlement final de Stythys.

— Ne restons pas là, dit Garet Jax. Nous sommes trop visibles…

Il fit signe à ses compagnons de prendre le chemin de gauche.

— Je ne suis pas sûr que ce soit le bon, maître d'armes, dit Slanter.

Garet Jax ne se retourna pas.

— Combien d'autres sont possibles, gnome ?

En silence, ils allèrent de la saillie rocheuse à la crevasse. Un étroit défilé en partait. Serpentant entre les rochers, il disparaissait dans les ombres.

Ils y entrèrent les uns derrière les autres en regardant autour d'eux. Un courant d'air glacial les fouetta, venant des hauteurs. Jair frissonna à ce contact. Engourdi par les horreurs des Cavernes, il fut content d'éprouver quelque chose, même si c'était déplaisant. Il savait qu'ils étaient maintenant proches de Graymark. Oui, la citadelle, la Maelmord et la source du Paradis étaient désormais très proches. Sa quête presque terminée, le long voyage s'achevait. Il eut envie de rire et de pleurer en même temps, mais ses muscles endoloris ne lui permirent de faire ni l'un ni l'autre.

Le défilé s'enfonçait interminablement entre les parois rocheuses. Très vite, l'esprit de Jair battit la campagne. Où était Brin ? Le cristal leur avait montré son visage, mais rien sur l'endroit où elle errait, seulement une épaisse brume grise. Était-ce un tunnel, comme celui dans lequel ils avaient cheminé ? Était-elle aussi quelque part dans ces montagnes ?

« Tu dois atteindre la source du Paradis avant qu'elle entre dans la Maelmord », avait dit le roi de la rivière Argentée. *« Pour l'attendre. »*

Distrait, Jair trébucha et faillit tomber. Il reprit son équilibre et rangea le cristal de vision dans sa tunique.

— Faites attention où vous mettez les pieds, chuchota Edain.

Jair réfléchit un moment. Une armée de gardes gnomes arpentaient les remparts et les tours de guet de Graymark. Les spectres Mords hantaient ses couloirs. Des créatures encore plus sinistres servaient sans doute de sentinelles. Et ils n'étaient que six ! Quelle chance avaient-ils de vaincre, contre tant de pouvoir ?

Pourtant, le Valombrien ne désespérait pas. Était-ce à cause de la confiance que lui avait témoignée le roi de la rivière Argentée en le choisissant pour cette mission ? Ou grâce à sa propre attitude ? Il était décidé à ne pas échouer !

Et il y avait ses compagnons. Des gens de qualité, dont la force l'avait soutenu. Garet Jax, Slanter, Foraker, Edain Elessedil et Helt étaient venus des Quatre Terres pour l'aider. Deux éclaireurs, un Chasseur, un maître d'armes et un prince avaient fait un long chemin pour lui, et ils ne vivraient peut-être pas jusqu'à la fin du voyage. Leur confiance en Jair les avait tous réunis. Ils ne s'étaient pas laissé arrêter par le danger. Même Slanter ! Le gnome avait fait son choix à Capaal, quand il avait rejeté la possibilité de fuir vers le nord, en direction des terres frontalières. Tous s'étaient engagés à l'aider. Même si Jair en savait peu sur ses compagnons, il était sûr d'une chose : quoi qu'il arrive, tous le défendraient.

Était-ce pour ça qu'il n'avait pas peur ?

Le défilé s'élargit devant eux et le soleil l'éclaira mieux. Garet Jax ralentit, avança prudemment et leur fit signe que la voie était libre.

Pliés en deux, ils se glissèrent jusqu'à lui.

— Là, murmura-t-il, le doigt pointé.

C'était Graymark. Jair reconnut la forteresse, même s'il ne l'avait jamais vue. Elle se dressait sur une saillie rocheuse qui surplombait le défilé. Des tours, des remparts et des parapets se dressaient en haut de murs de pierre hauts de plusieurs centaines de pieds. Aucune bannière ne flottait sur les tours. La forteresse avait un aspect sinistre et désolé, même sous un soleil brillant. Ses murs d'un gris sans éclat, ses fenêtres étaient de minuscules ouvertures fermées par des barreaux ou des volets de bois. La citadelle avait pour seule voie d'accès une route étroite qui serpentait sur le flanc de la montagne et se terminait devant de grandes portes bardées de fer.

Rien ne bougeait sur les remparts.

Puis Jair aperçut le Croagh, en partie visible derrière Graymark. Cette arche de pierre grossière paraissait faire partie des tours et des parapets du complexe. En réalité, spiralée comme un escalier suspendu, elle grimpait vers le ciel jusqu'à un pic solitaire plus haut que ceux qui l'entouraient.

Jair saisit le bras de Slanter et désigna le pic et le minuscule ruban de pierre qui y conduisait.

— Oui, gamin, c'est bien le Croagh, et la source du Paradis. Bref, ce que le roi de la rivière Argentée t'a demandé de trouver.

— Et la Maelmord ? demanda Jair.

— Elle est de l'autre côté de la forteresse, en contrebas d'une série de parois rocheuses. C'est là que le Croagh commence à grimper. Il s'enroule autour de Graymark, puis il continue vers le pic.

Ils restèrent un moment silencieux, les yeux rivés sur la forteresse.

— Il n'y a personne, là-dedans ! lança enfin Helt.

— Les créatures qui l'habitent veulent vous le faire croire, grogna Slanter. De plus, les Marcheurs préfèrent l'obscurité. Le jour, ils se reposent, et ils se déplacent la nuit. Les gnomes qui les servent prennent vite cette habitude et ne se montrent plus quand il fait jour. Mais ne vous y trompez pas : ils sont là ! Et quelques autres créatures avec eux…

Garet Jax étudiait la piste qui montait jusqu'à l'entrée de la forteresse.

— C'est le chemin qu'ils s'attendent à nous voir prendre. Suivre la piste ou escalader les parois… (Il regarda à gauche, où la saillie rocheuse retournait vers les montagnes.) Peut-être ne penseront-ils pas que nous arriverons par là !

Slanter lui effleura le bras.

— Le tunnel est raccordé à une série de passages reliés aux caves de la forteresse. C'est par là que nous irons.

— Les passages sont sans doute gardés…

Slanter haussa les épaules.

— Je préférerais que nous trouvions un moyen d'escalader le Croagh en restant à l'extérieur, marmonna Foraker. J'en ai marre des cavernes et des tunnels !

— Impossible, dit le gnome. La seule façon d'atteindre le Croagh est de traverser Graymark.

— Qu'en penses-tu, Garet ? demanda le nain.

Jax ne répondit pas tout de suite.

— Connaissez-vous assez bien le chemin pour nous faire traverser en sécurité ? lança-t-il à Slanter.

Le gnome lui jeta un regard noir.

— Vous en demandez beaucoup ! Je connais le chemin, mais pas à fond. J'y suis passé une ou deux fois, quand on m'a amené ici, avant que tout ça ne commence…

Il s'interrompit. Jair comprit qu'il pensait à ce qui était arrivé. Il avait choisi de retourner dans son pays natal pour être avec son peuple, et les Marcheurs lui avaient ordonné de traquer Allanon. Peut-être regrettait-il la manière dont les choses avaient tourné…

— D'accord, dit Garet Jax.

Il les guida à travers les rochers vers l'endroit où la saillie se raccordait au tunnel qui s'enfonçait sous la montagne. Hors de vue de la forteresse, il réunit ses compagnons autour de lui.

— Les Marcheurs se reposent toujours pendant la journée ? demanda-t-il à Slanter.

Le gnome fronça les sourcils.

— Si vous me demandez s'il vaut mieux y aller tout de suite, la réponse est oui…

— S'il nous reste assez de temps, coupa Foraker. Il est midi passé et le crépuscule tombe rapidement dans les montagnes. Nous ferions peut-être mieux d'attendre jusqu'à demain, histoire d'avoir un jour entier devant nous. Douze heures de plus ou de moins ne feront pas une grande différence.

Il y eut un moment de silence. Jair leva les yeux pour examiner les parois déchiquetées. Les paroles du roi de la rivière Argentée lui revinrent à l'esprit.

« Tu dois arriver à la Source avant que ta sœur entre dans la Maelmord. »

Le Valombrien se tourna vers Garet Jax.

— Je ne suis pas sûr que nous ayons douze heures à perdre. Pour décider, il me faut savoir où est Brin en ce moment. Je dois utiliser le cristal. Immédiatement.

— Pas ici, dit le maître d'armes. Entrons dans la caverne.

Ils retournèrent dans l'obscurité. Jair sortit la chaîne de sa tunique. Le cristal de vision niché entre ses paumes, il s'humecta les lèvres.

— Chantez pour le cristal, Jair, dit doucement Edain.

Fatigué par les efforts qu'il avait fournis pour les conduire hors des cavernes de la Nuit, Jair chanta d'une voix basse, presque un murmure.

Une lueur naquit dans le cristal, puis grandit…

Brin s'arrêta dans le tunnel obscur où elle avançait lentement. Elle eut l'impression que quelqu'un la surveillait, comme lorsqu'elle était entrée dans les dents du Dragon, puis qu'elle en était sortie. On eût dit que des yeux la regardaient de très loin.

Soudain, elle comprit. C'était Jair ! Elle n'avait aucune raison logique d'arriver à cette conclusion, mais Brin aurait juré que c'était vrai.

Comment une telle chose était-elle possible ?

Dans le tunnel, derrière elle, quelque chose bougea.

Brin avait déjà bien avancé grâce à la torche sans flamme de Cogline. Elle n'avait rien vu ou entendu, ni perçu de forme de vie autour d'elle. En principe, elle ne s'était pas trompée en empruntant ce tunnel.

Mais il y avait enfin quelque chose ! Pas devant elle, comme elle s'y attendait, mais derrière. Elle se retourna lentement, oubliant l'impression d'être surveillée. À la lueur de la torche, elle vit deux grands yeux bleus briller dans la pénombre et une gueule garnie de moustaches entrer dans le cercle lumineux.

— Soupir !

Brin se laissa tomber à genoux devant l'animal, qui lui frotta la tête contre l'épaule en signe de salutation.

— Soupir, que fais-tu ici ?

Le félin s'assit sur son arrière-train et la regarda, l'air solennel.

Brin n'eut aucun mal à deviner la réponse à sa question. Ses compagnons s'étaient aperçus de son absence. Ne pouvant la suivre, ils avaient envoyé Soupir à son secours. Ou plutôt, *Kimber* avait envoyé Soupir, car le félin n'obéissait qu'à elle. Brin tendit la main et caressa les oreilles de l'animal.

Kimber devait avoir eu du mal à se séparer ainsi de Soupir. Mais fidèle à sa nature, elle avait choisi d'offrir à une amie le soutien de son familier. Les yeux de la Valombrienne s'embuant, elle passa les bras autour du cou du grand félin.

— Merci, Kimber, murmura-t-elle.

Puis elle se leva, caressa de nouveau l'animal et lui parla doucement.

— Je ne peux pas t'emmener avec moi, Soupir. C'est beaucoup trop dangereux, même pour toi. Je me suis juré de n'exposer personne au sort qui m'attend, quel qu'il soit. Tu dois retourner d'où tu viens.

Le félin des landes cligna des yeux et ne bougea pas d'un pouce.

— Va-t'en ! Retourne auprès de Kimber.

Soupir resta assis sans bouger un poil.

— Tu es aussi obstiné que ta maîtresse, je vois !

Brin n'avait pas le choix. Elle utilisa l'Enchantement de Shannara pour convaincre l'animal d'aller rejoindre sa maîtresse. Elle chanta un long moment, poussant le félin à partir sans pour autant lui faire de mal. Quand elle eut terminé, Soupir se leva et disparut dans la pénombre.

Brin reprit son chemin.

Peu après, les ténèbres se dissipèrent autour d'elle. Étroit et fermé jusque-là, le tunnel s'agrandit au point que la petite lueur de sa torche n'éclairait plus la totalité des parois et du plafond. Mais de la lumière, devant elle, rendait la torche inutile. Le soleil ! Non loin de là, le tunnel s'ouvrait sur le monde extérieur.

Brin pressa le pas et baissa la torche sans flamme.

Un escalier taillé dans la pierre montait vers un dernier boyau. La Valombrienne gravit rapidement les marches, oubliant sa fatigue.

Elle sortit du tunnel, déboucha sur la grande saillie et s'arrêta. Devant elle, un deuxième pont de pierre enjambait un gouffre deux fois plus grand que le premier. Brin l'étudia et plissa le nez à cause de l'odeur qui en montait. Même avec l'onguent de Cogline, elle en avait la nausée. Ce qui croupissait au fond de cet abîme était bien pire que ce qui coulait dans les égouts de Graymark.

De l'autre côté du pont de pierre, une caverne s'enfonçait dans la montagne puis donnait sur une sorte d'alcôve aux parois gravées de symboles complexes. Au bout de la salle, par une grande ouverture, on voyait la ligne du ciel, d'un vert étrange et brumeux…

Regardant de plus près, Brin s'aperçut que ce n'était pas le ciel, mais l'entrée d'une vallée.

La Maelmord !

La Valombrienne le comprit d'instinct, comme si elle avait vu la vallée dans un rêve. Elle l'entendait murmurer à ses oreilles…

Elle gagna le pont, une grande arche de pierre large d'une trentaine de pieds. Des poteaux fixés à même le roc étaient reliés par une chaîne pour servir de rambarde. Brin avança rapidement, dépassa le sommet de l'arche et commença à descendre de l'autre côté.

Elle avait presque traversé quand une créature noire surgit d'une crevasse pour se camper face à elle.

Marmonnant d'irritation, Cogline s'arrêta sans crier gare. Rone et Kimber le bousculèrent presque. Devant eux, l'égout se divisait en deux tunnels, chacun exactement pareil à l'autre. Impossible de déterminer lequel les conduirait à Brin.

— Quel tunnel suivrons-nous ? demanda Cogline à Rone.

Le montagnard le regarda, étonné.

— Vous ne le savez pas ?

— Aucune idée. Faites votre choix.

— Je ne peux pas... Mais ça ne fait peut-être pas de différence. Et si les deux tunnels menaient au même endroit ?

— Les boyaux d'un égout vont tous au même endroit, mais ils partent de points différents. N'importe quel imbécile le sait !

— Grand-Père ! s'écria Kimber.

Elle sonda les tunnels, puis elle revint vers ses compagnons.

— Je ne peux pas vous aider, dit-elle d'une voix gênée, comme si elle aurait dû en être capable. À vous de choisir !

— Prenons celui de gauche, fit Rone. On dirait qu'il revient vers le gouffre...

Brandissant sa torche sans flamme, il s'enfonça dans le tunnel.

Cogline et Kimber le suivirent.

La créature noire sortit de la crevasse comme une ombre de cauchemar. Elle avait forme humaine, mais était entièrement dépourvue de poils, comme si elle était composée d'argile noire et lisse. Même penchée en avant, elle était toujours plus grande que Brin.

Des yeux morts se levèrent vers la Valombrienne...

... Qui se pétrifia. Il n'y avait pas moyen d'éviter ce monstre. Créé par les spectres Mords avec leur magie noire, ou rappelé d'un monde démoniaque, comme le Jachyra, il était probablement là pour garder le pont.

La bête avança d'un pas, lentement mais avec assurance, ses yeux morts rivés sur Brin.

Quand sa gueule s'ouvrit en grand, le sifflement retentit de nouveau. Brin comprit qu'elle allait encore être forcée d'utiliser l'Enchantement de Shannara. Sa gorge se noua. Elle aurait voulu ne plus recourir à la magie elfique, mais si ce monstre la touchait, elle était perdue...

La créature attaqua si rapidement que Brin en resta comme hypnotisée. L'Enchantement de Shannara refusa de sortir de sa gorge.

Elle attendit l'impact...

... Qui n'arriva jamais. Quelque chose bondit derrière elle et percuta la créature noire, qui bascula en arrière.

Brin tituba et tomba à genoux.

C'était Soupir !

L'Enchantement de Shannara n'avait pas été assez fort pour annuler les ordres de sa maîtresse et il l'avait suivie !

Les deux adversaires roulèrent sur le sol, les crocs et les griffes déchirant la chair. Sifflant de rage, le monstre se débattit pour déloger le félin qui avait atterri sur son dos.

Ils roulèrent sur le pont, luttant sans merci.

Brin resta figée à une dizaine de pas de là, au milieu de l'édifice. Elle devait faire quelque chose ! C'était son combat, pas celui de Soupir. Et elle n'avait pas d'autre arme que l'Enchantement de Shannara – qu'elle ne pouvait pas utiliser.

Vraiment, elle ne le *pouvait* pas !

Elle s'étonna elle-même de sa décision. Elle n'utiliserait pas l'Enchantement de Shannara, parce que… parce que… ? La rage et la peur l'envahirent. Que se passait-il ? Qu'est-ce qui la bloquait ?

Soudain, elle trouva la solution. Elle fuirait et entraînerait ainsi la créature après elle, libérant Soupir. Et si elle était assez rapide, elle arriverait peut-être à la Maelmord avant son poursuivant.

Brin n'alla pas loin, car une autre créature lui bloqua le chemin.

Le monstre avança… et la Valombrienne recula. Elle devait se défendre ! Se servir de l'Enchantement de Shannara !

Mais sa gorge se noua de nouveau.

Une fois encore, Soupir la sauva. Se dégageant de la première créature, il se jeta sur la deuxième et l'éloigna de sa proie.

Le monstre attaqua le félin avec un hurlement rauque. Mais Soupir était trop rapide. Il s'écarta d'un bond et entailla d'un coup de patte le ventre de son ennemi. La bête ne ralentit pas pour autant et fut bientôt rejointe par la première.

Soupir recula, toujours devant Brin, sa fourrure hérissée le faisant paraître deux fois plus gros qu'il n'était. Les créatures noires l'attaquèrent sans relâche, cherchant une ouverture dans ses défenses.

Soupir ne lâcha pas un pouce de terrain. Mais les créatures l'attaquèrent ensemble, leurs crocs et leurs griffes creusant des sillons sanglants dans sa fourrure. Repoussé contre la rambarde du pont, il parvint pourtant à se dégager, frappant les monstres noirs en hurlant de colère et de haine.

Les créatures recommencèrent à tourner autour du félin, dont la robe grise était maintenant tachée de sang. Haletant, il se mit en position de défense, aussi loin que possible de Brin. Les monstres ne s'occupaient plus d'elle, leurs yeux sans vie rivés sur Soupir. S'ils attaquaient de nouveau ensemble, il était presque sûr qu'ils le feraient basculer par-dessus les chaînes de la rambarde.

Le félin parut s'en apercevoir aussi. Il feinta pour essayer de revenir au milieu du pont. Mais les monstres lui coupèrent le chemin.

La gorge de Brin Ohmsford se serra d'angoisse. Soupir ne pouvait pas gagner ! Ses adversaires étaient trop puissants. Il leur avait infligé des blessures qui auraient arrêté toute autre créature de chair et de sang. Mais ces monstres ne semblaient pas gênés. Et ils ne saignaient pas ! Effroyablement forts et rapides, c'étaient de toute évidence des enfants de la magie noire.

— Soupir, murmura Brin.

Elle devait le sauver ! Avec l'Enchantement de Shannara, elle détruirait ces monstres…

Comme les arbres, dans les monts de Runne.

Ou les esprits des hommes de la crête de Spanning…

Ou le gnome-araignée au corps brisé…

Des larmes coulèrent sur ses joues. Elle ne pouvait pas faire ça ! Quelque chose l'en empêchait ! Elle devait aider le félin, mais elle en était incapable.

— Soupir ! hurla-t-elle.

Les monstres noirs sursautèrent et se tournèrent vers elle. Soupir profita de la diversion pour bondir par-dessus les créatures et se dégager de la rambarde. Il retomba sur ses pattes, et fonça vers le milieu du pont, où Brin attendait.

Les monstres se lancèrent aussitôt à sa poursuite.

À environ trois pas de Brin, ils réussirent à le rattraper. Les trois adversaires roulèrent sur le pont, toutes griffes dehors. Pendant quelques secondes, Soupir retint les créatures, mais elles se dégagèrent. L'une d'elles fonça vers Brin, laissant l'autre lutter contre le félin.

La Valombrienne se jeta sur le côté, et s'étala de tout son long sur le pont. Mobilisant ses dernières forces, Soupir se jeta sur l'adversaire de la Valombrienne, l'autre monstre toujours accroché à son dos comme une araignée. Tous trois se retrouvèrent plaqués contre la rambarde. Les maillons de fer se rompirent comme du bois mort sous la force de l'impact.

Les monstres sifflèrent de plaisir quand ils virent Soupir commencer à glisser vers le gouffre.

Brin s'agenouilla et hurla de rage. Son blocage disparaissant d'un coup, elle chanta. Plein d'une fureur qu'elle n'aurait jamais cru exprimer, le chant frappa les créatures noires comme un bélier. Sous le choc, les monstres volèrent dans les airs. Battant furieusement des membres pour essayer de se rattraper, leurs gueules noires ouvertes sur un cri silencieux, ils basculèrent par-dessus la rambarde et tombèrent dans le gouffre.

Il avait fallu un instant à l'Enchantement de Shannara pour les vaincre. Brin éprouva de nouveau la joie mauvaise qu'elle avait déjà ressentie. Mais ce fut plus fort et ça dura plus longtemps que les fois précédentes. Elle avait détruit les créatures noires presque sans y penser – et sans effort !

Et elle en avait retiré un grand plaisir !

Alors elle comprit que la barrière qui s'était dressée entre l'Enchantement de Shannara et elle était une contrainte qu'elle avait inventée pour se protéger de ce qui venait d'arriver. À présent, la barrière était tombée, et elle ne pensait pas pouvoir l'ériger de nouveau.

Chaque fois, en utilisant la magie, elle s'était éloignée un peu plus de sa nature profonde. Elle avait tenté de résister, mais sa décision de ne plus y recourir avait été balayée par les événements. Cette fois, elle l'avait pleinement acceptée. Ne pouvant plus lutter contre ses pouvoirs, elle ferait ce qu'elle avait à faire.

Soupir la rejoignit. Brin l'enlaça, des larmes ruisselant sur ses joues.

La voix de Jair Ohmsford mourut dans un souffle, et la lumière du cristal de vision se dissipa.

Le visage de sa sœur avait disparu.

— Ces créatures étaient des Mutens, murmura Slanter.

— Des quoi ? demanda Edain Elessedil, l'air étonné.

— Les créatures s'appellent des Mutens, répondit le gnome. Nées de la magie noire, elles gardent les égouts au-dessous de Graymark…

— Ça veut dire qu'elle est ici, souffla le Valombrien, la bouche sèche.

— Oui, gamin, elle est ici. Et plus près que nous de la Maelmord.

Garet Jax se leva, suivi par ses compagnons.

— Nous n'avons pas le choix : il faut y aller tout de suite. (Il tendit les mains, paumes tournées vers le haut.) Posez vos mains sur les miennes.

Tous obéirent.

— Par ce geste, nous nous engageons à aider le Valombrien à atteindre la source du Paradis. Nous sommes unis, quoi qu'il arrive. Et nous le resterons jusqu'à ce que tout soit terminé. Jurez !

Il y eut un long silence.

Puis Helt prit la parole.

— Tous unis, dit-il de sa voix basse et douce.

— Tous unis, répétèrent les autres.

Garet Jax se tourna vers Slanter.

— Maintenant, montrez-nous le chemin.

Chapitre 40

Ils se glissèrent dans les passages menant aux caves de Graymark, aussi furtifs que les spectres qu'ils tentaient d'éviter. Éclairés par les torches qu'ils avaient trouvées dans une alcôve, à l'entrée du tunnel, ils avancèrent dans les entrailles de la forteresse. Slanter ouvrait la marche. Il avançait d'un pas déterminé, mais Jair ne s'y trompait pas : le gnome avait peur, comme lui.

Jair n'éprouvait plus l'exaltation qui lui avait donné tant d'énergie, un peu plus tôt. La peur l'avait remplacée, presque incontrôlable. Des pensées bizarres se bousculaient dans sa tête tandis qu'il suivait ses compagnons dans le tunnel, les narines pleines d'une odeur de moisissure et de celle de sa propre sueur. Il pensa à sa famille, à Valombre, aux amis et aux connaissances qu'il avait laissés derrière lui, aux monstres qui les attendaient en ce lieu étrange, à Allanon, à Brin, et à la raison de leur venue dans la forteresse.

C'était la peur qui le perturbait ainsi, se dit-il. Il devait se concentrer.

Les passages montèrent un long moment, s'entrecroisant tel un labyrinthe sans fin.

Slanter ne s'arrêta pas jusqu'à ce qu'ils arrivent devant une grande porte bardée de fer. Ils s'immobilisèrent tous, silencieux comme des ombres. Jair et ses compagnons s'accroupirent pendant que Slanter plaquait une oreille contre la porte et écoutait.

Le gnome se leva et fit un signe affirmatif à ses compagnons. Il enleva lentement la barre de fer de la porte et tira sur la poignée. Le battant s'ouvrit en grinçant pour dévoiler un escalier qui se perdait dans les ténèbres. Ils grimpèrent dans un silence de mort, Slanter toujours en tête.

L'escalier débouchait dans une grande salle obscure. Ils hésitèrent un instant puis avancèrent de quelques pas dans la pénombre.

La lueur des torches n'atteignait ni les cloisons ni le plafond, leur donnant le sentiment que la salle était immense. À la limite de la zone éclairée, ils virent des caisses et des tonneaux à demi pourris. Des toiles d'araignées pendaient partout et une épaisse couche de poussière couvrait le sol.

Des empreintes de pieds déformés indiquaient qu'une créature non-humaine était passée par là. Peu de temps avant eux, d'après l'état des traces, pensa Jair, terrorisé.

Slanter leur fit signe de continuer à avancer. Ils s'éloignèrent de l'escalier dans un nuage de poussière.

Une dizaine de marches supplémentaires les conduisirent au niveau supérieur. Ils les montèrent prudemment, avancèrent d'une trentaine de pas et débouchèrent dans un grand corridor voûté.

Le couloir donnait sur un escalier en colimaçon. Slanter gravit les marches, suivi par ses compagnons. L'escalier les conduisit dans un autre couloir, qu'ils longèrent jusqu'à l'endroit où il se divisait en deux. Slanter prit à droite. Un peu plus loin, une porte leur barra le chemin. Le gnome essaya en vain de tourner la poignée et regarda ses compagnons, l'air inquiet. Visiblement, il s'était attendu à trouver cette porte-là ouverte.

Garet Jax désigna le couloir d'où ils venaient. Était-il possible de retourner sur leurs pas et d'emprunter l'autre chemin ? Slanter secoua la tête. Il l'ignorait.

Mais il se décida quand même. Retournant à l'intersection, ses amis sur ses talons, il prit le passage de gauche. Le deuxième couloir était plus long. Le gnome s'arrêta plusieurs fois, hésita, puis continua. Au fil des minutes, Jair se sentit de plus en plus mal à l'aise.

Le couloir s'arrêtait devant une porte à double battant si grande que Slanter dut tendre le bras pour atteindre les poignées – qui tournèrent aisément. Le battant de droite s'ouvrit. Les compagnons entrèrent dans une nouvelle salle de stockage pleine de marchandises.

Slanter désigna le mur du fond, où se dressait une deuxième porte en fer à double battant. Ses compagnons comprirent : ils étaient à l'intérieur des murs d'enceinte de Graymark.

Le gnome ouvrant toujours la marche, ils traversèrent la salle au sol et aux murs propres et secs. L'odeur nauséabonde était toujours là, mais un peu moins forte. Jair plissa le nez. La puanteur les tuerait peut-être avant que les créatures magiques les trouvent, se dit-il. Cet endroit empestait autant que…

Quelque chose bougea dans l'ombre. Garet Jax pivota, une dague dans chaque main, et cria un avertissement à ses compagnons.

Trop tard ! Une créature noire ailée jaillit des ténèbres. Elle plana au-dessus d'eux, son corps à la peau parcheminée rappelant celui d'une chauve-souris. Ils virent briller des crocs et des griffes, et un cri aigu sortit de la gorge du monstre.

Il se jeta sur Helt, si vite que le frontalier n'eut pas le temps de se défendre. Mais il saisit le monstre à deux mains pour le détacher de son torse. Au prix d'un violent effort, il le projeta sur une pile de caisses.

Garet Jax bondit. Ses dagues volèrent, épinglant la créature aux caisses comme un papillon géant.

À l'autre bout de la salle, Slanter ouvrit en grand une des portes de fer.

— Sortez tous ! beugla-t-il.

Ils obéirent sans poser de questions. Quand tous furent passés, Slanter claqua la porte et remit la barre de fermeture dans ses supports.

— Qu'est-ce que c'était ? haleta Foraker, le visage luisant de sueur.

— Je l'ignore, dit le gnome. Une créature fabriquée par les Marcheurs avec leur magie noire. Une sorte de sentinelle, je suppose.

Helt était à genoux, les mains sur le visage. Du sang coulait entre ses doigts.

— Helt, murmura Jair en se hâtant vers lui. Vous êtes blessé !

Le frontalier leva lentement la tête. Des coupures zébraient ses joues et il avait un œil presque fermé.

— Ce n'est rien, dit-il à Jair. Quelques égratignures…

Mais il grimaça de douleur quand il se leva.

Ayant franchi la porte, Slanter regarda autour de lui. Ils étaient au milieu d'un étroit couloir qui menait d'un côté à une porte fermée et de l'autre à un escalier débouchant sur l'extérieur.

— Par là ! dit le gnome en montrant l'escalier. Vite, avant qu'une autre de ces maudites créatures nous trouve !

Tous le suivirent – sauf Helt, à présent appuyé contre le mur. Jair regarda en arrière et ralentit.

— Helt ? appela-t-il.

— Dépêchez-vous, Jair, dit le forestier. (Il s'écarta du mur et suivit le groupe.) Allez-y ! Restez près des autres.

Jair obéit, rassuré de voir que le frontalier suivait. Mais il s'aperçut aussi que le géant avait du mal à marcher. Quelque chose n'allait pas du tout chez lui…

Ils arrivèrent au bout du couloir et gravirent les marches quatre à quatre. Le calme de la forteresse fut soudain brisé par l'écho d'autres pas que les leurs. Le hurlement de la créature ailée avait donné l'alerte. Jair réfléchit. Il devait se souvenir qu'il maîtrisait l'Enchantement de Shannara. Il pouvait s'en servir efficacement s'il ne perdait pas la tête…

Quelque chose passa en sifflant à côté de lui. Au moment où il s'étala, une flèche se brisa contre le mur de l'escalier.

Helt courut vers Jair et l'aida à se relever. Une volée de flèches les visa, tirées par des Chasseurs gnomes placés dans le couloir, au-dessous d'eux, et sur les parapets, au-dessus. Leurs ennemis savaient désormais qu'il y avait des intrus dans Graymark.

Jair se hissa en haut de l'escalier et tourna à droite sur des remparts qui surplombaient une grande cour intérieure et plusieurs tourelles. Il y avait des gnomes partout, les armes à la main. Quelques-uns gisaient sur les remparts, éliminés par Garet Jax…

Les six compagnons foncèrent vers un escalier qui menait à une tour.

Au pied des marches, Slanter leur fit signe de s'arrêter.

— La porte ! Ici !

De l'autre côté de la cour, il désigna la herse en fer levée au-dessus d'une arche.

— Par là ! C'est le moyen le plus rapide d'atteindre le Croagh ! Les gnomes ne tarderont pas à comprendre notre manège. Alors, ils fermeront la herse pour nous prendre au piège. Si nous y arrivons avant, nous nous servirons du portail pour leur bloquer le chemin.

— Où sont la roue et le treuil ? demanda Garet Jax, étrangement calme au milieu du tumulte.

— Sous le portail, dit Slanter. De ce côté. Il faudra bloquer la roue !

Des hurlements retentirent derrière eux. Dans la cour, les gnomes arrivaient par dizaines.

Garet Jax se redressa.

— Vite, avant qu'ils soient trop nombreux !

Ils foncèrent vers l'escalier, Slanter en tête. Arrivés en bas, ils traversèrent un porche en direction d'une porte qui donnait sur la cour.

Dans la cour, des Chasseurs gnomes convergèrent vers eux de toutes parts.

— Par l'enfer ! cria Slanter.

Ils coururent vers le portail.

Brin Ohmsford se leva lentement, une main posée sur la tête de Soupir. La caverne redevenue calme, elle resta un moment au milieu du pont et regarda de l'autre côté, là où la lumière du jour éclairait la grande alcôve qui conduisait à l'extérieur. Elle caressa la tête de Soupir, le cœur serré par ses blessures aux flancs.

— Plus jamais..., murmura la Valombrienne.

Puis elle se tourna vers la sortie et quitta le pont sans regarder en arrière. Soupir la suivit, ses grands yeux bleus étincelant. Brin n'eut pas besoin de se retourner pour savoir qu'il était là...

Elle étudia le rocher, devant elle, pour s'assurer qu'il ne restait pas de créatures noires ou d'autres monstres embusqués. Mais il n'y en avait pas. Elle était seule avec le grand félin.

Quelques minutes après, elle déboucha dans l'alcôve, aux parois gravées de dessins complexes – ceux qu'elle avait vus un peu plus tôt. Elle ne leur prêta pas attention, se dirigeant vers la lumière du jour.

Elle avait désormais un seul but.

Parvenue à l'air libre, elle regarda autour d'elle. On était au milieu de l'après-midi et l'astre du jour descendait vers le sommet des arbres. Brin se tenait sur une saillie qui surplombait une vallée encaissée entourée de pics arides et déchiquetés. Un paysage étrangement irréel...

Brin jeta un coup d'œil derrière elle. Une forteresse sinistre et solitaire se dressait à flanc de montagne. Graymark. La Valombrienne vit aussi l'escalier de pierre appelé le Croagh. Il passait tout près de la saillie où elle était, et, de là, descendait vers la vallée.

Enfin, elle regarda la vallée profonde, encaissée et perdue dans les ombres. Sa partie inférieure était plongée dans la pénombre. Le Croagh s'enfonçait dans l'obscurité, à travers une masse d'arbres, de lianes et de broussailles si épaisse que la lumière n'y pénétrait pas. Cette forêt semblait n'avoir ni début ni fin, comme si seules les parois des pics qui l'entouraient l'empêchaient de s'étendre à l'infini.

C'était de cette forêt que venait le sifflement que Brin avait entendu plus tôt, dans les égouts. On eût dit une respiration.

Elle plissa les yeux pour mieux voir et…

… La forêt bougea.

— C'est un être vivant ! dit Brin, essayant de ne pas penser à ce que cette idée impliquait.

Elle avança au bord de la saillie, à l'endroit où le Croagh la rejoignait. Puis elle se tourna de nouveau vers la forêt.

— Maelmord, je suis venue à ta rencontre, murmura-t-elle.

Enfin, elle regarda Soupir, s'agenouilla près de lui, lui caressa les oreilles et lui fit un pâle sourire.

— Tu ne dois pas me suivre plus loin, Soupir. Même si ta maîtresse t'a envoyé pour me protéger, ta mission s'arrête là. Reste ici, et attends-moi. Tu as compris ?

Les félin cligna des yeux.

— Garde le chemin du retour, si tu veux me protéger à tout prix. Les choses ne se passeront peut-être pas comme le fantôme du Marais l'a prédit. Au cas où je survivrais… Garde le chemin, Soupir. Et protège ta maîtresse et mes amis. Ne les laisse pas me suivre. Attends-moi. Quand j'aurai fini, je reviendrai vers toi, si je le peux. Je te le promets.

Brin se servit une fois encore de l'Enchantement de Shannara – pas pour contraindre le félin à lui obéir, mais pour lui expliquer tout ça avec des images qui parleraient à l'esprit de l'animal. Quand elle eut terminé, elle se pencha, enlaça le félin, le serra contre elle, et sentit sa chaleur lui donner un peu de force supplémentaire.

Elle se leva et recula. Soupir s'allongea et posa la tête sur ses pattes avant.

Il avait accepté de garder le chemin du retour.

— Au revoir, Soupir, murmura Brin.

Elle posa un pied sur le Croagh.

L'odeur nauséabonde qui sortait du gouffre, au-dessus du pont, montait aussi des profondeurs de la forêt. Brin l'ignora et pensa à Allanon, se demandant s'il pouvait la voir. Et si, d'une certaine manière, il l'accompagnerait…

Puis elle inspira à fond pour se calmer et s'attaqua à la longue descente.

Chapitre 41

Les six compagnons foncèrent dans la cour. Autour d'eux, des hurlements retentirent et des gnomes convergèrent de toutes parts.

Jair regarda la bataille faire rage autour de lui avec un étrange détachement. Il perdit vite toute notion du temps. Entouré par les amis qui avaient juré de le défendre, il flottait au milieu d'eux comme un fantôme. Le monde extérieur cessa d'exister pour lui. Il oublia le passé et l'avenir : seul le moment présent comptait. Et les visages de ceux qui se battaient et mouraient dans cette cour.

Garet Jax fonça sur les gnomes qui entendaient lui barrer le passage, les tuant avec la grâce et la rapidité d'un félin.

Les Chasseurs se jetaient pourtant devant lui avec une détermination féroce. Mais leur adversaire semblait fait de vif-argent. Aucun ne toucha le maître d'armes. Et ceux qui arrivèrent assez près de lui pour essayer y laissèrent la vie.

Les autres compagnons luttaient avec autant de détermination que Jax, et ils étaient à peine moins dangereux que lui.

Près du maître d'armes, Foraker abattait sans relâche sa hache à double tranchant. Les gnomes s'éparpillaient devant lui avec des hurlements de terreur. Edain Elessedil ferraillait sur l'autre flanc de Jax, son épée dans une main et un couteau dans l'autre. Slanter se tenait derrière eux, une lame dans chaque poing. Assurant leurs arrières, Helt servait de bouclier vivant. En sang, il se battait avec une pique prise à un ennemi et tuait tous ceux qui tentaient de se glisser sous sa garde.

Jair sentit une étrange euphorie s'emparer de lui. Rien, semblait-il, ne pourrait les arrêter !

Partout, on entendait les cris des blessés et des mourants. Les compagnons étaient presque au milieu de la cour quand le Valombrien tituba sous un terrible impact. Il baissa les yeux, ébahi, et vit le bout d'un carreau dépasser de son épaule comme un crochet à vêtements.

Slanter se précipita vers lui. L'empêchant de tomber, il le fit avancer vers ses compagnons.

Helt repoussa à coups de pique les gnomes qui essayaient de s'emparer de Jair et de Slanter.

Le Valombrien ferma les yeux pour lutter contre la douleur. Il était blessé, pensa-t-il, incrédule…

Devant l'entrée, des gnomes couraient en tous sens et hurlaient des avertissements. Les portes de la casemate se fermèrent, des treuils en fer grincèrent et la herse commença à descendre.

— Garet ! cria Foraker.

Helt fonça à travers les gnomes, sa pique tendue, les écartant comme des feuilles dans le vent. Les coups pleuvaient sur lui, mais il ne parut pas les sentir et continua d'avancer. Les archers postés sur les murs lâchèrent des volées de flèches sur lui. Atteint à deux reprises, il tomba sur les genoux, mais se releva et continua.

Arrivé devant la casemate, il se jeta de toutes ses forces contre les portes, qui cédèrent avec un craquement. Le frontalier entra, fonça dans un groupe de défenseurs et les écarta comme des poupées de chiffon. Ses mains saisirent la manivelle du treuil, l'empêchant de continuer à tourner. La herse ralentit et s'arrêta à six pieds à peine du sol.

Garet Jax tailla en pièces les gnomes postés devant le portail.

Slanter et Jair entrèrent en titubant dans une cour ombragée déserte.

Le Valombrien se laissa tomber sur un genou.

— Désolé, gamin, dit Slanter, mais je dois le faire…

Il posa une main sur l'épaule de Jair, et l'autre sur le carreau. D'un coup sec, il l'arracha. Le Valombrien faillit perdre connaissance, mais Slanter le secoua. Puis il glissa un morceau de tissu roulé en boule sous sa tunique et le fixa en place avec sa ceinture.

Jax, Foraker et Edain défendaient l'accès au portail. Toujours dans la casemate, Helt tira de nouveau sur les manivelles du treuil. La herse recommença à descendre.

Jair cligna des yeux pour y voir à travers ses larmes de douleur. Quelque chose clochait ! Le frontalier n'essayait pas de rejoindre ses compagnons. Appuyé à la machinerie, il regardait la herse descendre.

— Helt… ? murmura Jair.

Puis il comprit. Le frontalier avait décidé de faire descendre la herse jusqu'au bout ! Ensuite, il serait pris au piège, condamné à une mort certaine.

— Helt, non ! cria le Valombrien.

Trop tard ! La herse s'écrasa sur le sol. Furieux, les gnomes fondirent sur l'homme resté dans la casemate. S'arc-boutant, Helt utilisa toute sa force pour arracher la manivelle du treuil et détruire ainsi le mécanisme.

— Helt ! cria de nouveau Jair.

Le frontalier tituba jusqu'à la porte de la casemate, sa pique devant lui. Un moment, il contint les assauts des gnomes. Puis il succomba sous le nombre.

Jair resta figé d'horreur derrière le portail. Garet Jax revint sur ses pas et l'obligea à se détourner. Puis il le poussa vers le Croagh.

— Partez, Jair ! Vite !

Le Valombrien avança d'un pas mal assuré et le maître d'armes le suivit.

— Il était perdu, dit Jax. La créature ailée, dans la salle de stockage, l'avait empoisonné. Je l'ai vu dans ses yeux, Valombrien.

Jair se souvint du regard que Helt lui avait jeté après l'attaque.

— Mais nous aurions pu…

— ... Faire beaucoup de choses si nous avions été ailleurs ! coupa Jax d'une voix glaciale. Le poison était mortel. Helt se savait condamné. Il a choisi cette façon d'en finir. Maintenant, courez !

Helt, le frontalier géant ! Jair se souvint de sa gentillesse pendant leur long voyage. Il revit son sourire. Et il l'avait si peu connu…

Baissant la tête pour cacher ses larmes, Jair se mit à courir.

Au bord du Croagh, à mi-chemin de l'endroit où il rejoignait la saillie rocheuse, Soupir entendit les bruits de la bataille qui se livrait plus haut devenir de plus en plus féroces. Allongé sur le sol, il montait la garde, attendant le retour de Brin ou l'arrivée de sa maîtresse. Son ouïe étant bien plus fine que celle d'un humain, il avait entendu la bataille commencer depuis un bon moment. Comme elle ne le menaçait pas, il resta où il était et attendit.

Puis un autre son parvint à ses oreilles, venu d'un endroit beaucoup plus proche. Des bruits de pas retentirent sur les marches de pierre du Croagh. Des griffes raclaient la pierre…

Soupir s'aplatit sur le sol.

Quand une ombre apparut, le félin resta parfaitement immobile. Une créature noire identique à celles qu'il avait combattues dans les cavernes descendait l'escalier, ses yeux sans vie braqués devant elle, comme si elle était aveugle.

Elle ne vit pas Soupir.

Quand le monstre fut à moins de dix pas de lui, le félin bondit. Avant d'avoir le temps de réagir, la créature bascula de l'escalier et tomba vers la vallée comme une pierre.

Soupir la regarda s'enfoncer dans la forêt.

Il recula vivement, son odorat offusqué par l'odeur qui montait de la jungle. Feulant de dégoût, il retourna sur la saillie.

Un autre bruit de pas sur le Croagh, au-dessus de lui, le força à se retourner. Encore une créature noire ! Accompagnée cette fois d'une grande silhouette encapuchonnée. Il était trop tard pour se cacher.

Soupir se prépara à combattre.

Jair Ohmsford et ses compagnons couraient à travers des couloirs obscurs et puants. Graymark était à l'agonie. Ceux qui y demeuraient appréciaient seulement la mort…

Et ils veulent la mienne, pensa Jair, qui courait toujours malgré son épaule endolorie. *Ils entendent me détruire…*

Devant lui, la silhouette de Garet Jax lui servait de point de repère. Les gnomes restaient loin derrière eux et les spectres Mords ne s'étaient pas montrés.

Le Valombrien lutta contre sa peur. Où étaient les spectres ? Cachés quelque part dans la citadelle, prêts à détruire les corps et les esprits ?

Ils viendraient sûrement...

Mais où étaient-ils ?

Jair tituba, percuta Slanter et faillit tomber, mais le gnome le rattrapa au vol.

— Regarde où tu mets les pieds !

Jair serra les dents.

— J'ai mal, Slanter ! Chaque pas est pénible...

— La douleur t'informe que tu es encore vivant, gamin. Maintenant, cours !

Jair Ohmsford obéit. Devant eux, des voix et des bruits de course retentirent. Des gnomes arrivés par un autre chemin les cherchaient.

— Maître d'armes ! cria Slanter.

Jax s'arrêta. Le gnome lui fit signe de se cacher dans une alcôve où une petite porte donnait sur un escalier étroit.

— Nous pourrons leur échapper grâce à cet escalier, dit Slanter. Mais d'abord, il faut un moment de repos au gamin !

Le gnome enleva le bouchon de sa flasque de bière et la porta aux lèvres de Jair, qui but avidement. Le liquide amer lui brûla le gosier, mais soulagea presque instantanément la douleur. Appuyé contre un mur, il vit Garet se glisser dans l'escalier. Derrière lui et Slanter, Foraker et Edain Elessedil montaient la garde, accroupis dans les ombres.

— Ça va mieux ? demanda Slanter.

— Oui.

— C'est comme dans les Chênes Noirs, quand tu as été battu par Spilk ?

— Oui, fit Jair. Cette bière gnome est un remède universel !

Slanter lâcha un rire sans joie.

— Non, gamin ! Ça ne guérirait pas ce que les Marcheurs nous feraient, s'ils nous attrapaient ! Et ils nous traquent ! Je sens leur puanteur !

— C'est seulement l'odeur nauséabonde de cet endroit, Slanter, protesta Jair.

Le gnome se pencha vers le Valombrien.

— Et Helt ? Qui aurait pensé que nous le perdrions comme ça ? Un géant pareil ! Les frontaliers sont des types solides, pourtant. Et les éclaireurs encore plus résistants. Je n'aurais pas cru que ça irait si vite !

— Moi non plus. Mais ce sera différent pour nous, Slanter. Les gnomes sont *derrière* nous. On va s'en sortir !

— Non, gamin. Nous y laisserons tous notre peau avant que ça soit fini...

Slanter aida le Valombrien à se lever – sans trop de ménagement –, fit signe à Foraker et à Edain, puis monta l'escalier avec Jair.

Le nain et l'elfe les suivirent aussitôt. Ils rattrapèrent vite Jax, et les cinq compagnons avancèrent dans des ténèbres chichement éclairées par une faible lueur, en haut de l'escalier.

L'intérieur de Graymark était aussi sinistre qu'une tombe, pensa Jair, conscient en ce lieu de la fragilité de leur vie. Il pouvait mourir aussi rapidement que Helt. Il n'était plus sûr, comme il l'avait cru auparavant, qu'il survivrait jusqu'à la fin de l'aventure.

Puis il chassa cette idée. S'il ne survivait pas, il n'y aurait personne pour aider Brin ! Tout serait fini pour eux deux, car il n'y avait pas d'espoir pour elle, s'il mourait. Il devait trouver un moyen de vivre !

L'escalier s'arrêtait devant une porte en bois munie d'une grille de fer. C'était par là que s'infiltrait la lumière du jour qui les avait guidés. Slanter regarda à travers les barreaux. Derrière eux, tout près, les cris de leurs poursuivants continuaient à résonner.

— Nous devons courir plus vite, dit Slanter. Foncez devant, vers le grand hall. Et restez groupés !

Dès qu'il ouvrit la porte, tous foncèrent vers la lumière. Ils débouchèrent dans un long couloir au haut plafond. D'étroites fenêtres cintrées l'éclairaient. Slanter les conduisit vers la droite, où ils dépassèrent des alcôves plongées dans la pénombre, des armures rouillées posées sur des socles et des armes accrochées aux murs.

Quelques pas à peine derrière eux, une porte s'ouvrit à la volée et des Chasseurs gnomes envahirent le couloir. Dès qu'ils virent leurs proies, ils se lancèrent à leur poursuite.

— Vite ! cria Slanter.

Une volée de flèches les frôla. Avisant une porte en bois à double battant, ils foncèrent.

Garet Jax et Slanter se jetèrent contre la porte, dont les charnières se brisèrent.

Derrière se trouvait la salle que Slanter cherchait – une pièce chichement éclairée par la lumière du jour… Des poutres, usées et craquelées par le passage des siècles, se croisaient au plafond.

Les cinq compagnons coururent à travers des rangées de tables et de bancs. Derrière eux, leurs poursuivants arrivaient déjà.

Jair suivait Slanter. Jax était un peu en avant, vers la gauche, Foraker et Edain Elessedil fermant la marche. Les poumons du Valombrien le brûlaient, et sa blessure le torturait à chaque pas. Des flèches sifflèrent très près d'eux, s'enfonçant dans le bois des meubles.

Il y avait des Chasseurs gnomes partout.

— Par là ! cria Slanter.

Devant eux, un grand escalier montait vers un balcon. Ils foncèrent, mais des Chasseurs arrivèrent avant eux et leur barrèrent le chemin. Garet Jax sauta d'abord sur un banc, puis atterrit au milieu des gnomes. Il parvint à garder son équilibre, agile comme un chat. Un couteau dans chaque main, évitant leurs piques et leurs épées, il les tua un par un. Quand les autres le rejoignirent, seuls quelques gnomes avaient survécu… et ils s'étaient éparpillés.

Garet Jax se tourna vers Slanter.

— Où est le Croagh, gnome ?

— De l'autre côté du hall, après le balcon ! cria Slanter en ralentissant à peine. Vite !

Ils montèrent les marches quatre à quatre. D'autres gnomes se lancèrent à leur poursuite et les rattrapèrent à mi-chemin. Le maître d'armes, le nain et l'elfe se retournèrent pour les affronter. Slanter entraîna Jair une dizaine de pas plus loin, histoire de l'abriter au mieux. Les massues et les épées des gnomes faisaient un raffut terrible. Garet Jax recula, séparé des autres par leurs adversaires.

Elb Foraker tomba, le crâne ouvert par un coup d'épée. Il lutta pour se relever, le sang coulant à flots sur son visage barbu. Edain Elessedil vola à son secours. Un moment, le jeune elfe contint l'avance des gnomes, mais une pique lui transperça le bras.

Profitant de l'occasion, un gnome lui écrasa sa massue sur la jambe.

L'elfe s'écroula et les Chasseurs se jetèrent sur lui.

Un instant, tout sembla perdu. Puis Garet Jax bondit et les gnomes moururent avant de voir qui les tuait.

Foraker tituba jusqu'à l'endroit où Edain Elessedil était tombé et se tordait de douleur. Le nain tendit ses mains noueuses pour tâter la jambe blessée.

— L'os est fracassé, dit-il doucement à Garet Jax.

Il fabriqua une attelle de fortune avec les morceaux de tissu arrachés à son manteau. Slanter sortit sa flasque et fit boire un peu de bière au blessé.

Edain était blanc comme un linge quand Jair se pencha vers lui. Le Valombrien vit aussitôt que la jambe était trop endommagée pour qu'il puisse s'en servir.

— Aidez-moi à le relever, ordonna Foraker.

Avec l'assistance de Slanter, il l'emmena en haut de l'escalier, l'appuya contre la balustrade et s'agenouilla à côté de lui.

— Laissez-moi ici, murmura Edain. Il le faut. Emmenez Jair au Croagh. Vite !

Jair regarda ses compagnons.

— Non ! cria-t-il, furieux.

— Jair, dit l'elfe, c'était convenu... Quoi qu'il arrive aux autres, vous devez atteindre la source du Paradis. Je ne peux plus vous aider. Il faut m'abandonner, et continuer !

— Ohmsford, il ne peut pas aller plus loin, dit Foraker. (Il se leva et posa les mains sur les épaules du Valombrien.) Moi aussi, je suis allé aussi loin que je le pouvais. Cette blessure à la tête m'a trop affaibli pour une longue escalade. Je resterai aussi...

— Elb, non, vous ne pouvez pas..., protesta le blessé.

— C'est ma décision, Edain Elessedil. Comme pour vous, quand vous avez volé à mon secours. Nous sommes liés ainsi que tous les elfes et les nains le sont depuis des temps immémoriaux. Mon ami, nous nous sommes toujours soutenus et nous continuerons...

Le nain se tourna vers Garet Jax.

— Cette fois, pas question de contester ma décision.

Quelques gnomes apparurent au bout du couloir. Ils ralentirent, appelant des renforts.

— Dépêche-toi, Garet ! insista Foraker. Emmène Ohmsford avec toi !

Garet Jax hésita, puis il serra la main du nain.

— Bonne chance, Foraker.

— À toi aussi.

Les yeux noirs du nain croisèrent ceux de Slanter. Sans un mot, il posa son arc en frêne, des flèches et une longue dague elfique près d'Edain Elessedil. Puis il brandit sa hache à double tranchant.

— Partez !

Jair ne broncha pas.

— Viens, gamin, dit doucement Slanter.

Saisissant le bras valide du Valombrien, il le poussa le long du balcon. Garet Jax les suivit, une lueur implacable dans ses yeux gris. Jair aurait voulu hurler qu'ils ne pouvaient pas abandonner leurs compagnons, mais il savait que ça n'aurait servi à rien. La décision avait été prise.

Il jeta un dernier regard à l'endroit où Foraker et le prince elfe attendaient les gnomes.

Slanter fit passer le Valombrien par une autre porte qui donnait sur un couloir. Ils entendirent des cris derrière eux. Jair courut en silence, à côté de Slanter, et se força à ne pas se retourner.

Le couloir donnait sur une arche qui conduisait à l'extérieur de la forteresse, dans une grande cour entourée par une rambarde.

Au-delà, la paroi rocheuse plongeait abruptement vers une vallée encaissée d'où montait un escalier de pierre étroit qui serpentait sur le flanc de la montagne jusqu'à un pic solitaire, loin au-dessus d'eux.

Le Croagh, et, au sommet, la source du Paradis.

Les trois survivants se hâtèrent de rejoindre l'escalier et de commencer leur escalade.

Chapitre 42

Des centaines de marches défilèrent sous les pieds de Brin tandis qu'elle descendait le Croagh, en direction de la vallée de la Maelmord. Le fin ruban de pierre serpentait interminablement des tours de Graymark jusqu'à la jungle humide qui couvrait le sol de la vallée. La Valombrienne avançait lentement, à demi-paralysée par la peur et la fatigue – hantée par le doute. D'une main, elle tenait la rambarde de pierre pour avoir un point d'appui. À l'ouest, le soleil continuait sa lente plongée derrière les montagnes.

Brin ne quitta pas des yeux la vallée, au-dessous d'elle. D'abord indistincts, les détails de la Maelmord devinrent de plus en plus clairs à mesure qu'elle descendait.

Les arbres, immenses et noueux, étaient tordus et ratatinés. Entre eux des broussailles épaisses et des plantes grimpantes s'enroulaient comme des serpents autour de tout ce qui poussait alentour. La forêt n'était pas verte, comme une forêt normale, mais d'un gris terne et sinistre indiquant que la végétation était à l'agonie à cause du froid.

Pourtant, la chaleur qui en montait, étouffante, rappelait celle des jours les plus chauds de l'été. L'atroce odeur des égouts montait de la jungle et de la végétation par vagues nauséabondes.

Au début, Brin eut du mal à respirer, même avec l'onguent de Cogline. Au bout d'un moment, son odorat saturé, elle fut moins gênée par la puanteur. Il en alla de même pour la chaleur, dès que son corps s'adapta aux nouvelles conditions. Mais la vue de la vallée et de sa morne végétation lui resta tout aussi désagréable.

Elle entendait toujours le sifflement et voyait le feuillage se soulever et retomber comme au rythme d'une respiration. Elle aurait juré que la vallée était un être vivant capable de penser et de percevoir.

Malgré tout, elle continua. Au terme d'un long et périlleux voyage, elle avait sacrifié beaucoup trop de choses pour renoncer maintenant. Des vies avaient été perdues et les survivants ne seraient plus jamais les mêmes. Elle n'était plus la jeune elfe d'autrefois, car la magie avait fait d'elle quelqu'un de différent... et de terrible. Le reconnaître la fit frémir, mais elle pouvait enfin se l'avouer : elle avait changé à cause de la magie. Peut-être n'était-ce pas réellement un changement, mais une manière d'accepter ce qu'elle était réellement. Découvrir l'étendue effrayante du pouvoir de l'Enchantement de Shannara lui avait-il seulement montré ce qui avait toujours existé ?

Maintenant, elle *comprenait...*

Ses réflexions ne la détournèrent pas de son but quand le Croagh la conduisit de plus en plus près du fond de la vallée. Arrivée en bas du chemin, elle ralentit et regarda la masse inextricable de végétation entourée de filaments de brume. La forêt vivante respirait toujours. Aucune autre forme de vie ne s'y manifestait.

Et l'Ildatch y était caché.

Comment le trouverait-elle ?

Brin resta debout sur le Croagh, à une vingtaine de marches du sol, devant la Maelmord qui palpitait doucement. Elle lutta contre sa répulsion et sa peur, essayant désespérément de rester calme. Le moment était venu d'utiliser l'Enchantement de Shannara, comme le lui avait dit Allanon. Ces arbres, ces broussailles et ces plantes étaient semblables aux arbres entremêlés qu'elle avait fait exploser. Elle pouvait se servir de l'Enchantement de Shannara pour les obliger à s'écarter devant elle.

Mais où ce chemin la mènerait-il ?

Elle hésita. Quelque chose en elle lui conseillait la prudence. L'Enchantement de Shannara devait être utilisé différemment cette fois, car la force seule ne suffirait pas. La Maelmord était trop grande et puissante pour être maîtrisée aussi aisément. Brin devait employer la ruse et l'intelligence. Cette forêt avait été créée par la même magie que la sienne, toutes deux venues d'une époque où la magie était le seul pouvoir existant...

Brin leva la tête vers le ciel et sentit les rayons du soleil réchauffer son visage. Cette chaleur-là apportait la vie et la lumière. Elle l'appelait avec tant de force qu'elle eut un instant la tentation de remonter le sentier.

Elle se força à regarder de nouveau vers le bas, dans les profondeurs humides de la jungle. Mais elle hésitait toujours, ne sachant quel chemin prendre. Impossible d'avancer à l'aveuglette dans les profondeurs de cette monstruosité ! D'abord, elle devait deviner où l'Ildatch était caché. Il lui fallait comprendre la forêt, voir ce qu'elle était réellement...

Les paroles du fantôme du Marais lui revinrent en mémoire.

« Vois en moi le reflet de ce que tu es réellement, Brin de Valombre ! Celle qui sauvera et celle qui détruira, le miroir de la vie et de la mort. »

À sa propre surprise, Brin *vit.* Tout lui avait été révélé dans la vallée de Schiste, mais elle n'avait pas compris.

« Celle qui sauvera et celle qui détruira », avait dit l'ombre de Bremen, sortie de l'Hadeshorn pour parler à Allanon.

Celle qui sauvera et qui détruira...

Brin s'appuya contre la rambarde de pierre, bouleversée par cette révélation. Ce n'était pas dans la Maelmord qu'elle devait regarder pour trouver les réponses...

... Mais en elle-même !

Elle se redressa, plus sûre d'elle que jamais. Comme il serait facile, maintenant, d'entrer dans la Maelmord pour trouver ce qu'elle cherchait ! Inutile de se frayer un chemin au milieu de la forêt vivante qui gardait l'Ildatch. Et inutile aussi de *chercher* l'Ildatch ! Il n'y aurait pas de lutte, pas d'affrontement de magie !

À la place, il y aurait… une union !

Brin descendit les dernières marches du Croagh. Au-dessus d'elle, le feuillage se resserra, oblitérant la lumière du soleil. Mais cela ne la perturba pas. Elle savait ce qu'elle avait à faire, et rien d'autre ne comptait.

Elle commença à chanter. L'Enchantement de Shannara retentit, rauque et ardent, et enveloppa de chaleur et d'amour l'enchevêtrement de troncs, de lianes et de broussailles.

Accepte-moi, Maelmord. Accepte-moi, car je suis semblable à toi. Nous appartenons à une seule et même espèce et nos magies sont sœurs. Nous sommes identiques !

Ce que le chant murmurait à la forêt aurait dû horrifier Brin. Mais cela lui était étrangement agréable. Naguère, l'Enchantement de Shannara lui avait paru être un jeu. Maintenant, ses possibilités s'étaient pleinement révélées à elle. L'Enchantement de Shannara n'avait pas de limites. Même ici, en un lieu profondément maléfique, Brin était chez elle. La Maelmord avait été créée pour interdire l'accès à tous ceux qui n'étaient pas en harmonie avec elle. Même l'Enchantement de Shannara n'aurait pas pu abattre cette barrière. Mais sa magie était si souple qu'elle pouvait utiliser la ruse au lieu de la force, et faire en sorte que Brin Ohmsford semble être parfaitement identique à ce qui se dressait devant elle.

Elle resterait en harmonie avec la vie de cette vallée aussi longtemps que ce serait nécessaire pour atteindre son but.

Une étrange euphorie monta en elle tandis qu'elle chantait pour la Maelmord, sentant la forêt réagir à son chant. Le sentiment devint si intense qu'elle en pleura. La jungle réagit aussi. Les branches, les broussailles et les plantes grimpantes ondulèrent comme des serpents.

Dans le chant de Brin vibraient l'horreur et la mort qui avaient donné naissance à la vallée. Elle joua avec la Maelmord, s'immergeant dans le maelström qu'elle avait créé afin d'apparaître telle qu'elle voulait que la forêt la perçoive.

Elle plongea à l'intérieur d'elle-même et du chant qui sortait de sa gorge. Allanon et le voyage qu'elle avait accompli étaient oubliés, tout comme Rone, Kimber, Cogline et Soupir. Et elle se souvenait à peine de la mission qu'elle était venue accomplir : trouver et détruire l'Ildatch.

Libérer sa magie lui apporta une étrange satisfaction, presque effrayante à cause de son intensité. Elle sentit sa maîtrise d'elle-même lui échapper, comme au moment où elle avait utilisé l'Enchantement de Shannara contre le gnome-araignée, sur la crête de Toffer, ou face aux créatures noires, dans les égouts. Elle sentit que sa personnalité se délitait peu à peu. Mais elle devait prendre ce risque, elle le savait. Il était nécessaire.

La respiration de la Maelmord se fit plus rapide et le sifflement devint plus insistant. La forêt la voulait. Elle avait besoin d'elle. Comme si Brin revenait enfin à la maison après une trop longue absence…

Viens, siffla la forêt. *Rejoins-moi !*

Brin avança sans hésiter.

— Ces égouts doivent pourtant finir quelque part ! marmonna Rone en se tournant vers Kimber et Cogline.

Ils étaient sortis du tunnel pour déboucher dans une caverne. Rone avait l'impression qu'ils erraient dans les égouts de Graymark depuis le début des temps.

— Juste pour vous faire plaisir ? répondit sèchement Cogline, toujours aussi aimable.

Le montagnard ne prêta pas attention aux imprécations du vieillard. Il examina la caverne, une salle aux dimensions impressionnantes dont la voûte laissait filtrer une lumière diffuse. Au milieu s'ouvrait un énorme gouffre. Rone en approcha et regarda le pont de pierre qui le traversait. De l'autre côté, la caverne se transformait en une grande alcôve de pierre polie aux parois couvertes de signes antiques et qui donnait sur l'extérieur. D'où il était, on voyait la lumière du soleil et les frondaisons d'une forêt.

La Maelmord, pensa-t-il aussitôt.

Là où était Brin…

Rone courut jusqu'au pont et le traversa, le vieil homme et la jeune fille sur ses talons. Il avançait vers l'alcôve quand Kimber poussa un cri perçant.

— Montagnard, venez voir ça !

Il rejoignit Kimber qui désigna un endroit où une bonne partie des maillons de fer qui formaient la rambarde du pont avaient été brisés. Aux pieds de Kimber, des taches de sang brillaient sinistrement.

La jeune fille s'agenouilla et effleura le fluide rouge du bout des doigts.

— Il n'est pas encore sec, dit-elle doucement.

Rone la regarda, épouvanté. La même idée traversa leurs esprits.

— Non, dit Rone. Ça ne peut pas être celui de Brin…

Un hurlement déchira l'air : celui d'un animal poussé à bout par la colère et la peur. Rone et Kimber se pétrifièrent. Le cri venait de l'autre côté de l'alcôve.

— Soupir ! cria Kimber.

Brin ! pensa Rone.

Il courut vers l'entrée de l'alcôve tout en saisissant à deux mains l'Épée attachée en travers de son dos. En dépit de sa rapidité, Kimber le battit au poteau. Elle passa en courant à côté de lui et se rua dehors. Cogline les suivit tant bien que mal, les exhortant à ralentir.

Les deux jeunes gens sortirent de l'alcôve, Kimber avec une dizaine de pas d'avance sur Rone. Ils virent Soupir, sur la saillie, en train d'affronter deux créatures noires. Au-dessous, sur l'escalier de pierre qui descendait vers la vallée – le Croagh, comprit aussitôt Rone –, un spectre Mord regardait le félin.

Quand il entendit approcher des intrus, le spectre Mord se tourna vers eux.

— Kimber, attention ! cria Rone.

La jeune fille s'était déjà portée au secours de Soupir, un couteau dans chaque main. Le spectre leva un bras et du feu rouge en jaillit. Mais les rayons manquèrent Kimber et des fragments de pierre se détachèrent de la paroi à l'endroit où ils la frappèrent.

Rone se jeta en avant. Le spectre se tourna vers lui et le feu quitta sa main une deuxième fois. Il atteignit la lame noire de l'Épée. L'air autour du montagnard sembla exploser. La puissance de l'impact le souleva et le projeta en arrière.

Cogline jaillit de la caverne en braillant des menaces au spectre.

Il avança vers le Marcheur sans se démonter. Le spectre se tourna et leva la main. Mais le bras squelettique du vieil homme propulsa quelque chose dans le jet de flammes écarlates. Une explosion secoua la montagne, accompagnée de flammes et de fumée. Des fragments de roc brisés volèrent alentour.

Un instant, tout disparut dans la fumée.

Rone se releva, affolé.

— Tiens, maudite créature ! beugla Cogline. Voilà un échantillon de ma magie à moi. Essaie donc de te défendre contre ça !

Il fonça droit devant lui avant que Rone ait le temps de l'intercepter. Quelque part devant eux, Soupir rugit.

Rone jura. Le vieil homme était fou à lier !

Devant le montagnard, du feu rouge explosa au cœur de la fumée. Cogline en sortit, projeté sur le côté comme une poupée de chiffon. Le montagnard serra les dents et courut vers les flammes. Il trouva aussitôt le spectre, les vêtements en lambeaux.

L'Épée de Leah frappa et le Marcheur noir disparut.

Quelque chose bougea derrière Rone, qui se retourna. C'était Soupir, qui se battait contre deux créatures noires, l'une accrochée à son dos et l'autre prisonnière de sa mâchoire. Rone frappa et l'Épée traversa le corps du monstre agrippé au dos du félin.

— Kimber ! cria Rone.

Un rayon rouge fondit sur lui, mais il le dévia avec la lame de son épée. Une silhouette encapuchonnée émergea de la fumée. Hélas pour lui, le spectre ne fut pas assez rapide. Rone se jeta sur lui, l'empêchant d'attaquer. Puis l'Épée de Leah le transperça et il se transforma en un tas de cendres.

La fumée se dissipa et la saillie redevint visible. Une partie du Croagh s'était effondrée à l'endroit où le spectre Mord se tenait quand Cogline l'avait attaqué.

Rone regarda autour de lui. Le Marcheur et les créatures noires avaient disparu. Il n'était pas sûr de ce qui était arrivé aux serviteurs du spectre – avaient-ils été détruits ou seulement repoussés ? –, mais ils n'étaient plus en vue.

— Rone ?

Le prince se retourna en entendant la voix de Kimber. Elle avançait vers lui en boitant un peu.

— Kimber, pourquoi diable avez-vous fait ça ?

— Parce que Soupir aurait fait la même chose pour moi. Où est mon grand-père ?

Ils cherchèrent le vieillard et le trouvèrent à demi enterré sous un tas de rochers. Ils l'aidèrent à se dégager. Il avait des brûlures aux mains et au visage et ses cheveux étaient roussis.

Kimber serra le vieil homme contre sa poitrine.

— Grand-Père ? murmura-t-elle.

— Qui est-ce ? demanda Cogline, faisant sursauter la jeune fille et le montagnard. Intrus ! Sortez immédiatement de chez moi ! (Il rouvrit soudain les yeux.) Petite, c'est toi ? Qu'est-il arrivé aux créatures noires ?

— Elles ont disparu, Grand-Père. Tu vas bien ?

— Bien entendu ! Je suis juste un peu essoufflé. Aide-moi à me relever !

Essoufflé ! Vous avez de la chance d'être vivant, pensa Rone, *et Kimber aussi.*

Kimber et le prince aidèrent le vieil homme à se relever. Il n'avait pas fière allure, couvert de cendres comme il l'était, mais il paraissait indemne. La jeune fille le serra dans ses bras puis entreprit de le nettoyer de son mieux.

— Tu dois être plus prudent, Grand-Père... Tu n'es plus aussi rapide qu'autrefois. Les Marcheurs te tueront si tu leur fonces encore dessus comme ça !

Rone n'en crut pas ses oreilles. Qui aurait dû gronder l'autre ? Le vieil homme n'avait-il pas aussi de bonnes raisons de reprocher sa conduite à sa petite fille ? D'ailleurs, à quoi Brin et lui avaient-ils pensé quand...

Il sursauta. Brin ! Il avait oublié Brin.

Il regarda le Croagh. Si la Valombrienne était arrivée jusque-là, elle était certainement descendue vers la Maelmord. Et il devait l'y rejoindre.

Rone avança au bord de la saillie rocheuse et s'arrêta. Soupir lui barrait la route. L'animal le regarda un moment, puis s'assit sur son arrière-train.

— Laisse-moi passer ! cria Rone.

Le félin ne bougea pas d'un pouce. Le montagnard hésita, puis fit mine d'avancer quand même. Soupir retroussa les babines et grogna.

— Kimber, cria Rone, dites-lui de me laisser la voie libre ! Je veux descendre.

La jeune fille appela le félin, mais il resta où il était. Intriguée, Kimber avança, lui caressa la tête et lui parla à l'oreille. Le félin ronronna, toujours sans bouger. Kimber revint vers Rone.

— Brin va bien, dit-elle. Elle est descendue dans la vallée.

— Dans ce cas, je dois y aller aussi !

— Non. Vous devez rester ici !

— Restez ici ? Impossible ! Brin est seule dans cette jungle maléfique. Je pars à sa recherche !

— Vous ne pourrez pas. Brin ne le veut pas. Elle s'est servie de l'Enchantement de Shannara pour l'éviter, et elle a fait de Soupir sa sentinelle. Personne ne pourra passer, pas même moi.

— Mais c'est votre animal ! Obligez-le à bouger ! La magic ne peut pas être forte à ce point !

— Il y a autre chose que la magie, Rone... L'instinct de Soupir lui souffle que Brin a raison. Ce n'est pas la magie qui le retient, mais son bon sens. Il sait que les dangers, dans la vallée, sont trop grands. Il ne vous laissera pas passer.

Le montagnard continua à regarder la jeune fille, partagé entre la colère et l'incrédulité. Puis il jeta un coup d'œil au grand félin.

Et maintenant, que faire ?

L'euphorie enveloppait Brin, se déversant en elle comme le sang qui lui donnait la vie. Un instant, elle eut l'impression d'être une feuille portée par les eaux d'un fleuve. Sa vue, son ouïe et son odorat se combinaient, alimentant un flot d'images, certaines magnifiques, d'autres effrayantes et sombres. Tout paraissait nouveau et exaltant. Une découverte intérieure qui transcendait la pensée et les sentiments, et qui était, en elle-même, une raison d'être.

Brin chantait. La mélodie de l'Enchantement de Shannara était tout ce qu'il lui fallait pour vivre...

Elle avançait désormais au sein de la Maelmord, loin des marches de pierre du Croagh et du monde qu'elle avait laissé derrière elle. Ce lieu était un univers entièrement différent. Alors qu'elle s'efforçait de s'unir à la forêt, la Maelmord faisait de même, l'attirant à elle. La puanteur, la chaleur et les horribles créatures qui vivaient ici trouvèrent que la Valombrienne leur ressemblait – comme un enfant ressemble à ses parents. Les branches noueuses, les plantes grimpantes et les hautes herbes la caressaient pendant qu'elle marchait entre elles.

Comme si elle était très loin de son propre corps, Brin sentit leurs caresses et sourit.

Soudain, elle eut le sentiment d'avoir cessé d'exister. Une petite partie d'elle-même savait que cette idée aurait dû la remplir d'horreur – et qu'elle aurait dû détester le contact des immondices qui se frottaient à elle avec tant de passion. Mais emportée par l'Enchantement de Shannara, elle n'était plus la personne de jadis. Les sentiments et les raisonnements qui avaient été siens étaient oblitérés par la magie noire. Elle était devenue le double de la forêt dans laquelle elle s'enfonçait. Semblable à tout ce qui vivait ici, comme si elle était revenue d'un long exil. Les forces maléfiques qu'elle sentait en elle étaient aussi puissantes que celles qui l'attendaient dans la forêt.

La Valombrienne était désormais unie à la Maelmord.

Une petite partie d'elle-même comprit que Brin Ohmsford avait cessé d'être. Elle s'était volontairement laissé transformer et ne reviendrait pas elle-même avant d'avoir trouvé le cœur de la puissance maléfique qui l'enveloppait. L'euphorie provoquée par l'Enchantement de Shannara menaçait de lui arracher sa santé mentale. De faire d'elle, *réellement*, ce qu'elle prétendait être pour charmer la Maelmord.

Les ombres sylvestres l'enveloppèrent, aussi douces que du velours noir et aussi silencieuses que la mort. Elle ne voyait plus le ciel. Seule la lumière déclinante du crépuscule pénétrait dans ce labyrinthe végétal. En marchant, Brin entendait autour d'elle la respiration de la Maelmord, qui soulevait rythmiquement les branches, les lianes et les broussailles. À part cela, tout était silencieux. Aucun autre signe de vie en dehors de la sienne et de la végétation... Aucune trace des Marcheurs ou des créatures qui les servaient. Ni de l'Ildatch qui leur avait permis à tous d'exister.

Brin continua, poussée par le fragment de souvenir caché au fin fond de sa mémoire.

Trouve l'Ildatch, lui murmurait une voix intérieure. *Trouve le grimoire de magie noire.*

Elle perdit toute notion du temps. Était-elle là depuis une heure ? Ou des jours ? Par moments, elle avait l'impression curieuse d'avoir passé toute sa vie dans cette jungle...

Elle entendit le bruit lointain d'un corps qui dégringolait des parois de la montagne, dans la vallée encaissée. Elle identifia les hurlements de la créature quand la Maelmord se referma autour d'elle, l'écrasant jusqu'à ce qu'elle n'existe plus.

Brin savoura sa mort et goûta le sang de la victime pendant que la forêt la dévorait. Quand ce fut terminé, elle le regretta. Elle en aurait voulu davantage !

Des avertissements retentirent tout au fond de son crâne. Elle se souvint vaguement d'Allanon, grand et voûté, ses cheveux noirs grisonnants, son visage creusé par l'âge. Il essayait de l'atteindre à travers un gouffre qu'elle ne pouvait pas traverser, et ses paroles étaient à peine audibles.

« L'Enchantement de Shannara est un pouvoir dont je n'ai jamais vu l'égal. Servez-vous-en avec prudence. »

Brin ne chercha pas à comprendre le sens de ces mots et l'image du druide se dissipa. Il était mort, se rappela la Valombrienne, étonnée. Il avait quitté à jamais les Quatre Terres.

Allanon totalement oublié, elle eut de nouveau conscience d'être dans la Maelmord et sentit une ombre de mécontentement dans sa respiration sifflante. La Maelmord avait détecté un changement en Brin et elle en était perturbée.

La Valombrienne revint aussitôt à la personnalité qu'elle s'était créée. L'Enchantement de Shannara retentit et rassura la jungle. Le sentiment de malaise disparut.

Brin continua d'avancer et se laissa engloutir par la Maelmord. Les ombres devinrent plus épaisses à mesure que le crépuscule tombait et la respiration de la créature-jungle se fit plus lourde. Le sentiment de familiarité créé par l'Enchantement de Shannara se renforça.

Tout près de ce qu'elle cherchait, Brin chanta avec une énergie renouvelée. La magie de l'Enchantement de Shannara vibra intensément et la Maelmord frémit en l'entendant.

Alors, les arbres et les broussailles s'écartèrent, révélant une clairière. Une tour en ruine se dressait au milieu, à demi cachée par les ombres. Les murs de pierre se tendaient vers la cime des arbres, couronnés par des tourelles et des parapets aussi lisses que des os blanchis par les siècles. Le feuillage et les branches ne touchaient pas la tour, comme si son contact signifiait la mort.

Brin s'arrêta.

L'Enchantement de Shannara devint un murmure plein d'espoir.

La source du pouvoir maléfique était là ! L'Ildatch !

S'enveloppant dans les strates de magie qui la déguisaient, Brin avança à sa rencontre.

Chapitre 43

Les portes de la tour étaient entrouvertes.

Enveloppée par le chant, la Valombrienne entra dans une salle obscure. Par bonheur, les fissures des murs laissaient filtrer assez de lumière pour qu'elle s'oriente.

Le sol de pierre était couvert de poussière et de petits nuages gris s'en élevaient à chaque pas de Brin.

Il faisait frais, ici, comme si la puanteur et la chaleur de la jungle étaient restées à l'extérieur.

Un couloir s'enfonçait dans les ténèbres. Brin se retourna et sonda une dernière fois les profondeurs de la jungle qui entourait la bâtisse.

Puis elle continua. Portée par la magie, elle sentit ses joues s'empourprer et eut l'impression de flotter dans le couloir. Un instant, elle se demanda pourquoi la poussière, sur le sol, ne lui montrait aucune autre trace de pas que les siennes, puisque les spectres Mords étaient sûrement venus ici… Mais elle oublia bientôt sa question.

Un escalier conduisait au centre de la tour. Brin s'y engagea et entendit murmurer autour d'elle des voix sans identité qui paraissaient nées de l'air qu'elle respirait. Il lui sembla qu'elle se fondait aux murs de la tour, passant tel un fantôme de salle en salle, unie à l'édifice comme elle l'avait été à la Maelmord.

Elle sentit la tour l'accueillir et l'attirer vers elle. Tout cela grâce à la magie de l'Enchantement de Shannara, qui parlait aux forces maléfiques et les convainquait qu'une âme sœur venait à elles…

Quand Brin arriva dans une rotonde à coupole, la mélodie de l'Enchantement de Shannara devint un murmure et toutes les voix se turent.

La Valombrienne avança, à peine consciente des mouvements de son corps. Les ombres reculèrent et ses yeux s'habituèrent à la chiche lumière. La salle n'était pas vide, comme elle l'avait d'abord cru : au milieu se dressait une estrade sur laquelle était installé un autel. Sur l'autel reposait un objet carré plus noir que la nuit.

Brin avança encore, haletante.

C'était l'Ildatch !

Elle le comprit avant même de le voir vraiment. L'Ildatch, l'origine des forces maléfiques. Le pouvoir de l'Enchantement de Shannara vibra dans le corps de Brin avec une intensité inédite.

Elle traversa la pièce, les idées se bousculant dans sa tête. La mélodie de l'Enchantement de Shannara devint un sifflement vicieux. Les murs de la salle semblèrent se fondre dans les ténèbres jusqu'à ce que plus rien n'existe que le grimoire.

Brin gravit les marches de l'estrade et avança jusqu'à l'endroit où le livre fermé reposait sur l'autel. Il était vieux et usé, son dos en cuivre terni par le temps, sa couverture de cuir craquelée et tachée. Ce grimoire pouvait être assez ancien pour exister depuis l'aube de l'humanité.

Brin le regarda un moment, savourant la satisfaction de l'avoir enfin trouvé.

Puis elle tendit la main et la posa sur le grimoire…

Enfant des ténèbres…

Quand la voix murmura ces mots dans la mémoire de Brin, ses doigts se figèrent sur la couverture usée.

« Enfant des ténèbres… »

La gorge de Brin se noua et l'Enchantement de Shannara mourut avant qu'elle ait le temps de comprendre ce qui se passait. Elle resta devant l'autel, muette, la main toujours posée sur le grimoire. Les échos de la voix résonnaient toujours dans son esprit, la paralysant.

Je t'attendais, enfant des ténèbres. Je t'attends depuis que tu es venue au monde, quand tu étais un bébé à peine sorti du ventre de sa mère. Enfant de la magie elfique, nous avons toujours été unis, toi et moi, par des liens plus puissants que ceux du sang et de la chair. Souvent, je t'ai touchée, d'esprit à esprit, et même si je ne te connaissais pas, j'ai toujours su que tu viendrais…

La voix avait un timbre neutre – ni mâle ni femelle – dénué de toute émotion. Bref, elle n'était pas *vivante*. En l'écoutant, Brin se sentit glacée jusqu'aux os. À l'intérieur d'elle-même, sa vraie personnalité, soigneusement cachée, se recroquevilla encore.

Enfant des ténèbres…

Brin regarda dans la pénombre, autour d'elle. Où était la créature qui parlait ? Qu'est-ce qui la liait à elle ? Ses yeux se posèrent sur l'antique grimoire qu'elle serrait toujours dans ses mains. Le sang avait déserté ses doigts, tant ils étaient crispés, et une chaleur brûlante se communiquait du grimoire à sa peau…

J'existe, enfant des ténèbres. Au même titre que toi. Je suis vivant. Il en a toujours été ainsi. De tout temps, il y a eu des créatures prêtes à me donner la vie. À me donner leur *vie…*

Brin ouvrit la bouche, mais aucun son n'en sortit. La chaleur monta le long de ses bras puis se diffusa dans tout son corps.

Connais-moi ! Je suis l'Ildatch, né à l'époque du monde magique. Plus ancien que les elfes, aussi vieux que le roi de la rivière Argentée et que la Parole. Ceux qui m'ont créé n'existaient plus depuis longtemps quand est né le monde des créatures magiques, puis celui de l'Homme. Autrefois, je faisais partie de la Parole, caché à la vue de tous, et on ne parlait de moi que dans les ténèbres. Au début, j'étais une somme de secrets. Mais je devins une parole écrite, et fus étudié par ceux qui voulaient connaître l'étendue de mon pouvoir. À travers les âges, bien des téméraires ont voulu découvrir mes secrets. Les transformant en créatures magiques, je leur ai donné mes pouvoirs. Mais il n'a jamais existé d'être comme toi...

Ces paroles étaient pleines de promesses. La Valombrienne les sentit tourbillonner autour d'elle comme des feuilles soulevées par le vent. La brûlure avait envahi son corps, comme si elle était à côté d'une fournaise.

Avant toi, beaucoup sont venus... Les druides donnèrent naissance au Roi-Sorcier et aux porteurs du Crâne. M'ayant trouvé alors qu'ils cherchaient les secrets du pouvoir, ils sont devenus ce qu'ils souhaitaient devenir. Mais la puissance était en moi. Elle était *moi. Les spectres Mords sont les fils d'hommes bannis par les races. Mais le pouvoir restait mien. À chaque fois, une vision suprême de ce qui devrait exister dans le monde préside à la quête. Et cette vision prend immanquablement forme grâce à l'esprit de ceux qui acceptent d'utiliser le pouvoir contenu dans mes pages. Hélas, la vision n'est jamais correcte et la tentative échoue. Enfant des ténèbres, vois maintenant une infime fraction de ce que je peux offrir...*

Les mains de Brin bougèrent sans qu'elle leur en ait donné l'ordre. Elles ouvrirent l'Ildatch, dont les pages tournèrent toutes seules. Des mots jaillirent du grimoire. Écrits dans une langue oubliée, plus ancienne que l'humanité, ils se transformèrent en paroles. L'esprit de la Valombrienne s'ouvrit et elle comprit aussitôt leur sens. Peu à peu, les secrets de la puissance se révélèrent à elle dans leur terrible ampleur.

Puis on lui arracha la connaissance, en laissant seulement un vague souvenir. Les pages du grimoire se refermèrent et la couverture se remit en place.

Les mains de Brin, toujours posées sur l'ouvrage, se mirent à trembler.

Je t'ai montré une minuscule partie de ce que je suis, enfant des ténèbres. Un pouvoir bien supérieur à celui du druide Brona et de ses disciples. Un pouvoir qui fait pâlir celui des spectres Mords qui viennent à moi aujourd'hui. Le sens-tu passer à travers ton corps ?

La brûlure se répandit de nouveau en Brin.

Pendant mille ans, j'ai été utilisé d'une manière qui a dicté le destin de ta lignée. Un millénaire durant, les ennemis de ta famille ont fait appel à mon pouvoir et ils ont essayé de détruire tout ce qui lui était cher. Tu es arrivée ici à cause de moi. Je suis celui qui t'a fabriquée – qui a donné forme à ta vie. Il y a une raison à tout ce qui arrive, enfant des ténèbres. Vois-tu quelle est cette raison ? Regarde à l'intérieur de toi-même...

Soudain, Brin crut voir une haute silhouette vêtue de noir aux cheveux grisonnants et aux yeux noirs perçants. Cet homme lui parlait de ce qui tenterait de la tromper et de la corrompre. Elle essaya de se souvenir de son nom. En vain, car la vision était obscurcie par la sensation de brûlure et l'écho des paroles de l'Ildatch.

Ne te vois-tu pas toi-même ? Ne vois-tu pas ce que tu es ? Regarde à l'intérieur...

La voix, toujours dénuée d'émotion, faisait à présent montre d'une insistance qui paralysait les pensées de Brin. Sa vue se brouilla et il lui sembla voir de l'extérieur l'être qu'elle était devenue grâce à la magie de l'Enchantement de Shannara.

Nous sommes unis, enfant des ténèbres, ainsi que tu l'as souhaité. La magie elfique n'était pas nécessaire, car tu es ce que tu es. Ce que tu as toujours été ! Voilà pourquoi nous ne faisons plus qu'un, désormais. La magie que nous partageons crée des liens entre ton corps de chair et de sang et mon corps de parchemin et d'encre. Nous sommes ensemble et c'est ce que j'attendais depuis toujours...

Mensonges ! Le mot explosa dans le crâne de Brin et mourut aussitôt. Ses pensées tourbillonnaient sans but. Tenant toujours l'Ildatch, elle trouva ses paroles étrangement persuasives. Oui, il y avait des liens entre eux.

Elle était proche de l'Ildatch, une partie de lui, semblable à lui...

Alors qu'elle cherchait désespérément le nom du druide dans son esprit, la brûlure augmenta et la voix recommença à parler.

Depuis toutes ces années, je t'attends, enfant des ténèbres. Tu es enfin venue à moi. Désormais, je t'appartiens. Regarde ce que tu dois faire de moi. Dis-le moi...

Les mots se présentèrent à l'esprit de Brin sans qu'elle l'ait voulu. Elle essaya de hurler, mais sa gorge ne laissa pas passer le moindre son.

Ce qu'elle devait faire de lui...

Des larmes perlèrent à ses paupières et coulèrent le long de ses joues.

Je dois t'utiliser, répondit-elle.

Rone leva son épée.

— Maintenant, ça suffit ! Kimber, dites à cet animal de me laisser passer !

Il approcha de Soupir et essaya de le déloger de son poste.

— Je ne peux pas, Rone. Il est décidé à ne pas bouger.

— Je me moque de ce qu'il a décidé ! Ce n'est qu'un animal ! Je descendrai, qu'il le veuille ou non. Pas question de laisser Brin seule dans cette jungle !

Le prince avança vers Soupir. À cet instant, une secousse sismique ébranla la montagne. Elle fut si violente que le montagnard et la jeune fille titubèrent et manquèrent tomber. Dès qu'ils eurent repris leur équilibre, ils approchèrent du bord de la paroi.

— Que s'est-il passé dans la vallée, Kimber ? demanda Rone.

— Des Marcheurs, je pense, dit Cogline, derrière lui. Ils ont peut-être fait appel à la magie noire contre la petite...

— Grand-Père ! s'écria Kimber.

— Vieil homme, rugit Rone, furieux, si quelque chose est arrivé à Brin parce que j'ai été retenu par ce maudit félin...

Il se tut. Des silhouettes venaient d'apparaître sur les marches du Croagh. Sorties de Graymark, elles descendaient vers l'endroit où Rone et ses compagnons attendaient.

— Des spectres Mords..., murmura le montagnard.

Soupir se ramassa sur lui-même, prêt à les affronter. Cogline poussa un petit cri.

Rone regarda la colonne de spectres. Ils étaient trop nombreux !

— Placez-vous derrière moi, Kimber, dit-il doucement.

Puis il brandit son épée.

Je dois t'utiliser... t'utiliser...

La voix était si convaincante...

Mais une autre retentit.

Attention, Valombrienne ! C'est de la magie noire, celle que tu es venue détruire !

Aussitôt, l'Ildatch contre-attaqua.

Je suis la somme des connaissances glanées au fil des âges et mises à la disposition des mortels... En échange du savoir, je prends ce qu'on me donne de la vie de ceux qui m'utilisent. Enfant des ténèbres, je suis seulement leur reflet. Réfléchis ! Tu es différente de tous ceux qui se sont servis de moi. Car tes buts ne sont pas les mêmes...

N'écoute pas, n'écoute pas ! pensa Brin.

Depuis plus de mille ans, je suis entre les mains de tes ennemis. Maintenant, te voilà, prête à m'utiliser comme nul autre ne l'a jamais fait. Tu détiens les secrets que tant d'êtres ont mis au service du mal. L'Enchantement de Shannara peut se joindre à la magie écrite. Pense aux merveilles que nous réaliserions ensemble, si tu voulais essayer...

Brin n'avait pas besoin d'essayer. Elle avait déjà senti cela dans l'Enchantement de Shannara. Le pouvoir ! Emportée par ses vagues, elle en avait tiré un incroyable plaisir. Avec lui, elle s'élevait bien au-dessus de toutes les autres créatures de la terre. Que pourrait-elle accomplir si elle détenait en plus la puissance du grimoire ?

Tout cela t'appartiendrait. Tu modèlerais le monde à ta guise. Et avec toi, ce serait merveilleux – pas comme avec ceux qui t'ont précédée. Enfant des ténèbres, tu as la force dont ils manquaient parce que tu es née de la magie elfique. Utilise-moi ! Explore les limites de ta magie et de la mienne. Joins-toi à moi. C'est pour ça que je t'ai attendue et pour ça que tu es venue... C'était prévu de toute éternité...

Non, pensa Brin, *non ! Je suis là pour te détruire...*

En elle, tout semblait se briser. Des vagues de chaleur inhumaines déferlaient dans son corps.

J'ai des connaissances à te donner. Si tu me détruis, le savoir accumulé pendant des siècles sera perdu. Alors, rien de ce qui aurait pu advenir ne sera. Garde ce qui est bon, enfant des ténèbres, et approprie-toi le pouvoir...

Allanon. Allanon...

La voix interrompit le cri silencieux de Brin.

Regarde, enfant des ténèbres. Ce que tu détruirais réellement en me vouant à la mort se dresse maintenant derrière toi. Tourne-toi et regarde !

Brin obéit. Des Marcheurs en robes noires se glissaient dans les ténèbres comme des fantômes. Ils entrèrent dans la rotonde, hésitant quand ils virent la Valombrienne, le grimoire entre les mains.

La voix de l'Ildatch murmura de nouveau.

L'Enchantement de Shannara, enfant des ténèbres. Utilise la magie. Détruis-les !

Brin agit sans réfléchir. Serrant l'Ildatch contre sa poitrine, elle invoqua la magie, qui déferla comme les eaux d'un fleuve en crue.

L'Enchantement de Shannara s'éleva dans le silence de la tour. Il se répercuta partout dans la rotonde, presque vivant, et enveloppa les Marcheurs.

Les êtres vêtus de noir cessèrent d'exister. Il ne resta même pas un tas de cendres pour marquer leur passage en ce monde.

Brin recula vers l'autel d'un pas hésitant. En elle, elle sentit la magie de l'Enchantement de Shannara se mêler à celle du grimoire.

Oui, enfant des ténèbres, sens le pouvoir qui est le tien. Il t'emplit et je fais partie de lui. Et de toi ! Comme il te sera facile de vaincre tes ennemis, quand tu invoqueras cette puissance ! Peux-tu hésiter plus longtemps ? Rien n'aurait pu se passer différemment ! Ne tente plus de croire que nous ne sommes pas unis. Utilise-moi ! Détruis les spectres et les créatures noires qui les servent. Fais de moi une partie de toi. Donne-moi la vie…

Au fond de Brin, quelque chose luttait contre la voix. Mais son corps ne lui appartenait plus. Il était désormais le jouet de la magie.

Prisonnière à l'intérieur de son propre corps !

Un être nouveau naquit en elle et la minuscule partie qui voyait encore la vérité fut réduite au silence.

La Valombrienne eut le sentiment de grandir et de remplir toute la rotonde. Il y avait si peu d'espace autour d'elle ! Il lui en fallait davantage…

Un gémissement quitta sa gorge. Elle tendit les bras, l'Ildatch levé au-dessus de sa tête.

Utilise-moi. Utilise-moi !

Le pouvoir augmenta encore en Brin.

Chapitre 44

Les marches du Croagh défilaient sous les pieds de Jair, qui suivait Garet Jax et Slanter. Il lui semblait que chaque marche qu'il gravissait serait la dernière. Ses muscles étaient noués et la douleur de sa blessure, lancinante, usait lentement ses forces déjà déclinantes. Haletant, les poumons en feu, il sentit de la sueur couler le long de son visage.

Mais il continua. Pas question qu'il en aille autrement !

Il regarda vers le haut, concentré sur l'escalier sinueux et les marches de pierre grossièrement taillée. Il avait conscience de l'existence des parois rocheuses et de la forteresse, au-dessous de lui, et, plus loin, des pics des monts Ravenshorn. Mais rien de tout cela n'importait. La seule chose qui comptait, c'était ce qui l'attendait au sommet.

La source du Paradis.

Et Brin. Il la retrouverait dans les eaux de la Source et découvrirait ce qui lui était arrivé. Alors, il apprendrait ce qu'il devrait faire pour l'aider. Le roi de la rivière Argentée lui avait promis qu'il trouverait un moyen de ramener Brin à elle-même.

Passant sur un endroit couvert de pierres friables, il glissa, tomba et s'écorcha les mains quand il atterrit.

Il se releva rapidement et reprit son ascension, sans se soucier des égratignures.

Devant lui, ses deux compagnons couraient d'un pas léger. Garet Jax et Slanter, les deux survivants du petit groupe parti de Culhaven. À cette idée, l'amertume et la colère submergèrent le Valombrien. Des lumières colorées dansèrent devant ses yeux quand il lutta pour reprendre son souffle. Il était épuisé. Mais ils arrivaient au bout de leur voyage…

Les marches du Croagh tournèrent soudain vers la droite et le pic se rapprocha. L'escalier donnait sur l'entrée d'une caverne qui conduisait dans la montagne. Il leur restait à peine une vingtaine de marches à monter.

Garet Jax leur fit signe de se hâter, puis gagna prestement le sommet du Croagh. Il resta un instant sur la saillie rocheuse, auréolé par le soleil de la fin d'après-midi.

Jair lui trouva un air surhumain et irréel.

Le maître d'armes se tourna vers lui.

— Dépêche-toi, gamin, murmura Slanter.

Ils gravirent les dernières marches. La caverne s'ouvrait devant eux, plongée dans la pénombre.

— On ne voit rien, d'ici, marmonna Slanter.

Il fit mine d'avancer, mais Jax le retint.

— Un moment, gnome. Il y a ici quelque chose qui attend...

Les trois compagnons se turent. Le vent tomba d'un coup. Jair retint son souffle. Oui, quelque chose attendait... Il percevait une présence.

— Garet..., commença-t-il.

— Chut...

Une ombre se détacha des parois de la caverne et avança vers eux. Jair sentit son sang se glacer. Cette créature humanoïde avait des muscles puissants et des mains griffues. Ses yeux jaunes à l'éclat cruel se rivèrent sur eux. Le monstre ouvrit la gueule, révélant une rangée de crocs.

Puis il avança dans la lumière et s'arrêta. Il n'était pas noir comme les spectres, mais rouge.

Le Jachyra beugla. Son cri ressemblait à un rire hideux.

— Valombrien, c'est de ça que j'ai rêvé ! s'écria Jax, une lueur étrange dans les yeux. Le rêve dont j'ai parlé, celui qui m'a poussé à partir vers l'est avec vous !

— Vous avez dit que ce rêve vous avait montré une créature de feu..., souffla Jair.

— C'est ainsi qu'elle m'est apparue, oui. Mais quand j'étais devant le feu, lorsque la voix désincarnée me disait ce que je devais faire, la créature a éclaté de rire, comme un être vivant. Et c'était le cri que nous venons d'entendre. Valombrien, voilà le duel ultime qui m'a toujours été promis !

Le Jachyra se mit en position de combat et avança vers eux. Garet Jax brandit son épée.

— Vous voulez combattre cette créature ? lança Slanter, incrédule.

Le maître d'armes ne détourna pas le regard.

— Reculez, ordonna-t-il à ses compagnons.

— C'est la plus mauvaise idée que vous ayez jamais eue ! lança Slanter. Vous ignorez tout de cette bête. Si ses griffes et ses crocs sont empoisonnés, comme ceux de la créature qui a attaqué le frontalier...

— Je ne suis pas Helt, gnome, dit Jax. Et je n'ai jamais été vaincu.

Il regarda ses compagnons, puis se concentra sur le Jachyra. Jair fit mine d'avancer vers lui, mais Slanter le tira en arrière.

— Non, gamin ! Ce type veut se battre ! Il n'a jamais perdu, qu'il dit ! Mais il a peut-être bien perdu l'esprit...

Garet Jax avança vers le Jachyra.

— Emmenez le Valombrien dans la caverne, gnome, et aidez-le à trouver la source du Paradis. Partez quand la créature m'attaquera. Faites ce que nous avons juré de faire !

Helt, Foraker et Edain Elessedil ! pensa Jair. Tous morts à cause de leur serment de l'amener à la source du Paradis. Et maintenant, Garet Jax ?

Mais il était déjà trop tard. Le Jachyra se jeta sur Jax, rapide comme l'éclair.

Le maître d'armes esquiva l'attaque et sa lame frappa si vite que Jair put à peine suivre le mouvement. Le Jachyra hurla, recula et se prépara à un nouvel assaut.

— Partez, Jair Ohmsford ! cria Jax, les yeux brillants d'excitation. Dès qu'il attaquera de nouveau !

Jair ne bougea pas. Non, il n'abandonnerait pas Garet Jax à son sort !

— J'en ai assez de discuter tout le temps avec toi, gamin ! cria Slanter, furieux.

Le Jachyra attaqua. Garet Jax esquiva, mais une fraction de seconde trop tard. Les griffes du monstre se plantèrent dans son bras.

Jair voulut courir vers le maître d'armes.

Slanter lui flanqua un superbe coup de poing au menton.

Jair vit une lumière aveuglante. Puis les ténèbres l'engloutirent.

Quand il revint à lui, Slanter était agenouillé à ses côtés et le secouait sans ménagement.

— Lève-toi, gamin ! Debout !

Jair se hâta d'obéir. Ils étaient dans la caverne, chichement éclairée par des fissures dans le rocher.

Slanter l'avait porté, comprit le Valombrien.

— Je ne pouvais pas le laisser..., commença-t-il.

— Tu voulais le sauver avec tes petits tours de magie ? Bon sang, tu ne comprends rien ! Tu n'as pas le droit de te comporter comme ça ! Tous nos compagnons sont morts ! Et tu sais pourquoi ? Parce qu'ils croyaient en ta mission ! (Le gnome inspira à fond pour se calmer.) Te faire tuer par ce monstre aurait servi à quoi ? Un beau remerciement pour leur sacrifice !

Slanter poussa Jair vers les profondeurs de la caverne.

— Nous avons perdu trop de temps à essayer de t'enseigner des choses que tu devrais savoir ! Et du temps, nous n'en avons pas à revendre ! Il ne reste que moi et je ne te serai pas d'un grand secours si les Marcheurs nous trouvent.

Le Valombrien se tourna vers le gnome.

— Qu'est-il arrivé à Garet, Slanter ?

— Il livre le combat qui lui a été promis. Comme il le souhaitait. (Slanter poussa Jair devant lui.) Trouve la Source, gamin, et dépêche-toi ! Fais ce que tu as à faire. Pour que tout le monde ne soit pas mort en vain !

Jair courut à côté de Slanter, rouge de honte. Il comprenait la colère du gnome. Il avait agi sans penser à ce que les autres membres de leur groupe avaient sacrifié pour qu'il accomplisse sa mission. Il avait peut-être eu de bonnes intentions, mais en manquant totalement de discernement !

Devant eux, les ombres se dissipèrent, cédant la place à une lumière crépusculaire qui filtrait par une fissure énorme de la paroi de la montagne. Dans un bassin, des eaux noires venues des profondeurs de la terre bouillonnaient avant de se jeter dans une ouverture et de couler vers les gorges où elles commençaient leur long voyage vers l'ouest, pour devenir la rivière Argentée.

Le gnome et le Valombrien balayèrent la caverne du regard. Rien ne bougeait à part les eaux noircies par le poison.

Autour d'eux montait la puanteur de la Maelmord.

Jair avança, les yeux rivés sur la source du Paradis. Ce nom semblait si inadéquat pour des eaux empoisonnées ! Ce n'était plus la rivière Argentée, pensa tristement Jair. Il se demanda si la magie du vieux roi suffirait à purifier ces eaux.

Fouillant dans sa tunique, il en sortit la petite bourse de poussière d'Argent. Il ouvrit le cordon et regarda la poudre.

Et si la Poussière était du sable et rien d'autre ?

— Arrête de perdre du temps ! grogna Slanter.

Jair avança au bord du bassin où bouillonnaient les eaux nauséabondes. Non, ça ne pouvait pas être seulement du sable. Il déglutit, se souvenant de Brin…

— Jette-la ! cria Slanter, exaspéré !

Jair obéit. Les grains minuscules scintillèrent sous la pâle lumière de la caverne.

Une lueur aveuglante jaillit du bassin quand la poudre toucha l'eau.

Jair et Slanter reculèrent, les mains sur les yeux.

— La magie ! cria Jair.

Les eaux de la source du Paradis jaillirent vers le plafond, inondant toute la caverne quand elles retombèrent.

Puis la lueur mourut.

Trempés jusqu'aux os, les deux compagnons regardèrent le bassin. Les eaux de la Source étaient pures et claires. La puanteur et la couleur sombre du poison avaient disparu. La rivière Argentée était redevenue saine !

Sans hésiter, Jair enleva de son cou le cristal de vision.

Il le regarda, puis sonda les eaux de la Source.

Toute sa fatigue le quitta à cet instant.

Il jeta la chaîne et le cristal dans le bassin, produisant un éclair encore plus éblouissant que celui généré par la poussière d'Argent. Jair se laissa tomber à genoux, certain que quelque chose était allé de travers. Mais la lumière diminua et se concentra dans les eaux du bassin.

La réponse ! Montre-moi la réponse !

Une image se forma sur la surface limpide des eaux. Une salle apparut, éclairée par une lumière grisâtre. Jair recula.

La pièce sembla s'agrandir et l'attirer vers elle.

Alors, le visage de sa sœur apparut.

Brin Ohmsford sentit de nouveau des yeux invisibles la regarder. Bien qu'isolée du monde extérieur à mesure que la magie de l'Ildatch grandissait en elle, elle leva les yeux.

Restez loin de moi ! cria-t-elle mentalement. *Je suis l'enfant des ténèbres !*

Mais la minuscule partie d'elle-même que la magie noire n'avait pas pervertie reconnut les yeux et demanda leur aide. Les pensées prisonnières dans son esprit se libérèrent de leurs chaînes, fuyant comme des moutons devant les loups. Elle les vit tenter de s'échapper et cela la remplit de rage. Une par une, elle les écrasa : des souvenirs d'enfance, de sa maison, de ses parents, de ses amis…

Puis elle hurla d'angoisse, faisant trembler les murs de la tour. Qu'avait-elle fait ? La douleur monta en elle, juste châtiment du mal qu'elle avait commis. Elle entendit l'écho de la prophétie du fantôme du Marais. Oui, elle était entrée dans la Maelmord pour y trouver la mort. Mais pas celle de son corps, comme elle l'avait cru. Plutôt celle de son esprit, pris au piège de la magie ! Elle était l'instrument de sa propre destruction !

Même après avoir compris, elle ne parvint pas à lâcher l'Ildatch.

Le grimoire toujours entre les mains, elle entendait sa voix monocorde lui susurrer des encouragements et des promesses. Elle oublia sa douleur et les yeux qui la regardaient.

Il restait seulement la voix. Elle l'écouta, incapable de s'en empêcher, et le monde s'ouvrit devant elle…

Au bord de la source du Paradis, Jair recula devant l'image de sa sœur. Était-ce vraiment elle ? Glacé d'horreur, il se força à revoir ce que les eaux lui avaient montré : Brin, mais transformée en une créature à peine reconnaissable.

Elle s'était perdue elle-même, comme le roi de la rivière Argentée l'avait prédit.

Et Allanon ? Où était Allanon ? Où était Rone ? N'avaient-ils pas réussi à la protéger ? Comme Jair lui-même avait échoué en arrivant trop tard à la source du Paradis ?

Des larmes coulèrent le long des joues du Valombrien. Ce que le vieil homme avait dit était arrivé. Tout le monde avait disparu ! Il ne restait que lui, Jair…

— Gamin, que fais-tu au bord de cette Source ? demanda Slanter. Reviens ici, et sers-toi de ton peu de jugeote pour…

Jair refusa d'entendre la suite. Il continua à regarder l'image, dans l'eau. C'était Brin ! Dans la Maelmord, pervertie par l'Ildatch et par la magie qu'elle était venue détruire.

Même s'il arrivait trop tard, il devait essayer de l'aider !

Il se redressa, se souvenant des paroles du roi de la rivière Argentée, son dernier don.

« Une seule fois, il te sera possible de faire appel à l'Enchantement de Shannara, et le résultat sera une réalité, pas une illusion. »

Oubliant tout le reste, Jair chanta. La mélodie s'éleva autour de lui, couvrant les cris de protestation de Slanter. La douleur et la fatigue de Jair disparurent, et il formula son souhait. La lumière éblouissante sortit de nouveau des eaux de la source.

Slanter recula, aveuglé. Quand il put regarder de nouveau, Jair Ohmsford avait disparu, emporté par la lumière.

Chapitre 45

Jair eut l'impression d'être hors de son corps. Il traversa la pierre et l'espace, porté par la lumière, comme un fantôme, et vit la contrée défiler sous ses yeux. Des images dansèrent devant lui : Slanter, stupéfait par sa disparition ; Garet Jax face au monstre rouge, une détermination féroce sur le visage ; des Chasseurs gnomes, dans les couloirs de Graymark, cherchant frénétiquement les intrus qui leur avaient échappé ; Helt, tombé dans la casemate, le corps transpercé de coups d'épée et de pique ; Foraker et le prince elfe, encerclés par l'ennemi…

Ça suffit !

Jair hurla, repoussant les images de toutes ses forces. Puis il descendit vers le sol, porté par le chant.

Il devait rejoindre Brin !

Au-dessous de lui, la Maelmord palpitait comme une créature vivante. La forêt respirait ! Il entendit les sifflements hideux qu'elle émettait.

Frôlant les parois des montagnes, le Valombrien regarda la jungle se préparer à le recevoir. Paniqué, il plongea dans la Maelmord. Sa gueule béante se referma autour de lui, l'enveloppant dans la brume et la puanteur.

Puis tout disparut.

Jair reprit lentement conscience. Tout était obscur et la tête lui tournait. Dès qu'il cligna des yeux, la lumière reparut. Il n'était plus porté par les ailes de son chant. Arrivé dans la Maelmord, les murs de la tour qu'il voulait atteindre étaient si anciens qu'ils s'effritaient.

Il se tenait à l'intérieur de la salle que sa vision lui avait montrée.

— Brin ? murmura-t-il.

Une silhouette auréolée d'ombre se tourna vers lui, tenant un grimoire relié en métal et en cuir.

Brin était une caricature d'elle-même, ses traits altérés jusqu'à en être méconnaissables. Sa beauté et sa douceur avaient disparu, remplacées par une dureté de pierre. Elle était d'une pâleur de cire et son corps menu semblait désormais squelettique et voûté.

Que lui était-il arrivé dans ce lieu maléfique ?

— Brin ? répéta Jair

Le terrible pouvoir de la magie de l'Ildatch mêlé à la sienne, Brin vit à peine la silhouette solitaire, de l'autre côté de la rotonde.

L'intrus l'appelait et sa voix était étrangement familière. Elle lutta pour repêcher un souvenir à travers les strates de magie qui la paralysaient.

Jair ! C'était Jair !

Mais la magie noire oblitéra de nouveau le souvenir, ramenant sur le devant de la scène la créature qu'elle s'était laissé devenir. Le doute monta en elle, et la voix monocorde de l'Ildatch lui murmura un avertissement.

Il est maléfique, enfant des ténèbres. C'est une illusion créée par les spectres. Ne le laisse pas approcher de toi. Détruis-le...

Non ! cria Brin. *C'est Jair ! Il est venu...*

Il te volera le pouvoir qui t'appartient de droit. Il veut nous tuer tous les deux. Détruis-le !

Brin résista, mais la voix fut la plus forte. Alors, elle chanta...

Jair avait vu la haine briller dans le regard de sa sœur. Réagissant d'instinct, il chanta aussi et s'éloigna rapidement de l'image de lui-même qu'il avait invoquée.

Malgré sa vivacité, il échappa de justesse à la destruction. Le chant discordant qui sortait de la gorge de Brin fracassa l'image et désintégra le mur, derrière elle. L'onde de choc envoya Jair bouler sur le sol. Des nuages de poussière s'élevèrent dans l'air et les murs de la tour frémirent sous l'impact.

Jair se releva lentement sur les genoux, dissimulé par le nuage de débris. Un moment, il se demanda s'il avait utilisé à bon escient le troisième don du roi de la rivière Argentée. Quand il avait vu Brin, dans la source du Paradis, il lui avait paru évident qu'il devait la rejoindre. Maintenant qu'il était auprès d'elle, que devait-il faire ? Elle n'était plus elle-même, comme le roi l'avait prédit. Et la magie de son Enchantement aussi avait changé. Il était devenu une arme qu'elle n'avait pas hésité à utiliser contre lui – sans l'avoir reconnu.

Comment l'aider, si elle était décidée à le détruire ?

Et il n'avait pas assez de temps devant lui pour étudier la question ! Il se remit debout.

Allanon aurait sûrement résisté à un tel pouvoir. Rone se serait peut-être montré assez rapide pour l'esquiver. Et ses compagnons venus de Culhaven auraient sans doute été assez nombreux pour arrêter Brin. Mais il restait seul et il devrait se débrouiller pour trouver un moyen de la sauver.

Il sortit prudemment du nuage de débris. S'il voulait aider Brin, il devait d'abord la séparer de l'Ildatch.

Sa sœur était à une dizaine de pas de lui. Il chanta, l'Enchantement de Shannara devenant un murmure suggestif.

Brin, dit-il, *le grimoire est trop lourd, tu ne peux plus le tenir. Lâche-le, Brin. Laisse-le tomber par terre !*

Un instant, sa sœur baissa les mains et sembla sur le point de lâcher l'Ildatch.

Puis la fureur la submergea et son Enchantement fracassa celui de Jair.

Le Valombrien recula. Il essaya de nouveau, projetant une illusion qui fit danser des flammes sur la reliure du grimoire. Brin hurla, mais serra le livre contre sa poitrine, comme si elle voulait étouffer les flammes avec son corps. Puis elle regarda autour d'elle. Elle cherchait Jair, avec l'intention d'utiliser sa magie contre lui.

Il modifia l'illusion, pour faire apparaître un nuage de fumée qui dériva dans la salle. Mais Brin ne se laissa abuser qu'un court moment.

Alors, Jair créa une illusion de ténèbres impénétrables. Il devait être plus rapide qu'elle et l'empêcher de reprendre son équilibre.

Il se déplaça comme un fantôme dans les ombres, se servant de toutes les variations magiques possibles : la chaleur, le froid, la lumière, les ténèbres, la douleur, la colère. Brin l'attaqua deux fois avec sa magie. Mais elle paraissait ne plus savoir si elle devait mobiliser pleinement son pouvoir. Pourtant, elle garda l'Ildatch serré contre elle, l'agrippant comme s'il était la source de sa vie.

Rien de ce que Jair tenta ne put la forcer à lâcher le grimoire.

Tout ça était loin d'être un jeu, pensa-t-il, se souvenant des reproches de Slanter.

D'autant plus qu'il se fatiguait rapidement, sans le pouvoir de la magie noire pour le soutenir, à l'inverse de Brin. Seule sa détermination à la sauver le maintenait debout. Et il commençait à craindre que ça ne soit pas suffisant.

Il continua, cherchant un moyen de briser les défenses de sa sœur. Le souffle laborieux, il sentit que ses forces le quittaient rapidement.

En désespoir de cause, il utilisa l'Enchantement de Shannara comme il l'avait fait devant le Conseil des anciens, à Culhaven : il créa une image d'Allanon.

Le druide apparut, un bras tendu, l'air menaçant.

Lâche l'Ildatch, Brin Ohmsford ! cria l'apparition. *Laisse-le tomber sur le sol !*

La Valombrienne tituba et percuta l'autel. Son expression indiquant qu'elle reconnaissait l'image, elle parla à l'Ildatch comme si elle l'avertissait de quelque chose. Puis elle leva les mains et brandit le grimoire comme une arme.

Son chant s'éleva et l'image d'Allanon se dissipa.

Jair s'éloigna, prudemment enveloppé par un enchantement d'invisibilité. Il commençait à désespérer. Rien ne ramènerait Brin à elle-même… Que devait-il faire ? Il essaya de se souvenir avec précision des paroles du roi.

« Quand tu auras versé la poussière d'Argent dans la source du Paradis, et que les eaux redeviendront propres, jettes-y le cristal de vision. Alors, tu trouveras la réponse. »

Mais quelle réponse avait-il trouvée ? Il avait recouru à l'Enchantement de Shannara pour générer toutes les illusions qu'il connaissait. Que lui restait-il ?

Des illusions !

Ce n'était pas des illusions qu'il lui fallait, mais la réalité.

Soudain, il sut ce qu'il devait faire.

Du feu rouge explosa autour de Rone, dévié par la lame de son épée. Enveloppés de brume et de fumée, les spectres Mords s'étaient postés sur les marches du Croagh. Leurs bras lançaient des flammes que le montagnard parvenait à repousser, mais dont la puissance le secouait quand même. Kimber était accroupie derrière lui, se cachant les yeux pour les protéger des fragments de roche qui volaient partout.

Soupir, fou de rage, bloquait les créatures quand elles essayaient de le dépasser.

— Cogline ! beugla Rone. Faites quelque chose !

Les spectres Mords étaient trop nombreux. Il ne pourrait pas résister bien longtemps.

— Cogline !

Une silhouette encapuchonnée sortit des ombres au-dessus de lui, du feu jaillissant de ses deux mains.

Rone para les flammes avec sa lame, mais le spectre était tout près de lui. Soupir jaillit de l'endroit où il était caché, saisit la créature entre ses pattes et l'éloigna de Rone.

Le félin et le spectre Mord roulèrent sur le sol dans un vortex de feu et de fumée et disparurent à la vue du montagnard.

— Cogline ! appela de nouveau Rone.

Le vieil homme apparut, noueux et voûté, ses cheveux blancs en bataille.

— Ne bougez pas, montagnard ! Je vais leur montrer un feu qui les brûlera pour de bon !

Braillant comme s'il avait perdu la raison, Cogline jeta une poignée de cristaux sur les spectres. Pris dans les flammes, les petits morceaux d'obsidienne explosèrent. La secousse ébranla la montagne. Des parties du Croagh s'effondrèrent, emportant les spectres Mords dans leur chute.

— Brûlez, monstres noirs ! cria Cogline.

Mais les Marcheurs n'étaient pas si faciles à éliminer. Ils avancèrent, lançant de nouveau leur feu rouge. Cogline hurla quand les flammes le touchèrent.

Rone et la jeune fille qu'il protégeait étaient cernés par les flammes.

Les Marcheurs se jetèrent sur eux.

Épuisée par le flot de magie et par les émotions contradictoires qu'elle éprouvait, Brin s'était réfugiée sur l'estrade, devant l'autel de l'Ildatch, le grimoire toujours serré contre sa poitrine.

L'intrus qui la tourmentait était toujours là, fidèle imitation de son frère, Jair. Elle n'arrivait pas à la détruire ! Les deux magies, en elle, n'étaient pas encore entièrement unies. Pourtant, le grimoire et elle ne faisaient plus qu'un, elle le savait. Sa voix lui murmurait que le pouvoir lui appartenait. Pourquoi donc lui était-il si difficile de s'en servir ?

Parce que tu le combats, enfant des ténèbres. Tu lui résistes. Laisse-toi aller…

L'air explosa autour de Brin et la magie de celui qu'elle voulait détruire déchira la pénombre. Des dizaines d'images de son frère apparurent devant elle, avançant vers l'estrade.

Elle recula, frappée de stupeur. Jair ! Était-il vraiment là ? Jair… ?

Ils sont mauvais, enfant des ténèbres. Détruis-les. Détruis…

Obéissant à la voix de l'Ildatch, même si une petite voix lui disait qu'elle avait tort, Brin frappa de toute la force de sa magie. Les doubles se désintégrèrent. La jeune fille eut l'impression de tuer Jair chaque fois qu'elle pulvérisait une image de lui.

Puis elle hurla. Des bras l'enlacèrent – des bras de chair, chauds et vivants. Jair était là, en personne, la serrant contre lui. Il lui parla et des images de leur passé lui revinrent.

Elle vit les maisons de la petite communauté où elle avait grandi, puis les gens qui se détendaient à la fin d'une journée de travail, dans l'auberge qui appartenait à sa famille. Elle entendit les rires et les bavardages et contempla la lueur des lampes à huile et des chandelles. Sa maison apparut, entourée d'arbres. Elle reconnut le visage de son père et vit la main brune de sa mère se tendre vers elle pour lui caresser la joue. Il y avait aussi Rone Leah et tous ses amis… Un par un, les souvenirs de sa vie antérieure, si violemment arrachés par l'Ildatch, lui revinrent dans toute leur clarté et leur pureté.

Brin éclata en sanglots et se laissa aller dans les bras de son frère.

Détruis-le ! Détruis-le ! Tu es l'enfant des ténèbres !

Brin n'écouta plus la voix. Perdue dans les vagues de souvenirs qui réveillaient les émotions étouffées par la magie de l'Ildatch, elle sentit se réveiller lentement la personne qu'elle était avant que tout cela ne commence. La partie d'elle qu'elle avait crue perdue lui était miraculeusement rendue. Les liens de la magie, si étroitement enroulés autour d'elle, commencèrent à se relâcher, puis à disparaître, la laissant libre.

L'Ildatch s'affola.

Non ! Tu ne dois pas me libérer ! Il faut me tenir tout près de toi. Tu es l'enfant des ténèbres…

Mais il se trompait ! Elle le sentait maintenant à travers les multiples couches de mensonge.

Elle *n'était pas* l'enfant des ténèbres !

Le visage de Jair se matérialisa devant elle, comme s'il sortait du brouillard. Ses traits familiers devinrent nets et il lui parla doucement.

— Je t'aime, Brin. Je t'aime !

— Jair…, murmura-t-elle.

— Fais ce qu'Allanon t'a chargée de faire. Ne perds pas de temps !

Une dernière fois, elle leva l'Ildatch au-dessus de sa tête. Elle n'était pas l'enfant des ténèbres et le grimoire n'avait rien du serviteur qu'il avait prétendu être. Il affirmait qu'elle serait la maîtresse de son pouvoir, mais c'était un mensonge. Aucun être vivant ne pouvait maîtriser la magie noire. En fin de compte, l'utiliser détruisait celui qui devenait son esclave. L'Ildatch était vivant et maléfique et il l'aurait vidée de sa vie comme tant d'autres fous avant elle : les Marcheurs, les porteurs du Crâne, le Roi-Sorcier lui-même. Ensuite, il l'aurait lâchée sur les Quatre Terres pour faire régner les ténèbres et la peur et restaurer l'âge des ténèbres.

Brin jeta le livre. Il atterrit sur le sol avec un bruit de tonnerre. La reliure se fracassa et les pages s'éparpillèrent.

Alors, Brin Ohmsford se servit de l'Enchantement de Shannara, qui saisit les restes du grimoire dans les rets de son pouvoir et les transforma en un tas de cendres.

Au bord du Croagh, juste au-dessous de Graymark, Rone sentit les doigts griffus des spectres Mords lâcher prise, comme si les monstres avaient soudain été brûlés par son contact.

Les spectres reculèrent et poussèrent d'une seule voix un cri d'angoisse et de terreur.

Tout le long des marches du Croagh, jusqu'à la saillie rocheuse où Rone s'était battu pour les retenir, les créatures se contorsionnaient comme des poupées de chiffon secouées par un enfant furieux.

— Rone ! cria Kimber, le tirant hors du trajet d'un spectre qui tournait aveuglément sur lui-même.

Des flammes jaillirent des doigts des spectres et de leurs visages. L'un après l'autre, ils se désintégrèrent, s'effritant comme des statues d'argile brisées. En quelques secondes, ils cessèrent d'exister.

— Rone, que leur est-il arrivé ? demanda la jeune fille.

Le montagnard tenait toujours la garde de l'Épée de Leah à deux mains.

Des débris flottaient dans l'air. Soupir sortit du nuage de poussière tel un fantôme.

— Brin, murmura Rone. C'était Brin…

Puis il sentit la première secousse d'un tremblement de terre ébranler la montagne.

Elle venait de la Maelmord.

Épuisée, Brin Ohmsford regarda la poussière – tout ce qui restait de l'Ildatch – retomber lentement.

— Voilà ce qu'a fait ton « enfant des ténèbres », murmura-t-elle, des larmes roulant sur ses joues.

Une secousse ébranla la tour. La pierre et le bois craquèrent et s'effritèrent.

Brin leva la tête.

— Jair ? appela-t-elle.

Mais son frère lui échappa, se désintégrant devant elle.

Encore une illusion ! pensa Brin.

Le Valombrien semblait surpris, et il sembla qu'il essayait de dire quelque chose à sa sœur. Sa silhouette devint transparente, resta encore un instant visible puis disparut.

Brin s'avisa que de gros morceaux de pierre tombaient autour d'elle. Elle devait quitter la tour ! La magie noire de l'Ildatch n'existait plus et tout ce qu'il avait créé était en train de mourir.

— Vais-je survivre ? murmura Brin avant de sortir de la salle vide.

Chapitre 46

La lumière argentée augmenta d'intensité au-dessus de la source du Paradis. Slanter recula, effrayé par une explosion si violente qu'elle l'aveugla et illumina toute la caverne.

Puis elle disparut abruptement.

Slanter regarda le bassin de pierre. Debout sur le rebord, meurtri et l'air épuisé, Jair Ohmsford titubait comme un ivrogne.

— Gamin ! cria le gnome, à la fois soulagé et inquiet.

Il se précipita vers le Valombrien.

Jair s'écroula. Slanter eut juste le temps de le retenir.

— Je n'ai pas pu la ramener, Slanter, murmura-t-il. La magie n'était pas assez puissante… J'ai été forcé de l'abandonner.

— Du calme, petit. Reprends d'abord ton souffle. Et assieds-toi à côté du bassin.

Le gnome l'aida à s'installer, le dos appuyé contre un rocher, puis il s'agenouilla à côté de lui. Le Valombrien leva les yeux.

— Je suis allé dans la Maelmord, Slanter. Enfin, une partie de moi y est allée… Je me suis servi du troisième don du roi de la rivière Argentée. La magie m'a emmené hors de mon propre corps, là où le cristal m'avait montré Brin. Elle avait l'Ildatch et il l'avait transformée ! Elle était devenue… terrifiante…

— Doucement, gamin, calme-toi. As-tu trouvé le moyen de l'aider ?

Jair déglutit.

— Oui. Si j'arrivais à la toucher, je savais que tout irait bien. Je me suis servi de l'Enchantement de Shannara pour lui montrer qui elle était et ce qu'elle signifiait pour moi. Pour lui faire savoir que je l'aimais ! Elle a détruit l'Ildatch ! À ce moment, la tour a commencé à s'effondrer, et quelque chose est arrivé à ma magie. Je n'ai pas pu rester avec Brin, et j'ai été incapable de la ramener avec moi. Sans même pouvoir lui dire ce qui se passait, je me suis retrouvé ici…

Il baissa la tête, vaincu par l'émotion. Slanter lui serra l'épaule.

— Tu as fait de ton mieux, gamin. Donc, tu n'as rien à te reprocher. Par l'enfer, tu as de la chance d'être encore en vie ! Je t'ai cru perdu à jamais à cause de cette magie ! Et je ne pensais pas te revoir !

Le gnome serra Jair dans ses bras.

— Tu as plus de cran que moi, gamin. Bien plus !

Sur ces mots, Slanter recula prestement, embarrassé par son sentimentalisme. À ce moment, des secousses ébranlèrent la montagne tout entière.

— Que se passe-t-il ? cria le gnome, exaspéré.

— C'est la Maelmord, dit Jair en se levant.

Sa blessure à l'épaule se rappelant à lui, il s'accrocha au gnome pour ne pas tomber.

— Slanter, nous devons aller chercher Brin ! Elle est seule dans cette jungle ! Il faut l'aider !

— Bien entendu, gamin ! Toi et moi, nous la tirerons de là. En attendant, passe ton bras autour de mes épaules et avance.

Soutenant Jair, le gnome rebroussa chemin à travers la caverne et se dirigea vers l'escalier qui les avait conduits jusque-là. Le crépuscule tombé, seuls quelques rayons du soleil couchant filtraient encore des fissures, éclairant faiblement leur chemin.

Les secousses continuèrent, lentes et régulières, leur rappelant que le temps était compté.

Ils sortirent de la caverne et débouchèrent sur la saillie rocheuse qui conduisait au Croagh. À l'est, la lune et quelques étoiles étaient déjà levées. Mais la saillie restait plongée dans la pénombre.

Au milieu du chemin, ils aperçurent Garet Jax.

Jair et Slanter avancèrent. Le maître d'armes gisait contre un rocher, couvert de sang. Son épée toujours à la main, il avait les yeux fermés, comme s'il dormait.

Slanter s'agenouilla à côté de lui.

— Il est mort ? souffla Jair.

Le gnome se redressa.

— Oui, petit, il est mort. Il a finalement trouvé quelqu'un de plus fort que lui. C'est ce qu'il cherchait, non ?

Jair ne répondit pas, pensant aux nombreuses occasions où le maître d'armes lui avait sauvé la vie. Garet Jax, son protecteur.

Il aurait voulu pleurer mais il ne lui restait plus de larmes.

Slanter regarda le cadavre.

— Je me suis toujours demandé qui serait assez puissant pour le vaincre. Pas un vulgaire mortel mais une créature née de la magie noire !

Le gnome regarda autour de lui avec quelque inquiétude.

— Je me demande ce qui est arrivé au monstre rouge.

— Il l'a tué, Slanter, affirma Jair. Et quand l'Ildatch a été détruit, la créature a été réduite en poussière…

— C'est possible.

— J'en suis sûr ! C'était la bataille qu'il attendait depuis toujours. Ce combat signifiait tout pour lui. Il ne l'aurait pas perdu…

— Tu ne peux pas en être certain, gamin. Rien ne dit qu'il était aussi bon que cette créature.

— Je le sais, Slanter. Il était le meilleur de tous !

Il y eut un long silence. Puis le gnome détourna le regard.

— Tu as sans doute raison…

Des secousses ébranlèrent de nouveau la montagne. Slanter prit Jair par le bras et le poussa gentiment en avant.

— Nous ne pouvons pas rester là, petit. Il faut aller chercher ta sœur.

Jair jeta un dernier regard au maître d'armes.

— Adieu, Garet Jax, murmura-t-il.

Le gnome et le Valombrien gagnèrent le Croagh et commencèrent à descendre les marches.

Brin courait à travers la Maelmord. Des secousses ébranlaient le sol de la vallée et se répercutaient jusqu'au sommet des pics. La magie noire avait quitté la contrée, et la Maelmord ne pourrait pas lui survivre. Sa respiration et le sifflement qui l'accompagnaient avaient déjà cessé.

Où suis-je ? se demanda Brin, terrifiée. *Où est le Croagh ?*

Elle était perdue dans la jungle plongée dans la pénombre, sans chemin visible entre les troncs noueux et les broussailles. Elle apercevait les sommets des pics, mais il n'y avait aucune trace du Croagh, probablement perdu dans les ombres. Brin était prisonnière de la Maelmord !

Non seulement elle était épuisée par l'utilisation prolongée de l'Enchantement de Shannara, mais elle n'était plus guidée par la magie de l'Ildatch, comme à l'aller.

Autour d'elle, les secousses continuaient, l'avertissant de la destruction prochaine de la Maelmord.

Seul son esprit restait vaillant. La seule chose qui la poussait à continuer.

Soudain, le sol se déroba sous ses pieds. La Maelmord ne survivrait plus très longtemps, et elle périrait avec elle.

Elle s'arrêta, haletante. Il ne servait à rien de continuer ! Même l'Enchantement de Shannara ne la sauverait pas – en supposant qu'elle décide de l'utiliser. Pourquoi Jair l'avait-il abandonnée ? Elle se sentait trahie, mais lutta contre sa colère, consciente qu'elle était irrationnelle et injuste. S'il était parti, c'est qu'il n'avait sûrement pas eu le choix. Ce qui l'avait amené dans la Maelmord l'en avait ramené…

Ou ne s'était-il pas agi de Jair, mais d'une illusion, d'une vision suscitée par sa folie ?

— Jair ! hurla-t-elle.

L'écho de sa voix lui revint aux oreilles, mêlé aux grondements de la terre.

Le sol céda de nouveau sous ses pieds.

Brin continua quand même. N'ayant plus la force de courir, elle s'obligea à mettre un pied devant l'autre. Elle n'abandonnerait pas. Quand elle ne pourrait plus marcher, elle ramperait…

Soudain, une ombre apparut devant elle, énorme et fantomatique. Brin cria de terreur. Mais un museau poilu se frotta contre elle et deux yeux bleus lumineux plongèrent dans les siens. Soupir !

Brin se laissa aller contre le félin, osant à peine en croire ses yeux. Soupir était revenu la chercher !

Le félin se détourna et l'entraîna avec lui.

Autour d'eux, les secousses se faisaient de plus en plus violentes. De la vapeur jaillissait du sol, inondant la terre desséchée. Des rochers s'éboulèrent dans les ténèbres.

Brin ne comprit jamais comment ils atteignirent le Croagh. Pourtant, les marches de pierre surgirent soudain devant elle. Soupir sauta sur la première, suivi par la Valombrienne.

Elle monta d'un pas mal assuré. Les secousses la jetèrent à genoux. Des sections de l'escalier craquèrent et s'effondrèrent dans l'abîme.

Pas encore ! cria Brin mentalement. *Pas avant que je ne sois sortie de là !*

Le rugissement de Soupir couvrit presque le grondement du tremblement de terre et Brin le suivit sur les marches. En contrebas, elle vit des arbres géants se fendre comme du bois mort. Les dernières lueurs du crépuscule moururent quand le soleil disparut et les ténèbres engloutirent tout.

Soudain, la saillie rocheuse apparut devant Brin. Elle l'escalada tant bien que mal, appelant au secours les silhouettes noires qui l'entourèrent aussitôt. Des bras se tendirent vers elle et la tirèrent en sécurité.

Kimber la serra dans ses bras, son visage de lutin brillant de bonheur.

Cogline marmonna, comme à son habitude, mais il lui essuya les joues avec un chiffon sale.

Il y avait aussi Rone, défait et meurtri, mais les yeux pleins d'amour pour elle.

Murmurant son nom, il la prit dans ses bras et la serra contre lui.

Alors, Brin comprit qu'elle était enfin en sécurité.

Quelques instants après, Jair et Slanter les rejoignirent. Des exclamations de surprise et de soulagement jaillirent de toutes les gorges.

Brin et Jair se jetèrent dans les bras l'un de l'autre.

— C'était bien toi, dans la Maelmord, murmura Brin en caressant la tête de son frère. Tu m'as sauvée !

Jair lui rendit son étreinte en essayant de cacher son embarras. Rone approcha et les prit tous les deux dans ses bras.

— Au nom du chat, petit tigre, que fiches-tu ici ? Tu étais censé rester à Valombre ! Tu ne fais donc jamais ce qu'on te dit ?

Slanter resta en arrière et regarda tout ce petit monde avec méfiance : les trois jeunes gens qui ne semblaient pas pouvoir s'arrêter de s'étreindre, le vieil homme squelettique, la jeune forestière et le félin allongé à côté d'eux…

— Le groupe le plus bizarre que j'aie jamais vu ! marmonna-t-il.

Les secousses reprirent de plus belle, ébranlant la montagne et le Croagh entier sombra dans l'abîme.

Les compagnons se penchèrent au bord de la saillie et sondèrent les ténèbres. Sur un ultime frémissement, la Maelmord s'enfonça dans la terre, comme si elle était engloutie par des sables mouvants. Les ombres s'épaissirent. Bientôt, même les rayons de lune ne permirent plus de distinguer quoi que ce soit dans l'abîme.

Il n'avait fallu que quelques instants pour que la Maelmord disparaisse à tout jamais.

Chapitre 47

L'automne régnait en maître sur les terres. Partout, les couleurs typiques de cette saison brillaient sous la caresse du soleil. La journée était claire et fraîche dans ces forêts des Terres de l'Est, à l'endroit où les flots de Chard sortaient des monts Wolfsktaag. Les vestiges de la gelée matinale fondaient lentement dans les hautes herbes et sur les rochers couverts de mousse qui bordaient la rivière.

Les voyageurs s'arrêtèrent au bord de l'eau pour mettre de l'ordre dans leurs pensées.

Ils avaient quitté les monts Ravenshorn depuis une semaine. Après la destruction de l'Ildatch et la disparition de la magie noire et de tous les êtres qu'elle avait créés, les Chasseurs gnomes s'étaient enfuis de Graymark pour retourner dans les collines et les forêts de l'Anar intérieur où vivaient leurs tribus. Brin, Jair et leurs amis étaient restés seuls dans la forteresse en ruine. Ayant retrouvé les corps du frontalier Helt, du nain Elb Foraker et du prince Edain Elessedil, ils leur avaient donné une sépulture décente. Garet Jax était resté là où il était tombé, la destruction du Croagh les empêchant de retourner chercher son corps. C'était sans doute une bonne chose que le cadavre du maître d'armes repose à jamais en un endroit où nul mortel ne pouvait aller, avait déclaré Jair.

Garet Jax serait aussi solitaire dans la mort que dans la vie.

Cette nuit-là, ils avaient dressé leur camp dans la forêt, au-dessous de Graymark. Brin avait parlé à ses compagnons de la promesse faite à Allanon. Quand tout serait terminé, l'Ildatch détruit, elle devrait revenir auprès de lui. Maintenant que le long voyage vers la Maelmord était terminé, elle allait le rejoindre. Il restait des questions sans réponses et des choses qu'il lui fallait apprendre.

Tous l'avaient accompagnée : Jair, Rone, Kimber, Cogline, le félin, et même Slanter.

Ils étaient revenus vers les monts Ravenshorn avec elle, avaient contourné les montagnes, au sud de l'Antique lande, retraversé les forêts des étendues Sombres et la vallée de la Pierre d'Âtre, puis suivi les flots de Chard vers l'ouest, jusqu'au petit vallon où Allanon avait livré son dernier combat.

Le voyage leur avait pris une semaine. Au soir du septième jour, ils campèrent à l'orée du vallon.

Dans la fraîcheur du petit matin, Brin était seule devant la rivière. Ses compagnons l'attendaient patiemment, car elle n'avait pas voulu qu'ils viennent, sentant qu'elle devait être seule pour ce qui lui restait à faire.

Comment vais-je l'appeler ? se demanda-t-elle. *Avec l'Enchantement de Shannara ? Ou viendra-t-il de lui-même, sachant que je l'attends ?*

En réponse à ses pensées, les flots de Chard devinrent soudain aussi calmes et lisses qu'un miroir. Dans un silence total, les eaux commencèrent à bouillonner et un cri résonna.

Allanon sortit des flots de Chard. Vêtu de noir, il traversa la rivière et regarda autour de lui, ses yeux noirs toujours aussi durs. Ils n'étaient pas transparents comme ceux de l'ombre de Bremen…

Le druide ressemblait à ce qu'il était de son vivant. En fait, pensa Brin, il avait l'air *vivant*.

Il approcha d'elle et s'arrêta, en suspension, quelques pouces au-dessus des eaux.

— Allanon, murmura Brin.

— Je vous attendais, Brin Ohmsford…

La Valombrienne le regarda de plus près et s'aperçut qu'elle voyait les eaux de la rivière scintiller à travers ses robes noires. Alors, elle comprit qu'Allanon était vraiment mort. Seule son ombre se tenait devant elle !

— C'est terminé, Allanon. L'Ildatch a été détruit.

L'ombre inclina la tête.

— Détruit par l'Enchantement de Shannara. Et par un pouvoir plus grand que la magie, Valombrienne : celui de l'amour qui vous unit à votre frère. Ce lien était trop fort pour que Jair échoue, même s'il est arrivé trop tard.

— Oui, Allanon, grâce à cet amour, aussi.

— Celle qui sauvera et celle qui détruira… Votre magie peut faire de vous l'une ou l'autre et vous avez vu comme ce pouvoir peut corrompre. Il est difficile de lui résister et encore plus de l'équilibrer. Je vous avais avertie, mais ça ne suffisait pas. Je vous ai mal servie, Brin…

— Non, c'est moi qui ai échoué.

Le druide leva la main. Brin s'aperçut qu'elle était presque transparente.

— Je n'ai pas beaucoup de temps, Brin Ohmsford. Écoutez-moi bien. Je n'avais pas saisi tout ce que j'aurais dû comprendre sur la magie noire. Je me suis trompé, comme le fantôme du Marais vous l'a dit. Je savais que l'Enchantement de Shannara était une bénédiction *et* une malédiction, et que celle qui la détenait pouvait devenir bénéfique ou maléfique. Mais vous étiez une jeune elfe douée de raison et de cœur, et je n'ai pas pensé que vous succomberiez au mal. Je n'ai pas compris la vraie nature de l'Ildatch. Tous ceux qui l'ont utilisé étaient en réalité ses esclaves. Ce n'était pas un simple grimoire mais un être *vivant* et maléfique, capable de pervertir ceux qui cherchaient à s'approprier son pouvoir.

Allanon se pencha vers Brin. La lumière du soleil brilla à travers ses robes, comme si elles s'étaient effilochées.

— L'Ildatch voulait depuis toujours que vous veniez à lui. Mais d'abord, il désirait que votre pouvoir soit mis à l'épreuve. Chaque fois que vous avez utilisé l'Enchantement de Shannara, vous êtes tombée un peu plus sous son emprise. Vous aviez compris qu'il était risqué de recourir à cette magie, mais vous avez été contrainte de continuer. Et je n'étais plus là pour vous guider. En entrant dans la Maelmord, vous étiez devenue semblable à tous ceux qui ont servi l'Ildatch au fil des temps. Vous avez cru que les choses devaient se passer comme cela. C'est ce que le grimoire voulait. Il avait l'intention de s'emparer de vous. Le pouvoir des spectres Mords était insignifiant, comparé au vôtre, car eux n'étaient pas nés avec la magie. En vous, l'Ildatch avait trouvé son arme la plus puissante : vous auriez eu davantage de pouvoir que le Roi-Sorcier lui-même !

— Alors, il disait la vérité quand il a affirmé qu'il m'attendait ! Qu'il existait des liens entre nous...

— Une demi-vérité, corrigea Allanon. Vous étiez assez proche de lui pour qu'il puisse vous le faire croire. Il avait le pouvoir de vous convaincre que vous étiez une enfant des ténèbres, comme vous le craigniez.

— L'Enchantement de Shannara aurait pu faire de moi un être de ténèbres.

— L'Enchantement de Shannara aurait pu faire de vous... n'importe quoi.

— Et il le peut toujours ?

— Oui. Toujours.

L'ombre s'approcha. Brin pensa un instant qu'elle allait la prendre dans ses bras et l'emmener.

— Ma mort avait été prédite sur les rives de l'Hadeshorn. Il était certain que ma vie devait se terminer. Mais avec la destruction de l'Ildatch, la magie noire aussi doit disparaître. La roue du temps tourne. Une époque touche à sa fin. Mon père, enfin libre, connaît le repos qui lui a été refusé si longtemps. Il n'est plus lié à moi par le serment prêté aux races des Quatre Terres. À présent, je pars aussi. Aucun druide ne prendra ma suite. Mais notre mission est maintenant la vôtre.

— Allanon..., murmura Brin.

— Écoutez-moi bien, Valombrienne ! Le sang dont je vous ai oint le front, et les paroles que j'ai prononcées à ce moment, font de vous l'héritière de ma mission, qui fut celle de mon père avant moi. N'en soyez pas effrayée. Aucun mal ne vous frappera à cause de ça. La magie qui demeure en ce monde vit désormais en vous et en votre frère – dans le sang de votre famille. Elle y restera en sécurité. Car elle ne sera pas nécessaire dans les temps à venir. Elle n'y aura même aucune place. D'autres connaissances seront pour les races des guides plus sûrs et plus fiables.

» Mais un jour viendra, dans un futur très lointain, où la magie sera de nouveau indispensable. Inévitablement, la roue de la vie reviendra à la même place. À ce moment, le monde aura besoin de l'héritage que je vous ai confié. Les enfants de la maison de Shannara devront répondre à cet appel. Pour l'univers qui existera un jour, gardez cet héritage en sécurité.

— Allanon, je ne veux pas de...

Le druide leva la main.

— C'est accompli, Brin Ohmsford. Comme mon père m'avait choisi, je vous ai élue, enfant de ma vie.

Brin leva les yeux vers lui, muette de désespoir.

— N'ayez pas peur, souffla l'ombre.

— J'essaierai...

Allanon recula et sa silhouette devint de plus en plus transparente.

— Ne pensez plus à la magie, Brin. Et ne l'utilisez pas, car ce n'est plus nécessaire. Allez en paix.

— Allanon ! cria Brin.

Le druide s'éloigna sur les eaux des flots de Chard, qui bouillonnèrent sous ses pieds.

— Souvenez-vous de moi, souffla-t-il avant de s'enfoncer dans la rivière.

Les flots de Chard reprirent leur cours normal.

— Je me souviendrai toujours de vous, murmura Brin, des larmes aux yeux.

Puis elle alla rejoindre ses amis.

Chapitre 48

Ce fut ainsi que la magie disparut des Quatre Terres, les histoires des druides et de Paranor entrant dans la légende.

Pendant un temps, certains continuèrent d'affirmer que les druides avaient été des êtres de chair et de sang et qu'ils avaient arpenté les Quatre Terres pour protéger les races. Ces mêmes personnes maintinrent que de terribles combats avaient eu lieu entre les magies bénéfique et maléfique.

Mais au fil des ans, le nombre de ceux qui croyaient à ces récits diminua.

À la fin, presque personne ne continua à y croire…

Le matin où Allanon disparut définitivement du monde des hommes, les compagnons se séparèrent.

— Vous me manquerez, Brin Ohmsford, dit solennellement Kimber. Et vous manquerez aussi à mon grand-père. N'est-ce pas ?

— De temps en temps…, avoua Cogline. Mais tous ces soucis et tous ces pleurs, eux, ne me manqueront pas. Cela dit, nous avons vécu des aventures intéressantes, petite. Et ça, ça me manquera fichtrement ! Les gnomes-araignées, les Marcheurs noirs, et tout le reste. Presque comme au bon vieux temps…

— Vous me manquerez aussi, tous les deux. Sans oublier Soupir. Je lui dois la vie ! S'il n'était pas revenu me chercher dans la Maelmord…

— Il a senti que vous aviez besoin de lui, dit Kimber. Sinon, il n'aurait pas désobéi à votre ordre. Il y a entre vous un lien spécial qui a été forgé par votre chant.

— Mais ne vous avisez pas de revenir chez moi sans me prévenir, grogna soudain Cogline. Débarquer chez les gens sans prévenir ne se fait pas ! Ou sans être invités !

— Grand-Père… soupira Kimber.

— Viendrez-vous me rendre visite ? demanda Brin à Kimber.

— Un jour, peut-être… Pour le moment, je resterai à la Pierre d'Âtre avec mon grand-père et Soupir. Mon foyer me manque déjà !

Brin la serra dans ses bras.

— Le mien aussi... Mais nous nous reverrons !

— Vous serez toujours mon amie, Brin, souffla Kimber, les larmes aux yeux.

— Et vous, la mienne. Au revoir, Kimber. Et merci.

Rone salua Kimber et son grand-père, puis alla se planter devant Soupir. Le félin s'assit sur son arrière-train et le regarda, l'air intéressé.

— Je me trompais à ton sujet, Soupir. Tu m'as sauvé la vie, et pour moi, c'est important ! (Il jeta un coup d'œil à ses amis.) Je me sens un peu idiot de lui parler comme ça, mais je m'étais juré de le lui dire, si tout se passait bien...

Il s'interrompit, gêné.

Soupir bâilla à s'en décrocher la mâchoire.

À dix pas de là, Jair se sentait tout aussi idiot. Face à Slanter, il essayait de trouver des mots pour exprimer des émotions complexes.

— Gamin, grogna le gnome, ne te prends pas la tête comme ça ! Dis-moi adieu, tout simplement. Allez !

— Je ne peux pas, Slanter. Ça n'est pas suffisant. Nous sommes ensemble depuis le moment où je vous ai eu avec mes serpents et où je vous ai enfermé dans cette poubelle !

— Je t'en prie, ne me rappelle pas ça...

— Il ne reste que nous deux, Slanter... Nous avons fait tout ce chemin avec nos compagnons, mais ils sont tous morts, et il ne reste que nous. Je ne peux pas me résoudre à vous dire simplement « au revoir » !

— On se reverra, gamin ! Qu'est-ce qu'il y a ? Tu as peur que je meure aussi ? Eh bien, détrompe-toi ! Je sais prendre soin de moi-même ! Tu me l'as dit un jour... Il ne m'arrivera rien. Et je te parie tout ce que tu veux qu'il ne t'arrivera rien non plus ! Tu es bien trop rusé pour ça !

Jair sourit malgré lui.

— De votre part, je prends ça pour un compliment ! Rentrez avec moi, Slanter. Retournez à Culhaven et dites aux nains ce qui est arrivé. Il faut que ça vienne de vous.

— Non, gamin. Pendant quelque temps, les gnomes ne seront pas très bien vus en Anar inférieur. Je retourne vers les terres frontalières. Pour le moment. Après, je verrai...

— Alors, au revoir, Slanter... jusqu'à la prochaine fois.

Il avança et serra le gnome dans ses bras. Slanter hésita, puis lui tapota amicalement le dos.

— Voilà, petit. Tu l'as dit. Ça n'était pas si dur que ça, non ?

Mais il fallut un sacré bout de temps au gnome pour s'éloigner de Jair.

Brin, Jair et Rone mirent un peu plus d'une semaine pour retourner à Valombre. Quand ils s'engagèrent sur le chemin pavé de la maison des Ohmsford, l'après-midi tirait à sa fin et la forêt était plongée dans la pénombre.

Les fenêtres étaient déjà éclairées quand ils arrivèrent.

— Brin, comment allons-nous leur expliquer tout ça ? demanda Jair pour la centième fois.

Ils dépassèrent le bosquet de pruniers, qui avait perdu presque toutes ses feuilles.

La porte de la maison s'ouvrit et Eretria sortit en courant.

— Wil, ils sont revenus ! cria-t-elle.

Elle se précipita et serra ses enfants dans ses bras. Puis Rone, pour faire bonne mesure.

Peu après, Wil Ohmsford sortit aussi. Il embrassa Brin et Jair et serra la main de Rone.

— Tu sembles un peu fatiguée, Brin, dit-il. Ton frère et toi, vous avez réussi à dormir un peu pendant votre visite à Leah ?

Brin et Jair se regardèrent. Rone baissa les yeux, l'air gêné.

— Comment s'est passé votre voyage vers le sud, père ? demanda Jair, histoire de changer de sujet.

— Nous avons pu aider pas mal de gens, dit Wil. Il y avait tant de travail que nous sommes restés plus longtemps que prévu. Sinon, nous serions venus vous chercher à Leah. Mais nous sommes rentrés seulement hier soir.

Brin et Jair échangèrent de nouveau un regard entendu. Cette fois, leur père s'en aperçut.

— L'un de vous me dira-t-il qui était le vieil homme que vous m'avez envoyé ?

Brin écarquilla les yeux.

— Quel vieil homme ?

— Celui qui m'a apporté votre message.

Jair fronça les sourcils.

— Quel message ?

Eretria avança, l'air pas commode du tout.

— Un vieillard est venu nous voir dans un village isolé du sud de Kaypra. Il a dit que vous étiez partis pour les montagnes de Leah, que vous y resteriez des semaines, et que nous ne devions pas nous inquiéter. Wil et moi, nous avons trouvé bizarre qu'un homme aussi âgé soit encore un messager du père de Rone, mais…

— Brin…, murmura Jair.

— Il avait quelque chose de familier, dit Wil. J'ai eu l'impression de l'avoir déjà rencontré…

— Brin, je n'ai jamais envoyé…, commença Jair. (Il parut avoir une illumination.) Un moment ! Attendez un moment. Je reviens !

Il fonça vers la maison, entra dans la cuisine, approcha de la troisième étagère, devant la cheminée, et plongea la main dans la cachette des Pierres elfiques.

Et en tira la bourse en cuir qui contenait les Pierres.

Il resta un moment sur place, ébahi. Les Pierres à la main, il alla rejoindre les autres.

Ouvrant la bourse, il montra son contenu à Brin et à Rone.

Il y eut un long moment de silence.

Puis la sœur de Jair prit ses parents par le bras.

— Papa, maman, je crois que nous devrions rentrer et nous asseoir. (Elle sourit.) Jair et moi, nous avons quelque chose à vous raconter…

Dans la même collection

LA TRILOGIE DE LA MOÏRA

1. La Louve et l'enfant
2. La Guerre des loups
3. La Nuit de la louve

Henri Lœvenbruck

L'enfant s'appelle Aléa...

Jeune orpheline de treize ans, elle hérite involontairement d'un don étrange, d'une force mystérieuse et se retrouve alors au centre d'intrigues qui la dépassent. Sur l'île de Gaelia, nombreux sont les politiciens et les religieux qui convoitent cette puissance ; nombreux sont ceux qui redoutent le Samildanach, l'élu aux facultés uniques, qui pourrait changer la face du monde...

Alors qu'au sud, une armée est en marche pour reconquérir cette île volée à ses ancêtres, la jeune Aléa doit fuir de nouveaux ennemis : les Soldats de la Flamme, des fanatiques religieux qui voient en elle un nouveau danger, le Conseil des druides, qui lui envient son pouvoir, ou encore les terribles guerriers de Maolmòrdha...

Prise au cœur d'un conflit colossal, Aléa fuit la mort qui la traque sans pitié. La meute de ses poursuivants grandit de jour en jour. Le moment est proche où elle devra faire volte-face pour affronter son destin...

Dans l'ombre, tel le reflet d'un miroir, Imala, une louve solitaire, vit une aventure étrangement parallèle à celle de la jeune fille... Leurs existences sont-elles liées ? Leurs avenirs respectifs sont encore flous, mais une destinée unique attend la louve et l'enfant.

Une merveilleuse épopée entre *Le Seigneur des Anneaux* et *Croc-Blanc.*
Une trilogie mêlant évasion et aventure.

Henri Lœvenbruck est né à Paris en 1972. Journaliste, anthologiste et écrivain, il a tenu le poste de rédacteur en chef d'un magazine culturel pendant trois ans et se consacre aujourd'hui à l'écriture de romans et de scénarios pour le cinéma.

Dans la même collection

LA PREMIÈRE LEÇON DU SORCIER

L'Epée de Vérité - Livre Premier

Terry Goodkind

Jusqu'à ce que Richard Cypher sauve cette belle inconnue des griffes de ses poursuivants, il vivait paisiblement dans la forêt. Elle ne consent à lui dire que son nom : Kahlan. Mais lui sait déjà, au premier regard, qu'il ne pourra plus la quitter. Car désormais, le danger rôde en Hartland. Des créatures monstrueuses suivent les pas de l'étrangère. Seul Zedd, son ami le vieil ermite, peut lui venir en aide… en bouleversant son destin. Richard devra porter l'Épée de Vérité et s'opposer aux forces de Darken Rahl, le mage dictateur. Ainsi commence une extraordinaire quête à travers les ténèbres. Au nom de l'amour. A n'importe quel prix.

Terry Goodkind est le nouveau prodige de la Fantasy américaine. En quelques mois, son cycle de L'Epée de Vérité *est devenu un best-seller international, vendu à des millions d'exemplaires. Pour la première fois depuis Terry Brooks, un auteur a de nouveau réussi l'exploit de réunir tous les publics sous sa bannière. Traîtrise, aventure, intrigue, amour, tous les ingrédients sont réunis dans ce cycle pour en faire la plus grande fresque de Fantasy depuis Tolkien.*

« *Ce roman va tout balayer sur son passage, comme le firent ceux de Tolkien dans les années 60.* » Marion Zimmer Bradley, auteure des *Dames du lac.*

Tome 2 : *La Pierre des larmes*
déjà disponible

Dans la même collection

LE FLÉAU DE CHALION

Lois McMaster Bujold

A la veille du Jour de la Fille, dédié à la Dame Printemps, un homme au corps et à l'esprit brisés avance lentement sur la route de Valenda. Ancien soldat et courtisan, Cazaril a survécu à l'indignité et à d'horribles tortures comme esclave à bord d'une galère ennemie. Aujourd'hui libre, tout ce qu'il cherche, c'est un travail subalterne dans les cuisines de la Douairière Provincara, dans la noble maison où il servit comme page durant sa jeunesse.

Mais les dieux ont d'autres plans pour cet homme humble. Accueilli chaleureusement, vêtu et nourri, il est nommé, à sa grande surprise, secrétaire personnel et tuteur de la Royesse Iselle – la sœur, belle et obstinée, du garçon impétueux destiné à devenir le prochain seigneur du pays. Mais ce poste placera Cazaril à l'endroit qu'il craint plus encore que la mer : la cour royale de Cardegoss, où règnent l'intrigue et la trahison.

A Cardegoss, les puissants ennemis qui avaient jeté Cazaril aux fers d'une rame riknari occupent à présent les positions les plus élevées du royaume, juste en dessous du Roya. Pourtant quelque chose de plus sinistre encore que leurs plans machiavéliques pend comme une épée au dessus de la famille royale : une malédiction sanguine qui touche non seulement ceux qui règnent mais également leur entourage. Le futur d'Iselle et de la Maison de Chalion semble compromis. La seule solution pour Cazaril est d'avoir recours à la plus noire des magies, mais pour cela, il devra sacrifier sa vie…

En 1986 Lois McMaster Bujold débarque sur la scène de l'Imaginaire avec la série des Miles Vorkosigan, l'un des plus populaires Space Opera de notre temps. Et avec Bujold, populaire rime avec qualité, puisqu'elle collectionne aussi les prix littéraires (Hugo et Nébula). Le Fléau de Chalion *n'est pas simplement un nouveau tour de force, mais également un roman qui fourmille d'inventions et qui la propulse directement au premier plan de la scène Fantasy. Les maîtres du genre n'ont plus qu'à bien se tenir…*

··· SAGIM · CANALE ···

Achevé d'imprimer en novembre 2003
sur rotative Variquik
à Courtry (77181)

Imprimé en France

Dépôt légal : novembre 2003
N° d'impression : 6983